Melissa C. Feurer

Deine Worte in meinen Händen

Francke

Über die Autorin:
Melissa C. Feurer ist Grundschullehrerin und Autorin zahlreicher Kinder- und Jugendbücher. Sie ist im fränkischen Seenland geboren und aufgewachsen und lebt mittlerweile mit ihrem Mann, zwei Kindern und einem dreibeinigen Kater in einem kleinen Ort im Landkreis Ansbach. Am liebsten schreibt sie in ihrem Arbeitszimmer unter dem Dach, wo niemand mitbekommt, dass sie sich gelegentlich mit ihren Romanfiguren unterhält.

FSC
www.fsc.org
MIX
Papier aus verantwortungsvollen Quellen
FSC® C083411

Bibliografische Information der Deutschen Nationalbibliothek
Die Deutsche Nationalbibliothek verzeichnet diese Publikation in der Deutschen Nationalbibliografie; detaillierte bibliografische Daten sind im Internet über http://dnb.dnb.de abrufbar.

ISBN 978-3-96362-285-4

35037 Marburg an der Lahn
Umschlagbild: © istockphoto.com / Lizaveta Kadol
Umschlaggestaltung: Francke-Buch GmbH / Marion Schramm
Satz: Francke-Buch GmbH
Druck und Bindung: CPI books GmbH, Leck

www.francke-buch.de

Für Jeanette.
Aus so vielen Gründen.

Für Armin und Michelle
steht in goldener Glitterschrift auf der Einladung.
Aber »Armin und Michelle« gibt es nicht mehr.
Meine kleine Schwester heiratet und ich bin eine
fünfundzwanzigjährige Witwe.

Kapitel 1 – Michelle

»Brauchst du Hilfe mit dem störrischen Stück Stoff?«

Meine Schwester heiratet und ich kann nicht zu ihrer Hochzeit gehen.

Für Armin und Michelle steht in goldener Glitterschrift auf der Einladung. Aber »Armin und Michelle« gibt es nicht mehr. Meine kleine Schwester heiratet und ich bin eine fünfundzwanzigjährige Witwe.

Ich stehe inmitten meines begehbaren Kleiderschranks, der eigentlich nur eine aufgemotzte Abstellkammer ist, und befinde mich zum dritten Mal an diesem Morgen in einem erbitterten Kampf mit den Tränen. Sie sind zwei zu null in Führung.

Was um alles in der Welt soll ich auf einer Hochzeit? Ich kann versichern, dass ein wandelnder Springbrunnen wie ich kein besonders angenehmer Gast für so eine Feierlichkeit ist. Der einzige Grund, warum ich mich heute Morgen trotzdem aus dem viel zu großen Doppelbett gequält habe, ist unsere Verwandtschaft, die aus halb Deutschland angereist ist. Ich weigere mich, ihnen den Gefallen zu tun, zu Hause zu bleiben, nur damit sie sich keine Gedanken machen müssen, wie sie der armen, trauernden Michelle begegnen sollen. Nein, das gönne ich ihnen nicht. Lieber vermiese ich ihnen die Gelegenheit, ihre schicken Ballkleider und Smokings auszuführen, mit meiner unglücklichen Miene und den unvermeidlichen Tränenausbrüchen.

Na ja, und dann ist da noch Beatrice, der ich versprochen habe zu kommen. Meine kleine, verliebte, überglückliche Schwester. Sie hat mich geradezu angefleht, an ihrem großen Tag dabei zu sein. Als käme es ihr gar nicht in den Sinn, dass eine Hochzeitsfeier der letzte Ort ist, an dem eine frisch verwitwete Frau einen ganzen Tag zubringen will. Sich liebevoll gewisperte Trauversprechen anzuhören, bis dass der Tod euch scheide – und wer weiß schon, wann das ist –, beim Sektempfang munter mit all den Tanten und Onkeln, Cousinen und Cousins und nicht zu vergessen meinem Bruder und seiner wunderbaren Gattin über den neusten Klatsch zu plaudern und dann bis spät in die Nacht ausgelassen zu tanzen? Aber es ist Beatrice' großer Tag und ich bin ihre Schwester. Natürlich will sie mich dabeihaben und wahrscheinlich ist ihr auch gar nicht klar, wie schwer es mir fällt, ihr diese Bitte zu erfüllen.

Es ist Folter. Ich bin erst seit einer guten Stunde wach und schon jetzt ist dieser Tag eine Qual. Ich will nicht mit fromm gefalteten Händen in der ersten Kirchenbank sitzen und rührselig lächeln, ich will nicht hundertunddreiundvierzig Leuten begegnen, die zwar ganz genau wissen, dass Armin tot ist, aber sich nicht sicher sind, ob es besser wäre, mich an diesem Tag nicht darauf anzusprechen, nicht daran zu erinnern, dass er mit mir hier sein sollte – als würde ich es auch nur für eine Sekunde vergessen. Ich will nicht von der Hochzeitstorte essen, bis mir schlecht wird, ich will nicht von vermeintlich mitfühlenden Cousins zum Tanzen aufgefordert werden und ich will nicht mein Glas auf die große Liebe von Beatrice und ihrem Erik heben. Alles, was ich will, ist, Armin wiederzuhaben.

Es steht drei zu null für die Tränen, noch ehe ich es geschafft habe, mir die alberne hauchdünne Strumpfhose anzuziehen, die schon vom bloßen Angucken Laufmaschen bekommt. Ich beschließe, dass es mir egal ist. Wer sieht das schon unter einem bodenlangen Abendkleid? Und selbst wenn, dann denken die Leute ja doch nur: »Arme Michelle. So verwirrt, dass sie gar nicht bemerkt, wie sie herumläuft.«

Ich merke es wohl und gebe mir ehrlich Mühe. Ich trage sogar Kajal und Wimperntusche auf, als wäre es nicht völlig nutzlos. Ja, ich binde mir auch noch das dunkle Haar mit einer farblich zu meinem Outfit passenden Satinschleife zurück: schwarz. An das türkisfarbene Kleid, das ich eigentlich für diesen Anlass vorgesehen hatte und das in einem Kleidersack in meinem begehbaren Kleiderschrank hängt, will ich gar nicht denken.

Während ich vor dem Badezimmerspiegel stehe und versuche, die Spuren von fast vier Wochen Trauer aus meinem Gesicht verschwinden zu lassen, stelle ich mir vor, wie ich Armin im Schlafzimmer nebenan mit seiner Krawatte reden höre – wie immer, wenn er eine tragen muss. »Nun komm schon, du störrisches Stück Stoff!«, ruft er frustriert aus, als alles gute Zureden nichts gebracht hat.

»Störrisches Stück Stoff«, wiederhole ich amüsiert und so laut, dass er es hören kann.

»Das ist eine Alliteration«, brummt Armin nebenan. Literarisch kann ihm keiner was vormachen, aber was Krawattenknoten angeht, ist er ein Laie. Mein Mann ist durch und durch Autor. Tags, nachts, bei der Arbeit, am Frühstückstisch, im Bett und sogar dann, wenn er mit seiner Krawatte streitet.

»Michelle!«, ruft er verzweifelt aus dem Schlafzimmer. »Meine Krawatte, das störrische Ding, will nicht so, wie ich gern will!«

Ich pruste und rutsche prompt mit der Mascarabürste ab. Sie kollidiert mit dem Spiegel und hinterlässt einen dicken schwarzen Streifen auf dem Glas. Noch während ich notdürftig mit einem Stück Klopapier daran herumwische, werde ich aber wieder ernst.

Früher hätte ich an dieser Stelle eines solchen Krawattengesprächs alles stehen und liegen gelassen – die offene Wimperntusche und den Fleck auf dem Spiegel –, wäre hinüber zu Armin gegangen und hätte ihm die Krawatte gebunden. Aber heute kann ich nicht. Ich will genauso gerne wie sonst auch. Mein heillos überforderter, rührend verzweifelter Mann im Kampf mit schicker Kleidung, die er nicht leiden kann. Nichts würde ich lieber tun, als ihm zur Hand zu gehen und mir dafür einen Kuss abzuholen.

»Du bist unersetzlich, Michelle!«

»Ja, wie praktisch. Haushälterin und Köchin in einem.«

»Und Geliebte.«

»Hey, lass das sein! Das Kleid habe ich eben erst angezogen!«

»Ja, anziehen kannst du gut. Abendkleider, Krawatten ... ich kümmere mich dann um das Ausziehen, ja?«

»Ein andermal.«

»Heute Abend?«

»Jedenfalls nicht jetzt!«

Ich rubble mit dem ausgefransten Papiertuch über das Glas, als hinge mein Leben davon ab. Meine Brust wird so eng, dass ich kaum atmen kann, wenn ich daran denke, dass ich dieses Mal nicht nach nebenan gehen und Armin helfen kann, sein störrisches Stück Stoff zu binden. Denn anders als in meiner Erinnerung ist Armin heute nur eine Stimme in meinem Kopf. Wie die zahlreichen Figuren seiner Romane, deren Stimmen er immer behauptet hat zu hören.

Ob er wohl auch jemals diese erstickende Angst gespürt hat, sich umzudrehen und festzustellen, dass sie nicht wirklich da sind?

Genau wie bei meiner Hochzeit damals macht meine Mutter ein riesengroßes Tamtam aus Beatrice' glücklicher Vereinigung mit Erik Kipfmüller. Er arbeitet zwar nur im Einzelhandel, aber da verdient er nicht schlecht, und das Beste ist, dass er das Geschäft seines Vaters erben und Beatrice deshalb bestimmt nie irgendwohin – weit weg von Ansbach und ihrer Familie – entführen wird. Nicht wie der andere Schwiegersohn, der die bedauernswerte Michelle dazu überredet hat, mit ihm fast zwanzig Kilometer entfernt ins ländliche Nirgendwo von Mittelfranken zu ziehen. Wenn ich ehrlich zu mir selbst bin, muss ich gestehen, dass ich auch immer vorhatte, in meiner Heimatstadt Ansbach zu bleiben. Aber Armin zuliebe und um meiner Familie zumindest ein bisschen zu entkommen, habe ich mich eben darauf eingelassen. Und so schlecht ist es nicht.

»Michelle, du sitzt auf der falschen Seite!« Meine Mutter drückt mich kurz und kräftig an sich, ehe sie mich über den Mittelgang bugsiert, damit ich mich zu unseren Verwandten setze. »Eriks Familie sitzt links. Die Familie der Braut immer rechts. Das hier ist immerhin eine evangelische Trauung. Setz dich einfach und mach dir keine Gedanken. Ich habe alles im Griff.«

Bis eben habe ich relativ erfolgreich versucht, mir keine Gedanken zu machen. Ich habe es eigentlich recht gut geschafft, überhaupt nicht zu denken. Aber jetzt hat Großtante Adelheid mich in ihren Klauen.

»Michelle, Kindchen«, begrüßt sie mich mit sehr gewichtiger Miene. »Wie geht es dir?«

Ich bin mir nicht sicher, ob sie ein beschwichtigendes »Fabelhaft!« oder doch lieber ein mit den Tränen ringendes »Man lebt!« erwartet. Also nicke ich nur.

»Ach Kindchen«, seufzt Großtante Adelheid, als hätte ich ihr soeben mein Herz ausgeschüttet. »Ich verstehe dich. Es ist so grausam. Wie lange ist es jetzt her?« Aber sie wartet keine Antwort ab. »Ach, ich weiß noch, als damals mein lieber Reiner – Gott hab ihn selig – so überraschend und viel zu früh starb, da dachte ich, ich könnte niemals weiterleben. Aber«, fährt sie ohne Punkt und Komma fort, »es ging. Die Zeit heilt bekanntlich alle Wunden. Auch bei dir, Kindchen, auch bei dir. Du wirst sehen.«

Ich zähle in meinem Kopf bis zehn. Zuerst auf Deutsch, dann auf Französisch und schließlich versuche ich es noch auf Finnisch, doch das bekomme ich nicht mehr hin. Die Sieben fehlt. Es bringt aber auch nichts, denn ich bin danach noch genauso kurz vor einer Mischung aus Wut- und Tränenausbruch wie zuvor.

»Du entschuldigst mich«, presse ich hervor und springe auf, während ich mich nach einer Fluchtmöglichkeit umsehe. Nur weg, ehe ich Großtante Adelheid an den Kopf werfe, dass Onkel Reiner zweiundachtzig Jahre alt und seit Jahren krank gewesen ist, als er starb. Von überraschend und viel zu früh kann gar nicht die Rede sein. Armin dagegen war siebenundzwanzig, verflixt noch mal. Das ist kein angemessenes Alter, um zu sterben.

Am liebsten würde ich Großtante Adelheid erzählen, wie er am Morgen das Haus für einen Besuch bei einem Bibelforscher, den er für Recherchen interviewen wollte, verließ und nicht wiederkam. Wie stattdessen der furchtbare Anruf kam. Aus irgendeinem Krankenhaus in Nürnberg, obwohl ich doch genau wusste, dass Armin eigentlich in ein Kaff in der Nähe von Weißenburg hatte fahren wollen. Wie ich eine Nachbarin bitten musste, mich dorthin zu bringen, weil wir nur ein Auto haben, und wie wir ohne Navi wertvolle Minuten durch zwei versehentliche Umwege verloren haben. Wie ich mich beeilte, um schnell bei Armin zu sein, und wie man mir dort nur noch seine persönlichen Dinge aushändigen und mir einen Krankenhausseelenklempner schicken konnte.

Das ist überraschend und grausam und was sonst noch alles Großtante Adelheid so über den Tod zu sagen hat. Am Morgen noch Ehefrau und am Abend Witwe. Wenn ich wenigstens rechtzeitig bei ihm gewesen wäre.

Ich sehe Erik vor dem Altar stehen und nervös sein Einstecktuch richten und gehe, ohne großartig darüber nachzudenken, auf ihn zu.

»Brauchst du Hilfe mit dem störrischen Stück Stoff?«, frage ich und der wartende Bräutigam zuckt vor Schreck zusammen.

»Oh, nein, nein.« Fahrig stopft er das Tuch tiefer in seine Jacketttasche und zerknautscht dabei den Reversanstecker ein wenig.

»Bist du nervös?« Blöde Frage, die Nervosität steht ihm ins Gesicht geschrieben.

»Oh ja ... schon ein bisschen«, meint Erik. »Wie ge... ähm ... wie ist es für dich? Glaubst du, du schaffst das?«

Ebenfalls eine blöde Frage. Ich habe keine Ahnung, wie ich den Traugottesdienst durchhalten soll. Wahrscheinlich steht mir das auch ins Gesicht geschrieben.

Also schweigen wir.

Ich sehe Erik zu, wie er immer ein paar Schritte vor und dann wieder zurück tippelt und dabei zum Eingang schielt, vielleicht in der Hoffnung, jetzt schon einen klitzekleinen Blick auf seine schöne Braut zu erhaschen. Unwillkürlich frage ich mich, ob Armin an unserer Hochzeit auch so aufgeregt gewesen ist. Eigentlich habe ich es mir strengstens verboten, heute zu viel über ihn nachzudenken, aber kaum hat mich dieser Gedanke auch nur gestreift, tue ich die ganze Zeremonie über nichts anderes mehr.

Als es losgeht, schiebe ich mich hastig zurück neben Großtante Adelheid in die Bank und dann sitze ich eine Stunde lang in Gedanken versunken da wie ein Roboter, der nur eine einzige Funktion kennt: heulen.

Die Erinnerung an Armins und meine Hochzeit ist noch so frisch, als wäre es gestern gewesen. Verflixt, es ist ja auch erst knapp drei Jahre her. Wenn es nach meiner Mutter gegangen wäre, hätten wir natürlich länger gewartet, aber Geduld ist noch nie meine Stärke gewesen. Nach der Verlobung hat es ganz schnell gehen müssen. Vier Monate später standen wir vor dem Traualtar und leider haben es die meisten meiner Verwandten trotzdem spontan nach Ansbach geschafft. Doch damit konnte ich leben. An diesem Tag hatte ich sowieso nur Augen für meinen gut aussehenden Bräutigam mit seinem tiefschwarzen Anzug und einem weinroten störrischen Stück Stoff um den Hals. Ich frage mich bis heute, wer es ihm an diesem Morgen wohl gebunden hat.

Der Pfarrer fragt Erik und Beatrice, ob sie einander in guten wie in schlechten Tagen treu sein wollen, bis dass der Tod sie scheide, und sie antworten beide, was man von ihnen erwartet: Ja, mit Gottes Hilfe.

Armin und ich haben unsere eigenen Trauversprechen geschrieben. Natürlich ist das Armins Idee gewesen – ganz der Autor. Meines ist mir ein bisschen blass vorgekommen neben seinem literarischen Wunderwerk von einem Gelübde, das selbst meine hoheitsvolle Mutter zu Tränen gerührt hat. Das habe ich genau gesehen.

»Ist ja gut, Kindchen«, tröstet Großtante Adelheid mich und reicht mir zum wiederholten Mal ein Taschentuch. Wahrscheinlich wünscht sie sich, ich würde endlich still sein. Zu meinem gelegentlichen Schniefen ist seit einigen Minuten ein Schluckauf hinzugekommen.

»Was Gott zusammengefügt hat, das soll der Mensch nicht trennen«, verkündet der Pfarrer feierlich, und als er die Gemeinde anstrahlt, nutzen Beatrice und ihr frischgebackener Ehemann den Moment für einen schnellen Hochzeitskuss.

»Der Mensch nicht«, denke ich bitter. Als wäre es Armin und mir – trotz gelegentlicher Streitereien – je in den Sinn gekommen, einander zu verlassen. Es sollte besser heißen: Was Gott zusammengefügt hat, das soll niemand trennen. Auch er selbst nicht.

Kapitel 2 – Michelle

»Schon okay. Ich denke sowieso daran.«

»Michelle, nein, wie chic!« Meine reizende Schwägerin Lara kommt gleich nach dem Traugottesdienst angeschwirrt, um einen Blick auf mein Kleid zu werfen. Ich bin noch damit beschäftigt, an meiner verlaufenen Mascara herumzuwischen.

»Sehr chic!« Sie schnalzt mit der Zunge und zupft an meinem Kleid. »Schwarz macht ja bekanntlich schlank. Nicht dass du es nötig hättest, aber ... sehr chic.«

Schwarze Kleider sind kein bisschen chic. Bestenfalls schick*lich* – jedenfalls für eine Witwe. Ich denke zum zweiten Mal an diesem Tag widerwillig an mein türkisfarbenes Seidenkleid, das sie eigentlich zu sehen bekommen hätte. Armin hat im Geschäft gemeint, ich sähe damit aus wie Scheherazade, die persische Schönheit aus den Geschichten von *Tausendundeine Nacht,* deshalb habe ich es gekauft, obwohl es unverschämt teuer war. *Dieses* Kleid ist chic. Aber für eine frisch verwitwete Frau eindeutig zu bunt und kein bisschen schick*lich.*

Armin hat schon im Geschäft vorhergesagt, dass ich mir dafür einen blöden Kommentar von Lara würde gefallen lassen müssen. Aber das ist mir egal gewesen. Mit Armin an meiner Seite hätte Lara so viele geschmacklose Bemerkungen abgeben können, wie ihr nur eingefallen wären.

»Michelle, nein, so ein edles türkises Kleid! Wer hätte gedacht, dass man sich von einem Autorengehalt so etwas leisten kann!«

Dann hätte Armin den Arm um meine bloßen Schultern gelegt und etwas gesagt wie: »Aber nicht doch. Von meinem Autorenhungerlohn könnten wir uns das doch nicht leisten. Aber die Fränkische Landeszeitung hat Michelle erst kürzlich eine ordentliche Gehaltserhöhung zugestanden. Journalismus ist die wahre Goldgrube, nicht die Schriftstellerei.«

Ich muss schon beim Gedanken daran an mich halten, um nicht laut loszuprusten. Die Wahrheit ist, dass ich als Redakteurin in Teilzeit bestenfalls ein Taschengeld verdiene – jedenfalls verglichen mit Armins Einkünften.

»Brauchst du ein Taschentuch?«, fragt Lara, die mein unterdrücktes Lachen offenbar falsch gedeutet hat. »Deine Mascara ist auch ganz verschmiert.«

»Das kommt vom Heulen«, erwidere ich ungerührt. »Deswegen trage ich sonst auch keine Wimperntusche.«

»Oh, aber das solltest du!« Lara mustert mich. »Du siehst ohnehin so blass aus. Richtig kränklich. Und deine Augenringe fallen mit ein wenig Mascara auch viel weniger auf. Du willst deine Kollegen bei der Zeitung doch nicht erschrecken.«

»Ich arbeite momentan nicht.«

»Tatsächlich? Das ist nett von deinem Chef.«

»Ich habe unbezahlten Urlaub genommen.« Ich tue Lara nicht den Gefallen, das Kunstwerk unter meinen Augen noch mehr zu verwischen. Ich sehe vermutlich ohnehin schon aus wie ein verirrter Pandabär.

Offenbar, um eine weitere dumme Bemerkung verlegen, legt Lara eine thematische Hundertachtziggradwende hin: »Der Traugottesdienst war sehr schön, findest du nicht? Richtig anrührend. Ganz besonders das Schriftwort zur Ehe. Was der Pfarrer über das göttliche Verständnis von ... aber damit kannst du immer noch nicht viel anfangen, nicht wahr?«

»Bitte?«

»Na ja, mit ... du weißt schon ...« Sie senkt die Stimme zu einem Flüstern, als habe sie vor, etwas Unanständiges zu sagen. »... mit frommen Dingen. Du und Armin, ihr wart euch in dieser Sache nie wirklich einig.«

Es fühlt sich an, als hätte sie mir einen Boxhieb in die Magengrube verpasst. Alle Luft weicht aus meinem Körper und ich kann

Lara nur anstarren. Armins Namen so unvermittelt und ohne Vorwarnung entgegengeworfen zu bekommen, bringt mich so aus der Fassung, dass ich ausnahmsweise nichts zu erwidern weiß.

»Ich meine, er war ein sehr gläubiger Mensch«, fährt Lara fort. »Und du ...«

»... ich bin ein vollkommen gottloser Mensch«, finde ich endlich meine Stimme wieder. »Schande über mich. Oder über Armins Gott, der ihm auch nicht geholfen hat. Was meinst du, Lara? Du bist doch im Gegensatz zu mir so fromm. Konnte oder wollte er meinen Mann nicht retten?«

Einige Umstehende drehen sich nach uns um, weil ich versehentlich meine Stimme ein wenig mehr als geplant erhoben habe.

Lara sieht einen Moment pikiert aus, doch dann holt sie tief Luft – vermutlich um meine zynische Frage auch noch zu beantworten. Oder um mich für das gotteslästerliche Gerede zu tadeln. Oder beides.

Aber ich raffe den Rock meines schwarzen Kleides und wende mich ab, ehe ich ausgerechnet vor Lara in Tränen ausbreche. Die Genugtuung gönne ich ihr nicht. Dafür passiert es dann gleich darauf, als ich Beatrice zum Gratulieren in die Arme schließe. Eigentlich schon vorher. Allein ihr Anblick im blütenweißen Prinzessinnenkleid ist zu viel. Noch schlimmer, wie sie an Eriks Arm hängt, als wäre sie dort festgewachsen, und wie er strahlt, als wäre dieses breit grinsende, überemotionale Anhängsel das Beste, was ihm je passiert ist.

Das ist sie auch. Erik hat mit Beatrice das große Los gezogen. Sie wird ihn glücklich machen. Und er sie. Die beiden sind so ein Paar, das einfach füreinander geschaffen ist. Sie sind beide so unglaublich naiv und blauäugig und sanftmütig, dass es kaum auszuhalten ist. Ihre ganze kleine Welt dreht sich nur um sie beide und das ist ihnen vollkommen genug. Was werde ich heute anziehen? Was soll ich morgen kochen? Laden wir Tante Sophie lieber zum Kaffeetrinken oder doch zum Abendessen ein? Einfache, kleine Welt.

»Michelle!« Beatrice schlingt ihre bis zu den Ellbogen behandschuhten Arme um mich und drückt mich so fest, dass ich Angst habe, ihre sorgfältige Frisur zu ruinieren oder Mascaraflecken auf ihrem weißen Kleid zu hinterlassen. »Ich bin so froh, dass du hier bist.« Wie ein Kind wiegt sie mich hin und her, tätschelt mir den Rücken und lässt all die anderen Gratulanten warten.

Als ich mich schließlich aus ihrer Umarmung herauskämpfe und sie ansehe, schwimmen auch Beatrice' Augen in Tränen. Wenn jemand aus meiner Familie Armin ins Herz geschlossen hat, dann ist das Beatrice. Sie ist ganz vernarrt in seine Bücher und damals an unserer Hochzeit war sie so herrlich überdreht.

»Michelle, ein Autor!«, hat sie gequietscht, als sie mich nach der Zeremonie umarmt hat. »Ein richtiger Schriftsteller! Und jetzt ist er mein Schwager.« Als hätte ich das extra für sie gemacht, damit sie neben all den Bankiers, Landtagsabgeordneten, Opernsängern und Richtern auch noch einen waschechten Autor in ihrem Verwandtenkreis begrüßen durfte. Beatrice ist aber auch die einzige meiner Verwandten, die das für einen Beruf hält, der glorreich genug für den Ehemann einer Tochter aus dem Hause Fontaine ist.

»Es bedeutet mir die Welt, dass du hier bist«, flüstert Beatrice und ich nicke schnell und lasse den Ansturm an Freunden und Verwandten zu meiner Schwester und ihrem Angetrauten durch, ehe ich irgendetwas Peinliches tun kann. Peinlicher, als wie ein Wasserfall zu heulen und meine Schminke zu ruinieren, meine ich. Manchmal habe ich Angst, es könnte über mich kommen, mich wie eine Dreijährige auf den Boden zu werfen und mich brüllend zu weigern, wieder aufzustehen, ehe ich bekomme, was ich will. Armin. Ich will meinen Mann wiederhaben.

Statt so eine Szene hinzulegen, bringe ich im Auto meine Mascara in Ordnung und sehe schließlich beinahe wieder wie ein Mensch aus, als ich das aufwendig geschmückte Restaurant betrete. Blumen in allen Rosaschattierungen flankieren schon die Eingangstür und ergießen sich in üppigen Gestecken über die langen Tafeln mit ihren makellosen Tischtüchern und hohen dreiarmigen Kerzenständern. Dazwischen thronen die Menükarten und an jedem Platz mitten auf den weißen Porzellantellern ein winziges Schatzkistchen mit rosafarbenen Keksen, die Beatrice selbst gebacken hat. Nebst einer weiteren Rose, versteht sich.

Die restliche Festgesellschaft ist schon versammelt und der Lärm zahlreicher Stimmen ohrenbetäubend. Beatrice und Erik sind gerade dabei, die Hochzeitstorte anzuschneiden, was bedeutet, dass ich Eriks Rede verpasst haben muss. Gott sei Dank. Sonst hätte ich sicher daran denken müssen, wie Armin damals in seiner Ansprache eine Märchenversion unserer Liebesgeschichte zum Besten gegeben hat. Mit allem Drum und Dran von »Es war einmal ...« bis zu »Und sie lebten glücklich bis ans Ende ihrer Tage«.

Eine mächtige Welle von Tränen steigt in mir hoch und ich bin heilfroh, dass in diesem Moment mein Cousin Jakob zu meiner Rettung eilt, denn er spricht mich genau zum richtigen Zeitpunkt an, um die erneute Flut zu verhindern. Auch wenn er natürlich nicht ahnt, dass er mich rettet.

»Michelle, meine Lieblingscousine!«, ruft er und hakt sich sogleich bei mir unter. Ob ich auch den Sektempfang verpasst habe? Jakob scheint jedenfalls schon das ein oder andere Schlückchen über den Durst getrunken zu haben.

»Lass das nicht die Braut hören«, mahne ich gespielt vorwurfsvoll. In Wahrheit ist Jakob allerdings auch mein Lieblingscousin. Obwohl er drei Brüder hat und der Enkel von Großtante Adelheid ist. Das merkt man ihm aber zum Glück nicht an.

»Gott, haben wir uns lange nicht gesehen«, sprudelt Jakob drauflos. »Es müssen Jahre gewesen sein. Das letzte Mal war, glaube ich ...«

Weil er schlagartig verstummt, vollende ich: »... zu meiner Hochzeit.«

Jakob fingert nervös an seinem Krawattenknoten herum. »Wie bescheuert von mir. Eigentlich wollte ich nicht ... Es tut mir echt leid. Du willst wahrscheinlich nicht auch noch daran erinnert werden.«

»Schon okay. Ich denke sowieso daran.« Die ganze Zeit. Jede Minute. Aber was versteht Jakob schon davon? Er ist ein paar Jahre jünger als ich und hat es irgendwie nie aus seiner wilden Phase herausgeschafft. Im Vorfeld von Armins und meiner Hochzeit haben wir das Tischkärtchen für Jakobs Begleitung zweimal umschreiben müssen. Erschienen ist er letzten Endes dann allein.

Ich gebe mein Bestes, nicht daran zu denken, dass irgendwo bei Beatrice zu Hause ein Tischkärtchen mit Armins Namen stehen muss. Fein säuberlich beschriftet und dann aussortiert. Ich sehe es vor mir und am liebsten würde ich Beatrice fragen, ob ich es haben kann.

»Ich mochte Armin«, sagt Jakob befangen. »Er war ein netter Kerl.«

»Ja«, sage ich und lächle Jakob an. So schmerzhaft es ist, über Armin zu sprechen, so gierig saugt mein Herz doch jedes freundliche Wort über ihn auf. »Das war er.« Und so viel mehr als das. Armin war der beste Mensch, den man sich vorstellen kann. Er war weiß Gott nicht perfekt – wenn man meine Mutter fragt, sogar alles andere als das. Aber er hatte ein riesengroßes Herz und er verstand es, die Leute zum Lachen zu bringen. Wie ich seine Witze und Albernheiten jetzt vermisse, kann ich nicht in Worte fassen.

Jakob macht einen ziemlich überforderten Eindruck. Vermutlich sieht er mir an, dass ich jeden Moment in Tränen ausbreche. Schnell fragt er: »Tanzt du? Also ... ich meine, haben Armin und du ... wenn du magst, können wir später miteinander tanzen. Dann sitzen wir beide nicht so alleine herum.«

Der Gedanke, mit jemand anderem als Armin zu tanzen, versetzt mir einen Stich. Aber die Vorstellung, den ganzen Abend allein an meinem Platz herumzusitzen, ist so furchtbar, dass ich gerade dankbar bejahen will, als meine Mutter auf ihren hohen Absätzen angeklappert kommt.

»Jakob, um Himmels willen, du kannst eine Witwe doch nicht einfach so zum Tanzen auffordern!« Sie legt mütterlich einen Arm um seine Schultern, was ziemlich albern aussieht, weil er mehr als einen Kopf größer ist als sie. »Du verstehst das vielleicht nicht, aber wenn man einen Menschen geliebt hat – nun, was sage ich? –, immer noch liebt, trifft es natürlich besser. Denn weißt du, die Liebe ist stärker als der Tod und ...«

Doch ich höre nicht mehr zu. Ich will keine Ausführungen über die unsterbliche, den Tod überdauernde Liebe hören. Und auch keine Geschichten über meinen Vater, die sicher zu diesen Ausführungen gehören. Sein Tod liegt beinahe neun Jahre zurück, und wenn ich den Gedanken an ihn jetzt auch noch zulasse, dann ist der Kampf gegen die Tränen endgültig verloren. Ich darf nicht daran denken, dass mein Vater Armin nicht einmal kennengelernt hat, dass er weder mich noch Beatrice zum Altar führen konnte und auch jetzt nicht der Fels in der Brandung sein kann, der er früher für uns war.

Ich hoffe, Jakob nimmt es mir nicht übel, dass ich ihn in der Umklammerung meiner Mutter zurücklasse und mich davonstehle. Er wird es überleben und vielleicht tanze ich später trotzdem mit ihm, um es wiedergutzumachen. Soll meine Mutter es doch so unpassend finden, wie sie mag. Fast wünsche ich mir, ich hätte mein Scheherazade-Kleid doch angezogen. Was sagt schon die Farbe meines Kleides über meine Trauer aus oder darüber, wie sehr ich Armin vermisse?

»Kindchen, willst du denn gar nicht von der Hochzeitstorte kosten?«

Ich zucke zusammen. Vom Regen in die Traufe. Eben meiner Mutter entkommen und nun schon wieder in Großtante Adelheids Fängen. Will dieser Albtraum denn nie enden? Ich wünschte, sie würden mich alle in Frieden lassen. Alle jedenfalls außer der winzigen Handvoll Leute, die mich nicht in den Wahnsinn treiben. Beatrice gehört dazu und wahrscheinlich auch Erik. Jakob eindeutig. Und vielleicht noch Onkel Kevin, der schon allein wegen seines Namens und zusätzlich wegen seines gewöhnungsbedürftigen Humors ein Geächteter in unserer Familie und gerade deshalb mein Lieblingsonkel ist.

Mein Blick fällt auf meine Nichte Caroline, die allein auf ihrem Platz sitzt, die kurzen Beine unter der Sitzfläche vor- und zurückbaumeln lässt und in einem Malbuch herumkritzelt. Eventuell kann ich sie noch zu denjenigen Verwandten rechnen, die es nicht verdienen, auf den Mond geschossen zu werden. Obwohl sie die Tochter meines Bruders und seiner schrecklichen Frau ist.

»Ich wollte mich eigentlich gerade ein wenig zu Caroline setzen.« Ich lächle Großtante Adelheid an. Zumindest hoffe ich, dass die schmerzhafte Grimasse wie ein Lächeln aussieht und nicht wie ein aggressives Zähneblecken.

»Tu das, Kindchen, tu das! Aber die Torte! Hier, nimm doch einfach mein Stückchen.« Energisch hält sie mir ihren Teller entgegen. »Ich sollte ja ohnehin nicht. Der Zucker, weißt du?«

Ich hebe beide Hände, um den Teller abzuweisen. Allein beim Gedanken an Sahnetorte wird mir ganz flau im Bauch.

»Du musst etwas essen«, beharrt Großtante Adelheid. »Du bist so entsetzlich blass und schmal. Bestimmt isst du nicht genug. Ich weiß noch, als damals mein lieber Reiner – Gott hab ihn selig ...«

Schnell nehme ich den Teller entgegen. »Danke, Großtantchen, das ist sehr fürsorglich von dir.«

Sie sieht mich erstaunt an.

»Jetzt setze ich mich zu Caroline, in Ordnung? Und ich esse den Kuchen, versprochen.«

Ehe sie noch ein Wort über Großonkel Reiner verlieren kann, schiebe ich mich an zwei in Zartrosa gewandeten Cousinen vorbei zu meinem Platz schräg gegenüber von Caroline. Die lässt hastig den Buntstift sinken und klappt ihr Malbuch zu, um mir dabei zuzusehen, wie ich das Schatzkistchen mit Keksen und die Rose beiseiteschiebe und meinen Kuchenteller abstelle. Warum Großtante Adelheid sich so ein enormes Stück Sahnetorte geholt hat, wenn sie doch wegen ihres Blutzuckers aufpassen muss, ist mir ein Rätsel. Gleich zwei grellpinke Marzipanrosen haben darauf Platz und dazwischen eine dicke Haube mit Goldglitter bestreute Sahne auf einer zentimeterdicken Schicht von noch mehr Sahne. Die Füllung ist rosafarben und riecht nach Himbeeren.

»Möchtest du keinen Kuchen?«, frage ich Caroline, die mich immer noch über ihr geschlossenes Malbuch hinweg beäugt.

Sie schüttelt den Kopf, knetet ihre Hände, zieht sie dann hastig von der Tischfläche und setzt sich darauf. »Ich mag keinen Kuchen«, erklärt sie. »Der ist sowieso ungesund.«

Ein Kind, das keinen Kuchen mag. Zu so etwas kann auch nur mein Bruder kommen. Ich möchte wetten, Carolines Lieblingsessen ist Blattspinat mit Kartoffeln und Ei. Ohne Leberkäse natürlich – der ist sowieso ungesund.

Ich weiß nicht, was ich auf ihre Feststellung erwidern soll. Armin konnte gut mit Kindern. Er hat mit ihnen herumgealbert und sie nach der Schule gefragt. Ich bin mir allerdings nicht mal sicher, ob Caroline schon in die Schule geht oder noch in den Kindergarten. Seit mein Bruder Louis mit Lara verheiratet ist, beschränkt sich unser Kontakt zueinander auf Familienfeiern. Die finden bei einer Familie dieser Größe auch noch häufig genug statt, um eine Überdosis von Laras blödem Gerede zu bekommen.

Dass ich meine Nichte so selten sehe, ist allerdings schade. Sie ist eigentlich ein niedliches kleines Ding mit ihren blonden Locken und der Zahnlücke.

»Schmeckt der Kuchen nach Erdbeeren?« Caroline wendet den Blick nicht von mir und meinem Kuchen ab.

Ha, so viel zum Thema, sie würde keinen Kuchen mögen!

»Magst du einfach einen Bissen probieren?«, biete ich an. »So ungesund ist ein kleines Stückchen Torte bestimmt nicht. Außer man hat Diabetes wie Großtante Adelheid. Diabetes bedeutet …«, setze ich schnell an, doch Caroline vollendet meinen Satz wie aus der Pistole geschossen: »… Zuckerkrankheit. Das bekommt man, wenn man zu viele Süßigkeiten isst.«

»Äh ... wirklich?« Unschlüssig drehe ich mein Kuchengäbelchen in den Händen. »Ich dachte immer, das sei eine erbliche Krankheit.«

»Caroline!«, tönt es da quer durch den Saal. »Belästigst du etwa Michelle? Wir haben doch darüber gesprochen, dass die anderen Gäste beim Essen gerne ihre Ruhe haben wollen!« Mein Bruder Louis balanciert eine volle Kaffeetasse zu seinem Platz und sieht seine Tochter von oben mit hochgezogenen Augenbrauen an.

Ich betrachte die beiden und stelle fest, dass Caroline ihm zum Glück viel ähnlicher sieht als ihrer Mutter. Sie hat zwar Laras blonde Haare, aber Nase und Kinnpartie eindeutig von ihm. Und die Locken. Louis hatte als Kind wunderschöne Ringellöckchen, die ihn als Engel hätten durchgehen lassen, wenn sie blond statt schwarz gewesen wären. Jetzt trägt er allerdings einen so radikal kurzen Haarschnitt, dass man davon nichts mehr sehen kann. Vermutlich ist das auch Sinn der Sache, denn Louis hat seine Locken schon immer gehasst.

»Sie belästigt mich doch nicht.« Ich bedenke meinen Bruder mit einem Blick, der ihm hoffentlich deutlich macht, wie albern sein Vorwurf ist. »Wir unterhalten uns ausgezeichnet. Nicht wahr, Caroline?«

Caroline sieht ihren Vater fragend an.

»Sie kann reden wie ein Buch«, seufzt dieser an mich gewandt. »Wenn ein Kind sprachlich so überaus weit für sein Alter ist wie Caroline, ist es schwer, das zu unterbinden.« Er sieht wieder zu seiner Tochter. »Aber dieses Malbuch ... Caroline, das ist doch nun wirklich für Babys. Willst du nicht lieber ein bisschen dein Hörbuch anhören?« Erklärend fügt er für mich hinzu: »Englisch für Vorschulkinder, weißt du? Sprachlich begabte Kinder muss man eben fördern.«

Um Louis nicht fassungslos anzustarren, wende ich mich hastig meinem Tortenstück zu und steche mit der Gabel beherzt die Spitze ab. »Was ist jetzt? Magst du probieren, Caroline?«

»Oh, Caroline isst keinen Kuchen!«, geht Louis jedoch sofort dazwischen. »Wir haben alle unseren Zuckerkonsum überdacht und eingeschränkt. Den Kaffee« – er deutet zu seiner Tasse – »trinke ich natürlich auch schwarz. Du wirst nicht glauben, wie viel Zucker der durchschnittliche Deutsche am Tag zu sich nimmt. Es ist ...«

Er verstummt, als ich mir den ersten Bissen Sahnetorte in den Mund schiebe. Sein Gesicht, während ich das gesamte Stück Kuchen von Großtante Adelheid innerhalb kürzester Zeit verputze, ist unbezahlbar. Es ist sogar fast so gut, dass es die Übelkeit wert ist, die ich als Quittung bekomme.

Während im Saal die Hochzeitssuppe in großen Terrinen aufgetragen wird, hänge ich in der Damentoilette über der Kloschüssel und erreiche den absoluten Tiefpunkt des Tages. Heulend und zittrig und immer noch mit dem Gefühl, mein mittlerweile leerer Magen wolle sich jeden Moment nach außen stülpen, rufe ich mir schließlich ein Taxi, das mich zurück nach Wolframs-Eschenbach bringt.

Kapitel 3 – Michelle

»Wir brauchen das Exposé.«

Ich beschließe, dass der nächste Tag auf der Liste von wirklich miesen Tagen keinen Top-30-Platz einnehmen darf. Was bedeutet, er muss besser werden als die gesamten vier Wochen, seit Armin am Morgen das Haus verlassen hat und nicht wiedergekommen ist.

Damit zu beginnen, zu einer beinahe anständigen Uhrzeit unter der schützenden Decke hervorzukriechen, halte ich für eine gute Idee. Mein zweiter Schritt zu einem fast normalen Tag ist, ausgiebig zu duschen, und das einzige Zugeständnis, das ich mir dabei erlaube, ist, ein weiteres Gedankengespräch mit Armin zu führen, während das heiße Wasser über meinen zitternden Körper strömt.

Wir reden über Alltäglichkeiten oder jedenfalls über Dinge, die alltäglich sind, wenn man mit einem Autor verheiratet ist.

»Esmé hat mir verraten, dass sie mit Alan streiten wird.«

»Ich wünschte, sie hätte es dir nicht mitten in der Nacht verraten.«

»Habe ich dich aufgeweckt?«

»Als du plötzlich hochgefahren bist, das Licht angeschaltet hast und aus dem Bett gesprungen bist? Nein, nein, davon wacht man doch nicht auf.«

»Das tut mir leid, Liebling.«

»Tut es nicht. Spätestens übermorgen Nacht machst du wieder das Gleiche. Ich kenn doch meinen verrückten Mann. Erzählst du mir, worüber Esmé und Alan streiten?«

»Bestimmt nicht darüber, dass Alan sie versehentlich aufgeweckt hat ...«

Weil ich unter einem Strahl fließenden Wassers stehe, muss ich mir nicht einmal die Mühe machen, mir die Tränen aus dem Gesicht zu wischen. Sie werden einfach fortgespült. In der Realität hätte ich es mir mit Armin auf dem Sofa gemütlich gemacht, den Kopf in seinem Schoß, und hätte mir von Esmés und Alans Streit erzählen lassen. Vielleicht nicht einmal unbedingt, weil das an sich so spannend gewesen wäre. Um ehrlich zu sein, weiß ich nicht einmal, ob ich Armins erfolgreiche Buchreihe *Neema*, deren Hauptfigur besagte Esmé ist, jemals gelesen hätte. Sie ist eigentlich nicht mein Ding. Aber ich habe es schon immer geliebt, Armin über seine Bücher reden zu hören.

Er hat stets von seinen Figuren erzählt, als wären sie in Wahrheit gute Freunde von ihm. Esmé hat dies gesagt, Alan hat sich wieder jenes erlaubt, stell dir vor.

Unwillkürlich frage ich mich, ob ich ihn ausreichend unterstützt habe. Ja, ich habe immer zugehört, war neugierig auf seine Ideen. Ich habe mir am Abend die neuen Kapitel vorlesen lassen und war stets top darüber informiert, woran er gerade arbeitete. Doch ich fürchte, ich habe mich dabei vor allem für ihn interessiert und nur deshalb auch für seine Bücher. Ich fand die Geschichten, die er sich ausdachte, wunderschön, keine Frage. Aber vermutlich war ich ein wenig voreingenommen, denn am allerschönsten war Armins Begeisterung für sie.

Das Problem mit Armins Büchern ist nämlich, dass sie religiös sind. Ich meine, sie sind keine von diesen christlichen Moralromanen, in denen ein armer, abgeirrter Mensch auf den rechten Weg zurückgeführt wird. Sie haben auch nichts mit Kirche zu tun. Armin hat, was die christliche Botschaft angeht, immer eher auf die symbolische Ebene gesetzt.

Esmé, die Braut, die auf ihren Bräutigam wartet, der sich für sie geopfert hat und das Land verlassen musste. Sie ist der festen Überzeugung, dass er wiederkommen wird, aber um ehrlich zu sein, sieht es nicht so aus. Eli ist weg, er hat sie zurückgelassen. Doch sie klammert sich an sein Versprechen.

Meine Familie ist unheimlich religiös und entsprechend wurde ich auch erzogen. Aber in diese Handlung hätte ich nun nicht unbedingt irgendetwas Christliches hineininterpretiert, wenn Armin mir nicht erklärt hätte, dass die Braut in der Bibel ein Bild für die Gemeinde ist, die darauf wartet, dass ihr Bräutigam – Jesus – wiederkommt.

Stutzig geworden wäre ich – religiöse Erziehung hin oder her – wahrscheinlich erst, als Elis bester Kumpel Alan ihn eiskalt dreimal verleugnet und danach eine unerklärliche Phobie vor Federvieh entwickelt.

Als ich schließlich widerwillig das heiße Wasser abstelle und tropfnass auf den Badvorleger steige, habe ich eine Nachricht von Armin.

Einen Moment lang fühlt es sich so an, als wäre ich verrückt geworden. Verrückt vor Schmerz, als die Erinnerung über mich hereinbricht, während ich den Spiegel anstarre, der nach meiner übertrieben heißen Dusche gründlich beschlagen ist.

Lüften nicht vergessen! Ich liebe dich, Armin, steht deutlich sichtbar darauf. Mit dem Finger auf das beschlagene Glas gemalt, abgekühlt, unsichtbar geworden und jetzt wieder aufgetaucht, als hätte er es eben erst geschrieben. Wie kann ich es bisher übersehen haben? Aber wahrscheinlich habe ich einfach nie lange genug geduscht, um die Nachricht zum Erscheinen zu bringen.

Weil sich vor Hitze und Schock das Badezimmer um mich herum zu drehen beginnt, lasse ich mich auf den Badewannenrand sinken und starre den Spiegel an, bis die Schrift verblasst. Das Abtrocknen kann ich mir anschließend sparen. Allerdings ist mir so kalt, dass ich auch dann noch wie Espenlaub zittere, als ich einen meiner dicksten Winterpullover und eine Jogginghose übergezogen und meine angetrockneten Haare heiß geföhnt habe.

Jetzt muss ich mich zusammenreißen, sonst ist auch dieser Tag wieder hoffnungslos verloren. Ich zwinge mich, die knarrende Holztreppe hinunterzugehen. Unser Haus ist klein und hat schon einige Jahre auf dem Buckel. Aber genau das war der Grund, warum wir es gekauft haben. Armin hat immer gesagt, in einem Neubau könne kein Mensch ernsthaft Romane schreiben. Die alten, geschichtsträchtigen Räume eines hundert Jahre alten Hauses seien die beste Inspiration der Welt, weil man dort die Stimmen aus vergangenen Jahrzehnten flüstern hören könne.

Ich habe ihn damit aufgezogen, indem ich gefragt habe, ob er nicht schon genug Stimmen höre, wenn seine Romanfiguren sich wieder einmal mit ihm unterhielten. Aber in das Haus habe ich mich auch auf den ersten Blick verliebt. Es ist perfekt. Verbaut nennt es meine Mutter, gemütlich und verwinkelt fanden Armin und ich es. Das Erdgeschoss besteht größtenteils aus dem Wohnzimmer. Nur dass irgendjemand durch das ausgeklügelte Ziehen von Wänden eine Garderobennische, ein nur einen halben Meter breites Gästebadezimmer und eine aus irgendeinem Grund L-förmige Küche davon abgeschnitten hat. Die Form des Wohnzimmers ist deshalb nicht wirklich zu beschreiben. Es hat jedenfalls ziemlich viele Ecken. Und in einer davon führt die steile Holztreppe ins Obergeschoss, die ich jetzt frisch geduscht und luftgetrocknet herunterklettere.

Die Küche versinkt im Chaos. Obwohl ich dachte, ich hätte seit Armins Tod so gut wie nie etwas zu essen zu mir genommen, stapeln sich schmutzige Teller und Schüsseln auf der Anrichte und im Schrank finde ich nur eine einzige saubere Tasse.

Ich stecke den Wasserkocher aus und die Kaffeemaschine ein – eine lästige Notwendigkeit, weil wir nur eine einzige Steckdose für die beiden Geräte haben, die sie sich auch noch mit dem Toaster teilen müssen. Während die Kaffeemaschine ihre Arbeit macht, unternehme ich einen kläglichen Versuch aufzuräumen. Das Ergebnis ist ein schmaler Streifen leere, mehr oder weniger saubere Arbeitsfläche und ein Spülbecken, das so voll ist, dass ich einen waschechten Springbrunnen in der Küche hätte, wenn ich jetzt den Wasserhahn aufdrehen würde.

Ich bin trotzdem sehr stolz auf mich. Es muss am beruhigenden Gluckern und Brodeln der Kaffeemaschine liegen – ich habe mich fünf Minuten mit etwas durchaus Sinnvollem beschäftigt und dabei nicht einmal geheult, obwohl allein der Geruch des Kaffeepulvers Armins Namen zu schreien scheint. Eigentlich ist er der Kaffeetrinker von uns beiden. Ich liebe nur die Geräusche und Düfte, die damit verbunden sind. Und an Armins voller Tasse zu nippen, obwohl ich von mir aus nie auf die Idee kommen würde, die schwarze Brühe so ganz ohne Milch oder Zucker zu trinken.

Die Milch im Kühlschrank macht keinen besonders vertrauenserweckenden Eindruck. Ich kann mich nicht mal erinnern, wann ich sie gekauft und geöffnet habe. Also schütte ich sie lieber nicht in meinen Kaffee und kompensiere diesen Mangel mit einigen Extralöffeln Zucker, während ich mir noch einmal Louis' entsetztes Gesicht in Erinnerung rufe, mit dem er zugesehen hat, wie ich die Sahnetorte verspeist habe. Mein Magen macht bei diesem Gedanken allerdings so etwas wie einen Salto mortale und ich befasse mich lieber nicht länger mit Erinnerungen an Sahnetorte.

Als ich gerade den ersten Schluck Kaffee nehmen will, klingelt das Telefon. Ich hätte das Ding wirklich ausstecken sollen. Schade, dass es im Gegensatz zur Kaffeemaschine seine höchsteigene Steckdose zur Verfügung hat. Gleich nach dem Anruf aus dem Krankenhaus hätte ich es vom Netz nehmen sollen. Seit Armins Tod klingelt es ununterbrochen und jedes Mal überkommt mich der kaum unterdrückbare Drang, mir die Ohren zuzuhalten. Noch mehr Beileidsbekundungen will ich nicht hören – dazu hatte jeder, der es nicht lassen konnte, auf der Beerdigung oder spätestens zu Beatrice' Hochzeit Gelegenheit. Aber noch schlimmer wäre es, ein ahnungsloser Anrufer würde nach Armin fragen. »Guten Tag, Frau Prinz, ich möchte gerne Armin sprechen.« Ich weiß nicht, was ich dann antworten und erst recht nicht, was ich anschließend tun würde.

Ich lasse meine volle Kaffeetasse in der Küche stehen, wild entschlossen, den Stecker des blöden Telefons zu ziehen. Das

Ding steht im Wohnzimmer. Armin hat es gekauft und sich, wer weiß aus welchem Grund, für eines dieser altmodischen Exemplare mit einer geringelten Schnur zwischen Station und Hörer entschieden. Dank des Kabels muss man am Fuß unserer steilen Holztreppe telefonieren, ob man will oder nicht, und kann dabei höchstens äußerst unbequem auf der Armlehne des Sofas sitzen, während das gespannte Telefonkabel eine lebensgefährliche Falle wird. Und das im 21. Jahrhundert.

Vielleicht werfe ich das Teil auch einfach in den Müll. Kaum habe ich das zu Ende gedacht, zieht sich etwas in mir schmerzhaft zusammen. Mir ist klar, dass ich das fürchterliche altmodische Telefon niemals wegwerfen werde, und wenn ich es noch so sehr hasse. Armin hat es gekauft.

Zärtlich streiche ich über das glatte Plastik des gebogenen Hörers, gebe mir mit aller Kraft, die ich aufbringen kann, einen Ruck und hebe ab.

»Michelle Prinz?« Es klingt mehr wie eine Frage als wie eine Vorstellung.

»Wunderbar!«

Schon bereue ich meinen plötzlichen Mut. Egal, wer das ist, jemanden, der sich mit so einem Wort am Telefon meldet, kann ich gerade wirklich nicht gebrauchen.

»Josef Heppenheimer hier«, setzt die Stimme am anderen Ende jedoch bereits zu einem gewaltigen Redeschwall an. »Frau Prinz ... Michelle. Die Nachricht vom tragischen Tod Ihres Mannes hat uns in der Agentur sehr erschreckt. Grauenhaft. Er war ja noch so jung und so vielversprechend. Sicher haben Sie den kleinen Nachruf gesehen, den wir uns in die Zeitung zu setzen erlaubt haben. Armin, der Große – was für ein Verlust!«

Die verflixte finnische Sieben. Ich muss sie nachschlagen. Zählen auf Deutsch und Französisch reicht einfach nicht aus, um mich zu beruhigen und davon abzuhalten, etwas ganz schrecklich Grässliches zu sagen.

Ich klappe gerade den Mund auf, da sprudelt Heppenheimer

schon weiter: »Nun, jedenfalls möchte ich Ihnen im Namen der gesamten Literaturagentur mein herzliches Beileid aussprechen. Es muss schwer für Sie sein.«

Das ist das erste halbwegs Einfühlsame, das er sagt. Deshalb verzichte ich auch darauf, ihm zu erklären, dass es geeignetere Wörter als *schwer* gibt und dass er als Literaturagent doch eine ganze Bandbreite davon kennen sollte. *Unerträglich* wäre so ein Wort. *Vernichtend. Zerschmetternd.*

Heppenheimer räuspert sich. »Als Agent Ihres Mannes kommt mir darüber hinaus aber auch die undankbare Aufgabe zu, mit Ihnen über das weitere Vorgehen zu sprechen.«

Er beginnt, irgendetwas von Verlagsangelegenheiten zu reden, wirft mir ein paar eindrucksvoll klingende Zahlen an den Kopf und verliert mich schon nach dem ersten halben Bandwurmsatz. Meine Aufmerksamkeitsspanne ist momentan nicht die längste und ich denke sehnsüchtig an meinen Kaffee, der in der Küche steht. Hätte ich ihn nur nicht dort gelassen. Hätte das Telefon doch nur nicht diese Schnur. Wäre ich doch nur so dreist, Heppenheimers Stimme im Hörer einfach hier liegen zu lassen und meinen Kaffee zu holen, ehe er auch nur merkt, dass ich weg bin.

Gerade überlege ich, ob ich das tun soll, da dringen doch ein paar Satzfetzen zu mir durch und ich werde stutzig. »Was haben Sie gerade gesagt?«

Es folgt ein kurzes Schweigen. »Bezüglich der Jahresabrechnung?«

»Nein.« Ich umklammere den Hörer fester. »Das andere. Das mit dem Vorschuss. Sagten Sie, der Verlag will, dass ich den Vorschuss, den Armin für sein Buch bekommen hat, zurückzahle?«

Heppenheimer seufzt. »Ah ja, das. Nun, ja, ich fürchte ... Es war immerhin ein sehr großzügiger Vorschuss für ein noch nicht fertiggestelltes Manuskript.«

»Die ersten beiden Bände waren Bestseller. Der Vorschuss für den dritten Band war durchaus angemessen.«

Ich weiß noch genau, wie Armin aus dem Häuschen gewesen

ist, als er mir die Summe genannt hat. Seine regelmäßigen Einkünfte aus Honoraren für vorhergehende Bücher, Lesungen und Konferenzen haben immer gereicht, um uns gut über die Runden zu bringen. Aber wir haben nie viel übrig gehabt – nicht genug jedenfalls, um uns eine Erstausgabe von Goethes *Faust* davon zu kaufen, wie Armin immer gesagt hat. Bis zum überraschenden Durchbruch dieser Buchreihe.

Da offenbar alle Erstausgaben von Goethes »Faust« vergriffen waren oder das Buch doch nicht so hoch auf Armins Wunschliste stand, war unsere erste Investition mein Kleid für Beatrice' Hochzeit. Das Scheherazade-Kleid, das traurig und missachtet oben im Schrank hängt. Die zweite war eine Woche Urlaub. Der erste seit unseren Flitterwochen. Wir sind nach Finnland geflogen und haben vergeblich auf die Nordlichter gewartet, aber dafür Grillimakkara über dem Lagerfeuer geröstet, uns in einem enorm großen Wald verlaufen, in einem alten Leuchtturm übernachtet und ...

»Frau Prinz«, reißt Heppenheimer mich aus den Erinnerungen. »Das Problem mit dem Vorschuss ist, dass der Verlag das Manuskript, für das er gedacht war, noch nicht erhalten hat. Der Abgabetermin war erst für Anfang Mai vorgesehen. Und da ich nicht annehme, dass Ihr Mann den Entwurf bereits beendet hat ... oder hat er?« Ein unverkennbarer Funken Hoffnung schwingt in der Stimme des Agenten mit. Wenn es nicht alles so traurig wäre, würde mich das überzeugte Nein, das ich ihm entgegenwerfe, mit Genugtuung erfüllen. Wenigstens fällt damit auch seine Welt ein bisschen in sich zusammen. Was ist schon eine Bestseller-Trilogie ohne ihren finalen Band?

»Sehen Sie, genau da liegt der Hund begraben. Und ...« Wieder räuspert er sich. »Das ist auch eine weitere Angelegenheit, die ich mit Ihnen besprechen muss. Wir brauchen das Exposé.«

»Was?«

»Das Exposé, den Plot. Das angefangene Manuskript und alle Notizen zur Handlung. Alles, was Sie auftreiben können. Ihr

Mann hat doch sicher eine Skizze dessen niedergeschrieben, was im dritten Band passieren sollte.«

»Nein«, sage ich schlicht.

»Nei... aber es muss eine Skizze geben!« Nun liegt eindeutig Panik in Heppenheimers Stimme. »Er muss doch bereits geplant haben, wie es weitergehen sollte.«

»Natürlich hat er das.«

»Na, sehen Sie. Und diese Notizen ...«

»Er hatte es alles im Kopf. Armin hat solche Dinge nie aufgeschrieben.«

Es rauscht in der Leitung und ich bilde mir ein, Heppenheimer mehrmals leise ausatmen zu hören. Vielleicht zählt jetzt er im Kopf bis zehn. Auf Chinesisch meinetwegen.

»Hat er Ihnen denn nie eine Handlungsskizze oder so etwas gegeben?«, nutze ich sein Schweigen, um den Spieß umzudrehen. »Immerhin haben Sie doch von Anfang an mit ihm an diesem Projekt gearbeitet. Sie sind sein Agent!«

»Wir haben darüber gesprochen«, stöhnt mein Gesprächspartner verzweifelt in die Leitung. »Aber ich habe nie ... Er hat nicht ... Das ist eine Katastrophe! Wie soll ein Ghostwriter denn das Buch fertigstellen, wenn es keine Notizen zum Fortlauf der Handlung gibt?«

»Ein *was*?«

»Ein Ghostwriter ist jemand, der etwas anstelle eines anderen niederschreibt«, erklärt Heppenheimer ungeduldig. »Und es unter dessen berühmtem Namen veröffentlicht, um ...«

»Ich weiß, was Ghostwriting ist. Armin hat nichts davon gehalten. Und ich auch nicht.«

»Hören Sie!« Ich kann mir richtig vorstellen, wie Heppenheimer sich mittlerweile die Haare rauft. »Uns fehlt der dritte Band, der die Reihe abschließt. Der Showdown. Das große Finale. Wenn wir schnell handeln, können wir jemanden darauf ansetzen, das fehlende Ende zu schreiben, und es immer noch so aussehen lassen, als hätte Armin das Manuskript wunderbarerweise vor seinem Tod fertiggestellt. Am Tag vor dem Unfall den letzten Schlusspunkt gesetzt. Was für ein Autor, seinen Geschichten verpflichtet bis zum Ende.«

In mir brennt eine Sicherung durch. Heppenheimers Stimme hört sich weit, weit entfernt an. Vielleicht habe ich den Hörer sinken lassen oder vielleicht rauscht mir nur das Blut in den Ohren. Armin hat für seine Bücher gelebt. Die Magie der Worte hat ihn angetrieben, ihn am Morgen – oder manchmal mitten in der Nacht – aus dem Bett und an den Schreibtisch geholt. Mit dem, was er sich ausdenken konnte, hat er die Menschen verzaubert. Mich. Und so viele andere. Diese Geschichte war mehr für ihn als eine Bestseller-Trilogie, mehr als sein großer Durchbruch. In ihr fließt und pulsiert das, was ihn bewegt hat, was ihn ausgemacht und ihn zu dem gemacht hat, der er war. Der Gedanke, jemand anders könnte sie mit seinen lieblos dahingetippten Worten entstellen, ist unerträglich.

»Ein Ghostwriter würde nie ... Was denken Sie sich eigentlich ... Niemand könnte so wie Armin ...« Mir fehlen schlichtweg die Worte. »Sie können doch nicht einfach … Sie dürfen auch gar nicht …« Ich packe den Hörer fester, krame alle Wörter und Sätze zusammen, die in meinem rauschenden Hirn gerade noch zu finden sind, und werfe sie Heppenheimer an den Kopf. Das Netteste davon ist noch der Hinweis, dass er kein Recht hat, einfach so über Armins Gedankengut zu verfügen.

Ich weiß nicht, was er darauf erwidert, denn noch ehe er dazu kommt, wünsche ich ihm einen wunderbaren restlichen Tag und werfe den Hörer auf die Gabel. Das schwarze Kabel schnurrt zu einer Spirale zusammen und baumelt wild von der Tischkante.

Dieser furchtbare Kerl. Es ist mir egal, dass Armin große Stücke auf ihn gehalten hat. Dass es Heppenheimers Vertrauen war, das Armins Buchreihe zu dem Erfolg gemacht hat, der sie geworden ist. Er hat Armin gekannt und trotzdem denkt er nur an die Menge an verkauften Büchern, an die Summe verlorenen Geldes und vielleicht ein bisschen an all die Werke, die Armin nun niemals schreiben und veröffentlichen wird.

Diese unumstößliche Tatsache fährt wie ein Stich durch meine Eingeweide. All die Geschichten, die er mir schon anvertraut, aber nie zu Papier gebracht hat. All die Ideen, die er noch nicht einmal auszusprechen gewagt hat, und all die Einfälle, die ihm vielleicht erst eines Tages gekommen wären ... sie sind weg. Mit Armin verschwunden.

Der Gedanke treibt mir die Tränen in die Augen. Nicht weil ich wie Heppenheimer an verlorene Einnahmen und Ränge auf Bestsellerlisten denke. Sondern weil jede dieser ungeschriebenen Geschichten ein weiteres Stück von Armin ist, das ich nicht festhalten und nie wieder zurückbekommen kann.

Während das Kabel unseres hässlichen Telefons weiter vor sich hin baumelt, stürme ich in die Küche und schütte den Inhalt meiner Tasse in den Abfluss. Armin war der Kaffeetrinker, nicht ich.

Kapitel 4 – Michelle

**»Das wäre doch nicht nötig gewesen.
Aber ich komme gerne.«**

Den restlichen Tag verbringe ich auf dem Sofa. Zwei- oder dreimal klingelt das Telefon noch, aber ich mache mir nicht die Mühe aufzustehen. Es ist mir egal, ob es Heppenheimer ist oder vielleicht Beatrice, oder noch schlimmer: meine Mutter, die sich nach meinem Befinden erkundigen will. Ich bleibe in meiner Fleecedecke gewickelt, starre in unser unordentliches Wohnzimmer und stelle mir vor, Armin hantiere hinter meinem Rücken in der Küche.

In einem so alten Haus wie unserem knackt und knarzt es immer irgendwo. Deshalb ist es gar nicht schwer, mir einzureden, ich wäre nicht allein. Mit ein bisschen Fantasie höre ich sogar das leise Zischen eines Topfs mit aufkochender Milch auf unserem Gasherd. Armin macht heiße Schokolade. Mit Minimarshmallows. Seit er das einmal in einem Buch gelesen hat, liebt er das klebrige Heißgetränk und serviert es als Heilmittel gegen fast alles. Kalte Wintertage, schlechte Nachrichten, Schreibblockaden, Menstruationsbeschwerden oder miese Laune im Allgemeinen.

»Mag Esmé eigentlich heiße Schokolade?«, rufe ich ihm vom Sofa aus zu.

In der Küche klappert es. »Ich weiß nicht. Vielleicht sollte ich sie fragen. Nach dem Streit mit Alan könnte sie sicher eine gebrauchen.«

»Ja, frag sie«, stimme ich zu und ziehe mir die Fleecedecke bis zum Hals. »Andererseits ... gibt es in Neema überhaupt Schokolade? Das Land kommt mir ziemlich historisch vor.«

»Na hör mal, Trinkschokolade kannten schon die alten Azteken! Sie haben sie mit Chili gewürzt und nannten sie Xocoatl.«

»Untersteh dich, Chili in *meine* heiße Schokolade zu mischen!« Ich will aufspringen und in die Küche rennen, kann mich aber gerade noch zurückhalten. Ich darf nicht. Meine Gespräche mit Armin funktionieren nur so lange, wie ich es ertragen kann, mich dabei nicht zu ihm umzudrehen oder zu ihm zu gehen. Denn wenn ich das tue, erschlägt mich die grässliche, kalte Wahrheit seiner Abwesenheit, sobald ich den leeren Raum hinter mir erblicke.

»Findest du es verrückt, dass ich mit dir rede, als wärst du noch da?«, flüstere ich in meine Decke hinein, während ich die Tränen zurückzudrängen versuche. Eigentlich ist das auch ein Tabu – mit Armin über seinen Tod zu sprechen. Aber ich muss ihn einfach fragen.

Zuerst bleibt es still. Dann glaube ich, Armins tiefes, brummiges Lachen in meinem Ohr zu hören. »Michelle, da fragst du den Falschen. Ich rede mit meinen Romanfiguren und die waren streng genommen noch nie da.«

Der Gedanke tröstet mich. Wie oft habe ich Armin mit seinen Zwiegesprächen mit Esmé, Alan und den ganzen anderen Hirngespinsten aufgezogen. Und wie oft hat er beteuert, das sei nicht halb so verrückt, wie es klingt, sondern im Gegenteil sehr förderlich für seine Kreativität und Motivation. Wenn man seine Figuren nur gut genug kenne, hat er erklärt, dann wäre es das Normalste der Welt, dass sie anfangen zu sprechen. Und wenn sie schon sprechen, so müsse er doch wohl auch antworten.

Ich habe Armin gekannt. Wie sonst keinen Menschen auf der Welt. Seine Macken und Eigenheiten, seine Tonlage in jeder Situation, alle Fältchen in seinem Gesicht. Jetzt weiß ich auch, was er damals gemeint hat: Wenn man jemanden so gut kennt, dann weiß man, was er in einem bestimmten Moment sagen würde, und dann malt man sich eben auch aus, was man antworten würde. Und schon ist man mitten in der schönsten Konversation, ganz egal, ob der Gesprächspartner wirklich da ist oder nicht.

ʘʒ

Gegen Abend halte ich es auf dem Sofa nicht mehr aus. Mein Rücken tut weh und mein Kreislauf hat sich von all dem Herumliegen schon vor Stunden verabschiedet. Ziemlich benommen tapse ich in die Küche, in der es mittlerweile fast dunkel ist, weil das einzige Fenster nach Norden zeigt. Bei Licht ist es allerdings auch nicht viel besser: Das Geschirr stapelt sich immer noch bis zum Wasserhahn und die Neonröhre über dem Herd macht die Kalkflecken und noch so einiges andere auf der Arbeitsfläche sichtbar.

Ich spiele einen Augenblick mit dem Gedanken, den Abend mit Putzen zu verbringen, doch in diesem Moment knurrt mein Magen. Verständlich. Das arme Ding hat den ganzen Tag noch nichts Anständiges zum Verdauen bekommen.

Im Kühlschrank herrscht Chaos. Welker Salat, eine angeschimmelte Gurke, eine Packung abgelaufene Putenstreifen, Senf, eine halbe Zwiebel in Frischhaltefolie, Butter und ein offenes Glas Quittenmarmelade von meiner Mutter. Mir fällt beim besten Willen nichts ein, was man daraus kochen könnte, und um die Vorratsschränke zu durchwühlen, fehlt mir die Energie.

Zum Glück finde ich im Gefrierfach eine große Plastikpackung Ente süßsauer. Armins eiserner Vorrat für Nächte vor dem Computer, weil er nach eigener Aussage spätestens um zwei Uhr Hunger bekommt wie ein Bär und das Magenknurren ihn enorm beim Schreiben stört.

Während das Essen in einer Pfanne brutzelt, decke ich den Tisch. Fertigessen aufzuwärmen, erfordert nicht viel Aufmerksamkeit. Deshalb habe ich jede Menge Zeit, die guten Gläser rauszukramen und zu polieren, Servietten zu falten und eine Kerze aufzustellen, die ihren warmen Lichtschein über das weiße Porzellan wirft. Die Flamme spiegelt sich auf den Tellern und in den Verzierungen der beiden Gläser.

Noch mit dem Besteck in den Händen erstarre ich. Zwei Teller, zwei Gläser, zwei Servietten. Hinter mir zischt das Essen auf dem

Herd und verlangt nach meiner Aufmerksamkeit, aber ich kann mich nicht bewegen. Fassungslos starre ich auf den gedeckten Tisch und würde ihn am liebsten packen und umwerfen.

Alternativ könnte ich zur Treppe gehen und Armin zum Essen rufen. Es wenigstens versuchen und mich für eine winzige glückselige Sekunde der Hoffnung hingeben, jeden Moment seine polternden Schritte auf den Holzstufen zu hören. Aber dann wäre die Enttäuschung hinterher nur umso bitterer.

Also umklammere ich das Besteck nur fester und hechte zum Telefon im Wohnzimmer. Trotz meiner um Messer und Gabeln verkrampften Hände wählt sich die Nummer wie von allein.

Eine Weile lausche ich dem Tuten in der Leitung, dann ertönt eine Stimme, die an Weihnachtsglocken erinnert – aufgeregt, hell und warm: »Hallihallo, das ist der Anrufbeantworter von Chrys oder, falls du mein Vater bist, Chrysantha. Wie du hörst, bin ich gerade nicht da. Aber wenn ich wiederkomme, freue ich mich vielleicht über deine Nachricht.«

Ich könnte auflegen, aber die Worte haben sich schon in meiner Kehle gebildet und stecken dort fest, wenn ich sie nicht loswerde. Kaum erklingt der Piepton, stoße ich schluchzend aus: »Chrys, ich hab gerade den Tisch gedeckt. Für zwei. Und jetzt will ich nach Armin rufen, aber ich weiß, dass er nicht kommt. Und am liebsten würde ich das blöde Geschirr an die Wand ...«

»Michelle?« Chrys' Stimme klingt atemlos, aber trotzdem noch wie Weihnachtsglocken.

Nun brechen bei mir endgültig alle Dämme und ich erzähle ihr ohne Punkt und Komma noch einmal die ganze Geschichte bis hin zu den polierten Gläsern. Chrys hört zu, wie nur Chrys es kann. In Gedanken sehe ich sie nachdenklich dazu mit dem Kopf wippen.

»Ach Mäuschen«, sagt sie dann. »Das wäre doch nicht nötig gewesen. Aber ich komme gerne.«

Chrys und ich kennen uns seit der Mittelstufe am Platen-Gymnasium. Sie kam mitten im Schuljahr neu in die Klasse, nachdem sie mit ihrem Vater nach Ansbach gezogen war. Zwei Wochen später lud ich sie zum ersten Mal zu mir nach Hause ein, und weil sie auch dann nicht die Flucht ergriff, als meine Mutter sie nach Strich und Faden ausquetschte, wurden wir Freundinnen.

Das Beste an einer so langen Freundschaft ist, dass man alles voneinander weiß. Auch das, was schon Urzeiten zurückliegt. Chrys erinnert sich an die unmögliche Frisur, die ich in der neunten Klasse hatte, und an meine kurzzeitige Vorliebe für grellbunten Lidschatten. Sie erinnert sich an meinen ersten Freund und das peinliche Ende dieser ziemlich kurzen Beziehung. Und sie erinnert sich natürlich auch daran, wie ich in der zwölften Klasse Armin kennengelernt habe. Deshalb muss ich nicht viel erklären. Chrys weiß, wie verrückt wir von Anfang an nacheinander waren. Sie kennt unsere Geschichte mit allen Höhen und Tiefen. Und damit weiß sie, auch ohne dass ich es sagen muss, wie endlos die Leere in meinem Herzen ist, seit Armin nicht mehr da ist.

Trotzdem finde ich, dass sie das Haus und mich nicht in diesem Zustand sehen sollte. Zum Glück habe ich heute Morgen geduscht! Ein Blick in den Badezimmerspiegel, auf dem Armins Nachricht gemeinsam mit dem Wasserdampf verschwunden ist, verrät mir allerdings, dass meine Haare nach einem Tag auf dem Sofa wie ein besonders lieblos zusammengeschustertes Vogelnest aussehen. Ich fahre mit der Bürste hindurch und wasche mir sicherheitshalber auch noch das Gesicht, ehe ich über das Chaos in der Küche herfalle. Zum Spülen bleibt keine Zeit, deshalb packe ich kurzerhand einen Teil des schmutzigen Geschirrs und stopfe es in den Kühlschrank. Noch schnell über die Arbeitsfläche gewischt und das Chaos erinnert mehr an eine stressige Woche als an eine völlig unzurechnungsfähige Witwe, die nichts mehr auf die Reihe bringt.

Ich habe kaum Zeit, mich an meinem vollbrachten Werk zu erfreuen, da klingelt es auch schon an der Tür. Chrys muss nach unserem Telefonat wirklich Hals über Kopf aufgebrochen sein, denn auf der B13 herrscht um diese Zeit eigentlich Feierabendverkehr und es ist – laut Armin – die reinste Odyssee, von Ansbach nach Wolframs-Eschenbach zu fahren.

»Ich kann immer noch nicht begreifen, was euch beide geritten hat, hier raus zu ziehen«, erklärt sie, während sie mich mit einem Arm an sich drückt. Unter dem anderen klemmen ihr Helm und ein zerknautschter Rucksack. »Das kann nur auf Armins Mist gewachsen sein. Nur weil dieses Kaff hier wie irgendein mittelalterlicher Dichter heißt, also wirklich! Wenn ich kein Motorrad hätte, würdest du mich wahrscheinlich nie zu Gesicht bekommen. Ich meine, fahren hier eigentlich überhaupt irgendwelche Busse hin?«

Ich liebe es, dass sie über Armin spricht, als wäre er nicht tot. Die meisten Leute vermeiden es komplett, seinen Namen in den Mund zu nehmen, und wenn sie es tun, dann mit dieser unbehaglichen Pause vor jedem Verb, weil sie nicht wissen, ob sie in der Gegenwart oder in der Vergangenheit über ihn reden sollen. Nur Chrys nicht. Und weil sie nicht nur meine, sondern auch Armins beste Freundin war, macht sie sich auch nichts aus diesem ganzen Getue von wegen, man dürfe nicht schlecht über Tote sprechen. Sie beschwert sich heute noch genauso über Armins Wohnortwahl wie bei ihrem Besuch vor knapp fünf Wochen, als Armin noch neben mir stand, um ihr die Tür zu öffnen.

»Schön, dass du da bist«, krächze ich an ihrer Schulter. »Ich hab ... ich war so in Gedanken, dass ich den Tisch ... als hätte ich ganz vergessen, dass ...« Ich kann den Satz nicht vollenden. »Es gibt Ente süßsauer.«

»Ich war schon ewig nicht mehr beim Chinesen.« Chrys bugsiert mich zurück ins Haus und stellt Helm und Schuhe unter den Kleiderständer. »Riecht schon total lecker.«

Ich weiß nicht, was ich ohne Chrys tun würde. Weiter Selbstgespräche führen wahrscheinlich und dabei auf meinen Teller starren, damit ich nicht sehe, dass der Platz mir gegenüber leer ist.

So stopfen Chrys und ich uns mit dem heißen Fertiggericht voll und reden dabei über Gott und die Welt. Auch über Armin. Nicht über seinen Tod, sondern über sein Leben und über seine Bücher.

»... und Armin sagte doch tatsächlich, ich sähe damit aus wie Alice im Wunderland. Ich meine, das Kleid war blau und ich bin blond, aber ...« – Chrys sticht schwungvoll in das letzte Stückchen Ente – »... ich will doch meinen, dass ich ein paar Jährchen älter bin, oder?«

Seit Wochen habe ich nicht mehr so viel und so ehrlich gelacht wie in der letzten halben Stunde. Chrys stört sich nicht daran, dass sie einen Großteil der Konversation allein bestreiten muss. »Und überhaupt war dieser Spruch wieder mal so typisch! Hat er dich nicht auch immer mit dieser einen Romanfigur verglichen? Der Autor wie er leibt und lebt.«

Da fällt mir schlagartig Heppenheimers Anruf wieder ein. Auch wenn es heißt, dass wir uns nun doch dem Thema Armins Tod zuwenden, muss ich Chrys einfach davon erzählen.

»Ein Ghostwriter?« Vor Empörung zerbricht sie eine der Salzstangen, die ich ihr als Nachtisch serviert habe, und krümelt ihren ganzen bunt geblümten Rock voll, gegen den sie die Hose ihrer Motorradkluft schnellstmöglich eingetauscht hat. »Das ist ja wohl die Höhe! Ein Ghostwriter könnte niemals ein angemessenes Ende für Armins Buch schreiben!«

Gegen meinen Willen muss ich ein bisschen schmunzeln. »Dann hast du seine Bücher mittlerweile gelesen?«

»Was? Nein, du weißt genau, dass ich nicht lese!« Sie steckt sich die zwei Salzstangenhälften in den Mund. »Aber der Gedanke, dass ein Fremder an Armins Lebenswerk herumschmieren soll ... Das ist entsetzlich!«

Eine Welle der Dankbarkeit für meine Freundin überrollt mich. Es stimmt, sie hat Armins Bücher nie gelesen; umso mehr rührt ihre Empörung mich. Sie hat verstanden, worum es wirklich geht. Nicht nur um das Buch – was interessiert mich das

Buch? Es geht um Armin und darum, was er wohl davon halten würde, wenn irgendein dahergelaufener Ghostwriter den Teil seines Meisterwerkes schreiben würde, auf den er seit Monaten und Jahren hingearbeitet hat, den Teil, in dem er alle Fäden zusammenführen wollte. Niemand könnte das so wie er.

Ich weiß genau, was er davon halten würde: gar nichts. Kurz bin ich versucht, mich einem weiteren Tagtraum von Armin hinzugeben, doch da habe ich die Rechnung ohne Chrys gemacht.

»Also, dieser Agenturtyp war mir ja schon immer unsympathisch«, erklärt sie, eine Hand in der Salzstangentüte. »Sogar die Werbetexte, die er für Armins Bücher verfasst hat, klingen aufgeblasen. *Die* hab ich nämlich gelesen!«

»Die kommen aber, glaube ich, vom Verlag«, gebe ich zu bedenken, doch Chrys macht eine wegwerfende Handbewegung.

Den Rest des Abends verbringen wir damit, kein einziges gutes Haar an Literaturagenten im Allgemeinen und an Heppenheimer im Besonderen zu lassen.

Als Chrys sich schließlich gegen Mitternacht verabschiedet, meint sie durch das Visier ihres Helms: »Wir sollten öfter gemeinsam essen. Dann habe ich wenigstens etwas zu tun. Und du einen Grund, dich nicht total gehen zu lassen.«

»Ich weiß gar nicht, was du meinst«, nuschle ich und denke an das schmutzige Geschirr im Kühlschrank.

Chrys lacht. »Ach komm, wie ich dich kenne, war die Wohnung vor unserem Telefonat das pure Chaos und du warst im Schlafanzug und hattest Essensreste von drei Tagen zwischen den Zähnen. Behaupte nicht, dass das nicht stimmt!«

Auch wenn Chrys maßlos übertreibt, trifft sie den Nagel auf den Kopf. »So schlimm war es auch wieder nicht«, streite ich es deshalb nur halbherzig ab. »Und das mit den Essensresten ist ja wohl total eklig!«

Chrys macht ihre Drohung wahr: Sie kommt in der gleichen Woche noch zweimal zum Abendessen vorbei. Beide Male bringt sie das Essen selbst mit, worüber ich sehr froh bin. Eingekauft habe ich nämlich immer noch nicht. Es ist erstaunlich, wie lange man von dem leben kann, was man als menschlicher Hamster so im Haus hortet. Jedenfalls, wenn man keine großen Ansprüche hat.

Am Freitag steht ein weitaus weniger willkommener Gast vor der Tür, schlüpft, kaum eingelassen, in selbst mitgebrachte Plüschpantoffeln und wühlt sich sogleich wie ein Maulwurf durch meinen Putzschrank.

»Nicht einmal Spiritus hast du im Haus, Kind! Man muss doch Spiritus im Haus haben! Deine Fenster haben auch schon bessere Zeiten gesehen.«

»Mutti, du musst wirklich nicht ... Ich kann selbst putzen.«

»Unsinn, Michelle, in deinem Zustand!« Sie taucht kurzzeitig aus dem Putzschrank auf und betrachtet mich mit wässrigen Augen. »Leg die Füße hoch, ruh dich ein wenig aus. Dein Körper braucht jetzt alle Kraft, um mit der Trauer fertigzuwerden. Ich weiß, wovon ich spreche.«

Ich will die Füße nicht hochlegen und schon gar nicht will ich, dass derweil meine Mutter mit Schrubber und Staubtuch durch unser Haus stürmt. Aber ich traue mich nicht, ihr zu widersprechen.

So sitze ich unter Hochspannung auf dem Sofa; um mich hinzulegen, wie sie mir befohlen hat, fehlen mir die Nerven, während sie um mich herum putzt. Überhaupt regt sich in mir der Verdacht, es würde sich besser anfühlen mitanzupacken. Beim Herumsitzen bin ich versucht, mit Armin zu sprechen, und ich fürchte, dass meine Mutter dann eventuell in Ohnmacht fällt.

»Als dein Vater gestorben ist«, erzählt sie, während sie die Regale abstaubt, »war ich wochenlang unfähig, mehr als das Nötigste im Haushalt zu machen. Und auch das habe ich nur euch zuliebe getan. Für dich und Louis und Beatrice. Ihr wart ja noch so klein.«

Ein Teil von mir will ihr sagen, dass Beatrice als Jüngste von uns damals schon fünfzehn gewesen ist und ich ein Jahr älter. Und mein Bruder Louis war mit seinen neunzehn Jahren gerade in seine Studentenbude gezogen. Ich habe ihn so darum beneidet. Er musste weder zum Geräusch von Mutters Weinen aus dem Nebenzimmer einschlafen noch die fast täglichen Besuche auf dem Friedhof ertragen. Am meisten beneidete ich ihn aber darum, dass er selbst entscheiden konnte, wie er trauern wollte. Mir hallt heute noch Mutters Stimme in den Ohren: »Michelle, so kannst du doch nicht aus dem Haus gehen, im roten Kleid! Wir tragen Trauer!«

Damals habe ich gedacht, dass ich meine Kinder nie, niemals dazu zwingen würde, Schwarz zu tragen. Nicht für einen einzigen Tag. Ich würde mich auch nicht so gehen lassen, sondern stark sein. Meinen Kindern würde ich das Gefühl geben, dass das Leben weitergehen darf, ja weitergehen muss und ...

Etwas Bleischweres fällt in meinen Magen. Ich *habe* keine Kinder. Armin und ich haben natürlich eine Familie gewollt. Bald. Später. Irgendwann. Jetzt werde ich nie sein Kind unter dem Herzen tragen, auf die Welt bringen und aufwachsen sehen. Nie.

Einen Moment lang glaube ich, die Tränen überrollen mich wieder. Doch dann begegne ich dem mitleidigen Blick meiner Mutter und kratze schnell jedes kleine bisschen Willenskraft zusammen, das ich noch habe. So bin ich nicht, so will ich nicht sein. Das habe ich mir schon als Jugendliche vorgenommen, auch wenn ich damals keine Ahnung hatte, wie bald ich selbst in die gleiche Situation kommen würde wie meine Mutter.

Diese scheint den Stimmungsumschwung irgendwie zu spüren, denn sie rafft hastig die Putzsachen zusammen, um ihren Reinigungsmarathon in der Küche fortzusetzen.

Nein, es ist an der Zeit, dass ich mein Leben wieder auf die Reihe bekomme, so gut es eben geht. Und ich werde mit meinem Haushalt anfangen. Das wäre ja noch schöner, wenn ab jetzt meine Mutter hier für mich putzen müsste!

»Michelle, Kind, was macht denn das schmutzige Geschirr im Kühlschrank?«, ertönt es in diesem Moment aus der Küche.

Mist, das habe ich ganz vergessen. Nach dieser Entdeckung wird meine Mutter mir nie und nimmer glauben, dass ich ihre Hilfe nicht nötig habe. Ich werde also doch erst morgen damit anfangen, meinen eigenen Haushalt in Ordnung zu bringen. Aber dann ganz bestimmt.

Kapitel 5 – Chrys

»Nur eine Karte?«

Dienstag ist mein Lieblingstag. Nicht nur weil am Dienstag die Anlaufschwierigkeiten vom Montag schon Geschichte sind, sondern auch, weil am Dienstag Kinotag im *Capitol* ist.

»Nur eine Karte?« Die Frau an der Kinokasse muss neu sein – jedenfalls habe ich sie noch nie zuvor gesehen. Und sie betrachtet mich ebenfalls wie etwas noch nie Dagewesenes, eine regelrechte Rarität, und setzt sogar noch einen drauf: »Hast du dich vielleicht im Film geirrt?«

»Nein, hab ich nicht«, sage ich. »Aber wenn es in diesem Kino seit Neuestem verboten ist, eine Einzelkarte für einen Liebesfilm zu kaufen, gehe ich beim nächsten Mal ins Gunzenhäuser *Movieworld*, vielen Dank.«

Nun nuschelt sie irgendetwas von wegen, so sei das doch nicht gemeint gewesen, löst mein Ticket und nimmt den Geldschein entgegen. Ich bestelle absichtlich Popcorn für eine ganze Großfamilie und trage den enormen Eimer dann erhobenen Hauptes Richtung Kinosaal davon.

Ich ärgere mich jetzt schon, dass ich mich habe provozieren lassen. Was in aller Welt soll ich mit dem ganzen Popcorn anfangen? Darin baden? Es an die anderen Leute im Kino verteilen? Das wäre vielleicht eine Option, doch ich stelle schon beim Warten vor dem Saal fest, dass die anderen allesamt Pärchen sind, die voll und ganz damit beschäftigt sind, sich gegenseitig mit Nachos zu füttern oder aus zwei Strohhalmen an einem Softdrink zu nippen.

Na gut, nicht alle. Nur die Frischverliebten unter ihnen. Bei deren Anblick vergeht mir allerdings die Lust auf einen Liebesfilm ziemlich gründlich und ich würde vielleicht mein Ticket doch noch gegen eins für den Thriller im Nebenraum eintauschen, wenn der mitleidige Blick der Kassiererin nicht noch schwerer zu ertragen wäre als das Geturtel der Paare um mich herum.

Die Saaltüren werden geöffnet und ich schiebe mich schnell an einem Pärchen vorbei, das noch nach seinen Tickets sucht und sich uneinig ist, wer von ihnen sie eingesteckt hat. Mein Platz ist doppel-mittig – genau wie ich es mag. Gute Sicht und die meisten Leute in meinem Rücken statt vor meiner Nase. Dafür haben sie mich nun alle gut im Blick – mich und meinen gigantischen Popcorn-Eimer.

Ich schüttle mein Haar auf, zücke mein Handy und mache demonstrativ ein Selfie. Ich, mein Popcorn-Eimer und die Pärchen im Hintergrund. Erst als ich schon auf »Weiterleiten« geklickt habe, halte ich inne. Ich kann Michelle so ein Foto nicht schicken. Früher, da hätte sie darüber lachen können. Über ihre verrückte Freundin Chrys, die es tatsächlich bringt, allein in einen Liebesfilm zu gehen – ein Single unter Turteltauben. Sie hätte vielleicht ein entsetztes Emoji zurückgeschickt und nur ein einziges Wort: *Masochistin!*

Dann hätte ich meine absurde Lage mit einer ordentlichen Portion Galgenhumor weggelacht und gespöttelt, dass ich eine Menge Übung habe, weil ich so viel mit ihr und Armin herumhänge und sie sowieso schlimmer sind als zehn andere turtelnde Paare zusammengenommen.

Über diesen Witz kann heute nur niemand mehr lachen. Nicht einmal ich.

Ich schließe die angefangene Textnachricht und starre auf mein Handydisplay, das vom Bild eines Kätzchens geschmückt wird, das auf der Wölbung einer Gitarre schläft. Jeder andere hier im Raum hat garantiert ein Bild von seinem Partner als Hintergrund. Oder von seinen Kindern. Oder wenigstens seiner eigenen Katze. Ich sollte mir dringend eine zulegen.

Noch einmal öffne ich das Chatfenster und lasse für einen Moment den Daumen über der Tastatur schweben. Soll ich Michelle schreiben? Nichts über die Pärchen im Kino, sondern etwas Unverfänglicheres? Einfach fragen, wie es ihr geht? Ob sie Lust hat, heute Abend wieder mit mir zu essen?

Aber ich ahne, dass sie dann eine Ausrede finden wird, um sich stattdessen allein zu verkriechen. Besser ich schaue später oder morgen unangekündigt bei ihr vorbei und bringe ihr eine Tüte mit ein bisschen Obst und Gemüse mit. Der Himmel weiß, wovon sie sich sonst ernährt. Heißer Schokolade und Tütensuppe wahrscheinlich.

Die gemeinsamen Abendessen tun ihr gut, da bin ich mir sicher. Mir selbst aber auch. Ich weiß, dass es Michelle viel schlechter geht als mir. Immerhin war Armin die Liebe ihres Lebens. Aber er war auch mein bester Freund und deshalb weiß ich von allen Menschen vielleicht noch am ehesten, wie sie sich fühlt.

Das Licht geht aus, die Werbung beginnt und ich schließe den Messenger erneut unverrichteter Dinge.

Der Film, der im Internet so hochgelobt wurde, stellt sich als ziemlich vorhersehbarer Abklatsch aller großen Liebesfilme heraus, die je gedreht wurden. Pretty Woman trifft den englischen Patienten zum Soundtrack von Dirty Dancing in Notting Hill oder so ähnlich. Dazu eine Prise Disneyromantik, nur dass nicht alle anfangen zu singen, wo sie gehen und stehen.

Ich werfe einen verstohlenen Blick über die Schulter. Manche Paare scheinen den Film genauso witzlos zu finden wie ich und widmen sich stattdessen einander – oder, zugegeben, manche auch ihren Snacks. Andere starren wie paralysiert auf die Leinwand und tuscheln dazwischen oder lachen gemeinsam an Stellen, an denen sonst niemand lacht, weil es sie an irgendeinen verrückten Insider aus ihrer eigenen Geschichte erinnert. Na gut, das alles beobachte ich nicht mit einem einzigen Blick. Ein Teil davon ist meine Interpretation. Ich habe zu viel Fantasie. Mehr als die Drehbuchautoren, die diesen Film verbrochen haben, da bin ich mir ziemlich sicher.

Abermals zücke ich mein Smartphone und beuge mich tief

darüber, um das verräterische Licht des Displays zu dämpfen. Nicht Michelle also. Wem schreibe ich dann? Ich scrolle durch meine Chatverläufe. Meiner Chefin – eher nicht. Meinem letzten Date – warum habe ich die Nummer bitte nicht schon längst gelöscht? Meinem Vater – warum nicht?

Ich habe die Nachricht schon abgeschickt, ehe mir einfällt, warum nicht. Weil unser letztes Telefonat damit geendet hat, dass ich aufgelegt habe, als er den Namen meiner Mutter erwähnt hat. Obwohl er eigentlich genau weiß, dass ich über diese Frau nicht sprechen will. Und sind wir mal ehrlich, das will er in der Tiefe seines Herzens auch nicht, weil er seine Ex-Frau nämlich hasst, auch wenn die beiden seit ein paar Jahren eine verstörende Waffenruhe pflegen.

Sieht spaßig aus, kommt prompt seine Antwort auf mein Foto zurück.

Ich schicke ein entsprechendes Emoji: das grüne, das kurz davor ist, sich zu übergeben.

Das mit den Emojis hat er noch nicht raus, sonst würde er vielleicht eines zurückschicken. Stattdessen fragt er: Soll ich dich retten?

Bitte!

Ich habe Zeit. Und Hunger, schreibt er zurück.

Ich sehe zu, wie der grüne Schriftzug verkündet, dass er weitertippt. Und tippt. Und tippt. Er ist noch nicht der Schnellste mit dem Smartphone.

Mein Kühlschrank ist leer. Ich lade dich ins Kaspar Hauser ein. Wann ist dein Film aus?

Jetzt, texte ich kurz entschlossen. Gib mir fünfzehn Minuten!

Zehn oder mehr Paar Blicke folgen mir, als ich mit meinem noch fast vollen Popcorn-Eimer den Saal verlasse. Im Eingangsbereich des Kinos ist leider gerade so gar nichts los – das kommt davon, wenn man am späten Nachmittag herkommt statt am Abend wie jeder vernünftige Mensch. Die Kassiererin schaut von ihrem Handy auf.

»Zu viel Butter«, verkünde ich und stelle meinen Popcorn-Eimer auf den Tresen. »Und viel zu wenig Zucker. Schmeckt fettig statt süß. Ich brauche einen Magentee.« Damit lasse ich die verdutzte Frau zurück und flüchte aus dem *Capitol.*

Mein Vater weiß, dass das *Kaspar Hauser* zu meinen Lieblingsorten in Ansbach zählt. Paradiesvogelbunt, gemütlich und mit einer vielfältigen Speisekarte, auf der wirklich für jeden was dabei ist – auch für sämtliche Freunde und Verwandte mit Gluten- oder Laktoseunverträglichkeit oder vegan-vegetarischen Essgewohnheiten. Im Zweifelsfall landet man also hier, egal ob zum Treffen mit Freunden, Date oder ungezwungenen Geschäftsessen.

Mein Vater sitzt an einem Tisch für sechs Personen in einer Raumecke und sieht ein bisschen verloren aus. Um das zu überspielen, blättert er sehr aufmerksam durch die Speisekarte, obwohl ich genau weiß, dass er am Ende das Gleiche wie immer bestellen wird: Quchani mit Hähnchen und persische Safranlimonade.

»Du warst schnell«, begrüßt er mich und klemmt einen Finger zwischen die Seiten der Karte. »Hast du auch solchen Hunger wie ich?«

Schulterzuckend greife ebenfalls nach der Karte. Ich will nicht von meiner Flucht aus dem Kino erzählen, ausgesprochen klingt es bestimmt noch viel alberner, als es sich angefühlt hat.

»Und du?«, frage ich, ohne den Blick von der Speisekarte zu heben. »Wieder mal das Einkaufen vergessen oder einfach keine Lust zu kochen?«

»Nur Risottoreste im Kühlschrank, auf die ich keine Lust habe. Für mich bitte einmal Safran Sharbat.« Er lächelt die Dame an, die mit ihrem Notizblock an unseren Tisch getreten ist. »Und zum Essen Quchani Hähnchen.«

Ich entscheide mich spontan für den Safran-Reis mit Meeresfrüchten und Lemon Sharbat – damit kann man gar nichts falsch machen.

»Also ... du warst mal wieder alleine im Kino, ja?«, versucht er das Schweigen zu füllen, während wir auf unsere Getränke warten.

»Nein, mit einem heißen Mann.« Ich rolle die Augen. »Würde ich sonst anschließend mit meinem Vater zum Essen gehen?«

»Chrysantha!« Er greift sich theatralisch ans Herz. »Ich hatte eher an eine deiner Freundinnen gedacht, nicht an ... also nicht an eine Verabredung.«

»Michelle ist momentan nicht so nach Kino.«

»Oh ... ja, das ... also, das verstehe ich.« Er greift nach der Speisekarte, scheint sich zu besinnen, dass er das Essen bereits mitbestellt hat, und blättert nur an einer Ecke durch die Seiten wie bei einem Daumenkino. »Also triffst du dich aktuell auch mit niemandem? Wenn du Zeit hast, dich spontan mit deinem greisen Vater zum Abendessen zu treffen …«

»Nein, aktuell nicht.«

Er nickt verstehend.

»Aber was nicht ist, kann ja noch werden. Du kannst es ja offenbar gar nicht erwarten, dass ich keine Zeit mehr für dich habe.«

»Chrysantha, nein, so war das doch nicht gemeint! Ich wollte doch nur ... also, ich frage mich ja nur, warum du immer noch niemanden gefunden hast, wo du doch eine so intelligente und hübsche junge Frau bist.«

Eine Reaktion bleibt mir erspart, weil in diesem Moment unsere Getränke kommen. Wir bedanken uns beide und nippen an unseren Limonaden, als wären wir nicht eben noch mitten im Gespräch gewesen.

Ich weiß nicht, was ich sonst erwidert hätte. Vermutlich etwas Schnippisches, denn die wahren Gründe, warum ich *immer noch* – um beim Originalton meines Vaters zu bleiben – keinen Mann gefunden habe, der es mit mir aushält, will er vermutlich gar nicht hören. Da ist zum einen, dass ich einfach ein Talent dafür habe, die falschen Männer anzuziehen wie ein Magnet. Die, die zuerst total charmant wirken und ihren kompletten Dachschaden erst beim dritten Date offenbaren. Die netten und anständigen Männer dagegen scheine ich grundsätzlich schon vorab in die Flucht zu schlagen, und das, noch bevor sie einen Blick auf mein Trümmerfeld von einem Leben werfen können. Es ist also vermutlich nicht die Bruchbude von einer Wohnung, in der ich lebe, der Mangel an Geld auf meinem Konto oder die Tatsache, dass ich in den letzten Jahren vier verschiedene Stellen angenommen und wieder hingeschmissen habe. Wenn sie mich erst einmal so gut kennenlernen würden, um das alles herauszufinden, könnte ich ihnen ihre Flucht wenigstens nicht verdenken.

»Das war nicht böse gemeint«, fühlt mein Vater sich angesichts meines Schweigens genötigt zu sagen. »Ich meine ... du brauchst natürlich nicht unbedingt einen Mann. Nicht heutzutage, wo Frauen auch so alle Türen offen stehen. Manche Frauen bevorzugen es ja sogar, alleine zu bleiben, und manche Männer ja auch. Ich selbst könnte mir auch gerade nicht vorstellen ...«

»Schon okay, Papa«, unterbreche ich ihn. Genau wie ich kommt er ins Plappern, wenn er nervös ist oder glaubt, etwas Dummes gesagt zu haben. »Ich lasse es dich wissen, wenn es jemanden gibt. Also, wenn es etwas Ernstes sein sollte.«

Überrascht schaut er auf. »Das ... ja, das wäre toll. Also, wenn du es mich wissen lässt.«

Ich muss über seine gerührte Verwunderung beinahe lachen. »Du bist der Erste, der es erfährt. Na schön, der Zweite gleich nach Michelle. Deal?«

»Aber dass du dich ja nicht verpflichtet fühlst, solche Dinge mit mir zu besprechen. Ich weiß doch, dass die wenigsten Töchter mit so etwas zu ihrem Vater kommen würden.«

»Ich schon. Im Gegensatz zu den meisten Vätern wirst du dich nämlich anständig verhalten und meinen Auserwählten nicht mit angelegter Schrotflinte ausfragen.« Ich lasse offen, ob das eine

Tatsache oder eine Anweisung ist. Zuzutrauen wäre es ihm leider tatsächlich.

»Die meisten jungen Frauen würden damit vermutlich trotzdem zuerst zu ihrer Mutter gehen.« Er nimmt einen Schluck Sharbat, als hätte er nicht eben eine verbale Bombe auf mich geworfen. Wäre ja auch zu schön gewesen, wenn er sie ausnahmsweise einmal aus dem Spiel gelassen hätte.

»Ja«, erwidere ich unterkühlt. »Tragisch, dass ich das nicht kann.«

»Ach Chrys, du redest ja, als wäre sie tot. Sie ist ...«

»... mir absolut gleichgültig, vielen Dank, und jetzt möchte ich nicht mehr darüber sprechen. Was macht die Arbeit?«

»Die Arbeit?« Mein Vater blinzelt zerstreut, dann scheint ihm zu dämmern, dass es mir mit dem Themenwechsel ernst ist, und er erzählt hastig eine Anekdote von seinem Kollegen Rudi. Die Stimmung kann er damit aber leider auch nicht mehr retten.

Kapitel 6 – Chrys

»Jetzt dramatisierst du aber.«

Ich liebe meine Wohnung. Aber ich hasse sie auch. Ich liebe sie, weil sie meine ist und weil ich sie mir leisten kann. Weil ich sie mit rund fünfzig Zimmerpflanzen teile, die sie zu einer sprichwörtlichen Oase machen, und wegen der bunten Sammlung an Kuschelkissen auf meinem Sofa. Leider können auch noch so viele Zitronenbäumchen, Orchideen und fleischfressende Pflanzen in großen Gläsern nicht von den Rissen in den Wänden ablenken und sie sind auch kein Trost für einen tropfenden Wasserhahn, eine klemmende Klospülung und die Handtücher, die ich im Winter auf die Fensterbretter legen muss, um die teuer erheizte Wärme auch drinnen zu behalten. Die Wahrheit ist nämlich: Wenn ich nicht schon seit mehr als fünf Jahren hier wohnen würde und jede Mieterhöhung brav mitgemacht hätte, hätte mein Vermieter wahrscheinlich so seine Schwierigkeiten, diese Wohnung ohne Grundsanierung zu einem solchen Preis vermietet zu bekommen. Selbst mitten in Ansbach.

Manchmal spiele ich mit dem Gedanken, mir etwas anderes zu suchen. Ein paar Quadratmeter weniger und dafür in einem besseren Zustand. An Küche oder Badezimmer kann man die Fläche kaum noch abziehen, die sind ohnehin schon höher als breit, aber vielleicht käme ich ohne Schlafzimmer aus – es gibt immerhin Schlafsofas, und solange ich keinen Besuch empfange, muss ich mein Bett am Morgen nicht einmal zurück in ein ansehnliches Sofa verwandeln.

Aber vorerst wird aus diesem Traum ohnehin nichts. Erstens sind Wohnungen in Ansbach knapp und zweitens muss ich definitiv zuerst die Probezeit im Seniorenheim in Bechhofen bestehen, ehe ich mich nach etwas Neuem umsehe. Bei meinem jetzigen Vermieter kann ich darauf zählen, dass er mir notfalls auch mal einen Monat Aufschub gewährt, wenn ich wieder einmal arbeitssuchend bin. Immerhin ist das schon vorgekommen. Zwei Mal, um genau zu sein.

Der Ficus Benjamini, der die Tür zum Wohnzimmer beinahe unpassierbar macht, empfängt mich mit im Luftzug wedelnden Ästen, als ich die Wohnungstür hinter mir zuziehe. Schade, dass er nicht sprechen kann. Ich bin mir ziemlich sicher, meine Pflanzen freuen sich, mich zu sehen.

Im Vorbeigehen werfe ich die Post auf die Anrichte in der Küche und meinen Minirucksack auf den Boden unter den Garderobenhaken, die mit meinen Jacken schon gut ausgelastet sind. Man sieht gar nicht mehr, dass es sich um bunte Hundepopos handelt, nur über dem Saum meiner Jeansjacke blitzt noch ein grüner Hundeschwanz hervor.

Das Badezimmer hat etwas von einer Gummizelle: Die Fliesen sind mintgrün und der Raum wirkt wirklich wahnsinnig hoch. Das liegt vor allem daran, dass er so schmal geschnitten ist, dass man sich auf der Toilette sitzend die Hände im Waschbecken und die Haare in der Dusche waschen könnte. Ungelogen, ich bin überzeugt, dass es möglich ist, auch wenn ich es noch nie ausprobiert habe.

Ich wasche mir die Hände mit der nach Lavendel duftenden Seife und spritze mir auch etwas Wasser ins Gesicht. Dabei vergesse ich wieder einmal meine Wimperntusche und sehe prompt aus wie ein Pandabär. Aber egal, ich habe nicht vor, das Haus heute noch mal zu verlassen.

Kochen muss ich dank des Treffens mit meinem Vater auch nicht mehr, aber ich beschließe, Tee aufzusetzen. So ein heißer Tee wirkt Wunder. Wenn die Luft nach Hibiskus und Apfel duftet, wird selbst die enge Küche total heimelig. Im Wohnzimmer die Lichterkette angeschaltet und den Karton mit dem Scrapbookkram herausgestellt und einem gemütlichen Abend steht nichts mehr im Wege. Ich werde gar keine Zeit haben, um einsam zu sein. Jawohl.

Während das Wasser aufkocht, blättere ich durch die Post auf der Anrichte. Werbung von einem Möbelhaus, in dem ich vor Jahren mal eingekauft habe – großartig. Eine Postwurfsendung, eine Rechnung und ein von Hand beschrifteter Brief mit einem Sticker von einem altmodischen Stillleben darauf – bunte Blumen in einer Vase. Ziemlich sicher sind einige davon Chrysanthemen und schon deswegen finde ich das Motiv furchtbar.

Ich drehe den Umschlag um und suche nach dem ebenfalls handschriftlichen Absender. Natürlich. Niemand sonst hält es für eine gute Idee, mir einen Chrysanthemensticker zu schicken. Wenn der Absender nicht schon gereicht hätte, ist der hässliche Aufkleber der Garant dafür, dass ich diesen Brief sicher nicht öffnen werde.

Ich ziehe den Mülleimer unter der Spüle auf – das Fach mit dem Papiermüll quillt über. Ausleeren oder Tee trinken? Ich entschließe mich für Letzteres, schiebe den Mülleimer wieder zu und werfe den ungeöffneten Umschlag zurück auf die Anrichte. Schnell das kochende Wasser in die Kanne gegossen und dann flüchte ich aus der Küche.

Im Wohnzimmer drapiere ich meine Teekanne auf dem Beistelltischchen und sehe zu, wie das Wasser sich zunehmend rot färbt. Hübsch sieht das aus und es hat etwas Meditatives. Erst jetzt merke ich, dass ich schnaufe, als wäre ich eben einen Marathon gerannt und nicht nur die drei Schritte von der Küche ins Wohnzimmer.

Höchste Zeit, mich meinem Scrapbook zu widmen. Das beruhigt und beschäftigt Hände und Kopf gleichermaßen. Vielleicht hält es mich also auch davon ab, den blöden Brief in tausend kleine Schnipsel zu zerreißen, was wirklich ziemlich kindisch wäre. Oder meinen Vater anzurufen und ihm mitzuteilen, er solle seiner Ex-Frau bitte sagen, ich wäre umgezogen und könnte deshalb leider keine Post mehr unter dieser Adresse empfangen.

»Ach Chrys«, würde er dann seufzen. »Jetzt dramatisierst du aber.« Entschuldige Papa, aber Drama ist mein zweiter Vorname. Nicht wegen einer persönlichen Vorliebe oder einer Neigung zur Theatralik – jedenfalls nicht nur –, sondern weil mein Leben leider aus dem gleichen Stoff gemacht ist wie ein schlechter Film. Und zwar leider auf eine ganz andere Art als der Blödsinn, der heute im Kino lief. Der Realität würde eine Prise Disney-Romantik nämlich wahrhaftig nicht schaden.

Tief durchatmend nehme ich das dicke Buch aus dem Karton und schlage es auf. Die letzte Seite, an der ich gearbeitet habe, besteht aus unterschiedlichen Schneemotiven. Ein kleiner Olaf vor meinem Fenster, frischer Neuschnee auf Ansbacher Straßen, filigran ausgeschnittene Schneeflocken und ein wenig Glitzer. Es ist noch ein bisschen Platz, aber jetzt, wo der Frühling vor der Tür steht, habe ich überhaupt keine Lust mehr, daran weiterzuarbeiten.

Was dann? Eine Seite über Frühblüher? Osterglocken, Tulpen und ganz bestimmt keine Chrysanthemen? Nein, mir ist nicht nach Blumen. Weder nach Chrysanthemen noch nach Dahlien. Keine Ahnung, warum meine Mutter so auf Blumennamen steht. Meine Halbschwester hat sie allen Ernstes Dahlia genannt, was eindeutig sogar noch schlimmer ist als Chrysantha. Ob mein Halbbruder Sylvester Glück oder Pech hatte, dass es keine männlichen Blumennamen gibt, darüber kann man streiten.

Ich überlege, wie alt die beiden jetzt sind. Dreizehn, vierzehn? Oder schon älter? Älter jedenfalls als ich damals, als meine Mutter nach Oberbayern abgehauen ist, um eine neue Familie zu gründen. Mein Vater hat mich daraufhin nach Ansbach geschleppt, damit seine Eltern ihm helfen können, mich großzuziehen. Für den Umzug habe ich ihn verflucht, aber bei meinen Großeltern habe ich tatsächlich viel Zeit verbracht und ich vermisse sie immer noch jeden Tag.

Behutsam blättere ich ein paar Seiten zurück zu der Doppelseite, die ich nach Omas Tod gestaltet habe. Eine Hommage an die beiden voller schöner Erinnerungen. Ein Kinoticket für einen

Kinderfilm, eine getrocknete Blüte aus dem Ansbacher Schlosspark, ein Knopf von Omas Lieblingskleid und zwei Fotos: eines von uns dreien am Altmühlsee und eines von Omas und Opas Hochzeit.

Vielleicht sollte ich auch eine Gedenkseite für Armin gestalten, aber schon beim Gedanken daran, Erinnerungen an meinen besten Freund zu sammeln und einzukleben, schnürt sich mir die Kehle zu. Dafür bin ich noch nicht bereit. Vielleicht werde ich es auch nie sein.

Stattdessen blättere ich weiter zurück zu der Seite über Armin und Michelle samt alberner Fotoreihe aus einem Passfotoautomaten, in den ich die beiden zu diesem Zweck gesteckt habe, und einem Foto aus unserem gemeinsamen Urlaub an der Nordsee. Damals habe ich mich fürchterlich selbst bemitleidet, weil wir zu dritt unterwegs waren statt zu viert als zwei befreundete Pärchen. Wie komplett hirnlos ich war. Jetzt würde ich mein geliebtes Scrapbook dafür geben, noch einmal zu dritt mit meinen beiden besten Freunden unterwegs zu sein. Mit einer fröhlichen, verliebten Michelle und einem zerstreuten Armin, der keine Zeit für Ausflüge hat, weil er sein Notebook mit in den Urlaub genommen hat und ständig schreibt.

Hastig blättere ich um, ehe meine Tränen die Seite ruinieren können. Der nächste Eintrag muss ohne Fotos auskommen, weil es – leider oder Gott sei Dank – keine Fotos von mir und Christian gibt. Stattdessen ein Konzertticket, eine Zugfahrkarte nach München und eine Abschrift seiner schönsten Whatsapp-Nachrichten an mich. Armselig. Ich hätte die Seite herausreißen sollen, gleich nachdem er mir verkündet hat, dass er nun mit seiner Sandkastenfreundin Melanie zusammen ist.

Beim Weiterblättern finde ich noch zwei Seiten über verflossene Dates, an die ich eigentlich gar nicht mehr denken will. Dann lande ich bei der Seite über meine Ausbildung zur Altenpflegerin. Damals war ich tatsächlich so Feuer und Flamme, dass ich eine ganze Doppelseite dazu gestaltet habe. Über meinen Traumjob und meine Lieblingssenioren. Damals, als ich auf der Arbeit noch genug Zeit hatte, um Lieblingssenioren zu haben. An die Leute, mit denen ich in den letzten beiden Heimen zu tun hatte, werde ich mich wahrscheinlich schon in einem Jahr nicht mehr erinnern. Für Gespräche war kaum jemals Zeit, vor allem meine letzte Chefin hielt viel von Effizienz. Am Ende war ich dann wohl einfach nicht effizient genug und packte nach der Probezeit meine Sachen.

Ich starre ein Foto von mir und der faltigen Frau Hermann an und frage mich, was aus ihr geworden ist. Ob sie wohl noch lebt und immer noch so gerne Milchkaffee mit viel zu viel Zucker trinkt?

Ob ich die Kaffeevorlieben der Bewohner im Seniorenheim in Bechhofen auch eines Tages kennen werde? Oder ob dafür wieder einmal keine Zeit bleibt – oder ich nicht lange genug dort sein werde? Meine Chefin macht einen netten Eindruck, aber was weiß ich schon nach nicht einmal zwei Monaten der Probezeit, in denen ich auch noch wiederholt gefehlt habe? Immerhin hat sie großartig reagiert, als ich mir für Armins Beerdigung gleich in der ersten Woche freinehmen musste und am nächsten Tag unentschuldigt weggeblieben bin.

Vielleicht werde ich eines Tages eine Scrapbookseite über das Seniorenheim in Bechhofen gestalten. Wenn ich die Probezeit bestehe. Wenn mir mein Beruf dort endlich wieder Spaß macht. Wenn meine Chefin wirklich so nett ist, wie es bis jetzt scheint. Und ich es nicht wieder mal versaue.

Heute jedenfalls trinke ich nur noch meinen Tee und blättere durch die restlichen Seiten. Bis zurück zu der über meinen Ex – fünf Jahre ist das schon her und seitdem hatte ich keine richtige Beziehung mehr. Nur Dates, die ich zuerst für vielversprechend und rückblickend für eine Katastrophe gehalten habe. Manche Katastrophen haben es in mein Scrapbook geschafft, andere nicht.

Am Ende des Abends lande ich wieder bei der leeren Seite, die darauf wartet, bald gefüllt zu werden. Irgendwann, wenn mein Herz sich nicht mehr genauso leer anfühlt wie das weiße Papier. Wann auch immer das sein wird.

Kapitel 7 – Michelle

»Mach das Licht an.«

Das Leben ohne Armin besteht aus Höhen und Tiefen. Na gut, an den Höhen arbeite ich noch. Aber zumindest kann ich diesmal am Ende der Woche vermelden, dass die Tiefpunkte nicht mehr ganz so abgrundtief erscheinen wie zuvor.

Ich klammere mich wie eine Wahnsinnige an meinen Vorsatz, stark zu sein. Die Sache mit dem Haushalt ist so weit nicht gerade ein Erfolg. Zwar habe ich kein schmutziges Geschirr mehr im Kühlschrank stehen, sondern dank Chrys sogar einige frische Lebensmittel, aber zum Putzen oder Aufräumen fehlt mir jeglicher Antrieb – was nicht so dramatisch ist, zumal seit Mutters Besuch ja ohnehin alles funkelt.

Dafür erscheine ich am Freitag pünktlich und ordentlich bei einem Termin auf der zum Glück fußläufig erreichbaren Bank. Ja, ich wahre sogar das Gesicht, während der Angestellte mir sein herzliches Beileid ausdrückt. Angeblich ist er unser persönlicher Berater, aber ich weiß nicht, ob ich ihm je zuvor begegnet bin. Ob Armin wohl mit ihm zu tun hatte? Hat dieser Kerl im Anzug meinen Mann gekannt oder ist sein Bedauern nur Höflichkeit?

»... nun besprechen, wie es finanziell für Sie weitergeht.«

Ich nicke nur und habe Schwierigkeiten, meine Aufmerksamkeit zu fokussieren. Unser persönlicher Berater – Herr Klein? Herr Koch? Es war irgendetwas mit K – spricht von Vollmachten und Konten und Dispoeinrichtung ...

»Dispoeinrichtung?«, unterbreche ich ihn mit einiger Verspätung, weil ich in Gedanken so weit weg war, dass das Wort eben erst durch die Watte in meinem Gehirn zu mir durchgedrungen ist. »Wir haben unser Konto noch nie überzogen.«

Herr Klein/Koch sieht mich über seinen Schreibtisch hinweg irgendwie mitleidig an. Denkt er, ich habe den Verstand verloren oder bin ohne Armin zumindest völlig ratlos in Anbetracht dieses Finanzdschungels? Mit Letzterem hat er recht, aber das werde ich im Leben nicht zugeben.

»Ich weiß, Frau Prinz«, versichert er mit der Stimmlage eines Erziehers im Gespräch mit einer Dreijährigen. »Ihr Gatte hat damals auch darauf bestanden, dass Sie für Ihr Konto keinen Disporahmen festlegen wollen. Sie können Ihr Konto nach wie vor nicht überziehen. Deshalb sind nun auch schon ... diverse Abbuchungen geplatzt.« Er sieht mein erschrockenes Gesicht und erklärt schnell: »Aber das ist kein Problem. Wir richten einfach den Dispokredit ein, damit Ihre Rechnungen weiter bezahlt werden können, und wenn Ihr nächstes Gehalt kommt, sind Sie ruck, zuck wieder im Plus. Sie hatten sicher einige höhere Ausgaben, mit der Beerdigung und allem.«

»Es kommt kein Gehalt«, purzeln mir ungefiltert die Worte aus dem Mund, die mir durch den Kopf gehen. »Ich habe mich unbezahlt beurlauben lassen.«

Nun ist sein Blick eindeutig mitleidig.

»Wissen Sie, wie lange man freigestellt wird, wenn der Partner stirbt?«, platze ich heraus. »Drei Tage. Unter Umständen zwei Wochen. Länger zahlen weder die Behörden noch der Arbeitgeber dafür, dass man zu Hause sitzt und sieht, wie man zurechtkommt. Also habe ich unbezahlten Urlaub genommen.«

»Nun«, sagt Herr Klein/Koch, »aber irgendwann haben Sie doch vor, wieder zu arbeiten.«

»Und was glauben Sie, was ich als Journalistin in Teilzeit verdiene?« Ich schlage die Hände vors Gesicht, um meine Tränen zu verbergen, die unweigerlich kommen, als mir das ganze Ausmaß meiner finanziellen Situation bewusst wird. »Noch nicht einmal genug für die laufenden Kosten an unserem Haus. Geschweige denn genug, um einen fünfstelligen Vorschuss zurückzuzahlen!«

»Wer redet denn von fünfstellig?« Nun wirkt er ehrlich erschrocken. »Die Überziehungszinsen ...«

»Ich muss den Vorschuss zurückzahlen, den mein Mann für sein Buch bekommen hat!«, fahre ich ihn an, obwohl er gar nichts dafür kann. »Und das Dach müssen wir auch reparieren lassen. Vor dem nächsten Winter. Sonst holt die Sintflut Armins gesammelte Werke.« Das waren Armins Worte, nachdem es letzten Winter einmal in sein Arbeitszimmer hineingeregnet hat. Herr Klein/Koch scheint aber nichts von Dächern oder Sintfluten zu verstehen, denn er schaut ziemlich verständnislos aus der Wäsche.

»Nun«, sagt er noch einmal, »es gibt durchaus Möglichkeiten. Da ist die kleine Summe auf Ihrem Sparkonto, und auch wenn Sie keine finanziellen Reserven bei einer anderen Bank oder einen Angehörigen haben, der Ihnen aushelfen kann, gibt es noch einige Optionen: Stundung im Übergang«, zählt er auf, »oder eine Umschuldung für die Rückzahlung Ihres Vorschusses. Und natürlich wäre es letztendlich eine Überlegung wert, das Haus zu verkaufen.« Er sieht mich an wie ein Zauberer, der eben ein Kaninchen aus seinem Zylinder gezogen hat. »Auch Immobilien in renovierungsbedürftigem Zustand sind derzeit durchaus gefragt.«

Die Worte von Herrn Klein/Koch hallen mir noch in den Ohren, als ich schließlich die Tür aufschließe und mich in mein Haus flüchte. Unser Haus. Armins Traumhaus am Rande der Altstadt von Wolframs-Eschenbach mit dem Arbeitszimmer unter dem Dach, das er sich immer gewünscht hat. Dieses Kämmerchen, das im Sommer regelmäßig zu einem Ofen mutiert, ist der wahre Grund, warum Armin dieses Haus und kein anderes hat kaufen wollen. Es besteht eigentlich nur aus Dachschrägen und lediglich in der Mitte kann man aufrecht stehen. Aber Armin hat immer argumentiert, ein Autor verbringe ohnehin einen Großteil seiner Arbeitszeit sitzend, also sei das völlig egal.

»Und, hast du sie flüstern hören?«, habe ich am Abend seines ersten richtigen Arbeitstages in seinem neuen Arbeitszimmer gefragt. »Die Stimmen aus der Vergangenheit?«

»Flüstern? Da oben schreien sie dich regelrecht an!« Er ist ganz aus dem Häuschen gewesen. »Der ganze Raum ist so was von geschichtsträchtig.«

»Ja, wahrscheinlich war er bisher immer eine Abstellkammer voller historischer Putzutensilien.«

»Oder die Kammer der Dienstmagd.«

»Welche Dienstmagd? Du glaubst doch nicht wirklich, dass in diesem kleinen Häuschen eine Familie mit Dienstmagd gelebt hat!«

»Sie hat unter dem Dach geschlafen und ist da oben an Typhus gestorben. Während der Sohn des Hausherrn ihre Hand gehalten hat gegen das Verbot seines Vaters. Wahre Liebe im ...«

»Armin!«, habe ich ihn unterbrochen. »Ich will heute Nacht in diesem Haus in Ruhe schlafen! Hör auf, dir so grässliche Sachen auszudenken!«

»Wer spricht denn vom Ausdenken? Die Stimmen aus der Vergangenheit haben es mir erzählt«, hat er abgewehrt, bei meinem Blick aber schnell hinzugefügt: »Habe ich gesagt, sie wäre gestorben? Natürlich ist sie vollends genesen und hat den Sohn des Hausherrn geheiratet.«

Tagtäglich hat er viele Stunden dort oben zugebracht und oftmals die Nächte obendrein. Er hat es geliebt und so habe ich den Rest des Hauses ebenso lieben gelernt. Alles daran, von seiner Lage an der alten Stadtmauer über die Sprossenfenster und das lächerlich kleine Stückchen Garten bis hin zu der knarrenden Eingangstür mit dem goldenen Türklopfer.

Und jetzt soll ich es hergeben.

»Du würdest es nicht tun, oder?« Ich kann nicht anders. Ich weiß genau, dass Armin nicht wie gewohnt neben mir auf der anderen Bettseite liegt, aber ich muss mit ihm sprechen. Zu meinem Vorsatz, stark zu sein, haben Selbstgespräche nicht gepasst. Also habe ich sie mir verboten. Aber wen kümmert es jetzt noch, ob ich stark bin oder nicht? Ich habe Armin verloren, Kinder habe ich nicht und unser Zuhause soll ich nun auch noch aufgeben.

»Du willst es doch genauso wenig«, stellt Armin fest, ein triumphierendes Schmunzeln in der Stimme. »Mittlerweile ist es dir nämlich auch ans Herz gewachsen.«

»Natürlich! Es ist unser Haus. Wir haben gemeinsam hier gelebt! All die Erinnerungen an früher, an uns ... an dich.«

Armins Stimme wird zärtlich. Ich wünschte, er würde meine Hand nehmen, aber das geht natürlich nicht. »Die Erinnerungen sind ein Teil von dir. Du würdest sie mitnehmen. Auch in eine kleine Zweizimmerwohnung.«

»Ich will aber keine kleine Zweizimmerwohnung!«

»Du könntest nach Ansbach zurück. Deine Mutter würde sich freuen. Sie fand immer, dass ich dich nicht hier hinaus hätte entführen dürfen.«

»Meine Mutter würde mich in den Wahnsinn treiben«, widerspreche ich. Eigentlich will ich nicht mit Armin streiten. Es tut zu gut, seine Stimme zu hören, und sei es nur in meinen Gedanken. »Ich will das Haus nicht hergeben, Armin. Ich will hier leben. Mit dir.«

»Du weißt, dass das nicht geht.«

»Hör auf!« Armin darf nicht über seinen Tod sprechen. Sonst wird seine Stimme in meinem Kopf verstummen, ich weiß es. »Wenigstens das Haus will ich behalten! Wenigstens das!« Aber wovon soll ich die laufenden Kosten bezahlen, die Versicherungen und Nebenkosten, Grundsteuer und weiß der Geier, was noch alles anfällt? Selbst ohne die Rückzahlung des Vorschusses und die anstehende Dachreparatur würde es verflixt eng werden. »Woher soll ich das Geld nehmen?«

Er antwortet nicht. Ängstlich lausche ich in die Stille unseres

Schlafzimmers. »Armin?« Panik kriecht in mir empor wie Übelkeit. »Armin?«

»Mach das Licht an.«

»Das ... nein, das geht nicht!« Wenn ich das Licht anmache, sehe ich die leere Betthälfte.

»Aber ich schalte immer das Licht an, wenn ich mitten in der Nacht eine Idee habe. Und meine Idee ist gut. Sie ist überragend!«

Trotz meines Kummers muss ich glucksen. Das ist so typisch für ihn! »Schon wieder ein neues Buch?«

»Unsinn, ich habe ja das letzte noch nicht einmal zu Ende geschrieben. Dabei hätte ich so gerne.«

»Ich weiß.« Das Lachen ist mir vergangen.

»Aber *du* könntest es für mich tun.«

Seinen Worten folgt Stille. Ich bin zu schockiert, um etwas zu sagen.

»Überleg doch mal«, fährt Armin schließlich fort. »Du könntest den Vorschuss behalten. Und dann kommt noch das restliche Honorar dazu. Es würde deine Geldprobleme lösen. Du könntest das Haus behalten.«

Ich schüttle den Kopf, immer noch unfähig, etwas zu sagen.

»Wenn das nicht Grund genug ist, dann tu es mir zuliebe. Du kennst mich. Und meine Geschichte auch. Du bist die Einzige, die sie für mich beenden könnte.«

»Das ist nicht fair!« Er weiß genau, dass ich ihm diesen Wunsch nicht abschlagen kann, wenn er es so darstellt. Als eine Art letzten Gefallen.

»Ach, aber es ist fair, mein Lebenswerk einfach so unvollendet zu lassen? Wo du doch alles hast, was es braucht, um es zu retten?«

Einen winzigen Moment lang bin ich versucht, das Licht doch noch anzuschalten und das Hirngespinst platzen zu lassen. Die leere Bettseite anzusehen und Armin samt dieser wahnwitzigen Idee abzuschütteln. Aber was, wenn er recht hat? Was, wenn ich insgeheim schon die ganze Zeit mit diesem Gedanken gespielt habe? Das muss ich getan haben, denn immerhin hat mein Unterbewusstsein unser einseitiges Gespräch in diese verrückte Richtung gelenkt und Armin diese Worte in den Mund gelegt.

Ich drehe mich auf den Bauch, ziehe Armins Kissen zu mir und drücke das Gesicht hinein. Es riecht nicht mehr wirklich nach ihm, aber noch ein bisschen nach seinem Rasierschaum. Das kommt davon, wenn man sich, wenn überhaupt, abends statt morgens rasiert. Ich atme den Geruch tief ein und denke an Eli und Esmé. An Alan, den Liebling der Leser, der ganz nebenbei auch mein Liebling ist, wenn ich ehrlich bin. An die tausend Fäden einer Handlung, die noch zusammengeführt werden müssen.

»Glaubst du wirklich, ich könnte das?«, flüstere ich.

»Wer denn sonst, wenn nicht du?«, fragt Armin. Seine Stimme ist so sanft, dass ich darin versinken könnte wie in einem großen, weichen Wattebausch.

»Du«, flüstere ich in mein Kissen. »Du solltest dieses Buch selbst zu Ende schreiben. Du solltest hier sein.«

Ob Armin etwas erwidert, höre ich nicht mehr, weil schlussendlich der ganze verrückte Tag wie eine Welle über mich hinwegrollt und ich mich wieder einmal in Tränen verliere.

Kapitel 8 – Michelle

»Schreiben kannst du. Kaffee kochen allerdings eher nicht.«

Bis Chrys am nächsten Morgen zum Frühstücken kommt, habe ich mich wieder einigermaßen unter Kontrolle. So weit sogar, dass mein Magen beim Duft der frischen Semmeln, die sie in einer Tüte unter dem Arm klemmen hat, hoffnungsvoll knurrt.

»Samstagmorgen. Herrlich freie Straßen«, verkündet sie, während sie einhändig ihre klobigen Motorradstiefel von ihren Füßen zerrt. »Ich hätte mit 180 Sachen hierherrasen können.« Sie sieht meinen Gesichtsausdruck und fügt hastig hinzu: »Ach Liebes, das bin ich natürlich nicht! Du weißt, ich würde nie ... Seit Armins Unfall wird mir ehrlich gesagt schon bei 80 km/h schlecht. An jeder Kreuzung muss ich ...« Sie schluckt. »Bist du seitdem schon gefahren?«

Ich schüttle den Kopf. Allein beim Gedanken daran, hinter dem Steuer zu sitzen, verdreht mein Magen sich zu einem Knoten. Die wenigen Gelegenheiten, bei denen ich seit Armins Tod in ein Auto steigen musste, haben mir wirklich gereicht und dabei war ich bisher nur Beifahrerin. Aber jedes Mal, wenn sich ein anderes Fahrzeug aus einer Seitenstraße nähert, kralle ich mich am Griff über der Tür fest und stelle mir vor, dass dieser Anblick das Letzte gewesen sein muss, was Armin gesehen hat.

»Lass uns frühstücken«, sage ich mit so fester Stimme wie möglich. »Ich glaube, irgendwo hab ich noch ein Glas Marmelade.«

»Hab ich doch alles dabei«, winkt Chrys ab, lässt ihren winzigen Rucksack von ihrem Rücken gleiten und fördert eine Packung Butter, ein Glas Holunderblütengelee und ein weiteres mit Honig zutage.

»Du bist ein Schatz, Chrysantha Distler!«

Chrys verzieht das Gesicht. Ich muss nicht fragen, warum: Sie kann ihren Namen nicht ausstehen und das weiß ich genau.

»Wusstest du«, fragt sie prompt, »dass man seinen Namen ändern lassen kann? Es gibt ein eigenes Gesetz dafür – typisch Deutschland. Nennt sich Namensänderungsgesetz.«

»Das ziehst du aber nicht ernsthaft in Erwägung?«

»Na hör mal, stell dir vor, deine Mutter hätte dich Chrysantha genannt! Es gibt so viele hübsche Blumennamen. Flora, Lily, Daisy ...«

»Du willst deinen Namen in Daisy ändern?«, werfe ich ein.

Chrys verdreht die Augen. »Leider braucht man gravierende Gründe, um so eine Namensänderung durchzubringen. Nicht dass ich die nicht hätte! Aber der ewige Papierkrieg, bis so was genehmigt wäre ... Gibt es Kaffee?«

Ich nicke und gehe schnell zur Kaffeemaschine, damit Chrys mein Grinsen nicht sieht. Ich bin mir sicher, sie würde es spätestens nach einer Woche bereuen, wenn sie ihren Namen tatsächlich ändern lassen würde. Allein die Möglichkeit, sich darüber zu beschweren, würde ihr unheimlich fehlen.

Meine Freundin folgt mir in die Küche und sieht zu, wie ich den Toaster aus- und die Kaffeemaschine einstelle, ehe ich das duftende Pulver in die Maschine häufe. Das Chaos, das mal wieder auf der Anrichte herrscht, kommentiert sie mit keinem Wort.

»Weißt du schon, was du wegen Heppenheimer machst?«, fragt sie. »Ich hab mir nämlich überlegt ... Wenn er einen wirklich guten Ghostwriter finden würde ... also einen wirklich guten, denn sonst wäre das eine Zumutung ... dann könntest du ihm vorschlagen, den Plot für ihn aufzuschreiben. Du könntest das. Armin hat dir doch alles bis ins Detail erzählt.«

»Jaah«, erwidere ich gedehnt, während ich die Kaffeemaschine einschalte. »Ich denke schon die ganze Zeit darüber nach. Weißt du, Armin hat nämlich vorgeschlagen ...« Ich klappe hastig den Mund zu. Oh Gott, habe ich das gerade wirklich gesagt? Ich schiele zu Chrys hinüber und tue so, als wäre ich immer noch sehr beschäftigt mit der Kaffeemaschine. Aber trotz des Kabelengpasses gibt es leider überhaupt nichts mehr zu tun. Chrys' Blick ist nicht schockiert, aber auf jeden Fall fragend.

»Ich meine ...«, setze ich neu an. »Armin *würde* vorschlagen ... Du weißt schon, wenn er noch ...« Ich verstumme.

»Ach Süße.« Chrys nimmt meine Hände sanft, aber bestimmt von der Kaffeemaschine und zieht mich in eine Umarmung. »Mir kommt es auch so vor, als wäre er immer noch da. Manchmal kann ich sogar fast seine Stimme hören. Verrückt, oder?«

Ich schüttle den Kopf und krächze an dem Kloß in meinem Hals vorbei: »Nein, gar nicht. Ich höre ihn immerzu.«

Dass ich mich auch mit ihm unterhalte, sage ich nicht. Dafür hätte nicht einmal Chrys Verständnis – beste Freundin hin oder her. Und ich will nicht, dass sie sich Sorgen um mich macht. Mehr als ohnehin schon, meine ich.

»Was würde Armin vorschlagen?«, fragt Chrys leise.

»Dass ich sein Buch zu Ende schreibe.« Ich kann sie nicht ansehen und betrachte stattdessen wieder die Kaffeemaschine, die begonnen hat, vor sich hin zu blubbern. »Nicht nur den Plot, sondern das ganze Manuskript.«

Eine Weile ist nur das Glucksen aus dem Inneren der Maschine zu hören. Dann murmelt Chrys: »Ja, das würde er ganz sicher vorschlagen.«

Überrascht sehe ich auf und begegne ihrem Blick. Ihr stehen Tränen in den hellgrünen Augen.

»Das würde er wirklich, oder? Er würde wollen, dass ich sein Buch ... besser ich als ein Ghostwriter, oder nicht?«

»Auf jeden Fall!« Chrys packt meine Arme. »Dass ich da nicht selbst draufgekommen bin! Genau das würde Armin vorschlagen!« Sie greift nach der mittlerweile vollgelaufenen Thermoskanne und schenkt sich schwungvoll Kaffee in eine Tasse.

»Aber was, wenn ich es ruiniere?«, flüstere ich.

»Das wirst du nicht«, wiegelt Chrys ab, nimmt einen großen

Schluck Kaffee, reißt dann die Augen auf, schluckt hart und macht ein würgendes Geräusch. »Du bist Journalistin und noch dazu Expertin für Armins Buchreihe – schreiben kannst du.« Sie stellt ihre Kaffeetasse ab und schiebt sie mir entgegen. »Kaffee kochen allerdings eher nicht.«

Chrys und ich verbringen den gesamten Samstag miteinander. Weil das Wetter für Anfang April ungewohnt mild ist, spazieren wir die wenigen Hundert Meter zum Stadtgraben, setzen uns auf eine Bank und lassen uns die Frühlingssonne ins Gesicht scheinen, die schon ein kleines bisschen wärmt. Aus der Erde wagen sich bereits die Spitzen der ersten Frühblüher. Krokusse, Schneeglöckchen, Tulpen und Narzissen jeder Art habe ich unterwegs in den Gärten und Blumenkästen gesehen. Am liebsten mag ich die kleinen zartgelben Narzissen mit dem Namen *Bridal Crown,* die irgendwo unter Unkraut und verrottetem Laub auch in meinem schmalen Gartenstreifen wachsen müssten. Jedenfalls habe ich in unserem ersten Jahr in Wolframs-Eschenbach ein gutes Dutzend davon gepflanzt.

»Zeit, dass du mal ein bisschen Sauerstoff in dein verstaubtes Autorengehirn wehen lässt«, würde ich Armin an solch einem frischen Frühlingstag vielleicht auffordern, wenn ich von der Arbeit nach Hause käme und ihn mal wieder in seinem Arbeitszimmer unter dem Dach vor dem Computer fände.

Er würde nicht antworten, sondern zum offenen Fenster nicken.

»Das reicht nicht! Durch diese Luke kannst du weder die Blumen noch die Sonne sehen! Und die Vögel hörst du auch nicht zwitschern.«

»Oh doch, die höre ich. Die Taube auf dem Dach macht mich schon seit Stunden wahnsinnig. Aber die Viecher stehen unter Naturschutz, nicht wahr?«

»Armin!«

»Apropos hören: Hast du eben von einem verstaubten Autorengehirn geredet? Ich hoffe inständig, du hast damit nicht meins gemeint.«

Wir hätten uns noch eine Weile gekabbelt und am Ende hätte Armin nachgegeben und wäre mit mir durch die hübsche Altstadt von Wolframs-Eschenbach spaziert, die es ihm vom ersten Tag an so angetan hat. Wir hätten das Tor der alten Stadtmauer passiert und wären über die ausgetretenen Stufen in den Stadtgraben hinuntergeklettert. Dabei hätte er von nichts anderem als seinem Buch geredet wie immer, wenn ich ihn bei der Arbeit unterbrochen habe, und vielleicht wäre er auch ein- oder zweimal stehen geblieben, um eine nagelneue Idee in sein kleines Notizbüchlein zu notieren, das er immer in der hinteren Hosentasche mit sich herumtrug.

»An der Sache mit der Frischluft ist doch was dran«, hätte er dann gesagt. »Hier draußen fliegen einem die Ideen ja nur so zu!«

»Denkst du an Armin?« Chrys' Stimme reißt mich so abrupt ins Hier und Jetzt eines ganz anderen milden Frühlingstages im Wolframs-Eschenbacher Stadtgraben zurück, dass ich ertappt zusammenzucke.

Chrys wartet auch gar nicht auf eine Antwort, ehe sie den Arm um mich legt. »Er fehlt mir«, sagt sie leise und dabei belassen wir es für eine Weile, während oben auf der Stadtmauer eine Taube gurrt. Ich weiß, was Armin gemeint hat: Das Tier ist wirklich laut, und wenn ich es nicht besser wüsste, würde ich davon ausgehen, dass es sich um eine Eule handelt. Ich dachte immer, Tauben würden nur sanft und leise gurren.

»Meine Mutter hat mir einen Brief geschickt«, schneidet Chrys irgendwann ein neues Thema an. Sie scheint zu spüren, dass ich gerade nicht über Armin sprechen kann. Und wahrscheinlich liegt ihr diese Sache ohnehin schon lange auf dem Herzen. Das Verhältnis zwischen Chrys und ihrer Mutter ist ... sagen wir:

nicht unkompliziert. Armin würde das – rhetorisch gewandt wie immer – als litotische Untertreibung bezeichnen.

»Wieder eine Einladung?«, frage ich vorsichtig. Der letzte Brief war eine Einladung zur Konfirmation von Chrys' jüngerer Halbschwester, der sie in ihrem ganzen Leben erst ein- oder zweimal begegnet ist. Nachdem ihre Mutter wieder geheiratet hat, war Chrys nicht gerade erpicht darauf, regen Kontakt mit ihr zu halten. Zumal sie und ihre neue Familie in Oberbayern wohnen und die Berge sowieso nicht Chrys' Ding sind – das behauptet sie jedenfalls.

»Eigentlich wollte ich das Ding ungeöffnet wegwerfen!«, brummt Chrys.

»Aber?« Das hat sie natürlich nicht übers Herz gebracht. Ich kenne doch Chrys. Sie tut gerne forsch und abgeklärt, aber im Grunde nur, damit nicht gleich jeder merkt, was für ein feinfühliger und großherziger Mensch sie ist. Das passt nämlich nicht zu ihrem Selbstbild.

»Der Papiermüll war voll.«

»Ah ...« Ich muss schmunzeln. »Ja, das Problem kenne ich. Meiner quillt auch über. Also ... dann hast du den Brief stattdessen geöffnet.«

»Aus Versehen«, rechtfertigt sie sich sofort. »Nachdem er tagelang auf meiner Anrichte herumlag. Eine Einladung – war ja klar. Zu ihrem Geburtstag. Ein runder mit übelkeiterregend vielen Gästen. Sie hat handschriftlich dazu geschrieben, dass es *so schön* wäre, wenn ich auch dabei sein könnte. Und dann hat sie noch einen Zeitungsausschnitt beigelegt.« Sie schnaubt ungehalten. »Sylvester hat irgendeinen Leichtathletikpreis gewonnen.« Chrys scharrt mit den Füßen im Gras unter der Bank herum und sieht mich nicht an. »Ich weiß auch nicht, warum sie denkt, dass mich das interessiert.«

Ich könnte wahrheitsgemäß antworten: »Weil sie möchte, dass du immer noch Anteil an ihrem Leben hast.« Aber das wäre ungefähr so feinfühlig, wie wenn jemand zu mir sagen würde: »Es hat keinen Sinn, mit Armin zu reden. Er ist tot.« Außerdem frage ich mich manchmal selbst, was im Kopf von Chrys' Mutter vorgeht. Ihre Absichten mögen ja noch so gut sein, aber die Art, wie sie versucht, Kontakt zu ihrer ältesten Tochter zu halten, ist offen gesagt wirklich nicht sehr geschickt.

»Ich hab es satt, mir den Kram über ihre beiden Goldkinder anzusehen«, brummt Chrys. »An *meiner* Konfirmation hat sie den halben Tag die Windeln ihrer zwei pausbackigen Kleinen gewechselt und ihnen Kuchen in die gierigen Münder gestopft. Und wenn *ich* jemals einen Leichtathletikpreis gewonnen hätte, dann hätte sie das gar nicht mitbekommen.«

»Du wirst nicht hingehen, oder? Zu ihrem Geburtstag.«

»Nein!« Chrys schüttelt so heftig den Kopf, dass ihre blonden Haare nur so fliegen. »Was will ich denn da? Ich kenne außer ihr niemanden. Ihre ganzen neuen Freunde aus Oberbayern und ihre neue Familie ... Das muss ich nicht haben. Ich weiß nicht, wozu sie mir überhaupt noch schreibt.«

»Und wenn du ihr einfach auch mal irgendwas schickst, was mit dir zu tun hat?«, frage ich vorsichtig. »Statt hinzugehen, meine ich. Vielleicht hofft sie insgeheim darauf.«

»Und was?« Chrys' Stimme trieft vor Sarkasmus. »Meine nächste Kündigung? Meinen Kontoauszug mit den roten Zahlen? Die Mail, in der der Kerl, von dem ich dachte, er wäre vielleicht endlich der Eine, mit mir Schluss gemacht hat? Die Todesanzeige meines besten Freundes?« Sie schlägt sich die Hand vor den Mund. »Es tut mir so leid, Michelle! Das hätte ich niemals sagen dürfen. Oh, ich bin so abscheulich!«

»Das bist du nicht. Nur traurig.«

»Aber du ...« Chrys wischt sich vergeblich über die Augen, aber die Tränen tropfen dennoch über ihre blassen Wangen. »... du hast viel mehr Grund, traurig zu sein. Armin war dein Mann. Deine große Liebe.«

»Und dein bester Freund.« Ich wundere mich, dass ich nicht auch längst heule wie ein Schlosshund. Aber irgendwie tut es gut, dieses eine Mal auf der anderen Seite zu stehen. Chrys unbeholfen die Schulter zu tätscheln und tröstende Dinge zu sagen. Es gibt mir das Gefühl, dass in dem riesigen Scherbenhaufen in meinem Inneren vielleicht doch noch irgendetwas ein bisschen heil geblieben ist und funktioniert.

»Weißt du ...«, schnieft Chrys irgendwann leise, »... mein Leben war schon immer ein ziemliches Chaos. Familiär, beruflich ... oh Gott, und vor allem in Liebesangelegenheiten. Nach all den Nieten, die ich gezogen habe, würde ich wirklich daran zweifeln, dass es so etwas wie die große Liebe überhaupt gibt. Aber ich dachte immer ... solange es solche Menschen gibt wie dich und Armin, die so glücklich sind und so ... so gut ... dann gibt es auch für alle anderen noch Hoffnung. Das klingt bescheuert, oder?«

»Nein. Irgendwie schön. Und traurig.«

»Das ist es auch. Schau dir meine Eltern an. Die können sich bis heute nicht wieder in die Augen schauen. Dabei haben sie sich früher wahrscheinlich mal geliebt. Das hoffe ich jedenfalls. Wie vielen Paaren geht es so? Dass sie einfach alles wegschmeißen, was sie mal miteinander verbunden hat. Solche Geschichten hörst du doch an jeder Straßenecke. Und dann gibt es solche wie dich und Armin, die einfach füreinander geschaffen sind. Und ihr ... ihr bekommt nicht einmal die Chance, der Welt zu beweisen, dass es auch anders geht. Dass man auch glücklich miteinander sein kann, bis man alt und grau ist.«

Ich schlucke und starre auf die gelben Spitzen der Krokusse in der Wiese gegenüber des kleinen Weges. Chrys' Worte haben einen Punkt in meinem Herzen berührt, der mehr schmerzt, als sie vielleicht ahnt. Mit Armin habe ich nicht nur das Leben verloren, das ich kannte, sondern auch die Zukunft mit ihm, die ich immer als selbstverständlich angesehen, mit der ich immer felsenfest gerechnet hatte. Die ganze Geschichte, wie man sie sich eben so ausmalt. Mit Kindern, Enkeln und Urenkeln, dem wohlverdienten Ruhestand, in dem Armin es sicher auch nicht hätte sein lassen können zu schreiben, mit Theaterbesuchen und einer

Katze, die auf dem bis dahin altmodisch gewordenen Teppich vor dem Kamin schläft.

Die Krokusse verschwimmen vor meinen Augen. Ich wünschte, Armin und ich hätten uns einfach nur zerstritten, so wie es laut Chrys doch so unendlich viele Paare tun. Mit Geduld und gutem Willen kann man eine kaputte Beziehung kitten. Aber das hier ist nicht wiedergutzumachen.

»Wirst du es tun?«, fragt Chrys irgendwann und mir wird schlagartig bewusst, dass ich schon minutenlang nichts mehr gesagt habe. Es fällt mir schwer, Chrys einen Rat bezüglich der Sache mit der Einladung und ihrer ganzen verzwickten Familiensituation zu geben, während meine eigene Lage mich so verschlingt.

»Was tun?« Ich zwinge mich, den Blick wieder auf meine Freundin neben mir zu fokussieren.

»Armins Manuskript zu Ende schreiben.« Und weil ich zögere, sprudelt sie heraus: »Ich finde, du solltest es tun, Michelle. Ganz ehrlich. Armin würde das gefallen. Schau nach, bestimmt hat er es sogar in seinem Testament so festgelegt.«

»Armin hatte kein Testament. Er hat nicht damit gerechnet ...« Meine Stimme bricht weg.

»Natürlich nicht«, flüstert Chrys. »Aber wenn du ihn fragen könntest ...« Sie beißt sich auf die Lippen. »Wenn du ihm von dieser Idee erzählen könntest, dann wäre er ganz bestimmt dafür.«

Ich weiß, dass sie recht hat, und am liebsten würde ich ihr von Armins Stimme in meinem Kopf erzählen, die mir diesen Vorschlag erst ins Ohr gesetzt hat. Aber ich tue es nicht. Diese Gespräche sind eine Sache zwischen mir und Armin. Oder wenigstens zwischen mir und der Erinnerung an ihn.

»Jedenfalls glaube ich, dass du die Einzige bist, die diese Buchreihe so zu Ende schreiben könnte, wie Armin es wollte.«

»Du hast sie doch gar nicht gelesen«, erinnere ich Chrys, aber mein Widerspruch ist nur halbherzig. »Ich würde sein Buch sehr gerne für ihn beenden. Der Gedanke, dass seine Geschichte einfach so mittendrin vorbei sein soll ... ohne richtiges Ende ...«

So wie in der Wirklichkeit. Armins und meine Geschichte hat ebenso abrupt geendet. Wie ein abgerissener Film. Ohne Happy End.

Oder etwa nicht? Kann ich unsere Geschichte noch fortsetzen, das Ende noch retten, indem ich das Buch für Armin beende?

»Wirst du mir dabei helfen?«, flüstere ich und stelle mir vor, wie Armin lächelnd mit einer Gegenfrage antwortet: »Du wirst das wirklich für mich tun, Michelle? Wirklich und wahrhaftig?«

»Hör auf, in Alliterationen zu sprechen«, erwidere ich nur in Gedanken, damit Chrys mich nicht für verrückt hält. »Natürlich werde ich es tun. Für dich. Aber ich brauche deine Hilfe. Du musst bei mir bleiben bis zur allerletzten Seite.«

Armin lacht und sein Lachen ist das schönste Versprechen der Welt – ein brummiges, tiefes, zärtliches Versprechen. Deshalb ist es auch nicht schlimm, dass es Chrys ist und nicht er, die antwortet: »Klar helfe ich dir!«

Als Chrys sich spät an diesem Abend auf den Weg nach Hause macht, stehe ich in der Einfahrt und sehe zu, wie sie und ihr Motorrad immer kleiner werden und schließlich am Straßenende verschwinden. Ich wünschte, ich hätte Armin so nachgesehen, als ich zum letzten Mal die Gelegenheit dazu hatte. Eine wunderbare, kostbare Minute lang hätte ich ihn so noch festhalten können.

Es ist kühl geworden und ich fröstle trotz meiner flauschigen Jacke. So nehme ich einen letzten tiefen Zug abendliche Frühlingsluft, stürme mit Jacke und Stiefeletten durch die Garderobe ins Wohnzimmer und hebe den Hörer von meinem prähistorischen Telefon. Ich blättere durch das kleine Telefonbüchlein, das immer neben dem Apparat liegt. So etwas braucht man nämlich, wenn man im 21. Jahrhundert ein Telefon kauft, das ebenso gut ein altes Familienerbstück sein könnte. Armin hat es nie gestört, dass man deshalb keine Telefonnummern einspeichern und ganz einfach bei Bedarf abrufen konnte. »Ich habe alle Nummern, die ich brauche, in meinem Handy«, hat er gemeint. »Und wenn man das mal nicht zur Hand hat, gibt es noch das gute alte Telefonbuch.« Und dieses, so seine vehemente Feststellung, habe auch einen entscheidenden Vorteil gegenüber der digitalen Variante: Es gibt kein Zeichenlimit, das einen dazu zwingt, aus langen Namen wie »Heppenheimer« kurzerhand »Heppenhei« zu machen. Ich fand, dass man Heppenheimer getrost auch kurz und knapp unter »Agent« hätte abspeichern können. Aber weil unser Telefonbüchlein natürlich über keine Höchstzeichenzahl verfügt, finde ich Armins Literaturagenten in voller Länge unter »H«, wo er hingehört.

Nach fünfmaligem Klingeln meldet sich die Mailbox. Natürlich – es ist Samstagabend und selbst ein Mann wie Heppenheimer hat wahrscheinlich irgendwann einmal Wochenende oder zumindest Feierabend. Auch wenn er manchmal um derart unmögliche Zeiten anruft, dass man meinen könnte, er kenne nichts dergleichen. Sonntagmorgen um sieben zum Beispiel oder Karfreitagmittag.

»Äh ... hier ist Michelle«, melde ich mich. »Prinz. Michelle Prinz. Ich wollte nur sagen, dass ich den Plot doch habe. Also im Kopf.« Gegen selbigen möchte ich mir gerade am liebsten mit der flachen Hand schlagen. Hätte ich mir doch nur vorher überlegt, was ich sagen will! Der Mann ist schließlich Literaturagent und muss jetzt denken, ich könnte keine fünf Wörter sinnvoll aneinanderreihen. Geschweige denn einen Roman schreiben; und das ist immerhin genau das, was ich vorhabe.

»Armin hat mir immer sehr genau erzählt, worum es in seinen Büchern geht«, versuche ich, Schadensbegrenzung zu betreiben. »Ich kann das Buch für ihn zu Ende schreiben. Also, ich werde. Ich werde das Buch zu Ende schreiben. Aber vielleicht können wir über den Abgabetermin noch einmal reden. Auch wenn ich natürlich gleich morgen anfange. Oder heute. Nein, sagen wir morgen. Also ... das war's eigentlich schon. Auf Wiederhören.«

Ich lasse den Hörer auf die Gabel fallen und mich auf die unterste Treppenstufe. Hoffentlich – hoffentlich! – stelle ich mich beim Schreiben von Armins Buch ein wenig eloquenter an als bei dieser Ansage.

Kapitel 9 – Michelle

**»Ich weiß das. Aber seine Leser ...
die müssen das ja nun wirklich nicht erfahren.«**

Natürlich fange ich nicht am nächsten Tag mit dem Schreiben an. Ich scheitere nämlich bereits an der schlichten Aufgabe, Armins Arbeitszimmer zu betreten, dessen Tür seit seinem Tod fest verschlossen geblieben ist. Eine geschlagene Stunde lang sitze ich auf dem Treppenabsatz und stelle mir vor, dass Armin direkt dahinter ist, schreibend an seinem Notebook am Schreibtisch unter dem Fensterchen zwischen den beiden Dachschrägen.

Ich meine sogar das Klappern der Tastatur zu hören und das Knarzen des Bürostuhls, wenn Armin sich zum Nachdenken zurücklehnt, so wie er es immer getan hat.

Irgendwann erlöst mich das Klingeln des Telefons und ich stürze nach unten. Aber es ist nicht Heppenheimer, sondern meine Mutter, die wissen will, wie es mir geht und ob ich morgen Nachmittag zur Geburtstagsfeier meiner Nichte komme. Sie meint, Caroline würde sich bestimmt freuen. Beatrice und Erik könnten mich mit dem Auto abholen. Am liebsten würde ich sagen, dass ich nicht kann, weil ich arbeiten – also an Armins Manuskript schreiben – muss. Doch dazu müsste ich erst mal durch diese verflixte Tür kommen. Also sage ich ihr zu und hoffe inständig, dass ich es nicht bereuen werde.

Statt einen erneuten Versuch zu wagen, verkrieche ich mich wieder einmal unter der Decke auf dem Sofa. Mit dem Buch, das Armin zuletzt gelesen und hier liegen gelassen hat, als Kopfkissen schlafe ich schon am frühen Nachmittag ein.

Ich wache auf dem Sofa auf, als das erste Sonnenlicht durch die raumhohen Sprossenfenster meines Wohnzimmers fällt. Es kann noch nicht einmal sieben Uhr sein; der Morgen ist noch ganz blass und frisch. Der verhangene Himmel verspricht Regen und ich denke mit einem flauen Gefühl im Magen an mein undichtes Dach. Vielleicht sollte ich prophylaktisch ein paar Eimer in Armins Arbeitszimmer aufstellen. An den Wasserflecken an der Holzdecke sieht man ganz genau, wo sie platziert werden müssen. Aber auch dazu müsste ich den Raum natürlich betreten.

Mühsam hieve ich meinen schmerzenden Körper aus den Kissen und setze mich auf die Sofakante. Mein Rücken protestiert, aber darauf kann ich keine Rücksicht nehmen. Ein weiterer Tag auf dem Sofa würde ihm den Rest geben. Nein, heute werde ich aufstehen und Armins Lebenswerk in Angriff nehmen.

»Um sechs Uhr morgens?«, fragt Armins Stimme schlaftrunken in meinem Kopf. »Wenn ich dir dabei eine Hilfe sein soll, brauche ich zuerst mindestens drei Tassen Kaffee.«

Die Idee ist gut. Ich stehe auf und gehe in die Küche, um die Kaffeemaschine einzustellen, und versuche dabei sogar, Armins schlurfenden Morgengang nachzuahmen. In karierter Pyjamahose und Birkenstocklatschen. So hat er allmorgendlich den Tag begonnen. Erst wenn die Kaffeemaschine munter vor sich hin blubberte und einen vielversprechenden Duft im ganzen Haus verströmte, tauschte er dieses Outfit gegen dunkle Jeans, eines seiner zahlreichen Holzfällerhemden und die Lesebrille, die er zu Hause fast immer trug. Je nach Motivation trank er dann die erste Tasse Kaffee am Küchentisch sitzend, während ich mir Marmelade aufs Frühstücksbrot schmierte und ihn zu überreden versuchte, ebenfalls etwas zu essen, oder direkt am Schreibtisch.

Ich beschließe, es nicht gleich zu übertreiben. Während die Kaffeemaschine ihre Arbeit macht, ziehe ich mir frische Jeans und eine karierte Bluse an, dann setze ich mich an den Küchentisch und würge den Kaffee hinunter. Chrys hat leider recht: Ich bin mies im Kaffeekochen. Das Gebräu ist so stark, dass selbst fünf Zuckerwürfel und ein ordentlicher Schuss Milch nicht helfen.

Aber Chrys hat auch gesagt, ich könne schreiben. Also steige ich hinauf in den ersten Stock und weiter über die halsbrecherisch steile Stiege zu Armins Arbeitszimmer. Die Hand schon auf der Türklinke, halte ich inne.

Ich habe keine Angst vor den Stimmen der Vergangenheit, von denen Armin so überzeugt war, sie würden ihn in der kleinen Dachkammer regelrecht anschreien. Die Stimme meiner eigenen Vergangenheit – Armins vertraute und geliebte Stimme – höre ich auch hier draußen so klar und deutlich, als stünde er neben mir. Nein, wovor ich mich wirklich fürchte, ist Armins Schreibtisch. Ich habe Angst, dass der Anblick seines für immer verlassenen Arbeitsplatzes seinen Tod endgültig in meinen Gedanken ankommen lassen wird. Endgültiger als die Beerdigung oder das blumenüberflutete Grab, die Kondolenzkarten, die immer noch eintrudeln, oder das schreckliche »verw.«, das ich in den vergangenen Wochen bereits ein paarmal statt des gewohnten »verh.« in die Zeile »Familienstand« auf seitenlangen, unnützen Formularen schreiben musste.

Eine Beerdigung, sage ich mir, ist abstrakt. Man steht da und die Flutwelle an Trauer und Verzweiflung schwemmt nur so über einen hinweg, verschlingt die Beileidsbekundungen und die Worte des Pfarrers. Aber Armins Schreibtisch ... der ist schrecklich real und greifbar. Ich kann ihn anfassen, meine Hand auf das Holz legen, auf dem zuletzt Armins lag. Die Tasten des Notebooks berühren, die von seinen Fingern schon ganz abgenutzt sind, sodass sie glänzen, während die des Zahlenblocks und der Funktionstasten noch matt sind. Ich kann auf dem Stuhl sitzen, auf dem er immer saß, und aus dem Fenster sehen, durch das er gestarrt hat, wenn er beim Schreiben innehielt und nachdachte.

Ich schaffe es nicht. Auch an diesem Morgen bleibt die Tür zu Armins Arbeitszimmer verschlossen, während ich mir eine schwarze Strickjacke überwerfe, mein Haar bürste und den Rest

Kaffee wegschütte. Ich versuche zu lesen, räume die Küche auf, knabbere Knäckebrot zum Mittagessen, wage aber keinen erneuten Versuch, die Dachkammer zu betreten. Stattdessen setze ich mich auf die kühlen Steinstufen vor der Haustür und warte darauf, dass Beatrice mich für Carolines Geburtstagsfeier abholt. Auf eine seltsame Art freue ich mich darauf. Eine Familienfeier, der ganz normale Wahnsinn, die vertrauten Gesichter, die ebenso vertrauten Marotten. Das alles ist jedenfalls um Welten besser, als auf dem Treppenabsatz vor Armins Arbeitszimmer zu sitzen.

»Eins, zwei, drei, vier, fünf, sechs Kerzen!«, verkündet meine Mutter, während sie die letzte davon in den Karottenkuchen steckt. »So ein großes Mädchen!« In ihrer Rolle als Oma scheint sie regelrecht aufzublühen. Sie hebt Caroline auf ihren Schoß und greift nach der Streichholzschachtel. »So groß und erwachsen, wie du schon bist, kannst du mir beim Kerzenanzünden helfen!«

»Nichts für ungut, Mutti, aber das halte ich für keine gute Idee«, geht mein Bruder sofort dazwischen und Caroline zieht hastig die Hand zurück, mit der sie eben ein Streichholz aus der Schachtel nehmen wollte. »Für den selbstständigen Umgang mit offenem Feuer ist Caroline dann doch noch ein wenig zu klein.«

»Aber ich helfe ihr doch!«, widerspricht Mutter perplex. Sie sieht sich nach Beatrice, Erik und mir um, aber keiner von uns möchte sich freiwillig zwischen die Fronten begeben, zumal in diesem Moment Lara aus der Küche kommt und sich mit schmalen Lippen neben Louis stellt.

»Du hast ja noch gar nicht alle Geschenke ausgepackt, Caroline! Schau, das violette dort ist von Tante Michelle.«

Mit einer Miene, als wäre kein Geschenk der Welt so spannend wie die nun verdorbene Chance, die sechs Geburtstagskerzen selbst anzuzünden, tapst Caroline zurück zum Geschenketisch. Ich folge ihr und betrachte die bereits ausgepackten Präsente.

Du liebe Güte, wo sind nur die Barbiepuppen und Kuscheltiere, die auf den Gabentisch einer Sechsjährigen gehören? Das Einladendste, was ich erblicke, ist eine Großpackung Holzbuntstifte in vierundsechzig verschiedenen Farben. Daneben liegen zwei noch in Plastikfolie verpackte CDs – »Mathe-Lernlieder« und »I love English« –, eine Armbanduhr, ein Geduldsspielwürfel und aus irgendeinem Grund ein leuchtend roter Karteikasten.

Unter den Blicken von Lara und meinem Bruder würde ich am liebsten im Erdboden versinken, während Caroline das Barbiepferd auspackt, das ich auf dem Weg hierher schnell in einem Spielwarenladen besorgt und dort direkt habe verpacken lassen. Es hat eine mit rosafarbenen Schleifen geschmückte Mähne und einen abnehmbaren, glitzernden Sattel. Die Verkäuferin meinte, es wäre genau das Richtige für ein Mädchen in diesem Alter. Aber vielleicht hat sie mich nicht richtig verstanden und angenommen, Caroline wäre ein, zwei oder gar drei Jahre jünger, als sie eigentlich ist?

»Ein Pferdchen!«, ruft Caroline jedoch entzückt, kaum dass sie sorgfältig die Klebestreifen gelöst und das Papier von der Packung gewickelt hat. »Schau mal, Mami, und es glitzert!«

Ich bin so erleichtert über Carolines Begeisterung, dass ich spontan neben ihr in die Hocke gehe und ihr helfe, das Pferd aus seiner Pappschachtel mit Sichtfenster zu befreien.

»Ganz niedlich«, befindet Lara, die ebenfalls zu uns getreten ist und nun über meine Schulter hinweg das Pferd mustert. »Und schau, an der Mähne kannst du das Flechten üben.«

Carolines Gesichtszüge entgleisen einen Moment, doch ich drücke ihr das mittlerweile befreite Pferd in die Hände und meine: »Oder einfach deine Barbiepuppen darauf reiten lassen. Das macht auch Spaß.«

»Nun, man muss ja nicht *jedem* Spielzeug etwas pädagogisch Wertvolles abgewinnen können«, doziert Lara. »Auch wenn ich von der sinnlosen Spielzeugflut in deutschen Kinderzimmern rein gar nichts halte.«

»Ich hab keine Barbie«, murmelt Caroline gleichzeitig, so leise, dass vermutlich nur ich es höre, weil ich direkt neben ihr auf dem Boden hocke.

»Keine Barbie?« Ich sehe zu Lara hoch, die die Lippen schürzt.

»Also diese abgemagerten Plastikmodels müssen ja auch wirklich nicht sein. Oder findest du das Frauenbild, das diese Hungerhaken unseren Kindern vermitteln, etwa angemessen? Wusstest du, dass Barbie nicht einmal fähig wäre zu stehen oder zu laufen, wenn sie ein echter Mensch wäre? Dafür ist sie nämlich zu dünn und ihr Kopf zu groß. Vom Gebären bei diesem Becken ganz zu schweigen.«

»Ich wusste nicht, dass Kinderspielzeug fortpflanzungsfähig sein muss.«

Beatrice prustet los, presst sich aber schnell die Hand vor den Mund, als sie sieht, dass außer ihr niemand lacht. »Ich hab als Kind gerne mit Barbies gespielt.« Sie zuckt entschuldigend die Achseln. »Und dass sie dünner ist als echte Frauen, ist mir nie aufgefallen.«

Nun schaltet sich auch Louis ein: »Aber genau da liegt ja das Problem, Trice. Solche Eindrücke gehen direkt ins Unterbewusstsein eines Kindes und können später zu ernsthaften Selbstzweifeln oder sogar Essstörungen führen.«

Ich will ihn gerade darauf hinweisen, dass die Verteufelung von Sahnetorte und das Backen eines Karottenkuchens zum sechsten Geburtstag viel wahrscheinlicher zu Magersucht führen als das Spielen mit einer Barbiepuppe, da springt Erik ein, um einen ausgewachsenen Familienkrach an Carolines Geburtstagsfeier zu verhindern: »Hast du Lust, als Nächstes unser Geschenk aufzumachen, Caroline? Es ist das mit der großen Schleife. Das äh ... bärenförmige.«

Um Carolines willen beschließe ich, das Thema fallen zu lassen, und reiche ihr stattdessen das besagte Geschenk, das sich ganz danach anfühlt, als würde es tatsächlich einen großen, flauschigen Plüschteddy enthalten. Hoffentlich spricht er Englisch oder hat das kleine Einmaleins auf dem Bauch aufgestickt, denn sonst läuft der arme Kerl sicher Gefahr, gemeinsam mit meinem Barbiepferd von Lara wegen mangelnden pädagogischen Mehrwerts konfisziert zu werden. Oder wegen der unterbewussten Vermittlung eines ungesunden Körperbildes. Immerhin sind die meisten Teddybären nicht gerade die Schlanksten.

Mittlerweile brennen auch die Kerzen auf dem Karottenkuchen und Mutter ruft die Geburtstagsgesellschaft zu Tisch.

»Vergiss nicht, dich zu bedanken, Caroline«, erinnert Louis seine Tochter noch, die mir sogleich feierlich die rechte Hand entgegenstreckt. Mit der linken drückt sie Beatrice' und Eriks Teddy an sich.

Irritiert ergreife ich ihre dargebotene Hand.

»Vielen Dank, Tante Michelle, für das schöne Geschenk.«

»Gern geschehen«, murmle ich und sehe zu, wie Caroline den gleichen Satz für Beatrice und Erik wiederholt. Das Traurige ist, dass die Worte einfach nur höflich, aber kein bisschen ehrlich wirken, obwohl Caroline sich vorher ganz offensichtlich wirklich über die Geschenke gefreut hat. Ihre strahlende Begeisterung beim Anblick des glitzernden Barbiepferdes hat mir viel mehr bedeutet als das artige Danksätzchen, das sie vorher wahrscheinlich mit ihr eingeübt haben.

Wir nehmen am gedeckten Tisch Platz. Der Teddy bekommt einen Ehrenplatz neben dem Geburtstagskind, wo Lara ihm während des Geburtstagsständchens regelmäßig abschätzige Blicke zuwerfen kann.

»Nun leg deinen Bären doch einen Moment zur Seite, damit du deine Kerzen auspusten kannst.« Sie hält Caroline die blonden Haare aus dem Gesicht, während die mit so viel Sicherheitsabstand die Kerzen auszublasen versucht, dass nur eine erlischt und der Rest lediglich flackert. So muss Louis nachhelfen und schließlich mampfen alle zufrieden Kuchen. Für einen Kuchen, der einen so schrecklich gesunden Namen hat, schmeckt er sogar wirklich gut. Der Teig ist saftig, ein bisschen fruchtig und eindeutig bekömmlicher als die Hochzeitstorte.

Das befangene Schweigen, das während des Geschenkeauspackens geherrscht hat, ist vergessen. Mutter lässt sich von Caroline das Neueste aus dem Kindergarten erzählen, während Lara hin und wieder die Berichte ihrer Tochter kommentiert und ergänzt, Beatrice erzählt mir lebhaft von irgendeinem Roman, der bald verfilmt werden soll, und Louis langweilt Erik mit Anekdoten von seiner Arbeit als Steuerberater. Mich würde er damit jedenfalls langweilen, aber Erik versteht entweder mehr davon oder ist höflich genug, um sich das Gegenteil nicht anmerken zu lassen, denn er nickt freundlich und stellt fleißig Fragen.

»... schon immer Steuerberater werden.«

»Ehrlich?« Erik staunt. »Das heißt, du hast wirklich schon als Kind in die Freundebücher geschrieben: Berufswunsch – Steuerberater?«

»Nein«, gibt Louis zu. »Damals wollte ich Journalist werden. Reisejournalist, um genau zu sein. Aber mit einer Familie wäre es natürlich undenkbar, so in der Weltgeschichte herumzutingeln. Ich möchte immerhin etwas davon mitbekommen, wie meine Tochter aufwächst.«

»Also ist stattdessen deine kleine Schwester Journalistin geworden.« Erik grinst mich über den Tisch hinweg an. »Hattest du die Idee von ihm?«

Ich zucke die Schultern, obwohl die Antwort auf diese Frage eigentlich ganz einfach ist. »Schätze schon.«

»Klar hatte sie das«, schaltet Beatrice sich ein. »Michelle hat Louis als Kind vergöttert und ihm alles nachgemacht! Wenn er Astronaut hätte werden wollen, dann würde sie heute vermutlich in der Galaxie herumschweben, statt mit uns Kuchen zu essen.«

»Jetzt übertreib mal nicht.« Ich widme meine ganze Aufmerksamkeit dem Rest Karottenkuchen auf meinem Teller. Natürlich hat Beatrice recht: Louis war wirklich mein Held. Damals jedenfalls. Ich weiß nicht, was passiert ist. Vielleicht hatte es mit Papas Tod zu tun, der Louis dazu zwang, so entsetzlich erwachsen zu werden. Und spießig. Da habe ich dann aufgehört, ihn anzuhimmeln, und mein Berufswunsch hat und hätte sich ganz sicher auch niemals zu Steuerberaterin geändert.

»Wie geht es eigentlich mit deiner Arbeit weiter, Michelle?«, reißt Erik mich aus den Erinnerungen. »Du bist noch krankgeschrieben, oder?«

Ich schüttle den Kopf. »Ich habe unbezahlten Urlaub genommen.«

»Und weißt du schon, wann du wieder arbeiten willst?«, fragt Louis prompt.

Nun sieht meine Mutter auf. »Michelle braucht Zeit. An eine Rückkehr in den stressigen Arbeitsalltag ist in ihrer Situation gar nicht zu denken.«

»Aber vielleicht würde ein wenig Alltag ihr guttun.« Louis mustert mich über seine rahmenlosen Brillengläser hinweg und ich habe jäh das Gefühl, geröntgt zu werden. Weil der Gedanke ausgerechnet von Louis kommt, würde ich es nie zugeben, aber insgeheim habe ich mich in den letzten Wochen das Gleiche gefragt. Ob es nicht leichter wäre, zur Arbeit zu gehen und mich mit banalen kleinen Ärgernissen herumzuschlagen als mit dem großen Problem der bodenlosen Trauer, das zu Hause lauert. Vielleicht könnte ich sogar ein paar Stunden aufstocken und unser Bankkonto retten, ehe Herr Klein/Koch von der Bank vor der Tür steht, um einem Makler unser Haus vorzuführen.

Aber die Lage hat sich geändert.

»Ich ... ehrlich gesagt ...« Ich kaue absichtlich gründlich auf dem letzten Bissen Kuchen herum, um Zeit zu schinden. »Ehrlich gesagt werde ich wahrscheinlich noch eine ganze Weile zu Hause bleiben. Ich werde die Zeit brauchen, um Armins Manuskript fertigzustellen.«

Meine Worte haben die Wirkung eines Paukenschlags. Es wird schlagartig still am Tisch.

»Armins ... Du meinst sein Buch? Du willst es für ihn zu Ende schreiben?« Beatrice schlägt die Hand vor den Mund und ihre dunkelblauen Augen füllen sich schlagartig mit Tränen.

Ich nicke.

»Oh mein Gott, das ist so romantisch!« Beatrice ergreift Eriks Hand. »Und so traurig. Und mutig!«

»Eine Witwe zu sein, ist keineswegs romantisch.« Natürlich hat meine Mutter recht und bei jedem anderen hätte ich Beatrices Wortwahl wahrscheinlich auch unpassend gefunden. Aber sie ist eben Trice.

»Das meinte ich doch nicht!«, ruft sie nun entsetzt aus. »Aber dass Michelle sein Buch für ihn zu Ende schreiben will, sein Lebenswerk, das ist ...«

»... vollkommen ausgeschlossen«, vollendet Mutter resolut. »Michelle, das solltest du dir wirklich noch einmal überlegen.«

»Ich habe Heppenheimer schon zugesagt. Armins Literaturagent«, füge ich erklärend hinzu, als sie nur die Stirn runzelt.

»Du bist keineswegs in der Verfassung, ein solch immenses Projekt in Angriff zu nehmen.« Sie schüttelt energisch den Kopf. »Und überhaupt: Wie stellst du dir das vor, Michelle? Denk nur an die Erinnerungen und Emotionen, die das Arbeiten an Armins Buch aufwühlen würde. Du kannst unmöglich vorhaben, dich so zu quälen!«

»Ich bin es ihm schuldig, Mutti!« Nun sind es meine Augen, die in Tränen schwimmen, aber ich beiße mir fest auf die Unterlippe, um sie zurückzudrängen. Meine Mutter soll sehen, dass ich der Aufgabe, die ich mir gesetzt habe, gewachsen bin – ein kleiner, aber ziemlich starker kindischer Teil von mir hat das Gefühl, ihr das beweisen zu müssen. »Armin hat seit zwei Jahren Tag und Nacht an dieser Geschichte gearbeitet. Und was ist eine Trilogie ohne ihren finalen dritten Band? Armin findet ... Ich meine, Armin hätte gewollt, dass ich es tue.«

»Armin hätte nichts dergleichen von dir verlangt.«

»Gut, dann hätte er es eben nicht!« Ungewollt wird meine Stimme immer lauter. »Aber ich will es für ihn tun. Seine Bestsellerreihe darf nicht einfach unvollendet bleiben. Das fände er schrecklich. Und außerdem brauche ich ...«

»Aber du bist in Trauer!«, unterbricht mich meine Mutter, ehe ich mit meinen finanziellen Problemen herausrücken kann.

»Michelle«, sagt Louis und die Art, wie er meinen Namen betont, sorgt dafür, dass meine Nackenhaare sich aufstellen. Diesen Tonfall hat er normalerweise für Caroline reserviert und die ist sechs Jahre alt. »Ich finde, Mutter hat recht. Du weißt nicht, worauf du dich da einlässt. Ein Abgabetermin ist ein immenser Druck und du hast Armin viel zu nahe gestanden, um unbefangen an die Sache heranzugehen. Gibt es denn niemand anderen, der das Buch an deiner Stelle zu Ende schreiben kann?« Er sieht an der langen Tafel hinab, als hoffe er, unter den Geburtstagsgästen seiner Tochter einen geeigneten Ghostwriter zu finden.

Ich schüttle den Kopf und spüre plötzlich eine tiefe Ruhe in mir, eine felsenfeste Überzeugung, dass das, was ich tue, richtig ist. Ich darf mich von der verschlossenen Arbeitszimmertür nicht unterkriegen lassen. Und auch nicht von den Vorbehalten meiner Familie. Jetzt, wo ich mein Vorhaben verteidigen muss, wird mir erst klar, wie völlig ausgeschlossen es ist, noch einen anderen Weg einzuschlagen.

»Louis ... ich bin die Einzige, die das kann. Ich kenne den Plot, den Spannungsbogen. Ich weiß, wie Armins Protagonisten ticken und welche Plot Points er noch geplant hat.«

Louis zieht die Augenbrauen hoch.

»Wir verstehen nur Bahnhof«, übersetzt Beatrice seine Miene. »Du kennst *was?*«

Fast gegen meinen Willen muss ich lachen. »Seht ihr, das meine ich! Ich kenne mich mit Armins Arbeit aus. Wer sollte ein gutes Ende für sein Buch schreiben, wenn nicht ich?«

Als Beatrice und Erik mich nach der Geburtstagsfeier vor meinem Haus absetzen, beginnt es gerade zu nieseln. Ich finde gerade noch genug Kraft, die Haustür hinter mir zuzuziehen und im Flur aus meinen Schuhen zu schlüpfen, ehe ich mich erschöpft wie nach einem unendlich langen Arbeitstag auf das Sofa fallen lasse. Die Diskussionen mit meiner Familie haben an meiner ohnehin limitierten Kraft gezehrt und ein hohles Gefühl in meinem Inneren zurückgelassen.

Ich horche in mich hinein und stelle mir vor, wie Armin sich neben mir auf die Sofakante setzt. Die Lesebrille vielleicht ein wenig schief auf der Nase, den Bart schon wieder länger als ich ihn eigentlich mag, weil Armin sich so ungern rasiert. Aber ich kann natürlich nicht hinsehen und ihn betrachten.

»Du hast Angst«, sagt er liebevoll. »Angst, dass deine Mutter und Louis recht haben. Aber das haben sie nicht.«

»Sie glauben, dass ich es nicht schaffe.«

Armin seufzt. »Deine Mutter weiß, dass *sie* es nicht geschafft hätte. Damals, als dein Vater gestorben ist. Deshalb macht sie sich Sorgen, dass du dir zu viel zumutest.«

Mir entfährt ein Schnauben. Armin hatte schon immer viel zu viel Verständnis für meine überbesorgte Mutter. Warum sie Vorbehalte gegen unsere Hochzeit hatte, weshalb sie unsere Wohnortwahl nicht guthieß ... Er konnte alles erklären und entschuldigen. Und dafür habe ich ihn geliebt, denn mit einem Mann, der ein Problem mit meiner Familie gehabt hätte, hätte ich es nicht ausgehalten. Auch wenn ich sehr wohl weiß, wie unmöglich sie allesamt sein können. Sie werden trotzdem immer zu mir gehören und ich zu ihnen.

»Aber sie kennt dich eben nicht ganz so gut, wie ich dich kenne«, fährt Armin fort. »Ich weiß, wie stark du bist.«

»So stark, dass du beinahe unter unserer Kommode begraben worden wärst, als wir unser Haus eingerichtet haben. Weißt du noch? Auf der Treppe ...«

Er lacht laut. Das Geräusch hallt in meinem so leeren Herzen wider und bringt etwas darin zum Vibrieren. Wie gerne würde ich mich aufrappeln, zu Armin an die Sofakante rutschen und mich in seine Arme flüchten. Ich würde an seine Brust gelehnt seinem Lachen lauschen und spüren, wie sein Körper dabei bebt.

»Na gut, du bist ein sagenhafter Schwächling. So wie ...« Er überlegt kurz. »Pippi Langstrumpfs Freundin Annika. Samson ohne sein Haar. Isabella Sw...«

»Schon gut, schon gut!«, falle ich ihm ins Wort, ehe er noch mehr literarische Vergleiche heranziehen kann, um zu beschreiben, für wie schwächlich er mich hält.

»Du bist körperlich kein Herakles, das wissen wir beide. Das wäre auch irgendwie unästhetisch, oder? Die ganzen Muskeln ... Aber Michelle, ich habe noch nie einen so willensstarken und durchsetzungsfähigen Menschen wie dich getroffen.«

»Willst du damit sagen, dass ich ein ausgewachsener Dickschädel bin?«

»Das auch«, lacht Armin. »Aber vor allem kannst du alles schaffen, was du dir vorgenommen hast. Du bist wie die starken Heldinnen in den modernen Geschichten. Katniss Everdeen. Prinzessin Leia. Tris Prior.«

»Diese Vergleiche gefallen mir schon besser.«

»Das habe ich mir gedacht.«

Einen Moment grinse ich dämlich in das Sofakissen, in dem ich mein Gesicht vergraben habe, dann will ich etwas erwidern. Doch in diesem Augenblick klingelt das Telefon und lässt die wunderbare Vorstellung von meinem Gespräch mit Armin wie eine Seifenblase zerplatzen.

Wieder mit der fürchterlichen Leere in der Brust hieve ich mich auf die Beine und gehe hinüber zum Tischchen neben der Treppe. »Michelle Prinz?«

»Frau Prinz, großartig! Ich habe schon mehrmals versucht, Sie zu erreichen!«

»Äh ... ja. Tut mir leid, Herr Heppenheimer. Ich war außer Haus.«

»Kein Problem, kein Problem. Frau Prinz, wie Sie sich sicher denken können, melde ich mich wegen Ihrer Mailboxnachricht bei Ihnen.«

Fast hatte ich gehofft, meine gestotterte Mitteilung wäre vielleicht irgendwie verloren gegangen. In den Weiten der Telefonleitung abhandengekommen, versehentlich gelöscht oder durch ein ominöses Rauschen unverständlich geworden. Dann hätte ich Heppenheimer die Sache noch einmal ganz in Ruhe und ein wenig geschickter unterbreiten können. Ich werde das Gefühl nicht los, dass er nicht glücklich über meinen Vorschlag – oder eigentlich eher Entschluss – ist. Und er fragt auch sogleich: »Frau Prinz, haben Sie bereits Erfahrungen im Ghostwriting?«

Ich weiß, dass man Leute mit Namen ansprechen soll, um Interesse und Vertraulichkeit zu signalisieren, aber die Art, wie er jeden Satz mit »Frau Prinz« beginnt, geht mir gewaltig auf die Nerven. Ich frage mich, ob er im Gespräch mit Armin auch ständig »Herr Prinz« oder »Armin« gesagt hat. »Ich habe noch nie als Ghostwriterin gearbeitet«, gebe ich ehrlich zu. »Aber ich bin Journalistin.«

»Aber einen Roman haben Sie noch nie geschrieben?«

»Nein, aber ...«

Er lässt mich nicht ausreden: »Wie vielen Leuten haben Sie bereits von Ihrer Idee erzählt?«

Seine Frage irritiert mich, doch ich zähle bereitwillig auf: »Meiner Mutter. Dem Rest meiner Familie. Einer Freundin. Aber hören Sie«, fahre ich so schnell fort, dass er keine Chance hat, mich wieder zu unterbrechen. »Ich kann mir vorstellen, dass Sie Bedenken haben. Aber niemand könnte Armins Buch für ihn zu Ende schreiben. Es gibt nur Notizen, keinen zusammenhängenden Plot. Aber ich weiß ... Mir hat er alles erzählt. Und deshalb kann entweder ich das Manuskript fertig schreiben oder keiner. Ob es Ihnen gefällt oder nicht.«

Heppenheimer lacht. »Aber es gefällt mir ausgezeichnet, Frau Prinz! Ganz ausgezeichnet.«

»Ach ja?«

»Aber ja! Ich habe bereits mit dem Verlag gesprochen und wir sind uns absolut einig, dass kein Außenstehender das *Feeling* der Geschichte so herüberbringen könnte wie Sie.«

»Das ist ...« Ich brauche einen Moment, um meine Fassung wiederzugewinnen. Ich hatte erwartet, mein Vorhaben mit Zähnen und Klauen verteidigen zu müssen. »Vielen Dank für das Vertrauen in mich.« Dann füge ich noch schnell ein »Herr Heppenheimer« hinzu, um meine forsche Art von eben wiedergutzumachen.

»Nur über die Sache mit dem Abgabetermin«, fährt Heppenheimer fort, »müssen wir noch sprechen. Ich möchte den Vertrag, den Ihr Mann unterschrieben hat, gerne aufrechterhalten. Der Verlag wäre aber gewillt, Ihnen zwei Monate Aufschub zu gewähren. Immerhin konnte nun bereits fast so lange niemand mehr am Manuskript arbeiten.«

»Wie großzügig.«

»Die Sache ist die, Frau Prinz: Einen längeren Aufschub können wir uns nicht leisten, zumal für den Lektor durch den Verfasserwechsel vermutlich eher mehr als weniger Arbeit anfallen wird.«

Ist das eine höfliche Art, mir zu sagen, dass ich Armins Buch vermutlich ruinieren werde? Ich beschließe, seine Worte einfach so stehen zu lassen und nicht nachzuhaken. Heppenheimer lässt mir ohnehin keine Gelegenheit dazu und fährt bereits fort: »Es wäre mir allerdings ein großes Anliegen, dass wir Stillschweigen über unsere Vereinbarung wahren, bis das fertige Manuskript dem Verlag vorliegt.«

»Ähm ... in Ordnung. Aber werden die Leser dann nicht annehmen, es werde nie einen dritten Band geben? Ich glaube, sie wären erleichtert zu erfahren ...«

»Und sie sollen es auch erfahren, Frau Prinz«, versichert Heppenheimer. »Zur rechten Zeit. Wenn das alles in trockenen Tüchern ist. Bis dahin werden wir es bei der Information belassen, Ihr Mann habe das Manuskript vor seinem Tod nahezu fertiggestellt.«

»Aber das hat er nicht.«

»Ich weiß das. Aber seine Leser ... die müssen das ja nun wirklich nicht erfahren. Zumindest noch nicht.«

Das geringelte Kabel des Telefons schwingt hin und her und erzeugt jedes Mal ein dumpfes Geräusch, wenn es gegen die Tischkante stößt. In der Stille, die Heppenheimers Worten folgt, erscheint es mir unerhört laut.

»Frau Prinz, wir wollen einfach auf Nummer sicher gehen. Das verstehen Sie doch? Sie haben das hier noch nie gemacht und wir haben keine Garantie … wissen Sie, für Sie würde sonst auch nur unnötiger Druck entstehen.«

»Sie trauen es mir nicht zu«, fasse ich knapp zusammen.

»Aber, Frau Prinz, das habe ich doch gar nicht gesagt! Ich würde lediglich gerne die Presse noch eine Weile aus der Angelegenheit heraushalten. Zum Wohle aller. Wenn das Manuskript dann fertig und der Verlag zufrieden ist, können wir Sie als bisher geheime und ganz besondere Ghostwriterin offenbaren, Frau Prinz.« Er klingt jetzt regelrecht begeistert. »Das sorgt dann auch genau zum richtigen Zeitpunkt für mediale Aufmerksamkeit – die ganze tragische Geschichte vom Tod eines großen Schriftstellers und von seiner heldenhaften Frau, die sein Werk für ihn beendet hat. Die Leser werden das lieben, Frau Prinz, wirklich!«

»Sie … Sie wollen aus Armins Tod eine Marketingstrategie machen«, sage ich erstickt.

»Natürlich nicht. Niemand bedauert mehr … Frau Prinz, Sie wollen doch, dass das Buch Ihres Mannes sich gut verkauft, nicht wahr?«

»Natürlich, aber ...«

»Sehen Sie. Und das will ich auch. Wir – das heißt, der Verlag und ich – setzen große Hoffnungen in diese Veröffentlichung. Zumal es das letzte Buch Ihres Mannes ist.«

Ich spüre, wie die Leere in meinem Inneren sich ausdehnt und meine Gedanken zu schlucken droht. Das letzte Buch meines

Mannes. Armins letzte Geschichte. Natürlich will ich, dass sie ein Erfolg wird.

»Ihre vorläufige Verschwiegenheit bezüglich Ihrer Mitwirkung an diesem Manuskript, Frau Prinz«, ergreift Heppenheimer wieder das Wort, »sehe ich deshalb als absolute Voraussetzung für dieses Projekt. Deshalb ist es auch von Bedeutung, wie vielen Menschen Sie bereits von Ihrem Vorhaben erzählt haben. Es ist wichtig, dass Sie es bei diesem Personenkreis belassen. Das hätten wir gerne schriftlich, ehe es zu einem Vertrag kommen kann. Damit sind Sie doch einverstanden, nicht wahr?«

Ich denke an das undichte Dach über Armins Arbeitszimmer, seinem Allerheiligsten. An unser altes, märchenhaftes Haus, das so voller gemeinsamer Erinnerungen steckt und das ich um keinen Preis verkaufen will.

»Ja, Herr Heppenheimer«, höre ich mich sagen und meine Stimme klingt so leer, wie mein Herz sich anfühlt. »Veranlassen Sie, dass ich den Vertrag bekomme.«

Kapitel 10 ~ Lara

»Jetzt sieht es ja keiner mehr.«

Meine Küche sieht aus wie ein Schlachtfeld. Kuchenteller, Gabeln, Löffel, Tassen und Untertassen stapeln sich auf der krümeligen Anrichte, das Milchkännchen steht in einem kleinen weißen See und zu allem Überfluss haben Carolines Geburtstagskerzen einen roten Wachsfleck auf der guten zitronenfaltergelben Tischdecke hinterlassen. Ich weiß, dass ich irgendwo noch ein Blatt Löschpapier habe – damit kann man Wachsflecken prima herausbügeln. Jedenfalls wenn man es findet.

Ich kreische erschrocken auf, als ich auf dem Weg zur Speisekammer auf etwas Weiches trete. Ein Blick nach unten entlarvt das Etwas als großen, klebrigen Brocken Karottenkuchen. Die Konsistenz ist so saftig, dass die Masse sich tief in die Fasern meiner selbst gestrickten Hausschuhe gegraben hat. Aus irgendeinem Grund macht der Anblick mich hysterisch. Die Küche versinkt im Chaos, der Wachsfleck wird mich bestimmt den halben Abend kosten und jetzt kommt auch noch Karottenkuchenmatsch dazu.

Tief durchatmend ziehe ich die Hausschuhe aus und bringe sie zur Wäschetonne. Caroline, die bis eben friedlich mit ihrem Barbiepferd gespielt hat, sieht mich und kommt hinter mir her ins Schlafzimmer gerannt.

»Mama, schau mal, Florentina hat Glitzersteine am Sattel!«

»Wow, das ist toll.« Ich werfe den sauberen Hausschuh in die Wäschetonne und betrachte den verklebten. So kann ich ihn unmöglich in die Waschmaschine stecken. Wahrscheinlich würden wir noch wochenlang Karottenstücke in unserer frischen Wäsche finden.

Caroline folgt mir ins Badezimmer und sieht zu, wie ich mit einem Taschentuch den gröbsten Schmutz von der Hausschuhsohle zu entfernen versuche.

»Weißt du, warum mein Pferdchen Florentina heißt?« Sie strahlt und offenbart die Zahnlücke, an deren Anblick ich mich einfach noch nicht gewöhnt habe. Wie ein Schulkind sieht sie damit aus, dabei ist sie so klein für ihr Alter und es war quasi erst gestern, dass ihr die Milchzähnchen gewachsen sind – einer nach dem anderen und jeder auf Kosten von mindestens drei Nächten, in denen trotz kühlender Beißringe und Zahnungsgel an Schlaf nicht zu denken war. Eigentlich ist es gemein, dass sie einfach ausfallen, wo es doch so ein Theater war, bis sie endlich da waren!

»Sie heißt Florentina, weil Leonies Kuschelhase auch so heißt!«, eröffnet Caroline mir, obwohl ich es versäumt habe zu antworten.

»Leonie?«

»Aus dem Kindergarten! Leonie ist jetzt nämlich meine Freundin!«

»Ach so.« Ich überlege fieberhaft, wer Leonie ist. Das kleine blonde Mädchen mit den Zöpfen? Nein, das ist Antonia. Gibt es überhaupt eine Leonie in Carolines Gruppe? Hat sie am Ende eine Freundin erfunden? Ich nehme mir fest vor, die Erzieherin darauf anzusprechen, da fährt Caroline auch schon begeistert fort: »Leonie hat tausend Kuscheltiere zu Hause! Kann ich da mal hin? Sie hat mich eingeladen. Ihre Mama hat nichts dagegen, die arbeitet sowieso den ganzen Tag. Nur ihr Papa ist zu Hause und der schläft immer.«

Das entscheidende Puzzlestück rastet in meinem abgelenkten Hirn ein. »Leonie«, wiederhole ich. »Das Mädchen mit den dreckigen Fingernägeln?«

Caroline sieht mich fragend an.

Ich korrigiere mich schnell: »Ist das die Kleine mit den Locken? Meistens offene Haare? Ungekämmt?« Ich kann diesen Zusatz nicht zurückhalten, aber Caroline geht gar nicht darauf ein.

»Genau«, bestätigt sie nur strahlend. »Sie hat jeden Tag ein anderes Kuscheltier im Kindergarten dabei. Sie hat nämlich ...«

»... tausend Stück, ja.« Ich werfe das verklebte Taschentuch in den Badezimmermüll. »Ich dachte, ihr dürft keine Spielsachen mit in den Kindergarten bringen.«

»Stimmt.« Caroline macht ein nachdenkliches Gesicht, zuckt dann aber mit den Schultern. »Aber Leonie macht es trotzdem. Darf ich mal zu ihr nach Hause?«

»Was ist mit Mila und Luise? Ich dachte, die beiden sind deine Freundinnen?«

Carolines Blick verfinstert sich auf der Stelle. »Die spielen jetzt immer mit der Murmelbahn und am Basteltisch. Ohne mich.«

»Ah«, mache ich hilflos. »Das ist nicht schön. Aber zu deinem Kindergeburtstag kommen sie doch bestimmt!« Ich gehe zurück ins Schlafzimmer und stecke den zweiten Hausschuh in die Wäsche. Über meine Schulter sehe ich, dass Caroline mir dieses Mal nicht folgt. Sie steht im Badezimmer und betrachtet ihre Füße.

»Ihre Mamas haben noch gar nicht angerufen«, überlege ich laut. »Haben sie dir gesagt, dass sie kommen? Sie haben sich doch bestimmt über die Einladungen gefreut, oder?«

Caroline murmelt etwas.

»Wie bitte? Nuschel doch nicht so, da versteht dich ja keiner.«

»Ich hab sie ihnen nicht gegeben.«

»Nicht ... aber warum denn nicht?« Ich mache kehrt und gehe zurück zu ihr ins Badezimmer, wo sie immer noch völlig verloren steht und die Fliesen auf dem Fußboden anstarrt.

»Weil sie immer ohne mich spielen!« Carolines Augen füllen sich augenblicklich mit Tränen.

Ich will nicht, dass sie weint. Schon gar nicht heute. Es ist doch ihr Geburtstag und bisher ist alles so gut gelaufen.

»Schätzchen, mach dir keine Sorgen.« Ich streichle ihr über das feine blonde Haar. »Ich rufe ihre Mamas an und kläre das. Und wenn du willst, können wir Leonie auch einladen.« Lieber sie zu uns als Caroline zu ihr, wo der Vater den ganzen Tag schläft und die Mutter gar nicht da ist.

Die Worte erreichen ihr Ziel: Carolines Miene hellt sich wieder auf.

»Dann kann sie Florentina mitbringen und ihre Florentina kann meine Florentina kennenlernen!«

Ich erwidere vorsichtshalber nichts, sondern gehe zurück in die Küche, die immer noch genauso chaotisch ist, wie ich sie zurückgelassen habe, inklusive des Karottenkuchenflecks auf dem Fußboden, dem ich mich nun als Erstes widme.

Caroline sieht mir dabei zu, offenbar noch immer tief in Gedanken an ihre Freundinnen versunken. Ich beeile mich, sie abzulenken: »War das heute nicht ein schöner Geburtstag? Der leckere Kuchen und die Geschenke und dass alle hier waren?«

Sie nickt und drückt ihr Barbiepferd an sich. Ich werfe dem Plastikvieh einen finsteren Blick zu. Da achtet man von Anfang an darauf, immer nur hochwertiges, langlebiges Spielzeug aus Stoff oder unbehandeltem Holz zu kaufen, und je älter die Kinder werden, desto mehr Plastikkram sammelt sich trotzdem im Kinderzimmer an. Plastik mit Weichmachern und sonst was für Giftstoffen. Ich darf gar nicht an die vielen Artikel denken, die ich zu diesem Thema gelesen habe. Bestimmt will Michelle mein Kind nicht absichtlich vergiften – sie hat ja keine Kinder und selbst wahrscheinlich noch nie von den zahllosen Gefahren von Plastikspielzeug gehört oder gelesen. Trotzdem finde ich, dass sie mich hätte fragen können, ob Caroline einen bestimmten Wunsch hat. Oder ob es etwas gibt, das sie lieber nicht schenken sollte. Süßigkeiten zum Beispiel. Oder eben glitzernde Barbiepferde aus Plastik.

»Immer noch am Putzen?« Louis streckt den Kopf zur Küchentür herein.

Ehe ich auf die durch und durch rhetorische Frage antworten kann, rennt Caroline zu ihm und umschlingt seine Beine mit den Armen. »Papa, mein Pferdchen heißt Florentina und weißt du auch warum?«

»Weil es so hübsche Blumen auf dem Sattel hat?« Louis hebt

Caroline hoch und tritt mit ihr in die Küche. »Kann ich dir noch was helfen?« Er fuchtelt mit der freien Hand vage in Richtung Geschirrberg.

»Nein!« Caroline beginnt, sich auf seinem Arm zu winden. »Du sollst mit mir spielen! Und Mama auch!«

»Ich muss erst Ordnung machen, Schätzchen.« Ich werfe das Stück Küchenkrepp in den Abfalleimer und schütte Spülmittel in das mittlerweile nur noch lauwarme Wasser im Becken.

»Aber ich will mit meinen Geschenken spielen!«

Ein Seufzer steckt in meiner Kehle fest. Es ist Carolines Geburtstag und ich würde wirklich gerne noch ein wenig Zeit mit ihr verbringen. Nicht unbedingt mit dem furchtbaren Barbiepferd, aber notfalls würde ich auch das in Kauf nehmen. Doch das Geschirr spült sich nicht von allein, der Kuchen muss in den Kühlschrank, in der Kaffeemaschine steckt noch der benutzte Filter und der Tisch ist auf seine doppelte Größe ausgezogen.

»Muss das wirklich jetzt sein?«, fragt Louis mit gedämpfter Stimme. Wer, glaubt er, kann ihn so nicht hören? Caroline auf seinem Arm? Die Nachbarn etwa? »Es ist ein bisschen zu spät, oder? *Jetzt* sieht es ja keiner mehr.«

Mein Magen scheint in einem dieser schrecklichen Fahrgeschäfte festzusitzen – Free Fall Tower nennt man das, glaube ich, wenn man im freien Fall nach unten saust, einfach so zum Spaß.

Louis sagt das alles mit seiner gedämpften Stimme und dabei ganz sanft, aber die Kritik in seinen Worten ist unüberhörbar. Das Chaos war ihm vor seiner Familie peinlich.

Hätte ich doch abspülen sollen, als seine Mutter und Geschwister noch da waren? In den Fingern gejuckt hat es mich, aber ich wollte nicht den Eindruck erwecken, kein Interesse an Gesprächen mit ihnen zu haben. Und die Küchentür war die meiste Zeit fest verschlossen, damit niemand sehen konnte, dass Rührschüssel und Gemüsereibe vom Backen noch neben der Spüle standen. Nur als ich die Teller hinausgetragen habe, könnte meine Schwiegermutter einen Blick darauf erhascht haben. Meint Louis das? Schämt er sich für mich? Für unser Zuhause?

Ich wende mich schnell ab, weil ich glaube, dass man mir meine sich überschlagenden Gedanken am Gesicht ablesen kann. Schwungvoll versenke ich die Hände im Spülbecken. »Spielt ihr schon mal eine Runde. Ich mache noch die Küche fertig und komme dann dazu.«

Falls Louis das Zittern in meiner Stimme wahrnimmt, beschließt er, darüber hinwegzusehen. »Kann ich der große Teddybär sein?«, fragt er Caroline, dem Klang nach zu urteilen bereits auf dem Weg ins Wohnzimmer.

»Und ich bin Florentina! So heißt auch Leonies Kuschelhase.«

»Was du nicht sagst. Hat er auch einen Sattel mit Blumen drauf?«

Caroline kichert. »Ein Hase hat doch keinen Sattel! Können wir oben spielen? Ich will Florentina mein Zimmer zeigen. Und dem Bären auch!«

Ich warte, bis die Schritte der beiden auf den Treppenstufen zu hören sind, dann erlaube ich es mir, die Tränen wegzuwischen, die in meinen Augen stehen.

Ich würde es vor Louis niemals zugeben, aber ich bewundere meine Schwiegermutter genauso sehr, wie ich sie fürchte. Das war seit unserer ersten Begegnung so – ach was, schon vorher. Allein die Art, wie Louis von ihr erzählt hat, war einschüchternd, wenn ich ehrlich bin. Damals hatte ich noch die vage Hoffnung, seine Erzählungen wären durch den verklärten Blick eines liebenden Sohnes so schillernd geraten. Welche Frau schafft es denn wirklich und wahrhaftig, allmorgendlich schon am Frühstückstisch wie aus dem Ei gepellt auszusehen? In welchem Haushalt findet sich tatsächlich nirgendwo ein Staubkörnchen oder – Gott bewahre – eine verirrte Spinnwebe oben in einer entlegenen Zimmerecke? Und wer ist wirklich immer die Ruhe und Kompetenz selbst, nie überemotional oder irrational oder grundlos aufgelöst? Also ehrlich, ich nicht, obwohl ich mich durchaus für einen vernünftigen und pragmatischen Menschen halte.

Die erste Begegnung mit Katrin Fontaine war deshalb so etwas wie ein Schock für mich, obwohl ich eigentlich vorgewarnt war. Ich hatte zwei Stunden im Badezimmer verbracht, nur um mir dann fünf Minuten nach dem Small Talk zur Begrüßung von ihr ein Haar von der Bluse pflücken zu lassen und nach über einer Stunde Gespräch beim Badezimmerbesuch festzustellen, dass ich Lippenstift an den Zähnen hatte. Und das alles, während Louis' Mutter aussah, als wäre sie eben aus einem Modemagazin für Frauen mittleren Alters und gehobener Bildungsschicht entstiegen. Keineswegs »entsprungen«, versteht sich, denn Katrin Fontaine würde niemals etwas so Unkultiviertes tun wie zu springen. Sie spricht auch, als hätte sie eine Duden-Grammatikprüfung installiert und ein Synonymwörterbuch mit gehobenen Ausdrücken dazu. Ich weiß noch, wie sie sich einmal mit mir über Literatur unterhalten hat. Ich habe schon immer viel und gerne gelesen, aber in meinem ganzen Leben habe ich mich noch nicht so ungebildet und primitiv gefühlt wie nach diesem Gespräch.

Das alles ist jedenfalls der Grund, aus dem ich vor Familienfeiern regelmäßig zu einem nervlichen Wrack mutiere, tagelang – und manchmal zusätzlich nächtelang – putze und Kochbücher mit Rezepten wälze, an die ich mich nicht einmal herantrauen würde, wenn wir solch ausgefallene Utensilien wie Spätzlehobel oder Eierschneider überhaupt besäßen.

Ich weiß nicht, ob Louis mich wirklich mit den Frauen in seiner Familie vergleicht – ich selbst tue es jedenfalls ununterbrochen. Denn da sind ja neben seiner eleganten Mutter auch noch zwei Schwestern, die eine der Inbegriff weiblicher Anmut und so beschützenswert und zart wie ein Frühlingsblümchen, die andere unnahbar und strotzend vor Selbstbewusstsein; ihr scheint alles zu gelingen, sogar bei jedem banalen Kartenspiel kann sie nur gewinnen, selbst wenn sie es eben erst gelernt hat.

Ich fische das letzte Messer aus dem Spülwasser, schrubbe es sauber und drapiere es zwischen der nassen Tortenhaube und der tropfenden Reibe. Ich könnte die Sachen lufttrocknen lassen, aber ich will nicht, dass Louis die halbe Anrichte vollgestellt vorfindet, wenn er vor dem Zubettgehen noch ein Glas Wasser trinkt, wie er es immer tut. Deshalb mache ich mich ans Abtrocknen und denke noch ein wenig über seine perfekte Familie nach. Es ist nicht so, dass ich sie allesamt nicht sehr schätzen würde. Das tue ich wirklich. Ich bewundere Katrin und Michelle, und einen Menschen, der Beatrice nicht ins Herz schließt, müsste man erst einmal finden. Aber wenn sie alle drei in meinem Wohnzimmer sitzen, würde ich mich am liebsten in der Küche verkriechen, um das Bild nicht zu ruinieren. Und gerade damit würde ich es unweigerlich ruinieren, denn welche gute Gastgeberin lässt ihre Gäste bitte allein im Wohnzimmer sitzen und verschanzt sich in der Küche?

Ich rubble die Reibe kräftiger als nötig, sodass ich mit dem Geschirrtuch daran hängen bleibe und ein kleines Loch in den Stoff reiße. Mir entfährt ein Seufzer. Heute geht wirklich alles schief. Nein. Nein, das ist nicht wahr. Die Geburtstagsfeier selbst ist erstaunlich gut gelaufen ohne jeden Zwischenfall. Ich glaube sogar, dass alle sich amüsiert haben. Nur dass Caroline zwischendurch so traurig war, weil sie die Kerzen nicht selbst anzünden durfte, macht mir zu schaffen. Vor allem weil Louis' Mutter zwar nichts dazu gesagt, jedoch deutlich sichtbar die Lippen geschürzt hat. Als wären wir furchtbare Spielverderbereltern, weil wir unser Kind nun einmal beschützen wollen. Aber mal ehrlich, welche Eltern wollen das nicht? Erst wenn man selbst Kinder hat, wird einem klar, wie viele Gefahren überall auf dieser Welt lauern, sprichwörtlich hinter jeder Ecke, nur darauf wartend, dass man einen winzigen Moment lang unachtsam ist. Wir geben unser Bestes, ein möglichst sicheres Umfeld für Caroline zu schaffen, aber je älter sie wird, desto komplizierter stellt sich dieses Unterfangen dar. Da sind ungesicherte Klettertürme auf Spielplätzen, Kindergartenausflüge, scharfe Bastelscheren in der Vorschulgruppe und Fast Food und Süßkram bei Freunden. Wie einfach war es rückblickend, als sie noch ein winziger, hilfloser, fünf Wochen zu früh geborener Säugling war! Damals kam sie mir zerbrechlich vor wie eine Porzellanpuppe und ich hatte Tag und Nacht Angst um sie. Selbst dann noch, als wir sie endlich nach Hause holen durften und ich mich im Viertelstundentakt davon überzeugen konnte, dass sie noch atmete und auch sicher nicht zu kalt oder zu warm war. Aber immerhin war die Anzahl an möglichen Gefahren überschaubar. Ja, sogar das Krabbelalter mit seinen kleinen Stürzen und Rückschlägen, das mir damals eine Heidenangst eingejagt hat, erscheint mir im Vergleich zu heute regelrecht harmlos.

Ich falte das Geschirrtuch einmal in der Mitte, sodass man das Loch darin nicht mehr sieht, und hänge es an die Ofenklappe. Ein routinierter Blick über alle Küchenoberflächen und die Spüle bestätigt mir, dass endlich alles ordentlich ist. Na ja, fast. Schnell wische ich mit dem Spültuch noch einmal über den Wasserhahn, spüle es aus und hänge es ebenfalls zum Trocknen auf. Das war's. Endlich. Es ist ganz schön spät geworden und Caroline muss in einer halben Stunde ins Bett. Gerade noch Zeit, um eine kurze Runde mit meinem Geburtstagskind zu spielen.

Ich schleiche die Holztreppe nach oben. Auf den blaugrauen Trittteppichen ist ein wenig lilafarbenes Konfetti von der Geburtstagstischdeko gelandet, aber ich widerstehe dem Drang, auf der Stelle den Staubsauger zu holen. Das kann ich morgen früh gleich als Erstes machen, aber nicht mehr heute Abend.

Im oberen Stockwerk ist es verdächtig still. Sofort entwirft mein Gehirn ein mögliches Schreckensszenario von Erstickung durch Plastikkleinteile und mein Herz beginnt zu rasen, obwohl ich mich innerlich zur Vernunft ermahne. Louis ist bei Caroline und hat alles im Griff.

Wie gut, das sehe ich, als ich schließlich in der nur angelehnten Tür zum Kinderzimmer stehe: Er und Caroline liegen bäuchlings auf dem Teppich, Caroline bürstet ihr Barbiepferd, der Teddy sitzt groß und dick zwischen ihnen und Louis liest den dreien aus einem Pappbilderbuch vor. Caroline ist eigentlich schon zu alt für dieses Buch, aber sie liebt es heiß und innig – beinahe jeden Abend müssen wir es ihr vorlesen und Louis kann es besonders gut, weil er sich Mühe gibt, für jeden der vier Bären eine andere Stimme zu verwenden. Eine ist hoch und fiepend und bringt Caroline immer zum Lachen.

»Das war die falsche Stimme!« Caroline kichert und zieht ihren Kuschelbären näher an sich. »Das war der Bär mit der tiefen Brummstimme.« Sie gibt ein kehliges Knurren von sich, das einfach nicht richtig tief klingen mag.

Louis liest den Satz noch einmal, diesmal mit der Lispelstimme, und Caroline kichert noch mehr. »Nein, Papa, die andere!«

Ich schlucke und ziehe meinen Kopf leise aus der Tür zurück. Es sieht nicht so aus, als würden die beiden sehnsüchtig auf mich warten. Im Gegenteil, wenn ich jetzt hereinplatze, unterbreche ich nur die Geschichte.

Etwas Drückendes breitet sich in meiner Magengrube aus und ich brauche ein paar Sekunden, um dahinterzukommen, dass es keine Übelkeit von zu viel Karottenkuchen ist, sondern Einsamkeit. Eifersucht vielleicht sogar. Wann habe ich zuletzt so unbeschwert mit Caroline auf dem Teppich gelegen und gelesen? Ich erinnere mich nicht. Möglicherweise noch nie. Wann hat sie zuletzt beim Spielen mit mir so haltlos gekichert?

Ich mache mir nichts vor: Ich weiß, dass ich keine schlechte Mutter bin. Ich kümmere mich um alles – das Essen auf dem Tisch, den Haushalt, den Kindergarten –, ich puzzle mit Caroline, gehe mit ihr in die Turngruppe, putze ihr die Zähne, lege ihr morgens die Kleider heraus und flechte ihr die Haare. Aber irgendetwas haben sie und Louis in diesen Momenten, in denen sie sich unbeobachtet fühlen, etwas, was ich nicht greifen kann und was ich auch gerne mit ihr hätte, für das in unserem vollgestopften Alltag aber kein Platz zu sein scheint.

Ohne nachzudenken, trotte ich wieder hinunter in die Küche. Weil bereits alles makellos sauber ist, beschließe ich, einfach schon einmal den Frühstückstisch zu decken. Das gibt mir dafür morgen früh mehr Zeit mit Caroline, sage ich mir. Aber das dumpfe Gefühl in meinem Bauch bleibt.

Kapitel 11 – Michelle

»Armin ist unterwegs.«

Ich widerstehe dem Drang, an die Tür von Armins Arbeitszimmer zu klopfen, ehe ich die Hand auf die Klinke lege. Dann könnte ich den Raum nie betreten, denn ich weiß schlichtweg nicht, was schlimmer wäre: Wenn ich keine Antwort bekomme, breche ich an Ort und Stelle in Tränen aus. Aber wenn Armins Stimme in meiner Erinnerung »Herein« sagt, dann stecke ich ernsthaft in der Zwickmühle, denn wenn ich die Tür öffne, werde ich unweigerlich sehen, dass er eben nicht an seinem Schreibtisch sitzt; dass er eigentlich gar nicht da ist und sein gedankenverlorenes »Herein« nur ein Echo ist, das in meinem hohlen Herzen widerhallt.

Meine Hand auf der Türklinke zittert. Ich drücke fester zu, so fest, dass meine Fingerknöchel ganz weiß werden, und presse sie kurz entschlossen nach unten. »Armin ist unterwegs«, sage ich mir. »Nur unterwegs. Und ich gehe in sein Arbeitszimmer, um ...« Ja, wozu? Ich untersage mir diesen Gedankengang hastig.

Die Tür schwingt auf und da liegt es vor mir: Armins Allerheiligstes, sein Arbeitszimmer unter dem Dach. Friedlich, still und vor allem leer. Durch das kleine Sprossenfenster fällt Sonnenlicht und macht Staubpartikel in der Luft sichtbar. Auch die Holzdielen müssten mal wieder gewischt werden. Der Perserteppich wirkt seltsam fehlplatziert unter dem modernen Schreibtischstuhl, der ein Kompromiss war, den ich Armin seinem Rücken zuliebe abgerungen habe. Das alte Modell – ein gepolsterter Holzstuhl mit verschnörkelten Armlehnen, der ihm regelmäßig Rückenschmerzen bereitet hat – steht unter der Schräge neben der Tür und hat nur noch ab und zu mir als Sitzplatz gedient, wenn ich Armin einen Besuch abgestattet und ihm beim Schreiben zugesehen habe. Abgesehen von seinem ergonomischen Schreibtischstuhl allerdings wirkt das Mobiliar herrlich klassisch und altertümlich. Ein Schreibtisch aus dunklem Holz, die Griffe an den Schubladen silbern und geschwungen, darüber, eingequetscht zwischen dem kleinen Sprossenfenster und den spitz zulaufenden Dachschrägen mit der Holzvertäfelung, ein paar Regalbretter. Einige Schreibratgeber stehen darauf, eine uralte Dudenausgabe, verschiedene Bibelübersetzungen und auf einem eigenen Brett Armins Bücher, ordentlich aufgereiht, links von einer Buchstütze, rechts von einem Briefbeschwerer gehalten.

Wie von selbst durchquere ich den kleinen Raum, bis ich vor dem Schreibtisch stehe. Dann strecke ich die Hand nach den Büchern aus. Meine Fingerspitzen streicheln die Buchrücken. Zuerst den Westernroman – Armins allererste Veröffentlichung –, die vier Abenteuerromane für Jugendliche, dann, großformatiger, ein Kinderbuch und schließlich *Neema – Eine unsterbliche Liebe*, der erste Band seiner Bestsellerreihe. Ganz rechts steht *Neema – Die Sehnsucht der Braut*, danach kommt nur noch der Briefbeschwerer. Der dritte Band, das große Finale, fehlt.

Behutsam berühre ich die Rücken der ersten beiden Bände. Ich weiß genau, warum *Neema* so berühmt geworden ist. Die Leute lesen einfach gerne Romanzen – ich ja auch – und *Neema* ist die schönste Liebesgeschichte, die ich kenne. In einem kleinen Wüstenstaat in einer nicht genauer definierten Zeit verliebt sich die mittellose Esmé ausgerechnet in einen jungen Mann, der sich schon bald darauf als Kronprinz Eli herausstellt.

Genau wie vermutlich Armins Leser konnte ich mir an dieser Stelle den weiteren Verlauf nur zu gut vorstellen: Esmé und Eli trotzen aller Vernunft und allen Vorbehalten seiner Familie und heiraten. Eli wird König und Esmé die Königin und sie leben glücklich und zufrieden bis ans Ende ihrer Tage.

Aber so ließ Armin es nicht kommen – immerhin ist er kein Groschenromanautor. Gerade als Eli Esmé zu seiner Frau nehmen will, geht alles den Bach hinunter. Das feindliche Nachbarland greift an, Neema versinkt im Chaos. Als ein Soldat ihre Schwester bedroht, schreitet Esmé ein ... und wird ungewollt zur Mörderin. Am Morgen ist der Aufstand niedergeschlagen, doch an eine Hochzeit ist nicht mehr zu denken. An Esmés Händen klebt Blut und das Gesetz Neemas kennt nur zwei mögliche Antworten auf eine solche Tat: Tod oder Exil. Aus Liebe zu Esmé nimmt Eli die Schuld auf sich und verlässt Neema. Und so bittersüß und tragisch endet der erste Band.

In der Fortsetzung geht es um Esmés Leben nach Elis Opfer. Wie sie auf ihn wartet, weil er doch versprochen hat, einen Weg zu finden, zu ihr zurückzukehren. Und sein Land braucht ihn dringender denn je: Der König liegt im Sterben und die feindlichen Truppen belagern die Grenzen. Sein bester Freund Alan macht sich mit einigen anderen auf die Suche nach ihm, doch von Eli gibt es keine Spur.

Aber Eli wird zurückkehren. Im dritten, unvollendeten Band wollte Armin alle Handlungsfäden zusammenführen und Eli nach Neema zurückbringen. Zurück zu Alan und seinen anderen Freunden, zurück auf seinen rechtmäßigen Thron und vor allem zurück zu Esmé.

Meine Hand sinkt hinunter auf das Notebook, das geschlossen auf der Schreibtischoberfläche liegt. Auf der Festplatte befindet sich das Manuskript – alles davon, was Armin schon aufgeschrieben hat. Und die große Leere dessen, was noch fehlt, ehe es als fertiges Buch seinen Platz zwischen *Neema – Die Sehnsucht der Braut* und dem Briefbeschwerer einnehmen kann.

Ich blinzle die Tränen weg, sehe nach oben zu dem enormen Wasserfleck an der Holzdecke und erinnere mich an die katastrophale Regennacht, in der wir mit Eimern, Handtüchern und Schrubber hier oben zugange waren, um Armins Allerheiligstes vor der Sintflut zu bewahren. Zum Glück war Armin spät am Abend noch nach oben gegangen und hatte das Leck bemerkt. Er war nämlich der Meinung, dass nichts so inspirierend sei wie das Trommeln des Regens auf dem alten Dach über seinem Kopf. Nach dieser Nacht hat er seine Ansicht dazu allerdings geändert und ist jedes Mal wie von der Tarantel gestochen aus dem Bett gesprungen, wenn er nachts ein beginnendes Unwetter zu hören glaubte. Dank seiner Alarmbereitschaft und eines Stapels bereitstehender Eimer kam es immerhin nie wieder so weit wie in jener Regennacht.

Der natürlich gleich danach zu Hilfe gerufene Handwerker hat sich alles schweigend angesehen und dann gemeint, dass es das Beste wäre, das gesamte Dach neu zu decken. Im Frühjahr allerdings und erst, nachdem wir den Papierkrieg wegen des verflixten Denkmalschutzes gewonnen haben würden.

Nun kommt er, der Frühling, und genehmigt ist unser Vorhaben auch seit einigen Wochen. Aber wie um alles in der Welt soll ich die Reparatur des Daches bezahlen? Ich strecke die Hand aus und lege sie auf einen der kleineren Wasserflecken an der Schräge. Das Holz ist trocken, ein bisschen Nieselregen wie heute kann unserem Häuschen nichts anhaben. Aber ich ahne, welche Wolkengüsse der Frühling und welche Gewitterstürme der Sommer bringen werden. Dann hat unser altersschwaches Dach keine Chance.

Mit einem Seufzen stoße ich die Luft aus, ziehe den Schreibtischstuhl heran und setze mich hin. Habe ich hier schon einmal gesessen? Ganz bestimmt, vielleicht beim Lesen von Armins Manuskript oder erschöpft in jener Unwetternacht mit einem nassen Handtuch in den Händen. Aber normalerweise ist es Armin gewesen, der Stunde um Stunde auf diesem Platz zugebracht hat. Für mich ist der Bürostuhl zu niedrig eingestellt, doch ich bringe es nicht übers Herz, das zu ändern. Stattdessen klappe ich das Notebook auf, drücke den kleinen silbernen Knopf und starre auf den Bildschirm. Er bleibt schwarz. Natürlich. Nach sechs Wochen im Stand-by-Modus hat der Akku sich längst verabschiedet.

In einer Schublade finde ich das Kabel und kurz darauf blicke ich auf Armins von unsortierten Dokumenten übersäten Desktop. Wenn es schnell gehen muss, speichert er alles dort, statt es in den richtigen Ordner zu packen. Und anscheinend musste es bei ihm ziemlich oft schnell gehen.

Das angefangene Manuskript mit dem Titel *Neema – Die Heimkehr des Bräutigams* allerdings befindet sich ordentlich aufgeräumt in einem gleichnamigen Ordner unter »Eigene Dokumente«. Darin befinden sich außerdem gut und gerne vierzig andere Elemente – größtenteils ebenfalls Dokumente, zum Teil aber auch Bilder verschiedenster Formate. Ich beschließe, mir zunächst hier einen Überblick zu verschaffen, ehe ich es wage, Armins Manuskript zu öffnen. Das erscheint mir einfacher.

Ziemlich schnell stellt sich heraus, dass meine pauschale Aussage gegenüber Heppenheimer, dass Armin keinen Plot oder weiteren Verlauf für seine Geschichte notiert habe, nicht ganz korrekt ist. Armin hat sogar eine ganze Menge notiert. Er hat mindestens zehn verschiedene Szenen, die er noch gar nicht geschrieben hat, in wirren Stichpunkten und ohne jede Zeichensetzung festgehalten. Er hat Steckbriefe für einige der Figuren angelegt, aus denen ich unter anderem entnehmen kann, dass Esmé den Duft von Kirschblüten liebt und Alan das Alphabet rückwärts aufsagen kann. Ich kann mich nicht erinnern, dass irgendeine dieser Informationen bisher in Armins Büchern aufgetaucht ist, und bezweifle auch, dass er vorhatte, etwas davon zu erwähnen. Aber wahrscheinlich haben solche Details Armin geholfen, ein Gefühl für seine Helden zu bekommen. Vielleicht waren es diese Steckbriefe und das darin festgehaltene Wissen, die seine Figuren dazu gebracht haben, in seinen Gedanken mit ihm zu sprechen. Immerhin kann ich mich auch nur deshalb weiter mit Armin unterhalten, weil ich eben zum Beispiel weiß, dass er Kaffee geliebt hat – fair gehandelten, dunkel gerösteten Biokaffee und bloß kein Pulver zum Einrühren –, dass er völlig unfähig war, Krawattenknoten zu binden und heiße Schokolade mit Minimarshmallows für ein Allheilmittel gehalten hat. Diese Einzelheiten halten meine Erinnerung an ihn lebendig. Vielleicht gibt es ja einen ähnlichen Effekt bei seinen Romanfiguren.

Jedenfalls lese ich die Steckbriefe bis auf die letzte Zeile und auch jedes andere Dokument in Armins *Neema*-Ordner. Und egal, wie wirr manche davon sind, sauge ich doch jedes Wort in mich auf, weil es die letzten mir unbekannten Texte sind, die ich jemals von Armin lesen werde.

Nach einer geschlagenen Stunde und einigen Tränen habe ich dann aber keine Ausrede mehr. Ich muss das Hauptdokument öffnen. Der Cursor verfehlt es mehrmals, ehe es mir mit meinen zitternden Fingern gelingt, zweimal darauf zu klicken. Aber dann ist es da. Groß und fett die Überschrift und direkt darunter geht es ohne Umschweife los mit dem ersten Kapitel.

Ich kenne den Text. Beinahe jeden Abend hat Armin sein Notebook mit hinunter ins Wohnzimmer gebracht und mir vorgelesen, was er an diesem Tag geschrieben hatte. Ich erinnere mich sogar noch gut daran, was die letzte Szene war, die er mir vorgelesen hat. Am Abend vor dem Tag, an dem er zu seinem Termin mit dem Bibelforscher nach Weißenburg aufgebrochen ist.

Ich wische mir sinnlos über die Augen, klammere mich an der Schreibtischkante fest und schüttle schließlich den Kopf. Ich weiß, dass ich anfangen muss. So schnell wie möglich. Jedenfalls wenn ich die Abmachung mit Heppenheimer einhalten will. Aber ich bin noch nicht bereit, an die Stelle zu scrollen, an der das Manuskript abrupt endet, wo der Text einfach so abreißt. Geschweige denn dafür, die Finger auf die Tasten zu legen und meine eigenen Worte zu Armins begonnenem Werk hinzuzufügen. Ausgerechnet ich! Ich kenne zwar die Geschichte und die Figuren, aber ich hatte nie einen tieferen Bezug zu dem, was sie verkörpern. Armins Glaube, der zwischen den Worten steckt und dem Text Leben einhaucht … Mich fasziniert dieser Glaube vielleicht, aber er ist mir fremd. Ich habe ihn immer auf Distanz gehalten wie ein Tier, das zwar hübsch anzusehen, mir aber einfach nicht ganz geheuer ist. Und ich weiß, ich werde ihn an mich heranlassen müssen, wenn ich Armins Geschichte zu Ende schreiben will. So viel näher als je zuvor.

Aber im Augenblick bin ich einfach noch nicht so weit. Deshalb beginne ich stattdessen auf der ersten Seite mit dem Lesen. Um mein Vorwissen aufzufrischen. Einen Überblick zu bekommen. Und, um ganz ehrlich zu sein: um noch ein paar Stunden Aufschub zu erwirken, ehe ich mich der ersten leeren Seite stelle.

Ich lese, bis es vor dem kleinen Sprossenfenster erst dämmrig und schließlich dunkel wird. Trotz der frühlingshaften Temperaturen ist das noch ziemlich früh der Fall – ein Blick auf die Uhr im rechten unteren Eck des Notebookbildschirms verrät mir, dass es gerade einmal kurz nach sieben ist.

Seufzend dehne ich meine Arme und Beine und massiere meine schmerzenden Schultern. Wahrscheinlich werde ich den Schreibtischstuhl doch ein wenig höher einstellen müssen, wenn ich hier arbeiten will, ohne meine Wirbelsäule zu ruinieren. Aber nicht jetzt. Für heute beschließe ich, Feierabend zu machen. Nicht nur mein Körper, sondern auch mein Herz fühlt sich nach dem Lesen irgendwie wund an. So als hätten Armins wundervolle Worte an Wunden gekratzt, die gerade erst begonnen hatten, sich ein klein wenig zu schließen.

Ich schleppe mich hinunter in das dunkle Wohnzimmer und tappe, ohne das Licht anzuschalten, weiter in die Küche, um ein Glas Wasser zu trinken. Aus dem Kühlschrank nehme ich mir eines der Joghurts, die Chrys für mich gekauft hat. Eigentlich wäre es auch ohne Auto kein Problem für mich, zum Supermarkt zu gehen. Der Penny in der Biederbacherstraße ist nur etwa fünfzehn Gehminuten entfernt und ein kleiner Bauernladen liegt quasi direkt um die Ecke. Früher war ich gerne dort und habe Eier von glücklichen Hofhühnern, vor Erde kaum erkennbare Kartoffeln und das beste selbst gebackene Brot der Welt gekauft. Aber irgendwie fehlt mir jeder Antrieb für solch einfache, alltägliche Tätigkeiten.

Das sieht man auch meinem Mülleimer an, wie ich feststellen muss, als ich den Joghurtbecher kurzerhand in den Restmüll unter der Spüle werfen will. Der gelbe Sack hinter der Küchentür platzt schon lange aus allen Nähten.

Nun, ehe meine Mutter demnächst wieder zum Putzen vorbeischneit und behauptet, als Witwe könne ich meinen Haushalt gar nicht auf die Reihe bringen, laufe ich die drei Schritte von der Haustür zu meiner Restmülltonne lieber gleich heute Abend.

Während ich den Müllsack verknote und aus dem viel zu engen Mülleimer zerre, erinnere ich mich daran, wie Armin und ich uns manchmal darüber gekabbelt haben, wer mit dem Müllrausbringen dran war.

»Immer der, der den sperrigsten Abfall hineingesteckt hat«, erklärt Armins Stimme sogleich in meinem Kopf, wie er es oft getan hat.

Ich verziehe das Gesicht. »Igitt. Ich wühle mich doch nicht durch den vollen Müllbeutel, um das zu überprüfen.«

»Wir könnten auch eine Liste anlegen, auf der man eintragen kann, was man hineinwirft.«

»Na klar. Oder einfach eine, die festlegt, wer wann den Müll rausbringen muss. Ich bin mir ganz sicher, dass ich es die letzten drei Mal getan hab. Außerdem regnet es und ich bin, wie du weißt, aus Zucker.«

»Da ist was dran«, findet Armin, aber ehe er anbieten kann, den Müll für mich hinauszubringen, damit ich mich im Regen nicht auflöse, packe ich den Beutel fester und haste zur Tür. Ich weiß immerhin, dass es nicht geht. Ab jetzt werde ich alles allein machen müssen. Steuererklärungen, Wasserhahnreparaturen, Finanzangelegenheiten und Löcher in Kleidungsstücken stopfen – denn auch davon hatte Armin mehr Ahnung als ich. Den Müll hinauszubringen, ist wirklich das geringste Problem.

Die Mülltonnen stehen seitlich in unserer völlig vergrasten Einfahrt und quellen ebenfalls über, weil ich mir seit Wochen nicht die Mühe gemacht habe, sie an den richtigen Tagen an den

Straßenrand zu stellen. Mit ein wenig Geschick und viel roher Gewalt gelingt es mir, den Müllsack in die schwarze Tonne zu pressen und den Deckel annähernd zu schließen. Das Ganze dauert aber lange genug, um auch im schwachen Nieselregen ziemlich nass zu werden.

»Auch noch fleißig?«

Ich fahre zusammen und verreiße mir den Nacken. Im Licht der Laterne in ihrer eigenen Einfahrt sehe ich meine Nachbarin Frau Walther, die ebenfalls an ihren Mülltonnen zugange ist. In einer Hand hält sie einen getupften Regenschirm, mit der anderen manövriert sie die grüne Tonne Richtung Gartentor.

»Wird der Papiermüll morgen abgeholt?«

Frau Walther nickt im Halbdunkel. Unter ihrem Regenschirm trägt sie einen violetten Hausanzug und Lockenwickler, so viel kann ich trotz der hereingebrochenen Nacht erkennen.

Schweigend schieben wir beide unsere Mülltonnen an den Straßenrand, eine langsamer als die andere. Ich, weil sonst das oben herausstehende, schon ganz aufgeweichte Papier herausfällt, und Frau Walther, weil sie gut dreimal so alt ist wie ich. Dann stehen wir uns auf dem nassen Bürgersteig gegenüber. Frau Walther hält den Schirm so, dass mein Gesicht bei ihr im Trockenen ist, während der Nieselregen langsam, aber sicher mein Haar durchweicht.

»Ich hab Sie lange nicht mehr gesehen«, stellt meine Nachbarin fest und mustert mich mit einer Art Röntgenblick. Ein Schatten huscht über ihr Gesicht und ich fürchte, gleich wird sie so etwas wie »armes Ding« hinzufügen. Stattdessen sagt sie: »Nicht mehr seit der Beerdigung Ihres lieben Gatten.«

Nun ist es an mir zu nicken. »Vielen Dank, dass Sie da waren«, krächze ich an dem Kloß in meinem Hals vorbei.

Ich weiß nicht, ob Frau Walther die Art von alter Dame ist, die auf jede Beerdigung im Ort geht, oder ob sie sich wirklich von Armin verabschieden wollte. Oder mir beistehen. Jedenfalls rechne ich es ihr hoch an, dass sie trotz ihrer steifen Knie und dem an diesem Tag prasselnden Regen bis hinüber zum Friedhof gelaufen ist.

»Sie sitzen doch hoffentlich nicht nur im Haus?«, fragt sie mich nun mit besorgter Miene. »Das ist nämlich nicht gut für die Seele.«

»Ich war manchmal bei meiner Familie«, weiche ich aus. »Und eine gute Freundin sieht oft nach mir.«

»Ihre Familie wohnt in Ansbach, nicht wahr?«

Wieder nicke ich.

»Aber ein Auto haben Sie noch nicht wieder. Wenn Sie wollen, können Sie morgen mit mir in die Stadt fahren. Ihre Familie besuchen oder ein paar Einkäufe machen. Ich fahre selbst nicht mehr so weit, aber meine Schwiegertochter holt mich um zwei Uhr ab. Sie will mit ihrer Tochter im Brückencenter bummeln gehen und ich sehe mir doch so gerne die Schaufenster an.«

Ich schenke Frau Walther ein Lächeln, weil ich ihr wirklich dankbar bin, dass sie sich so um mich zu kümmern versucht. Aber eine Shoppingtour im Brückencenter ist wirklich das Letzte, wofür ich Energie übrig habe. Sogar noch deutlich weniger als für einen Besuch bei meiner Familie.

»Danke, aber ich habe alles, was ich brauche. Und für morgen habe ich schon etwas vor.«

Frau Walther mustert mich, als überlege sie zu fragen, was für Pläne das sind, von denen ich spreche. Und ich bin mir sicher, »heulend auf dem Sofa liegen« würde sie nicht gelten lassen. Auch »am Manuskript meines verstorbenen Mannes arbeiten« würde ihr wohl nur ein Stirnrunzeln entlocken. Deshalb sage ich das auch nicht, sondern meine nur: »Jetzt sollten wir aber wirklich sehen, dass wir ins Trockene kommen. Sie wollen sich doch vor dem Schaufensterbummeln nicht noch erkälten!«

Bewaffnet mit einer Tasse Kaffee gelingt es mir am nächsten Morgen auf den ersten Versuch, Armins Arbeitszimmer zu betreten und, weil es draußen immer noch beständig regnet, zur Sicherheit ein paar Eimer aufzustellen. Dann nehme ich, immer noch ein wenig unbehaglich, Armins Platz am Schreibtisch ein.

Ich lese Kapitel um Kapitel, während ich an meinem Kaffee nippe, der heute zum ersten Mal beinahe gut schmeckt. Offenbar kann man das Kaffeekochen doch lernen. Die Bitterkeit hat sich jedenfalls auf einen dezenten Nachgeschmack reduziert und ich brauche auch nur noch zwei Würfel Zucker und einen Schuss Milch, um ihn trinkbar zu machen. Armin wäre stolz auf mich.

Ich in jedem Fall bin unheimlich stolz auf ihn, während ich den Rest seines Manuskripts lese – zum ersten Mal selbst, statt es von ihm vorgelesen zu bekommen. Die Geschichte verschluckt mich und umfängt mich mit ihren Beschreibungen lauer Sommernächte voller zirpender Grillen, heißer Tage in karger Wüstenlandschaft und abenteuerlicher Ausflüge in die luftigen Höhen eines fernen Gebirges.

Beinahe höre ich auch jetzt den Klang von Armins Vorlesestimme. Tief und samten und mit jeweils einer ganz speziellen Tonlage für jede seiner Figuren, sodass ich immer gewusst habe, wer gerade spricht, noch ehe Armin den Redebegleitsatz »sagte Alan« oder »flüsterte Esmé« lesen konnte.

Trotzdem bewundere ich Armins Schreibstil, als würde ich die Geschichte noch nicht kennen. Er wusste genau, wann er sich kurzfassen und wann zu ausschweifenden Beschreibungen ausholen musste. Er hat es verstanden, manche Dinge nur anzudeuten und andere vor den Augen des Lesers geschehen zu lassen, als wäre er wirklich vor Ort. Wie soll ich ihm das jemals auch nur annähernd nachmachen?

Ich bin so versunken in Armins Geschichte, dass mir erst bewusst wird, wie schnell ich mich dem momentanen Ende des Manuskripts genähert habe, als die Seite unter dem eben gelesenen Absatz plötzlich leer ist. Der letzte Satz, den Armin geschrieben hat, unvollendet. Das erscheint mir so prophetisch, so passend und dabei so niederschmetternd, dass mir die Tränen kommen. Unvollendet wie Armins Leben. Was für eine schreckliche Metapher. Oder ein Vergleich – Armin würde sicher darauf bestehen, dass es ein Vergleich ist und keine Metapher. Aber was es auch ist, es ist so unsagbar traurig. Armin hat an jenem letzten Abend das Dokument seines Lebenswerks geschlossen, das Notebook zugeklappt und sein Arbeitszimmer verlassen, im festen Glauben, am nächsten Tag dort weiterzumachen, wo er aufgehört hat. Er dachte, er hätte noch so unendlich viel Zeit, die Worte und Sätze, Kapitel und Bücher zu schreiben, die ihm im Kopf herumschwirrten. So, wie ich dachte, ich hätte noch so unendlich viel Zeit mit ihm. Zeit, um ihm zu sagen, wie sehr ich ihn liebe, Zeit, um seinen Geschichten zu lauschen, in seinen Armen zu liegen, einfach dieses Leben mit ihm zu verbringen, jeden unspektakulär alltäglichen Moment, jeden Tag, jedes Jahr unseres Lebens, bis wir alt und grau gewesen wären.

Ich ertrage den Anblick des begonnenen Satzes auf dem Bildschirm nicht länger. Mit einem Knall klappe ich das Notebook zu und flüchte aus dem Zimmer.

Kapitel 12 – Chrys

»Du hast doch keine Angst vor Schlangen, oder?«

»Jetzt ganz stillhalten!«, wispere ich, während ich mein Handy stabilisiere und auf den Auslöser drücke. Die beiden Felsenpinguine nehmen keine Notiz von mir und haben offenbar ohnehin nicht vor, sich auch nur einen Millimeter zu bewegen. Sie liegen bäuchlings in ihrem Gehege, der Flügel des einen über dem Körper des anderen ausgebreitet, und lassen sich die Frühlingssonne auf die schwarzen Rücken scheinen.

Ich betrachte das Bild auf meinem Smartphone. Ein Foto kann den Zauber des Moments nur bedingt einfangen, aber ich finde es ziemlich gelungen. Gelungen genug, um es Michelle zu schicken, die Pinguine liebt.

Bin im Tiergarten in Nürnberg, füge ich darunter hinzu. Nächstes Mal musst du mitkommen.

Zu spät erinnere ich mich daran, dass Michelle hier zuletzt mit Armin gewesen ist. Ich war dabei, weil die beiden ganz spontan am Samstagmorgen vor meiner Tür gestanden haben.

»Pack deine Sachen, wir fahren in den Zoo!«, hat Michelle vehement verkündet, während Armin aus Mangel an Parkplätzen am Straßenrand im Auto gewartet hat. »Armin muss für sein Buch Wölfe in freier Wildbahn studieren.«

Ich war gerade erst aus den Federn gekrochen und noch etwas schwer von Begriff. »Will er sie aus dem Käfig lassen?«

»Was? Natürlich nicht. Schlag ihm das ja nicht vor! Ich hab behauptet, der Tiergarten kommt einer Beobachtung in freier Wildbahn am nächsten, also red ihm ja nicht das Gegenteil ein oder er fährt heute noch in den Schwarzwald und legt sich auf die Lauer!«

Das Nürnberger Wolfsrudel war für Armin zwar verhaltenstechnisch eine Enttäuschung, weil die Wölfe in der Sommerhitze nur schliefen, aber der Tag im Zoo hat es trotzdem in mein Scrapbook geschafft. Und auch Armin hatte Spaß – trotz der antriebslosen Wölfe.

Ich stehe noch eine Weile am Felsenpinguingehege und warte, ob Michelle die Nachricht abruft, aber das tut sie nicht. Vielleicht würde ihr ein Zoobesuch trotz allem guttun. Frische Luft schnappen, ein paar süße Tiere beobachten, auf einer Bank sitzend ungesunde Snacks naschen und über Belanglosigkeiten plaudern.

Ich lege den Kopf in den Nacken und lasse mir die Frühlingssonne ins Gesicht scheinen. Die Pinguine haben recht, die Sonne wärmt schon richtig und ich fühle das Vitamin D förmlich durch meine Adern fluten. Wenn man bedenkt, dass ich bei Nieselregen losgefahren bin und auch hier die Wege noch nass von einem nicht allzu weit zurückliegenden Regenguss sind, fühlen sich die Sonnenstrahlen sogar gleich noch viel besser an.

Nach einem ausgiebigen Besuch bei den Seelöwen studiere ich die Wegweiser und beschließe, dem langsam zunehmenden Besucherstrom auszuweichen, indem ich an der Uferpromenade entlangspaziere. Dort ist es zwar etwas schattig, dafür ist man meist ein wenig mehr für sich, gerade unter der Woche. Hier trifft man nicht die spektakulärsten Tiere, nicht diejenigen, die Besuchermassen anziehen. Pelikane, Störche, Flamingos und Enten – bei ihnen geht es relativ ruhig zu. Und am Ende wird man noch mit den Alpakas belohnt. Die flauschigen Geschöpfe mit ihren langen Hälsen beobachte ich besonders lange, dann passiere ich Spielplatz und Streichelzoo und beschließe, mir am Kiosk ein Eis zu kaufen.

Ich überlege, ob ich lieber eins mit Orangen- oder mit Himbeergeschmack möchte, und will dabei schon einmal meinen Geldbeutel aus der Handtasche kramen. Nur dass da keine Handtasche ist.

Ich reiße den Blick von der Eiskarte los und taste hektisch beide Schultern ab, als könnte meine Handtasche sich einfach gut versteckt haben. Hat sie natürlich nicht. Zunehmend panisch sehe ich mich um. Zwei Mütter sitzen mit ihren Kleinkindern im Sandkasten am Zoospielplatz, drei weitere Kinder toben an der Rutsche herum. Ein älterer Herr nähert sich ebenfalls dem Kiosk und eine Gruppe, die verdächtig nach Junggesellinnenabschied aussieht, belagert in rosafarbenen T-Shirts das Alpakagehege. Niemand sieht sich suchend um, etwa, um herauszufinden, wem die bunt gemusterte Handtasche gehört, die er eben gefunden hat.

»Was darf es sein?« Die Frau hinter dem Tresen lächelt mich an, doch ich schüttle nur zerstreut den Kopf und bedeute dem älteren Herrn, dass er schon einmal bestellen kann.

Ohne ein Wort gehe ich zurück zum Alpakagehege, quetsche mich durch die rosafarbene Gruppe und suche den Boden am Zaun ab. Nichts. Langsam werde ich wirklich nervös. In dieser Tasche ist nicht viel – eine Packung Taschentücher, Sonnencreme und Lippenpflegestift. Aber auch Handy, Geldbeutel und Schlüsselbund. Verzweifelt fahre ich mir durch die Haare. Der Schlüsselbund! Schlimm genug, wenn mein Handy weg ist und ich alle meine Karten sperren lassen muss. Aber der Schlüssel ist die wirkliche Katastrophe. Erstens kann ich ohne ihn nicht nach Hause fahren. Zweitens brauche ich auch gar nicht nach Hause zu fahren, weil ich nämlich nicht in meine Wohnung komme. Und drittens hängt mein Arbeitsschlüssel mit daran. Das ist definitiv das Allerschlimmste. Verlust des Schlüssels in der Probezeit? Das war es dann mit meiner neuen Stelle. Ganz zu schweigen von den Kosten, wenn deshalb die Schließanlage erneuert werden muss. Ich darf gar nicht daran denken.

Viel zu schnell, um wirklich zu suchen, laufe ich die Uferpromenade ab, mache bei den Wildeseln kehrt und sehe noch einmal gründlicher nach. In den Gebüschen, an den Zäunen zu den Gehegen, auf den Bänken. Die Flamingos beobachten mich misstrauisch, während ich mich über die Holzbrüstung lehne und ins Wasser starre in der wilden Hoffnung, dort etwas Buntgeblümtes treiben zu sehen. Was genau ich tun soll, wenn meine Handtasche wirklich da unten schwimmt, weiß ich zwar selbst nicht, aber ...

»Entschuldigen Sie?«

Ich wirble herum und sehe mich einem Mann mit dunklem Haar und Bartschatten gegenüber. Er trägt verwaschene Jeans, ein offenes Hemd über einem Bandshirt und in den Händen ...

»Meine Handtasche!«

Er hebt erschrocken beide Hände, als ich auf ihn zustürze. »Nicht gestohlen«, sagt er schnell. »Nur gefunden. Bei den Felsenpinguinen. Also ist es Ihre?«

»Ja!« Ich drücke die Tasche an mich und widerstehe nur mühsam dem Drang, sie zu öffnen und den Inhalt zu prüfen. Mein Retter soll immerhin nicht denken, ich würde ihm misstrauen. »Ich hab sie schon überall gesucht!«

»Im Teich bei den Flamingos?« Ein Grinsen huscht über sein Gesicht. »Da hätte ich auch als Erstes nachgesehen.«

Ich zucke die Achseln, aber auch in meinen Mundwinkeln nistet sich ein Lächeln ein. Ich bin so erleichtert, dass ich den Fremden am liebsten umarmen würde. »Etwas Besseres ist mir nicht eingefallen. Als Nächstes hätte ich im Pinguinbecken nachgesehen oder bei den Seelöwen.«

»Dann können Sie hoffentlich gut schwimmen.«

»So einigermaßen. Vielleicht gehe ich trotzdem zu den Seelöwen. Zur Beruhigung. Ihnen beim Schwimmen zuzusehen, hat irgendwie etwas Meditatives.«

Mein Gegenüber lacht. »Wenn ich Ihnen ... oder darf ich ›dir‹ sagen? Ich bin nicht so der Sie-Typ.«

»Gerne, ich nämlich auch nicht.«

»Stefan.« Er hält mir die Hand entgegen und ich schüttle sie.

»Chrys. Mit y.«

Sein Händedruck ist angenehm fest und warm.

»Also, Chrys mit y, wenn ich dir einen Tipp geben darf: Zum Nervenberuhigen gibt es noch etwas Besseres als Seelöwen.«

»Wirklich?« Ich ziehe betont zweifelnd die Augenbrauen hoch und bekomme ein enthusiastisches Nicken als Belohnung.

»Ich gehe immer dorthin, wenn ich ... immer, wenn es mir nicht so gut geht.« Er zuckt mit den Schultern und lässt seinen Blick zu den Flamingos hinter mir wandern. »Wenn du möchtest, zeige ich dir den Weg.«

Ich schultere meine Tasche und beschließe, mich auf das Abenteuer einzulassen. Die Seelöwen kann ich danach immer noch beobachten, falls Stefans Therapie meine Nerven eher noch weiterstrapaziert.

Tatsächlich stellt sich heraus, dass sein Meditationsziel das Reptilienhaus ist.

Er muss lachen, als er meinen skeptischen Blick sieht. »Du hast doch keine Angst vor Schlangen, oder?«

»Nein!« Ich und Angst vor Schlangen. Ich bin doch keines dieser hysterischen Weibchen, das beim Anblick eines übergroßen Regenwurms in Ohnmacht fällt. Allerdings muss ich zugeben, dass es in meinen Augen ästhetischere Tiere gibt. »Die sind ja sowieso hinter Glas.«

Stefan strahlt mich an. »Ja, leider. Ich hätte echt wahnsinnig gerne eine Kornnatter, aber ... na ja, bisher hat sich das nie so ergeben.«

»Oh ja, das perfekte Haustier für Tierhaarallergiker.« Ich trete durch die Tür, die er für mich aufhält. »Was gibt es Schöneres?«

»Kann es sein, dass du dich über mich lustig machst?«

»Nur ein kleines bisschen«, erwidere ich. »Ich finde es nur ein wenig ungewöhnlich, eine Frau zur Beruhigung ins Schlangenhaus zu bringen. Aber keine Sorge – ich mag ungewöhnlich.«

»Siehst du, das habe ich mir gedacht.« Zielstrebig führt er mich zu den Terrarien und ich muss zugeben, dass seine Begeisterung ansteckend ist. Stefan ist gut darin, selbst die am besten getarnten Reptilien in ihren Domizilen auszumachen, und er weiß über fast jedes von ihnen irgendetwas Spannendes zu berichten.

»Dieser Hübsche hier ist ein Fächerfingergecko. Siehst du seine coolen Zehen?«

»Der gefällt mir. Alleine schon, weil er Beine hat. Wobei die Teppichpythons eben tatsächlich etwas Meditatives hatten.«

»Du meinst, weil sie durchgehend geschlafen haben?«

»Ja, das war sehr entspannend.«

»Ich werde das Gefühl nicht los, dass du auch ohne Angst keine allzu große Schlangenfreundin bist.«

»Ertappt.« Ich lache. »Tiere mit Beinen sind mir lieber. Zumindest solange es nicht zu viele sind. Vier sind optimal.«

»Dann bist du ein Hundefan?«

Ich schüttle den Kopf. »Eigentlich eher Katzen. Die sind nicht so kriecherisch, sondern haben ihren eigenen Kopf. Das mag ich.«

»Siehst du, wenigstens da sind wir uns einig. Brauchst du noch einen Abstecher zu den Seelöwen, um das hier zu verdauen, oder wäre ein Eis auch eine Option? Ich lade dich ein.«

»Oh ... äh, ja, warum nicht. Aber ich kann auch dich einladen. Ich hab jetzt meinen Geldbeutel wieder. Also, hoffe ich. Ich hab noch gar nicht nachgesehen.«

»Er ist da.« Stefan lächelt entschuldigend. »Ich hab die Tasche geöffnet. Ich hoffe, du brätst sie mir jetzt nicht gleich über. So hab ich dich auch gefunden. Ich hab das Bild auf dem Perso studiert.«

»Oh Gott, das mit den pinken Haaren?«

»Äh ... waren die pink?« Er vergräbt die Hände in den Hosentaschen. »Ja, also na gut, das ist mir aufgefallen. Deshalb dachte ich auch zuerst, du könntest es nicht sein. Aber alles andere hat gestimmt und außerdem hast du den Eindruck gemacht, etwas zu suchen. Bist du jetzt sauer?«

»Weil du dir solche Mühe gegeben hast, den Besitzer der Tasche zu finden, statt sie nur am Ausgang abzugeben?« Ich wage den Sprung ins kalte Wasser und hake mich bei ihm unter. »Das wäre ja noch schöner. Aber ich finde wirklich, dass ich das Eis zahlen sollte. Sozusagen als Finderlohn.«

Kapitel 13 – Michelle

»Hast du einen Zettel und einen Stift da drin?«

Weil ich mich nicht überwinden kann, mich zurück an Armins Manuskript zu setzen, beschließe ich, dem Angebot von Frau Walther doch nachzukommen und den Nachmittag mit einigen längst überfälligen Besorgungen in Ansbach zu verbringen. Es ist immer noch trüb draußen, aber im Grunde befinden sich alle Geschäfte, die ich besuchen will, im überdachten und angenehm warmen Brückencenter. Wenn Frau Walthers Schwiegertochter in der Tiefgarage parkt, werde ich nicht einen einzigen Regentropfen abbekommen, selbst wenn die Wolken noch einmal loslegen sollten. Und wenn nicht – nun ja, ich bin ja nicht aus Zucker, auch wenn ich das Armin gegenüber manchmal behauptet habe. Dass ich sicherheitshalber die Eimer in Armins Arbeitszimmer aufgestellt habe, beruhigt mich ungemein.

Frau Walthers Schwiegertochter kenne ich vom Sehen. Sie ist Mitte vierzig und sehr adrett gekleidet. Neben ihr wirkt ihre vielleicht sechzehnjährige Tochter in zerrissenen Jeans und asymmetrisch-schulterfreiem Shirt irgendwie deplatziert. Ich habe so eine Vorahnung, dass der Einkaufsbummel der beiden nur ins Auge gehen kann.

Ich sitze neben Anastasia und ihrem Smartphone auf der Rückbank und kann den Gesprächen von Frau Walther und ihrer Schwiegertochter von hier aus nicht richtig folgen. Weil Anastasia Kopfhörer in den Ohren hat und wie gebannt auf das Display starrt, kann ich in aller Ruhe aus dem Fenster schauen, auch wenn es dort nichts Großartiges zu sehen gibt: nur eine Menge Autos auf der B13 und ziemlich viele graue Wolken.

In der Tiefgarage parkt Frau Walthers Schwiegertochter nahe

den Schiebetüren zum Einkaufszentrum, und obwohl Frau Walther mich einlädt, doch mit ihnen in »diesem Ostsee-Lokal« zu Mittag zu essen, eise ich mich schnellstmöglich von den dreien los.

In einem großen Elektrogeschäft besorge ich mir eine Mehrfachsteckdose für das Kabelproblem in der Küche. Immerhin scheine ich doch noch zur Kaffeetrinkerin zu werden, und auch wenn die ewige Umsteckerei Armin nie gestört hat, regt sie mich jetzt schon auf.

Anschließend durchkämme ich drei Geschäfte nach einem zusätzlichen schwarzen Pullover. Die Leute – aka meine Mutter – sollen ja nicht denken, ich würde nicht um Armin trauern, weil ich schon wieder bunte Sachen trage. Wen kümmert es da schon, dass einen das viele Schwarz erst recht ganz niedergeschlagen macht?

Leider gibt es nicht einen einzigen schwarzen Pullover, der sowohl meine Größe hat, als auch auf den exzessiven Gebrauch von Pailletten oder Glitzersteinchen verzichtet. So wird es stattdessen ein türkisfarbener Loopschal zum Trost, weil ich mein Scheherazadekleid nicht tragen durfte.

Beflügelt von diesem Kauf spaziere ich durch die Spielzeugabteilung eines Drogeriemarkts und suche eine Barbie für Caroline aus. Zum Teil, weil ich der Meinung bin, meine Nichte wird sich darüber freuen, zum Teil, weil ich mich jetzt schon auf die Miene von Lara freue, wenn sie das Puppe zur gewordene Magermodel zu Gesicht bekommt.

Bis zum vereinbarten Zeitpunkt, zu dem wir uns unten an den Schiebetüren wieder treffen wollen, ist es noch eine Weile hin und so langsam knurrt mein Magen nun doch. Aber auf Fish and Chips oder eine Lachssemmel von »Nordsee« habe ich wirklich keinen Appetit. Stattdessen hole ich mir eine Butterbrezel beim Bäcker und gönne mir zum Nachtisch einen frisch gepressten Fruchtsaft von einem kleinen Stand nahe der Rolltreppen. Ein paar Vitamine können bei meiner derzeitigen Ernährung wirklich nicht schaden.

Auf einer Bank sitzend schlürfe ich meinen Saft und rufe die Nachricht von Chrys ab, die sie mir irgendwann zwischendurch geschickt haben muss. Es ist ein Foto von zwei kuschelnden Felsenpinguinen, für das Chrys ein Emoji mit Herzchenaugen zurückbekommt. Ich scrolle kurz durch eine Reihe von Nachrichten von Beatrice, kann mich aber nicht konzentrieren. Meine Gedanken wandern immer wieder zu Armins Manuskript und dem letzten, unvollendeten Satz. Warum nur hat er ihn nicht zu Ende geschrieben? Wie viel Zeit hätte ihn das schon gekostet – eine halbe Minute? Womöglich bin ich schuld, weil ich just in diesem Moment zum Abendessen gerufen habe und Armin meine Ungeduld kennt. Oder vielleicht war es einer dieser Tage, an denen er keine rechte Motivation zum Schreiben hatte – denn auch die hat es gegeben – und er hat eben einfach mittendrin resigniert. Oder er wusste schlichtweg nicht, wie der Satz enden sollte.

Aber eigentlich ist es ganz logisch. Der Rest des Satzes ergibt sich wie von selbst aus der vorhergehenden Szene. Ja, je mehr ich darüber nachdenke, desto sicherer bin ich mir, dass der Satz ganz genau so lauten muss und nicht anders.

Schlagartig verstehe ich, warum mein verrückter Mann manchmal mitten in der Nacht das Licht angeschaltet hat, um eine Idee zu notieren. Ich muss diesen Satz aufschreiben! Jetzt sofort. Sonst ist er vielleicht gleich wieder weg. Unwiderruflich aus meinem Gehirn gelöscht, nur noch dieses dumpfe Gefühl zurücklassend, dass da mal etwas gewesen ist, dass da etwas sein müsste und dass es wirklich, wirklich gut war.

Armin hatte solche unaufschiebbaren Einfälle oft. Mitten in der Nacht, in der Dusche, bei einem romantischen Abendessen im Restaurant oder, wie ich jetzt, unterwegs beim Einkaufen oder Spazierengehen. Für solche Fälle hatte er ja sein allgegenwärtiges Notizbuch.

Darin landeten in Armins enger Schreibschrift alle Einfälle, Formulierungen, Szenenfragmente und Gedankenblitze in unsortierter Reihenfolge und beinahe unlesbar. Allerdings ist das nicht immer so gewesen. Ich erinnere mich noch sehr gut an den unvergesslichen Tag, nicht lange nach unserer eigenen Hochzeit, an dem wir uns auf dem Weg zur Trauung einer meiner Cousinen befanden. Der Tag war wie verhext. Die Trauung lag schon alles andere als günstig, weil Armin kurz vor einem Abgabetermin stand, meine Mutter aber der Meinung war, ein so wichtiges Ereignis erfordere die Anwesenheit der ganzen Großfamilie – selbst wenn ich besagte Cousine seit Jahren nicht gesehen hatte und Armin ihr noch nie begegnet war. Schon am Morgen ging dann auch noch alles schief und kurz vor dem Gehen huschte Armin in Anzug und Krawatte noch einmal in sein Arbeitszimmer, um irgendeine angeblich sehr wichtige Mail an seinen Agenten zu schreiben. Das Ergebnis war, dass wir zwei Minuten vor Beginn der Trauung ins Würzburger Rathaus stürmten und ich mir auf der Treppe beinahe den Knöchel brach.

»Das ist deine Schuld!«, schimpfte ich Armin, der mich Gott sei Dank aufgefangen hatte und mich kurzerhand ritterlich auf seine Arme hob. »Wie du es bei deiner Unpünktlichkeit schaffst, deine Abgabetermine einzuhalten, ist mir ein Rätsel! Jetzt lass mich runter, wir müssen weiter!«

Doch Armin balancierte mich weiter auf seinen Armen und sah mich mit diesem glasig-verklärten Blick an, den ich nur zu gut von ihm kannte.

»Oh nein, das ist nicht wahr!«, rief ich. »Du kannst jetzt nicht über eine deiner Geschichten nachdenken! Nicht jetzt, Armin! Wir müssen zur Trauung! Zur Trauung meiner Cousine, weißt du nicht mehr?«

»Er kommt, um seine Braut nach Hause zu tragen«, flüsterte Armin.

»Jetzt machst du mir Angst.«

»Sie wartet auf ihn und er nimmt sie auf seine Arme und bringt sie nach Hause.«

Ich stellte meine Versuche, mich aus seinen Armen zu winden, ein. »Wer?«

»Jesus!«

»Jesus war nicht verheiratet«, widersprach ich und Armin lachte, während er immer noch wie angewurzelt auf der Treppe stand, völlig ungeachtet der Tatsache, dass ein halbes Stockwerk über uns mittlerweile die Trauung beginnen musste, bei der wir eigentlich dabei sein wollten.

»In der Bibel wird die Kirche oft als Braut Jesu bezeichnet«, erklärte er mit einer Engelsgeduld. »Seine Gemeinde. Die Menschen, die an ihn glauben.«

»Und die trägt er nach Hause? Großartig, aber wir müssen jetzt ...«

»Die holt er nach Hause, wenn er eines Tages wiederkommt. Am Ende der Zeit.«

»Apropos Zeit: Armin, wir müssen ...«

»Hast du einen Zettel und einen Stift da drin?« Armin setzte mich so urplötzlich auf der Treppe ab, dass ich beinahe zum zweiten Mal stürzte, und griff nach meiner Handtasche.

Im letzten Moment entriss ich sie ihm. »Sieht das alberne kleine Ding so aus, als wäre darin Platz für einen Stift?«, fragte ich. »Da drin sind ein Taschentuch und ein gefalteter Fünfeuroschein und das war's.«

»Kein Stift?«

»Armin, um Himmels willen, was ist los mit dir? Wir haben es eilig!«

»Ich habe eine Idee. Ich brauche ...« Er begann, sinnlos seine Anzugtaschen abzuklopfen. »Woher bekomme ich jetzt einen Zettel und einen Stift?«

»Eine Idee für ein Buch? Warum denn ausgerechnet jetzt? Und was in aller Welt hat das mit Jesus und einer Braut zu tun?« Völlig irrationalerweise stiegen mir die Tränen in die Augen. Meine Familie würde ein riesengroßes Drama darum machen, dass wir zu spät kamen und mitten in die Trauzeremonie platzten!

Endlich fokussierte sich Armins Blick auf mein Gesicht. »Die Trauung«, sagte er nüchtern. »Erst müssen wir zur Trauung.«

Ich seufzte. »Erzähl es mir.«

Armin runzelte die Stirn. »Dann kommen wir zu sp... noch später. Wenn sie schon verheiratet sind vermutlich. Lass uns einfach nach oben gehen ...«

»... und riskieren, dass du deinen potenziellen Bestseller vergisst? Niemals!« Er ließ zu, dass ich ihn am Arm die Treppe nach oben zog und geradewegs in eine Fensternische im Flur. »Erzähl es mir, dann kannst du es nicht vergessen.«

Als zwanzig Minuten später die Festgesellschaft aus dem Trausaal kam, hockten Armin und ich in Anzug und schwarzem Etuikleid auf dem Steinboden unter einem Fenster und Armin hatte mir soeben in groben Zügen die Storyline seiner Geschichte erzählt. Die entgeisterten Blicke meiner Verwandten werde ich nie vergessen. Allein die waren diese Aktion allemal wert. Und der Kuss, den ich zum Dank von Armin bekam, erst recht.

»Das werde ich dir nie, nie, niemals vergessen, Michelle«, flüsterte er mir zu, während er mich unter dem vernichtenden Blick meiner Mutter auf die Beine zog. Mein Knöchel schmerzte bei der plötzlichen Belastung und ich musste mich an Armin festhalten. »Als kleines Dankeschön kannst du mir vom Honorar deines zukünftigen Bestsellers die Kette mit dem Saphir kaufen, die ich dir neulich beim Juwelier gezeigt habe«, witzelte ich und zog Armin mit mir zu meiner Cousine und ihrem Frischangetrauten, um den beiden zu gratulieren.

Ich zerdrücke den leeren Saftbecher in meiner rechten Hand, während die linke wie von selbst an meinen Hals greift und sich um den kleinen blauen Anhänger schließt. Armin hat mir meinen nicht ganz ernst gemeinten Wunsch erfüllt. Denn auch wenn mein Gerede von einem Bestseller zu diesem Zeitpunkt nur liebevoller Spott gewesen ist, war die Idee vom Bräutigam, der seine Braut nach Hause holt, die, aus der schließlich *Neema* wurde – Armins Bestsellertrilogie.

Nun hält mich nichts mehr auf dieser Bank. Ich werfe den zerdrückten Becher in den nächstbesten Mülleimer. Dann strecke ich mich, um über die Masse an Einkäufern um mich herum hinwegzusehen. Irgendwo hier muss doch dieses kleine, vollgestopfte Schreibwarengeschäft sein!

Ich schiebe den Schulterriemen meiner Handtasche zurecht und stürze mich in den Menschenstrom. Für einen Dienstagvormittag ist hier ganz schön was los. Dabei sollte man denken, da wäre alle Welt auf der Arbeit.

Als ich schon beschließe, einfach zurück zum Drogeriemarkt zu laufen, der ebenfalls eine große Abteilung für Bürobedarf hat, entdecke ich endlich ein kleines Schreibwarengeschäft hinter einer Gruppe Jugendlicher. Die kichernden Mädchen davor zeigen sich gerade gegenseitig den Inhalt ihrer Einkaufstüten. Sie können nicht älter als dreizehn oder vierzehn sein. Mein Gott, sind etwa schon wieder Ferien? Ich rechne im Kopf nach und komme zu dem Schluss, dass bald Ostern sein muss. Nächstes Wochenende vermutlich. Hoffentlich lädt meine Mutter mich am Karfreitag nicht zum traditionellen Fischessen ein. Zu diesem Anlass packt sie immer ihre Beerdigungsstimmung und das passende Outfit aus. Es gab früher nur einen Feiertag im Jahr, den ich mehr gehasst habe, und das war der Totensonntag. Eigentlich habe ich alles gehasst, was mit Tod oder Sterben zu tun hatte, und das hat sich in der letzten Zeit nicht gerade geändert.

Ich schiebe mich an den Mädchen vorbei in das Schreibwarengeschäft und werde im hinteren Teil ziemlich schnell fündig. Meine Wahl fällt auf ein handliches kleines Büchlein mit in einer Lasche integriertem Kugelschreiber, so ähnlich wie das Exemplar, das ich Armin nach dem Fiasko an der Hochzeit meiner Cousine geschenkt habe. Von da an hatte er es immer dabei und kritzelte zu den allerunmöglichsten Zeitpunkten darin herum: in der Kirchenbank sitzend, hinter vorgehaltener Hand, während alle anderen das Glaubensbekenntnis sprachen zum Beispiel. Oder im Supermarkt an der Kasse, unmittelbar bevor er an der Reihe war.

Ich starre das Büchlein an und plötzlich schiebt sich eine Frage in meine Gedanken: Wo ist Armins Notizbuch jetzt? Das Einzige, was ich weiß, ist, dass er erst ein paar Tage vor seinem Tod ein neues Büchlein angefangen hatte, weil das alte voll war. Es war ein Exemplar mit Notenlinien und Noten auf dem Cover – obwohl Armin nie besonders musikalisch war – und, wenn mich nicht alles täuscht, Nummer 3 oder 4 seit dem ersten Buch, das ich ihm gekauft habe. Trotz Armins kleiner Schrift füllten sich die Dinger nämlich immer erstaunlich schnell.

Auch als ich Richtung Kasse gehe, bin ich noch so vertieft in die Frage, was aus Armins letztem Notizbuch geworden ist, dass ich beinahe einen anderen Kunden umrenne.

»Entschuldigung«, sage ich und umklammere mein Notizbuch.

»Michelle, was machst du denn hier?« Es ist mein Bruder Louis.

»Wahrscheinlich hatte er es bei sich«, plappere ich. »Er hatte es doch immer bei sich.«

Louis zieht die Augenbrauen so hoch hinauf, dass sie beinahe unter seinem Haar verschwinden. Und das will etwas heißen, denn seine ehemaligen Locken sind wirklich kurz geschnitten. Damit es eben keine Locken mehr sind.

Ich reiße mich schnell zusammen. »Hallo. Kaufst du Abiturvorbereitungsbücher für Caroline?«

»Caroline ist sechs.« Die Augenbrauen bleiben auf unveränderter Höhe stehen. »Aber ich brauche tatsächlich ein paar Dinge für sie. Ein Federmäppchen und eine Lernschere.«

»Sind die nicht für kleinere Kinder?«

»Und was machst du hier?« Endlich erreichen seine Brauen wieder Normalniveau.

»Ein Notizbuch kaufen.« Ich halte es kurz hoch. »Zum Arbeiten.«

»Ah.« Louis' Miene hellt sich auf. »Dann hast du dich doch entschlossen, wieder arbeiten zu gehen? Das ist schön.«

»Für meine Arbeit an Armins Manuskript, meine ich. Er hatte immer ein Notizbuch.« Nur das letzte, wo ist das? War es wie immer in seiner Hosentasche, als er … Haben sie es im Krankenhaus gefunden? Aber was er bei sich hatte, haben sie mir doch ausgehändigt. Den Schlüsselbund, seinen Geldbeutel mit dem Passfoto von mir …

»Michelle, ich dachte wirklich, Mutter und ich hätten mit unseren Bedenken mehr Eindruck auf dich gemacht.«

»Habt ihr nicht.«

»Aber das ist einfach unvernünftig!« Als die Verkäuferin an der Kasse sich nach ihm umdreht, senkt er seine laut gewordene Stimme schnell wieder. »Wenn du den Wunsch verspürst, Autorin zu werden, kannst du das ja tun. Als Hobby vielleicht neben einer vernünftigen Arbeit. Und mit einem anderen Buch, das emotional nicht so belastend für dich ist.«

»Es geht mir doch nicht darum, Autorin …«

»Eine Neigung zum Schriftstellerischen hattest du ja schon immer«, fährt Louis unbeirrt fort. »Ach, du solltest dich wirklich einmal mit Caroline unterhalten! Sie erzählt auch so gerne Geschichten. Eine Fantasie hat das Kind, das kannst du dir nicht vorstellen. Und einen Wortschatz!«

»Prima, und dann können wir unsere Freundebücher austauschen.«

»Wie bitte?«

»Ich rede nicht vom Geschichtenerzählen.« Innerlich bebe ich, aber ich weiß, wenn ich diesem Gefühl freien Lauf lasse, dann kommen auch die Tränen. Deshalb zwinge ich mich, ganz ruhig zu sprechen: »Hier geht es um Bücher, Louis. Solche, die in einem Verlag veröffentlicht werden und die man in der Buchhandlung kaufen kann.«

»Und du kannst ja Bücher schreiben, wenn dir das am Herzen liegt.« Louis macht eine Bewegung, als wolle er meinen Arm tätscheln, reißt die Hand aber im letzten Moment zurück und fährt sich durch das kurze schwarze Haar. »Aber doch nicht dieses! Michelle, wir meinen es doch nur gut. Wir wollen dich nur beschützen.«

»Danke«, sage ich, doch meine Stimme klingt zu kühl für einen Dank. »Aber ich brauche keinen Aufpasser. Und auch niemanden, der mir ein schlechtes Gewissen macht.« Damit wende ich mich zur Kasse um und lege der Verkäuferin, die mit offenem Mund dasteht und uns anstarrt, das Notizbuch hin. »Ich zahle mit Karte.«

In der Nacht wache ich davon auf, dass ich fast aus dem Bett falle. Das ist nichts Neues. Armin hat ein Talent dafür, trotz seiner insgesamt eher schmalen Statur so in unserem Zweimeterbett zu schlafen, dass für mich nur noch etwa dreißig Zentimeter übrig bleiben. Meistens dränge ich mich dann absichtlich zur Mitte seiner Matratze vor, bis es Armin ist, der an der Bettkante liegt.

Das mache ich auch heute. Ich rutsche und rutsche, die Füße voran, Richtung Mitte und warte darauf, gegen den warmen, schweren Widerstand von Armins Körper zu stoßen.

Als meine Zehen den jenseitigen Matratzenrand berühren, krampft sich etwas in mir zu einem Klumpen zusammen. Ich rutsche an meine Bettkante zurück und versuche, mir vorzustellen, dass Armin sich hinter mir breitgemacht hat. Aber es geht nicht mehr.

Ein schweres Gewicht liegt auf meinem Brustkorb und lässt mir mein weiches, kuscheliges Bett mit einem Mal unerträglich eng und warm erscheinen. Ich werfe die Decke von meinem Körper und wälze mich auf den Rücken, aber auch das hilft nicht.

An Schlaf ist jetzt ohnehin nicht mehr zu denken, also schwinge ich beide Beine aus dem Bett und stehe auf. Im Dunkeln tapse ich zur Schlafzimmertür und hinaus in den Flur, fest entschlossen, hinunter in die Küche zu gehen und mir eine heiße Schokolade mit Minimarshmallows zu machen. Die hilft nämlich, laut Armin, auch gegen schlechte Träume und Schlaflosigkeit. Doch am Treppenabsatz bleibe ich stehen.

Es ist dunkel, nur das fahle Licht einer Straßenlaterne fällt durch das kleine Fenster auf der anderen Raumseite, direkt neben und halb unter der steilen Stiege zu Armins Arbeitszimmer.

Wenn Armin nicht schlafen konnte, hat er sich manchmal hinausgeschlichen, ganz leise, um mich nicht zu wecken. Aber auf der Treppe nach oben in sein Arbeitszimmer hat er sich immer verraten, weil beinahe jede der Stufen knarrt und es deshalb keinen Sinn hat, die entsprechenden auszulassen. Kurz nach dem Knarren der Treppe erfolgte dann das der Tür zu seinem Arbeitszimmer. Einmal zum Öffnen und einmal zum Schließen. Und wenn ich ganz genau in die Nacht lauschte, glaubte ich manchmal, kurze Zeit später das Klacken von Tasten zu hören. Aber das war vermutlich Einbildung.

Ohne lange nachzudenken, weiche ich von meinem anvisierten Weg ab und setze den ersten Fuß auf die Stiege zur Dachkammer. Die Stufen knarren, aber es ist niemand hier, den das Geräusch aufwecken könnte. Das Haus ist leer und vermutlich sind alle Fenster in der Umgebung längst dunkel. Alle, außer das kleine Sprossenfenster unter dem Dach unseres Hauses, in dem schon kurz darauf das Klacken von Notebooktasten zu hören ist.

Zuerst tippe ich den halben Satz, den ich in mein nagelneues Notizbuch gekritzelt habe. Und dann schreibe ich einfach weiter. Ich weiß nicht, ob es gut ist, ob es auch nur annähernd das ist, was Armin geschrieben hätte. Aber Worte bilden sich, daraus Sätze und schließlich Absätze und am Ende habe ich mehr als eine Seite gefüllt.

»Ich wusste doch, dass du es kannst«, sagt Armins Stimme mit einem hörbaren Lächeln.

Kapitel 14 ~ Lara

»Komm schon, das kannst du doch so prima!«

Am Geruch von Hartgummi, abgestandener Luft und Schweiß würde ich eine Turnhalle mit verbundenen Augen erkennen. Was hier eigentlich so riecht – der abgenutzte PVC-Boden, die abgegriffenen Bälle oder die blauen Matten auf dem Wagen –, bleibt ein Rätsel, aber die Erinnerungen, die der Geruch weckt, sind glasklar und alles andere als erwünscht. Schulsport, Versagensangst und lautes Gelächter meiner Klasse, zielsicher geworfene Bälle, die mich hart an Schultern und Rücken treffen, manchmal auch am Kopf, Herzklopfen, vor Anstrengung und Furcht. Unnötig zu erwähnen, dass ich nie die Sportlichste war.

Meine Eltern legten viel Wert auf Kultur. Sie nahmen mich schon im Vorschulalter mit ins Museum, lasen mir vor und bezahlten ab der ersten Klasse Klavierstunden. In diesem Bereich konnte ich glänzen – in Sport eher nicht. Beim Bodenturnen machte ich mich zur Idiotin, weil ich als Einzige nicht einmal einen Purzelbaum zustande brachte, während meine Mitschüler Räder schlugen und Rückwärtsrollen mit Hasenöhrchen übten. Ich hatte Angst, mir den Hals zu brechen, und handelte bei meiner besorgten Mutter immer öfter eine Sportbefreiung heraus, wenn wieder einmal Bodenturnen auf dem Programm stand. Nackenschmerzen, Rückenprobleme, irgendwelche ungeklärten Verspannungen. Und verspannt war ich wirklich – wie ein Brett –, wenn es auf die Matte gehen sollte.

Caroline, Gott sei Dank, turnt gerne, und ich rede mir ein, mit dem Besuch der Turngruppe meinen Beitrag dazu zu leisten, dass es ihr im Schulsport einmal besser ergehen wird als mir. Dass ich ihr eines Tages keine Entschuldigungen für den Sportunterricht schreiben muss, weil sie sich vor lauter Angst ganz krank fühlt. Mit ihren sechs Jahren kann sie nicht nur beid- und einbeinig hüpfen und auf einem Bein stehen, sondern beherrscht auch eine erstklassige Rolle vorwärts. Sie klettert die Sprossenwand hinauf und sogar ein paar Zentimeter an den dicken, frei schwingenden Seilen. Dinge, die ich bis heute nicht hinbekommen würde. Das glaube ich zumindest, denn ausprobiert habe ich es natürlich nicht. Als Mama bin ich hier nur Begleitperson. Ich führe Caroline von Station zu Station, gebe nach Anleitung der Turnlehrerin Hilfestellung, halte mich bei kooperativen Spielen im Hintergrund, damit Caroline Kontakte knüpfen kann, und helfe vor und nach der Turnstunde beim Umziehen, redlich darum bemüht, weder mehr noch weniger als die anderen Mütter zur Hand zu gehen. Was schwierig ist, denn die einen ziehen ihren Sprösslingen die T-Shirts eigenhändig über den Kopf, während die anderen bestenfalls dafür sorgen, dass alles ordentlich in den Turnbeutel gepackt wird.

Zu Beginn hieß unsere Runde »Mutter-Kind-Turnen«, und indem ich die Anmeldung ausfüllte, bewies ich mehr Mut, als ich empfand. Schon in der ersten Stunde stellte sich allerdings heraus, dass wir Mütter herzlich wenig Sportliches zu leisten hatten und dass »Turnen« ohnehin ein sehr hoch gegriffenes Wort für das war, was unseren damals Drei- und Vierjährigen abverlangt wurde. Ein bisschen rennen, hüpfen und sich auf Weichbodenmatten plumpsen lassen. Mit der Zeit wurden die Übungen anspruchsvoller und die Kinder wilder. Caroline nicht so sehr, aber auch sie hatte sichtlich Spaß. Also blieben wir dabei, Monat um Monat, bis die ersten Kinder eingeschult wurden und wegen der Hausaufgaben am Nachmittag keine Zeit mehr hatten. Der Rest machte weiter und ein paar neue kamen mit der Zeit auch dazu. Die Turnlehrerin schlug irgendwann vor, wir Mütter könnten die Kinder doch nun eigentlich auch nur noch fertig umgezogen abgeben und in der Zwischenzeit einen Kaffee trinken gehen, aber damit waren einige Mamas nicht einverstanden und so blieb es beim »Mutter-Kind-Turnen«, was mir einen Stein vom Herzen fallen ließ, weil Caroline ohne mich nie und nimmer dortgeblieben, geschweige denn mit den anderen Kindern durch irgendwelche Turnparcours geklettert wäre. Und mir wäre nebenan der Kaffee im Hals stecken geblieben.

»Heute machen wir einen Staffellauf«, verkündet Nina, die Turnlehrerin. Eine kleine, drahtige Person, die mich Gott sei Dank kein bisschen an meine frühere Sportlehrerin erinnert. Ich habe Nina in den vergangenen Jahren am Seil hochklettern sehen wie ein Äffchen, habe beobachtet, wie sie Kindern mit offenen Haaren mit flinken Fingern sporttaugliche Pferdeschwänze zauberte und Ohrringe ebenso wie kleine Wunden mit Pflastern beklebte. Ich kenne ihre legendären Pantomime-Einlagen, wenn sie den Kindern die Regeln der Turnhallensicherheit nahebringen will, und tatsächlich ist sie einer der wenigen Menschen, bei denen ich Caroline in guten Händen wüsste, selbst wenn ich nebenan in ein Café gehen und sie hierlassen müsste.

Nina zieht drei bunte Ringe hinter dem Rücken hervor. Keine Hula-Hoop-Reifen, sondern die untertassengroßen Plastikdinger, die man beim Seepferdchenkurs vom Beckengrund fischen muss – einen in Rot, einen in Gelb und einen in Blau.

»Das sind unsere Staffelstäbe.« Nina beginnt, mit den drei Ringen zu jonglieren, und ein paar Kinder quietschen begeistert.

»Kannst du uns das auch beibringen?«, fragt Leandra mit wippendem Pferdeschwanz.

»Ihr wollt jonglieren?« Nina fängt die Ringe geschickt auf. »Na klar, am Ende der Stunde kann ich euch noch ein paar Grundlagen beibringen, wenn ihr wollt.« Sie übertönt das zustimmende Geschrei mühelos: »Aber zuerst wollen wir rennen!«

Sie zeigt den Kindern, was sie vorbereitet hat: Chiffontücher und Ringe an den drei Sprossenwänden, an jeder in einer anderen Farbe. Die Tücher sind um die Leitersprossen geknotet und halten die Ringe. Mir sinkt das Herz in die Hose, als sie erklärt, dass die Kinder vom Startpunkt zur Sprossenwand rennen, auf die unteren Stufen klettern und einen Knoten lösen müssen, ehe sie mit dem losgebundenen Ring zurück zu ihrer Mannschaft rennen.

»Das Team, das zuerst alle Ringe geholt hat, hat gewonnen.«

»Babyleicht!«, ruft Ole und Caroline hüpft bereits ungeduldig auf und ab, während Nina anfängt durchzuzählen, um die Mannschaften einzuteilen. »Team Rot …« Sie deutet auf ein Kind. »Team Blau, Team Gelb. Team Rot …« Ihr Finger zeigt auf Caroline.

»Was, wenn der Knoten nicht aufgeht?«, frage ich und Nina sieht auf.

»Ich hab die Tücher ganz locker gebunden.«

»Aber fallen die Kinder nicht von der Sprossenwand, wenn sie beide Hände zum Entknoten brauchen?«

»Es sind doch nur zwei oder drei Stufen«, beruhigt eine Mama neben mir mich gutmütig. »Das macht kaum dreißig Zentimeter.«

Ich verzichte darauf, ihr darzulegen, dass auch ein Sturz aus zehn Zentimetern in einem gebrochenen Knöchel resultieren kann, wenn man ungünstig aufkommt. Stattdessen sehe ich Nina an, die zuversichtlich lächelt. »Caroline ist ja schon eine der Großen. Wahrscheinlich erreicht sie die Ringe sogar ganz ohne Klettern, wenn sie sich nicht traut.«

Ich hole Luft, um abermals meine Bedenken zu äußern, ohne den eigentlichen Grund meiner Sorge preiszugeben, doch Nina wendet sich bereits wieder den Kindern zu.

»Also, wo war ich? Rot? Blau? Grün? Nein, Moment, Grün gibt es gar nicht.« Sie seufzt und zwei Mamas neben mir werfen mir einen vorwurfsvollen Blick zu. »Also einfach noch mal von vorne, ja? Team Rot, Blau, Gelb.« Sie deutet auf die Kinder. »Rot, Blau, Gelb …«

Hilflos sehe ich zu, wie Caroline ihren Teamkollegen zum roten Startpunkt folgt, wo Nina sie in einer Schlange arrangiert. Die übrigen Mamas nehmen ihre Positionen am Rand ein, um ihre Kinder anzufeuern, und mit einem mulmigen Gefühl im Bauch tue ich es ihnen gleich.

Caroline kaut vor Anspannung auf ihrer Unterlippe – am liebsten würde ich ihr zurufen, dass sie das lassen soll. Wenn sie so losrennt, beißt sie sich am Ende noch beim Rennen. Aber nein, das ist albern. Viel größere Sorgen machen mir diese verflixten Knoten.

Nina geht zur Seite, steckt zwei Finger in den Mund und pfeift. »Los geht's, ihr Turnmäuse!«

Drei Kinder spurten los; Tom, der Vertreter von Carolines rotem Team, so hastig, dass er stolpert und von den beiden Mädchen der anderen Teams abgehängt wird. An der Sprossenwand macht er die verlorene Zeit aber wieder wett, weil er seinen Ring viel schneller losgeknotet hat als die beiden. Als Erster ist er wieder bei seinem Team, das ihn mit lautem Jubel empfängt, der schnell zu auffordernden Rufen umschwingt, als Esther vor lauter Freude vergisst loszurennen und damit den Vorsprung gleich wieder verschenkt.

Als Caroline an der Reihe ist, sind die drei Teams beinahe gleichauf: Rot und Blau haben vier Ringe, Susanne für Team Gelb rennt ebenfalls gerade mit dem vierten zurück. Caroline und Ben von Team Blau erreichen die Sprossenwand fast zeitgleich und einen Augenblick lang will ich vor Stolz platzen.

Caroline klettert gleich drei Sprossen hinauf, um das nächste Tuch besser zu erreichen, fädelt einen Arm zum Festhalten durch die Sprossenwand und beginnt, an ihrem Ring zu ziehen. Das Tuch will sich nicht lösen.

Team Blau schreit begeistert auf, als Ben seinen Ring löst und von der Sprossenwand hopst. Caroline ist dazu übergegangen, am Knoten des Tuchs herumzuzupfen. Ihr Team wird immer lauter, dann zunehmend leiser, als Christoph für Team Blau startet, um den letzten Ring zu holen. Caroline zerrt immer noch am Knoten.

»Nimm die Fingerspitzen!«, ruft eine Mama neben mir ihr zu. »Die Fingerspitzen!« Sie wirft mir einen bösen Blick zu – kein Wunder, ihr Sohn ist Tom, der ebenfalls zu Team Rot gehört. Der,

der gleich zu Beginn gestolpert ist, aber das scheint sie schon vergessen zu haben.

Carolines Versuche, den Knoten zu lösen, werden verzweifelter und mir entfährt ein Warnschrei, als es auch schon passiert und ihre Füße den Halt verlieren. Sie rutscht von der Sprosse und baumelt kurz an den Armen von der Sprossenwand, ehe sie sich wieder hochrappelt. Team Blau bricht derweil in Siegesjubel aus und kurz darauf auch Team Gelb. Mika, der Letzte in Carolines Team, rennt auf Ninas Anweisung los, knotet Carolines Tuch und sein eigenes auf und beide rennen mit je einem Ring in der Hand zu ihrem enttäuschten Team zurück.

»Schade«, meint eine Mama neben mir. »Dabei waren sie anfangs in Führung.«

»Ein Team ist eben nur so stark wie sein schwächstes Glied«, tröstet eine Team-Blau-Mama sie und ich würde am liebsten im Erdboden versinken.

»Mach dir nichts draus«, sagt Bens Mama neben mir. »Caroline kann ja wirklich nichts dafür. Wahrscheinlich hast du sie einfach verunsichert mit deiner Schwarzseherei.« Sie zuckt mit den Schultern. »Du musst deinem Kind schon etwas zutrauen. Sonst wird dein Pessimismus zur sich selbst erfüllenden Prophezeiung.«

Mit einer sich selbst erfüllenden Prophezeiung hat das nichts zu tun, sondern mit Carolines Feinmotorik – aber das sage ich Bens Mama natürlich nicht. Niemand in der Turngruppe weiß, dass der Kinderarzt uns schon seit Monaten zur Ergotherapie rät, weil Caroline nicht einmal einen Klettverschluss öffnen kann, geschweige denn einen Reißverschluss oder gar Knoten. Aber ich bin mir sicher, dass Caroline keine Ergotherapie, sondern einfach nur Zeit braucht. Wozu soll ich sie mit therapeutischen Übungsstunden verunsichern, die ihr doch nur das Gefühl geben, mit ihr stimme irgendetwas nicht?

Ziemlich verloren steht Caroline zwischen ihrem Team. Am liebsten würde ich sie in die Arme nehmen und ihr sagen, dass es nicht ihre Schuld ist. Ich wünschte, sie hätte eine Freundin hier in der Turngruppe, die genau das macht, aber die anderen maulen nur ein bisschen und lassen sich dann von Nina ablenken, die das nächste Spiel ankündigt. Mir fällt ein Stein vom Herzen, als ich feststelle, dass es dieses Mal nicht um Fingerspitzengefühl, sondern um Ausdauer geht: ein Hindernislauf um Verkehrshütchen, über Langbänke und am Ende auf Matten durch einen senkrecht stehenden Hula-Hoop-Reifen.

Ich stelle mich ein wenig abseits von den anderen Müttern, damit mir niemand mehr mit sich selbst erfüllenden Prophezeiungen kommen kann, und sehe zu, wie tapfer Caroline sich schlägt. Es ist kein Wettrennen, aber ich sehe genau, dass sie eine der Schnellsten ist. Schon erreicht sie die Matten mit dem dazwischen eingeklemmten Reifen und will hindurchkrabbeln.

»Du kannst auch einen Purzelbaum durch das Tor machen!«, rufe ich ihr zu. Sie schaut auf, dann wieder zum Reifen und zögert. »Komm schon, das kannst du doch so prima!« Bens Mama soll nur hören, wie viel ich meinem Kind zutraue – sie und ein paar andere Mamas schauen schon in Carolines Richtung.

Die fixiert den Reifen mit ihrem Blick, geht in die Hocke und macht sich bereit zu einer formvollendeten Rolle vorwärts. Nur dass sie sich ein wenig verkalkuliert und nicht durch, sondern gegen den Reifen rollt.

»Caroline!« Ich renne zu ihr, um die bereits fließenden Tränen zu trocknen und würde unter den Blicken der anderen Mütter am liebsten im Erdboden versinken. Das hier ist definitiv noch schlimmer als Schulsport, denn hier wird nicht mir selbst wehgetan, sondern meinem Kind. Und in diesem Fall bin ich auch noch schuld daran.

»Ist schon gut«, murmle ich in Carolines Haar. »Für heute lassen wir es gut sein, oder?«

Das hat auch gleich noch ein Gutes: Die todsichere Schmach des Jonglierens mit zwei linken Händen bleibt ihr so erspart.

Kapitel 15 – Chrys

»Komisch wie seltsam oder komisch wie lustig?«

Bevor ich das nächste Zimmer betrete, werfe ich einen Blick auf die Uhr auf meinem Handy. Noch eine halbe Stunde bis zur Übergabe. Und ich muss vorher noch zwei weitere Bewohner versorgen. Bei Frau Riese geht das schnell, die braucht höchstens ein bisschen Hilfe beim Umziehen und Decke-Aufschütteln. Wahrscheinlich möchte sie dabei auch ein bisschen plaudern und ich will nicht wortkarg sein, weil ich das schrecklich finde, egal wie knapp die Zeit ist. Das Problem mit dem Plaudern werde ich bei Frau Hofmann nebenan nicht haben. Dafür muss sie gewaschen und ihre Zähne müssen geputzt werden, und sie ins Bett zu heben, ist eine Belastungsprobe für jede noch so starke Wirbelsäule.

»Sie sind heute wieder ganz in Gedanken.« Frau Riese steht bereits mit ihrem Rollator im barrierefreien Badezimmer und betrachtet mich im Spiegel.

»Bitte entschuldigen Sie.« Ich zaubere hastig ein Lächeln auf mein Gesicht. »Sind Sie etwa schon fertig im Bad?«

»Wenn ich Ihnen damit eine Freude machen kann.«

»Und ob! Aber Ihre Haare bürsten wir noch, ja? Die sollen ja nicht verfilzen.« Frau Riese – übrigens ein sehr kleines und zierliches Persönchen – hat nämlich wunderschönes schlohweißes Haar, das ihr bis zwischen die knochigen Schulterblätter reicht. Allerdings nur abends, denn tagsüber trägt sie es in einem perlenbesetzten Haarnetz.

»Nur wenn Sie Zeit haben. Ich weiß doch, wie viel Sie am Abend immer zu tun haben.«

»So viel Zeit muss aber sein.« Ich sage das mehr zu mir selbst, und zwar mit Nachdruck. Die straffen Zeitpläne bei der Arbeit mit den Senioren sind eine Fehlplanung. Ich weiß, dass es unheimlich viel zu tun gibt und einfach zu wenig Personal für die vielen Aufgaben. Aber wenn man keine Zeit mehr hat, einer alten Dame die Haare zu bürsten und ihr dabei zuzuhören, wie sie zum hundertsten Mal von John F. Kennedys berühmter Rede erzählt, die sie als junge Frau gehört hat – wozu mache ich diesen Job denn dann eigentlich? Sicher nicht wegen der guten Bezahlung.

Schon beim Austeilen des Abendessens hatte ich für Frau Riese nur ganz kurz Zeit, weil Frau Hofmann und Herr Arnold gefüttert werden müssen und die medizinische Fachkraft es nicht leiden kann, wenn sich dabei etwas verzögert, weil sich dann das Austeilen der Medikamente nach hinten verschiebt. Doch wenigstens jetzt will ich mir zwei Minuten nehmen.

Daraus werden am Ende natürlich fünf – das ist immer so, wenn Frau Riese anfängt zu plaudern. Und ausgerechnet heute hat Frau Hofmann sich die Haut an einer der trockenen Stellen an ihren Armen aufgekratzt und ihren Ärmel und ihre Finger mit Blut verschmiert. Bis ich ihr die Fingernägel geschrubbt, sie umgezogen und ins Bett gehoben habe, hat die Übergabe schon begonnen. Erst beim Verlassen des Zimmers fällt mir ein, dass ich vergessen habe, ihr die Zähne zu putzen. Aber dafür kann ich sie jetzt ja wohl kaum noch mal aus dem Bett holen.

Außerdem empfängt mich Jenny von der Nachtschicht bereits mit ungeduldig verzogenem Mund. »Hast du dich schon wieder verquatscht?«

Ich schüttle den Kopf, bedeutend zu müde, um ihr von Frau Hofmann und dem Blut unter den Fingernägeln zu erzählen. Stattdessen teile ich ihr nur die nötigsten Dinge mit – dass Herr Heroldt erkältet ist, Frau Meier heute wieder Probleme mit dem Schlucken hatte und Frau Fink sich bereits zweimal übergeben hat und sie gleich als Erstes nach ihr schauen soll.

»Das mache ich sowieso immer«, wehrt Jenny den Rat ab. »Jetzt sollte ich auch wirklich los, damit ich nicht gleich in Verzug komme. In unserem Job ist Zeitmanagement das A und O.«

Ich verkneife mir die Erwiderung, dass doch eigentlich andere Dinge wichtiger sein sollten – Empathie vielleicht oder Engagement oder Fürsorglichkeit. Aber sie hat leider recht: Ohne ein gutes Zeitmanagement geht man hier unter.

»Und die Dokumentation?«, ruft sie mir noch im Weggehen zu. »Hast du die wenigstens noch geschafft?«

Mein Kopfschütteln sieht sie schon gar nicht mehr. »Mache ich gleich noch«, murmle ich, mehr zu mir selbst.

Während meine Kolleginnen von der Spätschicht sich umziehen und auf den Heimweg machen, sitze ich im Personalraum und erledige den Papierkram, den ich wieder einmal nicht innerhalb meiner Arbeitszeit geschafft habe. Am liebsten würde ich die Listen einfach Listen sein lassen. Viel wichtiger ist doch, dass ich der Nachtschicht alle wichtigen Informationen weitergegeben habe. Aber das geht natürlich nicht, vor allem nicht in der Probezeit.

So ist es wieder einmal fast halb zehn, bis ich endlich auf meiner Ducati sitze, mir den Helm über den Kopf stülpe und mich auf den Heimweg mache.

Ich mag die Spätschicht nicht. Früh aufstehen hat mich noch nie gestört und ich liebe es, wie frei die Straßen von Ansbach nach Bechhofen sind, wenn ich so früh unterwegs bin. In der Spätschicht dagegen muss ich eine Menge Puffer einplanen, mich auf dem Hinweg durch den Mittagsverkehr schlängeln, und wenn ich nach Hause komme, falle ich meistens nur noch todmüde ins Bett. Der Abend ist dann auch hinüber.

Ich beschließe, wenigstens heute noch irgendetwas Schönes zu machen. Etwas für mich, um herunterzukommen und mich ein bisschen zu entspannen. Ein heißes Bad wäre schön, mit viel Schaum und Kerzenlicht. Leider hat meine Gummizelle nur eine Dusche. Stattdessen müssen es also eine Kuscheldecke und heiße Fertigpizza als Seelentröster tun. Das ist auch den Zwischenstopp an der Tankstelle wert, um die gewünschte Pepperonipizza zu besorgen. Bei der Gelegenheit fülle ich auch gleich den Tank meines Babys und kaufe mir eine Tafel Marzipanschokolade. Wenn schon, denn schon.

Ich zähle gerade Münzen aus meinem übervollen Kleingeldfach auf den Tresen, als die Schiebetür erneut aufgeht und ein kicherndes Grüppchen die Tankstelle betritt. Jugendliche, denke ich. Die werden auch gefühlt immer jünger und dürfen offenbar trotzdem schon mit dem Auto herumfahren.

Ich werfe einen Blick über die Schulter und stelle fest, dass ich falschliege. Weder handelt es sich um eine ganze Gruppe noch sind die beiden jugendlich. Es ist ein Paar mittleren Alters, das eng umschlungen hereinkommt, jeder einen Motorradhelm unter den Arm geklemmt und offenbar tief in irgendein höchst amüsantes Gespräch versunken.

»... meinen die ernsthaft, ob ich nicht schon ein bisschen zu alt für die Maschine bin!«, lacht der Mann gerade. Er hat einen lockigen Bart und kaum Haare auf dem Kopf, aber irgendwie steht ihm die Kombi. »Da hab ich gesagt: Schau mal da drüben, die heiße Schnecke. Die gehört zu mir und fährt gleich mit mir nach Hause, während du weiter hier herumstehst und alle anpöbelst, weil dein Leben so verdammt langweilig ist. Da hat er die Klappe gehalten.«

Sie lachen beide schallend. Die Frau schüttelt dabei ihre rötliche Haarmähne und in ihrem Blick liegt eine wilde Mischung aus Belustigung und Zuneigung und dem Wunsch, den Mann an ihrer Seite sofort zu küssen. Was sie dann auch tut.

Unwillkürlich muss ich an Stefan denken. Nicht dass ich ihn bei unserem Spontandate im Zoo geküsst hätte. Schön war es trotzdem und ich habe deutlich gemerkt, dass auch ihm das Knistern zwischen uns nicht entgangen ist. Ich war mir dessen sogar so sicher, dass ich bis zu unserem Abschied auf dem Parkplatz fest davon ausgegangen bin, er würde nach meiner Nummer fragen, damit wir uns wiedersehen können. Aber dann ist er zu seinem Auto gegangen, ohne es zu tun, und ich habe ihm nur nachgesehen und ihn nicht aufgehalten, weil ich ein Schaf bin, das sich einfach nicht dazu durchringen kann, den ersten Schritt zu machen, vor lauter Angst, schon wieder auf die Nase zu fallen.

»Da fehlen noch zehn Cent.«

Erst als der Verkäufer mich mit diesen Worten aus den Gedanken reißt, wird mir bewusst, dass ich starre. Die beiden Turteltauben unterbrechen ihren Kuss und bemerken es ebenfalls. Ich spüre ihre Blicke im Nacken, während ich das fehlende Geld herauskrame, meinen Geldbeutel verstaue und Pizza und Schokolade an mich raffe. Meine Beute schreit geradezu nach frustriertem Single und am liebsten würde ich beides einfach verstecken.

»Für ein Motorrad ist man nie zu alt«, meine ich lahm und grinse das Pärchen an. Sie lächeln höflich, was es, um ehrlich zu sein, noch schlimmer macht. Schnell flüchte ich mich zu meiner Ducati, binde die Tüte mit den Einkäufen aus Platzmangel an meinen Rucksack und schwinge mich auf die Sitzfläche. Ich will einfach nur noch nach Hause. Heiße, fettige Pizza, eine Serie auf Netflix und zum Nachtisch die ganze Tafel Schokolade.

Der Weg ist nicht mehr weit, aber während der gesamten Strecke frage ich mich, wie es wäre, wenn hinter mir jemand sitzen und mit mir nach Hause fahren würde. Stefan vielleicht. Er hätte die Arme fest um mich geschlungen und den Kopf geneigt, damit unsere monströsen Helme nicht aneinanderstoßen. Beim Absteigen würden wir unweigerlich trotzdem kollidieren und er würde witzeln, dass er nächstes Mal auf seinem eigenen Motorrad fahren sollte. Aber das würden wir nicht machen, weil es doch viel schöner zu zweit auf einem Motorrad ist.

Ich kann diesen Wunschtraum auch noch nicht ganz abschütteln, während ich voll bepackt mit Rucksack, Einkäufen und Helm meinen Schlüssel ins Türschloss zwänge.

Das Treppenhaus ist dunkel und verlassen. Mit der Schulter betätige ich den Lichtschalter und mein Blick wandert automatisch zu den Briefkästen an der linken Wand. Ob es sich lohnt, meinen aufzuschließen? Ich seufze, verlagere die Last in meinen Armen ein wenig und tue es einfach, damit ich nicht am Ende irgendeine wichtige Rechnung oder Mahnung übersehe. Das fehlt mir gerade noch.

Mit zwei Fingern friemle ich eine Postwurfsendung aus dem Kasten, dahinter klemmt nichts weiter als eine Postkarte. Hoffentlich nicht von meiner Mutter. Eine Postkarte nicht zu lesen, ist viel schwerer, als einen Brief nicht zu öffnen, und sogar daran bin ich ja letztens mal wieder gescheitert. Aber – ich atme insgeheim auf – die Karte hat kein Blumenmotiv. Stattdessen grinst mir ein quietschpinker Flamingo mit Sonnenbrille entgegen.

Noch ehe ich weiß, warum, schlägt mein Herz ein bisschen schneller. Ich stelle Helm und Einkäufe auf dem Boden ab und lasse auch die Postwurfsendung fallen. Mit zitternden Fingern ziehe ich die Postkarte aus dem Briefkasten. Zwei Dinge fallen mir nach dem Flamingo als Erstes ins Auge: Ich kenne die Schrift nicht. Und die rechte Seite der Karte ist leer – keine Adresse, keine Briefmarke. Mein Blick fällt auf die Unterschrift und das Herz springt mir beinahe aus der Brust, so wild klopft es jetzt. *Stefan.*

Ich überfliege den Text so hastig, dass ich kaum etwas davon verstehe, zwinge mich dann dazu, tief einzuatmen und noch einmal langsamer zu lesen.

Liebe Chrys mit y, ich war in der Gegend und musste an dich denken. Du warst nicht zu Hause, aber vielleicht magst du mich anrufen. Es folgt eine Handynummer, seine schwungvolle Unterschrift und ein PS: *Ich hätte eine tolle Karte mit einer Klapperschlange gefunden, aber ich dachte, die hier gefällt dir wahrscheinlich besser.*

Ein Lachen bahnt sich den Weg durch meine Kehle. Ein hysterisches, überdrehtes, glückstrunkenes Lachen. Und wenn auf der Karte zwanzig Klapperschlangen wären, es wäre mir egal. Ich würde sie trotzdem wie einen Schatz an meine Brust drücken, komplett euphorisch in meine Wohnung stürzen, um dann noch einmal die Treppe hinunterzusteigen und meine vergessenen Sachen zu holen, und ich würde trotzdem die Nummer auf der Karte wählen. Mitten im winzigen Flur meiner Wohnung und mit wild hämmerndem Herzen.

»Einen Moment«, meldet die Stimme am anderen Ende der Leitung sich ein wenig anders als erhofft.

Mein Blick huscht nervös zur Uhr – klar, es ist schon ziemlich spät. Wahrscheinlich hat er heute nicht mehr mit einem Anruf gerechnet. Ich Schaf hätte ja auch bis morgen früh warten können!

Nur mühsam widerstehe ich dem Drang, aufzulegen oder nervöse Entschuldigungen zu murmeln. Das Anhalten der Stille in der Leitung kommt mir vor wie eine Ewigkeit.

»So, jetzt. Stefan hier«, meldet er sich dann endlich.

»Chrys«, krächze ich. »Mit y. Tut mir leid, ich hab gerade erst auf die Uhr geschaut. So spät ruft man eigentlich nicht mehr bei irgendjemandem an, aber ich hatte Spätschicht und ...« Peinlich berührt verstumme ich. Jetzt plappere ich auch noch, wie immer, wenn ich nervös bin. Das habe ich von meinem Vater.

Doch Stefan lacht. »Kein Problem. Ich bin ja nicht irgendjemand und du bist nicht man. Ich saß sowieso noch über todlangweiligem Papierkram und bin froh über Ablenkung.«

»Echt?«

»Na klar! Ich freu mich, dass du anrufst.«

»Ich mich auch ... also, dass du mir geschrieben hast.« Ich räuspere mich. »Ich hab mich über deine Karte gefreut. Das meine ich.«

Er lacht wieder und ich habe sein Lächeln noch ganz genau vor Augen. Es zaubert Fältchen in seine Augenwinkel – das gefällt mir.

»Ja, ich war zufällig in Ansbach und dachte ... Ich hoffe, du nimmst es mir nicht übel.«

»Die Postkarte?« Meine Stimme klingt atemlos. Wahrscheinlich, weil ich auf nur einem Quadratmeter Fläche im Kreis tigere. Schnell lasse ich mich an Ort und Stelle im Schneidersitz auf den Boden sinken – direkt unter die bunten Hundepopo-Garderobenhaken – und versuche, ruhiger zu atmen.

»Dass ich einfach bei dir vorbeigeschaut habe.«

»Ach so, nein gar nicht. Nur schade, dass ich nicht da war. Woher wusstest du überhaupt, wo ich wohne?«

»Jetzt wird es unangenehm.« Stefan lacht und es klingt ebenfalls nervös. »Ich ... also, ich hab die Adresse auf deinem Perso auswendig gelernt. Gemerkt, meine ich. Ich hab sie mir gemerkt.«

Ich pruste ein Lachen heraus. »Soso, du hattest also schon im Zoo vor, bei mir vorbeizukommen?«

»Ich hab mir die Option offengehalten, würde ich sagen.« Stefan zögert. »Das findest du jetzt komisch, oder?«

»Komisch wie seltsam oder komisch wie lustig?«

»Eher wie seltsam, fürchte ich.« Er atmet geräuschvoll ein. »Erst hab ich die Adresse nur angeschaut, weil ich dachte, ich bringe dir die Tasche vorbei, falls ich dich im Zoo nicht finde. Und dann ... na ja, dann hab ich dich gefunden und es war echt nett mit dir. Und ich kannte deine Adresse und da dachte ich ... Den Rest der Geschichte kennst du ja.«

»Ja«, meine ich lahm. Mein Hals ist ganz eng, ich weiß nicht, wie ich sprechen soll. Den Rest der Geschichte halte ich in der Hand, in Form einer Postkarte mit Grinse-Flamingo. Der Rest der Geschichte ist aus dem Stoff, aus dem Liebesfilme sind, und passiert normal jedem, nur nicht mir. »Ich ... also, ich freu mich echt. Auch, dass du dir meine Adresse gemerkt hast.«

»Da bin ich aber froh. Vielleicht können wir uns ja mal wieder treffen. Im Zoo oder irgendwo anders. Ich ... Warte mal einen Moment.« Es rauscht in der Leitung, vermutlich hat er die Hand über das Mikro gelegt. »Sorry, das war wichtig. Ich ... ähm ... ich schreibe dir, ja? Dann kannst du es dir noch überlegen.«

»Das muss ich nicht«, sage ich schnell. »Ich würde dich sehr gerne treffen!«

»Das freut mich. Wie wäre morgen?«

»Morgen? Äh ... ja, warum nicht? Ich hab sowieso meinen freien Tag. Aber ich hab vormittags noch was anderes vor. Eine

Freundin treffen«, füge ich schnell hinzu. »Ihr beim Einkaufen helfen. Aber am Nachmittag hab ich Zeit.«

»Hm ... Ich könnte um vier in Ansbach sein. Wo kann man sich gut treffen?«

»Puuh, am Eingang zum Hofgarten?« Es ist das Erstbeste, was mir einfällt. Wahrscheinlich, weil die hoffnungslos romantische Teenieversion von mir schon damals immer von einem Date im Hofgarten geträumt hat. »Oder ist das blöd? Man kann ganz schön spazieren gehen und ...«

»Klingt perfekt«, unterbricht Stefan mich mit einem leisen Lachen. »Dann also bis morgen!«

»Ich freu mich«, sage ich noch schnell, ehe mich der Mut verlässt.

»Und ich mich erst.«

Kapitel 16 – Michelle

»Wir haben einen Dachschaden.«

Chrys überredet – so nennt *sie* es, ich sage dazu »zwingt« – mich am Donnerstagmorgen, mit ihr gemeinsam einkaufen zu gehen. Nur mit Müh und Not kann ich sie davon abbringen, mich dazu auf ihr Motorrad zu verfrachten, mit dem sie in aller Herrgottsfrühe zu mir gedüst ist.

»In Merkendorf gibt es einen Aldi und einen Rewe«, meckert sie. »Die haben viel mehr Auswahl als euer Penny.«

Doch ich bleibe dabei: Wenn ich schon einkaufen gehen muss, dann nur zu Fuß. Immerhin hat es aufgehört zu regnen und die Sonne traut sich wieder heraus. Die Temperaturen sind richtig frühlingshaft.

»Und wer schleppt den ganzen Kram dann zurück?«, mault Chrys, deponiert die beiden Helme aber in meiner Garderobe, schlüpft aus ihrer Motorradkluft und tappt ergeben in Richtung Haustür.

»Ich natürlich«, behaupte ich kühn. Am Ende ist es trotzdem Chrys, die den großen Rucksack voller Lebensmittel auf dem Nachhauseweg trägt, während ich ein Netz Kartoffeln in den Armen halte. Mit dem schweren Rucksack bin ich Chrys nämlich zu langsam, wie sie erklärt, und im gleichen Satz empfiehlt sie, ich sollte vielleicht mit dem Joggen anfangen, um wieder in Form zu kommen. Aber das lehne ich energisch ab.

»Eigentlich ist Joggen auch elendig langweilig«, lenkt sie ein. »Und schlecht für die Gelenke. Ich war schon seit Monaten nicht mehr. Aber vielleicht können wir mal minigolfen gehen oder so. Oder schwimmen. Am besten in der Therme. Im Sitzen, entspannt im heißen Wasser.«

»Das zählt dann aber nicht wirklich als Sport, oder?«

»Und wenn schon. Dafür entspannt es. Ich konnte Sport eh noch nie leiden. Leichtathletik übrigens am wenigsten.«

»Hat deine Mutter sich eigentlich noch mal gemeldet?«, erkundige ich mich, weil es am einfachsten ist, so etwas zu fragen, während man so bepackt nebeneinanderher trottet und einander nicht ansehen muss.

Chrys schüttelt den Kopf. »Nein. Ich hab nicht auf ihre Einladung reagiert und jetzt schmollt sie vermutlich. Aber rate mal, wer mir stattdessen geschrieben hat.«

»Ähm ... Jemand, den ich kenne?«

»Um ehrlich zu sein: nein.« Sie umgreift die Schulterriemen des Rucksacks mit den Händen und hebt sie ein wenig an, um ihren Nacken zu schonen.

»Soll ich nicht doch ...«, setze ich an, doch Chrys fällt mir ins Wort: »Damit wir morgen noch hier sind? Nein. Wir gehen jetzt zügig zurück und sehen zu, dass wir aus diesem Kram ein Mittagessen basteln.«

»Also, wer hat dir geschrieben?«

»Ein Mann.«

»Äh ... okay. Hast du dich bei einem Datingportal angemeldet?«

»Natürlich nicht! Ich kenne ihn aus dem Tiergarten!«

»Aus dem ...« Ich zermartere mein Gehirn nach der entsprechenden Erinnerung. Tiergarten ... Chrys hat ein Foto aus dem Tiergarten geschickt! Das muss vorgestern gewesen sein. Zwei Felsenpinguine. Aber definitiv kein Mann.

»Ich hab meine Tasche verloren«, platzt Chrys heraus; ihre Stimme klingt mehr denn je wie freudig klingelnde Weihnachtsglocken. »Und er hat sie gefunden und anhand des Persofotos die Besitzerin gesucht. Meine Güte, ich kann ja immer noch nicht glauben, dass er mich erkannt hat. Auf dem Foto habe ich bonbonpinke Haare!« Sie kichert überdreht. »Wahrscheinlich hat er deshalb bei den Flamingos gesucht. Und mich gefunden.«

Ich drücke mein Kartoffelnetz fester an mich und betrachte Chrys von der Seite. Beim Anblick ihrer begeisterten Miene muss ich lachen.

»Er hat sich die Adresse auf meinem Perso gemerkt. Zufällig. Oder eher absichtlich. Jedenfalls hat er eine Postkarte in meinen Briefkasten geworfen. Mit einem Flamingo drauf und seiner Handynummer.«

»Und du hast ... ihn angerufen?«

»Ja!« Sie kichert schon wieder. »Und rate mal!«

»Äh ... er hat einen Flamingo als Haustier?«

»Nein, Quatsch. Wir haben uns verabredet. Für heute Nachmittag im Ansbacher Hofgarten.«

Jetzt muss ich auch lachen. »Echt jetzt? So ein richtig kitschiges Jane-Austen-Date im Park? War das deine Idee?«

Ich werfe Chrys einen Seitenblick zu und stelle fest, dass ihr Gesicht bei meinen Worten zartrosa geworden ist.

»Oh Chrys!« Ich bleibe stehen, um mich ihr zuzuwenden. »Du stehst auf ihn, oder?«

»Blödsinn«, wehrt Chrys ab. »Ich kenne ihn doch noch gar nicht richtig. Aber er war so nett und so lustig und so gut aussehend! Ich meine, er ist so groß und seine Augen sind so blau und ...«

»... und die Flamingos sind so pink.«

»Das auch.« Sie klammert sich an die Schulterriemen des Rucksacks und sieht dabei in ihrem rosa-gelb gepunkteten Oberteil wie ein aufgeregtes Schulmädchen aus. »Ich freu mich so!«

»Das merke ich!« Ich mache Anstalten weiterzulaufen, aber Chrys hält mich am Arm zurück. »Ist es ... unsensibel von mir, wenn ich dir so was erzähle?«

Ich sehe Chrys in das immer noch gerötete Gesicht und die nun besorgten Augen. Die Wahrheit ist, dass mir solche Romanzen vorkommen wie Geschichten von einem anderen Stern. Aber das war auch schon vor Armins Tod so. Wenn Chrys von ihrer neusten Bekanntschaft erzählt hat, haben wir beide darüber meist nur lachend die Köpfe geschüttelt. Chrys hat nämlich ein ausgesprochenes Talent dafür, ungewöhnliche Männer an noch ungewöhnlicheren Orten kennenzulernen. Und meistens geht dann irgendetwas ungewöhnlich schief, was wiederum nicht so lustig ist. Armins und meine Geschichte war daneben regelrecht konservativ. Aber weder das noch die Tatsache, dass ich jetzt verwitwet bin, ändern etwas daran, dass ich es Chrys von Herzen wünsche, endlich den Richtigen zu finden. Auch wenn ich nicht weiß, ob der günstigste Ort dafür das Flamingo-Gehege im Nürnberger Tierpark ist.

»Bitte hör nicht auf, mir solche Dinge zu erzählen«, flüstere ich. »So eine Freundin will ich nicht sein. Du kannst mir *alles* erzählen. Von Flamingos und desaströsen Dates und ... und vor allem von wunderbaren Dates. Ich hoffe so, dass ihr einen tollen Nachmittag habt!«

»Das hoffe ich auch«, erwidert Chrys strahlend. »Aber jetzt bist du dran mit Erzählen: Wie kommst du mit Armins Manuskript voran? Ich will alles ganz genau wissen!«

Chrys schlägt vor, dass ich ihr das, was ich geschrieben habe, vorlese, während sie Eintopf kocht. Allerdings halte ich das für keinen guten Vorschlag. Erstens kenne ich Chrys' Kochkünste und zweitens würde ich es niemals über mich bringen, den Stuss, den ich mitten in der Nacht in Armins Notebook getippt habe, auch noch laut vorzulesen.

Zum Glück lässt Chrys sich auf einen anderen Deal ein: Ich drucke die eineinhalb Seiten neuen Text aus und bringe sie ihr. Mittlerweile sitzt sie mit baumelnden Beinen auf der Anrichte in der Küche. Die Einkäufe hat sie bereits eingeräumt und eine Pfanne auf den Herd gestellt, an der ich mich hastig zu schaffen mache, während Chrys liest. Ich kann meinen eigenen Text nicht nur unmöglich laut lesen, ich ertrage es noch nicht einmal, Chrys dabei zuzusehen, wie sie ihn mit gerunzelter Stirn studiert.

»Was meint er damit?«, fragt Chrys, als ich gerade beginne, Karotten klein zu schneiden. »›Du musst dich entscheiden. Der Prinz wird nicht ...‹?«

Ich rutsche mit dem Messer ab und verfehle nur um Haaresbreite meinen linken Ringfinger. »Nicht vorlesen!«

»Warum nicht?«

»Ich will das nicht hören.«

Chrys gluckst, aber mir ist so gar nicht zum Lachen zumute. Mein Herz rast immer noch vor lauter Schreck und mein Gesicht glüht vor Scham über die schmalzigen Worte, die ich Alan da in den Mund gelegt habe. Das muss ich dringend noch mal umschreiben.

»Das ist nicht witzig. Ich will auf keinen Fall auch nur ein einziges von mir geschriebenes Wort vorgelesen bekommen.«

»Du bist Journalistin, Michelle! Du kannst mir ja wohl nicht erzählen, dass im Studium oder auf der Arbeit noch nie jemand ein von dir geschriebenes Wort laut vorgelesen hat!«

»Du kannst gerne jeden Artikel, den ich je geschrieben habe, lauthals rezitieren. Aber das hier nicht.« Langsam beruhigt sich mein Herzschlag und ich setze das Messer wieder an der Karotte an.

Eine Weile ist es sehr still in der Küche. Nur das Klacken des Messers auf dem Schneidebrettchen ist zu hören. Chrys respektiert meinen Wunsch und liest nicht ein einziges weiteres Wort laut vor. Als sie schließlich raschelnd die Seiten sinken lässt, meint sie: »Ich verstehe leider nur Bahnhof.«

Ich schlucke schwer. »So schlimm?« Meine Stimme klingt ganz dünn und das Messer zittert in meinen Händen.

»Vielleicht«, überlegt Chrys und springt von der Anrichte, »sollte ich zuerst das lesen, was Armin schon geschrieben hat.«

»Das Manuskript meinst du?«

»Und die beiden Bücher. Du hast doch Exemplare davon da, oder nicht?«

Ich denke an die fein säuberlich aufgereihten Ausgaben zwischen der Buchstütze und dem Briefbeschwerer und muss schlucken. »Nur Armins eigene.«

»Ich will sie ja nicht klauen«, versichert Chrys beschwingt. »Nur lesen. Wie soll ich dich denn unterstützen, wenn ich gar nicht weiß, um was es geht? Um ehrlich zu sein ...« Ihre Stimme wird leiser. »Ich schäme mich fast, dass ich sie nie gelesen habe. Ich meine ... Armin war mein bester Freund und da sollte man doch meinen ...« Sie stößt die Luft aus und lässt den Satz unvollendet. Ihre Augen schimmern jetzt feucht und irgendetwas löst das in mir aus. Wie beim letzten Mal, als Chrys sich schwach gezeigt hat, ruft eine laute Stimme in mir zum Kampf. Zum Starksein.

»Armin hat dir das nie übel genommen.« Meine Hand lässt das Gemüsemesser sinken und streichelt Chrys' bebende Schultern. »Er hat doch gewusst, dass du eben einfach nicht liest.«

»Trotzdem«, murmelt Chrys. »Ich hätte sie lesen sollen.«

»Du holst es jetzt nach. Du liest seine Bücher und dann das Manuskript, an dem ich arbeite. Warte, ich bringe sie dir.«

Ich hoffe inständig, dass mein Anflug von innerer Stärke lange genug anhält, um die Bücher von oben zu holen, sie nach unten zu tragen und Chrys in die Hände zu drücken.

Vor allem Letzteres fühlt sich dann so an, als würde ich versuchen, mir eigenhändig das Herz herauszureißen. »Pass ... pass bitte gut auf sie auf«, krächze ich und öffne den Klammergriff nur sehr widerwillig. »Wie gesagt, es sind Armins eigene Exemplare. Er hat sie signiert.«

»Er hat seine eigenen Bücher signiert?«, fragt Chrys, die nicht zu bemerken scheint, welchen inneren Kampf ich gerade ausfechte. »Warum das denn?«

»Das ist ... das war so eine Art Ritual. Wenn er das Paket vom Verlag ausgepackt und sein Buch zum ersten Mal in den Händen gehalten hat, hat er das Erscheinungsdatum und seinen Namen hineingeschrieben.« Ich zucke die Schultern, als wäre es keine große Sache, dabei könnte ich heulen bei dem Gedanken, dass

Armin den finalen Band seiner Reihe niemals in den Händen halten und signieren wird. Ich habe ihn selbst immer mit dieser Tradition aufgezogen. Dieses Mal kann ich das nicht tun. Ich kann das Buch höchstens selbst signieren, mich dabei ziemlich verloren fühlen und ihm dann eines auf sein Grab legen, wo Wind und Wetter es in einen Zustand bringen werden, bei dem Armin einen hysterischen Anfall bekommen würde. Bücher hat er immer wie Heiligtümer behandelt. Ja, nicht einmal die Buchrücken haben die typischen Falten vom Lesen und einen Moment bin ich versucht, Chrys darum zu bitten, sie ja nicht so weit zu öffnen, dass ein Knick entstehen könnte. Aber ich weiß selbst, dass das albern ist.

»Ich werde sie ... wie sagt man? Hüten wie meinen Augapfel«, verspricht Chrys feierlich. »Und sobald ich damit fertig bin, ist das Manuskript dran. Also sieh zu, dass du bis dahin ordentlich weit kommst.« Sie drückt die beiden Bücher, die ich ihr gegeben habe, vorsichtig an sich, wie ein Kind einen Teddybären. »Na gut, wahrscheinlich wirst du mit dem Schreiben fertig sein, bis ich durch bin.« Sie verzieht das Gesicht entschuldigend. »Du weißt ja ... ich bin nicht die große Leserin.«

Chrys' Bereitschaft, Armins Bücher zu lesen, um mich beim Schreiben zu unterstützen, rührt mich so sehr, dass ich, kaum ist sie nach dem Mittagessen aufgebrochen, mit dem Schreiben anfange. Zuerst fühlt es sich noch fremd an. Die Dialoge fallen mir besonders schwer. Ich bin journalistisches Schreiben gewohnt und habe Angst, dass Alan, Esmé und die anderen wie Reporter wirken, wenn *ich* ihnen die Worte in den Mund lege. Aber dann muss ich daran denken, wie Armin sich einfach in seinem Kopf mit ihnen unterhalten hat. Im Plauderton. So wie er mit mir gesprochen hat. Und weil ich selbst nicht auch noch anfangen will, mit Romanfiguren zu sprechen, stelle ich mir stattdessen vor, wie Armin sich mit ihnen unterhält. Ich sage mir, dass das ein kleines bisschen weniger verrückt ist.

»Alan«, sagt Armin in meiner Vorstellung. »Esmé ist am Boden zerstört. Eli ist immer noch nicht zurück und alle wollen ihr glauben machen, er wäre vielleicht längst nicht mehr am Leben. Jetzt sag schon, was machst du, um sie zu trösten?«

»Heiße Schokolade?«

Nein, Moment, Armin würde das so sagen ... aber Alan ist ein Großmaul. Ein sehr liebenswertes, versteht sich. Aber eben trotzdem ein Großmaul. Er kann große Reden schwingen, hält sich selbst für unglaublich mutig, aber meistens ist er eher ein Kätzchen als ein Löwe. Außerdem ist er ziemlich impulsiv und seine Gefühle gehen schon mal mit ihm durch.

»Das haben sie gesagt?«, fragt Alan prompt in meinem Kopf. »Dass Eli tot ist? Oh Gott, Armin, was ist, wenn sie recht haben? Wenn der Prinz tot ist, dann sind wir alle verloren!«

»*Das* willst du sagen, um Esmé zu trösten?« Armins Stimme ist das Stirnrunzeln anzuhören. »Das ist ja sehr ... ermutigend.«

Alan scheint nachzudenken. Jedenfalls schweigt er einen Moment, ehe er mit fester Stimme sagt: »Nein, Esmé darf den Mut nicht verlieren. Wir alle müssen ausharren und die Stellung halten, bis Eli wiederkommt. Und wenn der Feind mit drei Dutzend Heeren hier einfällt, dann werden wir ihm die Stirn bieten und Elis Königreich verteidigen!«

Ich notiere fleißig mit und mir nichts, dir nichts entspinnt sich um Alans Worte herum eine Szene, in der eine in Tränen aufgelöste Esmé an Alans Schulter weint und ihm die Angst anvertraut, ihre große Liebe Eli werde niemals zu ihr zurückkommen. Aber das wird er. Oh ja, denn das war immerhin von Anfang an Armins Idee: die Geschichte von der Rückkehr des Bräutigams zu seiner Braut und des rechtmäßigen Herrschers zu seinem Thron. Ich weiß noch nicht genau, wie die Szene aussehen wird und wie um alles in der Welt es dazu kommt, dass Alan Esmé nach Hause tragen wird, aber ich bin mir jetzt schon sicher, dass das Finale großartig werden muss.

Der Gedanke an dieses rührende Ende spornt mich so an, dass ich gleich noch eine Szene schreibe. Eine über die Truppen im fernen Westen, die dort die Grenzen bewachen und sehen, dass sich Übles zusammenbraut. Der größenwahnsinnige Fürst des Nachbarlandes rüstet zum Angriff.

Zufrieden lehne ich mich anschließend zurück und lese, was ich zu Papier gebracht habe. An Armins Niveau reicht es nicht heran, das ist mir bei jedem Wort klar. Aber wenn ich nur weiterschreibe, dann lerne ich vielleicht noch dazu, schaffe es immer mehr, seinen ganz besonderen Erzählton zu treffen. Und dann kann ich das, was ich ganz zu Beginn geschrieben habe, einfach noch einmal überarbeiten. Wie hat Armin immer gesagt? Einen Text, egal, wie schlecht er ist, kann man überarbeiten. Eine leere Seite nicht. Das hat er auf irgendeinem Autorenseminar aufgeschnappt und es sich seitdem zum Motto gemacht.

Ich würde direkt weiterschreiben, aber mein knurrender Magen treibt mich in die Küche. Im Kühlschrank steht eine Schüssel mit den Resten des Eintopfs, die ich kurzerhand in die Mikrowelle stecke. Während mein frühes Abendessen auf dem Drehteller aufgewärmt wird, gehe ich nach draußen, um die Post hereinzuholen.

Zwei Umschläge, die verdächtig nach Rechnungen aussehen, großartig. Ich lege sie ungeöffnet auf die Anrichte in der Küche und nehme mir vor, mich später darum zu kümmern. Wenn es keine großen Summen sind, überweise ich sie von unserem spärlich bestückten Sparkonto. Wenn doch, kann ich nur hoffen, dass noch ein oder zwei Mahnungen kommen werden, ehe rechtliche Schritte folgen. Oder ich muss meine Mutter fragen, ob sie mir aushilft und Geld leiht. Aber der Gedanke ist mir derart zuwider, dass ich ihn gar nicht weiterverfolge.

Eine weitere schwarz bedruckte Kondolenzkarte landet ebenfalls ungelesen auf der Anrichte. Nimmt die Flut von Trauerbekundungen denn nie ein Ende? Hat nicht so langsam endgültig jeder erfahren, dass Armin verunglückt ist, und mir sein tief empfundenes Beileid ausgesprochen? Die wenigen Karten, die wirklich in irgendeiner Weise tröstlich waren, kann ich an einer Hand abzählen.

Eine war von Armins früherem Schulfreund, der zwei alte Fotos beigelegt und in einem langen Brief die Hoffnung ausgedrückt hat, dass diese mich nicht allzu sehr aufwühlen, sondern vielleicht ein wenig zum Schmunzeln bringen mögen. Und es tue ihm aufrichtig leid, wenn dem nicht so sei; dann solle ich die Bilder bitte wegwerfen und seine Worte vergessen.

Die andere wirklich nette Karte kam ausgerechnet vom Pfarrer unserer Gemeinde, in die ich selbst nur Armin zuliebe mitgegangen bin. Er schrieb etwas über ein Wiedersehen in Gottes Herrlichkeit, und obwohl es etwas schwülstig klang, so fand ich den Gedanken doch schön, dass es vielleicht wahr sein könnte und ich Armin eines Tages in einer Art Himmel oder Paradies wiedersehen werde. Lebendig, gesund und fröhlich.

Die letzten beiden Poststücke sind ein Werbeflyer und eine Literaturzeitschrift, die Armin abonniert hat und die ich noch nicht abbestellt habe. Ich will sie zusammen mit der Werbung in den Papierkorb stecken, beschließe dann aber, sie lieber beim Essen durchzublättern. So habe ich wenigstens fast so etwas wie Gesellschaft. Immerhin hat Armin beim Essen oft über Bücher und Literatur geredet – es ist also ein Stück lieb gewonnene Gewohnheit, wenn auch ein bisschen anders.

In eine ziemlich kritische Rezension vertieft, verbrenne ich mir zuerst einmal die Zunge am ersten Löffel Suppe. Mir graut jetzt schon vor den Rezensionen zu Armins Buch. Also nun auch irgendwie meinem. Was werden die Leser sagen? Der Anfang so hervorragend wie immer, aber zur Mitte hin irgendwie schwächlich, als hätte er keine Fantasie mehr gehabt oder keine rechte Lust, das Buch zu Ende zu schreiben? Ja, so als hätte irgendjemand Stümperhaftes es für ihn beendet. Jemand, der vom Bücherschreiben keine Ahnung hat. Die Leser werden unweigerlich bemerken, dass mir der Bezug zu *Neema* und dem, was es ausmacht, fehlt, egal wie gut ich die Geschichte mittlerweile kenne.

Ich blättere schnell um und stoße beinahe die Schüssel mit dem Eintopf vom Tisch, als mir Armin entgegenblickt. Das Bild ist nur etwa so groß wie eine Briefmarke, der Artikel dazu eher eine kurze Meldung zwischen vielen anderen zum Literaturgeschehen. Aber die vertrauten Züge, das geliebte Lächeln, die Fältchen um die Augen, während man die in den Mundwinkeln wegen des wuchernden Barts nicht sehen kann ...

Wie in Zeitlupe strecke ich die Hand aus und streichle das Bild. Es ist nicht einmal das aktuellste. Keins von den schicken, hochauflösenden, mit der weichen indirekten Beleuchtung, die er kürzlich beim Fotografen hat machen lassen. Nein, dieses hier ist noch eins von denen, die ich mit unserer alten Digitalkamera von ihm geschossen habe. An einem sehr frühen Sonntagmorgen, mitten in der Altstadt von Wolframs-Eschenbach, im Hintergrund der Kirchturm und das Museum mit dem hübschen rötlichen Fachwerk.

Das Bild verschwimmt vor meinen Augen und ich wende mich hastig dem kurzen Artikel daneben zu. *Glück im Unglück* lautet die ziemlich geschmacklose Überschrift. Ich kann trotzdem nicht anders: Ich muss weiterlesen.

Nach dem tragischen Tod von Bestsellerautor Armin Prinz fragen sich seine Leser und Fans zu Recht, was aus seiner bisher unvollendeten Reihe Neema *werden soll. Wir dürfen aufatmen: Der Verlag bekräftigte kürzlich in einer Pressemitteilung, dass Armin Prinz den finalen Band* Neema – Die Heimkehr des Bräutigams *bereits vor seinem Tod fertiggestellt hat. Das Manuskript, so der Verlag, müsse nun lediglich gründlich überarbeitet werden und solle dann wie geplant im kommenden Frühjahr, spätestens jedoch zur Buchmesse erscheinen.*

Ich war nicht auf das schale Gefühl gefasst, dass sich beim Lesen in meinem Inneren breitgemacht hat. Ich weiß nicht einmal, ob es die unbekümmerte Art ist, mit welcher der Journalist über Armin und seinen Tod schreibt, oder die Lüge, die mir aus jeder Zeile entgegenspringt. Fertiggestellt? Nur mit Mühe unterdrücke ich ein hysterisches Lachen, wenn ich an den lausigen Fortschritt denke, den ich bisher an Armins Manuskript gemacht habe. Manuskript, nicht Buch. Diese Ansammlung von Worten ist noch meilenweit davon entfernt, ein gedrucktes Buch zu werden. Und weil ich es oft genug bei Armin beobachtet habe, weiß ich, dass die größte Arbeit erst noch bevorsteht. Nachdem ich mein Bestes gegeben und alle Fäden der Handlung zusammengeführt habe, kommt nämlich die Überarbeitungsphase. Gemeinsam mit dem Lektor und einer ganzen Handvoll Korrekturleser wird aus der an vielen Stellen noch unförmigen Wortmasse ein Kunstwerk gemeißelt. Da wird etwas weggenommen und hinzugefügt, umgeschrieben und herausgearbeitet ... und ich habe nicht die leiseste Ahnung, wie man das alles tut.

Ich lasse den vollen Löffel zurück in den Teller sinken. Mir ist der Appetit vergangen. Den gefüllten Teller auf dem Tisch zurücklassend, gehe ich zu meinem Telefon am Fuß der Treppe. Beatrice' neue Nummer muss ich im Telefonbuch nachschlagen, doch wenigstens hebt nicht Erik, sondern sie selbst ab.

»Beatrice Fon... Kipfmüller, hallo!«

Gegen meinen Willen muss ich lachen. »Guten Tag, Frau von Kipfmüller. Hier spricht Michelle von Prinz. Versuchst du, deinen neuen Nachnamen nobler klingen zu lassen, als er ist?«

»Oh Gott«, seufzt Beatrice am anderen Ende der Leitung. »Ich kann mich einfach nicht daran gewöhnen, dass ich nicht mehr Fontaine heiße. Das war immerhin vierundzwanzig Jahre lang mein Name! Und das gerade war bestimmt das zehnte Mal, dass ich mich so gemeldet habe. Neulich sogar, als mein Schwiegervater dran war. Ich wäre am liebsten im Erdboden versunken!«

»Weißt du noch, wie ich im Standesamt nach einem Tipp-Ex fragen musste?«, erinnere ich meine Schwester und prompt ist es sie, die lacht.

»Oh stimmt. Das ist mir immerhin nicht passiert! Ich dachte, der Standesbeamte fällt gleich in Ohnmacht vor Entsetzen. Sein Blick war Gold wert!« Sie äfft seinen schockierten Tonfall nach: »›Das ist eine amtliche Urkunde! Sie müssen den falschen Anfangsbuchstaben schon durchstreichen.‹ Aber danach hast du dich so schnell daran gewöhnt. Prinz ist aber auch ein toller Name.« Sie senkt die Stimme zu einem Flüstern. »Viel schöner als Kipfmüller. Da hat mir sogar Fontaine besser gefallen, wenn ich ehrlich bin. Aber ... ach, wir sind eben traditionell. Sag Erik ja nicht, dass ich mich beschwert habe!«

»Mach ich nicht«, verspreche ich. »Ist er schon zu Hause?«

»Nein.« Sie rollt mit den Augen, das weiß ich, ganz ohne es zu sehen. »Eigentlich wollte er heute freinehmen, aber du weißt ja, wie sein Vater ist. Man sollte nie einen Verwandten als Chef haben, da kann man einfach nicht Nein sagen, ehrlich! Schwiegerpapa hatte nämlich Angst, dass vor den Feiertagen noch einmal der große Ansturm kommt.«

»Vor den ... vor welchen Feiertagen?«

»Na, Ostern! Michelle, morgen ist doch Karfreitag! Jetzt sag bitte, dass du schon Fisch gekauft hast. Wenn du nicht vorbestellt hast, ist frischer Fisch nämlich bestimmt fast nicht mehr zu bekommen. Höchstens tiefgekühlter und das ist nicht das Gleiche.«

»Doch, doch«, beschwichtige ich sie hastig. »Ich hab Fisch im Haus.« Wenn ich nicht an diesem lächerlich kurzen Kabel hängen würde, könnte ich schnell meine Küchenschränke durchwühlen. Aber auch so bin ich mir fast sicher, dass ich irgendwo noch eine Dose Thunfisch habe. Kein großartiges Karfreitagsessen, aber für eine einzige Person wird es schon ausreichen.

»Trice ...« Ich kann nicht länger an mich halten. »Ich hab einen Artikel über Armin in einer Literaturzeitschrift gefunden.«

Beatrice zieht geräuschvoll die Luft ein. Früher hätte sie jetzt gequietscht: »Einen Artikel über meinen berühmten Schwager? Oh, mach ein Foto und schick es mir! Oder sag mir, wie die Zeitschrift heißt, dann gehe ich gleich rüber in den Laden und kaufe sie mir!«

Jetzt klingt ihre Stimme samtweich, als sie fragt: »Und du hast ihn gelesen, nicht wahr?«

»Natürlich habe ich ihn gelesen. Es steht drin, dass Armin sein Buch glücklicherweise vor seinem Tod noch zu Ende geschrieben hat.«

»Aber ... das hat er doch nicht.«

»Nein, hat er nicht. Und der Verlag und Armins Agent wissen genau, dass ich es für ihn zu Ende schreibe. Aber sie finden, die Leser müssen das nicht wissen. Schon gar nicht, bevor ich fertig bin.« Davon, dass Heppenheimer plant, der Presse zum richtigen Zeitpunkt die tragische Hintergrundgeschichte zu präsentieren, sage ich nichts. Beatrice würde das nur genauso aufregen wie mich. Stattdessen sage ich: »Ich glaube, Heppenheimer hat Angst, dass ich hinschmeiße und er doch noch einen Ghostwriter beauftragen muss. Und wahrscheinlich klingt es auch einfach nicht so gut, wenn irgendjemand anderes an Armins Stelle das Ende schreibt.«

»Du bist nicht irgendjemand anderes!«, entrüstet sich Beatrice. »Du bist seine Frau! Du kanntest ihn am besten und seine Bücher auch.«

»Und trotzdem darf niemals herauskommen, dass er das Buch nicht wirklich selbst beendet hat. Sonst platzt der Vertrag und ich verliere den Vorschuss und dann fällt uns spätestens nächsten Winter das Dach auf den Kopf.«

»Das Dach?«

»Wir haben einen Dachschaden.« Ich kann selbst nicht darüber lachen. »Es regnet rein. Momentan nur bei starkem Regen, aber ich würde mich nicht darauf verlassen, dass das so bleibt.«

»Ist Armins ...« Beatrice räuspert sich. »Ist euer Arbeitszimmer nicht unter dem Dach?«

»Doch.«

»Dann musst du es so schnell wie möglich reparieren lassen! So ein Wasserschaden kann unheimlich teuer werden!«

Ich lache freudlos. »So eine Dachreparatur auch. Aber sobald ich das Manuskript abgebe, bekomme ich die zweite Hälfte des Vorschusses, und wenn das Buch dann erschienen ist ...«

»Das dauert doch viel zu lange!«, widerspricht Beatrice. »Wann ist der Veröffentlichungstermin? Im Frühling? Du weißt schon, dass vor dem Frühling der Winter kommt, oder? Und davor der Herbst mit tagelangen Regenfällen. Und der Sommer mit Gewittern und ...«

»Ich weiß, Beatrice.«

»Dann sei nicht so stur und lass dir helfen.« Ich kann förmlich sehen, wie sie mit dem Fuß aufstampft. »Ich rede mit Erik, aber du kannst vergessen, dass er das auch nur im Geringsten anders sehen wird als ich. Du kannst uns das Geld von deinem Honorar zurückzahlen. Aber du kannst ja wohl nicht zulassen, dass Armins Arbeitszimmer demnächst einer Sintflut zum Opfer fällt.«

Das ist zu viel. Mir strömen die Tränen aus den Augen. »So hat Armin es auch genannt«, krächze ich erstickt. »Eine Sintflut.«

»Tja, aber aus der wird nichts«, bemerkt Beatrice. »Ich will endlich den letzten Band von *Neema* lesen und ich lasse bestimmt nicht zu, dass irgendwelche Unwetter dich vom Schreiben abhalten.«

Kapitel 17 – Chrys

»Ich bin gar nicht wegen der Sehenswürdigkeiten hergekommen. Aber verrat es keinem.«

Ich bin nie eine große Leserin gewesen. Um genau zu sein, bin ich der Typ Banausin, der die Wikipedia-Einträge statt der Schullektüren durchgesehen und ein paar Eselsohren in die Bücher gemacht hat, damit sie gelesen aussahen. In meinem Wohnzimmer gibt es genau ein Regalbrett, auf dem fünf Bücher stehen, und zwei davon sind ungelesen. An einen dicken Schinken wie *Neema* würde ich mich nie wagen, wenn es nicht für Michelle wäre. Und wenn nicht Armin es geschrieben hätte. Und wenn ich nicht ohnehin dringend Ablenkung bräuchte, damit ich nicht zwei Stunden zu früh am Eingang zum Hofgarten stehe und mich damit komplett lächerlich mache.

Nach der Einkaufstour und dem Mittagessen mit Michelle habe ich eine Flamingoseite in meinem Scrapbook gestaltet – mit glitzernden Flamingostickern, einem Wasserfall aus hellblauem Tüll und dem Zooticket von vorgestern. Schade, dass ich kein Foto von Stefan habe und leider auch kein bisschen zeichnen kann. Er würde sich wahnsinnig gut machen zwischen all den Flamingos.

Irgendwann ist die neue Scrapbookseite aber bis zum glitzernden i-Tüpfelchen fertig und ich habe immer noch viel zu viel Zeit, ehe ich mich auf den Weg machen muss. Ich brauche kaum länger als zehn Minuten zum Hofgarten und ich verbiete es mir, vorher eineinhalb Stunden im Bad zu verbringen. Was sollte ich da auch tun? Mein Beautyarsenal besteht aus Puder und Wimperntusche und vielleicht irgendwo einem alten, verstaubten Töpfchen Rouge, das mein Vater mir geschenkt hat. Meine

Haare sind zu kurz, um sie in kunstvolle Locken zu drehen oder zu flechten oder sonst etwas. Und mein Outfit habe ich im Kopf bereits gewählt: meinen türkisfarbenen Lieblingsblümchenrock und die flamingopinke Bluse.

Da kommt mir *Neema* gerade recht. Sagt man nicht, beim Lesen kann man abtauchen und die Welt um sich herum total vergessen? Genau das, was ich jetzt brauche.

Ich schnappe mir den ersten Band, werfe mich auf mein kissenbedecktes Sofa und mache es mir gemütlich. Als ich das Buch jedoch aufschlagen und loslegen will, bildet sich ein schwerer Klumpen in meinem Bauch.

Armin hat dieses Buch geschrieben. Ich Rabenfreundin habe es nie gelesen, obwohl er sich bestimmt gefreut hätte, und wenn ich es jetzt lese, dann werden es die letzten Worte von Armin sein, die ich je zu hören oder zu lesen bekomme. Vielleicht sollte ich mir das Buch lieber aufsparen, für einen besonders ruhigen Moment, wenn keine Flamingos und halb fremden Männer durch meinen Kopf schwirren. Aber Michelle zählt auf mich und ich bin ihr beim Weiterschreiben keine Hilfe, wenn ich die ersten beiden Bände nicht kenne.

Also los.

Behutsam schlage ich das Buch auf, erst den Buchdeckel, dann die leere Seite dahinter. Auf der Seite mit dem Buchtitel halte ich inne. Ein Datum und eine schwungvolle Unterschrift erstrecken sich darüber. Ich strecke die Hand aus und berühre das Papier. Stimmt ja, Armin hat seine eigenen Bücher signiert; ein Exemplar der Erstauflage mit dem Erscheinungsdatum darin. Als Erinnerung.

Erinnerungen sind es auch, die in diesem Moment über mich hereinbrechen. Erinnerungen an Armin, wie er völlig zusammenhanglose Dinge zu Michelles und meinen Gesprächen beiträgt, weil er mit seinen Gedanken mal wieder in irgendwelchen anderen Welten steckt. Armin, wie er mitten im Kinofilm sein Notizbuch zückt, um eine Idee zu notieren, während Michelle und ich ihn mit Popcorn bewerfen und ihm zuraunen, dass er gerade den besten Teil verpasst. Armin, wie er mir nach meiner Kündigung heiße Schokolade mit Minimarshmallows serviert, während Michelle mich auf ihr Sofa bugsiert und beruhigend auf mich einredet.

Ich vermisse ihn so unsagbar. Und nicht nur ihn, auch die fröhliche, verliebte Michelle an seiner Seite. Die Michelle, die an allem etwas Positives findet und alles für möglich hält.

Ich flüchte mich in Armins Geschichte. Es fällt mir nicht einmal schwer, denn Armin hat eine furchtbar spannende Szene als Einstieg gewählt. Innerhalb kürzester Zeit verlasse ich mein Wohnzimmer und lande in Neema, dem Wüstenstaat mit seinen rauen Winden, sengenden Tagen und kühlen Nächten, seinen Dattelpalmen, Zedern, Disteln und Granatapfelbäumen. Ich schmecke die Süße der Luft, spüre den Sand auf meiner Haut, höre das bunte Treiben des orientalischen Marktes, auf dem sich unbemerkt zwei Verräter treffen. Ich folge ihnen in eine finstere Gasse und lausche ihren Plänen. Ich stehe am Straßenrand, als Prinz Eli auf dem Markt ankommt, und ich will ihm eine Warnung zurufen, als die beiden Verbrecher ihm auflauern. Aber es ist sein Freund Alan, der misstrauisch wird und ihn aus der Schusslinie holt. Er ist es auch, der ihm rät, die beiden sofort verhaften und hinrichten zu lassen. Doch Eli schüttelt den Kopf. Von einem solchen Urteil hält er nichts, er glaubt an zweite Chancen und lässt die beiden entkommen.

Wahrscheinlich ist es das, was mich sofort für Eli einnimmt. Was für ein wunderbarer Mann! Seine erste Begegnung mit Esmé lässt mich selbst beim Lesen wie auf einer Wattewolke schweben. So schön, so romantisch. Kaum zu glauben, dass Armin das geschrieben hat. Ob Michelle ihm ein wenig bei dieser Szene geholfen hat? Nicht dass Armin kein Romantiker gewesen wäre – oh doch, das war er, wenn man Michelle Glauben schenkt. Er hatte nur eine etwas eigenwillige Vorstellung davon, was romantisch ist und was nicht. Dachte ich jedenfalls bis zu diesem Moment.

Gebannt lausche ich Esmé, wie sie Rose von Eli erzählt. Rose bringt sie zum Lachen und mich auch, aber sie lässt auch keinen Zweifel daran, dass ein Wiedersehen mit Eli alles andere als wahrscheinlich ist. Schließlich ist er der Prinz, der zukünftige Herrscher von Neema. Rose ist ...

Eine zuschlagende Tür im Treppenhaus reißt mich schließlich aus der Konzentration. Verflixt, wie spät ist es eigentlich? Ich brauche eine Weile, bis ich mein Handy gefunden habe und auf die Uhr sehen kann. Halb vier. Gott sei Dank bin ich noch nicht zu spät dran. Aber an ein erneutes Eintauchen in Armins Roman ist jetzt nicht mehr zu denken. Die Nervosität hat mich fest in ihren Klauen und macht es mir unmöglich, auf dem Sofa sitzen zu bleiben. Ich tigere durch meine kleine Wohnung, ziehe mich um, lege frischen Puder und etwas Eau de Toilette auf und trinke einen Schluck Wasser. Dann halte ich es hier drinnen nicht mehr aus und mache mich auf den Weg.

Obwohl ich mich redlich bemühe, langsam zu laufen, komme ich noch immer zehn Minuten zu früh am Hofgarten an. Ich überlege gerade, wo ich mich verstecken soll, um nicht allzu ungeduldig und datehungrig zu wirken, da sehe ich, dass Stefan bereits am Eingangstor wartet.

»Ich bin zu früh, stimmt's?« Er kommt auf mich zu und einen komischen Moment lang sind wir unsicher, ob wir einander die Hände schütteln oder uns umarmen sollen. Wir entscheiden uns für eine Umarmung, die etwas unbeholfen und flüchtig ausfällt und mein Herz trotzdem zum Rasen bringt.

»Ich auch, fürchte ich.«

»Sollen wir einfach erst mal ein paar Minuten hier herumstehen und so tun, als hätten wir einander noch nicht bemerkt?«

Ich lache, nicht aus Höflichkeit, sondern weil seine Idee das Eis wirklich gebrochen hat. Stefans Humor tut meiner Nervosität gut und erinnert mich daran, wie unkompliziert es schon im Zoo mit ihm war.

»Also, was gibt es hier zu sehen?«, fragt er, hakt sich bei mir unter und marschiert durch das Tor in den Hofgarten. »Keine Schlangen, oder?«

»Eigentlich nur ... na ja, Gras und Bäume und so. Es ist ein Park.«

»Was du nicht sagst!«

»Ist das langweilig? Mir ist auf die Schnelle nichts Besseres eingefallen.« Plötzlich komme ich mir albern vor. Wie ein Teenie mit zu romantischen Fantasien.

»Soll ich dir was verraten?«, fragt Stefan schmunzelnd. »Ich bin gar nicht wegen der Sehenswürdigkeiten hergekommen. Aber verrat es keinem.«

Das blöde Gefühl verflüchtigt sich. »Ach so ist das!« Ich muss schon wieder lachen. »Das ist aber jammerschade, denn der Hofgarten hat neben Gras und Bäumen tatsächlich so einige Sehenswürdigkeiten zu bieten. Zum Beispiel den Kräutergarten zu Ehren von Leonhart Fuchs! Oder den Gedenkstein für Kaspar Hauser, der im 19. Jahrhundert hier ermordet wurde. Das Verbrechen gilt bis heute als ungeklärt!«

»Das hast du doch erfunden!«

»Nein, aber ganz frisch auf dem Weg hierher gegoogelt, um ein bisschen anzugeben. Solchen Kram kann ich mir normalerweise nicht merken.«

Stefan schüttelt lachend den Kopf. »Du bist echt eine Nummer. Ich bin froh, dass ich deine Handtasche gefunden und deine Adresse auswendig gelernt habe.«

»Ja, ich auch«, meine ich gönnerhaft. »Auch wenn es schon ein bisschen creepy ist, die Adressen fremder Frauen auswendig zu lernen.«

»Touché, schuldig im Sinne der Anklage. Wie kann ich meinen Ruf noch retten?«

Ich gebe vor, angestrengt nachzudenken, und lotse Stefan derweil wie selbstverständlich in Richtung des Kräutergartens, den er sich jetzt wohl oder übel ansehen muss, nachdem ich von all den sagenhaften Highlights des Hofgartens geschwärmt habe.

»Gehst du gerne ins Kino?«, fragt er, als von mir kein Vorschlag kommt, weil ich mich nicht so recht traue. »Zufällig habe ich vorhin nämlich auch gegoogelt und überprüft, ob ihr in Ansbach eins habt.«

»Natürlich haben wir ein Kino! Ein sehr schönes sogar. Ich bin Stammgast.«

»Das trifft sich gut. In einer Dreiviertelstunde läuft nämlich diese Romantikkomödie mit ... Ich hab ihren Namen vergessen, wenn ich ehrlich bin, und den der anderen Schauspieler auch. Ich gehe nicht so oft ins Kino. Aber wenn du Lust hast, könnten wir ...«

»Klar, warum nicht.« Ich bin mir ziemlich sicher, dass ich den Film bereits kenne, aber was für eine Rolle spielt das schon? Dieses Mal werde ich ihn nämlich in Begleitung ansehen. Ich werde mir keine blöden Sprüche beim Ticketkauf anhören müssen und keine skeptischen Blicke von ganzen Horden von Pärchen ertragen müssen. Ich kann eine Tüte Popcorn mit Stefan teilen, statt einen ganzen Eimer davon allein zu verputzen, und ich kann den Film dieses Mal zu Ende anschauen und vielleicht ist die letzte halbe Stunde so unerwartet genial, dass der bis dahin schwache Plot gar keine Rolle mehr spielt.

Es klingt einfach perfekt.

Kapitel 18 ~ Lara

»Oh nein! Das Lamm war für deine Mutter!«

Mehr Salz? Oder lieber eine Prise Zucker? Heißt es nicht immer, Tomaten entfalten ihr Aroma erst mit ein bisschen Zucker so richtig? Aber es widerstrebt mir, Kristallzucker in ein herzhaftes Gericht zu schütten, wo wir ja schon bei süßen Speisen so viel davon einsparen wie möglich. Dabei hasst Caroline das ungesüßte Naturjoghurt, egal, wie viel Obst ich hineinpüriere.

Seufzend stelle ich die Gewürzstreuer wieder in ihr Regal und drücke den Deckel auf die Dose mit dem marinierten Fisch. Bis morgen Abend hat er ausreichend Zeit, durchzuziehen und die ominöse Mischung aus Geschmacksrichtungen anzunehmen, die ich zusammengepantscht habe. Anders kann man es leider nicht nennen. Ich habe wirklich keine Ahnung, wie man Fisch zubereitet. Aber immerhin ist morgen Karfreitag. Mittags hat meine Schwiegermutter uns eingeladen – ich hoffe, das liegt nicht daran, dass sie ahnt, wie überfordert ich von jedweden Fischrezepten bin. Es kommt mir jedenfalls ziemlich komisch vor, dass nur Caroline, Louis und ich zum Essen eingeladen sind, nicht aber Michelle, Beatrice und Erik. Die Frage nach dem Warum raubt mir schon seit mehreren Nächten den Schlaf.

»Kommst du endlich, Mama?«

Ich schließe die Kühlschranktür und unterdrücke ein Seufzen. Am liebsten würde ich eine Köchin engagieren, so wie andere Leute eine Putzfrau. Putzen und Aufräumen machten mir wirklich überhaupt nichts aus und ich würde auch niemand anderem zutrauen, es so sorgfältig zu machen wie ich selbst. Noch nicht einmal Louis. Aber nicht kochen zu müssen, wäre himmlisch. Dann müsste ich auch nicht jedes Mal Louis bitten, das zu übernehmen, wenn wir Besuch bekommen. Es ist jedes Mal aufs Neue eine peinliche Situation, wenn unsere Gäste zwischen zwei Bissen meine Kochkünste loben und keiner von uns es über sich bringt zuzugeben, dass nicht ich das Gericht gezaubert habe, sondern Louis am Werk war.

»Mama!«

»Ich komme schon!«

Caroline sitzt auf der untersten Treppenstufe, den Teddy auf dem Schoß und Florentina, das Glitzerbarbiepferd, an ihrer Seite.

Mir sinkt das Herz in die Hose. »Wollen wir nicht lieber ein Puzzle machen?«

Caroline schüttelt den Kopf und hält mir das Pferd entgegen.

»Oder eine deiner neuen CDs anhören? Das wäre doch auch lustig, oder?«

»Nein.« Sie drückt mir das Pferd in die Hand. »Du kannst Florentina sein und ich bin Bär.«

Ich schlucke, nehme aber das Pferd entgegen.

Caroline bewegt Bärs Kopf, sodass er Florentina ansieht. »Hallo!«

»Hallo«, murmle ich, wider jeder Vernunft irgendwie schüchtern. Diese Rollenspielsache kann Louis viel besser als ich. Er verstellt die Stimme und Caroline macht es ihm nach: Bärs Stimme ist so tief und brummig, wie ihre Kleinmädchenstimme es zulässt. Florentina hat normalerweise eine sehr hohe, piepsige Stimme. Aber ich bringe es nicht über mich, selbst so zu sprechen.

»Wollen wir Verstecken spielen?«, fragt Bär das Pferd. »Du zählst!«

Caroline rennt mit Bär ins Wohnzimmer und ich schließe brav die Augen, während sie ihn versteckt.

»Du kannst kommen!«, brummt Caroline mit der tiefen Bärenstimme. Sie selbst steht mitten im Wohnzimmer und ihrer Miene nach zu urteilen, ist sie ziemlich zufrieden mit Bärs Versteck.

»Wo bist du ... ähm … Bär?«, piepse ich unsicher und hoffe,

dass das als Florentinas Stimme durchgeht. Ich wünschte, ich könnte das hier nur halb so gut wie Louis.

Langsam gehe ich an der Schrankwand entlang und überlege gerade, ob ich hinter den Sofakissen nachsehen soll, da fällt mir auf, dass sich der Vorhang mit einer Ecke am Sofa verfangen hat. Ziemlich sicher, weil Bär dahinter hockt und Caroline in ihrer Eile nicht gemerkt hat, dass sie eine verräterische Spur hinterlassen hat.

Schnell wende ich den Blick davon ab und beginne, die Schranktüren zu öffnen und Florentina hineinsehen zu lassen. Fünf gefühlt endlose Minuten zögere ich den Moment hinaus, in dem Florentina Bär hinter dem Vorhang entdeckt, und ich komme mir dabei unsagbar albern vor.

»Jetzt bin ich mit Suchen dran!«, verkündet Caroline, drückt Bär fest die Pfoten auf die Augen und kneift ihre eigenen zu.

Ich sehe mich hektisch im Wohnzimmer um und spiele einen Augenblick lang mit dem Gedanken, Florentina hinter einer der oberen Türen der Schrankwand zu verstecken, damit ich so schnell nicht weiterspielen muss. Aber natürlich möchte ich nicht, dass Caroline frustriert ist und nie wieder mit mir spielen will.

Schließlich stecke ich Florentina hinter die Sofakissen. »Du kannst kommen, Ca… Bär.«

Caroline und Bär machen sich auf den Weg durch das Wohnzimmer. Ich sehe genau, wie Carolines Blick als Allererstes zu dem Sofakissen huscht, das verräterisch ausgebeult daliegt. Caroline denkt bestimmt, ich halte sie für ein Baby und habe absichtlich ein leichtes Versteck gewählt.

Doch sie wendet sich hastig ab, genau wie ich vorhin, und verkündet laut: »Wo kann Florentina nur sein? Vielleicht unter dem Teppich?« Mit Bärs Pfoten hebt sie den dicken, flauschigen Teppich an und öffnet schließlich wie ich alle Schranktüren und sogar den Klavierdeckel.

Da wird mir bewusst, dass sie mich und meine hingebungsvolle Suchaktion vorhin mühelos durchschaut hat. Natürlich. Caroline ist schlau und ihr entgeht fast nichts. Wahrscheinlich war der festhängende Vorhang nicht einmal ein Versehen, sondern ein Hinweis für mich. Vielleicht ist das Bärs und Florentinas Art zu spielen – und ich weiß das nur nicht, weil meist Louis für diese Art von Spielen zuständig ist.

Bär verlangt noch mehrmals ein »Piep« von Florentina und findet sie schließlich mit überschwänglicher Überraschung auf dem Sofa.

Nach drei weiteren Runden bin ich einfach nur heilfroh, als das Telefon klingelt.

Meine Freude ist allerdings nur von kurzer Dauer, denn am anderen Ende der Leitung meldet sich mein zerknirscht klingender Ehemann: »Unser Computersystem ist zusammengebrochen.«

Ich schweige, damit er weiterspricht, obwohl ich schon ahne, auf was das hinausläuft. Bestimmt nicht auf eine Bitte um Hilfe, denn von Computern verstehe ich genauso wenig wie vom Kochen. Obwohl mich das bisher nie gestört hat, sorgt dieser Gedanke im Augenblick dafür, dass ich mich völlig nutzlos und überflüssig fühle.

»Wir machen alle Überstunden, um die Sache in den Griff zu bekommen. Es könnte spät werden. Also, es *wird* spät werden.« Louis seufzt. »Tut mir leid, Schatz«, fügt er noch hastig hinzu, weil er mein anhaltendes Schweigen offenbar richtig deutet. »Zum Abendessen schaffe ich es auf keinen Fall. Drück Caroline von mir, ja? Ich fürchte, ich komme erst nach Hause, wenn sie schon schläft.«

Was bedeutet, ich werde nicht nur das Abendessen kochen und anschließend die Küche aufräumen müssen, sondern Caroline auch ins Bett bringen. Mindestens eine der drei Aufgaben übernimmt normalerweise Louis – oft sogar das Kochen und auf Carolines ausdrücklichen Wunsch das abendliche Vorlesen.

»Du kannst kommen!«, ruft Caroline in Bärs tiefer Stimme aus dem Wohnzimmer, kaum dass ich aufgelegt habe. Ich lege Florentina hastig auf die Sofalehne. »Tut mir leid, Mäuschen, aber ich muss jetzt kochen. Papi kommt spät nach Hause.«

Caroline schiebt die Unterlippe vor. »Wie spät?«

»Ziemlich spät. Spiel noch ein bisschen mit deinen beiden ... äh, Freunden, während ich das Essen vorbereite, ja?«

Caroline würdigt diese ausweichende Antwort keiner Reaktion. Ich weiß, dass sie traurig ist, weil ich es meistens genau so mache wie sie: mich abwenden, weggehen und die Dinge mit mir selbst ausmachen. Bisher habe ich das immer für ein Zeichen von Selbstbeherrschung gehalten, aber während ich meiner Tochter nachsehe, frage ich mich, ob ihr Schweigen die Dinge nicht nur noch schlimmer macht. Es bricht mir das Herz, dass sie sich mir nicht öffnen will.

Völlig in Gedanken versunken krame ich im Regal nach dem Rezept für das Quinotto, das Louis heute Abend kochen wollte. Wie gerne würde ich stattdessen einfach Brot aufschneiden und Sandwiches für Caroline und mich machen. Aber wenn Louis heute Nacht nach Hause kommt, wird er fragen, warum die frischen Champignons und die Zucchini immer noch im Kühlschrank liegen. Dann werde ich das Gefühl haben, Caroline hätte meinetwegen kein ordentliches Abendessen bekommen, und auf dieses Gefühl kann ich wirklich verzichten. Also beginne ich, die Zucchini in Scheiben zu schneiden, während ich die Champignons schon einmal in eine Schale mit Wasser gebe, weil sie ziemlich schmutzig aussehen. Die Zucchinischeiben schmoren bereits in der Pfanne, als ich die Pilze aus der Schale fische und feststelle, dass sie eine ziemlich glitschige Konsistenz angenommen haben. Vermutlich waren sie zu lange im Wasser. Oder gab es da nicht irgendeine absurde Regel, dass man frische Pilze überhaupt nicht waschen soll? Oder nur unter fließendem Wasser?

Ich greife nach meinem Handy, um das schnell zu googeln, während ich mit der linken Hand in der Pfanne herumstochere, um das Gemüse vor dem Anbrennen zu retten.

Mist, tatsächlich: Frische Champignons haben in Wasser

nichts zu suchen. Leider weiß Google keinen Trick, um die armen Dinger zu retten, wenn sie sich bereits vollgesaugt haben wie ein nasser Schwamm.

Ein dezentes Ploppen weist mich darauf hin, dass gerade eine Nachricht eingegangen ist. Ausgerechnet in der Whatsapp-Gruppe der Turn-Mamis. Einige der anderen Mütter sind sehr mitteilungsbedürftig und ich schaffe es nie, ihre zahlreichen Nachrichten einfach zu ignorieren. Immerhin ist manchmal auch etwas Wichtiges dabei, etwa ein verschobener Termin oder der Hinweis, irgendetwas Bestimmtes zur nächsten Turnstunde mitzubringen.

Dieses Mal allerdings nicht: Es ist eine digitale Osterkarte von Karls Mama. Karl und seine niedliche, pausbackige Schwester strahlen mit Hasenöhrchen-Reifen auf dem Kopf in die Kamera und präsentieren Hände voller bunt gefärbter Eier.

Schon regnet es Kommentare von den anderen Müttern: Euch ebenfalls frohe Ostertage! Was für ein knuffiges Bild! Und: Habt ihr die Eier mit Naturmaterialien gefärbt? Die sehen ja richtig toll aus!

Ich starre mein Smartphone nachdenklich an. In einer Schublade warten gekaufte Farbtabletten auf ihren Einsatz, um die großen weißen Bioeier zu färben. Ob die Farben wohl ungesund sind? Sollte ich lieber auch Naturmaterialien nehmen? Aber welche? Und ob ich am Ostersonntagmorgen beim Eiersuchen auch ein hübsches Foto von Caroline machen sollte, um es in die Gruppe zu stellen – mit lieben Ostergrüßen an alle? Offenbar macht man das so, denn nun schließt sich schon die nächste Mami den Grüßen an, mit einem Bild von Emma und ihrem Papa beim gemeinsamen Ostereierfärben.

Mir entfährt ein kleiner Aufschrei, als die Zucchini mit lautem Zischen und einer Menge Qualm meine Aufmerksamkeit zurückfordert. Schnell lege ich das Handy beiseite, ziehe die Pfanne von der Herdplatte und kratze die nun schwarz-grünen Scheiben von ihrem Grund. Ich kann das Ganze ebenso gut gleich mit der Brühe aufgießen – die Champignons sind so nass, dass ich ohnehin nicht mehr zu versuchen brauche, sie anzubraten. So köchelt das Quinotto bald schon gemütlich auf dem Herd vor sich hin, auch wenn trotz des geöffneten Fensters noch ein beißender Geruch in der Luft liegt.

Erst, als ich den Kompost hinausgebracht und dabei kurz nach Caroline gesehen habe, wage ich einen erneuten Blick in den Chat der Turn-Mamis. Wie zu erwarten: sechzehn neue Nachrichten, darunter noch drei weitere Fotogrüße. Das Bild mit einem zauberhaften Ostertisch samt sattgrünem Tischläufer aus frischer Kresse bekommt den meisten verbalen Applaus.

Ich ertappe mich bei dem absurden Gedanken, morgen einfach heimlich die Tischdeko meiner Schwiegermutter zu fotografieren und in die Gruppe zu stellen. Katrin hat – wie könnte es auch anders sein – einen exzellenten Geschmack: extravagant, aber niemals aufdringlich, minimalistisch, aber nie schnöde.

Doch ein geklautes Bild mit fremder Osterdekoration macht keine bessere Mutter aus mir. Unwillkürlich frage ich mich, ob Caroline wohl irgendetwas davon vermisst. Würde ein Tischläufer aus Kresse Ostern für sie noch besonderer machen? Wären mit Naturmaterialien gefärbte Eier gesünder für sie? Und würde sie sich eines Tages über schöne Erinnerungsfotos von ihr mit Hasenöhrchen freuen?

Die Wahrheit ist, ich weiß es nicht. Sie hat sich nie beschwert, dass ihr etwas fehlt, aber was, wenn ich als Mutter etwas versäume? Wenn alle anderen hübsche Dekoration, tolle Fotos und gesund gefärbte Ostereier auf die Reihe bekommen, dann kann das doch kein Hexenwerk sein. Hastig suche ich ein Rezept für einen zuckerfreien Biskuitteig heraus und speichere es für später. Das wäre ja gelacht. Was die anderen können, das kann ich schon lange. Caroline und die Turn-Mamis werden Augen machen. Und meine Schwiegermutter auch. Niemand wird mehr infrage stellen, ob ich eine gute Mutter bin. Nicht wie in der letzten Turnstunde, als alle mich kopfschüttelnd angesehen haben.

Da fällt mir siedend heiß ein, dass die Praxis für Ergotherapie bald schließt. Den ganzen Tag schon schiebe ich den Anruf dort vor mir her. Aber seit dem Knotendebakel beim Staffellauf lässt Carolines Feinmotorik mir einfach keine Ruhe mehr. Louis und ich waren uns eigentlich einig, dass wir noch ein wenig abwarten wollen, ob Carolines Schwierigkeiten sich von selbst legen. Immerhin war Caroline ja ein Frühchen und nur deshalb mit allem Feinmotorischen ein bisschen später dran. Dafür ist sie bei fast allem anderen genauso weit wie ihre Altersgenossen. In vielem sogar weiter. Sie konnte ja auch so früh sprechen und pünktlich zum ersten Geburtstag laufen. Wir haben damals schon nicht verstanden, warum der Kinderarzt da den fehlenden Pinzettengriff so dramatisch fand. Insgesamt entwickelte sie sich doch großartig – wollte er das denn gar nicht sehen und sie unbedingt auf dieses eine Defizit reduzieren?

»Kommt Papa bald?« Caroline und Bär stehen im Türrahmen und sehen traurig und verloren aus.

Ich bringe die verneinende Antwort nicht über mich. »Mal sehen. Jetzt essen wir erst einmal und anschließend können wir noch zusammen basteln. Wäre das nicht schön?«

Sie verzieht das Gesicht – die Erzieherinnen im Kindergarten behaupten immer, Caroline bastle mit Begeisterung, auch wenn sie bei feinen Arbeiten viel Hilfe brauche. Zu Hause merke ich davon allerdings gar nichts. Dabei wäre es sicher gut, wenn wir das Schneiden, Falten und Kleben regelmäßig üben würden.

»Ich mache vorher nur noch schnell einen Anruf wegen ...« Ich schlucke. »Wegen eines Kurses, zu dem ich dich anmelden möchte.«

»Was für ein Kurs?«

Mir wird heiß und kalt zugleich. Auf keinen Fall möchte ich, dass Caroline sich irgendwie unzureichend fühlt. Das ewige Gerede über Defizite und Nachholbedarf muss doch einfach schlecht für ihr Selbstbewusstsein sein. »Für ... für besonders begabte Kinder«, fantasiere ich hastig. »Nicht jeder darf da hin, aber ich bin mir ziemlich sicher, du bekommst einen Platz. Toll, oder?«

»Ja«, antwortet Caroline, ohne echte Überzeugung.

»Schau mal!« Ich räume Teller und Besteck aus den Schränken und halte ihr den Stapel hin. »Deck du doch den Tisch, während ich kurz telefoniere. Und dann gibt es leckeres Quinotto.«

Ich brauche drei Anläufe, bis jemand meinen Anruf entgegennimmt, und dann würde ich am liebsten auflegen. Aber letzten Endes bekommen wir einen Termin für Ende April und die Dame in der Leitung erklärt mir gerade, dass der behandelnde Kinderarzt ein Rezept ausstellen muss, als lautes Klirren aus dem Esszimmer mich auffahren lässt.

»In Ordnung, wir kümmern uns darum. Auf Wiederhören!«, höre ich mich sagen, während ich bereits mit dem Telefon in der Hand aus der Küche hechte.

»Hast du dir wehgetan?« Ich stürze zu Caroline, die auf dem Boden kniet und einen halben Teller in der Hand hält. Der Rest davon liegt in Scherben um sie herum und die Tränen laufen ihr in Sturzbächen über die Wangen.

»Ich hole ein Pflaster!«, verkünde ich. Oder besser den Verbandskasten? Ich kann gar nicht sehen, wo sie sich verletzt hat und wie schlimm es ist. Ob ich auch eine Pinzette brauche? Der Gedanke an Porzellansplitter in einer blutenden Wunde lässt Panik in mir aufsteigen.

»Nein, mir geht's gut.« Carolines Stimme zittert vor Schluchzern.

»Schon okay, Mäuschen, alles wird gut. Es tut gleich nicht mehr weh!«

»Es tut nicht weh!«

»Ich hole ein Pflaster!« Ich reiße mich von Carolines Anblick los und will ins Badezimmer eilen.

»Kann man damit den Teller zusammenkleben?«, schluchzt Caroline. »Der schöne Teller!«

»Der schöne ...« Zwischen Tisch und Tür bleibe ich stehen. »Du hast dich gar nicht verletzt?«

»Der Teller ist kaputt!« Noch mehr Tränen fließen über ihr Gesicht, tropfen auf ihre Hände und die Tellerscherbe, die sie umklammert hält.

»Nicht bewegen!« Mein Gehirn schaltet in den Automatikmodus. »Ich hole dich da raus, bevor du dir wehtust!« Schnell nehme ich ihr den kaputten Teller weg, hebe sie auf meine Hüfte wie ein Kleinkind und trage sie zum Sofa.

»Bist du dir sicher, dass du nicht verletzt bist?« Ich inspiziere ihre Finger und Handflächen. »Wie ist das denn passiert?«

»Der Teller ist mir aus den Händen gerutscht«, schnieft sie. »Und jetzt ist er ... ist er kaputt!«

»Es war doch nur ein Teller«, versuche ich, sie zu beruhigen. »Wir haben immer noch elf Stück davon. Mehr braucht kein Mensch.«

»Wirklich nicht?«

Ich rechne kurz im Kopf nach, wie viele Personen unsere versammelte Familie ergibt. Aber die Antwort steht schon vorher fest: »Wirklich, wirklich nicht. Ein Teller mehr oder weniger fällt niemandem auf.«

Caroline wischt sich mit der Hand über die Augen und schnieft noch einmal laut.

»Und jetzt warte hier auf dem Sofa, bis ich alle Scherben gefunden habe, ja?«

Sie verspricht es hoch und heilig und spielt in aller Seelenruhe mit Florentina, während ich Scherben aufsammle und zur Sicherheit einmal den gesamten Wohnbereich staubsauge. Gut, dass ich mich wenigstens endlich dazu durchgerungen habe, einen Termin bei der Ergotherapie zu machen. Carolines Motorik wird langsam eine ausgewachsene Gefahr für sie selbst.

Als Caroline an diesem Tag endlich schläft, bin ich versucht, mich selbst ebenfalls direkt ins Bett fallen zu lassen. Dabei ist es gerade einmal halb neun und der Abend noch jung. Nur ich fühle mich steinalt. Das Umziehen und Zähneputzen haben noch ganz gut geklappt – wir haben ein Wettrennen gemacht, wer zuerst den Schlafanzug anhat. Aber beim abendlichen Vorlesen flossen dann doch wie befürchtet die Tränen, weil Louis es nicht rechtzeitig dafür geschafft hat. Und ich habe jetzt schon die unheilvolle Vorahnung, dass der Stress beim Zubettgehen sich in der Nacht rächen wird. So ist das bei Caroline immer.

Innerlich völlig erschöpft lasse ich mich auf das Sofa im Wohnzimmer fallen und starre eine Weile an die Decke. Doch mein Körper ist nicht so müde wie mein vom vielen Organisieren und Sorgenmachen überbeanspruchtes Gehirn; schon bald hieve ich mich in eine sitzende Position und beschließe, den einsamen Abend wenigstens sinnvoll zu nutzen.

Ich überfliege das Rezept für zuckerfreien Biskuitteig auf meinem Handy. Wunderbar, wir haben tatsächlich alles im Haus. Louis wird Augen machen, wenn er nach Hause kommt und ihm der Duft von frischem Kuchen entgegenschlägt. Und wenn ich ihm dann noch eröffne, dass ich nicht nur ein Osterlamm für uns gebacken habe, sondern auch ein zweites als Gastgeschenk für den Besuch bei seiner Mutter ... Ich freue mich schon auf sein Gesicht.

Das Babyphone drapiere ich auf der Anrichte, damit ich die Küchentür schließen kann und Caroline trotzdem höre, wenn sie aufwacht und nach mir ruft. Zurzeit passiert das wieder häufiger. Dann fege ich wie ein Wirbelsturm durch die Küche, krame Küchenwaage und Rührschüssel, Schneebesen und die gusseiserne Form für das Osterlamm, die meine liebe Oma mir vererbt hat und die ich bisher noch nie benutzt habe, aus den Schränken. Das Rühren des Teigs hat eine seltsam beruhigende Wirkung auf mich. Backen liegt mir viel mehr als Kochen. Jedenfalls solange ich mich an die mir bekannten Rezepte halte. Dieses hier stellt sich als ein wenig kniffelig heraus, weil es gleichzeitig vegan, zucker- und glutenfrei ist, aber dafür werden wir das Ergebnis auch mit umso besserem Gewissen essen, da bin ich mir sicher.

Während ich gemahlene Nüsse abwiege, Bananen püriere und Rapsöl abmesse, versuche ich, möglichst wenig an den morgen anstehenden Besuch bei meiner Schwiegermutter zu denken. Ich summe ein altes Kirchenlied, das ich schon als Kind besonders gern mochte. Morgen ist Karfreitag und dann folgt das Osterwochenende. Louis hat die ganzen vier Tage frei und ich hoffe inständig, er bringt nach der Computerpanne heute keine Arbeit mit nach Hause. Nicht an Ostern, auf das Caroline sich schon so lange freut. Und ich auch, wenn ich ehrlich bin. Schon immer war Ostern mein Lieblingsfeiertag – die Hoffnung, das Leben, der Frühling.

Beschwingt schiebe ich die mit Teig gefüllt Form in den vorgeheizten Backofen und spiele kurz mit dem Gedanken, schon jetzt ein Foto für die Turn-Mami-Gruppe zu machen. Doch ich halte mich zurück und sage mir, dass das fertige Osterlamm noch ein viel schöneres Bild abgeben wird.

Ein leises Wimmern aus dem Babyphone lässt mich innerlich zusammenfahren. Hat Caroline wieder einen Albtraum? Wird sie gleich weinend aufwachen und nach mir rufen? Ich schleiche die Treppe hinauf und öffne nahezu lautlos ihre Zimmertür. Im violetten Schein des Nachtlichts sehe ich, dass Caroline sich auf den Bauch gerollt hat – eine Angewohnheit, die mir in ihrem ersten Lebensjahr eine Menge schlafloser Nächte bereitet hat. Aber sie schläft friedlich.

Eine Weile sehe ich meiner Tochter beim Schlafen zu und komme dann gerade noch rechtzeitig in die Küche zurück, um das erste Osterlamm unbeschadet aus dem Ofen zu holen. Kurz abgekühlt löst es sich erstaunlich gut aus der Form, die ich rasch frisch einfette und dann die zweite Ladung Teig einfülle. In der Schüssel ist immer noch ein Rest, den ich kurzerhand in eine Minispringform fülle und gemeinsam mit dem Lamm in den Ofen stelle.

Ich widme mich während der Wartezeit dem Geschirr vom Backen und wische zuletzt erschöpft die Arbeitsfläche sauber, als ich die Haustür aufgehen höre. Louis, endlich. Eine Gelassenheit, wie ich sie sonst nur empfinde, wenn ich selbst die sicheren vier Wände meines Zuhauses betrete, erfasst mich. Allerdings nur für einen kurzen Moment, bis mir einfällt, dass ich auch noch das Quinotto aufwärmen muss – und hoffen, dass er müde und ausgehungert genug ist, um den leicht verbrannten Geschmack und die schwammigen Pilzstücke darin nicht zu bemerken. Das führt sonst nur zu unangenehmen Fragen.

Während Louis Jacke und Schuhe auszieht und dann kurz im Bad verschwindet, spüle ich noch schnell den Lappen aus, und als er im Schlafanzug und nach frischer Seife duftend in die Küche kommt, rühre ich gerade im bereits warmen Quinotto und begrüße ihn mit: »Reich mir einen Teller, dann kannst du sofort essen!«

»Du bist ein Schatz«, seufzt Louis. »In meinem Büro hatte ich nur noch zwei abgelaufene zuckerfreie Müsliriegel.«

Ich hoffe inständig, dass ihm diese Notfallrationen nach Genuss meines Quinottos nicht wie der reinste Festschmaus vorkommen werden. Caroline fand es gar nicht so schlecht, obwohl sie zugegebenermaßen jedes noch so kleine Pilzstückchen aus ihrer Portion herausgesammelt hat.

»Konntet ihr das Problem beheben?« Ich reiche Louis den vollen Teller und er lehnt sich damit an die Anrichte, um im Stehen zu essen.

Nachdem er den ganzen Tag am Computer gesessen hat, ist er ruhelos und vermutlich will er sich auch einfach mit mir unterhalten – aber ich kann das Gefühl nicht ganz abschütteln, unter Beobachtung zu stehen. Ich mag es nicht, wenn mir in der Küche jemand über die Schulter sieht.

»Wir haben keine Daten verloren.« Louis schließt kurz die Augen zu einem stillen Tischgebet, dann schiebt er sich den ersten Löffel Quinotto in den Mund.

Ich wende mich hastig wieder dem Herd zu, um seine Reaktion nicht sehen zu müssen, und bis ich mich wenig später wieder zu ihm umdrehe, spiegeln seine Gesichtszüge, selbst wenn sie je etwas anderes gezeigt haben sollten, nur noch Erschöpfung.

»Ich bin heilfroh, dass es gleich am Morgen passiert ist«, fährt er zwischen zwei Bissen fort. »Sonst hätten wir am Ende die ganze Nacht gebraucht. Oder morgen noch einmal kommen müssen.«

»Aber morgen ist Karfreitag!«, protestiere ich. Louis am höchsten christlichen Feiertag im Büro und ich mit Caroline allein bei seiner Mutter? Was für ein Albtraum!

»Das muss ich nun ja nicht. Übrigens hat der Küchenwecker geklingelt – schon als ich reinkam. Hast du das nicht gehört?«

Ich starre ihn noch einen Moment an und hechte dann zum Ofen, um mein Osterlamm zu retten. Schwarzer Qualm schlägt mir entgegen, kaum dass ich die Ofenklappe öffne. »Oh nein! Das Lamm war für deine Mutter!«

»Oh«, macht Louis nur mit vollem Mund und sieht zu, wie ich mir Topflappenhandschuhe überstülpe und die Form aus dem Qualm berge.

Ich weiß, dass der Kuchen erst auskühlen muss, ehe ich die zweiteilige Form öffnen darf, aber so viel Geduld habe ich nicht. Ich will mit eigenen Augen sehen, wie groß der Schaden ist. Behutsam hebe ich die obere Hälfte der Form ab und entledige das arme Lamm dabei seines linken Ohrs. Abgesehen von diesem kleinen Makel sieht es aber erstaunlich gut aus.

»Das verstehe ich nicht«, murmle ich. »Woher kam denn dann …« Ich schlage mir die behandschuhte Hand gegen die Stirn, stürze abermals zum Ofen und fördere auch die Springform mit dem Rest des Teigs zutage. Teig und Form haben in etwa die gleiche Farbe: Mattschwarz.

»Was sollte das werden?«, fragt Louis, der im Begriff ist, seinen leeren Teller in die Spülmaschine zu räumen. »Ein drittes Osterlamm?« Er nickt zu den anderen beiden auf der Anrichte.

Ich schüttle den Kopf. »Nur der Rest Teig zum Probieren.« Behutsam heble ich das verkohlte Ding mit einem Messer aus der Form und platziere es auf einem Holzbrett. Viel ist da nicht zu retten, das ist mir schnell klar. Ich schneide den Minikuchen in kleine Stücke. Innen ist der Teig nicht verbrannt, höchstens etwas trocken. Es ist nur ärgerlich, dass mir dieses Missgeschick mal wieder vor Louis' Augen passieren muss. Immerhin die Osterlämmer sind geglückt – hoffentlich schmecken sie auch so gut wie im Internet versprochen.

»Hat bei euch alles gut geklappt?«, fragt Louis und lehnt sich wieder an die Anrichte. »Hat Caroline nach mir gefragt?«

»Ja«, erwidere ich und lasse absichtlich offen, auf welche seiner beiden Fragen das die Antwort ist.

Louis nickt nur, greift nach einem Stück des verbrannten Kuchens, beäugt es misstrauisch von allen Seiten und steckt es dann in den Mund.

Dieses Mal habe ich keine Ausrede, um mich abzuwenden. Stattdessen tue ich es ihm gleich. Nur deshalb weiß ich wirklich, wie schwer es Louis fallen muss, in aller Seelenruhe zu kauen und zu schlucken und erst nach einer höflichen Minute Abstand zum Wasserhahn zu gehen und sich ein Glas Wasser einzuschenken.

Kapitel 19 – Chrys

»Du weißt schon, dass das hier ein wichtiges Meeting ist?«

Ich frage mich wirklich, warum ich dem Film beim letzten Mal nichts abgewinnen konnte. Eigentlich ist er wirklich süß. Okay, ein kleines bisschen kitschig und beim zweiten Mal leider noch vorhersehbarer als beim ersten ... aber trotzdem nett.

Stefan und ich sitzen in der hintersten Reihe wie zwei Teenager, die nicht beim Knutschen erwischt werden wollen. Nicht dass wir schon knutschen würden! Aber wir werfen einander ganz teeniemäßig verstohlene Blicke zu und beim Naschen aus der gleichen Popcorntüte streifen unsere Hände sich immer wieder. Es sieht ganz danach aus, als wäre es nur noch eine Frage der Zeit, bis wir der hintersten Reihe alle Ehre machen. Wahrscheinlich ist der Film deswegen dieses Mal so gut.

»Magst du diese Art von Film?«, raune ich Stefan irgendwann zu.

Er steckt sich eine Handvoll Popcorn in den Mund – offenbar muss er seine Antwort zuerst abwägen.

»Es ist okay, wenn nicht«, füge ich hastig hinzu. »Ich weiß, dass die meisten Männer so was nicht so mögen. Es ehrt dich umso mehr, dass du es dir antust!«

»Ehrlich gesagt weiß ich es nicht so genau. Ich hab noch nicht so viel vom Film mitbekommen.« Seine Mundwinkel zucken. »Neben dir zu sitzen, lenkt ziemlich ab.«

Mein Herz macht einen kleinen Hüpfer. »Mir geht es neben dir ganz genauso.« Neben Stefan bekomme ich gerade so viel vom Film mit, dass ich an den richtigen Stellen lachen kann.

»Wahrscheinlich brauchen wir nur etwas Übung«, meint Stefan. »Wenn wir oft genug miteinander ins Kino gehen, legt sich das vielleicht. Und wenn wir einfach mehrmals in den gleichen Film gehen, wissen wir am Ende womöglich sogar, worum es ging.«

»Grandioser Plan!« Nun greife ich hastig in die Popcorntüte. »Das heißt … du willst mich nach heute noch mal wiedersehen?«

»Ähm … ja, ich dachte, das wäre klar. Also, natürlich nur wenn du auch willst. Ich will mich nicht aufdrängen!«

»Ganz und gar nicht! Also … ich will wirklich sehr gerne.«

Stefan strahlt mich an, und weil für den Moment alles gesagt ist, konzentrieren wir uns wieder auf den Film, um anschließend wenigstens irgendetwas darüber sagen zu können. Diesen Abschnitt kenne ich auch noch nicht, weil ich letztes Mal zu früh geflohen bin. Vielleicht wird es jetzt noch mal richtig gut!

Wir knabbern Popcorn und tauschen weitere Blicke. Allerdings stelle ich irgendwann fest, dass ich deutlich häufiger zu Stefan sehe als er zu mir. Er hat nämlich sein Handy aus der Tasche gezogen.

»Verflixt«, murmelt er, ehe ich allzu enttäuscht sein kann. »Ausgerechnet jetzt!«

»Was denn?«, frage ich möglichst besorgt und möglichst wenig neugierig. Es geht mich ja auch eigentlich nichts an.

»Ach, die Arbeit.« Stefan seufzt. »Ich fürchte, da muss ich ganz kurz zurückrufen. Es tut mir echt leid, aber … mein Chef …« Er zuckt mit den Schultern. »Ich bin gleich wieder da, versprochen.«

Stefan reicht mir die Popcorntüte und schiebt sich durch die Reihe nach draußen. Ich sehe ihm zu, wie er die Treppe hinabsteigt und mit gezücktem Handy aus dem Kinosaal schlüpft. Als die Tür hinter ihm zufällt, könnte ich mich eigentlich wieder dem Film zuwenden, aber irgendwie bringe ich es nicht fertig. Ich starre das Stück Dunkelheit an, das aufleuchten wird, wenn Stefan zurückkommt und für einen Moment der Lichtschein aus dem Flur hereinfällt.

Bestimmt dauert das nicht lange. Er wird seinem Chef sagen, dass er gerade keine Zeit hat. Was arbeitet Stefan eigentlich? Erst jetzt wird mir bewusst, dass ich ihn noch nicht danach gefragt habe. Offenbar etwas immens Wichtiges, wenn er sogar im Kino seine Nachrichten checkt und aus dem Saal stürmt, wenn sein Chef angerufen hat. Manager, Abteilungsleiter ... irgendwie so was. Oder er ist einfach sehr pflichtbewusst. Oder kann nicht Nein sagen, weil sein Chef ein Feldwebel ist. Irgendetwas davon.

Die Dunkelheit bleibt dunkel und die Tür geschlossen. Das Pärchen im Film ist jetzt an dem Punkt angekommen, den wir noch nicht erreicht haben: innige Küsse. Nicht in der hintersten Reihe in einem dunklen Kinosaal, sondern in einem verlassenen Flur.

Ein wunderbarer Gedanke streift mein vom Kitsch der Szene überstimuliertes Hirn. Ja, warum eigentlich nicht? Es ist ja nicht so, als würden wir allzu viel verpassen – so gut ist der Film nun auch wieder nicht. Und Stefan hat jetzt sowieso schon den Anschluss verloren. Warum also nicht zu ihm rausschlüpfen und so etwas sagen wie »Ach, ich dachte, wir schreiben lieber unsere eigene Romanze«. Nein, das ist albern. Einfach Taten sprechen lassen. Das ist besser.

Ich stelle das Popcorn auf Stefans hochgeklapptem Sitz ab, nehme aber meine Handtasche mit. Zum Glück ist unsere Reihe fast leer und ich störe nur ein einziges anderes Paar. Dann husche ich die Treppe hinunter und nach draußen.

Das grelle Licht blendet mich im ersten Moment, aber kaum haben meine Augen sich daran gewöhnt, suche ich den leeren Flur nach Stefan ab. Er steht ein paar Meter den Gang hinunter mit dem Rücken zu mir vor einem gigantischen Kinoplakat, das für einen Animationsfilm wirbt. Vielleicht wäre der etwas für unseren zweiten Kinobesuch. Weniger Kitsch, mehr zu lachen.

Ich nähere mich leise, weil Stefan immer noch das Handy am Ohr hat und ich natürlich nicht stören will.

»Du weißt schon, dass das hier ein wichtiges Meeting ist?« Er hört seinem Gesprächspartner einen Moment lang zu. »Du kennst doch meinen Chef! Der wird kein Verständnis dafür haben, wenn ich jetzt abhaue. Ja, das verstehe ich schon. Ja, dann eben jetzt sofort. Ja, ich erkläre es ihm. Ja. Ja doch!« Er läuft beim Sprechen zwei winzige Schritte vor und dann zurück, immer wieder. »Nein, das wird er nicht. Du weißt doch, wie wenig Verständnis er für Kinder und ihre Wehwehchen hat. Ja, ich weiß, das ist natürlich nicht nur ein Wehwehchen, das waren doch nicht meine Worte, sondern was mein Chef sagen wird.« Er seufzt und macht nun seine Minischrittchen nach links und rechts. »Ich weiß. Ich sehe, was ich machen kann. Aber es wird eine Weile dauern, ich muss zuerst ...« Vor lauter Hin- und Hergetippel fällt sein Blick auf mich. »Ich muss jetzt wirklich Schluss machen. Mein ... Ich melde mich dann noch mal.« Er lässt das Handy sinken und drückt mit dem Daumen auf das Icon mit dem roten Hörer. Einmal, zweimal, dreimal. Als wolle er sichergehen, dass es auch wirklich, wirklich aus ist.

Dann zaubert er das Lächeln auf sein Gesicht, das ich nun schon ein kleines bisschen kenne. »Die Arbeit.« Er zuckt mit den Schultern.

Mechanisch schüttle ich den Kopf. Ich will ihm ja glauben, aber Stefan ist ein miserabler Lügner und außerdem weiß ich, was ich eben gehört habe. Nur braucht mein Gehirn noch ein wenig, um alle Teile zusammenzusetzen und das abscheuliche Gesamtbild zu betrachten.

»Mein Chef ist ...«

»Ich bin jedenfalls nicht dein Chef«, höre ich mich sagen. »Und das hier« – ich nicke in Richtung Kinosaal – »ist kein wichtiges Meeting.«

»Ja okay, das habe ich zum Abwimmeln gesagt.« Er lacht nervös. »Ich weiß, es war gelogen. Ich wollte einfach, dass wir ungestört sind. Wollen wir einfach wieder reingehen?«

»Wer war dran?« Ich hasse es, dass meine Stimme klingt, als würde sie gleich in tausend Scherben zerbrechen. Das darf sie nicht. Ich darf es nicht! Ich kenne Stefan erst seit zwei Tagen, und dass er ein mieser Kerl ist, sollte mich nicht so treffen. Aber das tut es. Er hat so echt gewirkt und ich war so naiv, ihm jedes Wort zu glauben. »Das war deine Freundin, oder? Oder ...«, ich schlucke krampfhaft, »... deine Frau. Stimmt doch, oder?«

Stefans Schultern sinken herab. »Chrys, lass es mich erklären, ja?«

»Oh, bitte nicht dieser Satz!«

»Sie ist meine Ex-Frau! Also ... so gut wie!«

»*So gut wie?*« Es soll schneidend klingen, aber selbst in meinen Ohren ist es eher kläglich. Offenbar tue ich Stefan leid, denn er streckt die Hand aus und fasst behutsam nach meinem Arm.

»Wir sind noch nicht geschieden«, seufzt er. »Aber getrennt. Schon lange getrennt.«

»Was will sie dann von dir?«

»Ach, eigentlich gar nichts. Es ist nur wegen unserer Tochter. Sie ...«

»Tochter!« Ich ziehe meinen Arm so ruckartig aus seinem Griff, dass Stefan gefährlich ins Wanken gerät. »Du hast eine Tochter? Du ... du hast eine Tochter und triffst dich hier mit mir, als wärst du nicht ... als würdest du ... Ich fasse es nicht!« Plötzlich kann ich gar nicht mehr genug Abstand zwischen ihn und mich bringen.

»Ich hab die beiden auf dem Weg hierher bei Freunden abgesetzt. Sie ... also meine Tochter, hat sich den Fuß verstaucht und meine ... meine Nochfrau will, dass wir nach Hause fahren.«

»Ich dachte, ihr wärt getrennt?« Jetzt wird es peinlich. Meine Stimme klingt schon ganz schrill.

»Na ja, wir wohnen schon noch zusammen. Aber das zwischen uns ist schon lange vorbei. Wir sind nicht ... wir werden nicht ...«

»Weiß deine Frau das auch?« Einmal entfesselt, kann ich meinen Zorn nicht mehr zurückhalten. »Oder warum erzählst du ihr, du wärst bei einem Geschäftstermin? Ach, spar es dir, ich will es gar nicht wissen! Eine Frau und eine Tochter! Und ich dachte ... du Mistkerl!« Ich hätte nicht übel Lust, ihm meine Handtasche um die Ohren zu hauen, doch das erscheint mir zu theatralisch.

Auch so legen wir hier schon eine filmreife Vorstellung hin, die man bestimmt bis zum Ticketverkauf hört.

»Es ist mir so was von egal, wie die Dinge zwischen dir und deiner Frau stehen ... «

»*Noch*frau!«, fleht Stefan. »Chrys, wirklich, ich ...«

»Aber deine Tochter! Du belügst deine Tochter und das ist das Allerallerallerletzte!« Nun kommen sie auch, die Tränen, mit denen ich schon die ganze Zeit kämpfe. Und weil Stefan, dieser Dreckskerl, die nun wirklich nicht zu sehen braucht, stürme ich ohne ein weiteres Wort an ihm vorbei in Richtung Ausgang.

»Chrys!«, ruft er mir noch nach, aber er folgt mir nicht. Was vermutlich gut ist, weil ich sonst doch meine Handtasche, mit der alles angefangen hat, als Waffe einsetzen müsste. So bleibt mir nur der Heimweg im Stechschritt, um einen kleinen Teil meiner Wut herauszulassen. Dann die Treppen. Die Wohnungstür, die ich zuknalle wie ein nun nicht mehr auf Wolke sieben schwebender, sondern bockiger Teenager. Mein Sofa, auf das ich mich werfe. Und schließlich die pinkfarbene Flamingo-Scrapbookseite, die ich zu Konfetti verarbeite.

Kapitel 20 – Michelle

»Keine Flamingos mehr für mich, danke.«

An die Karfreitage meiner Kindheit habe ich keine speziellen Erinnerungen. Abgesehen vom Fischessen und dem Kirchenbesuch zur Sterbestunde Jesu ging der Tag meist in der kindlichen Vorfreude auf Ostern unter. Nach dem Tod meines Vaters änderte sich das. Mit einem Mal erschien der Karfreitag mir bedrohlich. Eine finstere Wand, die zwischen mir und allem stand, was danach kam: dem Osterfest, dem Frühling, dem Weiterleben. Ein Feiertag, bei dem sich alles um Leid und Tod drehte? Allein beim Gedanken daran wand sich etwas in mir qualvoll hin und her.

Auch jetzt, fast zehn Jahre später, spüre ich die Last dieses Tages schon beim Aufstehen auf meinen Schultern. Das ist unsinnig, denn wenn Beatrice mich nicht daran erinnert hätte, wäre mir gar nicht bewusst gewesen, dass heute Karfreitag ist. Ich hätte mir einen Kaffee gekocht – ohne auch nur einen einzigen Stecker umstecken zu müssen – und hätte mich an Armins Notebook gesetzt, um weiterzuschreiben. Zum Mittagessen hätte ich mir vielleicht ein Schinkensandwich gemacht oder vielleicht eher eine Hühnersuppe aus der Tüte und mir einen Becher Schokopudding zum Nachtisch gegönnt.

So aber sitze ich auf der Bettkante, starre die leere Seite der Matratze an und frage mich, wie ich diesen Tag überstehen soll. Sollte ich in den Gottesdienst gehen? Das tut man immerhin so, am Sonntag und vor allem an einem Feiertag wie dem Karfreitag. So war ich es von klein auf gewohnt, und weil Armin gerne hinging und es ohnehin schwer ist, alte Gewohnheiten abzulegen, begleitete ich ihn eben.

Aber heute will ich nicht hingehen, schon gar nicht nur, weil es sich eben gehört. Komisch, wenn ich so darüber nachdenke, kann ich mich nicht erinnern, diesen Satz jemals von Armin gehört zu haben. Er hat – ganz im Gegensatz zu mir – nie etwas getan, einfach nur, weil es sich eben gehört. Seine Gottesdienstbesuche, seine Gebete vor dem Essen, seine Gedanken über Gott, die sogar Einzug in seine Bücher gehalten haben – all das muss ihn wirklich im tiefsten Herzen bewegt und beschäftigt haben. Denn anders kann ich mir nicht erklären, wie es einen so großen Raum in seinem Leben einnehmen konnte, ohne jemals den Eindruck lästiger Pflichterfüllung zu erwecken.

Aber mich zieht nichts in die Kirche. Am allerwenigsten heute, wo sich Lieder und Predigt nur um Tod und Sterben drehen werden. Tod und Sterben. Sterben und Tod. Wenn mir das Thema als Jugendliche Unbehagen bereitet hat, so ruft es nun eine ganz neue Dimension an Widerwillen und Abscheu in mir hervor. Ich will nicht an den Tod denken.

Ich verschränke die Arme und grabe meine Fingernägel in die Haut an meinen Ellbogen. Will ich Armin wirklich einfach so aus meinen Gedanken schieben? Ihn daraus verbannen, weil ich an nichts denken will, was mit Tod oder Sterben zu tun hat? Die Antwort lautet natürlich Nein. Ich will sehr wohl an Armin denken. Ich tue es immerzu, den ganzen Tag. Aber ich denke nicht an seinen Tod, sondern an sein Leben. An die Gespräche, die wir geführt haben und heute vielleicht führen würden. An die Dinge, die er getan hat, an alles, was er mochte. An seine Vorlieben, Abneigungen und Marotten.

Aber an diesem Karfreitagmorgen ist mir, als könnte ich diesen einen Teil von Armins Leben einfach nicht länger beiseiteschieben und ignorieren. Den letzten Teil, das Ende seiner Geschichte. Seinen Tod. Seit der Beerdigung war ich nicht mehr an Armins Grab, doch ich ahne dumpf, dass die düstere Karfreitagswand mich so lange von Ostern und jeder Hoffnung trennen wird, wie ich es vor mir herschiebe, diesen Schritt zu tun.

Also quäle ich mich endgültig aus dem Bett und gehe nach nebenan in meinen Kleiderschrankraum, wo ich wie ferngesteuert eine schwarze Bluse und dunkelblaue Jeans anziehe. Meine Mutter wäre sehr zufrieden, wenn sie mich jetzt sehen könnte, und allein dieser Gedanke weckt die unbändige Lust in mir, mir stattdessen den kurzen, spitzenbesetzten Rock und das gelbe Shirt mit den Pailletten anzuziehen. Aber ich tue es nicht.

In schicklichem, karfreitags- und witwentauglichem Schwarz schlürfe ich meinen Kaffee, an den ich mich mittlerweile so gewöhnt habe, dass ich ihn mir kaum noch wegdenken kann. Dann gehe ich aus dem Haus, nicke Frau Walther zu, die gerade ihren Sohn samt Frau und Tochter an der Tür begrüßt – vermutlich zum traditionellen Fischessen –, und mache mich auf den Weg die Straße hinunter.

Ich passiere den Stadtgraben, in dem Armin und ich in längst vergangenen, glücklichen Zeiten spazieren gegangen sind. Einen Ritterspielplatz gibt es dort unten, nur ein paar Minuten von unserer Haustür entfernt. Eines Tages hätten wir mit unseren Kindern dorthin gehen können. Wir hätten mit ihnen den großen Turm erklommen, wären durch den Bachlauf gewatet oder hätten alle gleichzeitig auf dem langen Holzbalken geschaukelt, der an unzähligen Seilen hängt und Platz für eine halbe Fußballmannschaft bietet.

Ich weiß nicht, wie viele Kinder Armin gewollt hätte. Nur dass wir früher oder später eine Familie gründen wollten, das ist immer klar gewesen. Es hat zu der Zukunft gehört, die wir uns zuversichtlich und vor allem völlig selbstverständlich ausgemalt haben. Einer so fernen und sicheren Zukunft, dass wir es noch nicht einmal für nötig gehalten haben, großartig darüber zu sprechen. Ich habe Armin nie gefragt, ob er lieber zuerst einen Sohn oder eine Tochter hätte, ob er hoffte, dass seine Kinder einmal seine Liebe zum Geschichtenerzählen teilen würden, oder welches das erste Buch wäre, das er ihnen vorlesen würde.

Vorbei an einem kleinen Teich nähere ich mich der Friedhofskapelle St. Sebastian. Sie ist bei Weitem nicht so eindrucksvoll wie die Kirche in der Altstadt mit ihrem farbenprächtigen Turmdach, aber ich habe schon immer gefunden, dass sie eine gewisse Ruhe ausstrahlt, wie sie sich hier so in die Nachbarschaft schmiegt.

Ich betrete den Friedhof über das Haupttor und laufe an dem alten Gemäuer vorbei. Armins Grab liegt jenseits der hinteren Mauer. Ich weiß noch, wie er mir einmal erzählt hat, dass man früher Selbstmörder außerhalb der Friedhofsmauern zu beerdigen pflegte. In Wolframs-Eschenbach liegen allerdings reihenweise Gräber jenseits der Mauern und das sicher nicht, weil wir eine besonders hohe Selbstmordrate hätten. Es ist einfach so, dass man den zu klein gewordenen Friedhof auf diese Art erweitert hat.

Die baumgesäumte Lichtung, auf die ich durch eine Aussparung in der hinteren Mauer trete, liegt ganz still da. Vor den bereits zartgrünen Bäumen erhebt sich ein großes Holzkreuz hinter den Gräbern und überragt alles mit seiner schlichten Eleganz. Ich bin froh, dass Armins Grab hier draußen ist und nicht innerhalb der ursprünglichen Friedhofsmauern. Die Weite hier am Ortsrand passt so viel besser zu seinem freien Dichtergeist.

Sein Grab sticht heraus, weil es eines von nur drei neuen, noch hügeligen Gräbern hier draußen ist. Die übrigen sind flach und hübsch bepflanzt, mit glatt geschliffenen, sauber beschrifteten Grabsteinen und Einfassungen versehen. Armins Grab bedeckt ein Berg von verwelkten Blumenkränzen und winterlich anmutenden Schalen, die in der frühlingshaften Umgebung irgendwie deplatziert wirken. »Etwas Robustes«, hat die Floristin geplappert, als ich damals den Kranz bei ihr bestellt habe. »Am Ende schneit es gleich noch einmal. Ein bisschen Tannengrün und Artischockenblüten. Aber mit frischen Blumen dazwischen. Das Ganze soll ja hübsch aussehen, nicht wahr?«

Ich habe nicht geantwortet. Es war mir egal, wie der Kranz aussah, und auch, was er kostete – was ihre nächste besorgte Nachfrage war. Auch, ob auf dem Band stehen sollte *In ewiger Erinnerung, Deine Frau* oder *In Liebe, Deine Michelle,* war mir vollkommen gleichgültig. Ich bringe es nicht über mich, Armins Namen und die Daten auf dem Holzkreuz anzusehen. Ich weiß auch so, dass Geburts- und Todesdatum nur siebenundzwanzig Jahre trennen. Die Art Kreuz oder Grabstein, die ungewollt die Blicke Vorbeigehender auf sich zieht, weil die beiden Zahlen sie zum Stutzen bringen und sie überprüfen wollen, ob sie sich vielleicht verlesen haben.

Um mich anders zu beschäftigen, fange ich an, an einer der Schalen herumzuzupfen. Eine verblühte Christrose, die trockenen Zweige eines Nadelbaums und die matschigen Überreste von irgendwelchen Frischblumen. Als ich alles Unansehnliche herausgezupft habe, bleibt nicht viel mehr als schwarze Graberde und die schmutzstarrende cremefarbene Schleife, auf der steht: *In stiller Trauer, Franz und Birgit Echter*. Freunde von Armin, die ich in den vergangenen Jahren nur ein paarmal gesehen habe, weil sie in München wohnen. Aber zu seiner Beerdigung sind sie immerhin gekommen. Traurig eigentlich. Warum schaffen wir es, sobald ein wenig räumliche Distanz uns trennt, nur so selten, uns nahestehende Menschen zu Lebzeiten zu sehen, überwinden die gleiche Distanz aber spielend, um an ihrem Grab zu stehen und uns zu fragen, warum wir nicht schon früher gekommen sind?

Ich wende mich der nächsten Schale zu. Ein Büschel Heidekraut blüht noch darin oder ist zumindest so dekorativ vertrocknet, dass ich es nicht herausreiße. Der Rest ist auch hier hoffnungslos. Und den Kränzen – einer von Armins Eltern, einer von meiner Familie und der Tannengrün-Artischocken-Blumen-Kranz von mir – haben Wind und Wetter übel mitgespielt.

Ich zupfe und rupfe, trage armeweise Blumen und Zweige zum Mülleimer und am Ende ist von den zahllosen Schalen und Kränzen nicht mehr übrig als ein bisschen Heidekraut und ein paar Nadelgewächse. Ich wische mir das Haar aus der schweißnassen Stirn und schaue an mir herab. Meine Kleidung ist jetzt nicht mehr witwen-, sondern gartentauglich. Die Bluse hat Erdflecken, die Knie der Jeans sind ebenfalls schmutzig und in meinen Haaren hängen Blätter. Oh Gott, und es ist ja auch noch Karfreitag! Albernerweise frage ich mich einen Moment lang, wie ich nach Hause kommen soll, ohne dass mich jemand sieht und am Ende denkt, ich hätte ausgerechnet heute meinen Gemüsegarten umgegraben, die Hecke geschnitten oder ein paar Blumenzwiebeln gesteckt.

Doch schon im nächsten Moment schüttle ich den Kopf über mich selbst und meine anständige Erziehung, die da ohne Frage an die Oberfläche gebrochen ist. Was kümmert es mich denn, was die Leute denken? Selbst wenn jemand mich auf meine abgerissene Aufmachung ansprechen sollte, dürfte die Entgegnung, dass ich das Grab meines Mannes in Ordnung gebracht habe, ihnen allen das Maul stopfen.

Ganz bewusst erhobenen Hauptes mache ich mich auf den Heimweg. Ich begegne niemandem, den ich kenne. Eine fremde Familie mit Kinderwagen, ein alter Mann mit Halbglatze, eine vorbeihastende Frau. Niemand scheint mich und meine schmutzige Kleidung auch nur zu bemerken. Dafür empfängt mich ein Schrei an meiner Haustür: »Da bist du ja! Ich hab gerade überlegt, ob ich die Tür eintreten soll!«

»*Meine* Tür?« Ich versuche, Chrys davon abzuhalten, mich zu umarmen, doch sie fällt mir so stürmisch um den Hals, dass jede Warnung wegen des Schmutzes zu spät käme.

»Natürlich *deine* Tür! Ich hab bestimmt zehn Mal geklingelt und du hast nicht aufgemacht.«

»Du hättest also einfach meine Tür eingetreten, um dann festzustellen, dass ich nur ... einkaufen war oder beim Arzt oder so?«

»Am Karfreitag?« Chrys löst sich von mir und wischt sich mit einer Hand ein paar Erdkrümel von ihrem regenbogenfarben geringelten Shirt. »Mir ist absolut nichts eingefallen, was du am Karfreitag vorhaben könntest. Da ... da hab ich mir eben Sorgen gemacht.« Tränen steigen ihr in die Augen und mit ihren kurzen blonden Zöpfen sieht sie dabei so kindlich aus, dass ich sie gleich noch einmal in die Arme schließe. Schmutzig ist sie jetzt sowieso schon.

»Ich war auf dem Friedhof«, eröffne ich ihr, während ich ein bisschen unbeholfen ihren Rücken tätschle.

»Das erklärt die Erde.« Chrys schnieft, macht sich von mir los und wischt sich über die Augen. »Ach, ich bin ein albernes Huhn. Meine Fantasie ist mit mir durchgegangen. Ich ... ich weiß ja, dass du Karfreitag nicht magst, und ich dachte, du warst vielleicht so deprimiert, dass ...«

»... dass ich mich in meiner Badewanne ertränkt habe?«

»Nein!«, ruft Chrys entsetzt. »Aber dass du dich vielleicht hoffnungslos betrunken hast oder so.«

»Das wäre immer noch eine Option für den restlichen Tag, oder? Wir könnten nachsehen, ob ich noch Wein im Vorratsschrank habe.«

Chrys runzelt die Stirn, folgt mir aber ins Haus. Ich weiß, was meine Mutter, Großtante Adelheid und Lara allesamt davon halten würden, doch ich hole tatsächlich eine Flasche Rotwein und zwei Gläser, stelle sie vor Chrys' Nase auf den Esszimmertisch und verkünde: »Schenk schon mal ein. Ich fürchte, ich muss erst mal duschen.«

Chrys schaut mir verdutzt nach, das kann ich sehen, als ich mich auf halbem Weg nach oben noch mal umdrehe. Aber als ich den oberen Treppenabsatz erreiche, hat sie begonnen, die Folie vom Flaschenhals zu friemeln.

Obwohl ich mich eigentlich beeilen will, dusche ich mal wieder viel zu lange und viel zu heiß. Mein Badezimmer erinnert an ein Dampfbad und auf dem Spiegel prangt gut lesbar Armins Nachricht. Am liebsten würde ich mich auf den Badewannenrand setzen und weinen, aber Chrys hat wirklich lange genug auf mich gewartet, also ziehe ich mich stattdessen an, wickle meine Haare in ein Handtuch und haste zurück nach unten.

Chrys sitzt vor zwei vollen Weingläsern am Esszimmertisch und tippt auf ihrem Smartphone herum. Als sie mich sieht, steckt sie es hastig in die Hosentasche zurück. »Schreibst du deinem Flamingo-Lover?« Ich versuche mich an einem Grinsen, das vermutlich ein wenig schief gerät. Chrys grinst ähnlich schief zurück.

»Nein …«, sagt sie gedehnt. »Keine Flamingos mehr für mich, danke.«

»Warum nicht? War dein Date so katastrophal?«

Sie schnaubt.

»Was ist passiert?« Ich strecke die Hand nach ihr aus, aber Chrys schüttelt mich ab.

»Nicht. Sonst fange ich an zu heulen.« Hastig greift sie nach einem der Weingläser und mir bleibt nichts anderes übrig, als ihr gegenüber Platz zu nehmen.

»Ist er … stattdessen mit einem Flamingo durchgebrannt?«, versuche ich zu scherzen und greife ebenfalls nach meinem Glas. »Oder … warte … er ist eigentlich …«

»… verheiratet«, knurrt Chrys.

»*Was?*«

Sie trinkt einen großen Schluck aus ihrem Glas. »Er ist eigentlich verheiratet. Angeblich nicht mehr lange.«

»Also sind seine Frau und er … getrennt?«

»Das sagt er zumindest. Aber sie teilen offenbar immer noch ein Haus und vermutlich auch ein Bett. Und haben eine gemeinsame Tochter. Und ich werde ganz bestimmt weder sein Alibi für eine Scheidung sein noch seine Affäre. Ich hab ihn im *Capitol* stehen lassen.«

»Oh.«

»Ja, so kann man das sagen.«

Ich starre auf meine Hände, die das Weinglas halten und beim beständigen Drehen unansehnliche Fingerabdrücke darauf hinterlassen. »Tut mir leid … das war nicht sehr hilfreich.«

»Ich wüsste auch nichts Hilfreiches, das es da noch zu sagen gäbe.« Schwungvoll knallt Chrys ihr Weinglas auf den Tisch und leckt sich anschließend ein paar Tropfen von den Fingern. »Warum hab ich eigentlich immer so ein Pech mit den Kerlen?« Sie wartet nicht auf eine Antwort. »Der letzte halbwegs anständige

Mann in meinem Leben war Christian – und der ist nie über seine Sandkastenfreundin hinweggekommen und ich war ruck, zuck abgeschrieben, als die sich endlich seiner erbarmt hat. Und nach ihm wurde es mit jedem Kerl schlimmer! Zuerst der Workaholic, der quasi auch verheiratet war, nämlich mit seinem blöden Schreibtisch. Dann der Psycho mit dem Smart und den acht Hauskatzen, der meine alten Schulfotos zu unserem zweiten Date mitgebracht hat. Ach ja, und das Muttersöhnchen, das mit seinen dreißig Jahren noch immer in seinem unveränderten Kinderzimmer wohnt und noch nicht einmal Nudeln kochen kann. Ich könnte schreien!«

»Ja, ich schätze, der Richtige war wirklich noch nicht dabei«, stelle ich, erneut wenig hilfreich, fest. »Ach Chrys, ich weiß auch nicht, warum. Du hättest es so verdient, endlich einen richtigen Traumprinzen kennenzulernen.«

Chrys blickt in ihr Glas. »Aber bitte ohne Gaul, ja? Ich kann Pferde nicht ausstehen.«

Ich pruste in meinen Wein. »Man könnte meinen, du wärst ein richtiger Tierhasser. Katzen, Flamingos, Pferde ...«

»Flamingos mag ich trotzdem noch. Die sind pink. Und Katzen sind auch toll. Aber nicht im Rudel auf dem Sofa.«

»Und Pferde?«

»Meine Eltern haben sich in einer Reithalle kennengelernt.«

Ich sehe überrascht von meinem Weinglas auf. »Das wusste ich gar nicht.«

»Muss eine unheimlich romantische Geschichte gewesen sein«, brummt Chrys. »Jedenfalls braucht mir niemand auf einem weißen Schimmel daherreiten. Warum grinst du?«

»Du hast weißer Schimmel gesagt.«

Chrys runzelt die Stirn und betrachtet mich, als wäre ich dabei, den Verstand zu verlieren. »Na und?«

»Das ist ein Pleonasmus. Ein literarisches Stilmittel. Der weiße Schimmel. Der alte Greis. Das Gratisgeschenk. Frag Ar...« Ich verstumme schlagartig und schaue in mein Weinglas. Stillschweigend – auch ein Pleonasmus. Aber nach weiteren Beispielen kann ich Armin nicht fragen.

»Ach Süße.« Chrys streichelt mir wie einem Kind übers Haar. »Warst du heute ... das erste Mal bei ihm?«

»An seinem Grab?«, schniefe ich. Obwohl ich weiß, dass sie seinen Körper dort begraben haben, ist der Friedhof nicht der Ort, an dem ich das Gefühl habe, bei Armin zu sein. Nicht wo er doch hier in unserem gemeinsamen Zuhause so viel präsenter ist, so viel anwesender. Ich finde ihn in jeder Ecke des Hauses, in jedem Winkel meines Herzens.

Chrys nickt, obwohl ich auf ihre Frage nicht antworten kann. In meinem Hals steckt ein dicker Kloß und hindert mich daran, auch nur vernünftig Luft zu holen.

»Ich hab sein Buch gelesen«, flüstert Chrys. »Den ersten Band. Gestern Nacht. Deshalb bin ich hergekommen. Ich wollte mit dir ...« Sie presst die Lippen fest zusammen. »Es ist so wunderschön. Alles daran. Wie er das Land beschreibt und die Personen ...«

»Figuren«, korrigiere ich automatisch, obwohl meine Stimme eher wie ein Krächzen klingt.

Chrys mustert mich fragend.

Ich schlucke kräftig, um den Kloß in meinem Hals loszuwerden. »In einem Roman spricht man von Figuren. Personen heißen nur echte Menschen wie du und ich.«

»Aber das ist es ja! Ich habe das Gefühl, sie wären echt. Ihr habt Esmé, Eli, Alan und Rose und all die anderen nicht zufällig auf eurem Dachboden versteckt?«

Trotz der Tränen muss ich lächeln. »Doch. Unter dem Dach in Armins Arbeitszimmer. Ich hab sie noch nie gesehen, aber Armin hat sich immer mit ihnen unterhalten.«

Chrys lacht und presst sich gleich darauf die Hand vor den Mund, um das Geräusch zu dämpfen. »Das sieht ihm ähnlich. Und du? Redest du auch mit ihnen?«

»Manchmal.« Ich betrachte mein noch fast volles Weinglas.

»Mit Armin auch, um ehrlich zu sein. Es ist …« Ich stocke, schaue an die Decke, dann in mein Glas, kurz zu Chrys und wieder an die Decke. »Es ist, als wäre er irgendwie noch hier.« Dann füge ich schnell hinzu: »Nur in meiner Erinnerung natürlich. Ich weiß einfach so genau, was er sagen würde, wenn er noch …« Vorsichtig schiele ich aus dem Augenwinkel zu Chrys, um zu sehen, ob sie mich vielleicht auslacht oder bereits ihr Handy gezückt hat, um einen Psychiater zu kontaktieren. Doch sie beobachtet mich einfach nur nachdenklich.

»Hältst du mich für verrückt?«

Chrys schüttelt den Kopf. »Nicht verrückter als Armin, wenn er mit den Pers... bzw. Figuren aus seinen Büchern geredet hat. Und mit denen könnte ich mich glatt auch unterhalten. Sie wirken so real … und irgendwie auch wieder nicht. Ich meine, glaubst du, so einen Mann wie Eli gibt es wirklich? Das wäre ja zu schön, um wahr zu sein!«

Ich starre wieder auf mein Weinglas. »Ich fand immer … na ja, er hat mich ein bisschen an Armin erinnert«, flüstere ich. »Ein bisschen nur. Aber er wollte davon nichts hören. Eli stellt immerhin gewissermaßen Jesus dar. Er ist eine Allegorie.«

»Eine was?«

»Eine Allegorie. Eine Metapher. Ein Symbol. So eine Art Vergleich.« Ich hole tief Luft. »Armin sagt, Jesus und seine Gemeinde werden manchmal als Bräutigam und Braut bezeichnet. So wie Eli und Esmé.«

»Aber jetzt wurde Eli doch aus Neema verbannt!«, fährt Chrys auf. »Er musste sein Land verlassen. Und Esmé!«

Ich nicke. »Weil er sich für Esmé geopfert hat. Sie war es, die verurteilt worden wäre. Aber aus Liebe zu ihr nahm Eli alle Schuld auf sich und ging in die Verbannung.«

»Kommt er wieder?«, fragt Chrys atemlos.

Ich muss lächeln. »Du willst nicht wirklich, dass ich dir das Ende der Geschichte verrate?«

»Doch!« Chrys klatscht ihre Hand so energisch auf den Tisch, dass der längst in Vergessenheit geratene Wein in den Gläsern schwappt. »Doch, und wie ich das will!«

»Ich verrate dir nur eines: Das letzte Buch heißt *Die Heimkehr des Bräutigams*«.

Ihr Gesicht hellt sich merklich auf. »Und damit ist Eli gemeint? Oder ... Jesus? Wie passt das denn zusammen?«

»Na ja, Jesus soll auch gesagt haben, dass er eines Tages wiederkommt. Armin hat das geglaubt, schätze ich.« Ich schüttle den Kopf über mich selbst. »Nein, ich *weiß*, dass er das geglaubt hat. Er hat gesagt, am Ende aller Tage wird Jesus zurück auf die Erde kommen und seine Braut ... also die Gemeinde ... nach Hause holen.«

»Und dafür sind Eli und Esmé eine ... Alle...-Dings?«

»Ja.«

»Und Alan? Oh, warte, lass mich raten!« Chrys kneift die Augen zusammen und versucht anscheinend, sich an dreizehn Jahre Religionsunterricht zu erinnern. »Judas ... nein, Petrus! Er verleugnet Eli, aber eigentlich ist er sein Freund. Für wen steht Rose?«

»Rose?« Ich versuche, mich zu entsinnen, ob Armin irgendetwas über Rose' Bedeutung erzählt hat, doch ich habe keinerlei Erinnerung an so ein Gespräch. Eigentlich erschien Rose mir, so kämpferisch und schillernd Armin sie auch gezeichnet hat, immer wie eine eher unbedeutende Nebenfigur. »Ich weiß nicht, ob sie auch für irgendwen steht.«

Chrys' Schultern sacken ein wenig nach unten. »Schade. Sie mochte ich am liebsten. Sie ist so ...« Sie schaut sich in meinem Wohnzimmer um, als hoffe sie, irgendwo das richtige Wort herumschwirren zu sehen. »... ein bisschen wie eine Schwester.«

»Esmés Schwester?«, frage ich perplex.

»Nein.« Chrys streicht sich eine blonde Haarsträhne aus dem Gesicht, aber die Geste kann nicht davon ablenken, dass ihre Wangen ganz rot geworden sind. »Meine Schwester. Die ich ja nicht habe. Abgesehen von Dahlia.« Sie rollt die Augen. »Rose ... Es ist fast, als würde ich sie schon lange kennen.«

Ich beiße mir auf die Lippe und rufe mir die Szenen aus *Neema* in Erinnerung, in denen Rose vorkam. Ihre großen Pläne, ihre tiefe Sehnsucht, ihr überschwängliches Wesen. »Ich glaube, ich weiß, was du meinst«, gebe ich nach einer Weile zu. »Sie könnte wirklich so was wie deine Schwester sein.«

Chrys lächelt mich an, scheinbar dankbar, dass ich sie nicht auslache. »Übrigens«, erklärt sie betont heiter, »kann ich dir jetzt auch sagen, was den Abschnitt, den du geschrieben hast, von Armins Buch unterscheidet.«

»Ach ja?«

»Allerdings.« Chrys strahlt mich an. »Warte einen Moment!« Sie nestelt an ihrer Hosentasche herum und zieht ein mehrfach gefaltetes und ziemlich zerknittertes Blatt Papier aus der Hosentasche. Als sie es auf dem Tisch ausbreitet, sehe ich, dass es meine erste Manuskriptseite ist. »Hier. Du schreibst zum Beispiel ...«

»Nicht vorlesen!«, rufe ich, doch Chrys fährt unbeirrt fort: »›Sie sah traurig aus.‹ Aber Armin würde so etwas schreiben wie ... wie: ›Sie ließ die Schultern hängen, als ob zentnerschwere Gewichte daran hingen‹ oder: ›Sie sah aus wie eine halb vertrocknete Blume mit hängendem Kopf‹.« Sie wirft die Arme in die Luft. »Na gut, Armin könnte es vermutlich viel schöner ausdrücken. Aber verstehst du, was ich meine? Er *schreibt* nicht, dass etwas so ist, wie es ist, sondern er *zeigt* es, ganz ohne es zu sagen. Jeder weiß, dass Esmé traurig ist, wenn sie die Schultern oder den Kopf hängen lässt.«

Ich fange an, auf meinem linken Daumennagel herumzukauen – etwas, das ich schon lange nicht mehr getan habe. »Ich glaube, du hast recht. Armin hat mit seinen Worten Bilder gemalt und nicht einfach unumstößliche Tatsachen verkündet. Aber ... meinst du, das bekomme ich auch hin?«

»Na, aber sicher!«, ruft Chrys. »Hast du einen Stift da?«

»Wozu?«

»Wir brainstormen jetzt gemeinsam.« Schwungvoll dreht sie das bedruckte Papier um, sodass die weiße Rückseite nach oben zeigt. »Das hier wird dein Lexikon der Wortbilder. Wenn dir beim Schreiben mal nichts einfällt, schaust du einfach hier nach.«

Und so machen wir es. Ich organisiere einen Kugelschreiber, den Chrys mir sogleich entreißt, und dann sitzen wir an meinem Esszimmertisch und denken uns bildhafte Formulierungen für Gefühle aus, bis unsere Weingläser leer sind und unsere Ideen zunehmend verrückter werden.

Kapitel 21 ~ Lara

»Ich verursache meinem Enkelkind Essstörungen?«

Warum genau noch mal war Ostern immer mein Lieblingsfeiertag?

Während ich am späten Karfreitagmorgen durch das Haus hetze, kann ich mich beim besten Willen nicht mehr daran erinnern. Wo in aller Welt ist das zartrosafarbene Seidentuch, das ich zu meiner Bluse tragen wollte? Ohne sieht sie nichtssagend und farblos aus trotz des funkelnden Glitzergarns im grauen Stoff.

»Lara, das Fenster im Badezimmer ist noch offen!«, ruft Louis von oben.

Ich nehme einen Stapel unterschiedlicher Schals aus dem Garderobenschrank und sehe ihn durch, obwohl ich weiß, dass das Tuch hier nicht sein kann. »Dann mach es zu!«, rufe ich in Richtung Treppe. »Bitte!«

Ein kurzer Blick auf mein Handgelenk lässt mich in Panik ausbrechen. Wenn wir jetzt nicht aus dem Haus kommen, treffen wir verspätet bei meiner Schwiegermutter ein und ich weiß, dass sie Unpünktlichkeit nicht leiden kann.

Aus dem Wohnzimmer ertönt ein Niesen und erinnert mich daran, dass es dringendere Dinge einzupacken gibt als mein rosafarbenes Tuch – auch wenn mein Hals sich unsagbar nackt und leer anfühlt. Widerwillig verlasse ich die Garderobe.

»Wie sieht es aus, Spätzchen?« Ich lege die Hand auf Carolines Stirn. Sie ist nicht warm, nur die Nase läuft und ihre Laune ist im Keller. Die Nacht, die so gut angefangen hat, war dann doch noch miserabel und hat mit Caroline zwischen uns geendet, weil sie nicht mehr einschlafen konnte. Das wundert mich nicht, jetzt, wo ich weiß, dass eine Erkältung im Anmarsch ist.

Am liebsten würde ich Caroline und mich für heute entschuldigen, aber Louis findet das übertrieben. Abgesehen von der Schnupfennase fehlt Caroline ja nichts.

»Ich habe genug Taschentücher dabei«, versichere ich mehr mir als ihr und hole zur Sicherheit auch noch eine Packung Hustenbonbons aus dem Medizinschrank. Selbst wenn Caroline nicht hustet, heben die süßen Drops vielleicht wenigstens ihre Stimmung.

»Können wir jetzt los?« Louis kommt die Treppe herunter und geht auf direktem Weg zur Garderobe. »Was ist mit dem Stapel Schals?«

»Ich suche mein rosa Tuch.« Eine Hand wandert wie von selbst zu meinem nackten Hals, während die andere Caroline ebenfalls in Richtung Garderobe schiebt.

»Dann trag doch einfach dieses hier.« Er nimmt das oberste vom Stapel – es ist senfgelb.

»Das passt aber überhaupt nicht dazu!«, protestiere ich.

Louis schlüpft in seinen Mantel. »Das bemerkt doch keiner.«

Ich kann nicht umhin, ihn ungläubig anzusehen. Es kann unmöglich sein, dass er seine eigene Mutter so falsch einschätzt. Katrin Fontaine ist die erste Person auf diesem Planeten, der so etwas auffällt und die selbst garantiert immer bis auf den Farbton ihres dezenten Puderrouges in stilvolle Harmonie gehüllt ist.

So verlasse ich das Haus lieber ohne Schal, wickle dafür aber ein besonders flauschiges Exemplar um Carolines Hals, ehe ich sie durch die Tür und zum Auto bugsiere. Normalerweise freut sie sich, wenn wir Omi besuchen, doch heute macht sich die schlechte Nacht bemerkbar und Caroline schmollt die gesamte Autofahrt über.

Louis' Mutter empfängt uns an der Tür und nimmt Caroline und mir galant die Mäntel ab, die auf Kleiderbügeln in der Garderobennische landen. Aus der Küche schlägt uns bereits der zartwürzige Geruch von Rosmarin und Cayennepfeffer entgegen.

»Lara, meine Liebe.« Meine Schwiegermutter haucht mir links

und rechts ein Küsschen auf die Wange. »Was für eine hübsche Bluse. Und Carolines Haare sind auch wieder so wunderschön geflochten.«

»Danke. Du siehst auch fabelhaft aus.« Das stimmt. Sie trägt einen nachtschwarzen Pullover, der verdächtig nach Kaschmir aussieht, und ihr Loopschal greift exakt den Farbton ihrer perfekt manikürten Nägel auf. Kaum zu glauben, dass sie in diesem Outfit in der Küche steht und Fisch kocht. Wie macht sie das nur, ohne sich dabei einen Nagel abzubrechen oder Soßenflecken auf ihren Schal zu bekommen?

Ehe sie selbst wieder in der Küche verschwindet, führt Katrin uns ins Esszimmer. Der Raum wirkt trotz seiner erschlagenden, dunklen Eichenmöbel nicht verstaubt, sondern auf eine elegante Art altmodisch. Durch die raumhohen Fenster flutet um diese Tageszeit selbst bei dem eher tristen Wetter ausreichend Sonnenlicht und ich stelle mir vor, wie ein jüngerer Louis vor vielen Jahren an diesem massiven Holztisch saß und dort seine Hausaufgaben erledigte, während seine Schwestern im Wohnzimmer nebenan mit Geigespielen oder Aquarellmalen beschäftigt waren. Das ist natürlich Blödsinn und eher an irgendeinen Roman von Jane Austen angelehnt als an die Lebenswirklichkeit einer Familie des 21. Jahrhunderts, aber es passt so ausgezeichnet, dass ich einen Moment in diesem Bild versinke und voller Zuneigung den jungen Louis meiner Fantasie beobachte.

»Kann ich neben Omi sitzen?« Caroline deutet auf ihren Wunschplatz neben der Stirnseite und ich bejahe, ehe Louis sie darauf hinweisen kann, dass dort eigentlich immer er sitzt. Und das schon seit seiner eigenen Kindheit.

Caroline klettert glücklich auf den gepolsterten Stuhl und inspiziert die zu einer Schleife gefaltete Serviette auf ihrem Teller. Ich habe nicht die Ruhe, mich ebenfalls bereits zu setzen, und wende mich stattdessen der Wand über der Kommode zu, wo Katrin Familienbilder aus vier Jahrzehnten arrangiert hat. Jedes einzelne Foto ist sorgfältig ausgewählt und in einen schmalen

Rahmen aus dunklem Holz gefasst. Das größte ist das Hochzeitsfoto von ihr und ihrem Mann. Ich kenne und mag dieses Bild. Als junge Braut strahlt meine Schwiegermutter eine solche Liebe aus, dass sie mich an ihre Tochter Beatrice erinnert. Ihr Bräutigam hat in einer sehr zärtlichen Geste eine Hand auf ihre Schulter gelegt und sieht zu ihr statt in die Kamera. Ich wünschte, ich hätte meinen Schwiegervater kennengelernt – er sieht gutmütig aus und die Lachfältchen, die seine Augen schon in jungen Jahren zierten, lassen mich vermuten, dass er der Humorvollere in dieser Ehe war. Das legen auch die Erzählungen seiner Kinder nahe, allesamt sehr liebevoll und natürlich wehmütig. Immerhin war selbst Louis als der Älteste erst neunzehn Jahre alt, als sein Vater starb, und seine beiden Schwestern noch jünger. Ich weiß, wie schwer es für ihn war, dass sein Vater weder bei unserer Hochzeit dabei sein konnte noch sein erstes Enkelkind kennengelernt hat.

Ich betrachte die Familienfotos an Katrins Wand. Sorgfältig durchkomponierte Fotografenaufnahmen vor weißer Leinwand, aber auch gelungene Schnappschüsse auf dem heimischen Sofa. Der kleine Louis ist mit seinen dunklen Locken so niedlich, dass ich das erwachsene Exemplar neben mir am liebsten unvermittelt in den Arm nehmen würde. Aber irgendwie erscheint mir diese Geste fehl am Platz, obwohl er mein Mann ist. Prompt in diesem Moment kommt auch schon seine Mutter herein und ich bin froh, dass ich es nicht getan habe.

»Darf ich euch Wasser einschenken?« Sie greift nach der Glaskaraffe auf dem Esstisch, stutzt kurz, als sie Caroline auf Louis' Platz sitzen sieht, füllt dann aber ohne ein Wort die Gläser.

»Der Fisch ist schon fertig, aber die Rosmarinkartoffeln brauchen noch ein Minütchen«, eröffnet uns unsere Gastgeberin dann. »Setzt euch doch schon einmal. Louis, du siehst übernächtigt aus. Ich hoffe, du hast über Ostern ein paar Tage frei?«

Louis bejaht und rückt sich einen Stuhl zurecht. »Ich freue mich auf eine Pause. Die letzten Tage waren anspruchsvoll.« Von den Serverproblemen am Vortag sagt er nichts – in solche Details aus seinem Arbeitsleben weiht er seine Mutter grundsätzlich nicht ein. Deshalb kann sie auch nicht ahnen, wie viele Überstunden ihr Sohn macht. »Und die Nacht«, fährt er stattdessen fort, »war auch nicht besonders erholsam. Ich hatte nur meine halbe Matratze für mich. Höchstens.« Er lässt sich auf seinen Platz sinken und zwinkert Caroline zu, die betreten auf ihre Serviette hinabblickt.

Katrin stellt die Karaffe auf den Tisch zurück und sieht von Louis zu Caroline und schließlich zu mir. »Schläft sie etwa immer noch in eurem Bett?«, fragt sie gedämpft, als könne Caroline sie dann nicht hören.

Unsere Nächte sind wirklich nichts, was ich mit meiner Schwiegermutter besprechen will. Aber jetzt ist die Katze nun einmal aus dem Sack und Katrin erwartet eine Antwort.

»Also ... nein, eigentlich nicht«, winde ich mich aus der Sache heraus. »Nur, wenn sie schlecht schläft. Dann kommt sie zu uns.«

»Und das ist in Ordnung für uns«, fügt Louis schnell hinzu. »Sie muss nicht alleine in ihrem Bett bleiben, wenn sie einen Albtraum hatte oder so etwas.«

Oder so etwas? Ich suche verzweifelt nach einer eleganten Art, das Thema zu wechseln, aber mir fällt nichts ein.

»Aber für eure Ehe ist das gar nicht gut«, gibt Katrin schon zu bedenken und ich spüre prompt, wie mir die Hitze in die Wangen steigt. Schnell greife ich nach meinem Wasserglas und nippe daran.

»Und für Caroline auch nicht«, fährt meine Schwiegermutter unbeirrt fort. »Ein Kind gehört doch nicht ins Ehebett. Kein Wunder, dass sie da schlecht schläft! Das müsst ihr bald in den Griff bekommen, sonst schläft sie nie in ihrem eigenen Bett.« Ihr Blick ruht immer noch auf mir. »Ich habe schon damals gesagt, dass du sie zu lange gestillt hast. Das hat ihren natürlichen Schlafrhythmus völlig aus dem Gleichgewicht gebracht.«

Ihren Schlafrhythmus? Caroline war noch nie eine große Schläferin. Zum ersten Mal durchgeschlafen hat sie mit drei

Jahren und tut es auch seitdem eher sporadisch als regelmäßig. Als Säugling hat sie kaum jemals mehr als eine Stunde am Stück geschlafen und es gab eine Zeit, da nickte ich tagsüber regelmäßig am helllichten Tag auf dem Sofa ein, wenn Caroline endlich ihren Mittagsschlaf machte und ich einen Moment Pause hatte. Am besten schlief sie damals in der Babytrage oder zwischen uns eingekuschelt und so blieb sie auch noch in unserem Bett, als ich längst abgestillt hatte – kurz vor Carolines erstem Geburtstag, was in den Augen meiner Schwiegermutter viel zu spät war.

»Unser Kinderarzt findet ein knappes Jahr genau richtig. Und die Weltgesundheitsorganisation empfiehlt sogar zwei Jahre.«

»Um Himmels willen, ein zweijähriges Kind stillen! Das kann nicht dein Ernst sein, Lara!«

»Das hat sie ja nicht«, greift Louis beschwichtigend ein.

»Und beim nächsten Kind hast du es auch nicht vor, will ich hoffen?«

Ich verneine brav und hoffe inständig, dass sie nicht wieder fragt, wann wir denn endlich ein zweites Kind bekommen wollen. Unsere Familienplanung ist ein Thema zwischen Louis und mir und schon wir beide sind uns dabei nicht einig. Da brauchen wir nicht noch eine weitere Meinung, die es zu bedenken gilt.

»Aber Stillen soll ja auch gut für die Intelligenz sein.« Louis nimmt einen großen Schluck Wasser. »Und schau dir unsere kleine Caroline nur an, wie begabt sie ist und wie gut sie sich ausdrücken kann.«

Davon merkt man gerade allerdings nichts. Caroline friemelt an ihrer Serviette herum und sagt keinen Ton. Ich bin versucht, ihr noch einmal die Hand auf die Stirn zu legen, um zu sehen, ob nun nicht doch Fieber dazugekommen ist. Sie macht einen sehr kränklichen Eindruck.

»Nun ja, ich hole jetzt das Essen.«

Damit verschwindet Katrin aus dem Raum und Louis sieht mich vorwurfsvoll an. »War das wirklich notwendig?«

»Ich habe doch nur ...« Ich schlucke trocken und greife hastig nach meinem Wasserglas. »Das Thema ist doch schon lange Geschichte.« Himmel, ich stille seit über fünf Jahren nicht mehr! »Und meistens schläft Caroline ja auch in ihrem eigenen Bett.«

»Zumindest schläft sie dort ein.« Louis will ihr über den Kopf wuscheln, doch Caroline duckt sich weg. Von ihrer Freude über den Platz neben Omi ist nichts mehr zu merken.

Leider verbessert das Essen ihre Stimmung nicht. Sie ist zu gut erzogen, um es zuzugeben, aber die Rosmarinkartoffeln schmecken ihr nicht und Fisch mochte sie noch nie besonders gerne. Lustlos stochert sie in ihrem Essen und trinkt zwischendurch häufiger und mehr, als sie es normalerweise tun würde.

»Nun komm schon, Caroline«, ermuntert Katrin sie, nachdem sie eine Weile zugesehen hat. »Wenn du hübsch deinen Teller leer isst, gibt es zum Nachtisch Schokoladenpudding mit Himbeeren.«

Louis schluckt seinen letzten Bissen hörbar hinunter, tupft sich den Mund mit der Serviette sauber und meint behutsam: »Mutti, das hat man vielleicht früher so gemacht, aber heute weiß man, dass Süßes niemals als Belohnung ausgelobt werden sollte, um Kinder dazu zu bringen, mehr zu essen. Caroline soll nicht denken, der Fisch ist das notwendige Übel, um an etwas Besseres zu kommen. Außerdem soll man Kinder auch gar nicht dazu anhalten, mehr zu essen, als sie selbst es wollen. Das verursacht Essstörungen, weißt du?«

Katrin lässt die Gabel sinken. »Ich verursache meinem Enkelkind Essstörungen?«

»Sicherlich nicht mit Absicht«, lenkt Louis ein, verstummt aber unter dem Blick seiner Mutter.

»Hast du etwa Essstörungen? Oder ein anderes meiner Kinder?«

»Nein, aber ...«

»Das wollte Louis doch damit gar nicht sagen«, fühle ich mich verpflichtet einzugreifen, obwohl ich mich lieber heraushalten und stumm meinen Fisch essen würde. »Er wollte dir keinen

Vorwurf machen oder behaupten, du hättest das damals falsch gemacht. Es ist nur so, dass es Studien gibt, die belegen, dass man das natürliche Sättigungsgefühl von Kindern respektieren sollte, um Essstörungen ...« Ich beende den Satz nicht, weil Caroline neben mir plötzlich zu weinen anfängt. »Schätzchen, was hast du denn?« Ich lasse mein Besteck sehr unschicklich fallen und umfasse Carolines Schultern. »Hast du dich gebissen? Oder verschluckt? Was ist denn los?«

»Ich ... ich will ...« Vor Schluchzern braucht Caroline mehrere Anläufe, ehe sie den Satz herausbringt. »Ich ... will aber ... Schokoladen... Schokoladenpudding und ... und Himbeeren!«

Katrin wirft mir einen vorwurfsvollen Blick zu, ich bin nicht sicher, ob wegen Carolines Tränen oder wegen meiner Reaktion darauf. Ich kann jetzt auch nicht darüber nachgrübeln. Nicht solange meine Tochter so aufgelöst ist. Liebevoll streiche ich ihr über den Kopf. »Schätzchen, natürlich bekommst du Schokoladenpudding. Darum ging es doch überhaupt nicht. Unsere alberne Diskussion hat dich erschreckt, nicht wahr?«

Ich werfe einen Hilfe suchenden Blick zu Louis, doch der ist damit beschäftigt, sich von seiner Mutter in die Mangel nehmen zu lassen, die eben gedämpft verkündet: »Sie ist ein sehr zart besaitetes Kind. Wenn du mich fragst, beschützt ihr sie ein bisschen zu viel.«

»Sie kränkelt«, wehrt Louis ab. »Normalerweise ist sie nicht so empfindlich. Du weißt doch, wie das ist, wenn man nicht ganz fit ist.«

Katrin schüttelt dazu nur den Kopf, isst aber schweigend ihren Teller leer und erhebt sich dann. »Dann hole ich mal den versprochenen Schokoladenpudding, ja? Dann ist vielleicht auch der Nachmittag gerettet. Schokolade soll immerhin glücklich machen, sagt man.«

Natürlich ist der Nachmittag nicht wirklich zu retten, schon gar nicht mit Schokoladenpudding, den Caroline zwar restlos verspeist, der ihre Laune aber auch nicht hebt. Bis zum Kaffeetrinken sitzen wir im Wohnzimmer auf den betagten und ziemlich unbequemen Sofas, die schon seit der Erbauung dieses Hauses zur Einrichtung gehören müssen. Katrin versucht, Caroline zu einer Runde *Elfer raus* zu überreden, doch Caroline kuschelt sich nur neben mich auf das Sofa und spielt mucksmäuschenstill mit zwei Porzellankatzen aus dem Regal. Sie hat nicht gefragt, ob sie die beiden nehmen darf, und möglicherweise sind sie wertvoll, aber Katrin hat nicht protestiert, also sage ich auch nichts.

»Wollt ihr die Reste vom Mittagessen mit nach Hause nehmen?«, bietet meine Schwiegermutter großzügig an. »Nicht dass es heute Abend ansonsten Schinkenbrot gibt.«

»Ich habe Fisch für das Abendessen eingelegt.« Mit meinen Nerven ist es nicht zum Besten bestellt. Oder warum sonst sollte ein freundliches Angebot mich so vor den Kopf stoßen, dass ich am liebsten in Tränen ausbrechen würde?

»Und für den Notfall haben wir natürlich auch Käse und veganen Aufstrich im Haus«, eilt Louis mir zu Hilfe und bringt mich damit noch näher an einen Tränenausbruch. Was für einen Notfall meint er? Falls mein Fisch – wie zu erwarten – ungenießbar ist? »Du weißt doch, dass wir unseren Fleischkonsum ohnehin stark eingeschränkt haben, Mutti. Zu viel Fleisch ist ungesund und schlecht für die Umwelt.«

»Ach ja.« Katrin kräuselt kaum merklich die Nase. »Das hattest du aus irgendeiner Zeitschrift, nicht wahr?« Ihr Blick verweilt auf mir. »Habt ihr das wenigstens mit dem Kinderarzt besprochen? Für ein Kind im Wachstum kann das doch nicht gut sein. Der Körper braucht doch Eisen. Und Louis war früher ein großer Fleischesser. Von Mehlspeisen wurde er nie satt.«

»Ich werde schon satt, keine Sorge, Mutti.«

»Wir essen auch nur ganz selten Mehlspeisen.« Warum muss

ich ihr das jetzt versichern? »Sondern viel frisches Obst und Gemüse. Daran ist doch nichts verkehrt.«

»Ernährung muss ausgewogen sein. Dazu gehört nun einmal auch Fleisch.«

»Deshalb verzichten wir ja gar nicht komplett darauf«, plappere ich weiter, ehe ich darüber nachdenken kann.

»Eine rein vegetarische Ernährung ist auch einfach unnatürlich. Für Kinder kann das nicht gesund sein.« Ich denke an zahlreiche Artikel und Fachbücher, die ich schon zum Thema »Vegetarische und vegane Ernährung als Familie« gelesen habe und an ein Gespräch, das ich tatsächlich mit dem Kinderarzt geführt habe, als Caroline anfing, am Familientisch mitzuessen, nicke aber nur. Meine Schwiegermutter hat ja so schon Angst, dass ich ihren Sohn und ihr Enkelkind verhungern lassen könnte.

»Kann ich die Katzen haben?«, zieht Caroline plötzlich unsere Aufmerksamkeit auf sich. »Sie sind so süß!«

»Caroline!«, sage ich schnell. »Man fragt nicht einfach, ob man etwas haben kann, das einem anderen gehört.«

Augenblicklich füllen sich Carolines Augen mit Tränen. Ich weiß genau, wie das jetzt aussieht. Als hätten wir unser Kind dazu erzogen, dass es mit Tränen und Betteln immer seinen Willen bekommt. Ich bin versucht, noch einmal darauf zu verweisen, dass Caroline eine Erkältung ausbrütet und nur deshalb so weinerlich ist, aber Louis kommt mir zuvor: »Katzen?«, fragt er gespielt empört. »Gegen Katzen bin ich furchtbar allergisch!«

»Und ich hänge wirklich sehr an den beiden«, fügt Katrin hinzu. »Deshalb wäre ich auch dankbar, wenn du sie wieder in mein Regal stellen könntest.«

Kapitel 22 ~ Lara

»Alles ist genau so, wie ich es mir immer gewünscht habe.«

Alles in allem bin ich heilfroh, als wir uns nach dem Kaffeetrinken verabschieden und auf den Heimweg machen. Caroline hängt immer mehr in den Seilen – der Abschied von Omis Porzellankatzen endet in Tränen und beim Schuheanziehen fließen erneut welche, weil Katrin meint, Caroline müsse das in ihrem Alter nun wirklich schon allein machen, zumal sie ja Stiefel mit Klettverschluss hat. Es bringt nichts, ihr zu erklären, dass Caroline das selbstverständlich kann, aber oftmals Hilfe verlangt, wenn sie müde oder schlecht gelaunt ist, weil es sie nun einmal viel Mühe kostet. Dafür müsste ich aber über ihre feinmotorischen Defizite sprechen und meine Schwiegermutter ist einer der letzten Menschen, denen ich das auf die Nase binden würde. Ich weiß schon, was dann käme: Das lange Stillen ist schuld daran. Oder das Schlafen in unserem Bett. Oder beides.

Ich lege Caroline eine Hand auf die Schulter. Ihr Anorak fühlt sich unter meinen Fingern weich und dick gepolstert an, ihr Arm darunter dagegen so schmal und zerbrechlich. »Komm, kletter ins Auto, dann schnalle ich dich an.«

Caroline bleibt wie angewurzelt stehen. »Nein.« Ihre Stimme klingt immer noch erstickt vom Weinen. Oder schon wieder. »Papa soll mich anschnallen.«

»Papa lädt gerade unsere Sachen in den Kofferraum«, erkläre ich geduldig. »Aber ich habe Zeit. Lass mich doch einfach ...«

»Nein!«, brüllt Caroline und macht sich von mir los. »Ich will nicht!«

Hilflos lasse ich die Arme sinken und sehe mich nach Louis

um, ob er mir zu Hilfe kommt und Caroline ins Auto verfrachtet. Aber er geht vom Kofferraum schnurstracks zur Fahrertür, als hätte er gar nichts mitbekommen.

»Lara!« Obwohl die Stimme hinter mir vertraut und eigentlich sehr angenehm klingt, wirble ich erschrocken herum. Von der Bushaltestelle zwei Häuser weiter eilt eine junge Frau auf mich zu, unter deren bunt gestreifter Beanie eine unverwechselbar wilde Lockenmähne hervorwallt.

»Elenor!« Ich hoffe, sie bemerkt nicht, wie belegt meine Stimme klingt. Es ist nicht so, als würde ich mich nicht freuen, meine alte Freundin zu sehen – im Gegenteil, es ist Monate her und eigentlich wäre ein Treffen schon lange wieder einmal überfällig. Aber doch nicht jetzt! Nicht hier auf dem Bürgersteig vor dem Haus meiner Schwiegermutter, während ich verzweifelt versuche, meine quengelige Tochter dazu zu bewegen, sich von mir ins Auto setzen zu lassen.

»Ach Gott, Lara, es ist so lange her!«, ruft Elenor aus, als sie uns erreicht. »Lass dich drücken!« Sie schlingt die Arme um mich und aus irgendeinem Grund möchte ich bei dieser herzlichen Begrüßung am liebsten weinen. »Ist das deine kleine Caroline? Darf man dich überhaupt noch klein nennen? Du bist ja eine richtige Lady geworden!«

Caroline, die sich eben noch von mir losgerissen hat, drückt sich an mein Bein und schweigt wie ein schüchternes Kleinkind.

»Komm schon, sag wenigstens Guten Tag«, mahne ich erfolglos.

Immerhin Louis zeigt sich höflich und steigt noch einmal aus dem Auto, um Elenor zu begrüßen.

»Und ihr macht einen kleinen Familienausflug?«, fragt Elenor beschwingt.

»Wir haben Louis' Mutter besucht.«

»Ach, wie schön!«, ruft Elenor, die meine Schwiegermutter nicht kennt. »So stelle ich mir das an Ostern vor. Oder am Karfreitag. Meine Familie wohnt ja leider viel zu weit weg. Aber morgen fahre ich nach Gunzenhausen auf die Osterkonferenz. Kommt ihr auch? Es gibt ein tolles Kinderprogramm.«

»Um ehrlich zu sein, ist Caroline nicht ganz fit. Wir werden Ostern dieses Jahr wohl ganz ruhig verbringen.«

»Na ja, das ist auch schön!« Elenor winkt ab. »Stelle ich mir jedenfalls so vor, wenn man Kinder hat. Eier suchen im Garten, Osterfrühstück ... Gib's zu, du genießt das doch, oder? Du hast dir ja schon eine Familie gewünscht, da war unsereiner noch mit der Frage beschäftigt, welche Ausbildung oder welches Studium wir wählen sollen.«

Ich sehe in ihr vertrautes Gesicht und forsche nach einem Hinweis darauf, dass sie das spöttisch meint. Aber Elenor ist nicht der Typ für Spott. Sie ist viel zu ehrlich und direkt. Und wenn ich so darüber nachdenke, hat sie recht: Ich habe schon in der Schulzeit gewusst, dass ich Kinder haben will. Möglichst bald. Ich habe mir ein Leben mit einem Mann, einem kleinen Häuschen und ein oder zwei süßen Kindern ausgemalt und sehnsüchtig darauf gewartet, dass dieser Traum wahr werden würde.

Mein Blick wandert zu Louis, der lächelt, aber gleichzeitig kaum merklich ungeduldig mit der Fußspitze wippt, dann zu Caroline, die sich immer noch an meinem Bein festhält, und bleibt schließlich an einem Fleck auf meiner Hose hängen, der nach abgewischter Schnupfennase aussieht. Wie die Spur einer Schnecke.

»Ja.« Ich zaubere ein Lächeln in mein Gesicht. »Alles ist genau so, wie ich es mir immer gewünscht habe.« Wenn Elenor wüsste, dass ich lüge, würde ich im Erdboden versinken.

Louis versucht während der gesamten Heimfahrt herauszufinden, warum ich so still bin.

»Doch hoffentlich nicht wegen meiner Mutter?«, fragt er sein Lenkrad. »Du weißt, sie meint das alles nicht böse. Früher war eben einfach vieles anders.«

»Ja, ich weiß.«

»Nun sei doch deshalb nicht so eingeschnappt!«

»Das bin ich überhaupt nicht.« Ich mache eine Kopfbewegung in Carolines Richtung. »Und ich fände es schön, wenn wir so etwas nicht vor unserer Tochter klären würden.«

Louis öffnet den Mund, klappt ihn dann aber wieder zu und konzentriert sich auf die Straße, obwohl dank des Feiertags selbst hier in der Stadt kaum Verkehr herrscht.

Es ist wahr: Eingeschnappt bin ich wirklich nicht. Ich ärgere mich nicht einmal über meine Schwiegermutter, sondern eigentlich nur über mich selbst, weil ich ihr mal wieder nach dem Mund geredet habe, obwohl ich mir jedes Mal aufs Neue vornehme, zu dem, was ich denke, zu stehen. Aber sobald Katrin auf Stillen, vegetarische Ernährung oder sonst etwas zu sprechen kommt, gehen mir all meine wohlüberlegten Argumente aus. Ich weiß nicht einmal, ob das an ihr liegt oder an mir.

Was mich jedoch gerade wirklich beschäftigt, ist gar nicht meine Schwiegermutter, sondern das kurze, aber aufwühlende Gespräch mit Elenor. Sieht sie mich tatsächlich so, wie sie es gesagt hat? Als glückliche Frau am Ziel all ihrer Träume? Kann der äußere Eindruck wirklich so täuschen oder kommt das einfach von Elenors Art, immer das Beste anzunehmen?

Wie ich da so zerzaust und rotzbeschmiert vor ihr stand, bin ich mir nämlich überhaupt nicht vorgekommen, als hätte ich das große Los gezogen. Schon gar nicht neben der vor Energie und Lebenslust fast platzenden, bildschönen Elenor. Das liegt – Gott bewahre – nicht daran, dass ich mein Kind nicht liebe. Nicht einmal daran, dass ich nicht gerne Mutter bin. Das bin ich nämlich. Oder ich wäre es zumindest, wenn ich nur ein wenig besser darin wäre. Wenn mir die Dinge so leicht von der Hand gingen wie den anderen Turn-Mamis, wenn ich Kuscheltierrollenspiele und das Stimmeverstellen beherrschen würde wie Louis ... dann könnte ich den Alltag mit Caroline viel mehr genießen und würde mich nicht immer wie eine Hochstaplerin fühlen.

Ich bin heilfroh, als wir zu Hause sind und ich der angespannten Atmosphäre im Auto entkommen kann. Leider wird der Tag dort auch nicht wirklich besser. Caroline bettelt so lange, bis ich ihr erlaube, eine Zeichentrickserie im Fernsehen anzusehen. Das tue ich nur, weil sie krank ist, aber schlecht fühle ich mich trotzdem. Immerhin ist Karfreitag und außerdem halte ich nichts davon, Kinder einfach vor dem Fernseher zu parken. Auch wenn ich wirklich erschöpft bin und die zwanzig Minuten Pause gut gebrauchen kann – was mir erst recht ein schlechtes Gewissen beschert.

Während Caroline fernsieht, decke ich in aller Ruhe den Abendbrottisch, falte sogar dunkelrote Servietten und stelle zwei Stabkerzen in die gläsernen Halter, die wir zur Hochzeit bekommen haben. Hübsch sieht das aus und sehr festlich. Der gut gefüllte Brotkorb, das getöpferte Butterschälchen und der Teller mit dem marinierten Fisch wirken dazwischen wie ein richtiges Festmahl.

Leider sieht Caroline das gar nicht so. Sie kommt eher widerwillig an den Tisch, weil sie eigentlich lieber weiter fernsehen will, und fängt prompt an zu weinen, als ich ihr einen Löffel voll Fisch auf den Teller legen will.

»Ich will keinen Fisch!«, schluchzt sie als Antwort auf Louis' gutes Zureden. »Ich kann Fisch nicht ausstehen!«

»Das ist in Ordnung!«, versichere ich ihr mehrmals. »Du musst keinen Fisch essen. Ich mache dir ein Brot, ja? Was möchtest du denn darauf?«

Caroline starrt auf ihren Teller und antwortet nicht.

»Du magst doch so gerne Käse. Ich mache dir ein Käsebrot, ja?« Keine Antwort, aber ich hole bereits die Käsedose aus dem Kühlschrank, schmiere ein Butterbrot und belege es dick mit Käse. Aus dem Augenwinkel beobachte ich, wie Louis zu essen beginnt und nach dem ersten Bissen Fisch sichtlich mühsam schluckt. Großartig.

»Das will ich nicht«, empfängt Caroline mein Brot. »Ich will es ohne Rand. Und ohne Käse!«

Ein Teil von mir will empört rufen: »Das hättest du aber gleich sagen können! Ich habe dich doch gefragt!« Aber der Teil, der eine gute Mutter sein will, ist stärker, nimmt das Brot und beginnt, wie beim Essenzubereiten für ein Kleinkind den Rand wegzuschneiden. Ich bin gerade dabei, den Käse behutsam herunterzuhebeln, als Caroline schnieft: »Und ohne Butter!«

»Aber die Butter bekomme ich doch nicht mehr runter!«

Ihre Augen füllen sich erneut mit Tränen und ich mache mich schon auf alles gefasst, als Louis sagt: »Schon okay, ich mache dir ein neues. Ohne Butter.« Er schneidet den Rand von einem frischen Stück Brot und reicht es Caroline, während mir nichts anderes übrig bleibt, als zuerst das Käsebrot und dann den Rand mit ein wenig Fisch zu verspeisen. Er schmeckt irgendwie sauer.

Caroline starrt unterdessen ihr trockenes Stück randloses Brot an. »Ich will Salami«, verkündet sie schließlich.

Mühsam schlucke ich den sauren Fisch hinunter. »Heute ist Karfreitag. Da isst man kein Fleisch.«

»Warum nicht?«

Ja, warum eigentlich? »Weil ... weil das einfach so ist«, höre ich mich stottern. »Weil man das schon immer so gemacht hat!« Das ist ein Satz, den ich nie zu meinem Kind sagen wollte. Ich will nicht, dass Caroline etwas tut, nur weil es schon immer so war. Oder doch? Ich will immerhin, dass sie am Karfreitag kein Fleisch isst, oder etwa nicht?

Hilfe suchend sehe ich zu Louis.

Er seufzt. »Schau mal, Caroline. Der Karfreitag ist der höchste christliche Feiertag. An diesem Tag ...«

»Ich will aber Salami!«

»Du kannst Käse haben. Oder Fisch. Am Karfreitag ...«

Nun fließen sie doch, die Tränen. Meine Schwiegermutter würde vermutlich sagen, Caroline will uns damit unter Druck setzen, um ihren Willen zu bekommen. Sie würde sagen, wir dürfen auf keinen Fall nachgeben, weil Caroline sonst lernt, dass sie sich mit Tränen durchsetzen kann. Aber meine Schwiegermutter ist nicht da. Ich sehe kein Kind, das darauf aus ist, mich zu manipulieren. Ich sehe ein Kind mit Erkältung, das einen miesen Tag hatte und hungrig ist und keinen Appetit auf meinen sauren Fisch hat. Bricht mir da wirklich ein Zacken aus der Krone, wenn ich nachgebe?

»Ich hole dir Salami«, lenke ich ein. Beim Aufstehen begegne ich Louis' überraschtem Blick und widerstehe nur mühsam dem Drang, mich zu rechtfertigen. Louis kommt genau wie ich aus einem religiösen Elternhaus und hat sein Leben lang am Karfreitag kein Fleisch gegessen. Das ist mir nur zu bewusst, während ich meine Erziehung und meine Grundsätze verrate und die Salami aus dem Kühlschrank hole.

Immerhin sagt er nichts. Die Stimme in meinem Inneren ist auch wirklich laut genug. Sie fragt mich, was in mich gefahren ist und ob mir denn gar nichts mehr heilig ist, nicht einmal der Karfreitag, und wie ich meinem Kind so ein miserables Vorbild sein kann. Ich versuche, sie zu ignorieren und mich auf Caroline zu konzentrieren, die – für den Moment zufrieden – eine Salamischeibe in kleine Schnipsel reißt und auf ihr randloses Brot legt.

Ich esse selbst noch einen Bissen Fisch und ertappe mich beim Gedanken, wie ich ihn selbst auch liebend gern gegen die Salami eintauschen würde, deren würziger Duft den süßsauren Geschmack meiner Marinade noch misslungener wirken lässt. Stattdessen beende ich für mich das Essen und nippe an meinem Wasserglas.

»Die Salami hält nicht!« Caroline wirft ihr Brot auf den Teller – wie zum Beweis, denn sofort rutscht die Hälfte der Salamipuzzleteile herunter. »Ich will Butter!«

»Das Brot mit Butter habe ich gerade aufgegessen!«, protestiere ich. »Weil du es nicht wolltest. Und jetzt soll ich dir ein neues schmieren?«

»Dann esse ich eben gar nichts!« Caroline rutscht von ihrem Stuhl und geht geradewegs zur Treppe. Das macht sie sonst nie, wirklich. Wir bleiben immer alle sitzen, bis das Essen beendet ist, egal, wie lange es eben dauert, bis der Letzte fertig ist.

Louis sieht ihr nach, legt dann ebenfalls sein Brot weg und meint: »Ich bringe sie ins Bett. Dann sieht die Welt morgen schon ganz anders aus.«

»Und dein Essen?«, frage ich mit einem Blick auf seinen halb vollen Teller.

»Du kannst abräumen. Ich habe keinen Hunger mehr.« Damit verschwindet er ebenfalls und ich bleibe wie ein Häufchen Elend am Tisch zurück. Ich und der saure Fisch, den keiner essen will. Ich selbst auch nicht, aber weil ich nun einmal keine Lebensmittel verschwenden will, leere ich die ganze Schale inklusive der Portion auf Louis' Teller. Beim Tischabräumen werfe ich einen verstohlenen Blick zur Treppe und schiebe mir dann zum Nachtisch Carolines Salamipuzzle in den Mund. Heute Nacht werde ich wohl kein Auge zumachen – entweder vor schlechtem Gewissen oder vor Magenschmerzen von meinem Essigfisch.

Louis kommt nicht wieder. Ich räume den Tisch ab, spüle das Geschirr und putze meine Zähne, aber er bleibt verschwunden. Vielleicht braucht Caroline wegen ihrer Erkältung so lange zum Einschlafen und er liest ihr immer noch vor. Vielleicht ist er dabei auch selbst eingeschlafen – manchmal ist das schon passiert. Ich wage es nicht nachzusehen und ihn gegebenenfalls zu wecken.

Was muss Louis nur von mir denken nach diesem abscheulichen Tag? Zuerst die Diskussionen mit seiner Mutter, dann mein Schauspiel für Elenor und zum krönenden Abschluss das Theater beim Abendessen. So viel Mühe ich mir auch gebe, ich werde das Gefühl nicht los, dass ich einfach eine schreckliche Mutter bin. Und eine schreckliche Christin auch noch, weil ich meinem Kind am Karfreitag ein Salamibrot vorgesetzt habe.

Louis' Blick, als ich aufgestanden bin, um die Salami zu holen, steht mir noch wie eingebrannt vor Augen. Voller Überraschung – oder Entsetzen? – und mit einer Spur Verachtung. Ja, Verachtung. Er würde es niemals laut aussprechen, aber ich weiß, dass er sich in mir getäuscht hat. Er hat sich in eine fromme und engagierte junge Frau verliebt und sie geheiratet. Und jetzt hat er ... einfach nur mich. Überfordert, ängstlich und unzufrieden.

Ich wünschte, Louis würde mich wieder so ansehen wie früher. Als wäre ich ein schönes Gemälde oder Kunstwerk. Als könne er sich an mir nicht sattsehen und würde alles, was ich sage und tue, einfach nur wunderbar finden. Vielleicht ist es albern, mir das zu wünschen. Wir sind immerhin seit sieben Jahren verheiratet – da ist es doch normal, dass man nicht mehr frisch verliebt ist. Oder? Ehepaare können einander ja nicht auf ewig so glückstrunken anstrahlen wie Beatrice und Erik, so schön das auch ist.

Doch in meinem Hinterkopf meldet sich eine leise Stimme, die mich an Armin und Michelle erinnert. Bei ihnen war es nicht der Glückstaumel einer neuen Liebe, der sie zum Strahlen gebracht hat. So frisch verliebt waren sie nicht mehr. Aber statt wie bei Louis und mir einer kalten Funktionalität Platz zu machen, hat er sich bei ihnen in eine tiefe Verbundenheit verwandelt, die manchmal alle Worte überflüssig gemacht hat.

Vielleicht war es die gemeinsame Liebe zum Schreiben, die Michelle und Armin verbunden hat. Oder Michelles niemals endendes Interesse an Armins Geschichten. Vielleicht würde Louis mich auch ganz anders ansehen, wenn ich mich mehr für seine Arbeit in der Steuerkanzlei interessieren würde. Vielleicht brauchen wir ein gemeinsames Hobby, etwas, was uns verbindet. Aber wir haben doch schon Caroline – was bitte könnte uns denn noch mehr verbinden als ein gemeinsames Kind?

Trotzdem hat Armin Michelle nie so angesehen, als wäre sie in irgendeiner Weise nicht gut genug, fromm genug oder hübsch genug. Dabei ist sie kein bisschen fromm und das, obwohl ihm seine Beziehung zu Gott doch so wichtig war. Hin und wieder habe ich mit ihm über seinen Glauben gesprochen, aber niemals darüber, ob es ihn gestört hat, dass Michelle diesen nicht teilt. Ob es das hat? Manchmal glaube ich, er hat *Neema* eigentlich nur für sie geschrieben. Um ihr von seinem Glauben zu erzählen auf eine so wunderbare und besondere Weise, wie ein Gespräch allein es niemals gekonnt hätte.

Wie wundervoll, dass er dabei ganz nebenbei Tausenden von Menschen ebenfalls davon erzählt hat. Und wie schrecklich, dass er den letzten Band seines großen Werkes nie beendet hat. Dieser Gedanke ist fast so traurig wie der, nie wieder mit Armin über seinen Glauben sprechen zu können. In der ganzen Familie Fontaine war er mir immer der liebste Gesprächspartner. Er und vielleicht noch Beatrice.

Ich werfe noch einmal einen Blick zur Treppe und lausche kurz, ob ich Louis vorlesen – oder vielleicht schnarchen – höre. Aber es ist ganz still dort oben. Deshalb schleiche ich ins Wohnzimmer, schalte die Leselampe an und ziehe den ersten Band von *Neema* aus meinem Bücherregal. Ich muss nicht danach suchen, sondern weiß genau, wo Armins Bücher stehen, so oft habe ich sie schon gelesen. Nicht weil er mein Schwager war. Nein, weil es wirklich die wunderschönsten Bücher sind, die ich je gelesen habe. Niemand sonst – nicht einmal der Pfarrer in der Kirche – hat mir Gott je so greifbar und real erscheinen lassen wie Armin mit seinem Buch. Es ist, als wäre *Neema* ein Gleichnis, das genau meine Sprache spricht. Wie die von Jesus damals, die für uns heute oft so schwer zu begreifen sind, während sie zu seiner Zeit einfach aus dem Leben gegriffen waren.

Ich setze mich auf das Sofa, direkt unter den warmen Lichtkegel der Leselampe, und blättere zu einer meiner Lieblingsstellen. Es ist eigentlich eine ganz furchtbare Szene: Esmé sitzt in einer düsteren Gefängniszelle und wartet auf ihr Urteil. An ihren Händen klebt Blut – im Chaos des feindlichen Angriffs und der Aufstände in den Straßen ist sie zur Mörderin geworden. Statt der ersehnten Hochzeit mit Eli drohen ihr Tod oder Exil. Und alles, was sie will, ist, Eli noch ein letztes Mal zu sehen, ihm zu erklären, was geschehen ist, damit er sie nicht verachtet. Sie hofft so sehr, dass er zu ihr kommen wird, dass sie aufspringt, als sie auf der Steintreppe ein schweres Poltern und Beben hört. Doch es ist ein Bote, der den Wachmännern von außer Kontrolle geratenen Bränden im Norden der Stadt berichtet. Alle bis auf einen eilen sie zu den Löscharbeiten. Auch als der Schein einer Fackel im Treppenaufgang sichtbar wird, klopft Esmés Herz wie wild. Doch dieses Mal ist es eine junge Frau, die den verbleibenden Wachmann um Hilfe anfleht, weil ihr Haus während des Angriffs zusammengebrochen und ihre Familie darin verschüttet ist. Auch der letzte Wachmann geht – doch Fesseln, Tür und Verzweiflung halten Esmé selbst ohne Wächter in ihrer Zelle. Sie ist am Boden zerstört und fürchtet den baldigen Sonnenaufgang, der ihr Urteil bringen wird.

Das leise, säuselnde Wispern draußen in der Dunkelheit bewegt sie nicht mehr dazu, an die Gittertür zu eilen. Bis sie mit einem Mal eine vertraute Stimme vernimmt. Es ist Eli, der gekommen ist, um nach ihr zu sehen. Mehr noch, der ihr Vergebung und Vertrauen zusprechen will und ihr sagt, dass alles gut wird. Zu diesem Zeitpunkt kann Esmé noch nicht ahnen, was Eli wirklich vorhat: dass er ihre Schuld und die Verbannung auf sich nehmen wird. Doch sie glaubt ihm, als er versichert, dass sie keine Angst zu haben braucht. Sie vertraut ihm, und als der gefürchtete Tag anbricht und Eli gehen muss, bleibt sie voller Zuversicht im Gefängnis zurück.

Ich klappe das Buch zu, lasse aber meinen Finger zwischen den Seiten, um gleich noch ein bisschen weiterzulesen. Doch zuerst muss ich nachdenken. Ich weiß genau, auf welche Bibelstelle Armin mit dieser Szene anspielt: Der Prophet Elia begegnet Gott, dem Herrn, auf dem Berg. Er vermutet ihn im Sturm, im Erdbeben und im Feuer, doch all das geht vorüber, ohne dass Elia Gott begegnet.

Das Beben und das Feuer, das ist die Welt um mich herum, die manchmal zerstörerische Ausmaße annimmt, und das sind meine eigenen Gedanken, die ewige Kritik an mir selbst. Das ist nicht Gott. Gott ist nicht im Beben und im Feuer. Er ist im sanften Säuseln, genau wie bei Elia. Genau wie bei Esmé. Nur kann ich das sanfte Säuseln in all dem Sturm und Beben und Feuer oft nicht hören – das ist mein Problem.

Der Gedanke tut gut. Der Gedanke, dass es nicht Gott ist, der mich verurteilt, vielleicht noch nicht einmal Louis, auch wenn ich ihn vorhin ziemlich schockiert haben muss. Und ganz sicher auch nicht Caroline. Das bin nur ich. Ich und meine Ansprüche, denen ich nicht gerecht werden kann. Nur wie soll ich damit aufhören? Denn dass ich so hart mit mir selbst bin, ist es doch, was mich so unzufrieden und einsam macht.

Ich ziehe meinen Finger aus dem Buch und streiche behutsam über den Einband. Wenn ich einsam bin, obwohl ich Mann und Kind und dazu noch Gott in meinem Leben habe, wie einsam muss dann erst Michelle sein, die nichts von alledem hat? Die Armin verloren hat, so viel mehr als jeder andere von uns, obwohl wir ihn natürlich alle vermissen?

Dieser Gedanke macht es mir unmöglich, weiter in *Neema* zu lesen. Schwerfällig, als wäre ich hundert Jahre alt, erhebe ich mich, schalte die Leselampe aus und stelle das Buch im Stockdunkeln ins Regal zurück. Wenn ich mich beeile und jetzt ins Bett gehe, schlafe ich vielleicht schon, wenn Louis aus Carolines Zimmer kommt.

Kapitel 23 – Michelle

»Die beiden ... Sie bekommen ihr Happy End.«

Bewaffnet mit Chrys' über und über beschriftetem »Wortbilder-Lexikon« mache ich mich am Karsamstagmorgen schon vor sieben Uhr an die Arbeit. Zuerst überarbeite ich das, was ich schon geschrieben habe, und kann tatsächlich eine ganze Reihe der Formulierungen verwenden, die wir uns am Vortag ausgedacht haben. Und auch das Weiterschreiben fällt mir immer leichter. Mit mehreren Unterbrechungen schreibe ich im Verlauf des Tages zehn ganze Seiten und gönne mir deshalb zum Feierabend einen Spaziergang und ein Gespräch mit Armin.

»Du machst das gut«, findet er. »Und jetzt ist das Manuskript schon über 75.000 Wörter lang. Du hast schon fast die Hälfte geschafft.«

»Wirklich?«, frage ich, aber ich erinnere mich selbst daran, wie Armin einmal gesagt hat, der dritte Band müsse auf jeden Fall noch einmal ein paar Tausend Wörter länger werden als der zweite. »Mindestens 150.000«, hat er festgelegt. »Das gibt bestimmt 500 Seiten und macht sich richtig gut im Regal.«

»Wow«, murmle ich. »Aber das ist noch eine ganze Menge mehr zu schreiben.«

»Das ist kein Problem für dich. Ich muss gestehen, ich wusste gar nicht, dass du so gut schreiben kannst.«

»Blödsinn«, widerspreche ich. »Es wird nie so sein, wie du es geschrieben hättest.«

Armin lenkt ein: »Du hast recht, es ist ein bisschen anders. Ich wäre zum Beispiel nie darauf gekommen, Esmé an Elis Liebe zu ihr zweifeln zu lassen.«

»Aber ... er hat seit Monaten nichts von sich hören lassen! Sie weiß nicht, wo er ist und warum er sie nicht längst kontaktiert hat ... sie ... sie ist hin- und hergerissen zwischen der Angst, ihm könnte etwas zugestoßen sein, und der Wut, weil er sie warten lässt. Da muss sie sich doch fragen ... Ich meine, es ist doch naheliegend, dass sie da denkt, wenn er sie wirklich liebt, dann hätte er einen Weg gefunden, sie wissen zu lassen, dass er am Leben und wohlauf ist!«

Kurz ist es still, dann lacht Armin. »Siehst du? Darauf wäre ich nie gekommen. Ich dachte, sie macht sich eben einfach nur Sorgen um ihn. Chrys würde das vereinfachtes männliches Denken nennen, stimmt's?«

»Wahrscheinlich würde sie eher ›primitiv‹ sagen.«

»Na, herzlichen Dank.«

»Ihre Worte, nicht meine.« Ich zucke die Schultern. »Jedenfalls würde ich mir an Esmés Stelle schon auch Sorgen machen. Aber eben nicht nur. Er könnte sich doch wirklich irgendwie bei ihr melden! Dann müsste sie sich nicht fragen, ob ... ob ...«

»... ob er sie liebt?«, fragt Armin leise und irgendwie rau.

Ich ahne schon, was er gleich sagen wird – natürlich, immerhin lege ich ihm ja diese Worte in den Mund – und starre deshalb auf die Osterglocken in dem Vorgarten, an dem ich gerade vorbeikomme.

»Und du? Fragst du dich auch, ob ich dich wirklich geliebt habe?«

»Ich ... Warum sollte ich mich so etwas fragen?«

»Na ja, weil ich dich schließlich auch irgendwie alleingelassen habe.«

Die Osterglocken verschwimmen vor meinen Augen und ich beschleunige meine Schritte. »Das wolltest du aber nicht.«

»Nein.« Armin schluckt hörbar. »Aber Eli wollte Esmé auch nicht verlassen.«

»Immerhin wird sie ihn am Ende wiedersehen.« Ich habe Angst, dass meine Stimme mir den Dienst versagt, während ich das ausspreche. »Die beiden ... Sie bekommen ihr Happy End.«

»Aber wir doch auch!« Armin klingt überrascht. »Wir werden uns doch auch wiedersehen. Ich hoffe, es dauert noch viele Jahre – nicht weil ich dich nicht am liebsten sofort wieder in die Arme schließen würde, sondern weil ich hoffe, dass du zuerst ein langes und erfülltes Leben haben wirst. Und dann ...«

»... bin ich alt und grau und du ewig siebenundzwanzig«, versuche ich zu scherzen, um die Tränen zu bezwingen. Es klappt nur nicht so richtig.

»Ich glaube nicht, dass es im Himmel so etwas wie Alter gibt. Oder Schwäche oder Krankheit.«

»Das klingt schön.« Ich wische mir über die Augen. »Aber ist das nicht nur ... na ja, frommes Wunschdenken eben? Das, was die Leute hören wollen. Leute wie ich, die jemanden verloren haben.«

Armin schweigt einen Moment, als müsse er seine Worte mit Bedacht wählen. »Es ist viel mehr als das«, sagt er dann jedoch sehr schlicht, um noch im selben Atemzug hinzuzufügen: »Michelle, glaubst du, ein Mensch namens Jesus hat gelebt?«

»Ich ... ja, ich schätze schon, dass er gelebt hat.« Ich vergrabe die Hände in den Taschen, weil das Thema mir unangenehm ist. Es erinnert mich an Laras schnippische Erinnerung an Beatrice' Hochzeit. Ihren Seitenhieb, dass ich Armins Glauben ja nie geteilt hätte und dass ich – auch wenn sie das nicht direkt gesagt, bestimmt aber gedacht hat – deshalb nicht gut genug für ihn war.

»Dafür gibt es übrigens sogar historische Beweise.«

»Wofür?«

»Dafür, dass Jesus gelebt hat. Dass er ein Rabbi war, ein Lehrer und Wanderprediger. Und dass er gekreuzigt wurde. Das bezeugen auch außerbiblische Quellen. Jesu Historizität ist in etwa so erwiesen wie die von Julius Cäsar. Nur dass niemand dessen Exis tenz infrage stellen würde.« Jetzt ist Armin in seinem Element, das kann ich an der Begeisterung in seiner Stimme hören. Diesen Vortrag hat er mir irgendwann während seiner Recherchen für *Neema* gehalten. Nur dass mich damals sein rührender Enthusiasmus deutlich mehr bewegt hat als die Bedeutung dessen, was er herausgefunden hatte.

»Flavius Josephus«, fährt er fort, »hat sogar niedergeschrieben, dass Jesus drei Tage nach der Kreuzigung wieder lebend erschienen sei. Das hatte Jesus auch zuvor angekündigt. Dass er auferstehen würde. Entweder er war verrückt – dann frage ich mich aber doch, wie er das mit der Auferstehung hinbekommen hat. Und mit den anderen Wundern. Oder er hatte recht. Und dann werden auch wir auferstehen, so wie er es gesagt hat.«

Ich nicke nachdenklich. Obwohl ich an Armins Argumentation keinen Haken finden kann, weiß ich nicht, ob ich das einfach so glauben kann. Aber weil ich ihn nicht kränken will, sage ich nur: »Ich weiß sowieso nicht, ob so jemand wie ich in den Himmel hineindarf. Ich bin … vielleicht einfach nicht gut genug.«

»Michelle, du bist der beste Mensch, den ich kenne! Aber den Himmel verdient man sich nicht mit guten Taten. Er ist ein Geschenk, das man einfach nur annehmen muss.«

Auch an diese Worte erinnere ich mich lebhaft, weil sie mir schon damals irgendwie gutgetan haben. Wir waren zum samstäglichen Kaffeetrinken bei meiner Mutter und sie bezeichnete es als hochgradig gotteslästerlich, dass ich vorhatte, am Sonntag zu arbeiten, und sie deshalb nicht zum alljährlichen Friedhofsbesuch zum Ewigkeitssonntag begleiten wollte. Im Auto bekam Armin meine schlechte Laune ab. Als er mich fragte, was mit mir los sei, antwortete ich lediglich patzig, ich sei eben ein furchtbar gottloser Mensch, der sowieso eines Tages in der Hölle würde schmoren müssen. Zumindest wenn man meine eigene Mutter fragte. Armin lachte – allen Ernstes – und erklärte, dass die Hölle nicht für schlechte und der Himmel für gute Menschen sei. Ich weiß noch, wie tröstlich ich seine Sichtweise fand, als er erklärte, der Himmel sei keine Belohnung für fromme Taten, sondern Gottes Geschenk für uns alle. Wir müssten nur Ja dazu sagen.

Einen winzigen Moment lang gebe ich mich der süßen Vorstellung hin, Armin eines Tages an einem paradiesischen, sonnigen, warmen Ort wiederzusehen – auch wenn ich das Bild von mir mit grauem Dutt und Gehhilfe nicht ganz aus dem Kopf bekomme. Aber dann muss ich diesen Gedanken zur Seite schieben, um mich nicht in ein schluchzendes Wrack zu verwandeln.

»Sollte ich Esmé also nicht zweifeln lassen?«, springe ich schnell zum ursprünglichen Thema zurück.

»Doch. Auch wenn sie keinen Grund hat, Elis Liebe infrage zu stellen. Es passt trotzdem gut. Du weißt ja, sie ist ein Bild für ...«

»... die Gemeinde und Eli für Jesus. Ich weiß.«

»Genau«, bestätigt Armin schmunzelnd. »Und wir zweifeln immerhin auch oft genug daran, dass Gott uns wirklich liebt und es gut mit uns meint. Auch wenn wir gar keinen Grund dazu haben.«

Ich starre ans Ende der Straße, wo St. Sebastian sich vor mir erhebt. Die Sonne steht bereits tief, direkt hinter der kleinen Kirche, und strahlt an diesem Karsamstag noch so hell, dass den Kirchturm ein leuchtender Strahlenkranz umgibt. Dort hinten, jenseits des strahlenden Kirchturms, ist Armins Grab. Und plötzlich zieht es mich dorthin. Dorthin, wo die Sonne untergeht und wo Armins Name auf einem hölzernen Kreuz steht und daran erinnert, dass er gelebt hat. Gelebt und mich geliebt hat, denn immerhin hat er mich geheiratet und mir seinen Nachnamen gegeben. Auch der steht auf dem Kreuz. Sein Geburtstag, der in wenigen Monaten gewesen wäre, und sein Todesdatum, das nun genau acht Wochen zurückliegt.

Ich weiß, dass ich den Armin in meiner Erinnerung nicht dorthin mitnehmen kann, obwohl wir dem schrecklichen Thema seines Todes eben so nahe gekommen sind wie noch nie zuvor. Aber zum ersten Mal in meinem Leben verstehe ich, warum Menschen Trost darin finden, das Grab eines geliebten Menschen zu besuchen. Nicht weil sie glauben, diesen Menschen dort zu finden, sondern weil sie dort vielleicht so etwas wie Hoffnung spüren, dass das, was Armin eben gesagt hat, wirklich wahr ist und es ein Wiedersehen geben wird.

»Und das Kreuz«, meint Armin kryptisch, »ist ein Symbol dafür.«

»Noch eine Allegorie?«

Ich kann mir sein Lächeln ganz genau vorstellen. »Sozusagen.«

Auch am Ostersonntag und Ostermontag sitze ich bereits vor dem Frühstück in der Dachkammer und schreibe. Ja, ich muss mich beinahe zwingen, meine Arbeit für einen Kaffee und eine Scheibe Toast zu unterbrechen. Irgendwie scheint bei mir eine Art Knoten geplatzt zu sein und die Worte fließen nur so. Ich unterbreche mich nur gelegentlich, um Chrys' und mein Wortbilder-Lexikon zu Rate zu ziehen.

Esmé und Rose sammeln Beeren am Waldrand und unterhalten sich dabei. Dieses Mal ist es Rose', die aussieht wie eine geknickte Blume, und Esmé erkundigt sich, was geschehen ist.

An dieser Stelle halte ich inne und vergrabe meine Stirn in der Handfläche. Armin hat mir von Rose' Hintergrundgeschichte erzählt. Ich muss mir nur die Details ins Gedächtnis rufen. In dem Nebendokument, das Rose' Steckbrief enthält, finde ich den Hinweis, dass sie eine Halbwaise und ein Einzelkind ist. Ihr Vater ist Soldat und ihr Verhältnis zu ihm – wieder einmal litotisch gesprochen – nicht gerade großartig.

»Sie könnte wirklich Chrys' Schwester sein«, murmle ich und kann ganz genau hören, wie Armin zur Antwort darauf gluckst.

»Ja, das hat sie gut durchschaut«, meint er anerkennend.

Ich stelle mir vor, wie er dabei hinter mir steht und mir über die Schulter schaut, so wie ich es bei ihm manchmal gemacht habe, obwohl er es gehasst hat, wenn ihm jemand beim Schreiben zugesehen hat.

»Dann war das Absicht?« Beinahe drehe ich mich um, um Armin einen fassungslosen Blick zuzuwerfen. »Du hast ein Pendant zu Chrys in deine Geschichte hineingeschrieben?«

»Ich hab mich immer gefragt, ob es dir irgendwann auffallen würde«, gibt Armin zu. »Immerhin ist Chrys deine beste Freundin. Aber ich glaube, du hast nie besonders viel über Rose nachgedacht.«

»Nein, das habe ich wirklich nicht.« Ich schlucke. »Aber ... warum hast du ... wozu?«

Armin seufzt leise. »Ich habe immer gehofft, dass Chrys meine Bücher eines Tages lesen würde. Sie und Rose ... Weißt du, sie haben beide tiefe Wunden, die nie die Chance hatten zu heilen. Und irgendwie dachte ich ... na ja, weißt du, ich dachte, wenn ich ihr sage, sie solle die Geschichte vom verlorenen Sohn lesen, dann wird sie nur lachen. Aber wenn ich ihr die Geschichte auf eine andere Art erzähle ... so, dass sie es nicht einmal merkt ...«

»Die Geschichte von dem Jungen, der von zu Hause weggeht?«, unterbreche ich ihn. »Was hat das mit Chrys zu tun? Ihre Eltern haben *sie* hängen lassen und nicht andersherum!«

Ich kann mir bildlich vorstellen, wie Armin sich beim Nachdenken im Nacken kratzt, ehe er sagt: »Eigentlich geht es im Gleichnis vom verlorenen Sohn auch viel mehr um unsere Beziehung zu Gott. Aber bei Chrys hat das eine, glaube ich, ziemlich viel mit dem anderen zu tun. Sie wird ihren Eltern nie vergeben können, ihre Liebe nie wirklich annehmen können, wenn sie nicht begreift, dass Gott sie schon immer bedingungslos geliebt hat und sie niemals so im Stich lassen würde, wie ihre Eltern es getan haben.«

»Ich kann nicht folgen.«

Armin lacht ein bisschen, dann fragt er: »Wie gut kennst du die Geschichte vom verlorenen Sohn?«

»Ähm ... ich hab sie schon mal gehört«, antworte ich. »In der Grundschule oder so.«

»Das hab ich mir gedacht«, meint Armin mit einem Lächeln in der Stimme. »Lies sie.«

»Jetzt?«

»Ja. Auf dem Regal über dem Schreibtisch ...«

»... stehen bestimmt zehn verschiedene Bibelübersetzungen. Ich weiß.« Seufzend erhebe ich mich und mustere die Buchrücken auf den Regalbrettern. Leider hat Lara in diesem Punkt eben doch recht: Mit Armins Glauben habe ich nie viel anfangen können. Ich habe ihm gerne dabei zugesehen, wenn er andächtig den Kopf zum Gebet gesenkt hat – nur mochte ich es nicht besonders, wenn er mich fragte, ob wir nicht gemeinsam beten wollen. Die Welt von *Neema*, die ja ebenfalls seinem Glauben entsprungen ist, hat mich immer fasziniert. Ja, ich mochte es sogar, wie er von Jesus sprach, als würde er ihn wirklich kennen. Und immerhin bin ich mit ihm in den Gottesdienst gegangen, nicht allwöchentlich, aber doch zumindest so etwas wie regelmäßig.

Aber in der Bibel lesen wie in einem Roman? Nein, das ist nichts für mich. Es hat etwas eindeutig verstaubt Frommes an sich. Etwas, das eigentlich nur alte Frauen tun oder Geistliche.

Ich entscheide mich für eine abgegriffen aussehende Bibelausgabe mit dunkelgrünem Einband und will Armin schon fragen, wo genau ich sie aufschlagen muss. Gerade noch rechtzeitig beiße ich mir auf die Unterlippe und halte die Frage zurück. Er könnte sie mir nicht beantworten. Nicht weil Armin selbst es nicht gewusst hätte, sondern weil ich es nicht weiß und auch nicht mein Unterbewusstsein, das Armin so glaubwürdig zu Wort kommen lässt.

Also muss ich stattdessen sein Notebook bemühen. Mithilfe einer Suchmaschine finde ich die Geschichte binnen einer Minute.

Armin – oder zumindest das Echo seiner Stimme – schweigt, während ich lese. Das meiste ist mir vage vertraut und Antworten liefert mir der Text nicht im Geringsten. Ein junger Mann, der sein Zuhause verlässt und sein ganzes Erbe verprasst, dann aber zurückkehrt, als er nichts mehr hat und Schweine hüten muss, um irgendwie über die Runden zu kommen.

»Und?«, fragt Armin schließlich ein wenig ungeduldig.

»Eine nette Geschichte.« Ich zucke mit den Schultern. »Ist sie wirklich passiert?«

»Bestimmt schon tausendmal, überall auf der Welt. Aber so, wie du sie gerade gelesen hast, hat Jesus sie erzählt.«

Ich blicke auf den Text hinunter und wundere mich über mich selbst. In welchem fernen Winkel meines Unterbewusstseins hatte ich diese Information denn abgespeichert? Hastig überfliege ich die Zeilen vor Beginn der Geschichte. Es stimmt.

»Weißt du noch, wie ich dir von der Allegorie von Jesus als Bräutigam und der Gemeinde als Braut erzählt habe?«, fragt Armin.

»Wäre schlecht, wenn nicht, oder?«, brumme ich. »Wo *Neema* sich doch genau darum dreht.«

»Diese Geschichte«, fährt Armin fort, als hätte ich einfach nur bejaht, »enthält auch so eine Allegorie. Der Vater in der Geschichte ... aber das hast du wahrscheinlich längst selbst durchschaut.«

»Der Vater ist Gott. Und der Sohn ...«

»... das bist du.«

»Ich?«

»Und ich ebenfalls. Und Chrys. Wir Menschen haben uns alle von Gott entfernt und leben unser Leben, als gäbe es ihn nicht.«

»Du nicht«, widerspreche ich. »Du hast immer gebetet und bist in die Kirche gegangen und so. Du hast sogar ein Buch geschrieben, in dem es im Grunde um Jesus geht! Du hast nicht so gelebt, als ob es Gott gar nicht gäbe.«

»Auch ich habe mich mehr als einmal von Gott entfernt und Entscheidungen getroffen, auf die ich nicht stolz bin.« Ich muss mich sehr konzentrieren, um Armins Stimme zu verstehen, so leise spricht er nun. »Aber immer wenn ich zu ihm zurückgekommen bin und ihn um Vergebung gebeten habe, hat er mich mit offenen Armen empfangen. Wie ein Vater.«

»Darum geht es bei dieser Allegorie?«

»Genau darum. Und das gilt nicht nur für mich, sondern auch für dich und für Chrys und für jeden anderen verlorenen Sohn. Oder jede verlorene Tochter eben.«

»Aber warum wolltest du diese Geschichte ausgerechnet Chrys erzählen?«

»Weil sie vielleicht sogar noch mehr als du und ich einen liebenden Vater gebrauchen kann, der ihr schon auf der Türschwelle entgegenkommt und sie mit offenen Armen erwartet.«

Ich schlucke. »Da hast du recht.«

Chrys hatte schon als Teenager keine Eltern, wie Armin und ich sie hatten. Eltern, die sich kümmern und sorgen – wenn auch manchmal zu sehr, wenn ich so an meine Mutter denke. Keine Eltern, zu denen sie jederzeit kommen und ihnen das Herz ausschütten konnte. Es grenzt schon an ein Wunder, dass sie und ihr Vater sich heute eigentlich ganz gut verstehen. Etwas, was man von Chrys und ihrer Mutter nicht behaupten kann.

»Ich wollte ihr einfach sagen, dass da jemand ist, der nur darauf wartet, dass sie sich ihm zuwendet. Zu wissen, dass sie so aufrichtig geliebt wird, würde ihr guttun.«

»Ich glaube, Chrys hätte lieber eine andere Art von Liebe. Nicht von einem unsichtbaren Gott, sondern von einem sichtbaren Mann. Einem flamingo-, katzen- und pferdefreien.«

Armin gluckst. »Ein Mann kann die leere Stelle in ihrem Herzen aber nicht ausfüllen. Was, wenn er sie dann verlässt? Ob nun gewollt, so wie ihre Mutter ihren Vater, oder ungewollt, so wie i...«

»Das darfst du nicht sagen!«, unterbreche ich ihn. »Du hast mich nicht verlassen. Du bist immer noch hier.«

»Aber da ist trotzdem ein Loch in deinem Herzen, nicht wahr?«

Verbissen starre ich auf die Schreibtischplatte und weigere mich zu antworten. Ein Loch ist gar kein Ausdruck für die Leere in meinem Herzen. Ein Loch könnte man leicht stopfen. Aber Abgrund, Schlucht, Todestal treffen es viel besser. Mit ein wenig Kleber oder Garn ist da nichts zu machen.

»Du kannst es nicht füllen. Und ich auch nicht«, sagt Armin leise. »Auch kein anderer Mann.«

»Ich will auch gar keinen anderen Mann!«, brause ich auf.

»Ich gebe zu, ich hatte gehofft, dass du das sagst«, sagt Armin, jetzt wieder mit einem Schmunzeln in der Stimme. »Aber verstehst du, was ich meine? Kein Mensch kann das Leben eines anderen so erfüllen, dass all seine Sehnsüchte und Hoffnungen befriedigt sind. Das kann ...«

Ich sehe erschrocken auf, als ein blechernes Scheppern durch das ganze Haus vibriert. Ich brauche einige Sekunden, um zu begreifen, dass es unsere Türglocke ist, die hier oben unter dem Dach so absurd klingt. Wie einer dieser alten Wecker mit den scheppernden Glocken obendrauf.

Ohne mich nach links oder rechts umzusehen – wo ja irgendwo Armin stehen müsste, mit dem ich immerhin eben noch gesprochen habe –, schlängle ich mich durch die auf dem Boden stehenden Eimer hindurch, haste aus dem Zimmer und die beiden steilen Treppen hinab.

Wehe, es ist nur der Postbote. Für einen albernen Brief oder ein blödes Paket hätte ich mein Gespräch mit Armin nicht unterbrechen müssen. Aber nein, es ist ja Ostermontag und da kommt keine Post. Dann vielleicht Frau Walther, die mit irgendetwas Hilfe braucht?

Doch als ich die Tür aufreiße, steht davor ausgerechnet Lara. Lara mit einer Kuchenplatte in den Händen, unter deren durchsichtiger Plastikhaube ein fluffig aussehendes Osterlamm in einem Bett aus mit Zuckereiern verziertem Kunstgras liegt.

»Lara«, sage ich mit einer Stimmlage, die man eigentlich nur als schockiert bezeichnen kann. »Mit dir habe ich nicht ... Bist du zufällig in der Gegend?« Ich kann mich gerade noch zusammenreißen, nicht auch noch hinzuzufügen: Oder hast du dich verfahren?

»Ich habe dir ein Osterlamm mitgebracht«, flötet Lara jedoch unbeirrt und schiebt sich an mir vorbei in den Flur. »Ich dachte mir, dieses Jahr kommst du bestimmt nicht dazu, obwohl du ja gerade gar nicht arbeitest, und an Ostern braucht man aber doch ein Osterlamm. Der Teig ist mit Bananenmus gesüßt – das ist viel gesünder als Kristallzucker – und mit echter Vanille. Nicht diesen Aromen aus den Glasfläschchen. Außerdem ist er gluten- und laktosefrei. Auch wenn du gar keine Unverträglichkeiten hast, soweit ich weiß. Es schadet bestimmt trotzdem nicht.«

»Das ist … Danke.«

Lara drückt mir die Kuchenplatte in die Hand, um aus ihren Schuhen zu schlüpfen und mitgebrachte Hausballerinas überzuziehen. »Du solltest es aber in den Kühlschrank stellen. Du hast doch Platz im Kühlschrank, oder?«

»Wenn gerade kein Geschirr drinsteht, schon.«

Lara sieht mich irritiert an und ich reiße mich hastig zusammen. »Magst du etwas trinken? Wasser? Saft? Ich kann jetzt auch Kaffee kochen.«

»Oh, das ist nicht nötig.« Warum eigentlich klingt Laras Stimme immer ein bisschen so, als singe sie, statt zu sprechen? Mir klingeln regelrecht die Ohren davon. »Ich habe nicht lange Zeit. In zweiundzwanzig Minuten muss ich wieder losfahren, wenn ich pünktlich zum Orgelkonzert zurück in Ansbach sein will. Du könntest mitkommen. Orgelmusik ist ja so besänftigend.«

Ich murmle etwas davon, dass Orgelmusik nicht so mein Ding ist, und flüchte dann Richtung Kühlschrank. Nachdem ich einige Packungen Milch und zwei verschiedene Teller mit Resten umrangiert und das Osterlamm dazwischen untergebracht habe, bleibt mir keine Ausrede mehr: Ich muss zurück zu Lara, die es sich in der Zwischenzeit auf dem Sofa gemütlich gemacht hat. Nun ja, wenn man bei jemandem, der steif auf der Sofakante sitzt, von gemütlich sprechen kann.

Ähnlich befangen setze ich mich auf den Sessel ihr gegenüber. »Danke für das Osterlamm. Und du … also …« Ich habe noch nie eine längere Unterhaltung allein mit Lara geführt. Bisher war immer Louis oder meine Mutter oder wenigstens Caroline dabei. »Und mit wem gehst du ins Konzert?«

»Alleine vermutlich. Caroline hat eine furchtbare Schnupfennase, sonst wäre sie ja so gerne mitgekommen.« Kurz stockt ihre Stimme. Es ist kaum zu bemerken. Nur weil es so still ist und nichts und niemand da ist, der meine vollste Aufmerksamkeit von Lara ablenken könnte, fällt es mir überhaupt auf. »Sie ist so kulturell interessiert, weißt du?«

»Vielleicht hat sie Lust, Armins Bücher zu lesen«, erwidere ich mit allem Ernst, den ich aufbringen kann.

»Oh, wenn sie erst lesen kann, ganz bestimmt!« Lara strahlt mich an wie ein Model aus der Zahnpastawerbung. »Und bei einem so sprachbegabten Kind wird es sicher nicht lange dauern, bis ...« Ohne Vorwarnung purzelt das Lächeln aus ihrem Gesicht. »Vielleicht lese ich sie ihr auch einfach vor. Wenn sie alt genug ist, natürlich erst. Armins Bücher sind wirklich zauberhaft. Die ersten beiden Bände von *Neema* habe ich bestimmt fünf Mal gelesen.«

Darauf weiß ich nichts – egal ob ernst oder schnippisch – zu erwidern. Ich hatte keine Ahnung, dass Lara ein solcher Fan von Armins Büchern ist. Und ich frage mich wirklich, ob er selbst es wusste.

»Ich finde es wundervoll, dass du das letzte Buch für ihn zu Ende schreibst.« Lara spricht an meinen Teppich gewandt. »Ich weiß, dass deine Mutter und Louis anderer Meinung sind, aber ...« Zu meinem Entsetzen beginnen mit einem Mal, Tränen über ihre Wangen zu fließen. Nicht ein einzelner malerischer Tropfen, sondern regelrechte Sturzbäche. »Wie schaffst du das nur? Wenn ich mir vorstelle, dass Louis ... Wenn ich ohne ihn zurechtkommen müsste ...«

Unbehaglich krame ich eine Packung Taschentücher aus der kleinen Holzkiste unter dem Sofatisch und reiche sie Lara. Ich bin mir nicht ganz sicher, ob ich verstehe, warum sie eigentlich heult: wegen Armins Tod oder wegen der Vorstellung, dass auch sie als Witwe enden könnte. Beides wäre irgendwie irritierend, weshalb ich lieber gar nichts sage.

Lara tupft mit dem Taschentuch in ihrem Gesicht herum, aber weil immer neue Tränen fließen, hat es wenig Sinn. »Du bist so stark.«

Ich glaube, mich verhört zu haben, doch wie ich die Worte auch drehe und wende, erschließt sich mir keine andere Bedeutung. »Aber du bist doch auch stark!«, rufe ich aus. »Himmel,

Lara, du bist eine von diesen Frauen, die immer alles unter Kontrolle haben, die einfach alles auf die Reihe kriegen und alles können!« Am liebsten würde ich hinzufügen: Also hör um alles in der Welt auf zu heulen!

»Das ... das stimmt nicht«, schluchzt Lara. »Ich tu ... ich tu doch nur so. Eigentlich kann ich ... Ich kann noch nicht einmal kochen.«

Ich klappe den Mund auf, um etwas zu sagen, weiß aber nicht was. So langsam frage ich mich, wer diese Frau auf meinem Sofa ist, und vor allem, was sie mit der schnippischen, hochmütigen Lara gemacht hat, die ich kenne. »Aber ... natürlich kannst du kochen!«, widerspreche ich lahm. »Du hast an deinem Geburtstag doch dieses ... Hähnchencurry gemacht.«

Lara schnieft. »Das war Louis. Ich kann nur backen. Deshalb gibt es bei uns so oft Salat. Weil man den nicht kochen muss. Und Louis ist abends viel zu müde von der Arbeit, um sich noch in die Küche zu stellen.« Sie schnäuzt sich geräuschvoll, aber zu meiner Erleichterung kommen keine neuen Tränen mehr. Jedenfalls für den Moment. »Außerdem ist er meistens ohnehin erst nach dem Abendessen zu Hause. Er ... er arbeitet so viel. Und ich muss alles alleine machen. Den Haushalt und ... und Caroline.« Sofort füllen ihre Augen sich erneut mit Tränen.

In meiner Panik, dass sie wieder zu heulen anfängt, greife ich nach dem dargebotenen Strohhalm: »Aber das machst du doch sehr gut. Schau doch, was für ein ... talentiertes und sprachgewandtes Kind Caroline ist!«

Zu meinem Entsetzen vergräbt Lara das Gesicht in ihren Händen und schluchzt lauter denn je. »Wir fangen jetzt mit Ergotherapie an.«

»Mit ... noch so ein Frühförderprogramm für hochbegabte Kinder?«

»Ich hab es schon ganz früh geahnt, weißt du?«, schluchzt Lara hinter ihren Händen. »Als die anderen Kinder in der Krabbelgruppe angefangen haben, Bausteine zu stapeln und Bälle zu rollen. Und Caroline hat ... Bei ihr ist immer alles umgefallen. Dann haben die anderen begonnen, Bilder zu malen. Aber sie hat nur auf den Stiften herumgekaut.«

»Na ja, das ... das machen Kinder nun mal. Oder?«

Lara schüttelt den Kopf. »Und im Kindergarten meinte die Erzieherin dann, Caroline habe ... habe feinmotorische Defizite. Und egal, wie viel wir mit ihr geübt haben, es wurde einfach nicht besser. Sie kann sich die Schuhe nicht binden. Oder die Zahnpasta aus der Tube drücken. Oder eine einfache Form ausschneiden. Sie kann ... Sie kann gar nichts!«

Ich brauche einen Moment, um diese neue Information sacken zu lassen. Reden wir hier wirklich von dem kleinen Wunderkind, das Louis und Lara uns immer als den nächsten Einstein präsentieren? »Sie kann sich ziemlich gut ausdrücken«, meine ich aufmunternd.

»Wir dachten ... Wir wollten doch, dass ihr Selbstbewusstsein nicht unter ihren motorischen Schwierigkeiten leidet. Sie hat so schnell sprechen gelernt. Da dachten wir, wenn wir sie darin fördern ... dann fällt vielleicht niemandem auf, dass sie ungeschickt ist und andere Dinge nicht kann.«

»Ja, also ... Das hat ziemlich gut funktioniert«, räume ich ein. Ich zermartere mir das Hirn nach Erinnerungen an Carolines Ungeschicklichkeit, aber mir fällt beim besten Willen nichts ein. Habe ich Caroline eigentlich schon einmal malen oder ausschneiden sehen? Oder überhaupt mit irgendeinem kleinteiligen Spielzeug spielen? Lara und Louis scheinen das sehr erfolgreich verhindert zu haben. »Lara ... ich bin mir sicher, wenn Caroline erst in die Schule kommt, wird sich das mit ihren ... äh ... Schwierigkeiten irgendwann geben.«

»Die Schule«, schluchzt Lara. »Sie freut sich so auf die Schule. Aber vorher ist noch die Vorschul...« Sie macht ein hicksendes Geräusch. »... die Vorschulübernachtung. Und sie würde so gerne hingehen. Aber es geht doch nicht!«

»Warum soll das nicht gehen?«

»Caroline kann nirgendwo übernachten.« Sie vergräbt ihr Gesicht noch tiefer in den Händen. »Sie ist nachts doch ... Sie macht nachts doch immer noch ins Bett. Tagsüber ist sie schon lange trocken. Sie hat so früh gelernt, auf ihr ... auf ihr Töpfchen zu gehen. Aber nachts ... nachts schafft sie es einfach nicht. Und bei der Übernachtung würden die anderen Kinder sie auslachen. Und die Erzieherinnen brauchen es auch nicht zu wissen. Sonst schreiben sie es in irgendwelche Unterlagen und dann erfährt es die Lehrerin, die Caroline in der ersten Klasse bekommt, und dann hat sie für immer den Stempel ... den Stempel ›Bettnässerin‹!«

Lara schluchzt nun wieder so herzzerreißend, dass ich es nicht fertigbringe zu fragen, ob die Erzieher solche Informationen wirklich an die Schule weitergeben dürfen. Das hilft ihr jetzt immerhin auch nicht weiter. Aber was um alles in der Welt bringt denn dann etwas? Ich hatte ja keine Ahnung, dass sie solchen Kummer hat. Bisher hatte ich immer den Eindruck, ihre einzige Sorge wäre es, ob Caroline schon die erste Klasse oder dann erst die zweite überspringen würde.

»Wenn du magst ...«, setze ich zögerlich an. »Caroline könnte, wenn sie das will, zur Probe bei mir übernachten. Vielleicht ... vielleicht schläft sie an einem fremden Ort gar nicht so tief, dass sie ... du weißt schon ... ins Bett macht.«

Lara gibt ein ersticktes Geräusch von sich, lässt die Hände aber ein wenig sinken und blinzelt mich darüber hinweg aus verquollenen Augen an. »Meinst du wirklich?«

Ich zucke mit den Schultern. »Na ja, es wäre einen Versuch wert, oder?«

»Das ... das wäre wunderbar«, schnieft Lara und startet einen erneuten Versuch, sich die Tränen aus dem Gesicht zu tupfen. »Caroline würde bestimmt sehr gerne bei dir übernachten. Wenn ... wenn es dir wirklich nicht zu viel ist.«

»Ach was«, wiegle ich ab. »Ich bin ja ohnehin zu Hause.«

»Sie wird sich sicher freuen, wenn ich ihr das erzähle. Sie vergöttert dich doch so.« Lara zieht die Mundwinkel zu einem sehr schief aussehenden Lächeln hoch. »Dein Barbiepferd liebt sie über alles. Alle ihre Kuscheltiere dürfen darauf reiten. Jeden Tag.«

»Oh, da fällt mir ein ... Ich habe eine Barbie für sie gekauft. Eine mit langen Haaren, die man flechten kann«, füge ich schnell hinzu.

Aber Lara lacht nur trocken. »Caroline hasst flechten.«

»Na ja, man kann die Haare auch einfach ... offen lassen.«

»Ja, das wäre wahrscheinlich besser.«

Und weil Lara für einen Moment schon wieder so aussieht, als wolle sie zu weinen beginnen, springe ich hastig auf. »Darf ich dir vielleicht doch etwas zu trinken bringen? Ich hab auch noch eine offene Flasche Wein im Kühlschrank.«

»Ich weiß nicht ... also ...«

»Komm schon, für dein Orgelkonzert bist du jetzt sowieso schon zu spät. Und der Wein muss wirklich weg. Alleine kann ich unmöglich so viel trinken.«

Lara schnieft noch einmal und nickt schließlich.

»Das ist doch wenigstens eine kleine Entschädigung dafür, dass es mit dem Konzert jetzt nichts wird. Wein kann auch sehr ... äh ... besänftigend sein.«

»Ehrlich gesagt mag ich Orgelmusik gar nicht so sehr«, murmelt Lara und muss über ihr Geständnis selbst lachen. »Ich finde Geigen viel schöner.«

Kapitel 24 – Michelle

»Na ja, das ist eine Alliteration. Ich dachte, nur Romanfiguren hätten solche Namen.«

Niemals hätte ich gedacht, dass ich mich einmal so gut mit Lara unterhalten würde. Ich weiß nicht, ob es am Wein liegt, den sie offenbar nicht sonderlich gut verträgt, oder an ihrem vorhergehenden Gefühlsausbruch, aber meine Schwägerin ist wie ausgewechselt. Sie plaudert so unbefangen über Caroline, den Kindergarten und Louis, dass ich sogar meinen verklemmten Bruder mit anderen Augen zu sehen beginne. Mehr so, wie er früher war. Und nicht einmal, als ich ihr zusätzlich zu Wein und dem ehrlich gesagt staubtrockenen Osterlamm eine Schale mit Gummibärchen vorsetze, verliert sie auch nur ein Wort über gesunde Ernährung und die Gefahren von Zucker.

Wir plaudern schon seit einer guten Stunde, als es an der Tür klingelt. Chrys steht davor, unter einem Arm ihren Helm, unter dem anderen die ersten beiden Bände von *Neema*.

»Ich bin fertig«, verkündet sie. »Und ich muss auf der Stelle weiterlesen. Wie weit bist du mit dem dritten Band?«

Ich trete zur Seite und Chrys folgt der stummen Einladung.

Während sie aus Stiefeln und Motorradkluft schlüpft, stottere ich überrumpelt: »Na ja ... ich schätze, ich hab jetzt ungefähr die Hälfte. Mit dem, was Armin geschrieben hat.«

»Die *Hälfte*?«

»Ich weiß! Es ist noch eine Menge Arb...«

»Also Bergfest!«, ruft Chrys. »Das muss aber ordentlich gefeiert werden!«

»Bergfest?«

»Ja klar. Halbzeit. Hast du nicht noch einen Rest Wein ...« Sie verstummt, als sie an mir vorbei ins Wohnzimmer schlüpft und Lara auf dem Sofa sitzen sieht. »Ach, so ist das! Hier wird schon gefeiert!« Sie grinst, wirft mir aber gleich darauf einen unmissverständlich irritierten Blick zu. Chrys weiß immerhin genau, dass Lara und ich einander noch nicht einmal auf Familienfeiern, umringt von anderen Verwandten, halbwegs ertragen können.

»Äh ... nein. Wir ... plaudern nur ein bisschen. Magst du auch ein Glas Wein?«

Chrys hebt noch einmal fragend die Augenbrauen, bejaht dann aber und wirft sich schwungvoll neben Lara auf das Sofa. Nebeneinander geben die beiden einen geradezu unmöglichen Anblick ab: Chrys in ihrem dunkelblauen Longsleeve mit weiß-rotem Ankerprint zu zerrissenen Jeans und Lara in ihrer rüschenbesetzten Bluse in Zartrosa.

Ich hole nicht nur ein weiteres Glas, sondern auch eine zweite Flasche Wein, weil die erste sich dem Ende neigt.

»Dann auf dich und das Manuskript!«, prostet Chrys mir zu, lässt das Glas aber sinken, noch ehe sie einen Schluck daraus getrunken hat. »Ich finde, Beatrice sollte auch hier sein, um mit uns Bergfest zu feiern.«

»Beatrice ... Chrys, es ist Ostermontag. Ich glaube nicht, dass sie Zeit hat, um ...«

Aber Chrys besteht darauf, meine Schwester anzurufen, die – Ostermontag hin oder her – keine vierzig Minuten später vor der Tür steht. Ich begrüße sie mit meinem Glas Wein in der Hand und bereits einem ordentlichen Schwips, weil ich selbst fast so wenig an Wein gewöhnt bin wie Lara und trotzdem mittlerweile zweieinhalb Gläser davon intus habe.

»Holla die Waldfee, du hast dich aber schick gemacht!«, ruft Chrys hinter mir, während ich Beatrice in eine einarmige Umarmung ziehe. Mit der anderen Hand halte ich immerhin das Weinglas. Als ich sie loslasse, sehe ich, wie recht Chrys hat. Beatrice hat ein Cocktailkleid aus dem Schrank geholt, das sie ebenso gut zu einer Taufe oder Hochzeit tragen könnte.

Nun betrachtet sie Chrys' Ankerprint-Shirt und meint ein wenig vorwurfsvoll: »Du hast gesagt, wir feiern.«

»Allerdings.« Strahlend reicht Chrys Beatrice kurzerhand ihr eigenes Glas. »Michelle hat Bergfest.« Und noch ehe meine Schwester protestieren oder auch nur nachfragen kann, was ein Bergfest eigentlich ist, wird sie von Chrys zum Sofa geschoben und neben Lara platziert, die versonnen in ihr eigenes Glas starrt.

Chrys klirrt in der Küche bei der Suche nach einem neuen Weinglas herum, kehrt mit einem verstaubten Cognacschwenker zurück und schenkt reihum ein. »So, jetzt aber: Auf Michelle!«

»Auf Michelle!«, wiederholen Beatrice und Lara feierlich und schon klirren Weingläser gegen Cognacschwenker.

Wir trinken alle einen großen Schluck. Der Rotwein aus der zweiten – mittlerweile ebenfalls fast leeren Flasche – schmeckt herb und fruchtig zugleich. Ich will das Etikett lesen, doch in diesem Moment kommt mir ein anderer Gedanke: »Darf man am Ostermontag eigentlich feiern?«

Beatrice setzt schnell ihr eigenes Glas ab und stellt es auf den Sofatisch. »Meinst du ... Es ist doch kein stiller Feiertag. Also ... nicht wie der Karfreitag. Oder?«

Ich schaue zu Chrys und warte darauf, dass sie diese Sorge zerstreut. Ihr haftet nicht die gleiche traditionsbewusste Erziehung an, die Beatrice und ich genossen haben, und normalerweise sieht sie solche Dinge deshalb viel lockerer. An Armins Beerdigung hat sie Dunkellila getragen und Weihnachten vor ein paar Jahren hat sie in einer Kneipe verbracht.

Aber zu unser aller Erstaunen ist es Lara, die antwortet: »Ostern ist ein Fest der Freude. Jesus selbst hat doch auch gerne gefeiert. Er hat sogar Wasser in Wein verwandelt. Auf der Hochzeit zu Kana.« Und damit nimmt sie selbst einen Schluck von selbigem.

»Dann auf den Ostermontag!« Ich hebe mein Glas.

»Auf den Wein und darauf, dass unserer zum Glück kein Wasser ist!«, fügt Chrys hinzu.

»Auf Barbiepuppen!«

Wir alle starren Lara an, die nur mit den Schultern zuckt und kichert.

»Ich schenke ihrer Tochter eine«, erkläre ich an die anderen beiden gewandt. »Mit einem lila Glitzerkleid und High Heels.«

»Das hast du vorhin gar nicht gesagt«, meint Lara vorwurfsvoll, kichert allerdings im nächsten Moment schon wieder.

»Hast du vorher schon einmal Wein getrunken?«, frage ich argwöhnisch. »Außer beim Abendmahl?«

»Ja.« Lara nickt gewichtig. »In meiner Jugend. Das ist ... ein paar Jahre her.«

»Du weißt, dass du auf die dreißig zugehst?«

»Ja, mit dreißig bin ich definitiv zu alt für Barbiepuppen«, erklärt Lara ernst. »Was eigentlich sehr schade ist, weil ich mir als Kind immer eine Barbie gewünscht habe. Ich hab aber nie eine bekommen. Dabei haben Barbiepuppen ganz sicher auch pädagogische Vorteile.«

Ich brauche einen Augenblick, um mein Erstaunen über diesen Einblick in Laras Kindheit zu überwinden, dann beeile ich mich beizupflichten: »Allerdings haben sie die. Man kann sozusagen ex negativo von ihnen lernen, wie eine Frau *nicht* aussehen sollte, wenn sie Kinder kriegen will.«

»Ganz genau. Ex nektarino.« Lara hebt ihr Glas und prostet mir zu. »Und sie animieren zum freien Spiel und fördern damit die Kreativität.«

»Man kann an ihnen auch das Haareschneiden üben«, fügt Chrys hinzu. »Das habe ich mal gemacht.«

»Außerdem laufen Mädchen ohne Barbies Gefahr, Kindergartenaußenseiterinnen zu werden!«, steuert Beatrice bei.

»Soziale Teilhabe.« Lara nimmt einen großen Schluck Wein. »Es ist also in allen Lebensbereichen dringend notwendig, eine Barbie zu besitzen.«

»Vielleicht sollte ich meine Glitzerkleidbarbie mit den High Heels doch behalten.«

»Auf keinen Fall! Du willst doch nicht meiner Tochter all diese pädagogischen Vorteile vorenthalten!«, protestiert Lara und fängt wieder an zu kichern. »Wir sollten das hier öfter machen. Es tut mir ungeheuer gut.«

»Oh ja, das finde ich auch.« Ich schmunzle und lasse dabei absichtlich offen, ob sich diese Aussage auf Lara oder auf mich selbst bezieht. Irgendwie stimmt beides.

☙

»Hast du nicht Lust auf einen kleinen Spaziergang?« Ich döse noch halb vor mich hin, das Gesicht in meinem Kopfkissen vergraben, die Augen fest geschlossen und Armins Stimme in meinem Ohr. Das Gespräch, an das ich mich erinnere, muss ein paar Tage vor seinem Tod gewesen sein. Es ist eine der letzten Erinnerungen, die ich an Armin habe.

»Spazieren?«, knurre ich in mein Kissen. »Wie spät ist es?«

»Fast acht. Und um acht öffnet der Bäcker.«

Ah, daher weht also der Wind. »Und da dachtest du, wir könnten mal eben rüberspazieren und frische Croissants holen, die du in deinen morgendlichen Kaffee tauchen kannst?«

»Eigentlich«, gesteht Armin, »dachte ich, *du* könntest schnell rüberspazieren, während *ich* schon mal eine Runde schreibe.«

»Das könnte dir so passen!« Am liebsten würde ich das Kissen nach Armin werfen, so wie ich es damals getan habe. Ehe ich zum Bäcker gelaufen bin – mit Armin im Schlepptau, der unterwegs grummelig beteuert hat, das nächste Mal werde er es sich gründlicher überlegen, ob er wirklich Croissants zum Frühstück will oder ob es eine Scheibe gammeliger Toast nicht auch tut. Oder gar kein Frühstück, so wie meistens.

Statt mein Kissen auf die schmerzlich leere Bettseite zu werfen oder diese auch nur anzusehen, krieche ich aus dem Bett und tapse direkt in Richtung meines begehbaren Kleiderschranks. Dabei ist mir eigentlich danach, den ganzen Tag im Schlafanzug zu bleiben, denn schon beim ersten Schritt schickt mein schmerzender Schädel mir einen herzlichen Gruß vom feuchtfröhlichen Vorabend. Der Schlafzimmerboden schwankt für einen Moment, stabilisiert sich dann wieder und lässt zu, dass ich weiterlaufe. Das Pochen hinter den Schläfen begleitet mich allerdings in den Kleiderschrank und auch ins Bad. Nicht einmal eine abwechselnd heiße und kalte Dusche kann es vertreiben.

Vielleicht brauche ich einfach nur einen Kaffee. Doch schon beim Gedanken an das eigentlich mittlerweile lieb gewonnene bittere Aroma dreht sich mir der Magen um. Möglicherweise ist die steile Treppe, die ich soeben hinuntertaumle, auch mit schuld an diesem Eindruck. Jedenfalls muss ich mich, unten angekommen, erst mal auf die unteren Stufen setzen und abwarten, bis mein Kreislauf sich zurück zum Dienst meldet.

Das kleine grüne Licht des Anrufbeantworters blinkt neben mir. Ich werde mir die Nachricht später anhören müssen, wenn ich Chrys nicht wecken will, deren Schnarchen ich vom Sofa bis hierher hören kann. Ich hoffe jedenfalls, dass es Chrys ist und nicht Lara oder Beatrice. Nachdem ich mich eben erst mit Laras weinbeschwipster Seite angefreundet habe, will ich lieber keine Bekanntschaft mit ihrer verkaterten Seite machen, die alles gleich wieder ruiniert. Und Erik bringt mich eigenhändig um, wenn Beatrice gestern nicht nach Hause gekommen ist.

Ich hieve mich auf die Beine und schleiche, so gut es mit meinem dröhnenden Schädel geht, ins Wohnzimmer. Ein kurzer Blick über die Sofalehne genügt: blondes Haar, das in diesem Zustand an einen Heuhaufen erinnert, Ankerprint und zerrissene Jeans – eindeutig Chrys. Und jetzt kommt auch die Erinnerung langsam zurück.

Während der dritten Flasche Wein ist Chrys an Laras Schulter gelehnt eingeschlafen und ich habe den beiden anderen angeboten, einfach ebenfalls hier zu übernachten. Beatrice – offenbar bei deutlich klarerem Verstand als ich – bestand allerdings darauf, Erik anzurufen, damit er sie abholen kommt. Soweit ich mich erinnere, hat er keine Fragen gestellt oder, falls doch, zumindest keine Antworten bekommen. Jedenfalls holte er nicht nur Beatrice ab, sondern bot auch an, die beiden anderen nach Hause zu fahren. Ich dankte ihm überschwänglich und hängte ihm Lara an denjenigen Arm, auf den nicht schon eine kichernde Beatrice gestützt war. Chrys ließen wir, eingerollt auf meinem Sofa, weiterschlafen, zumal Erik keinen freien Arm und ich kein Gleichgewicht mehr hatte.

Ich stütze mich auf die Sofalehne und reibe mir die Schläfe. So einen Kater hatte ich nicht mehr, seit ... Nein, so einen Kater hatte ich überhaupt noch nie. Noch nicht einmal, als ich mich mit sechzehn Jahren von ein paar Mitschülern dazu habe überreden lassen, ein Jägermeisterwetttrinken zu veranstalten. Bis heute kann ich noch nicht einmal den Geruch des Kräuterlikörs ertragen und selbst der Geschmack von Hustenbonbons erinnert mich daran, weshalb ich lieber keine lutsche.

Chrys wird es, wenn sie irgendwann aufwacht, vermutlich nicht viel besser gehen. Und weil das gewissermaßen meine Schuld ist, beschließe ich, wenigstens eine Tüte Croissants oder frische Semmeln vom Bäcker zu holen.

In einem Tempo, das meiner alten Nachbarin Frau Walther Konkurrenz macht, bewege ich mich zur Tür und schlüpfe in meine Jacke. Um meine Schuhe anzuziehen, muss ich mich gegen die Haustür lehnen, weil mein Schädel beim Nachvornelehnen zu platzen droht. Ich denke gerade noch daran, meinen Geldbeutel und den Schlüsselbund einzustecken, ehe ich die beiden Steinstufen vor dem Hauseingang hinunterstolpere und die Tür hinter mir ein wenig zu schwungvoll ins Schloss ziehe. Hoffentlich habe ich Chrys nicht geweckt.

Draußen ist es schon hell und sogar angenehm sonnig. Ich habe keine Uhr bei mir, aber ich schätze, dass es bereits nach zehn sein muss. Die milde Morgenluft ist Balsam für meinen Kopf und ich erlaube mir, mich ausgiebig zu strecken, ehe ich durch das Gartentor auf die Straße trete.

»Frau Prinz?«

Ich fahre heftig zusammen. Die Frau, zu der die Stimme gehört, die mir eben beinahe einen Herzinfarkt beschert hätte, muss direkt neben dem Pfosten meines Gartenzauns gestanden haben. Jedenfalls steht sie so urplötzlich neben mir, als wäre sie aus dem Boden geschossen.

»Sie sind doch Frau Prinz?« Sie blinzelt mich fragend an.

»Und Sie sind?«

»Oh, verzeihen Sie!« Das Kichern der Frau klingt irgendwie geziert und passt damit hervorragend zu ihrem lockigen Kurzhaarschnitt und dem altrosafarbenen Trenchcoat. »Ich wollte nicht unhöflich sein. Ich bin Helga Heroldt von der Literaturzeitschr...«

»Ach wirklich?«

Sie zieht ihre schmalen Augenbrauen in höflichem Unverständnis hoch.

»Na ja, das ist eine Alliteration. Ich dachte, nur Romanfiguren hätten solche Namen.«

»Romanfiguren!« Helga Heroldts Gesicht hellt sich sichtlich auf. »Was für ein wunderbares Stichwort. Ich würde gerne mit Ihnen über Ihren Roman sprechen.«

»Meinen Roman?« Entweder es liegt an meinem verkaterten Hirn oder hier läuft etwas ganz gewaltig schief.

»*Neema*!« Fehlt nur noch, dass Helga Heroldt in die Hände klatscht. »Der Roman, den Sie anstelle Ihres verstorbenen Mannes zu Ende schreiben.«

»... den ich ... woher ... wie kommen Sie darauf?«

Helga Heroldt kichert mädchenhaft. »Ich würde nun ja liebend gerne mit meinen hervorragenden Informationsquellen angeben, aber ... lesen Sie denn keine Zeitung, Frau Prinz? Jemand aus dem Verlag hat geplaudert. Donnerstag stand es im Kulturteil der örtlichen Zeitung und jetzt werden alle Literatur- und Buchzeitschriften darüber berichten wollen. Ich persönlich wäre am liebsten sofort vorbeigekommen, aber der Karfreitag erschien mir ein wenig ungünstig.«

»Allerdings.« Ich denke daran, wie ich von oben bis unten erdbeschmiert vom Friedhof zurückgekommen bin, und stelle mir vor, ich hätte an Chrys' Stelle Helga Heroldt vor meiner Haustür angetroffen. Der Gedanke jagt mir einen Schauder über den Rücken.

»Also können wir reden? Ungestört?«

»Sicher.« Ich bin so überrumpelt von ihrem Erscheinen, dass ich meinen eben erst verstauten Schlüsselbund herauskrame und ohne viel Federlesens die Tür aufschließe. Erst als Frau Heroldt schon über die Schwelle getreten ist, fällt mir ein, dass auf dem Esszimmertisch noch immer eine Sammlung von leeren Weinflaschen, drei Weingläsern und einem Cognacschwenker steht. Leider schaffe ich es nicht, alles auf einmal zu packen und aus dem Blickfeld der Redakteurin verschwinden zu lassen. So entscheide ich mich, zuerst die Flaschen wegzubringen, damit sie wenigstens an der Zahl der Gläser erahnen kann, dass ich nicht allein getrunken habe.

»Kaffee?«, frage ich, als ich wieder aus der Küche komme.

»Kaffee wäre großartig«, krächzt eine Stimme vom Sofa.

Ach du liebe Güte, Chrys habe ich vollkommen vergessen.

»Äh ... Chrys, darf ich vorstellen? Das ist Helga Heroldt, eine Redakteurin von ... von was für einer Zeitung eigentlich?«

Helga Heroldt nennt mir den Namen einer Literaturzeitschrift, von der ich zumindest schon einmal gehört habe. Ich glaube, sie haben vergangenes Jahr eine sehr ausführliche und lobende Rezension zu *Neema – Die Sehnsucht der Braut* gebracht. Dieser Gedanke lässt die Redakteurin in meiner Achtung gleich ein paar Zentimeter aufsteigen.

»Gut, dann ... mache ich uns mal Kaffee, ja?« Ich hechte in die Küche und bin froh, dass meine Hände etwas zu tun haben, wenn auch nur kurz, denn nach dem Einfüllen von Kaffeepulver und Wasser tut die Maschine ihre Arbeit ja von ganz allein.

Also trage ich schon einmal Tassen, Löffel und Zuckerdose ins Esszimmer, schnuppere an einem angebrochenen Tetra Pak

Milch und fülle ein wenig davon in ein Milchkännchen. Dazu serviere ich ein Stückchen von Laras Osterlamm und hoffe, Helga Heroldt wird denken, ich hätte es gebacken. Ein Blick über die Schulter verrät mir, dass Chrys immer noch unter der Wolldecke auf dem Sofa sitzt und notdürftig versucht, sich die Haare mit den Fingern zu kämmen. Frau Heroldt inspiziert unterdessen das Bücherregal.

»Die Bücher Ihres Mannes stehen gar nicht hier«, stellt sie fest, als ich gerade Untersetzer und Kaffeekanne zum Esstisch trage.

»Ähm ... ja. Die stehen in seinem Arbeitszimmer unter dem Dach.« Aktuell allerdings nicht, wie mir siedend heiß einfällt. Chrys hat sie gestern zurückgebracht und ich habe sie ... wohin gelegt? Mein Blick fällt auf die Treppe, wo beide Bücher auf einer der untersten Stufen liegen. Hoffentlich sieht Frau Heroldt sie da nicht.

»Also, Frau ... ähm ... Heroldt.« Ich brauche nahezu all meine Konzentration, um den heißen Kaffee, ohne zu kleckern, auf die drei Tassen zu verteilen. Chrys bringe ich ihre Tasse samt drei Zuckerstückchen und einem Löffel zum Sofa. Sie sieht mich aus verklebten und irgendwie glasigen Augen fragend an, doch ich schüttle nur den Kopf. Jetzt ist keine Zeit für Erklärungen. Ich kann nur hoffen, dass ich nicht so fix und fertig aussehe wie sie.

So elegant wie möglich lasse ich mich der Redakteurin gegenüber am Esstisch nieder und schlage ein Bein über das andere. Das halte ich allerdings nur für einen winzigen Moment durch, denn die einseitige Haltung verursacht mir Schwindel. Hastig stelle ich beide Füße wieder nebeneinander. Es soll doch angeblich sowieso kultivierter sein, höchstens die Knöchel zu kreuzen. »Mein ... Armins Verlag hat also behauptet, dass ich sein letztes Buch für ihn fertig schreibe?«

»Ist es denn so?« Helga Heroldt nippt an ihrer Tasse. Sie spreizt beim Trinken den kleinen Finger ab. Es ist fast unmöglich, nicht darauf zu starren. Ich dachte immer, niemand tue das wirklich! Und es sieht genauso albern aus, wie es klingt.

»Was, wenn nicht?«

»Dann hat jemand im Verlag sich einen ziemlich unangemessenen Scherz erlaubt.« Behutsam stellt sie ihre Tasse ab und kramt Block und Kugelschreiber aus ihrer ledernen Handtasche. »Aber das glaube ich nicht.«

Ich seufze und reibe mir die schmerzenden Schläfen. Wenn es sogar schon in der Zeitung war, hat es eigentlich keinen Sinn mehr, irgendetwas abzustreiten. Also nicke ich ergeben. »Na gut, ich schreibe die ... letzten Kapitel.«

»Also hat Ihr Mann das Buch doch nicht vor seinem Tod mehr oder weniger fertiggestellt, wie der Verlag es hat verlauten lassen?«

»Nein, das hat er nicht.«

»Obwohl es ein offizielles Statement der Geschäftsführung gegenüber den Medien gab, dass das Manuskript bereits nahezu fertiggestellt sei? Dass er es vor seinem Tod schon beinahe vollendet habe?« Sie drückt die Kugelschreibermine ein paarmal rein und raus. Das Klicken dröhnt in meinem Kopf und ich bin versucht, ihr den Stift zu entreißen. »Sagen Sie, war das eine Strategie Ihres Agenten oder waren Sie es, die den Verlag hinters Licht geführt und behauptet hat, Ihr Mann habe das Manuskript bereits beendet?«

»Das hat sie natürlich nicht!« Nun scheint auch Chrys endgültig aufgewacht zu sein.

Doch Helga Heroldt ignoriert ihren Einwand gekonnt. »Aber vielleicht wollen Sie darüber nicht sprechen.« Mit einer Mischung aus Schmollmund und fragend hochgezogenen Brauen blättert sie durch ihren Block. »Beginnen wir also zunächst ganz von vorne. Der Unfall Ihres Mannes. Wie haben Sie seinen Verlust empfunden?« Sie greift nach der Kuchengabel und sticht sich ein Stückchen Osterlamm ab.

»Ich ... Es war ...« Jede denkbare Antwort bleibt mir im Hals stecken. Was will Helga Heroldt denn bitte hören? Welche Worte beschreiben schon die Leere, das grässlich schwarze, ausgefranste und hässliche Loch, das seit Armins Tod in meinem Leben klafft? »Sind Sie verheiratet?«, würge ich hervor. Wie in aller Welt konnte Helga Heroldt mit dieser unsensiblen und wenig subtilen Art, Fragen zu stellen, an einen Job bei einer renommierten Literaturzeitschrift kommen?

»Ist das von Bedeutung?«

»Was ... das ... nein. Ich ...«

»Wie geht es Ihnen heute damit? Haben Sie sich bereits an die Situation gewöhnt?«

»An die ... Ich werde mich nie daran ... Wie soll man denn ...?«

»Jetzt atmen Sie erst einmal tiiief durch.« Sie zieht das Wort endlos in die Länge. Vielleicht soll das beruhigend auf mich wirken, doch das Gegenteil ist der Fall: Ich würde Helga Heroldt am liebsten ihren Notizblock um die Ohren hauen. »Ich weiß, Sie sind es nicht gewohnt, Interviews zu geben. Aber wir wollen doch, dass Ihre Antworten auch verwertbar sind, nicht wahr?«

»Ja«, antworte ich höchst verwertbar und eindeutig. »Das wollen wir selbstverständlich.« Ich sehe davon ab, sie darauf hinzuweisen, dass ich Interviews durchaus gewohnt bin – allerdings bin normalerweise ich es, die die Fragen stellt. Und zwar in jedem Fall taktvoller als sie.

»Also ... lassen Sie uns doch ein wenig über *Neema* plaudern. Wie würden Sie die Handlung des finalen Bandes beschreiben?«

Ich hole tief Luft, so wie Frau Heroldt es mir geraten hat. Diese Frage immerhin kann ich beantworten. Auch wenn ich nicht recht weiß, wo ich beginnen soll.

»Na ja ... es geht um Esmé und ... ihr Warten auf Elis Rückkehr. Die Situation im Königreich Neema spitzt sich in Abwesenheit des Prinzen immer weiter zu und Esmé beginnt selbst daran zu zweifeln, dass Eli wie versprochen zurückkommen wird.«

»Das klingt sehr tragisch.« Helga Heroldt nickt mir ermutigend zu und kritzelt auf ihrem Block herum, ohne den Blick von mir abzuwenden.

»Ja. Ja, ich schätze, das ist ein tragischer Abschnitt in Neemas

Geschichte. Und für Esmé. Sie wartet nun ja schon so lange auf Elis Rückkehr. Aber es war Armin wichtig. Dieses Warten meine ich. Weil er ... Er hat gesagt, genau so warten wir ... warten die Christen auf die Rückkehr von Jesus.« Ich zucke ein wenig unbehaglich mit den Schultern. »Schon die ersten Christen lebten ja in direkter Naherwartung. Also, sie dachten, dass Jesus schon sehr bald wiederkommen würde. Und viele Christen dachten das seitdem. Für dieses Warten ist Esmés Geschichte eine Me...«

»Und Ihr Mann glaubte das ebenfalls?«

Kurz verliere ich den Faden. »Er ... Armin glaubte ... Er hat an Jesus geglaubt und daran, dass er irgendwann wiederkommt. Ich ... ich weiß nicht, ob er geglaubt hat, dass das schon bald passieren würde. Um ehrlich zu sein ... ich hab ihn nie gefragt.«

»Ihr Mann war also sehr gläubig, ja?«

Ich beiße mir auf die Unterlippe. »Ich schätze, man könnte das so sagen. Sein Glaube war ihm sehr wichtig, ja.«

»Aber Sie teilen diesen Glauben nicht?«

»Das habe ich doch gar nicht ...« Ich schlucke hart. Es hat keinen Sinn, es zu leugnen. Meine eigenen Worte haben mich schon längst verraten und ich wüsste auch nicht, wozu ich das Gegenteil behaupten sollte. »Nein, Sie haben recht. Armin und ich waren uns in diesem Punkt nicht einig. Meine Familie ist sehr gläubig, aber ich konnte damit nie etwas anfangen.« So extrem wollte ich das gar nicht klingen lassen. »Das stand aber nie zwischen Armin und mir«, beeile ich mich hinzuzufügen. »Für ihn war es immer okay, dass ich nicht ... und für mich, dass er ...« Ich blinzle die ohne Vorwarnung aufsteigenden Tränen zurück. Es stimmt eigentlich: Diese Sache – Glaube oder Unglaube – stand nie zwischen uns. Aber ich weiß, dass Armin es sich sehr gewünscht hätte: dass ich nicht nur ihm zuliebe mit in den Gottesdienst gegangen wäre, sondern aus dem gleichen Grund wie er. Weil ich wirklich daran interessiert war. Weil es mich tief im Herzen ebenso berührte wie ihn.

Aber während Armins Geschichten mich durchaus angerührt

haben, habe ich nie die tiefe Verbundenheit zu irgendeinem göttlichen Wesen gespürt, die Armin offenbar in sich trug.

»Aber die Bücher Ihres Mannes haben einen ... sagen wir: starken Fokus auf diese religiöse Metaebene.«

»Ja, das haben sie.« Meine Stimme klingt gequetscht. Ich versuche unauffällig, mir die Tränen aus den Augenwinkeln zu wischen, indem ich Helga Heroldt mit einem regelrechten Redefluss ablenke: »Fast alles darin hat eine Bedeutung. Elis bester Freund Alan steht für Petrus. Armin war fasziniert von ihm. Er sagte immer, niemand glaube so leidenschaftlich, zweifle so abgrundtief und vertraue so aufrichtig wie Alan. Also Petrus. Wie in der Geschichte, in der er auf dem Wasser geht. Armin hat das in der Szene am Berg im ersten Band aufgegriffen. Eli und Alan laufen nicht wirklich auf dem Wasser. Aber es geht auch um Vertrauen.«

»Wollen Sie diesen Handlungsstrang – also diese religiöse Metaebene – dann auslaufen lassen? Wenn Sie den Glauben Ihres Mannes doch gar nicht teilen?«

»Was? Ich ... nein, natürlich will ich das Buch in seinem Sinne weiterführen. So wie er ... ich ... entschuldigen Sie.« Nun tropft doch die erste Träne. Dann die zweite und dritte und binnen Sekunden hat es keinen Sinn mehr, sie zu zählen.

Wie um alles in der Welt soll ich Armins Buch so fertig schreiben, wie er es getan hätte? Mal davon abgesehen, dass mir Armins blumiger Wortschatz fehlt und die Übung darin, gelungene Dialoge zu schreiben, hat Helga Heroldt recht: Ich habe Armins Glauben nie geteilt. Wie soll ausgerechnet ich dem großen Finale, der Rückkehr von Eli, gerecht werden? Wie soll ich ...?

»Jetzt ist Schluss.« Chrys steht so urplötzlich neben uns, dass Helga Heroldt beinahe ihren Stift fallen lässt. Offenbar hat auch sie Chrys' Anwesenheit völlig vergessen. Nun greift diese nach der Handtasche der Journalistin und reicht sie ihr mit unmissverständlicher Vehemenz. »Es war ausgesprochen nett, Sie hier zu haben. Trinken Sie doch Ihren Kaffee noch aus und dann zeige ich Ihnen, wo die Tür ist.«

»Bitte?«

»Ich denke, Michelle hat Ihnen mehr als genug Antworten gegeben. Mehr als ich Ihnen an ihrer Stelle auf Ihre dreisten Fragen geantwortet hätte, das können Sie mir glauben.«

»Ich bin Journalistin. Es ist mein Job ...«

»Ihr Job hier ist beendet. Wenn Sie keinen Kaffee mehr wollen, bringe ich Sie jetzt zur Tür, wenn es Ihnen recht ist.«

Frau Heroldt sieht ganz und gar nicht danach aus, als wäre ihr das recht, doch Chrys scheint das nicht zu kümmern. Sie bugsiert die Journalistin derart bestimmt zur Tür, dass diese sich gerade noch so Tasche, Block und Stift greifen kann.

Kaum hat sie mir den Rücken zugewandt, lasse ich meinen Kopf auf die Tischplatte vor mir sinken, das Gesicht in den Armen vergraben. Was habe ich getan? Wenn Helga Heroldt den Unsinn, den ich da von mir gegeben habe, in einen Artikel verpackt und veröffentlicht ... Ich will gar nicht daran denken.

Ich drehe den Kopf zur Seite, um zu sehen, ob die Journalistin mein Haus wirklich verlassen hat, und mein Blick fällt auf das blinkende Licht des Anrufbeantworters. Weniger aus Neugier als um irgendeine ablenkende Beschäftigung zu haben, schleppe ich mich zur Treppe, setze mich darauf und drücke den kleinen Knopf.

»Guten Morgen, Frau Prinz. Josef Heppenheimer hier, ich hoffe, ich störe Sie nicht. Ich wollte Sie nur informieren, dass die Medien ... äh ... Wind von Ihrer Ghostwritingtätigkeit bekommen haben. Es kann also sein, dass Sie den ein oder anderen Anruf bekommen.«

»Ach nein, wirklich?« Ich winkle die Knie an, verschränke die Arme darauf und verbuddle mein Gesicht wieder darin. »Oder Besuch vielleicht? Herzlichen Dank für die Warnung.«

»Vielleicht wäre es besser, wir sprechen kurz miteinander, ehe Sie irgendein offizielles Statement abgeben. Nur damit wir uns abstimmen können, welche Linie wir gegenüber der Presse fahren wollen. Seien Sie so lange einfach vorsichtig, was Sie sagen.

Oder rufen Sie mich am besten gleich zurück. Ich bin den ganzen Tag in der Agentur erreichbar.«

»Oh Gott«, stöhne ich. Welche Linie wir gegenüber der Presse fahren wollen? Bestimmt nicht die, in der ich einer Redakteurin eine Sammlung leerer Weinflaschen auf meinem Esstisch präsentiere, unnützes Zeug stammle und schließlich vor ihr in Tränen ausbreche.

»Das wollte ich nicht. Armin, ehrlich. Ich wollte dich nicht blamieren. Ich will im Erdboden versinken!«

»Das hilft jetzt auch nicht«, sagt Armins Stimme und ein Schmunzeln liegt darin.

»Ich könnte Chrys' Motorrad klauen, Helga Heroldt hinterherfahren und ihr die Notizen wegnehmen«, schlage ich vor.

Armin lacht. »Ich fürchte, euer Gespräch war so einprägsam, dass sie gar keine Notizen brauchen wird.«

Ich stoße einen gequälten Laut aus, der von meinen Ärmeln geschluckt wird. »Ich hab deinen Ruf ruiniert.«

»Ach, höchstens etwas angekratzt. Das verträgt der schon.«

»Was ist, wenn sie was ganz Fürchterliches schreibt? Dass ich dein Buch verpfusche?«

»Dann wird sie sich noch wundern, wenn sie es liest.«

»Wenn dein Verlag es nach diesem Auftritt noch veröffentlichen will. Was habe ich nur ...?«

»Mit wem redest du?«

Ich fahre aus meiner kauernden Haltung hoch und blicke – natürlich – nicht in Armins Gesicht, sondern in das von Chrys, die sich mit fragender Miene im Durchgang zwischen Garderobe und Wohnzimmer aufgebaut hat. Ich habe gar nicht gehört, dass sie wieder hereingekommen ist, so vertieft war ich in mein Gespräch mit Armin.

Matt schüttle ich den Kopf.

Chrys presst die Lippen zusammen und schnaubt schließlich. »Also so eine dumme Pute, ganz ehrlich. Sag bitte, dass du als Journalistin ein bisschen feinfühliger bist!«

»Ist nicht schwer, oder?« Ich versuche mich an einem Grinsen, spüre aber selbst, wie kläglich es ausfällt. Die Tränenspuren lassen meine Haut spannen und ich möchte wetten, dass der Rest meiner Mascara vom Vortag in meinem ganzen Gesicht verteilt ist. »Sie wird einen ganz schrecklichen Artikel über mich verfassen.«

»Das werden wir noch sehen.« Chrys versucht, ein undurchschaubares Gesicht zu machen, muss aber gleich darauf grinsen. »Wir haben draußen noch ein ... Wörtchen geredet. Kann sein, dass die Zeitschrift gar keinen Artikel mehr über dich bringen will.«

Kapitel 25 – Michelle

»Sie vergleicht dich mit E. T. A. Hoffmann.«

Obwohl ich mir nicht sicher bin, ob Chrys' Zuversicht berechtigt ist, schiebe ich Helga Heroldt in der folgenden Woche, so gut ich kann, aus meinen Gedanken. Mit Heppenheimer versuche ich das Gleiche, aber er ist hartnäckig und ruft noch einmal an. Weil unser prähistorisches Telefon ja keine Nummern anzeigt, hebe ich leider auch ab und muss mir seinen Vortrag über den Umgang mit der Presse anhören. Bei der Gelegenheit beichte ich ihm auch, dass ich bereits ein sehr spontanes Interview gegeben habe. Allerdings bringe ich es nicht über mich, ihm zu sagen, wie katastrophal es gelaufen ist. Vielleicht muss ich das auch nicht, weil Helga Heroldt gar keinen Artikel veröffentlichen wird. An dieser Hoffnung klammere ich mich fest.

Das muss ich auch, wenn ich mit Armins Manuskript vorankommen will, denn die Erinnerung an meine ausgesprochen eloquenten Antworten auf Frau Heroldts Fragen errichten in meinem Kopf das, was Armin stets eine Schreibblockade nannte und ihn manchmal tagelang umgetrieben hat. Dann hat er kein Wort zu Papier gebracht und ist stattdessen durchs Haus getigert, hat Schreibratgeber gelesen, Unmengen heißer Schokolade getrunken und auf jede Art von Frage mit einer Patzigkeit reagiert, die man sonst gar nicht von ihm kannte.

Ich komme mittlerweile ebenfalls auf mindestens eine Tasse heiße Schokolade – zusätzlich zu den zwei Kaffees – pro Tag, aber mit dem Schreiben geht es, solange ich nicht an Helga Heroldt denke, erstaunlich gut voran. Die meisten Tage verbringe ich zu großen Teilen mit Armins Notebook unter dem Dach.

Am Samstagmorgen besuche ich direkt nach meinem Kaffee

Armins Grab. Es sieht trostlos aus, wie es so daliegt und nur mit einigen halb vertrockneten Christrosen und winzigen Buchssträuchern bepflanzt ist. Ich überschlage hastig im Kopf, wie lange ich zu Fuß zur Gärtnerei und zurück brauche. Aber bepackt mit einer ganzen Batterie Frühblüher ist der Weg entschieden zu weit.

So nehme ich mir nur vor, bei meinem nächsten Besuch wenigstens eine Vase und einen Strauß Tulpen mitzubringen, und mache mich auf den Weg nach Hause, wild entschlossen, den gesamten restlichen Tag oben in der Dachkammer zu verbringen.

An meinem Briefkasten lege ich allerdings noch einen kurzen Zwischenstopp ein, um schnell die Prospekte aus dem Zeitungsfach zu friemeln, damit Frau Walther sich nicht wieder gezwungen fühlt, sie mir zur Tür zu bringen, weil sie tagelang draußen im Regen hängen.

Sie ist ebenfalls gerade dabei, die ganze Werbung aus ihrem Briefkasten zu ziehen. »Furchtbar, nicht wahr? Dabei habe ich extra diesen Bitte-keine-Werbung-Aufkleber.«

Ich nicke pflichtschuldig und behalte für mich, dass ich gerne durch die ganzen Prospekte blättere, auch wenn ich es eigentlich nie auf die Reihe bekomme, wirklich in eines der Geschäfte zu gehen, um die Angebote zu nutzen. Das ist wie Schaufenstershoppen, nur von zu Hause aus.

Ich schließe meinen Briefkasten auf, den ich auch schon seit ein paar Tagen nicht mehr geleert habe. Schon wieder irgendeine Rechnung, eine Postkarte von einer alten Schulfreundin, die offenbar auf La Palma Sonne tankt und, in Plastik eingeschweißt und mit einer persönlichen Notiz auf einem Post-it versehen, eine Zeitschrift. Ich weiß, dass wir für dieses Magazin kein Abo haben. Außerdem habe ich sofort so eine Ahnung, wem die schnörkelige Handschrift auf dem Notizzettel gehört.

Seite 24. Vielen Dank für Ihre Zeit! H. Heroldt.

Mein Magen veranstaltet eine Art Bungeesprung und der Kaffee von heute Morgen scheint Lust zu bekommen, sich einen Weg zurück ans Tageslicht zu bahnen. Chrys' Drohungen haben offenbar wenig Eindruck auf Helga Heroldt gemacht. Sie hat den Artikel trotzdem geschrieben. Ich reiße das gelbe Zettelchen ab und werfe es zurück in den Briefkasten. Die Zeitschrift nehme ich mit ins Haus. Eine geschlagene Viertelstunde liegt sie auf der Anrichte, während ich darum herumschleiche, heiße Schokolade zubereite, trinke und schließlich meine Tasse trotz Spülmaschine von Hand abspüle. Dann halte ich es nicht mehr aus. Ich schnappe mir die Zeitschrift, lehne mich zur Sicherheit an den Kühlschrank und blättere zu Seite 24.

Das Kaffee-Schokoladen-Gemisch in meinem Magen rumort unheilvoll, als mein Blick auf die Überschrift fällt: »Drama um *Neema*«. Das klingt ein bisschen wie dieses uralte Lied. »Skandal um Rosi« heißt es darin und es muss schon einige Jahre mehr auf dem Buckel haben als ich selbst. Ich konnte es noch nie besonders gut leiden und hoffe inständig, dass die anderen Leser die Verbindung zu diesem Titel nicht ziehen.

Beim bloßen Gedanken an jedwede anderen Leser macht mein Magen einen neuerlichen kleinen Sprung und ich beginne hastig, den Artikel zu überfliegen. Vielleicht ist es halb so schlimm. Helga Heroldt könnte meine zusammengestotterten Sätze ja durchaus wohlwollend vervollständigt haben.

Dieser kurze Anflug von Optimismus stellt sich jedoch als ziemlich blauäugig heraus. Helga Heroldts Artikel ist noch viel schrecklicher als alles, was ich mir in all meinen Albträumen der vergangenen Nächte ausmalen konnte. Wenn ich nicht wüsste, dass es darin um mich geht, würde ich über die Person, von der die Rede ist, nur fassungslos den Kopf schütteln.

»... ein ganz anderes Kaliber als der übliche Erstlingsroman ... hoffentlich den Mund nicht zu voll genommen ... fehlt womöglich eben diese Zuversicht, die Armin Prinz aus seinem Glauben geschöpft hat ...« Ich kann nicht anders, als die schlimmsten Stellen als fassungsloses Murmeln laut vorzulesen. Es auch noch zu hören, macht die Sache zwar nicht besser, aber allemal realer.

Andernfalls könnte ich vermutlich nicht glauben, dass diese Frau das alles wirklich geschrieben hat. Über mich! »... nach einem solchen Verlust möglicherweise keinen anderen Weg als den in die Abhängigkeit ... schon E. T. A. Hoffmann soll ja bevorzugt im berauschten Zustand geschrieben haben ...«

»Sie vergleicht dich mit E. T. A. Hoffmann«, stellt Armins Stimme halb zufrieden, halb belustigt fest. »Es gibt schlechtere Vergleiche. Immerhin war er sehr erfolgreich.«

»Nur vergleicht sie nicht meine schriftstellerischen Fähigkeiten mit seinen, sondern meinen Alkoholkonsum. Das ist ein klitzekleiner Unterschied. Sie lässt es so klingen, als würde ich jeden Morgen zum Frühstück eine Flasche Rotwein leeren!«

»Jaah«, meint Armin gedehnt. »Aber sie hätte dich auch mit ... Kurt Cobain vergleichen können. Oder Amy Winehouse. Aber sie hat E. T. A. Hoffmann gewählt. Der war zumindest Schriftsteller.«

»Und laut ihr alkoholabhängig«, knurre ich. »Sie macht das übrigens sehr geschickt. Es klingt fast so, als hätte sie Mitleid mit mir und wolle mich nicht einfach nur fertigmachen. Ein paar nette Worte hier und da eingestreut und dann wieder ... bum, der nächste Faustschlag.«

Armin kichert und ich beginne, ihm laut vorzulesen, damit ihm das Lachen vergeht. Die Sache ist wirklich alles andere als komisch. »... das Schreiben derzeit offenbar ihre oberste Priorität. Während andere Frauen sich um ihr Äußeres, den Haushalt oder ihre Karriere kümmern ...«

»Das ist nicht nett«, gibt Armin zu. »Und wenn ich es mir recht überlege, konnte ich ihr Käseblatt noch nie leiden. Okay, ich bin bei ihrer letzten Rezension wirklich gut weggekommen ...«

»Sie haben dich in den Himmel gelobt!«

»Jaah. Aber das haben sie auch mit dem Autor dieses Buchs getan, das sich im Nachhinein als billiges Plagiat herausgestellt hat. Und eines meiner Lieblingsbücher haben sie regelrecht verrissen. Weißt du noch? Ach ja, und sie haben ein paar ziemlich hässliche

Dinge über meine Frau geschrieben. Meine durchaus wunderbare, talentierte und kein bisschen alkoholabhängige Frau, die sogar noch neben der Vollzeitarbeit an meinem ... an unserem Manuskript auf ihr Äußeres und den Haushalt achtet.«

Ich schlucke kräftig. »Ist es das wirklich? *Unser* Manuskript?«

Ich stelle mir vor, wie sich die kleinen Lachfältchen um Armins Augen bilden, sodass es fast aussieht, als wären seine Brillengläser sternförmig gesprungen. Oft hat er so gelächelt, ehe er geantwortet hat, und dann habe ich immer schon im Voraus gewusst, dass mir die Antwort gefallen wird.

»Jetzt ist es das sogar ganz offiziell. So grauenerregend dieser Artikel ist ... Ich bin froh, dass er erschienen ist. Jetzt weiß immerhin alle Welt, dass es nicht nur mein Buch ist. Sondern unseres. Das von mir und meiner Frau.« Er lacht schnaubend. »Auch wenn ich mir natürlich ein bisschen bessere Publicity dafür gewünscht hätte.«

»Darf ich ... Ich meine, kann ich dich etwas fragen?«

Natürlich bejaht Armin. Das Problem ist auch eigentlich weniger meine Frage als seine Antwort. Denn ein kleiner, nicht zu ignorierender Teil von mir weiß, dass diese in Wahrheit von mir selbst kommen wird. So wie ich denke, dass Armin antworten würde. Oder vielleicht so, wie ich es hoffe. Deshalb habe ich Fragen an ihn ja so konsequent vermieden.

»Hat es ... hat es dich sehr gestört, dass ich von deinem Glauben nichts wissen ... dass ich ihn nicht geteilt habe?«

Das nagt schon seit einer ganzen Weile an mir. Seit Lara diesen wunden Punkt an Beatrice' und Eriks Hochzeit angesprochen hat, um ehrlich zu sein. Und Helga Heroldts blöde Fragerei hat genau in derselben Wunde herumgestochert.

Armin zögert einen Moment und mir sinkt das Herz in die Hose. »Ich fand es sehr schade«, gibt er schließlich zu, aber seine Stimme klingt warm.

»Also hättest du dir eine Frau gewünscht, die ... religiöser ist? Mehr so wie Lara oder Beatrice oder so?« Der Gedanke schmerzt, doch mir bleibt keine Zeit, daran festzuhalten, weil Armin fortfährt. Drängend, selbst in meinen Gedanken: »Nein. Nein, nein und nochmals nein. Dich habe ich mir gewünscht – nur dich. Aber für dich hätte ich so sehr gehofft, dass du Gott so kennenlernst, wie ich ihn kennengelernt habe. Als Gegenüber, als Vater. Als Schöpfer, der es gut mit dir meint. Aber das habe ich mir nicht um meinetwillen gewünscht. Na gut, nicht nur. Sondern vor allem um deinetwillen.« Er räuspert sich, weil seine Stimme rau geworden ist. So als kämpfe er mit den Tränen, aber natürlich kann ich nicht nachsehen, ob dem so ist. »Ich hatte immer Hoffnung, dass du ihn eines Tages so kennenlernen würdest.«

Zum ersten Mal erlaube ich mir, meine Fantasie einen winzigen Schritt weiter mit mir durchgehen zu lassen als bisher. Denn ich weiß einfach, dass Armin jetzt meine Hand nehmen würde, wenn er hier wäre. Ich schließe die Augen und stelle mir die Wärme seiner Haut an meiner Handfläche vor, den sanften Druck, der meine Finger umschließt. Und ich kann nicht fassen, wie sehr man so ein simples und alltägliches Gefühl vermissen kann. So sehr, dass mein Herz zu zerplatzen droht.

»Die habe ich übrigens immer noch«, flüstert Armin nahe an meinem Ohr. »Diese Hoffnung. Ich werde sie immer haben.«

Trotz Armins Aufmunterungsversuch kann ich mich an diesem Tag nicht zum Schreiben überwinden. Eigentlich habe ich nicht übel Lust, dem unsäglichen Artikel alle Ehre zu machen und mich mit einer Flasche Wein auf mein Sofa zu setzen. Und das, obwohl ich mich nicht erinnern kann, jemals allein Wein getrunken zu haben.

Stattdessen kratze ich all meine Motivation zusammen und gönne mir ein heißes Bad und einen Blick auf Armins Spiegelnachricht. Wirklich entspannt fühle ich mich allerdings auch danach nicht und noch schlimmer wird es, als ich zurück ins

Wohnzimmer komme und sehe, dass ich eine neue Nachricht auf dem Anrufbeantworter habe.

»Heppenheimer hier«, meldet sich eine mittlerweile wohlvertraute Stimme. »Ich weiß nicht, ob Sie es schon mitbekommen haben, Frau Prinz, aber Ihr vorschnelles Interview war …« Er atmet geräuschvoll ein und aus. »Rufen Sie mich einfach zurück und lassen Sie uns darüber sprechen, wie wir Schadensbegrenzung leisten können, ja, Frau Prinz? Das ist kein Weltuntergang.« Er räuspert sich und fügt hinzu: »Zumindest kein vollständiger.« Er beschwört mich noch einmal, ihn dringend noch heute zurückzurufen, und legt dann auf.

Niedergeschlagen setze ich mich auf die unterste Treppenstufe und greife nach dem Telefonhörer. Er fühlt sich in meiner Hand ungewohnt schwer an. Am liebsten würde ich ihn sofort wieder weglegen, aber aller Aufschub hat keinen Sinn. Ich muss dieses Telefonat hinter mich bringen. Am besten ich sage Heppenheimer gleich, dass ich aus der Sache raus bin. Dass sie sich doch noch einen Ghostwriter suchen müssen. Oder den Lesern einfach mitteilen, dass es keinen finalen Band geben wird. Das soll Heppenheimers Sorge sein, nicht meine. Zumindest sage ich mir das, obwohl allein der Gedanke mir die Luft abschnürt. Es tut fast körperlich weh. Diese Geschichte ist immerhin Armins Baby, sein Ein und Alles, in das er schon so viel Zeit und Herzblut gesteckt hat. Und ich will sie einfach aufgeben, obwohl ich das besser weiß als jeder andere.

Ich blättere durch unser kleines Telefonbuch und suche Heppenheimers Nummer heraus. Armins Stimme in meinem Kopf beginnt zu protestieren und Argumente anzuführen, warum ich nicht einfach die Flinte ins Korn werfen sollte, aber ich gebe mein Bestes, sie zu ignorieren, während ich wähle.

»... dass mein Buch dann niemals ein angemessenes Ende bekommt! Das willst du mir doch nicht antun, Michelle!«

»Hör auf, mir ein schlechtes Gewissen zu machen«, flüstere ich. »Du wirst mich nicht ...« Ich verstumme, als Heppenheimers

Mailbox sich meldet. Fehlt gerade noch, dass sie ein Gespräch zwischen mir und Armin für Heppenheimer aufzeichnet. Also ein Gespräch, bei dem in Wahrheit nur ich rede. Das kann er dann gleich Helga Heroldt schicken, damit sie einen weiteren Artikel über mich verfassen kann. Über meine Selbstgespräche und darüber, dass durchaus viele bedeutende Künstler ebenfalls verrückt gewesen sind. Van Gogh zum Beispiel und vielleicht auch irgendein Schriftsteller, wer weiß.

Ich überlege, ob ich Heppenheimer meine Kündigung auf das Band sprechen soll, doch weil sich soeben ein hysterisches, vermutlich leicht irres Lachen einen Weg durch meine Kehle nach oben bahnt, lege ich lieber schnell auf. Heppenheimer kann ich auch später noch anrufen und mich jetzt erst einmal mit einem tröstlichen Heißgetränk auf dem Sofa verkriechen.

Aber daraus wird nichts, weil mir beim Milchaufkochen siedend heiß einfällt, dass Erik uns für heute Abend alle zum Chinesen eingeladen hat, um seinen sechsundzwanzigsten Geburtstag zu feiern. Sechsundzwanzig. In zwei Jahren wird Erik älter sein als Armin, der in meiner Erinnerung ewig siebenundzwanzig sein wird. Und in drei Jahren werde auch ich älter sein als er.

Obwohl diese Gedanken mich nicht loslassen, stehe ich um fünf Uhr in einem schwarzen Pullover und meinem neuen türkisfarbenen Loopschal vor der Haustür und warte auf Lara und Louis, die mich abholen kommen. Und nebenbei Laras Auto, das seit unserem weinlastigen Abend vor einer Woche bei mir vor dem Haus steht. Erik und Beatrice kamen gleich am Folgetag, um ihres abzuholen, aber Lara meinte am Telefon, ich könne es ja einfach zu Eriks Feier nach Ansbach fahren. Bis dahin könne ich es auch gerne nutzen, wenn ich wolle, da ich ja kein Auto mehr habe.

Dieses Angebot habe ich allerdings vehement abgelehnt und mich auch geweigert, das Auto nach Ansbach zu fahren. Ich weiß, dass ich in einem ziemlich kleinen Ort wohne und mich nicht ewig für jede Verabredung und jede Familienfeier abholen lassen kann wie ein Kind. Aber ich bin einfach noch nicht so weit, selbst hinter dem Steuer zu sitzen. So wie Armin in seinen letzten Lebensminuten. Wie soll ich mich auf den Verkehr konzentrieren, wenn sich meine Gedanken die ganze Zeit nur darum drehen werden, was er wohl gedacht und gefühlt hat? Ob er den Unfall hat kommen sehen oder ob dazu keine Zeit war. Und wie schrecklich es ist, dass ich ihm keine dieser Fragen jemals werde stellen können.

Der Kombi meines Bruders biegt um die Ecke und nähert sich mit allerhöchstens den in der Innenstadt erlaubten zwanzig Stundenkilometern, ehe er direkt vor meinem Gartentor zum Stehen kommt. Louis steigt aus und begrüßt mich distanziert und höflich wie eine Geschäftspartnerin. »Du hast die Wahl«, erklärt er dann. »Mit mir im Polo oder mit Lara und Caroline im Kombi.«

Aber Lara winkt mir durch das Beifahrerfenster bereits so enthusiastisch zu, dass ich, ohne zu zögern, zum Kombi gehe, Louis' entgeisterten Blick in meinem Rücken.

»Steig ein!« Lara lehnt sich herüber und stößt die Tür auf. »Wenn du magst, hinten. Caroline hätte dich so gerne neben sich.«

Ich tue wie geheißen, obwohl es sich komisch anfühlt, Lara vorn alleine sitzen zu lassen wie eine Taxifahrerin. Aber Caroline in ihrem großen Ohrensessel von einem Kindersitz begrüßt mich mit solchem Überschwang, dass ich meine Entscheidung nicht bereuen kann.

»Mami hat gesagt, ich darf bald bei dir übernachten!«

»Natürlich nur wenn dein Angebot noch steht«, beeilt Lara sich zu sagen, während sie uns durch das Tor aus der Wolframs-Eschenbacher Innenstadt hinausfährt. »Du hattest ja angeboten ... aber ich wollte dich jetzt sicher nicht überrumpeln.«

»Nein, keine Sorge. Ich freue mich auf Carolines Besuch! Ähm ... wie wäre nächstes Wochenende?«

»Da habe ich einen Abendtermin«, sagt Lara wie aus der Pistole geschossen. »Und ich wäre lieber zu Hause, falls ... na ja, falls etwas nicht klappt und Caroline abgeholt werden möchte.« Sie schluckt hörbar. »Und das Wochenende danach verbringen wir bei meinen Eltern. Aber das nächste wäre dann frei, wenn das für dich passt.«

»Passt wunderbar«, erwidere ich, weil ich keinerlei Pläne für eine derart entfernt erscheinende Zukunft habe. Natürlich, früher, in diesem anderen Leben vor Armins Tod, da gab es Termine, Arbeits- und Urlaubstage, Wochen- und Sonntage ... Jetzt sind alle Tage gleich geworden. »Ich hab übrigens etwas für dich dabei«, sage ich schnell zu Caroline, ehe dieser depressive Gedanke mich vollends verschlucken kann.

Meine Nichte sieht mir an der Lehne ihres Sitzes vorbei zu, wie ich extra geheimnisvoll in meiner großen Handtasche wühle. Dabei liegt die Barbie eigentlich direkt oben auf dem übrigen Kram. Als ich sie schließlich unter viel Hokuspokus herausziehe, werden Carolines Augen riesengroß.

»Eine Reiterin für dein Pferd. Auch wenn man mit High Heels wahrscheinlich gar nicht so gut reiten kann. Na ja, eine Barbie vielleicht schon. Ähm ... magst du sie vielleicht nehmen?«

Doch Caroline starrt die Barbie nur wie versteinert an. Kurz huscht ihr Blick zu ihrer Mutter auf dem Fahrersitz.

»Oh, mit La... ... mit deiner Mami ist das natürlich abgesprochen. Sie findet Barbies mit lila Glitzerkleidern auch super.«

»Wirklich? Lila Glitzer?«, fragt Lara von vorn. »Das musst du mir nach dem Aussteigen zeigen, mein Schätzchen!«

Da endlich streckt Caroline beide Arme aus und nimmt die Barbiepuppe vorsichtig aus meinen Händen. »Sie ist so hübsch«, haucht sie. »Wie eine echte Prinzessin.«

»Obwohl wahre Schönheit natürlich von innen kommt.« Lara kann es nicht lassen, fügt aber sogleich selbst hinzu: »Aber lila Glitzer unterstreicht die innere Schönheit bestimmt zusätzlich.«

Die restliche Fahrt über beraten wir Caroline bei der Namenswahl für ihre Barbie, und als wir aussteigen, heißt die Lila-Glitzer-Prinzessin nach meiner Schwester Beatrice, weil Caroline so begeistert von deren Brautkleid gewesen ist, das auch geglitzert hat und wie das einer echten Prinzessin aussah.

Louis fallen fast die Augen aus dem Kopf, als seine freudestrahlende Tochter ihm mit Beatrice im Arm vor dem chinesischen Restaurant entgegenkommt.

»Habt ihr einen kleinen Umweg durch eine Spielwarenhandlung gemacht?«, versucht er zu scherzen. Das Wort »Spielwarenhandlung« klingt bei ihm allerdings beinahe so, als würde er stattdessen so etwas wie »FKK-Strand« oder »Swingerklub« sagen.

»Das ist Beatrice«, erklärt Lara, »und sie ist ein Geschenk von Michelle. Barbies sind nämlich nach ... äh ... allerneusten Studien pädagogisch sehr wertvoll. Für die Kreativität zum Beispiel. Und Beatrice hier ist sogar eine echte Prinzessin.«

»Was bin ich?« Meine kleine Schwester biegt an Eriks Arm um die Ecke und hindert Louis an jeder Erwiderung, weil nun alle damit beschäftigt sind, Erik zum Geburtstag zu gratulieren.

Während Lara und Louis noch sehr feierliche Wünsche aussprechen, nimmt Beatrice mich zur Seite und flüstert mir zu: »Erik hat einen alten Schulfreund mit deiner Dachreparatur beauftragt. Er hat in den nächsten zwei Woche zu viel um die Ohren, aber dann kommt er vorbei und sieht sich euer Dach an. Vormittags bist du meistens zu Hause, oder?«

»Ich ... Trice, ich kann ihn doch gar nicht bez...«

»Erik hat schon alles mit ihm besprochen. Er macht uns einen richtig guten Preis und Erik und ich legen das Geld aus. Du kannst dir Zeit lassen und du brauchst keine Zinsen zu zahlen. Außer dein Buch schafft es auf Platz 1 der Bestsellerliste. Dann kannst du uns als Zinsen zum Essen einladen.«

»Das kann ich doch nicht ...«

»Um Himmels willen, Michelle, sag bitte nicht, du kannst es nicht annehmen!« Theatralisch wirft Beatrice beide Hände in die Luft. »Ich bin deine Schwester!«

»Aber vielleicht wäre es besser, das Haus einfach zu verk...«

»Euer wunderschönes, altes Häuschen? Michelle, das kann ja

wohl nicht dein Ernst sein! Armin und du, ihr habt es zusammen ausgesucht. Du kannst doch unmöglich ... Das würde ich nie zulassen!«

Vor lauter Rührung über Beatrice' Aufregung und Verständnis schießen mir die Tränen in die Augen. »Ich zahle euch jeden Cent zurück, versprochen. Sobald ich kann.«

»Jaja«, sagt Beatrice nur abwinkend und schiebt mich in Richtung Eingang, wo ich direkt Erik in die Arme laufe.

»Herzlichen Glückwunsch«, schniefe ich an seiner Schulter. »Und danke für alles.«

Erik tätschelt mir ein bisschen unbeholfen den Rücken und um seinetwillen reiße ich mich zusammen und folge den anderen ins Restaurant. Ich will seinen Geburtstag nicht mit meiner Heulerei kaputt machen – weder der rührseligen über Eriks und Beatrice' Hilfe noch der selbstmitleidigen wegen des entsetzlichen Artikels und Armins ruiniertem Ruf.

Zum Glück ergattere ich einen Platz zwischen meinen beiden verschwägerten Verwandten. Erik und Lara sind mir nicht nur beide lieber als etwa meine mich besorgt beäugende Mutter oder mein immer noch die Barbiepuppe anstarrender Bruder, sondern sie sind auch gesprächig genug, dass ich mit einigen wenigen Sätzen durch die Small-Talk-Phase und das Essenbestellen komme. Erik empfiehlt Ente in Erdnusssoße, also schließe ich mich seiner und Beatrice' Bestellung an, während Lara zu meiner anderen Seite ein Fischgericht für sich und gebratene Nudeln für Caroline ordert.

»Darf ich bitte mit Stäbchen essen?«, flüstert Caroline ihr zu und ich kann prompt sehen, wie es hinter Laras Stirn zu arbeiten beginnt. Wahrscheinlich hätte ich bis vor Kurzem gedacht, sie wäre drauf und dran, Caroline zu erklären, dass das Essen mit Stäbchen gefährliche Haltungsschäden verursachen kann, die sie bei der Einschulung beim Greifen eines Stiftes beeinträchtigen könnten. Aber nun weiß ich es besser: Lara hat schlichtweg Angst. Angst, dass Caroline sich mit den Stäbchen ungeschickt anstellen und vor der restlichen Familie blamieren könnte.

»Oh ja, das würde ich auch gerne versuchen«, sage ich laut. »Eigentlich könnten wir doch alle mit Stäbchen essen, oder?«

Meine Mutter protestiert wegen ihres neuen beerenfarbenen Kostüms, aber Erik bejaht meinen Vorschlag mit solcher Begeisterung, dass es schon beschlossene Sache ist.

Lara neben mir schluckt und ich raune ihr in die allgemeine Aufregung hinein zu: »Das ist sehr gut für die Feinmotorik. Und außerdem werden alle damit beschäftigt sein, mir dabei zuzusehen, wie ich verloren gegangene Reiskörner aus meinem Ausschnitt fische.«

Zur Antwort bekomme ich nur ein nervöses Kichern, aber am Ende ist es tatsächlich Lara, die um Stäbchen für die gesamte Geburtstagsgesellschaft bittet. Und fragt, ob es für Kinder extra kleine gibt, was natürlich nicht der Fall ist.

Während wir auf unser Essen warten, bekommen wir eine große Platte mit Krabbenchips und eine Runde Pflaumenwein. Eine zierliche asiatische Frau verteilt die Schnapsgläschen und nur Louis lehnt seines ab. Als ich nach meinem greifen will, fasst jedoch eine Hand mit sauber manikürten, zartrosafarben lackierten Nägeln danach.

»Nein danke.« Meine Mutter mir gegenüber nickt der Kellnerin so majestätisch zu, dass diese nicht einmal einen fragenden Blick in meine Richtung riskiert, sondern mit den beiden übrig gebliebenen Gläschen auf dem Tablett wieder Richtung Küche verschwindet.

»Was …?«, setze ich an, doch in diesem Moment ruft Beatrice: »Also dann, auf Erik!«

Alle prosten sich zu, Erik läuft tomatenrot an und im Nullkommanichts sind die Gläser geleert. Mir bleibt nichts anderes übrig, als den anderen gemeinsam mit Caroline zuzusehen oder meinen Bruder zu betrachten, der stattdessen an einem Krabbenchip knabbert, den er mit einer Serviette hält.

»Was sollte das denn?«, flüstere ich Beatrice zu, doch die hat gar nichts mitbekommen und zieht nur fragend ihre schmalen Augenbrauen hoch.

Weiter kann ich nicht nachforschen, denn schon bringen die junge Asiatin und ihr Kollege Warmhalteplatten mit Teelichtern, filigran bemalte Schälchen und Stäbchen, die uns allen erst einmal etwas zu tun geben. Manche mehr, manche weniger anmutig testen wir Handhaltung und Zugreifen. Just als Erik beim Versuch, Louis' Serviette mit den Stäbchen zu greifen, beinahe die Blumenvase umwirft, werden die ersten Gerichte aufgetragen.

Meine Mutter ordert unauffällig eine Gabel für sich, aber der Rest von uns bleibt standhaft. Abgesehen von Lara, Louis und mir bemerkt niemand, wie viele gebratene Nudeln um Carolines Schälchen herum auf der Tischdecke landen.

»Schau mal, Mami!«, ruft sie begeistert, als es ihr gelingt, ein kleines Maiskölbchen mit den Stäbchen zu greifen.

Ich stelle mich weitaus weniger geschickt an und spieße die gebratenen Entenstückchen schließlich mit einem meiner Stäbchen auf, um sie unfallfrei zum Mund zu führen.

Caroline lacht darüber und greift ihre eigenen Stäbchen prompt etwas zu fest. Der Maiskolben flutscht wie ein nasses Stück Seife dazwischen hervor über den Tisch und trifft meine Mutter am Ärmel, wo er einen dunklen Fleck auf ihrem Kostüm hinterlässt.

Caroline hört schlagartig auf zu lachen, Lara greift nach einem Stapel Servietten, Louis springt auf und winkt der Kellnerin, damit sie eine Gabel für Caroline bringen kann, und meine Mutter scheint noch hin- und hergerissen zwischen verständnisvollem Abwinken und einem Tadel.

Doch in diesem Augenblick prustet Beatrice los. »Oh entschuldige bitte, Erik! Das wollte ich nicht. Warte mal ...« Sie stochert mit den Stäbchen unter dem Tisch herum und fördert irgendwo von seinem Schoß eine Bambussprosse zutage. »Schon gefunden«, kichert sie und Erik, obwohl schon wieder tomatenrot, vergräbt ebenfalls lachend das Gesicht in den Händen.

Und weil Eriks Lachen ansteckend ist und Beatrice bereits kaum noch Luft bekommt vor Kichern, sind Caroline und der Maiskolben völlig vergessen.

Mir vergeht das Lachen allerdings, als eine sichtlich erleichterte Lara das Wort an mich richtet: »Wie geht es denn mit dem Schreiben voran? Wie weit bist du mit der zweiten Hälfte?«

»Na ja.« Ich stochere ein wenig mit meinen Stäbchen in der Erdnusssoße. »Ehrlich gesagt ... ehrlich gesagt überlege ich aufzuhören.«

»Was?« Beatrice taucht aus Eriks Umarmung auf, in der sie eben noch haltlos gekichert hat, und schlagartig wird es sehr still um unseren Tisch herum. »Aber du hast doch schon die Hälfte geschafft! Neulich warst du noch so zuversichtlich! Und ... du kannst nicht einfach aufhören!«

Auch Lara runzelt die Stirn. »Du hast doch gesagt, dass du so langsam ein richtiges Gespür für die Geschichte bekommst. Ich hatte den Eindruck, das literarische Schreiben würde dir immer leichter fallen. Wo du doch vorher immer eher journalistisch geschrieben hast.«

»Es ist auch nicht das Schreiben.« Ich versuche, Zeit zu schinden, indem ich die Erdnusssoße von meinen Stäbchen lecke, aber der süßliche Geschmack verursacht mir mit einem Mal Übelkeit. »Der Verlag hat ausgeplaudert, dass ich das Manuskript zu Ende schreibe. Und ich weiß mittlerweile selbst nicht mehr, ob ich mit ... dem öffentlichen Interesse zurechtkomme.«

»Allerdings.« Meine Mutter mir gegenüber lässt die Serviette sinken, mit der sie eben noch den Schaden an ihrem Ärmel zu beheben versucht hat. »Mediales Interesse ist doch nun wirklich das Letzte, was du in deiner Situation gebrauchen kannst. Ich habe von Anfang an gesagt, dass du mehr Zeit brauchst. Zeit, um in Ruhe zu trauern und dein Leben wieder zu ordnen. Es ist ganz offensichtlich ...«, sie senkt die Stimme zu einem Flüstern, das dank der entstandenen Stille dennoch mühelos bis an die Tischenden getragen wird, »... dass dir das alles über den Kopf gewachsen ist. Wenn du nun schon trinken musst, um mit dem Schreiben voranzukommen.«

»Du hast Helga Heroldts Artikel gelesen.«

Meine Mutter zuckt nicht mit der Wimper.

»Deshalb wolltest du auch nicht, dass ich den Pflaumenwein trinke! Du glaubst, diese furchtbare Person hat recht und ich habe ein Alkoholproblem!«

Wenigstens hat sie den Anstand, rot zu werden. »Nun, ich dachte ... also natürlich habe ich das nicht geglaubt. Ich weiß doch, dass du ... Jedenfalls hatte ich gehofft ... Du hast also nicht angefangen zu trinken?«

Ihre Erleichterung ist so deutlich spürbar, dass ich nicht halb so wütend sein kann, wie ich es gerne wäre. »Seit wann um alles in der Welt liest du denn Literaturzeitschriften?«

»Der Artikel war auf der Titelseite erwähnt«, erwidert sie so würdevoll wie möglich. »Ich habe doch wohl jedes Recht, einen Artikel über meine eigene Tochter zu lesen. Oder hast du etwa doch etwas zu verbergen?«

»Nur dass ich unfähig bin, Interviews zu führen.« Ich gebe meine Verteidigungshaltung auf und sacke in mir zusammen. »Diese Helga Heroldt hat mir das Wort im Mund herumgedreht. Was kein Wunder war, weil ich ziemlich wirren Unfug geredet habe. Und jetzt habe ich Armins Ruf für immer zerstört. Er hat so viele gläubige Leser. Kirchgänger! Die sich darauf eingelassen haben, eine Fantasyreihe zu lesen, weil sie wussten, dass Armin ein anständiger Kerl ist und eine Menge biblischer Botschaften in seine Bücher gepackt hat. Jetzt werden sie denken, dass ich alles ruiniere, weil ich seinen Glauben nicht teile und zudem Alkoholikerin bin!«

»Und in diesem Glauben willst du alle Welt lassen?« Zu meinem Erstaunen ist es nicht Beatrice, die das sagt, sondern Lara. »Diese Genugtuung kannst du ihnen doch nicht gönnen! Du musst noch ein Interview geben. Meine Freundin Elenor arbeitet für eine christliche Zeitschrift. Vielleicht würde sie ...«

»Für eine christliche Zeitschrift?«, falle ich ihr ins Wort. »Ich glaube nicht, dass das eine gute Idee ist.« Wenn schon eine Literaturzeitschrift mich als ungläubige, morallose Hexe darstellt, wie wird dann erst eine religiöse Zeitung mich davonkommen lassen?

»Ich rufe sie gleich morgen früh an.« Lara legt ihre Stäbchen so schwungvoll weg, dass Currysoße auf die Tischdecke tropft. Caroline starrt auf den Fleck und grinst ein bisschen, doch Lara bemerkt es gar nicht. »Und wir setzen uns vorher zusammen und überlegen uns ein paar richtig gute Antworten. Wenn ich mit dir fertig bin, wird dieses Interview ein Kinderspiel für dich. Und dann kannst du der Welt zeigen, dass du mehr als würdig bist, Armins Buch zu Ende zu schreiben. Und die mutigste Frau, der ich je begegnet bin, noch dazu.« Sie fährt sich über die Augen und wendet hastig den Blick ab.

Auch ich habe mit einem Mal einen Kloß im Hals. Wenn es nicht ausgerechnet Lara wäre, die gerade so glühend für mich Partei ergriffen hat, und wenn ich nicht so überrumpelt und perplex wäre, würde ich vielleicht unter dem Tisch ihre Hand ergreifen und kurz drücken. Bei Beatrice würde ich das tun. So werfe ich Lara nur einen dankbaren Blick zu, ehe ich beherzt nach meinen Stäbchen greife und ein weiteres Stück Ente aufspieße. »Vielleicht sollten wir doch noch eine Runde Löffel bestellen. Ich hab nämlich keine Ahnung, wie ich den Rest Reis aus diesem Schälchen bekommen soll.«

Kapitel 26 ~ Lara

»Das sieht doch gar nicht schlecht aus!«

»Du musst die Hand anders halten.« Caroline versucht, mich zur Seite zu schieben, und bugsiert meinen Finger dabei zwischen die Klingen der Lernschere.

»Pass auf!«, schreie ich und lasse die Schere fallen, aber Caroline lacht nur ausgelassen und hebt sie auf.

»Kann ich es mal alleine probieren?«

Ich schaue auf die sorgfältig aufgezeichnete Kontur auf dem Tonpapier und dann in das eifrige Gesicht meiner Tochter und gebe mir einen Ruck: »Ja ... ja, probier es ruhig mal selbst.« Vermutlich wird es den Hasen die Ohren kosten, aber was macht das schon? Besser als Carolines Finger. Ich positioniere mich neben ihr, sodass ich im Notfall eingreifen kann, nehme mir aber fest vor, es wirklich nur dann zu tun, wenn ihre Hand in Gefahr ist. Nur dann.

Voller Konzentration fädelt Caroline ihre Finger durch die Schere und beginnt zu schneiden. Sie hat die Zunge zwischen die Lippen geklemmt wie als Kleinkind manchmal, und ich könnte sie knuddeln, wenn ich sie damit nicht beim Schneiden stören würde.

»Das sieht doch gar nicht schlecht aus!«, verkünde ich, als der Hase schließlich fertig ausgeschnitten ist. Seine Ohren sind unterschiedlich groß und ziemlich eckig, aber ich bilde mir ein, schon die ersten Auswirkungen der Ergotherapiestunde diese Woche zu sehen. Immerhin hat sie das arme Tier ja nicht mitten durchgeschnitten, oder etwa nicht?

»Wie wäre es, wenn du die einzelnen Teile alleine zusammenklebst, während ich den Abendbrottisch decke?«

Caroline strahlt mich an und nickt. Ich behalte sie im Auge, während ich Teller und Brotkorb auftrage, bin aber einigermaßen beruhigt, weil das Schneiden nun beendet ist und Caroline mit Kleber bei Weitem nicht so schlimmen Schaden anrichten kann. Ich im Übrigen beim Brotzeitvorbereiten auch nicht im Vergleich zum Zubereiten von selbst gekochtem Essen. Deshalb habe ich uns mit einer reichen Auswahl an Aufstrichen aus dem Bioladen eingedeckt und Louis die Umstellung auf kaltes Abendessen mit selbst gebackenem Brot schmackhaft gemacht. Mein hefefreies Vollkornbrot essen wir alle gerne und ich liebe es, nur backen und nicht kochen zu müssen. Für Caroline und mich gibt es mittags zwischenfallfreie Dinge wie Salate oder Nudeln mit Käse und Rohkost. Und an den Wochenenden kocht Louis ohne Widerspruch oder Seitenhiebe.

Als er heute nach Hause kommt, zeigt er sich angemessen beeindruckt von Carolines fertigem Fensterbild und hängt es feierlich mit ihr ins Küchenfenster. Und er hat Antipasti mitgebracht – die liebt er und sie versöhnen ihn ein wenig mit der Brotzeit zum Abendessen. So sehr, dass er danach sogar den Abwasch übernimmt und sich erst anschließend noch einmal kurz an den Computer setzt, um ein paar letzte Punkte auf seiner To-do-Liste abzuarbeiten, während ich Caroline bettfertig mache und ihr vorlese.

»So, jetzt aber ab in die Falle.«

»Ich bin doch keine Maus«, kichert Caroline, krabbelt aber bereitwillig unter die Bettdecke. »Und Mausefallen sind auch total gemein.«

»Das finde ich auch.« Ich schwinge mich neben ihr auf das Bett und lehne mich an das Kopfteil. Die Bettwäsche riecht nach Waschmittel – ein Hauch von Lavendel und Seife, ganz frisch, nachdem ich es erst heute Morgen bezogen habe. »Wollen wir noch gemeinsam beten?«

Caroline nickt, faltet ihre Hände, kneift die Augen zu und bestimmt: »Du zuerst! Und zuerst ›Danke‹.«

Ich schlucke. Vor meiner Tochter laut zu beten, fällt mir aus irgendeinem Grund immer noch schwer. Und das, obwohl ich unser neues Abendritual liebe. »Danke, lieber Vater im Himmel, für den schönen Tag heute«, flüstere ich. »Danke, dass wir spazieren gehen konnten und dass Caroline viel Spaß im Kindergarten hatte.«

»Und danke, dass Mama mit mir gebastelt hat«, übernimmt Caroline. »Und dass das Fensterbild so schön geworden ist und Papa sich so gefreut hat.«

Mir wird warm ums Herz. Ja, fast glaube ich, das sanfte Säuseln dessen, der uns bei diesen Worten zuhört, zu hören. Ich mache die Augen ein kleines Stückchen auf, um Caroline anzusehen, die ganz konzentriert dasitzt. »Jetzt ›Bitte‹!«, verkündet sie. »Du zuerst.«

Ich überlege. »Bitte lass uns heute Nacht alle gut schlafen. Und bitte hilf Michelle dabei, Armins Buch zu Ende zu schreiben. Du weißt, dass das sicher nicht leicht für sie ist.«

»Ja, bitte hilf ihr dabei!«, bestätigt Caroline. »Beim Schreiben und dass sie nicht so alleine ist. Und bitte pass gut auf uns alle auf, damit niemandem etwas passiert oder wir einen Unfall haben so wie Armin.«

Mir bleibt bei diesem Gebet jedes weitere Wort im Hals stecken und ich kann nicht einmal in Carolines »Amen« einstimmen. Natürlich hat Armins Tod auch Caroline sehr mitgenommen. Sie mochte ihren Onkel gerne und die Tatsache, dass er weder alt noch krank war und trotzdem gestorben ist, hat sie sehr beschäftigt.

Ich gebe Caroline einen Gutenachtkuss und streichle ihr Haar, während ich meinen Gedanken nachhänge und mich frage, ob sie wohl Angst hat, uns zu verlieren – Louis und mich, meine ich. Hat Armins Tod sie auf den Gedanken gebracht, dass das Gleiche auch uns zustoßen könnte? Und wie um alles in der Welt soll ich ihr diese Ängste jemals nehmen, wo ich doch schlichtweg nicht versprechen kann, dass nichts dergleichen je geschehen wird? Denn die Wahrheit ist ja, dass es sehr wahrscheinlich ist, dass unsere Tochter uns eines Tages zu Grabe tragen muss, wenn auch hoffentlich erst in vielen, vielen Jahren. So ist der Lauf der Dinge, sofern wir unsere Tochter nicht überleben, und diesen Gedanken verbiete ich mir, weil er mich lähmt und mir grauenhafte Schreckensszenarien vor Augen malt. Vielleicht hat Armins Tod in Wahrheit uns allen ein wenig Angst gemacht, nicht nur Caroline.

»Ich hab dich lieb«, flüstere ich in die Stille, doch von Caroline kommen nur ruhige, gleichmäßige Atemzüge, die mir verraten, dass sie schon eingeschlafen ist.

Ich brauche noch ein paar Minuten, ehe ich mich losreißen kann, dann schalte ich die Nachttischlampe aus und schleiche aus dem Zimmer. Louis ist im Bad nebenan gerade dabei, so leise er kann, seine Zähne zu putzen. Ich schließe mich ihm an und überlege, ob ich anschließend vorschlagen soll, miteinander einen Film anzuschauen. Oder ein Kartenspiel zu spielen – das haben wir früher oft am Wochenende gemacht, manchmal sogar bis spät in die Nacht. Natürlich vor Carolines Geburt, als Wochenende noch Ausschlafen bedeutet hat.

Louis spült seinen Mund aus und wäscht sorgfältig die Zahnpastareste von der Zahnbürste. »Ich finde es schön, dass ihr jetzt immer miteinander betet«, sagt er dabei, ohne mich anzusehen. Diese Tatsache, mehr als seine Stimmlage oder Miene, verrät, dass gleich ein Aber folgen wird.

Ich schweige – immerhin habe ich den Mund voller Zahnpasta und Louis erwartet offenbar auch keine Reaktion.

»Nur finde ich, manche Themen sollten eine Sechsjährige noch nicht beschäftigen. Michelles verrücktes Buchprojekt zum Beispiel.«

Nun kann ich nicht mehr anders. Ich spucke die Zahnpasta aus, um den Mund frei zu haben. »Daran ist nichts verrückt«, protestiere ich. »Armin war nun einmal Autor.«

»Ja, Lara, das ist genau der Punkt: Armin war Autor. Nicht meine Schwester. Ich glaube, sie verrennt sich da in etwas. Bürdet sich mehr auf, als sie tragen kann.«

Ich bin drauf und dran, seinen Einwand einfach zur Seite zu fegen, doch als ich einen Blick in den Spiegel werfe, sehe ich die steile Falte zwischen seinen Augenbrauen. Er macht sich wirklich Sorgen um Michelle. Und da fällt mir ein, dass er mir einmal erzählt hat, dass sie immer seine Lieblingsschwester war, ich das aber niemandem sagen dürfe, weil man nun einmal keine Lieblingsschwester zu haben hat und weil er Beatrice natürlich nicht verletzen will. Aber in ihrer Kindheit waren er und Michelle einfach ein Herz und eine Seele. Sie hat ihm immer alles nachgemacht und er hat ihre Bewunderung genossen, auch wenn er das nie zugeben würde.

Davon merkt man jetzt allerdings nicht mehr viel.

»Was ist eigentlich mit euch beiden passiert?«, rutscht es mir heraus.

Louis sieht mich – per Umweg über den Spiegel – erschrocken an. »Mit uns beiden?«

»Mit Michelle und dir. Ich dachte, ihr seid früher so eng miteinander gewesen. Warum behandelt ihr euch jetzt so unterkühlt?«

»Das tun wir doch gar nicht.«

Mir entweicht ein kleines Schnauben. »Ach bitte, Louis, noch ein bisschen distanzierter und ihr könnt anfangen, euch zu siezen.«

»Ich ...« Er fährt sich über das kurze Haar. »Ich denke, wir haben uns einfach unterschiedlich entwickelt. Und sehr unterschiedliche Partner gewählt.«

»So unterschiedlich sind Armin und ich nun auch wieder nicht.«

»Na ja ... doch, irgendwie schon. Armin war ... na ja, ein Träumer, oder? Immerhin war er Autor. Und ein bisschen chaotisch und so.« Ich sehe ihm seinen Zwiespalt an. Louis würde niemals schlecht über seinen verstorbenen Schwager sprechen, auch wenn er vielleicht viel weniger schmeichelhafte Adjektive im Kopf hat als die, die er verwendet. »Und du bist ... du bist bodenständig, fast schon nüchtern. Und organisiert und ordentlich und all das.«

Ich blinzle. So sieht Louis mich? Organisiert und ordentlich? Und nüchtern? Ist das jetzt gut oder schlecht?

»Jedenfalls haben Michelle und ich sehr unterschiedliche Lebenswege eingeschlagen.«

Ach ja, darüber haben wir eigentlich gesprochen. Es fällt mir schwer, zum ursprünglichen Thema zurückzukehren. »Irgendwie ist das aber doch schade, oder?«, frage ich behutsam. »Immerhin ist sie deine Schwester und ... gerade jetzt braucht sie ihre Familie doch mehr denn je.« Da fällt mir ein, dass ja auch ich Teil dieser Familie bin. Nur eingeheiratet, ja, aber trotzdem ihre Schwägerin. Bis vor Kurzem war ich eigentlich davon überzeugt, dass Michelle mich nicht ausstehen kann. Aber falls dem früher wirklich so war, scheint sich irgendetwas daran geändert zu haben. Vielleicht unter dem Einfluss von Wein am Ostermontag – aber so genau braucht Louis das nicht zu wissen.

»Jaah«, sagt Louis gedehnt. »Ja, das ist schon schade. Aber darum geht es jetzt gerade doch gar nicht. Es geht um die Dinge, für die du gemeinsam mit Caroline betest.«

Ach ja, genau. Damit hat dieses Gespräch angefangen. Ich reibe mir die Schläfe und überlege, was ich dazu noch sagen soll. »Ich finde, Caroline soll lernen, dass man Gott alles erzählen kann, was einen beschäftigt. Und ihn um alles bitten kann.«

»Aber das ist es ja. Ich will nicht, dass solche Dinge sie beschäftigen. Sie belasten.« Wieder fährt Louis sich über das Haar – ich sehe es im Spiegel. »Hast du nicht gehört? Sie hat Angst, dass uns etwas passieren könnte. Diese ganze Sache mit Michelle und Armin hat sie verschreckt.«

Ich sacke innerlich in mir zusammen. Genau das Gleiche habe ich ja eben selbst schon gedacht. »Aber davor können wir sie nicht beschützen«, meine ich kläglich. »Das steht nicht in unserer Macht.« Was für ein abscheuliches Gefühl, das einzugestehen.

Louis scheint meinen Stimmungsumschwung zu bemerken. Jedenfalls dreht er sich um und streckt die Arme aus, wie um mich fest an sich zu ziehen. Ganz so stürmisch handhabt er es dann aber doch nicht; er legt mir stattdessen die Hände an die Oberarme und hält mich fest.

»Ich hasse es, sie nicht beschützen zu können.« Ich schniefe und kämpfe vergeblich gegen die Tränen. »Das fühlt sich an wie damals, als sie auf der Frühchenstation war ... und wir konnten nichts, überhaupt nichts machen.« Ich schniefe erneut und ein tröstlicher Gedanke schiebt sich aus dem Nichts in mein Bewusstsein. So plötzlich, dass ich ihn ausspreche, ohne nachzudenken: »Aber da hat Gott sie auch beschützt. Als wir es nicht konnten. Ich ... Das tut er jetzt bestimmt auch.«

»Das tut er ganz sicher.« Louis' Stimme klingt weich. »Aber wir müssen unser Bestes tun, um mitzuhelfen. Und ich finde, sie mit dem ganzen Drama um Michelle zu belasten, gehört schlichtweg nicht dazu.«

»Aber vielleicht muss sie darüber sprechen.« Mir geht es jedenfalls so.

Doch Louis fährt schon fort: »Und ich glaube, dir tut das alles auch nicht gut. Die Sache mit diesem Interview ... Ich weiß nicht, ob es gut ist, dass du dich da einmischst.«

»Ich will Michelle helfen«, widerspreche ich und bin einen Moment lang versucht, mich aus seinem Griff zu winden. »Elenor ist genau die Richtige für ein Interview. Eins, das ein besseres Licht auf Michelle wirft. Und auf Armins Bücher.«

»Mag sein, aber ...«

»Bitte, Louis!«, falle ich ihm ins Wort. »Ich muss das machen. Wenn es dich beruhigt, verliere ich vor Caroline kein Wort mehr darüber. Aber ich möchte Michelle helfen.«

Louis lässt die Hände sinken und zuckt mit den Schultern. »Das musst du selbst wissen. Ich ...« Er räuspert sich, fast verlegen. »Na ja, es ist jedenfalls schön, dass du mit Caroline betest«, beendet er das Gespräch dann lahm.

Ich nicke. Einen gemeinsamen Filmabend will ich nun nicht mehr vorschlagen. Stattdessen ziehe ich meinen Schlafanzug an, hole *Neema* aus dem Wohnzimmer und lege mich ins Bett, um noch eine Weile zu lesen. Vielleicht finde ich dabei sogar gute Anhaltspunkte für das Coaching mit Michelle.

Eine Stunde später fallen mir über dem Buch die Augen zu, aber ich habe einen ganzen Zettel mit Ideen vollgeschrieben. Zufrieden mit mir und gedanklich noch immer bei Michelle und Elenor und *Neema* schlafe ich ein, ehe Louis sich zu mir gesellt.

Ich träume, dass ich in Armins Fantasiewelt *Neema* bin und gerade mit Caroline an der Hand die Stadt durchstreife, als Louis auftaucht und mir erklärt, dass das kein Ort für ein kleines Kind und *Neema* ohnehin nur erfunden sei und wir jetzt nach Hause kommen sollen. Ich will ihm gerade erklären, dass das alles nur ein Bild ist, ein Gleichnis für die biblischen Geschichten, und dass ich natürlich gut auf Caroline aufpassen werde und wir nach Hause kommen, ehe der böse König angreift, als mich ein Schrei aus dem Schlaf reißt.

Völlig benommen lande ich in der dunklen Realität unseres Schlafzimmers und versuche erst einmal, auf der falschen Seite aus dem Bett zu steigen. Als ich mit dem Fuß gegen Louis stoße und ein erschrockenes Brummen zur Antwort bekomme, kehrt meine Orientierung zurück. Ich springe aus dem Bett und renne in Carolines Zimmer. Obwohl ich genau weiß, was sie mal wieder aus dem Schlaf gerissen hat – und dass es kein Einbrecher oder Monster aus dem Schrank oder sonst irgendetwas Gefährliches ist –, klopft mein Herz wie immer wild in meiner Brust. Ich atme unwillkürlich auf, als ich Caroline im Schein ihres Nachtlichts im Bett sitzen sehe.

»Mama!«

»Schon okay«, versichere ich. »Ich bin jetzt da. Ich kümmere mich darum.« Die Erleichterung macht etwas anderem Platz. Gefühlen, die ich vor Caroline nicht zeigen will. Ernüchterung. Resignation. Beinahe Widerwillen.

Ich helfe meiner Tochter, sich aus der Bettdecke zu befreien, die sich um ihre Beine gewickelt hat. Großartig, der Bezug hat dieses Mal auch etwas abbekommen.

»Zieh die nassen Sachen schon mal aus.« Ich versuche, meine Stimme möglichst sanft und geduldig klingen zu lassen, aber in meinen eigenen Ohren gelingt mir das nicht sonderlich gut. Deshalb sage ich lieber nichts mehr, während ich die Bettwäsche von Decke und Matratze abziehe und auch den dicken, wasserabweisenden Matratzentopper zusammenfalte.

»Stopp!« Das klang nun definitiv zu scharf, denn Caroline zuckt zusammen. Möglichst ruhig fahre ich fort: »Zieh die frischen Sachen noch nicht an. Wir müssen dich erst waschen.«

Ich sehne mich nach der Wärme meines Bettes, danach, mich unter die Decke zu kuscheln, mich umzudrehen und einfach weiterzuschlafen. Beim Gedanken daran, die Waschmaschine anzuschalten, Caroline zu waschen und dann das Bett frisch zu beziehen, könnte ich in Tränen ausbrechen. Ich bin so müde und es ist kein rein körperliches Gefühl. Ich bin dieser nächtlichen Aktionen müde, würde so gerne einfach einmal ein paar Nächte in Folge durchschlafen oder wenigstens nur zum Trösten und Kuscheln gebraucht werden, nicht zum Putzen.

»Komm mit.«

Caroline tut wie geheißen und tapst hinter mir her ins Bad. Auch sie sieht müde aus. Müde und den Tränen nahe.

»Ich übernehme das.« Ich habe Louis nicht kommen hören, aber plötzlich steht er im Türrahmen. »Bezieh du das Bett und leg dich dann wieder hin.«

Ich nicke und überlasse ihm das Feld. Beim Weggehen spüre ich seinen Blick auf mir und weiß genau, dass er gehört hat, wie ich mit Caroline gesprochen habe. Wie ungeduldig ich war. Dabei haben wir schon tausendmal darüber geredet, dass Schuldzuweisungen alles nur noch schlimmer machen und dass Caroline nicht das Gefühl bekommen darf, mit ihr wäre irgendetwas verkehrt.

Aber verflixt noch mal, jetzt ist sie sechs Jahre alt und so langsam müsste das doch endlich aufhören! Wenn ich von anderen Eltern höre, dass ihre Kleinkinder auf einen Schlag Tag und Nacht trocken waren, dann möchte ich mich verkriechen. Was stimmt nicht mit meinem Kind? Was stimmt nicht mit mir und meiner Erziehung? Habe ich schon irgendetwas versäumt, als Caroline im Wickelalter war? Zu früh oder zu spät mit dem Training angefangen? War das Töpfchentraining an sich falsch? Man liest so viel und jeder sagt etwas anderes. Damals hat es sich richtig angefühlt; Caroline war so weit und es hat so gut geklappt – tagsüber. Dass sie nachts eine Windel brauchte, hielt ich für normal. Sie war ja noch so klein. War diese Annahme falsch? Wann hätte ich merken müssen, dass etwas eben doch nicht ist, wie es sein sollte?

Als ich bei der Einschulungsuntersuchung verschämt der Kinderärztin davon erzählt habe, konnte sie gar nicht fassen, dass ich so lange damit gewartet habe, es ihr zu sagen. Aber körperlich ist bei Caroline alles in Ordnung. Eigentlich müsste es klappen. Tut es aber nicht.

Während ich das Bett neu beziehe, gehe ich in Gedanken die vergangenen Nächte durch. Es waren doppelt so viele mit nassem Bett wie ohne. Kein Wunder, dass ich so müde bin.

Und trotzdem gibt mir das nicht das Recht, Caroline so forsch zu behandeln. Am liebsten würde ich ins Badezimmer gehen und mich bei ihr entschuldigen. Aber das muss bis morgen warten, denn vor Louis bringe ich das nicht fertig.

So schlüpfe ich erschöpft in mein eigenes Bett zurück, aber einschlafen kann ich trotz der bleiernen Müdigkeit lange nicht mehr.

Kapitel 27 – Chrys

»Da gibt es bestimmt 1001 Rezepte für Zitronenkuchen.«

Mein Scrapbook ist ruiniert. Ich säble mit der Nagelschere an den fransigen Resten der Flamingoseite herum, aber man wird immer sehen, dass an dieser Stelle etwas fehlt. Ganz unpassend ist das allerdings nicht, wie ich bitter feststelle. In mir fehlt auch etwas. Stefan hat es mitgenommen. Nicht weil ich ihn so gut kannte, dass er bereits ein Stück meines Herzens geraubt hätte – nein, so weit ist es zum Glück nicht gekommen. Was er mitgenommen hat, ist mein Vertrauen. Mein Vertrauen in die Männer, vielleicht auch in die Menschen im Allgemeinen und auf jeden Fall in die Sorte Mann, die sich für mich interessiert.

Dass sie bisher allesamt ziemliche Spinner waren, ist eine Sache. Man könnte es damit entschuldigen, dass ich eben auch ein bisschen speziell bin. Vielleicht wäre irgendwann einfach die richtige Art Spinner aufgetaucht; einer, der mein perfektes Match gewesen wäre.

Aber Lügen, wie die von Stefan, sind eine ganz andere Kategorie. Es trifft mich nicht einmal so sehr, dass er *mich* belogen hat, obwohl das natürlich auch unter aller Sau ist. Aber seine Familie! Er hat ja keine Ahnung, was er ihnen damit antut. Er hat keine Ahnung, was es mit einer Familie macht, wenn sie einem ihrer Mitglieder plötzlich nicht mehr genug ist. Vielleicht hätte ich es ihm erzählen sollen, anstatt ihn einfach stehen zu lassen. Und ihm doch noch meine Handtasche um die Ohren hauen.

Frustriert lege ich die Nagelschere weg und betrachte die neue, leere Seite, die durch den fransigen Rand so entstellt wird – eine unauslöschliche Erinnerung an die Dinge, die in meinem Leben schieflaufen. Ja, warum eigentlich nicht? Ich stehe auf, gehe zum Papierkorb und wühle zwischen einer alten Zeitung und einem Pappkarton nach den Überresten der Flamingoseite. Ich finde einige Schnipsel und außerdem den Umschlag mit dem Blumensticker von meiner Mutter. Dann gehe ich in den Flur und reiße ein winziges Streifchen von der abblätternden Tapete in ihrem 60er-Jahre-Grün ab. Die schriftliche Kündigung meiner letzten Stelle suche ich ein wenig länger und finde sie schließlich auf dem Stapel mit den Steuerunterlagen. Eine zwar schon bezahlte, aber horrende Reparaturrechnung für meine betagte Ducati liegt auch dabei und kommt mit zu meiner Sammlung, die ich auf dem Wohnzimmerteppich ausbreite.

Ich verzichte auf eine Schere und reiße alle Teile so zurecht, dass sie irgendwie auf die Seite nach dem unschönen Randrest passen. Rechnung, Kündigung, Tapete, Flamingo und Briefumschlag, alles wild durcheinander in seiner ganzen Hässlichkeit. Fehlt nur noch Armins Todesanzeige, die Krönung aller Dinge, die in meinem Leben beschissen sind. Aber sie passt nicht dazu. Sein Tod ist so viel schlimmer als alles andere, dass ich es nicht über mich bringe, ihn hier zu erwähnen. Sie würde die ganze vor Selbstmitleid triefende Seite ruinieren und verraten, dass es Schlimmeres gibt als geplatzte Dates und hohe Rechnungen.

Ich klappe das Scrapbook zu und lasse mich gegen das Sofa hinter mir sinken. Ich warte darauf, dass mir die Tränen kommen, doch seltsamerweise fühle ich mich ... entschlossen. Der ganze Mist in meinem Leben hat jetzt seinen Platz in meinem Scrapbook. Die Seite ist fertig. Abgeschlossen. Es wird Zeit umzublättern und eine neue Seite zu beginnen. Eine bessere. Nicht nur in meinem Scrapbook, sondern auch in meinem Leben. Und ich weiß auch schon, womit ich anfange.

Ich krame in meinem Rucksack nach dem Ausdruck von Michelles Manuskript. Als Erstes fällt mir stattdessen mein Smartphone in die Hände. Ein Blick auf das Display zeigt einen verpassten Anruf und ich ertappe mich bei dem wahnwitzigen

Gedanken, dass Stefan versucht haben könnte, mich zu erreichen. Um sich zu entschuldigen und – ich verbiete mir, diese Überlegung fortzusetzen. Wofür sollte er sich bei mir entschuldigen? Dafür, dass er verheiratet ist, bestimmt nicht. Höchstens dafür, dass er ein Idiot ist und sich überhaupt mit mir verabredet hat. Aber das soll er besser seiner Frau sagen und nicht mir.

Der Anruf kommt natürlich sowieso nicht von Stefan, sondern von meinem Vater, der auch gleich noch eine Nachricht hinterhergeschickt hat, dass er nur mal nachfragen wollte, wie es mir so geht.

Ich seufze, tippe eine kurze Antwort und werfe das Handy dann neben mir auf das Sofa. Dann ziehe ich endlich Michelles Manuskript aus meiner Tasche. Ich musste die Seiten zusammenfalten, um sie unterzubringen, und brauche nun erst mal eine Weile, um sie wieder zu glätten. Dann setze ich mich mit dem Stapel auf mein Sofa, drapiere ein flauschiges Kissen auf meinem Schoß und das Manuskript obendrauf.

Obwohl der Titel des dritten Bandes so vielversprechend klingt, ist der Anfang des Buches ziemlich deprimierend. Es sieht ganz und gar nicht danach aus, als würde Eli bald zurückkommen. Ich freue mich, als Rose zum ersten Mal auf der Bildfläche erscheint. Sie tröstet Esmé, macht ihr Mut. Ausgerechnet Rose ist stark und zuversichtlich, obwohl ihr selbst schon so viel Schlimmes passiert ist. Oder gerade *weil*? Ich halte beim Lesen inne und kraule gedankenverloren den weichen Plüsch des Kissens auf meinem Schoß. Wahrscheinlich ist Rose genau deswegen stark, weil sie nicht auf der Sonnenseite von Neema aufgewachsen ist. Sie hat ihre Mutter verloren und gewissermaßen auch ihren Vater. Sie hat niemanden. Deshalb hat sie gelernt, sich durchzubeißen. Und deshalb weiß sie auch, dass Esmé durchhalten und zuversichtlich bleiben muss.

Irgendwie gefällt mir der Gedanke. Rose ist genau wie ich kein fragiles, kleines Pflänzchen, das jeder Windhauch umknicken kann. Die nagelneue Seite in meinem Scrapbook kommt mir wieder in den Sinn. Es ist Zeit für einen Neuanfang. Es ist Zeit, stark und zuversichtlich wie Rose zu sein.

Vielleicht melde ich mich doch in einem Datingportal an. Vielleicht lasse ich es aber auch sein. Vielleicht sage ich meiner lästigen Kollegin Jenny, sie solle dahin gehen, wo der Pfeffer wächst. Oder ich lächle sie einfach an, wenn sie mal wieder herummault – ist immerhin ihr Problem, wenn ihr jeden Morgen eine griesgrämige Miesmacherin aus dem Spiegel entgegenblickt. Ich muss nur mit ihr arbeiten, sie muss sich selbst rund um die Uhr ertragen. Vielleicht schicke ich meiner Mutter eine grässliche Blümchenmotivkarte zum Geburtstag – sie würde sich darüber freuen und ich könnte in diesem Zuge auch gleich schreiben, dass ich es leider nicht zu ihrer Party schaffe.

Die letzte Idee gefällt mir für den Anfang am besten. Vielleicht kann ich sogar noch irgendetwas Persönliches dazu packen, so wie Michelle es vorgeschlagen hat. Ein Foto vielleicht oder ... Beinahe stoße ich das Manuskript von meinem Schoß, als ich aufgeregt nach meinem Handy angle. Ich suche nach einer Online-Buchhandlung und lege die beiden Bände von Armins *Neema* in den Warenkorb. Für die Adresse muss ich meinem Vater eine Nachricht schicken, denn den Briefumschlag der Einladung habe ich ja bereits zerfetzt. Er schickt sie mir postwendend und dazu drei Fragezeichen, aber ich schreibe nur *Danke!* und kopiere die Adresse in das Formular für den Bestellvorgang. Als ich auf »Absenden« klicke, bin ich stolz auf mich. Ich finde, ich habe mich sehr erwachsen und friedfertig verhalten insbesondere in der Nachricht, die ich der Bestellung beigefügt habe. Eine höfliche Absage für die Feier, herzliche Glückwünsche und die Hoffnung, die Bücher mögen ihr gefallen, weil ich sie selbst gerade lese, wunderschön finde und weil mein bester Freund sie geschrieben hat. Rose wäre sehr zufrieden mit mir.

Ich überlege, noch ein bisschen weiterzulesen, doch in mir steckt gerade zu viel Tatendrang und Energie. So schlüpfe ich in meine Motorradkluft und schnappe mir meinen Schlüssel. Für das Coaching, bei dem Michelle mich unbedingt als seelische Unterstützung dabeihaben will, bin ich zu früh dran, aber ich war schon lange nicht mehr an Armins Grab. Heute scheint mir ein geeigneter Tag dafür.

Die Straßen sind herrlich frei und ich erreiche Wolframs-Eschenbach in Rekordzeit. Michelle würde sich Sorgen machen, wenn sie davon wüsste, aber mir hat die Fahrt gutgetan, mein Kopf ist herrlich leer und ballonartig leicht.

Ich parke mein Motorrad nicht am Haupteingang des Friedhofs, sondern direkt an der Straße daneben. Zu Armins Grab nehme ich gerne den Umweg um den eigentlichen Friedhof herum. Weniger Gräber, weniger feierlich-melancholische Stille. Nur die paar Grabreihen dort hinten, das Kreuz und die Bäume und Sträucher hinter der ungemähten Wiese. Um diese Jahreszeit blüht sie in allen Farben. Schön sieht das aus und irgendwie tröstlich an diesem traurigen Ort.

Einer spontanen Eingebung folgend gehe ich an den Gräbern vorbei auf die Blumenwiese. Hätte ich meine Motorradhose ausgezogen, würde das hohe Gras meine nackten Beine unter dem knielangen Rock kitzeln. So hinterlassen die Blüten nur gelbe Pollenspuren auf dem Schwarz. Ich bücke mich nach einem besonders hohen Löwenzahn mit seinem gelben, pompomartigen Kopf und breche behutsam den Stängel ab. Keine Ahnung, warum die meisten Leute Löwenzahn für Unkraut halten. Viele wohlgepflegte Gartenpflanzen blühen nicht halb so schön und so üppig. Ein wenig Wiesenschaumkraut dazu und ein paar Gänseblümchen, Hahnenfuß mit seinen buttrig gelben Blüten und ein paar Gräser. Der Strauß ist wunderschön und ich weiß, dass Armin ihn zu schätzen wüsste. Es ist genau so einer, wie ich ihn ihm versprochen habe, vor einer gefühlten Ewigkeit.

Mit den Blumen in der Hand bahne ich mir vorsichtig einen Weg durchs hohe Gras, zurück zu den Grabreihen. Ein älterer Herr nickt mir zu. Er steht vor einem noch recht frischen Grab und hat mich offenbar beim Blumenpflücken beobachtet, denn in seinen Mundwinkeln hat sich ein belustigtes Lächeln eingenistet.

Armins Grab ist nicht weit von dem, an dem der Mann steht.

Ich gehe daneben in die Hocke und betrachte das Holzkreuz. Ich war schon so oft hier, aber an diesen Anblick werde ich mich vermutlich nie gewöhnen. Armins Name auf einem Kreuz. Es ist falsch. So falsch, dass es eigentlich nicht wahr sein kann.

»Du hättest angeboten, Stefan für mich eine reinzuhauen«, flüstere ich. »Obwohl ich nicht weiß, ob dein rechter Haken irgendetwas taugt.« Ich schlucke. Natürlich war Armin viel zu friedliebend, um wirklich jemandem eine reinzuhauen. Gesagt hätte er es trotzdem und schon seine ehrliche Empörung um meinetwillen hätte mein Vertrauen in die Männer wieder ein wenig hergestellt.

»Ich hab dir deine Blumen mitgebracht. Wie versprochen.« Daran, dass es gar keine Vase dafür gibt, habe ich bei meiner spontanen Aktion natürlich nicht gedacht. Nun werde ich die schönen Blumen einfach auf die Erde legen müssen, wo sie innerhalb kürzester Zeit verwelken.

»Ich kann Ihnen das hier anbieten.«

Ich sehe auf.

Der ältere Herr ist näher gekommen und hält ein Schraubglas ohne Deckel in die Höhe. »Das ist meine Notfallvase für alle Fälle. Aber gerade ist sie nicht in Verwendung und ich kann mir nächstes Mal eine neue mitbringen.«

Ich erhebe mich. »Nehm ich gerne. Das ist sehr nett von Ihnen.«

Er reicht mir das Schraubglas. »Hübsche Blumen übrigens. Wiesenblumen mochte meine Frau auch am liebsten.« Sein Blick wandert kurz zu dem Grab zurück, vor dem er eben noch stand. Wie Armins hat es nur ein Kreuz und noch keinen Grabstein.

»Mein Beileid«, murmle ich.

»Ihnen auch.«

Damit wendet sich jeder von uns wieder dem Grab zu, dessentwegen er hier ist. Ich gehe noch schnell zum Brunnen und fülle die Notfallvase mit ein wenig Wasser. Dann arrangiere ich Armins Blumen darin und stelle sie neben das Kreuz mit seinem

Namen. »Für dich«, flüstere ich. Ich will noch mehr sagen, aber die Tränen schnüren mir die Kehle zu. Armin fehlt mir so sehr.

Ich will gerade meinen Motorradhelm über den Kopf ziehen, als Bruno Mars in meiner Tasche einen eingehenden Anruf verkündet. Mein Herz lässt einen Schlag aus, doch ein Blick auf das Display genügt, um dem dummen Ding klarzumachen, dass es nicht Stefan ist. Mein Kopf fügt ein vehementes »Zum Glück!« hinzu und befiehlt dem Herzen, sich gefälligst am Riemen zu reißen.

»Hi Papa«, begrüße ich dann meinen Vater, dessen Anruf das ganze Gefühlschaos erst ausgelöst hat.

Ich mache mich darauf gefasst, dass er mich wegen der Frage nach der Adresse ausquetschen wird, doch er redet nur irgendetwas von Zitronenkuchen für seine Kollegen. »Bescheuerte Idee, ehrlich, aber jetzt bin ich dran mit Kuchen und ich hab mich gefragt, ob du das Rezept noch hast.«

»Frag doch ›Chefkoch‹.« Ich lege meinen Helm ab, weil mir der Arm langsam schwer wird. »Da gibt es bestimmt 1001 Rezepte für Zitronenkuchen.«

»Ich will doch nicht irgendein Rezept«, protestiert mein Vater. »Ich will *das* Rezept. Das von deiner Mutter.«

»Ah, okay.« Am liebsten würde ich bei diesem Stichwort räumliche Distanz zwischen mich und das Handy bringen. Oder auflegen.

»Du weiß schon, das, nach dem sie früher immer gebacken hat. An jedem Geburtstag und bei jedem Besuch. Das, das immer jeder haben wollte und keiner bekommen hat.«

»Okay.«

»Hast du es?«

Ich schüttle den Kopf, räuspere mich, um Zeit zu gewinnen, und sage dann schlicht: »Nein, ich fürchte nicht.«

»Aber ... Du könntest sie fragen, wenn du bei ihr bist«, meint er hoffnungsvoll.

»Du könntest sie selbst fragen, wenn du das Rezept so dringend brauchst.«

»*Ich!*« Er lacht. Ernsthaft, er lacht. »Ich hab nicht mal ihre Nummer und mir würde sie ihr kostbares Rezept auch niemals geben. Ich kann sie nicht fragen.«

»Tja und ich *werde* sie nicht fragen. Was soll das überhaupt heißen, wenn ich bei ihr bin? Ich bin nicht bei ihr.«

»Aber die Adresse ... Du wolltest doch ... Sie hat dich doch zu ihrem Geburtstag eingeladen.« Nun klingt er verwirrt. »Das hast du doch erzählt und vorhin wolltest du ...«

»Ich fahre auf keinen Fall zu ihrem Geburtstag!«

Am anderen Ende der Leitung herrscht einige Momente lang Schweigen. »Oh, dann ... dann habe ich das wohl falsch verstanden. Ich dachte nur, weil es doch ein runder Geburtstag ist und so.«

»Würdest *du* denn hinfahren?«, frage ich. Es soll schneidend klingen, wirkt aber zu meinem Ärger eher unsicher.

Er schnaubt in den Hörer. »Mich würde sie ganz bestimmt nicht dabeihaben wollen. Aber dich schon, du bist immerhin ihre Tochter und sie hat dich eingeladen!«

»Tja, ich will aber nicht dabei sein. Ich hab schon ein Geschenk und eine Absage geschickt. Ich weiß ja nicht mal, ob ich freinehmen könnte. Ich bin noch in der Probezeit, schon vergessen? Für einen Geburtstag, zu dem ich gar nicht gehen will, riskiere ich bestimmt nicht meinen Job.«

»Nein. Nein, natürlich nicht. Das sollst du auch nicht.« Nun wirkt er ein wenig betreten und ich bereue meine heftige Reaktion beinahe. »Ich ... na ja, solltest du doch hinfahren ... oder anrufen ... Du kannst ja nach dem Rezept fragen, wenn es sich ergibt, ja? Ist auch nicht schlimm, wenn nicht. Dann frage ich eben diesen Chefkoch oder kaufe mir ein Backbuch.«

»Ich schenk dir eins zum Geburtstag, okay? Zu deinem komme ich nämlich gerne.«

»Das ist schön, Chryssi. Das freut mich. Auch wenn ich den Kuchen ein bisschen früher brauche, leider. Aber über deinen Besuch und ein Backbuch freue ich mich im Oktober trotzdem noch, versprochen. Dann mach es mal gut, ja? Ich hab dich sehr lieb.«

»Ich dich auch, Papa«, murmle ich, das schlechte Gewissen nun endgültig komplett. Wieder mal hat er meine Wut auf meine Mutter abbekommen. Vielleicht sollte ich nach dem Coaching mit Michelle bei ihm vorbeifahren. Ihm helfen, ein Rezept auf Chefkoch herauszusuchen. Meine Mutter danach zu fragen, steht nämlich nicht zur Debatte.

Auch als ich schließlich bei Michelle klingle, bin ich in Gedanken noch bei Zitronenkuchen, meinem Vater und der Geburtstagseinladung. Hat er wirklich gedacht, ich würde hingehen? Das kann doch nicht sein Ernst sein! Ich wäre dort völlig fehl am Platz, mitten unter der neuen Familie und den neuen Freunden meiner Mutter, von denen ich gar niemanden kenne. Ob abgesehen von ihrem neuen Mann und ihren beiden Kindern überhaupt jemand weiß, dass sie irgendwo noch eine weitere Tochter mit einem bescheuerten Blumennamen hat? Wahrscheinlich nicht.

»Du kannst Pfirsich schneiden, ich mache Bowle«, begrüßt Michelle mich. »Alkoholfreie«, fügt sie schnell hinzu, als sie mein Gesicht sieht. »Kein Alkohol mehr für dich und schon gar nicht für Lara und Beatrice. Und mich.«

»Ja, ist vielleicht besser so.« Ich grinse sie schief an und nutze die Chance, sie unauffällig abzuscannen. Sie sieht müde aus, aber okay. Zumindest so ziemlich. Offenbar hat sie gerade geduscht, denn ihr Haar ist noch nass und sie trägt ihr Lieblingsshirt, das Armin ausgesucht hat. Ich wette, weil es ihn an irgendeine literarische Figur erinnert hat. Aber ich beschließe, Michelle nicht danach zu fragen. Sie wirkt gerade so gefasst und das will ich nicht kaputtmachen.

Sie bugsiert mich in die Küche und reicht mir ein Netz Pfirsiche. »Messer und Brettchen sind ...«

»Das weiß ich doch.« Ich hole mir alles, was ich brauche. Auf der Anrichte steht bereits eine große Glasschüssel voller Ananasstücke und Cocktailkirschen. »Du machst dir ja richtig Mühe!«

»Wenn ihr mir schon helft, meinen und Armins Ruf zu retten, sollt ihr es wenigstens nett hier haben.«

»Du weißt, dass wir das gerne machen, oder?« Mist, nun füllen ihre Augen sich doch mit Tränen. »Du wirst das großartig machen«, sage ich schnell. »Lara wird nichts anderes erlauben.«

Michelle wischt sich schnell über die Augen und lacht ein bisschen. »Sie ist gar nicht so schrecklich, wie wir dachten, was?«

Ich schüttle den Kopf. »Eigentlich ist sie ziemlich ... nein, ich wollte cool sagen. Sie ist *nicht* cool. Aber viel netter, als ich dachte, ja. Sehr viel netter. Und lustiger.«

Michelle lacht noch einmal, dann beendet sie das Thema schnell, indem sie zum Kühlschrank stürmt und eine Flasche alkoholfreien Sekt herausholt. »Heppenheimer hat mich übrigens auch schon gecoacht«, meint sie, während sie einen Korkenzieher holt und damit an der Flasche herumzuhebeln beginnt. »Er hat mir allerdings vor allem mitgeteilt, was ich gegenüber der Presse auf keinen Fall sagen darf. Dafür hat er mir das sehr ausführlich dargelegt.« Sie verdreht die Augen. »Um ehrlich zu sein, war das Gespräch ziemlich schrecklich. Aber ich habe immer brav ›In Ordnung, Herr Heppenheimer‹ gesagt und erst danach ganz furchtbar herumgeschimpft. Und was ist mit dir, welche Laus ist dir über die Leber gelaufen? Volle Straßen?«

»Mir? Wie kommst du darauf ...?«

»Ach bitte, Chrys, ich hab es dir schon auf der Türschwelle angesehen. Hat dich ein Autofahrer geärgert?«

»Nein«, brumme ich und beginne den ersten Pfirsich mit dem Messer zu traktieren. »Mein Vater. Er glaubt, ich fahre zum Geburtstag meiner Mutter.«

»Oh.«

»Das kannst du laut sagen.« Ich seufze. »Versteh mich nicht

falsch, ich bin froh, dass er und ich wieder einen ganz guten Draht zueinander haben. Aber irgendwie denkt er, jetzt müsse er dafür sorgen, dass es bei mir und meiner Mutter auch so läuft, und das ist echt anstrengend.«

»Kennst du die Geschichte vom verlorenen Sohn?«, fragt Michelle unvermittelt.

Ich starre sie über die Bowleschale hinweg an. »Äh ... was?«

»Ich hab sie neulich gelesen. Als Recherche für *Neema*. Ich musste nur gerade daran denken ... In der Geschichte geht es auch um einen Vater und ein ziemlich kompliziertes Verhältnis.«

Die Türklingel erspart mir eine Entgegnung. Ich wüsste auch gar nicht, was ich sagen sollte.

Michelle hastet hinaus und ich höre, wie sie Lara begrüßt und hereinbittet, ehe sie wiederkommt und sich daranmacht, Sekt, Mineralwasser und Grenadinesirup über die Früchte zu gießen.

»Ich hab früher immer gedacht, die Geschichte hätte so eine Art Moral, weißt du?«, greift sie dabei das Thema wieder auf. »Von wegen: Geh nicht von zu Hause weg, kehr um, wenn du auf dem falschen Weg bist. Oder so.«

»Hat sie nicht?«, frage ich. Ich kann Michelle gerade nicht so ganz folgen. Vielleicht weil ich das unfertige Manuskript von *Neema 3* noch nicht komplett kenne.

»Nein! Nein, gar nicht. Ich glaube, in der Geschichte geht es viel weniger um den Sohn als um den Vater. Armin glaubt ... also, für Armin war sie ein Bild dafür, wie Gott ist. Wie ein Vater eben.«

»Das klingt eigentlich ganz schön.« Ich streife eine Ladung Pfirsichstücke vom Schneidebrett in die Bowle. »Aber das Bild vom Bräutigam gefällt mir besser. Einen Vater hab ich schon und einer ist gerade anstrengend genug, glaub mir.«

»Wusstet ihr, dass es auch eine Bibelstelle gibt, die Gott mit einer Mutter vergleicht?«, schaltet Lara sich ein, die in diesem Moment auf Socken die Küche betritt. Auch heute trägt sie wieder eine Bluse und dazu eine unbequem, aber schick aussehende Stoffhose mit Bügelfalte.

»Mit einer Mutter?«, fragt Michelle überrascht.

»Ja, da heißt es, Gott wolle uns trösten, wie einen seine Mutter tröstet. Das Bild kennen nur die wenigsten, sie denken an Gott immer nur als Vater, dabei kann er uns beides sein: vergebender Vater, tröstende Mutter ...«

»Na, das hat mir gerade noch gefehlt«, murmle ich und ernte einen irritierten Blick von Lara. Noch eine komplizierte Beziehung in meinem Leben, und dann sogar in der Doppelfunktion eines Vaters *und* einer Mutter? Nein danke. »Glaubst du, deine Freundin könnte etwas in diese Richtung fragen?«, wechsle ich hastig das Thema. »Wenn sie für ein christliches Magazin arbeitet?«

»Hoffentlich nicht«, stöhnt Michelle. »Ich mache mich komplett zum Affen, wenn sie biblische Themen diskutieren will. Bei allem anderen allerdings wohl leider auch.«

»Wenn wir mit dir fertig sind, bist du für alle erdenklichen Themen gewappnet, keine Sorge«, tröstet Lara sie. »Du wirst schon sehen, das wird großartig.«

Michelle hebt einen Mundwinkel und sieht nicht überzeugt aus.

»Vielleicht doch ein Schlückchen richtigen Sekt?«, meine ich zuckersüß. »Dann geht das Coaching gleich leichter von der Hand.«

Kapitel 28 – Michelle

»Du bekommst Besuch. Zehn Minuten nach vierzehn Uhr.«

»Frau Prinz, welchen Cocktail trinkt Ihre Protagonistin Esmé am liebsten?«

Ich sehe Chrys über meinen Esstisch hinweg finster an. »So etwas fragt sie im Leben nicht. Kein Journalist tut das.«

»Vielleicht nicht.« Chrys stochert ungerührt mit ihrem Cocktailspieß in ihrem Glas Bowle und fördert eine pinkfarbene Kirsche zutage, die sie sich in den Mund steckt und zwischen den Zähnen zerplatzen lässt. »Aber mich würde es brennend interessieren.«

»Und wie soll mir das bei meinem Interview helfen?« Mit meiner Geduld ist es nach mittlerweile einer geschlagenen Stunde Coaching nicht mehr zum Besten bestellt.

Lara scheint das ebenfalls zu spüren, denn sie geht hastig dazwischen: »Dann also lieber eine andere Frage. Eine gute. Eine, die nicht nur Aufschluss über dein Verhältnis zu den Romanfiguren, sondern auch über deine eigenen Überzeugungen gibt.«

»Ich kann es nicht erwarten.«

Lara ignoriert meinen Sarkasmus. »Welche der Romanfiguren spiegelt am ehesten Ihren spirituellen Standpunkt wider?«

»Wenn sie das fragt, werfe ich sie hinaus«, knurre ich. »Ich hab keine Ahnung, was ich darauf antworten sollte.«

»Was würde denn Armin antworten?« Laras Blick wird bei der Erwähnung von Armins Namen wachsam, als fürchte sie, ich könne auch *sie* jeden Moment hinauswerfen. Aber seltsamerweise besänftigt ihre Frage mich ein wenig. Wahrscheinlich, weil ich über jede Gelegenheit froh bin, bei der ich über Armin sprechen kann. Das gibt ihn mir ein kleines Stückchen weit zurück, auch wenn es oft schmerzhaft ist.

»Er würde sagen, sein Glaube ist wie der von Esmé. Hoffnungsvoll und manchmal das, was ihn über Wasser hält, wenn es ihm bis zum Hals steht. Als seine Familie sich so zerstritten hat, da hat sein Glaube ihm ... Aber das werde ich der Zeitschriftentante bestimmt nicht erzählen. Außerdem wird sie wohl kaum nach Armins Glauben fragen, sondern nach meinem und dann haben wir den Salat. Dann schreibt sie nämlich in ihre christliche Zeitschrift, dass ich eine ganz gottlose Person bin und am ehesten zu vergleichen mit dem bösen König aus dem Nachbarland von Neema, dessentwegen Eli in die Verbannung gehen musste.«

»Das wird sie nicht«, sagt Lara seelenruhig.

»Aber was tue ich, wenn sie mich so etwas fragt? Etwas ... Spirituelles oder Religiöses?«

»Die Wahrheit sagen?«

Ich schnaube.

»Wie wäre es denn, wenn du solchen Fragen einfach ausweichst? Nein, warte, lass mich ausreden!« Chrys fuchtelt mit beiden Händen herum, in der einen noch immer das Cocktailspießchen. »Wenn sie fragt, welcher Figur dein spiritueller Standpunkt oder so entspricht ... dann könntest du erklären, dass sei sehr schwer zu sagen, aber Armins Standpunkt spiegle Esmé am besten wider, weil sein Glaube immer hoffnungsvoll und beständig war. Punkt, Ende. Kein Wort über seine zerstrittene Familie und deinen Glauben oder Unglauben.«

Ich mustere Chrys. »Das ist vielleicht gar nicht so schlecht.«

»Aber Michelle kann auch nicht jedes Mal auf Armin ausweichen, wenn ihr eine Frage unangenehm ist.«

»Sie soll aber auch nicht wieder in Tränen ausbrechen, oder?«

»Trotzdem muss sie bereit sein, auch ein paar persönliche Dinge preiszugeben. Wir wollen, dass der Artikel ein positives Bild von ihr zeichnet. Und am besten können die Leser sich mit Emotionen identifizieren.«

»Ich weiß das.« Ich greife nach meinem eigenen Glas und tue es Chrys gleich, indem ich mich mit meinem Spieß auf die Jagd nach einem Stückchen Ananas mache. »Ich bin selbst Journalistin, weißt du noch?«

»Aber scheinbar bist du es nicht gewohnt, auf der anderen Seite zu sitzen.«

»Ich bin es nicht gewohnt, vor Wildfremden über Armin und seinen ... über sein Buch und meinen Glauben und weiß der Geier was noch alles zu reden. Das geht niemanden etwas an.«

»Aber ein bisschen was musst du erzählen«, beharrt Lara. »Die Leser müssen mit dir mitfühlen können. Sie sollen dein Buch doch lesen wollen!«

»Es ist nicht mein Buch, sondern Armins. Und niemand will, dass irgendeine dahergelaufene andere Autorin ... ach, was rede ich denn, noch nicht einmal Autorin ... Amateurin es an seiner Stelle schreibt!«

»Du bist doch keine ...«, setzt Chrys an, doch Lara unterbricht sie: »Doch, Chrysantha, doch, das ist sie. Sie hat noch nie ein Buch geschrieben, und was die christliche Botschaft von *Neema* angeht, ist sie – das kann ja niemand leugnen – eine blutige Anfängerin.«

»Danke.«

»Umso wichtiger ist es, dass Armins Leser dich wenigstens mögen«, fährt Lara unbeirrt fort. »Dann sorgt diese ganze Geschichte vielleicht sogar dafür, dass sich das Buch besser verkauft, als es unter anderen Umständen der Fall gewesen wäre.«

»Fang du nicht auch noch damit an!« Ich merke gar nicht, dass ich aufspringe, aber auf einmal stehe ich und meine Knie schmerzen von der Kollision mit dem Tischbein. »Du redest wie dieser furchtbare Agent! Armins Tod ist *keine* Marketingstrategie! Und ich werde ganz sicher keiner noch so gläubigen Journalistin irgendeiner noch so christlichen Zeitschrift Anekdoten aus dem

Leben einer Witwe erzählen, damit die Leser dieses Buch aus Mitleid kaufen. Überhaupt weiß ich nicht einmal, ob ich es zu Ende schreiben werde. Was, wenn diese Helga Heroldt recht hat und ich Armins Buch einfach nicht gerecht werden kann, weil ich nun einmal nicht Armin bin?«

Meinem Ausbruch folgt erschüttertes Schweigen. Lara klappt immer wieder den Mund auf, als wolle sie etwas sagen, sieht dabei aber nur aus wie ein nach Luft schnappender Karpfen. Chrys sitzt da wie vom Donner gerührt. Doch sie ist es, die als Erste wieder eine Regung wagt. Sie zupft am Ärmel ihres rot-grün-geringelten Longshirts herum, steht auf und stellt sich direkt vor mich. »Diese Helga Heroldt ist es, die eurem Buch nicht gerecht wird mit ihrem Artikel. Das, was Armin und jetzt auch du da mit Worten geschaffen hat, hat diese Frau doch überhaupt nicht begriffen. Weißt du, was ich gemacht habe?« Sie presst die Lippen zusammen und sucht an der Zimmerdecke nach Worten. »Ich hab die ersten beiden Bände von *Neema* bestellt und sie meiner Mutter geschickt. Als Geburtstagsgeschenk. Weil ich weiß, dass sie gerne liest, und weil sie diese Bücher einfach gelesen haben muss. Und wenn dein dritter Band fertig ist, dann schicke ich ihr den auch. Alles, was ich bisher davon gelesen habe, geht genau so wunderbar weiter, wie Armin es angefangen hat. Und du darfst nicht aufhören, nur weil diese furchtbare Journalistin nicht an dich glaubt.«

»Genau!«, springt Lara ein, als Chrys die Worte ausgehen und sie offenbar an meiner Wohnzimmerdecke auch keine neuen mehr findet; ihre Augen schwimmen in Tränen.

»Wir glauben an dich«, beharrt Lara. »Und ich bin mir sicher, eine Menge Leser werden das auch tun, wenn sie die Geschichte aus einer anderen Sicht als der in diesem Artikel hören.«

Ich nicke langsam und beinahe andächtig, bevor ich mich Chrys zuwende. »Hast du deiner Mutter wirklich die Bücher geschickt?«

Sie wischt sich über die Augen und nickt.

»Heißt das ... ihr habt euch versöhnt?«

»Versöhnt?«, schnieft Chrys. »Himmel, nein, dazu müsste ich ja mit ihr sprechen und ich weiß nicht, ob ich das ertragen würde. Nein, ich habe ihr die Bücher geschickt und eine personalisierte Nachricht mit Glückwünschen, in der ich ihr auch gleich mitteile, dass ich zu ihrer großen Feier leider nicht kommen kann. Was sollte ich da auch zwischen Dahlia und Sylvester und ihren ganzen neuen Freunden? Nein danke.« Sie rollt theatralisch die Augen, aber ganz offensichtlich nur, um über ihr Unbehagen hinwegzutäuschen. »Ich dachte ... Armins Bücher haben mich einfach sehr berührt. Aber sie brauchen ein Ende, Michelle. Und du bist die Einzige, die es schreiben kann.«

»Und Armins Ruf? Was, wenn ich das nächste Interview auch in den Sand setze und alles endgültig ruiniere?«

»Das wirst du nicht.« Nun steht auch Lara auf. »Dieses Mal bist du vorgewarnt und, was noch viel besser ist, nicht verkatert.«

»Und außerdem bereiten wir dich so gut vor, wie wir können«, pflichtet Chrys ihr bei. »Im Zweifelsfall schreiben wir dir Antworten auf alle erdenklichen Fragen auf, die du auswendig lernen kannst.«

Das erinnert mich an Chrys' Wortbilder-Liste und ich muss lachen. »Für jedes Problem eine Liste, oder?«

»Ja, so einfach ist das.« Chrys schmunzelt. »Und wenn wir mit deiner Liste fertig sind, können wir für mich eine anlegen, ja? ›Lexikon der Männer, um die Chrys einen großen Bogen machen sollte‹. Ganz oben stehen alle mit Katzen, Pferden oder Flamingos.«

»Flamingos?«, fragt Lara irritiert.

»Das ist eine lange Geschichte«, seufzt Chrys. »Vielleicht ein andermal bei einem Glas Wein. Jetzt überlegen wir uns erst mal Fragen für Michelle.«

Bis zum Beginn der nächsten Woche liegt meine Fragen-und-Antworten-Liste unbeachtet auf dem Esstisch. Na ja, ganz unbeachtet eigentlich auch wieder nicht, denn jedes Mal, wenn ich daran vorbeilaufe, überzieht mich eine Gänsehaut und ich spiele mit dem Gedanken, den Zettel einfach auf Nimmerwiedersehen in die grüne Tonne zu werfen.

Am Montagmorgen werde ich vom Klingeln meines Telefons geweckt und breche mir fast den Knöchel, als ich Hals über Kopf aus dem Schlafzimmer und die Treppe hinunterhaste.

»Einen wunderschönen guten Morgen!«, flötet Laras Stimme in mein Ohr, und obwohl sie und ich jetzt viel besser miteinander auskommen, stehen mir die Nackenhaare zu Berge. So viel gute Laune am frühen Morgen kann ich einfach nicht ertragen. »Du hast heute doch nichts vor, oder?«

»Ausschlafen und dann schreiben.« Ich schiele auf die Uhr. »Vergiss das mit dem Ausschlafen.«

»Also bist du zu Hause?«, vergewissert sie sich, wartet aber nicht auf eine Antwort. »Ausgezeichnet! Du bekommst Besuch. Zehn Minuten nach vierzehn Uhr.«

Hinter meiner Stirn rattert es. »Viertel drei?«

»Nein, wenn der Bus pünktlich ist, fünf Minuten früher.«

»Da kommst du vorbei?« Ich muss ein Gähnen unterdrücken und spiele mit dem Gedanken, schon einmal schnell in die Küche zu huschen und die Kaffeemaschine anzuschalten. Aber natürlich müsste ich den Hörer samt Lara dazu hierlassen und ich fürchte, das würde sie eventuell bemerken.

»Nein, ich habe einen Termin mit Caroline.«

»Hochbegabtensprachförderung?«

»Nein, Ergotherapie«, erwidert sie nüchtern. »Und du hast einen Interviewtermin. Meine Freundin Elenor kommt bei dir vorbei. Zehn Minuten nach vierzehn Uhr.«

»Interview?«, echoe ich dümmlich. »Heute?«

»Ja, heute um ...«

»... fünf Minuten vor Viertel drei, ich weiß. Aber warum heute?«

»Weil dein Artikel es dann noch in die Juniausgabe schafft und das sind einfach großartige Nachrichten, Michelle, ganz großartige!«

»Ach ja?«

»Aber natürlich! Nach diesem fruchtbaren Schmähartikel musst du schnell handeln und der Welt dein wahres Gesicht zeigen, die ganze rührende Geschichte erzählen. Du hast doch heute noch nichts getrunken, oder?«

»Noch nicht einmal einen Kaffee«, knurre ich.

»Oh, dann lass den am besten auch weg. Koffein putscht doch so auf! Nicht dass du am Ende völlig nervös bist.«

»Das bin ich sowieso.« Bereits jetzt kann ich meine Hände nicht davon abhalten, das Telefonkabel wieder und wieder um meinen Zeigefinger zu zwirbeln.

»Aber das brauchst du nicht. Du hast doch unsere Liste«, erklärt Lara beruhigend. »Lies sie dir noch ein paarmal durch und lass sie dann unbedingt verschwinden. Wenn Elenor sie sieht, macht das nur einen komischen Eindruck. Und zieh dir etwas Hübsches an, ja? Vielleicht das schwarze Kleid von Beatrice' Hochzeit. Nein, das wirkt zu aufgesetzt. Einen schönen schwarzen Pullover vielleicht und dazu ein buntes Halstuch. In Trauer, aber nicht depressiv, weißt du? Und einfach Jeans dazu. Ich denke, Elenor wird ohnehin nicht allzu sehr auf deine Kleidung achten. Aber nur für den Fall, dass sie ein Foto von dir macht, solltest du auf jeden Fall ein leichtes Make-up auflegen. Du bist in letzter Zeit so blass.«

Ich nicke zu alldem, obwohl Lara mich natürlich nicht sehen kann. Es scheint sie aber auch nicht zu bekümmern, dass von mir keine Rückmeldung kommt; sie ist ganz in ihrem Element.

»Deine Mutter hat erst kürzlich bei dir geputzt, nicht wahr? Vielleicht wischst du einfach noch einmal über die Oberflächen. Weinflaschen stehen ja nirgends herum, oder? Aber es würde vielleicht nicht schaden, ein paar Bücher im Wohnzimmer zu verteilen. Wie zufällig auf der Sofalehne zum Beispiel. Eine Bibel wäre auch nicht verkehrt. Hast du eine?«

Ehe Lara anbieten kann, ihre eigene vorbeizubringen, bejahe ich hastig und verspreche, alles genau so zu machen, wie sie es vorgeschlagen hat.

Vermutlich nur deshalb stehe ich eine Viertelstunde später endlich mit meiner wohlverdienten Tasse Kaffee in der Küche, anstatt immer noch vor dem Telefontischchen zu kauern und Laras Anweisungen zu lauschen. Mit einem ruhigen Morgen und einem Tag in Armins Arbeitszimmer ist es nun natürlich trotzdem vorbei. Ich lese mir, wie von Lara befohlen, die Liste mit Fragen und Antworten durch, aber das bringt meine armen Nerven nur so zum Flattern, dass ich es tatsächlich zu bereuen beginne, nicht auf meinen Kaffee verzichtet zu haben.

Also dusche ich stattdessen ausgiebig, bewundere die Nachricht in Armins Handschrift auf meinem Spiegel, schminke mich, nachdem meine Tränen wieder getrocknet sind, und ziehe eine schwarze Bluse und meinen türkisfarbenen Loopschal an, in dem ich noch zwei verirrte Reiskörner von meinem Stäbchenfiasko beim Chinesen finde. Da er ansonsten aber noch makellos ist, wickle ich ihn mir trotzdem um den Hals.

Weil ich es Lara in geistiger Umnachtung versprochen habe und mir vorstellen kann, dass sie ihre Freundin Elenor am Ende noch danach fragen wird, lege ich sogar zwei Romane aus dem Bücherregal auf das Sofa und drapiere eines der Sofakissen so darüber, dass es aussieht, als hätte ich sie beim Aufräumen dort vergessen. Nur die Bibel lasse ich weg – das käme mir dann doch zu heuchlerisch vor.

Ich sehe mich in meinem Wohnzimmer um, werfe einen Blick in den Garderobenspiegel und befinde, dass sowohl ich als auch das Haus mehr als bereit für den Besuch einer weiteren Journalistin sind. Keine Weinflaschen weit und breit, keine verkaterte Chrys auf meinem Sofa und kaum Augenringe unter meinen eigenen Augen. Alles bestens.

Nur leider ist es erst neun Uhr morgens und mir bleiben noch fünf Stunden und zehn Minuten, bis diese Elenor auftaucht.

Eigentlich hatte ich vorgehabt, um diese Uhrzeit noch selig zu schlummern.

Weil ich sonst nichts mit mir anzufangen weiß, begebe ich mich dennoch wie geplant in Armins Arbeitszimmer, obwohl ich nicht glaube, in meiner Nervosität irgendetwas zu Papier bringen zu können. In der einen Hand trage ich eine frische Tasse Kaffee, in der anderen die Liste mit den Fragen und Antworten. Dort oben sieht sie immerhin niemand, denn diesen Raum darf außer mir kein Mensch betreten. Schon gar keine Journalistin.

Während das Notebook startet, betrachte ich Armins Bücher auf ihrem Regalbrett. Sicher hat Chrys' Mutter sie inzwischen bekommen. Es muss das erste Lebenszeichen sein, das Chrys seit der obligatorischen digitalen Grußnachricht zum letzten Weihnachtsfest ins oberbayerische Nirgendwo gesendet hat. »Wer hätte das gedacht«, murmle ich und kann prompt hören, wie Armin darüber lacht.

»Ich«, gibt er zu. »Zumindest habe ich es gehofft.«

»Ach ja. Chrys, die verlorene Tochter. Aber du kannst doch nicht gewusst haben, dass es sie wirklich dazu bewegen wird, einen Schritt auf ihre Mutter zuzumachen.«

»Nein, das hab ich nicht gewusst. Ich habe gehofft, dass sie einen Schritt auf Gott zumachen wird, und ich hatte so eine Ahnung, dass das eine ein Nebeneffekt des anderen sein könnte.«

Ich schüttle fassungslos den Kopf. »Du bist unglaublich. Diese ganzen Hoffnungen hast du der armen Rose aufgebürdet? Ganz schön viel für eine kleine Romanfigur! Du verlangst von ihr, dass sie die echte Welt hier draußen verändert.«

»Und sie tut es.«

»Ja«, gebe ich zu. »Scheinbar tut sie das wirklich. Moment mal, gibt es eigentlich auch eine Figur für mich?«

Armin schnaubt lachend. »Das ganze Buch ist für dich, Michelle.«

»Aber du hast nirgendwo ein ... ein Alter Ego von mir in dein Buch hineingeschrieben, oder?«

»Nein.«

»Ganz sicher?«

»Ganz, ganz sicher. Obwohl Esmé fast genauso schön ist wie du. Aber nur fast.« Er schweigt einen Augenblick. »Dir ist doch auch klar, wie es mit Rose weitergehen muss, oder?«

Ich starre auf den mittlerweile einsatzbereiten Computer und klicke mich zu Rose' Steckbrief durch. *Halbwaise* steht da und dass ihr Vater als Soldat draußen bei den Truppen an der Landesgrenze ist.

»Nein«, gestehe ich. »Rose kann sich ihrer Mutter nicht annähern. Sie ist tot. Und ihr Vater ...«

»... wartet genau wie Chrys' Mutter sehnsüchtig auf die Vergebung seiner Tochter und die Gelegenheit, wieder Anteil an ihrem Leben zu haben.«

»Und das soll ich schreiben?« Ich schlucke. »Meinst du ... hm ... Rose könnte ihm einen Brief schicken?«

»Das wäre eine Idee.«

»Oder zu ihm hinaus an die Landesgrenze gehen? Oder ... oh, ich weiß! Sie und Alan sind nahe der Grenze unterwegs, um ... in irgendeinem Auftrag. Und Rose gerät in Gefahr. Ein paar Soldaten bedrohen sie, weil sie dort draußen nichts zu suchen hat. Und ihr Vater kommt ihr zu Hilfe und dann ...«

Ich rede nicht weiter, sondern öffne bereits das Dokument von *Neema – Die Heimkehr des Bräutigams,* ein Kribbeln in den Fingern, als könnten sie es gar nicht erwarten, über die Tasten zu fliegen.

Gegen Mittag zwingt meine Nervosität mich dazu, das Dokument zu schließen und Armins Notebook zuzuklappen. Immerhin habe ich trotz meiner flatternden Nerven vier Seiten nagelneuen Text, den ich sogar schon per Mail an Chrys geschickt habe, die darauf bestanden hat, alles stets sofort zu bekommen. Angeblich stört es sie auch nicht, wenn die Textschnipsel, die sie zu lesen bekommt, noch nicht wirklich ausgefeilt und voller Tippfehler sind.

Eine Weile sitze ich noch am Schreibtisch und betrachte den Raum um mich herum – die holzverkleidete Dachschräge mit den Wasserflecken, den gepolsterten Stuhl neben der Tür, die Bücherregale, den massiven Schreibtisch, die provisorischen Regenauffangbehälter auf dem Boden. Früher ist das hier Armins Reich gewesen. Ein Ort, an dem ich mich durchaus wohlgefühlt habe, aber an dem ich mich trotzdem stets wie eine Besucherin gefühlt habe. Nun steht meine Lieblingstasse auf dem Schreibtisch und darunter liegen meine gestrickten Strümpfe, für den Fall, dass ich beim Schreiben kalte Füße bekomme. Die Liste mit Wortbildern und das Blatt mit den Interviewfragen haben sich zu Armins Unterlagen auf dem Schreibtisch gesellt. Es ist jetzt auch mein Arbeitszimmer. Unbemerkt und schleichend ist es dazu geworden.

Der Gedanke ist erhebend und beängstigend zugleich. Ich bin gerne hier, aber ich will nicht, dass Armins persönliche Note nach und nach verschwindet. Und mit ihr dieses Gefühl, dass ein Teil von ihm immer noch hier ist, in diesem kleinen Dachkämmerchen, das er so geliebt hat.

Aber, tröste ich mich, hat Armin nicht selbst gesagt, dass ihn die Stimmen der Vergangenheit hier oben regelrecht angeschrien haben? Stimmen aus einer Zeit, die so lange zurückliegt, dass die damaligen Bewohner des Hauses längst in Vergessenheit geraten sind. Egal, wie lange Armin diesen Raum nun schon nicht mehr betreten hat, ich werde mich immer daran erinnern, wie er völlig versunken und in ganz sicher überhaupt nicht rückenfreundlicher Haltung am Schreibtisch gesessen hat. Wie seine Hände über die Tasten flogen, die jetzt unter meinen eigenen Fingern klicken, und wie er sich mit seinem bemüht freundlichen, bärtigen Lächeln zu mir umgedreht hat, wenn ich es gewagt habe, ihn zu unterbrechen.

Ich streiche noch einmal über das geschlossene Notebook und mache mich dann auf den Weg nach unten. Obwohl mein Magen knurrt, bringe ich kaum etwas hinunter, und aus Angst, mein ordentliches Wohnzimmer versehentlich zu verwüsten, beschließe ich letzten Endes, einen Spaziergang zu machen.

Ich wähle Armins und meine übliche Runde durch den Stadtgraben und mache mich anschließend auf den Weg zum Friedhof. In einer Gärtnerei kaufe ich eine Schale mit kleinen Osterglocken und den hübschen Bridal Crowns, um wenigstens ein bisschen Farbe auf Armins vertrocknet aussehendes Grab zu bringen.

Doch als ich durch den Durchgang in der Friedhofsmauer trete, sehe ich auf den ersten Blick, dass mir jemand zuvorgekommen ist. In einem mit Wasser gefüllten, offenen Schraubglas direkt neben dem Holzkreuz blühen Gänseblümchen, Hahnenfuß und ein paar Stängel Wiesenschaumkraut, von dem ich gar nicht wusste, dass es sich schon herausgewagt hat. Sogar der buschige gelbe Kopf eines einzelnen Löwenzahns ist dabei.

Ich gehe neben dem Grab in die Hocke, stelle meine Schale ab und berühre die zarten Blumen im Schraubglas. Ich muss nicht lange grübeln, um zu ahnen, wer sie gebracht hat. Nur wusste ich nicht, dass Chrys nach oder vor unserem Coaching einen Umweg zum Friedhof gemacht hat. Ich wünschte, sie hätte es mir gesagt, denn dann hätten wir zusammen hingehen können.

»Na, siehst du, dann hast du jetzt doch noch Blumen von ihr bekommen«, flüstere ich. Mir steigen Tränen in die Augen, als die Erinnerung frisch wie eh und je in meine Gedanken fliegt. Mein Geburtstag im vergangenen Herbst. Chrys hat mir einen bunten Wiesenblumenstrauß mit Margeriten und Mohn und allerhand duftenden Gräsern mitgebracht.

Armin betrachtete meinen Strauß mit ungewöhnlichem Interesse und ließ sich allen Ernstes sämtliche Blumennamen nennen, ehe er schließlich ein wenig beschämt herausrückte: »Rose pflückt gerade einen Wiesenblumenstrauß und ich kenne mich doch überhaupt nicht aus. Ich darf deinen Geburtstagsstrauß nicht zufällig als Rechercheobjekt mit nach oben ...?«

Doch ich unterbrach ihn empört: »Pflück dir deinen eigenen

Blumenstrauß zu Recherchezwecken! Oder lass dir einen schenken. Vielleicht schenkt Chrys dir einen zu deinem nächsten Geburtstag.«

Doch diesen Geburtstag wird Armin nicht mehr feiern.

Die Tränen verschleiern meine Sicht auf Chrys' Frühlingsstrauß und ich mache mir eine gedankliche Notiz, meiner Freundin für diese liebevolle Geste zu danken. Dass auch sie sich scheinbar an dieses Gespräch mit Armin erinnert, rührt mich.

Ich zupfe noch ein wenig an der übrigen vertrockneten Grabbepflanzung herum, schiebe meine Schale vor einen besonders zerzaust aussehenden Minibuchsstrauch und mache mich schließlich auf den Nachhauseweg.

Ein Blick auf die Uhr am Backofen verrät mir, dass ich gerade noch genug Zeit habe, mich wieder in Ordnung zu bringen. Ich wasche mir die erdigen Hände, fahre mit einem Kamm durch mein dunkles Haar und entferne verwischte Mascara unter meinen Augen. Dann setze ich mich auf mein Sofa und lese tatsächlich in dem dort drapierten Buch, bis es – zu meinem Schreck schon um fünf nach zwei – an der Tür klingelt.

Mein erster Gedanke nach dem Öffnen ist, dass ich, wenn ich diese Frau auf der Straße getroffen hätte, niemals auf die Idee gekommen wäre, sie könnte eine Freundin von Lara sein. Lara, meiner immer adrett und sichtlich teuer gekleideten Schwägerin mit ihren Rüschenblusen und Bleistiftröcken. Elenor hat wilde Locken, die von einer großen, schmetterlingsförmigen Spange mehr schlecht als recht gebändigt werden, und trägt einen Rock, den ich am liebsten fotografieren und an Chrys schicken würde, so herrlich farbenprächtig ist sein Blumenmuster.

»Hallo Michelle! Es ist schön, dich kennenzulernen. Oh nein, jetzt hab ich dich geduzt. Ich meine Sie. Weißt du, es ist nur so, dass Lara mir schon so viel von d... Ihnen erzählt hat ... noch einmal von vorne, ja? Ich bin Elenor und ...«, sie blickt auf ihre Armbanduhr, »... und ich bin ein klitzekleines bisschen zu früh dran. Der Weg von der Bushaltestelle hierher war auf Google Maps viel länger angegeben – so langsam läuft doch kein Mensch! Ich hoffe, es macht nichts, dass ich schon da bin?«

»Überhaupt nicht. Und wir können gerne beim ›Du‹ bleiben, das stört mich nicht.« Ich trete zur Seite, um Elenor hereinzulassen. Ihr Blick fällt schon beim Abstreifen der Schuhe auf mein Bücherregal.

»Oh, die *Eleria*-Trilogie habe ich auch gelesen!« Auf Strümpfen überbrückt sie die verbleibenden zwei Meter. »Und du hast ... meine Güte, an die fünfzig *Drei-Fragezeichen*-Bücher! Die habe ich als Kind geliebt!«

»Also eigentlich ... Die gehören genau genommen meinem Mann. Er hat auf jedem Flohmarkt nach Bänden gestöbert, die er noch nicht hatte. Ich mag die Geschichten auch, aber ... also, die Bücher sind ... waren seine.«

Elenor wendet sich mir zu und ich bin überrumpelt, echtes Mitgefühl in ihrem Blick zu sehen. Es ist kein mitleidiger Blick und auch nicht das höfliche Beileidsbekunden einer Fremden, die sie ja eigentlich ist. »Es tut mir sehr leid, wenn ich damit einen wunden Punkt getroffen habe.«

»Nein, das hast du nicht. Na ja, vielleicht schon, aber ehrlich gesagt sind momentan fast alle Themen irgendwie wunde Punkte, also mach dir keine Gedanken.« Ich räuspere gegen den Kloß in meinem Hals an. »Kann ich dir etwas zu trinken anbieten?«

»Oh ja, gerne. Hast du Orangensaft? Und dann können wir uns setzen und ganz in Ruhe plaudern. Wenn es dir recht ist, schneide ich unser Gespräch einfach mit, dann muss ich mir nicht ständig Notizen machen und lege dir auch nicht irgendeinen Blödsinn in den Mund, weil ich mich nicht mehr so genau erinnern kann.«

»Äh ... ja, das ist okay«, behaupte ich, obwohl der Gedanke an eine Tonaufnahme mir den kalten Schweiß ausbrechen lässt. Hastig verschwinde ich in der Küche, hole zwei Gläser aus dem Schrank und durchwühle meine Vorratsschränke nach Orangensaft.

»Ich habe leider nur Grapefruit«, entschuldige ich mich, als ich zwei Minuten später zurück ins Esszimmer trete. Elenor sitzt nicht wie erwartet dort am Tisch, sondern ein paar Schritte weiter auf meinem Sofa. Auf dem Tischchen vor ihr liegt ein altmodisches Diktiergerät.

»Gibt es dafür heute nicht Apps?«

»Klar.« Elenor lehnt sich ganz entspannt in die Kissen. »Aber ein bisschen Nostalgie muss doch auch sein. So wie dein Telefon da drüben. Grapefruit ist übrigens klasse, danke. Wollen wir gleich loslegen?« Und ohne eine Antwort abzuwarten, drückt sie den Knopf am Diktiergerät. »Also, Michelle, der tragische Unfall deines Mannes liegt erst wenige Monate zurück, nicht wahr? Aber irgendwie hast du diese Zeit nicht nur überstanden, sondern sogar ein bemerkenswertes Projekt in Angriff genommen. Woher nimmst du die Kraft für so ein herausforderndes Unterfangen?«

Ich schlucke, ziemlich erschlagen von dieser ausführlichen Frage und dem indirekten Kompliment. »Ich ... also ... ich ...«

»Ich hoffe, du empfindest diese Frage nicht als zu persönlich!«, unterbricht Elenor mein Gestammel. »Es ist nur so ... Es gibt so viele Frauen in der gleichen Lage wie du. Ältere Frauen, aber auch junge. Junge Witwen. Ich habe eine Freundin ... Sie ist Anfang dreißig und seit dem Tod ihres Mannes scheint ihr Leben einfach vorbei zu sein. Ich hoffe so sehr, dass deine Geschichte ihr und den anderen Frauen Mut machen kann. Dass sie ihnen Hoffnung schenkt.«

Abermals zwinge ich mich zu schlucken, obwohl mein Mund ganz trocken ist. Ich weiß nicht, ob es Elenors ungezwungene Art ist oder die Tatsache, dass sie so ganz anders ist, als ich sie mir vorgestellt habe – und so ganz anders als Helga Heroldt. Jedenfalls habe ich urplötzlich das heftige Verlangen, einfach die Wahrheit zu sagen. Die ganze Wahrheit oder zumindest einen großen Teil davon.

»Es ist das, was Armin gewollt hätte.« Ich streiche fahrig mein Haar hinters Ohr und versuche, das sachte rauschende Diktiergerät auf dem Sofatisch zu ignorieren. »Ich ... Manchmal stelle ich mir vor, was er sagen würde, wenn er noch am Leben wäre.

Ich kannte ihn so gut, dass ich genau weiß, welche Worte er wählen würde und wie seine Stimme klingen würde. Und ich weiß einfach, er würde mir raten ... Er würde mich darum bitten, sein Buch zu Ende zu schreiben. Ich glaube, das ist es, was mir Kraft gibt. Die Erinnerung an ihn.«

Elenor nickt, als könne sie das tatsächlich nachvollziehen. Vielleicht kann sie das auch, ich weiß es nicht. In jedem Fall tut es unglaublich gut, es ausgesprochen zu haben.

»Hat Gott auch etwas damit zu tun? Glaubst du, er befähigt dich zu dieser Aufgabe?«

»Armin würde das so sagen. Er ... Sein Glaube war ihm sehr wichtig. Aber er wusste, dass ich ... mir da nicht so sicher war wie er.«

»Mit dem Glauben?«, fragt Elenor.

Ich nicke. »Natürlich spielt das alles eine große Rolle in *Neema*. Das ist mir bewusst und ich werde das Buch auf jeden Fall in Armins Sinne zu Ende bringen. Er hat mir sehr viel über die Allegorien darin erzählt. Über das Bild von Jesus als Bräutigam und der Gemeinde als Braut.«

»Das ist ein sehr schönes Bild«, findet Elenor. »Und ich habe es nie zuvor so gut verstanden wie beim Lesen von *Neema*. Ich glaube, das hat viele Leser sehr berührt.«

»Mich auch.« Ich beiße mir auf die Lippe, beschließe aber fortzufahren. »Es ist ein ganz anderes Bild von Jesus als das, das ich vorher kannte. Du weißt schon ... da oben am Kreuz mit der Dornenkrone. Oder auf diesen Bildern, auf denen er auf einem Thron über den Wolken sitzt. Das Bild vom Bräutigam macht ihn irgendwie so menschlich, so greifbar, so ... echt.«

»Ich weiß, was du meinst.« Elenor lächelt. »Wie ist das, wenn du an *Neema* arbeitest? Fragst du dich manchmal, ob Armin die eine oder andere Stelle ganz anders schreiben würde als du?«

»Die ganze Zeit! Aber ich ... ich stelle mir dann vor, ich würde ihn einfach fragen. Und was er antworten würde. Und ich glaube, bisher ist ... wäre er sehr zufrieden mit dem, was ich geschrieben habe.«

»Hat er denn Aufzeichnungen hinterlassen, wie es weitergehen soll?«

»Nicht so richtig.« Ich muss lachen. »Sonst würde an meiner Stelle jetzt vielleicht irgendein Ghostwriter das Buch zu Ende schreiben. Oje, bitte druck das nicht in deinem Artikel, sonst teert und federt mich Armins Agent. Schreib einfach: Armin hat eine Menge Dinge zu seinen Geschichten aufgeschrieben. Steckbriefe, einzelne Szenen, Gedanken ... aber nie einen lückenlosen, nachvollziehbaren Plot. Den hatte er im Kopf.«

»Und dir hat er ihn erzählt?«

»Ja. Wir haben immer viel über seine Arbeit gesprochen. Er hat das Schreiben geliebt und ...«, meine Stimme bricht einen kurzen Moment weg und ich muss mich räuspern, »... und ich habe es geliebt, ihn darüber reden zu hören.«

»Das klingt schön«, meint Elenor. »Und sehr harmonisch.«

»Ach.« Gegen meinen Willen muss ich lachen. »Meistens. Wir haben uns am Ende immer wieder vertragen. Aber unterschiedlicher Meinung waren Armin und ich auch oft genug.«

»Zum Beispiel, was den Glauben angeht?«

»Ja, zum Beispiel. Oder darüber, wann der falsche Zeitpunkt ist, um sich Notizen für einen Roman zu machen. Und was Kaffee angeht.«

Das Diktiergerät habe ich beinahe vergessen oder zumindest so an den Rand meines Bewusstseins geschoben, dass es mir ziemlich egal ist, dass es auch noch zuhört und meine Worte als unumstößlichen, immer wieder abrufbaren Beweis festhält. Ich plaudere über Armin und *Neema*, über das Schreiben und erzähle, wie die Arbeit an Armins Manuskript sich von meinem Job als Journalistin unterscheidet.

Als Elenor sich schließlich wieder auf den Weg zur Bushaltestelle macht, sind zwei ganze Stunden vergangen und das Band des Diktiergeräts hat bereits eine halbe Stunde zuvor mit einem ruckartigen Klicken verkündet, dass es aufgebraucht ist.

»Das war ziemlich gut, oder?« Ich gehe in die Küche, denn in meiner Vorstellung sitzt Armin auf dem Sofa, während er das fragt, und so kann ich mich mit ihm unterhalten, während ich Salat für das Abendessen klein zupfe und wasche.

»Und die Journalistin war viel netter als die letzte. Wie hieß die noch? Cruella de Ville?«

»Helga Heroldt.«

»Ach ja, genau. Elenor hat auch viel bessere Fragen gestellt als Cruella. Ein paar davon waren wirklich knifflig.«

»Waren meine Antworten okay?« Ich nehme eine große Schüssel aus dem Hängeschrank und stelle sie vorsichtig auf die Anrichte. »Oder habe ich dich wieder blamiert?«

»Du warst großartig!«, erklärt Armin. »Hat das Bild von der Rückkehr des Bräutigams dich wirklich so berührt?«

Ich widme mich hastig dem Salat, während ich versuche, die aufsteigenden Tränen zurückzublinzeln. »Ja, ziemlich«, flüstere ich so leise, dass Armin es bis zum Sofa vermutlich gar nicht hören könnte.

»Dann warte ab, bis du das Ende geschrieben hast. Wenn Eli zu Esmé zurückkehrt und seinen Thron in Anspruch nimmt. Das wird direkt ins Herz gehen.«

»Wenn du es geschrieben hättest, ganz bestimmt. Du warst Feuer und Flamme dafür.«

»Ach«, winkt Armin ab. »Ich bin sicher, du wirst das ganz großartig machen. Und außerdem werde ich das Gefühl nicht los, dass bei dir auch so was wie ein kleiner Funke übergesprungen ist.«

»Kann sein«, murmle ich an den Salatkopf gewandt und erlaube den Tränen endlich zu fließen.

Kapitel 29 ~ Lara

»Aber Louis Mutter hat das alles immer alleine geschafft!«

»Wie schön, dass du da bist!« Mein Lächeln ist echt, als ich meine alte Freundin Elenor in die Arme schließe und dann zur Seite trete, damit sie die makellos saubere Garderobe betreten kann. Ich habe Louis' freien Tag gestern mit Putzen verbracht, um dem Ruf gerecht zu werden, den Elenor mir zuschreibt. Das klingt vielleicht armselig, aber das blitzend saubere und aufgeräumte Haus erfüllt mich tatsächlich mit Genugtuung und Stolz. Ich fühle mich wohl in meiner Haut, während Elenor sich beim Ausziehen ihrer Schuhe umblickt und an mir vorbei einen Blick ins Wohnzimmer erhascht. Es gibt nichts zu verbergen. Keine Wäscheberge hinter verschlossenen Schlafzimmertüren, keine Stapel von schmutzigem Geschirr in der Küche wie schon bei anderen Gelegenheiten.

»Donnerwetter, ihr habt es echt hübsch hier!«

»Das finde ich auch«, platzt es ungefiltert aus mir heraus. Verlegen räuspere ich mich und relativiere schnell: »Wir leben wirklich gerne hier. Und es ist gar nicht so leicht, in Ansbach ein bezahlbares Haus in einem entsprechenden Zustand zu finden.«

»Und bezahlbar ist Definitionssache.« Louis tritt zu uns in den Eingangsbereich und begrüßt Elenor so herzlich wie erhofft. Ich will, dass sie sich willkommen bei uns fühlt und gerne wiederkommt. Durch die Zeit mit Michelle, Beatrice und Chrys habe ich festgestellt, wie dringend ich wieder öfter unter Leute kommen muss. Unter andere Frauen, mit denen ich mich nicht nur die ganze Zeit vergleiche wie beim Mutter-Kind-Turnen.

»Schade, dass Karsten nicht mitkommen konnte.« Louis bittet

Elenor mit einer einladenden Geste ins Wohnzimmer. »Ich habe ihn schon seit einer Ewigkeit nicht mehr gesehen.«

»Ja, dieser blöde Termin. Aber so konnte ich direkt von Michelle hierherfahren.« Elenor zuckt mit den Schultern und tritt ein. Mit ihren bunt gemusterten Socken fährt sie über den glatten Boden. »Echtholz, oder? Fühlt sich toll an. Hallo, Caroline!«

Caroline sieht von ihrem Stickerbuch auf, in das sie bis eben vertieft war, und murmelt ein »Hallo«. Ich verkneife mir die Aufforderung, sie solle unseren Gast ordentlich begrüßen. Elenor scheint es nicht zu stören und Caroline widmet sich bereits wieder ihren Aufklebern, die – abgesehen davon, dass sie pink sind und glitzern – eine fantastische feinmotorische Übung sind. Das habe ich ihr aber nicht gesagt, um ihr den Spaß daran nicht zu verderben.

»Ähm ... magst du etwas trinken?« Ich stehe ein wenig unbeholfen zwischen Wohnzimmer und Küche. »Wir haben Sprudelwasser, stilles Wasser, ungesüßten Eistee und verschiedene Säfte.«

»Auch Orangensaft?« Elenors Gesicht hellt sich auf und ich erinnere mich mit einem Schmunzeln daran, dass sie das süße orangefarbene Zeug früher schon in rauen Mengen unverdünnt in sich hineingeschüttet hat.

»Ja, ich glaube schon. Ich hol dir ein Glas. Oder eine Flasche.«

Elenor lacht laut. »Eine große, bitte. Vielleicht teile ich dann sogar mit euch.«

Während ich in der Speisekammer verschwinde, höre ich, wie Louis Elenor nach ihrer Arbeit fragt und die beiden angeregt zu plaudern beginnen. Vor Erleichterung durchflutet mich ein regelrechter Adrenalinstoß. Als Elenor mir am Telefon gesagt hat, dass ihr Mann Karsten nicht dabei sein könne, habe ich schon das Schlimmste befürchtet: einen schweigsamen Louis, der mit Elenor nichts anzufangen weiß und der nach dem Essen sofort in seinem Arbeitszimmer verschwindet.

Die Sorge war definitiv unbegründet: Die beiden unterbrechen ihr Gespräch erst, als das Essen auf dem Tisch steht und ich Caroline im Flüsterton überrede, jetzt doch einmal ihr Stickerbuch zur Seite zu legen, um mit uns zu essen.

»Kann ich auch Orangensaft haben?«, fragt sie auf dem Weg zum Tisch. Normalerweise gibt es zu den Mahlzeiten nur Wasser oder ungesüßten Tee.

»Ausnahmsweise«, erwidere ich. »Wenn Elenor dir etwas übrig lässt.«

»Na, hör mal! Mit Caroline teile ich jederzeit!«

Caroline strahlt über das ganze Gesicht und leert das erste Glas noch vor dem Tischgebet. Während ich Putenrouladen und mediterranes Gemüse auf den Tellern verteile, mischt Louis ihr eine Schorle als Nachschlag.

»Jedenfalls«, knüpft Elenor an ihr Gespräch mit ihm an, »bekomme ich seitdem meistens die wirklich spannenden Themen zugeteilt. Kürzlich habe ich einen Artikel über eine Familie geschrieben, die eine Gemeinde am nördlichsten Zipfel von Nordschweden gegründet hat, wo es das halbe Jahr eiskalt und stockfinster ist. Und mein neuestes Projekt ist natürlich der Beitrag über deine Schwester.« Sie senkt den Kopf, um sich einen Bissen Gemüse in den Mund zu stecken, und sieht deshalb nicht, wie Louis kurz die Gesichtszüge entgleisen. »Du musst wahnsinnig stolz auf sie sein. Sie ist eine der stärksten Frauen, denen ich jemals begegnet bin. Das Interview war ... wirklich inspirierend.«

Ich springe schnell ein, weil Louis nicht den Eindruck macht, dazu etwas sagen zu wollen – und wenn doch, dann will ich es lieber nicht hören. »Ich wusste, dass du dich gut mit ihr verstehen würdest. Und das ... das Interview ist gut gelaufen, ja?«

Elenor strahlt. »Großartig. Ich werde gleich heute Abend einen ersten Entwurf für den Artikel tippen. Das geht am besten, wenn die Erinnerung noch ganz frisch ist. Lara, diese Rouladen sind übrigens das Leckerste, was ich je gegessen habe. Ist das Feta in der Füllung?«

»Ähm ...« Es ist nicht das erste Mal, dass ich in die Verlegenheit komme, für Louis' Kochkünste gelobt zu werden. Für gewöhnlich nicke ich nur oder sage Danke, auch wenn ich mich dadurch mit fremden Federn schmücke. Louis selbst schweigt wie immer, statt die Lorbeeren für sich zu beanspruchen, und ehe ich groß darüber nachdenken kann, platzt es aus mir heraus: »Das musst du Louis fragen. Er hat das Essen gekocht.«

Ein Blick zu meinem Mann verrät mir, dass er sich beinahe an seinem eigenen Gemüse verschluckt und hastig ein halbes Glas Wasser hinterhertrinkt. Ich weiß ja, dass die Wahrheit nicht in sein Bild der mustergültigen traditionellen Familie passt. Wahrscheinlich schämt er sich jetzt vor Elenor in Grund und Boden, weil ich nicht kochen kann und er schon. Aber zum ersten Mal erscheint mir das einfach nur albern – in welchem Jahrhundert leben wir denn? Ich habe das Glück, einen Mann zu haben, der hervorragende Putenrouladen mit mediterranem Gemüse und noch so einige andere Dinge kochen kann. Soll ich das wirklich geheim halten und so tun, als hätte ich das alles gezaubert, nur damit ich wie die perfekte Hausfrau wirke, die ich weder bin noch sein will?

»Louis, kann man dich als Koch für Feiern engagieren?« Elenor steckt sich einen weiteren Bissen in den Mund und verdreht demonstrativ genießerisch die Augen. »Oder gibst du wenigstens das Rezept weiter?«

Kein Wort der Überraschung, noch nicht einmal ein fragender Blick in meine Richtung. Natürlich nicht. Elenor ist es völlig egal, wer von uns das Essen gekocht hat. Sie ist immerhin nicht meine Schwiegermutter, der ich die große Köchin vorspielen muss, damit sie nicht denkt, ich lasse ihren Sohn verhungern.

»Oder sind deine Rezepte geheim? Ich könnte dir ein Rezept für Wildgulasch mit Maroni im Tausch anbieten. Oder Karstens argentinischen Nudelauflauf, der ist auch klasse.«

Bei der Erwähnung von Karsten scheint Louis seine Fassung wiederzuerlangen. »Ähm … ja, klar. Du kannst das Rezept haben.«

»Und dieses Wildgulaschrezept nehmen wir sehr gerne im

Tausch«, füge ich hinzu. »Das klingt großartig. Oder, Louis, das tut es doch?«

»Ja!«, erwidert er schnell. »Großartig. Das wäre doch eine gute Idee für den nächsten Besuch meiner Mutter. Wobei Maroni um diese Jahreszeit schwierig zu bekommen sein dürften. Vielleicht heben wir uns das lieber für Weihnachten auf.«

Elenor lächelt versonnen. »Für Weihnachten passt es hervorragend. Oh, und wenn ihr zu einem Gegenbesuch zu uns kommt, zaubern Karsten und ich euch ein Drei-Gänge-Menü, ja? Wir kochen total gerne zusammen. Also ... jedenfalls haben wir das früher wirklich oft gemacht. In letzter Zeit ...« Sie sticht unnötig fest in ihre Roulade, säbelt ein Stückchen ab und schiebt es in den Mund. »Ich gebe euch auch das Rezept für den Nudelauflauf, ja?«, wechselt sie hastig das Thema. »Der ist wirklich gut.«

»Sehr gerne.« Ich lächle, als hätte ich nichts bemerkt. »Louis hat übrigens auch noch andere tolle Rezepte in petto, auch wenn er sich gerade bescheiden zurückhält. Ich selbst halte mich ja lieber an einfache Dinge wie Nudeln mit einer simplen Soße, aber Louis hat wirklich ein Händchen fürs Kochen. Seine Lasagne ist legendär.« Ich widme mich schnell wieder meinem Essen, sehe aber genau, dass Louis' Wangen sich ein bisschen rot verfärbt haben.

»An dem Rezept habe ich aber auch fast zehn Jahre gefeilt, bis ich es perfektioniert habe.«

»Oh, ich liebe Lasagne«, verkündet Elenor. »Machst du sie mit Crème fraîche oder mit einer richtigen Bechamelsoße? Und kochst du die Nudeln vor?«

Einigermaßen fassungslos lausche ich den beiden, wie sie Lasagnetipps austauschen und schließlich zu irgendwelchen Küchengeräten abschweifen, von denen ich nicht einmal weiß, ob wir sie besitzen oder nicht, geschweige denn, wie sie funktionieren. Ich höre auch nur noch mit einem Ohr hin, das andere gehört Caroline, die mir erklärt, dass Putenrouladen ihr Lieblingsessen sind, gleich nach Kartoffelpuffern mit Apfelmus.

Nach dem Essen springt Louis auf, um das Geschirr zu stapeln – etwas, das er sonst nie tut. Wenn ich es mir recht überlege, liegt das aber vielleicht auch daran, dass ich ihn normalerweise nicht lasse. Wenn er schon kochen muss, will ich wenigstens anschließend den Abwasch machen. Aber nicht heute. Louis besteht darauf, dass wir ins Wohnzimmer umziehen und uns noch ein bisschen unterhalten, während er sich mit Carolines Hilfe um die Küche kümmert. »Immerhin habt ihr euch schon ewig nicht mehr gesehen«, meint er noch, ehe er die Küchentür hinter ihnen zuzieht.

Ich bin hin- und hergerissen, zwischen dankbarer Überraschung und einem schlechten Gewissen, aber Elenor befragt mich ehrlich interessiert zu den Familienfotos an den Wänden und lenkt mich damit von allem anderen ab. Nachdem ich mich einmal quer durch unsere Ahnengalerie erzählt habe, setzen wir uns auf das Sofa und zerknautschen die frisch aufgeschüttelten Kissen, indem wir uns richtig gemütlich zurücklehnen.

»Ihr habt es wirklich sehr hübsch hier«, befindet Elenor mit einem kurzen Rundumblick. »So stelle ich mir das perfekte Kleinfamilienidyll vor. Und dass Louis und du euch den Haushalt teilt, das ist ... Das hätte ich, ehrlich gesagt, bei euch nicht erwartet, aber ich finde es so toll. Ich kann es nicht leiden, wenn Männer der Ansicht sind, Putzen, Waschen und Kochen wären automatisch immer nur Frauensache. Wer hat sich das denn bitte ausgedacht?«

Mir entfährt ein Seufzen. »Ich schätze, es war einfach in der Geschichte schon so lange so, dass wir es gar nicht mehr hinterfragen. Als wir beide noch Vollzeit gearbeitet haben, habe ich den Haushalt meistens nach Feierabend zu regeln versucht. Ich wollte es gerne alleine schaffen. Ohne, dass Louis mithelfen muss.«

»Aber das ist doch albern!«, spricht Elenor aus, was ich vorhin selbst gedacht habe. »Es ist doch euer gemeinsamer Haushalt! Da hilft nicht einer dem anderen, sondern man teilt die Aufgaben, weil es immerhin beide angeht. Ganz besonders, wenn beide Vollzeit arbeiten!«

Ich beiße auf meine Unterlippe. So habe ich das noch nie gesehen. Ist es wirklich albern, dass ich Louis' Hilfe nicht wollte?

Plötzlich habe ich das Gefühl, meinen Mann verteidigen zu müssen: »Louis hat natürlich nicht zugelassen, dass ich alles allein mache. Und ihn mit meinen Kochkünsten vergifte. Er kocht nämlich schon deshalb, weil ich es wirklich kein bisschen kann.«

Elenor lacht, aber es klingt nicht im Geringsten hämisch oder herablassend. »Das ist keine Schande. Ich kann kochen, aber verzweifle an der Steuererklärung. Wenn Karsten sich nicht darum kümmern würde, hätte ich mir schon lange einen Steuerberater gesucht, damit der das für mich übernimmt.«

»Jedenfalls hat Louis schon immer das Kochen übernommen und auch so hilft er wirklich viel mit!«, betone ich hastig noch einmal.

»Nein, Lara, er hilft nicht mit, sondern trägt seinen Teil dazu bei, dass der Laden läuft. Immerhin müsst ihr beide essen, wollt beide saubere Kleidung tragen und in einem hübschen, aufgeräumten Haus leben.«

»Aber Louis' Mutter hat das alles immer alleine geschafft!« Die Worte sind gesagt, ehe ich darüber nachdenken kann, ob es wirklich angebracht ist, so etwas zu erzählen. »Sie hat gekocht und die Kinder versorgt und geputzt, gewaschen und nebenbei noch den Papierkram gemacht, den ihr Mann von der Arbeit mit nach Hause gebracht hat. Und ich ... Ich habe solche Angst, dass Louis enttäuscht von mir ist, weil ich das alles nicht schaffe, wo er es doch gewohnt ist, dass der Mann im Haushalt nichts zu machen braucht! Und jetzt hat er mich geheiratet und ich bringe es einfach nicht auf die Reihe und kann noch nicht einmal kochen!«

Elenor lehnt sich vor und bedenkt mich mit einem Stirnrunzeln. »Eben, Lara! Er hat dich *geheiratet* und nicht als Haushälterin eingestellt. Ich denke doch, dafür wird er andere Gründe gehabt haben als deine glorreichen Kochkünste.«

Diese Aussage lässt mich vorübergehend sprachlos zurück.

Weil es wahr ist. Ich habe Louis schon bei unserer zweiten Verabredung mit einem selbst gekochten Essen beglücken wollen und er war deshalb gleich im Bilde, dass Kochen nicht zu meinen Stärken gehört. Wobei ich zu seiner Verteidigung sagen muss, dass er meine Käsenudeln à la Pfeffer und das wässrige Tiramisu ohne jede Klage gegessen hat. Dennoch ist es in der Tat unwahrscheinlich, dass er sich aufgrund meiner Fähigkeiten in der Küche in mich verliebt hat.

»Aber eine furchtbare Mutter bin ich auch«, rutscht es mir heraus. Was ist nur heute mit mir los? Normalerweise habe ich mich besser unter Kontrolle. Das muss an Elenor liegen, der ich früher immer alles erzählt habe, sodass mein aufgewühltes Gehirn nun auf Autopilot schaltet und meine geheimsten Gedanken preisgibt, als wäre nichts dabei.

»Also ... das glaube ich nun wirklich nicht.« Elenors Stirnrunzeln hat sich vertieft. »Meinetwegen bist du eine miserable Köchin, das kann schon sein, aber eine schlechte Mutter bist du auf überhaupt keinen Fall. Das kann ich mir nicht vorstellen.«

Ich wische hastig mit der Hand über meine Wange, um sicherzustellen, dass die Tränen, die in meinen Augen brennen, noch nicht bis dorthin gekommen sind.

»Aber ich kann mir schon vorstellen«, fährt Elenor fort, »dass du dich manchmal so fühlst. Das ist ein leidiges und uraltes Frauenproblem, fürchte ich. Wir nehmen immer alles so schrecklich persönlich und denken, alle kritisieren uns nur. Dabei sind es eigentlich unsere eigenen Ansprüche, denen wir nie gerecht werden können, nicht die der anderen.« Sie hebt in einer leicht verzweifelten Geste die Hände und lässt sie wieder fallen. »Weil wir irgendwie immer ein Bild im Kopf haben, wie wir oder unsere Familie zu sein haben. Dabei wäre es viel besser, einfach im Hier und Jetzt zu leben und glücklich zu sein, mit dem, was wir haben. Irgendein sehr schlauer Mensch hat mal gesagt, Glück sei ein Maßanzug. Unglücklich sind meistens nur die, die den Maßanzug eines anderen tragen möchten. Ich finde, er hat recht: Unglücklich macht einen meistens wirklich nicht das, was man hat, sondern das, was man gerne hätte.«

In meinem Hals bildet sich ein dicker Kloß, als mir klar wird, dass nun auch in Elenors Augen Tränen schwimmen. »Ich ... das ...«, krächze ich. »... Das klingt ein bisschen so, als würdest du das auch kennen.«

Elenor schnaubt. »Und wie. Obwohl ich noch nicht mal Mutter bin. Oder weil.« Sie sieht hinab auf ihre ineinander verschlungenen Hände. »Wir wollen Kinder, weißt du? Schon lange eigentlich. Ich weiß, alle halten mich für die totale Karrierefrau, die einfach noch keinen Kopf für eine eigene Familie hat. Meistens lasse ich sie in dem Glauben, weil es besser ist, als zuzugeben, dass es einfach nicht klappen will und wir nicht einmal wissen, warum.«

»Ich ...« Meine Stimme kratzt. »Oh Elenor, ich hatte keine Ahnung.«

»Woher auch? Über so was redet man normalerweise ja auch nicht. Ich weiß auch nicht, ob ich dir das alles erzählen sollte, aber es tut so gut, es einmal auszusprechen. Wie schrecklich jeden Monat die letzten Zyklustage sind und wie oft ich mir schon eingebildet habe, dass etwas anders ist und ich bestimmt schwanger bin. Zehn Scheinschwangerschaften und einhundert Frühtests später habe ich aber noch immer kein Baby im Arm und die neugierigen Nachfragen anderer, wann es denn endlich bei uns so weit ist, tun mit jedem Mal mehr weh.«

»Oh Gott, ich hoffe, ich habe so etwas nicht gefragt.« Ähnlich sehen würde es mir. Auch ich habe in Elenor bisher immer die karrierebewusste junge Frau gesehen, in deren Leben für Kinder einfach noch kein Platz ist. Hoffentlich, hoffentlich habe ich ihr nie einen Vortrag darüber gehalten, dass sie nicht zu lange warten soll, weil ihre biologische Uhr ja immerhin tickt. Hoffentlich nicht.

Doch Elenor schüttelt mit einem schief geratenen Grinsen den Kopf. »Ich glaube nicht. Aber es gibt genug Leute mit weniger

Taktgefühl. Beim Thema Familienplanung denken immer alle, es gehe sie etwas an.«

»Ich weiß.« Ich schlucke. »Caroline war noch kein Jahr alt, als die ersten Leute angefangen haben, mir Vorträge über den perfekten Altersabstand zum zweiten Kind zu halten.«

Elenor schüttelt den Kopf. »Dabei könnte es ja auch gut sein, dass ihr gar keine weiteren Kinder wollt.«

Ich zucke wie ertappt zusammen. »Ja, ich ... Ich weiß nicht. Eigentlich schon. Also Louis würde schon wollen. Nur ich ... Ich weiß nicht, was ich will. Ich mache schon mit nur einem Kind so viel falsch ... Was ist, wenn ich mit zwei keinem von beiden mehr gerecht werden könnte? Aber das ist schrecklich zu sagen, wo du doch so gerne ein Kind hättest und ... Wie geht es denn Karsten damit? Belastet ihn die Situation auch so?«

Elenor zuckt ein wenig hilflos mit den Schultern. »Nicht so richtig. Er ... er will schon ein Kind, aber ... Ich glaube, seine Welt geht auch nicht unter, wenn es nie klappt.«

»Aber deine schon«, ergänze ich leise. Keine Frage, eine Feststellung.

Elenor nickt trotzdem. »Ich habe keinen Plan B. Es war nie vorgesehen, dass es nicht klappt. Und ... weißt du, deshalb ist Karsten heute nicht dabei. Wir hatten gestern Abend Streit, weil ich ihm vorgeschlagen habe, dass wir uns beide einfach mal durchchecken lassen könnten. Und ... ich weiß auch nicht.«

»Und das war so schlimm, dass er heute nicht mitkommen wollte?«, frage ich wenig hilfreich.

Elenor nickt und kämpft wieder sichtlich mit den Tränen. Ich sehe höflich weg und muss an Louis und mich denken. Vielleicht ist es bei uns noch nicht so weit, dass einer ohne den anderen zu einem Besuch geht, weil wir schlecht aufeinander zu sprechen sind, aber auch zwischen uns beiden stehen Umstände und Herausforderungen, denen wir nicht gewachsen sind. Dabei ist das so idiotisch: Eigentlich sind wir doch zu zweit und könnten miteinander viel höhere Berge überwinden als einer allein. Stattdessen versucht jeder, auf seine Weise mit dem fertigzuwerden, was das Leben so bringt, und schlimmstenfalls legen wir einander auch noch Steine in den Weg.

Ich überlege lange, ob ich diese Gedanken aussprechen soll, tue es schließlich aber einfach, auch wenn ich Louis und mich dabei größtenteils aus dem Spiel und es eher so klingen lasse, als ginge es um Beziehungen im Allgemeinen. Und dann nehme ich meine Freundin in den Arm, weil ich nicht ertragen kann, wie sie auf meinem Sofa sitzt und jeden Moment in Tränen auszubrechen droht. Die Umarmung fühlt sich ungewohnt an, aber irgendwie wunderbar.

»Danke«, sagt Elenor, als wir einander loslassen. »Das habe ich gebraucht. Die Umarmung und deine Worte. Du hast ja recht: Eigentlich sollten wir mehr denn je zusammenhalten, wenn nicht alles so läuft wie geplant. Dann wäre es leichter zu ertragen.«

Ich weiß nicht, ob Elenor ahnt, wie gut ihre Worte auch auf Louis und mich zutreffen. Sie sagt nichts dergleichen und wir wechseln in stillem Einvernehmen das Thema. Aber auch wenn wir uns für den Rest ihres Besuchs weniger schwerwiegenden Angelegenheiten widmen, bleibt eine zarte Verbundenheit, das Gefühl, nun jemanden zu haben, den ich anrufen kann, wenn mir beim nächsten Mal alles über den Kopf zu wachsen droht.

»Melde dich bald wieder, ja?«, bitte ich Elenor, als ich sie schließlich zur Tür bringe. »Jederzeit. Auch wenn ... na ja, wenn du einfach jemanden zum Reden brauchst. Wenn der dumme Test mal wieder negativ war. Oder wenn er positiv ist, dann auch, wenn du magst.«

Ich überlege, ob es dumm war, das zu sagen, doch Elenor strahlt mich an. »Danke, Lara. Das Gleiche gilt für dich. Du hast meine Nummer.«

Ich nicke und wir umarmen uns noch einmal. Dann sehe ich zu, wie Elenor vor dem Haus in ihr Auto steigt und wegfährt, während mir in meiner dünnen Bluse langsam kalt wird.

Ob Louis und Caroline wohl immer noch in der Küche beschäftigt sind? Störe ich sie, wenn ich hereinplatze? Vielleicht sollte ich noch eine Weile im Wohnzimmer bleiben, damit ich ihre traute Zweisamkeit nicht unterbreche.

Ich mache mich gerade auf den Weg zum Bücherregal, als die Küchentür aufgeht.

»Nimm dir noch ein paar Rosinen, Mäuschen, ich bin gleich wieder da.« Louis schlüpft heraus und zieht die Tür hinter sich zu.

»Ist alles in Ordnung?«, frage ich alarmiert.

»Ja. Ja, natürlich. Wir haben die Küche auf Hochglanz poliert.« Er hält inne, überlegt sichtlich und fügt dann hinzu: »Nicht dass sie vorher besonders dreckig gewesen wäre. Eigentlich ist sie ja immer reif für die Küchenausstellung.«

Ich hebe die Augenbrauen, unsicher, was ich dazu sagen soll.

»Das war ein Kompliment!«, erklärt Louis. »Ich ... ich bin nicht so gut im Komplimentemachen, stimmt's?«

»Ich ... was ... worauf willst du hinaus?«, frage ich, weil mir beim besten Willen nichts anderes einfallen will.

»Ich hab euch reden hören.« Louis wirft über die Schulter einen Blick zur geschlossenen Küchentür. »Nicht alles, aber ... na ja, einen Teil. Lara, natürlich bist du eine gute Mutter!«

Bei seinen Worten wird mir heiß und kalt zugleich. Ich will einerseits sofort weglaufen und ihn andererseits bitten, diese Worte noch einmal zu sagen. So oft, bis ich sie glauben kann.

»Weißt du«, gesteht Louis, »manchmal bist du so gut, dass ich nicht weiß, wo mein Platz ist. Verstehst du?«

Ich schüttle den Kopf. Ich verstehe nicht, kein bisschen, wie er sich so fühlen kann. Louis, der Superpapa mit den zwanzig verschiedenen Vorlesestimmen und dem unerschöpflichen Fundus an Spielen. »Aber du machst so viel mit Caroline! Sie spielt so gerne mit dir. Viel lieber als mit mir«, füge ich, fast ein bisschen trotzig, hinzu.

Louis lacht. Er lacht tatsächlich. »Ja, weil ich der Feierabendpapa bin und sie die wenige Zeit mit mir nutzen muss. Natürlich will sie mich dann ganz für sich. Aber du bist es, die den Alltag mit ihr teilt. Jeden Tag, nicht nur am Wochenende. Die sie in den Kindergarten bringt und auch wieder abholt, der sie erzählt, was und mit wem sie gespielt hat. Die alle ihre Freundinnen mit Namen kennt. Du machst alles für sie, Lara, alles. Dein ganzes Leben dreht sich um Caroline, sie kommt für dich immer an erster Stelle. Nach ihr kommt erst einmal ganz lange niemand. Und dann vielleicht irgendwann ich.«

»Louis!«, entfährt es mir. »Du kannst doch nicht ... Ich bin doch nicht ...« So hat er das also gemeint: Es ist nicht sein Platz in Carolines Herzen, den er infrage stellt, sondern der in meinem. »Ihr teilt euch den ersten Platz, ich dachte, das weißt du.«

Er erwidert nichts und ich schlussfolgere selbst: »Du weißt es nicht.«

»Wahrscheinlich ist es mit Kindern ganz normal, dass man sich als Paar manchmal aus den Augen verliert. Ich meine ... Die Tage haben ja nur vierundzwanzig Stunden und wir sind so beschäftigt mit der Arbeit und dem Haushalt und natürlich Caroline. Und das ist ja auch richtig so, dass wir in erster Linie ihre Eltern sind und ...«

»Aber ein Paar sind wir doch trotzdem noch! Nicht nur Eltern.«

Louis zieht mühsam einen Mundwinkel hoch. »Ja. Vielleicht können wir ja auch ab und zu miteinander kochen oder so etwas.«

Mir entwischt ein leicht hysterisches Lachen. »Lieber backen.«

»Hm ... ja.« Dieses Mal wirkt sein Lächeln schon ein wenig echter. »Also gut, dann eben backen.«

»Papa!«, ertönt es aus der Küche. »Die Rosinen sind leer!«

»Gleich, Mäuschen!« Louis sieht mich an, als würde er um Erlaubnis bitten zu gehen.

Ich nicke kaum merklich, doch er bleibt trotzdem stehen.

»Papa! Ich will mehr Rosinen!«

»Dann also backen, ja?«, meint er. »Das passt. Da kann ich noch eine Menge von dir lernen.«

Ich spüre, wie sein Lob meine Wangen und mein Herz gleichermaßen warm werden lässt. »Du bist übrigens auch ein ganz toller Papa«, sage ich, ohne lange nachzudenken. »Und ein toller Ehemann.«

Louis erwidert nichts, sondern beeilt sich, zu Caroline zu gehen, die nun die Küchentür öffnet, um nachzusehen, wo er bleibt. Aber ich sehe das breite Grinsen auf seinem Gesicht genau.

Kapitel 30 ~ Lara

»Wie ein Baby!«

Als ich an diesem Morgen erwache, ist das Erste, was ich im gedämpften Morgenlicht sehe, Louis' Hand, die direkt vor mir liegt, alle Muskeln noch völlig entspannt, und dicht dahinter sein Gesicht, das halb hinter der Bettdecke versteckt ist. Das Lächeln schleicht sich schneller auf mein Gesicht als die Erinnerung in mein Gedächtnis. Im Schlaf muss ich von seinem Arm heruntergerollt sein, denn eingeschlafen sind wir aneinandergekuschelt wie zwei Frischverliebte.

Ich wage einen Blick zum Wecker und stelle fest, dass er jeden Moment klingeln wird. Dass Caroline – und damit auch Louis und ich – tatsächlich durchgeschlafen haben, erscheint mir fast zu schön, um real zu sein. Ich fühle mich so ausgeruht und entspannt wie schon lange nicht mehr. Keine nächtliche Waschaktion, kein Bett neu zu beziehen, kein aufgelöstes Kind zu trösten. Normalerweise wache ich spätestens um drei oder vier Uhr von allein auf, selbst wenn Caroline weder nach uns ruft noch herüberschleicht und zwischen uns ins Bett krabbelt. Dann tapse ich zu ihr, um zu sehen, ob sie wirklich ganz ruhig und zufrieden schläft, und kann danach häufig selbst nicht mehr einschlafen. Aber nicht heute. Heute Nacht habe ich geschlafen wie ein Baby. Ich kann mein Glück kaum fassen.

»Warum grinst du so?«

Ich sehe zu Louis, der verschlafen blinzelt. Die Hand, die eben noch dicht neben mir lag, wandert zu seinem Gesicht, um darüberzureiben.

»Auch schon wach, Dornröschen?« Ich grinse noch breiter.

»Fühlst du dich auch wie nach einem fünftägigen Wellnessurlaub?«

»Gelangweilt?«, fragt Louis träge.

»Entspannt!«

»Entschuldige«, brummt er. »Ich habe wohl noch nie Wellnessurlaub gemacht.«

»Vielleicht sollten wir das irgendwann mal tun. Nur fürchte ich, Caroline würde sich tatsächlich furchtbar langweilen.«

»Und ich nicht?«

Ich seufze. »Na gut, dann gehen wir vielleicht besser wandern oder in eines dieser Familienhotels mit schrecklich ungesundem Frühstücksbüfett.«

»Ich fürchte, ich kann dir nicht ganz folgen. Grinst du deswegen so? Weil du von Urlaub geträumt hast?«

Ich räkle mich ein bisschen. »Nein. Weil ich ausgeruht bin und absolut tiefenentspannt. Und der Wecker klingelt erst in vier Minuten!« Ich rutsche näher, um mich wieder in Louis' Arm zu kuscheln, doch daraus wird nichts, weil in diesem Moment tapsende Schritte im Flur laut werden.

»Kann ich bei euch schlafen?« Ohne eine Antwort abzuwarten, schlüpft Caroline am Fußende ins Bett und zwängt sich zwischen uns.

Ich ziehe sie zu mir unter die Bettdecke und vergrabe das Gesicht in ihrem weichen Haar. »Nein, es ist bald Zeit aufzustehen. Aber wir können noch ein paar Minuten kuscheln.«

Das tun wir – ein wenig zu lange, sodass Louis beinahe zu spät zur Arbeit aufbricht. Caroline und ich spazieren direkt nach dem Frühstück zum Kindergarten und sie kommt gerade noch so pünktlich zum Morgenkreis.

Von meinem Morgen ist zwar nun etwas weniger übrig als normalerweise, aber ich bin so ausgeruht, dass ich meine To-do-Liste in Rekordzeit abarbeite und bereits einen frischen Salat auf dem gedeckten Mittagstisch stehen habe, ehe ich aufbreche, um Caroline abzuholen. Das ist auch gut so, denn wir müssen zügig essen, um nicht zu spät zum Mutter-Kind-Turnen zu kommen.

Carolines am Morgen noch gute Laune leidet mittlerweile merklich unter einer Mischung aus Mittagstief und Nach-Kindergarten-Stimmung. Sie ist müde und so lustlos, dass ich in der Umkleidekabine heute zur Fraktion jener Mamis gehöre, die ihre Kinder umziehen, als wären sie Schaufensterpuppen.

Als Nina zum Aufwärmen einen Hindernislauf um bunte Verkehrshütchen ankündigt, ist Caroline dann aber mit dem gewohnten Feuereifer dabei. Nur dass sie trotz ihrer Anstrengungen Dritte wird, bekommt ihr gar nicht. Schmollend steht sie am Rand, während die anderen Kinder sich um Nina drängen, die das nächste Spiel erklärt.

»Wir machen gleich weiter mit dem Hindernislauf, aber jetzt wird es ein bisschen langsamer und dafür kniffliger.« Sie schiebt zwei Rollbretter wie die, auf denen man Blumentöpfe platzieren kann, zu ihrem Hütchenparcours. »Ihr legt euch auf dem Bauch auf eines der Bretter und fahrt im Slalom um die Hütchen. Genau so, wie ihr vorhin gerannt seid. Dann lasst ihr das Brett stehen und geht zu den Langbänken ...« Die Kinder folgen ihr dorthin. »... und balanciert darüber. Die Kleinen nehmen die normale Bank, die Großen balancieren auf der umgedrehten Bank, das ist ein bisschen schwieriger, weil der Steg schmäler ist. Und dabei ...« Damit zieht sie zwei gelbe Luftballons aus ihrer Hosentasche und pustet einen davon auf. »... balanciert ihr den Luftballon auf der nach vorne ausgestreckten Hand.« Sie füllt den zweiten Ballon mit Luft, wirft ihn einem der Kinder zu und macht mit dem ersten Luftballon vor, was sie meint. Bei ihr sieht es einfach aus, aber ich habe so eine Vorahnung, dass Caroline sich schwertun wird. Gleichgewicht halten und dazu den Ballon ausbalancieren? Dagegen ist das Schneiden mit einer Kinderschere eine Kleinigkeit.

Nina lässt die Kinder nacheinander starten, immer zwei gleichzeitig. Caroline ist in der zweiten Gruppe und schlägt sich auf dem Rollbrett tapfer. Ich warte bereits an der Langbank, um ihr den Ballon zu reichen, wenn sie oben ist. Leider hatte Simons Mama die gleiche Idee, und weil Simon über ein Jahr jünger ist, positioniert sie sich wie selbstverständlich an der leichten Bank.

Was nun? Wenn ich verkünde, Caroline solle auch lieber auf dieser Bank balancieren, heißt es wieder, ich würde ihr nichts zutrauen und sie damit ängstlich und übervorsichtig machen. Also beschließe ich, Caroline selbst entscheiden zu lassen.

Sie zögert überhaupt nicht, sondern klettert geradewegs auf den schmalen Steg an der Unterseite der zweiten Langbank. »Prima, Mäuschen!«, lobe ich sie und reiche ihr den Ballon. Sie streckt die Arme nach vorn und der Ballon fliegt davon.

»Gar nicht schlimm!« Ich haste dem Ballon hinterher wie damals in meinem eigenen Sportunterricht regelmäßig den Bällen, die ich nicht gefangen hatte, und reiche ihn ihr erneut. Simon hat mittlerweile das andere Ende der Bank erreicht und hopst zufrieden herunter. Carolines Ballon fliegt unterdessen erneut davon.

»Versuch es einfach noch mal!«, insistiere ich auch beim dritten Mal, während hinter ihr schon das nächste Kind vom Rollbrett steigt und auf seinen Einsatz auf der Langbank wartet.

Beim vierten Versuch lasse ich Caroline zuerst die Hand ausstrecken und lege den Ballon dann eigenhändig darauf. Jetzt warten nämlich schon zwei Kinder hinter ihr.

Sie macht zwei kleine Mäuseschritte, wackelt dann ein wenig, fängt sich wieder, lässt aber den Luftballon entwischen. Antonia, die eben erst dazugekommen ist, seufzt ungeduldig, während ich den Ballon einsammle.

»Du darfst es auch ohne Ballon machen!«, ruft Nina vom Start des Hütchenparcours aus. »Das ist kein Problem, Caroline!«

»Nein!« Ich trabe mit dem Luftballon zurück zu Caroline. »Sie schafft das schon. Nicht wahr, Mäuschen, das bekommst du hin?«

Caroline zuckt hilflos mit den Schultern und schickt den Ballon dabei beinahe erneut in die Luft. Gerade noch kann ich ihn einfangen und wieder auf ihren Händen platzieren. »Komm schon, ganz langsam und konzentriert!«

Caroline setzt sich in Bewegung, der blöde gelbe Ballon eiert auf ihren Händen. Dieses Mal strauchelt sie schon beim ersten Schritt und springt hastig von der Bank, um nicht zu fallen. »Jetzt habe ich ihn wieder verloren.« Sie sieht aus, als würde sie jeden Moment weinen.

»Das macht nichts!«, beharre ich abermals. »Das ist gar nicht schlimm. Die Aufgabe ist einfach wirklich knifflig.« Eine Vierjährige straft diese Aussage Lügen, indem sie sicheren Schrittes über die zweite Langbank schwebt, den Ballon scheinbar auf der flachen Hand festgeklebt. Hinter Caroline hat sich jetzt eine ordentliche Schlange gebildet.

»Versuch es noch ein letztes Mal, ja, Mäuschen?« Für ihr Selbstbewusstsein wäre es so wichtig, es jetzt zu schaffen.

Caroline beißt die Zähne zusammen und versucht es erneut. Ganz, ganz langsam. Svenja hinter ihr hat keine Geduld mehr und stellt schon mal einen Fuß auf die Langbank. Ich weiß nicht, ob es die Erschütterung ist oder ob die vier, fünf Schritte einfach das Maximum waren, zu dem Caroline fähig ist, aber der Ballon fliegt davon, die Körperspannung verlässt Caroline und sie plumpst seitlich von der Langbank.

Zwei oder drei Kinder lachen. »Wie ein Baby!«, ruft einer der Jungen – ich weiß nicht, wer.

Caroline rappelt sich gerade rechtzeitig auf, um zu sehen, wie Antonia den heruntergefallenen Ballon aufhebt und direkt an Svenja weitergibt.

»Das wird ja heute doch nichts mehr bei ihr«, meint sie schulterzuckend.

Dieses Mal lachen mehr Kinder und sogar ein paar Mütter müssen ein Grinsen unterdrücken.

»Mama«, flüstert Caroline. Ihre Stimme klingt erstickt. Ich überlege fieberhaft, ob ich vortäuschen soll, einen wichtigen Termin vergessen zu haben. Dann könnte ich Caroline schnell hier wegbringen, ehe sie sich die Blöße gibt, vor den anderen in Tränen auszubrechen.

»Mama«, sagt Caroline noch einmal, dieses Mal dringlicher.

Ein paar Mütter fangen an zu tuscheln, durch die Gruppe der Kinder geht ein Wispern und verhaltenes Lachen. Schließlich deutet Antonia offen auf Caroline und drückt sich in einer Mischung aus Entsetzen und Lachen die zweite Hand auf den Mund. »Jetzt hat sie in die Hose gemacht!«

Ich drehe mich zu Caroline um und beiße mir fest auf die Unterlippe. Es stimmt. Ein großer nasser Fleck breitet sich auf ihrer hellgrauen Sporthose aus und meine Hand fliegt ebenfalls zum Mund, ehe mir klar wird, dass das nicht besonders hilfreich ist.

»Komm, Mäuschen!« Ich versuche Caroline, so gut es geht, mit meinem Rücken von den anderen abzuschirmen, während ich sie in Richtung Umkleidekabine lotse. In meinem Kopf summt es so laut, dass ich das Gelächter und Getuschel hinter mir kaum höre. Selbst Ninas Ruf geht beinahe darin unter. Aber es ist auch egal. Ich will nur hier weg, nur mein Kind vor diesen Geiern in Sicherheit bringen.

Wir sprechen beide kein Wort, während ich Caroline in der Umkleidekabine ausziehe und notdürftig wasche. Bis in die Sportschuhe hinein ist die Nässe vorgedrungen. Ich stopfe die feuchten Klamotten in den Turnbeutel und helfe Caroline in ihre Jeans. Unterhose und Socken haben wir nicht in Ersatz und am liebsten würde ich auch weinen, so wie Caroline, der stumme Tränen über das Gesicht laufen.

»Es ist nicht schlimm«, sage ich dumpf. »Das kann jedem passieren.«

Aber passiert ist es ihr. Zum ersten Mal am helllichten Tag und vor einer ganzen Horde anderer Menschen. Müttern und Kindern, die mit dem Finger auf sie gedeutet und geflüstert haben. Und da platzt es aus mir heraus: »Du musst dich nicht schämen, Mäuschen! Wenn überhaupt, dann sollten die anderen sich schämen, so hässlich zu lachen und mit dem Finger zu zeigen. Das tut man nämlich nicht, das ist gemein und viel schlimmer, als sich in die Hose zu machen. Viel, viel schlimmer.«

Sogar Nina hat in meinen Augen versagt, weil sie nichts davon mitbekommen hat. Und ich, weil ich Caroline nicht viel früher von dieser blöden Bank heruntergeholt habe.

»Es tut mir so leid, mein Mäuschen.« Ich ziehe sie fest an mich und umschlinge sie – weil ich vom Anziehen noch vor ihr knie – auf Schulterhöhe mit den Armen. »Lass uns einfach nach Hause gehen, ja?«

Caroline nickt. »Ich will nie wieder zum Turnen«, murmelt sie kaum hörbar. »Nie, nie wieder.«

Ich weiß, dass das der Moment wäre, in dem ich behaupten sollte, morgen sähe die Welt schon ganz anders aus und sie wolle ihre Freundinnen aus der Turngruppe bestimmt nicht verlieren und überhaupt wäre der Vorfall schon bald vergessen. Aber insgeheim bin ich unendlich erleichtert. Und die Wahrheit ist, dass Caroline hier niemals wirklich Freunde gefunden hat. Außerhalb der Turngruppe hat sie zu niemandem von hier Kontakt.

»Das musst du auch nicht«, erwidere ich deshalb im Brustton der Überzeugung. »Nie, nie wieder.«

Kapitel 31 – Michelle

»Ein Blumenname. Du hast ihr einen Blumennamen gegeben!«

In den folgenden Tagen versuche ich, so wenig wie möglich an das Interview und den bald erscheinenden Artikel zu denken. Ablenkung liefert nicht nur die Arbeit am Manuskript, die mir momentan leichter als bisher von der Hand geht, sondern auch Eriks Freund Andy, der Montagmorgen um halb sechs vor meiner Tür steht, um mein Dach zu inspizieren.

Ich führe ihn hinauf in Armins Arbeitszimmer und mir sinkt bei seinem sorgenvollen Blick auf Eimer und Wasserflecken das Herz in die Hose. Doch Andy – der mir keinen Nachnamen für eine höfliche Anrede genannt hat und auch mich ohne viel Federlesens duzt – kratzt sich mit dem Bleistift hinter dem linken beringten Ohr und meint schulterzuckend: »Das kriegen wir schon hin.«

»Sind Sie ... bist du dir sicher?«

»Klar.« Er steckt den Bleistift in die hintere Hosentasche und nickt nachdenklich. »Es wird allerdings eine Weile dauern. Ich hab gerade schon zwei große Baustellen am Laufen und auf der einen muss ich um acht vor Ort sein. Wenn es dir recht ist, komme ich ab morgen immer vorher vorbei. So um sechs. Oder schläfst du da noch?«

»Nein«, versichere ich völlig unwahrheitsgemäß. »Ich ... äh ... Da arbeite ich dann einfach an meinem Buch.«

»Erik hat schon gesagt, dass du Autorin bist.« Andy grinst. »Ich lese nicht wirklich viel, aber vielleicht kaufe ich mir mal ein Buch von dir. Gibt's das ganz normal in der Buchhandlung?«

»Ja. Aber von mir wirst du da keins finden. Mein Mann war Autor. Ich schreibe nur sein letztes Buch für ihn zu Ende. Wenn du in der Buchhandlung nach Armin Prinz fragst, bist du richtig.«

»Das mach ich«, versichert Andy, auch wenn ich mir nicht sicher bin, ob er das ernst meint. »Aber jetzt schaue ich mir erst mal das Dach von außen an. Hast du irgendwo ein etwas größeres Fenster, in dem ich beim Rausklettern nicht stecken bleibe?«

Andy hält Wort. Nicht nur damit, täglich um sechs Uhr an meinem Dach zu arbeiten, sondern auch mit der Ankündigung, sich ein Buch von Armin zu kaufen. Mittwoch hat er es dabei, um es mir zu zeigen. Es ist nicht *Neema*, sondern einer von Armins Abenteuerromanen für Jugendliche und irgendwo zwischen den ersten fünfzig Seiten steckt ein Post-it als Lesezeichen.

»Donnerwetter, wie man so schreiben kann!«, verkündet er, während er sich an die Arbeit macht.

Ich habe zuerst tatsächlich versucht, um sechs Uhr morgens zu schreiben – gleich nachdem ich Andy eine Tasse Kaffee gebracht habe, aber nach den ersten beiden Tagen gebe ich es auf. Während Andy lautstark an meinem Dach herumwerkelt, ist an konzentriertes Arbeiten gar nicht zu denken.

So nutze ich die frühen Morgenstunden stattdessen zum Putzen und Aufräumen und kontrolliere ab etwa sieben Uhr alle halbe Stunde den Briefkasten in der Hoffnung, die Zeitschrift mit meinem Interview darin vorzufinden. Ein paarmal treffe ich dabei auch Frau Walther, die mich einmal sogar zu einem Teller Grießnockerlsuppe zum Mittagessen einlädt.

Ihre Gesellschaft ist eine willkommene Abwechslung, denn ansonsten bin ich dazu übergegangen, meine Mahlzeiten während des Arbeitens oben unter dem Dach einzunehmen. Kaum ist Andy verschwunden, ziehe ich mich nämlich für den restlichen Tag in die Dachkammer zurück und versinke für ganze Stunden am Stück in der Welt von *Neema*.

Schnell – viel schneller jedenfalls als ich es erwartet hätte – nähere ich mich dem großen Finale: Elis Rückkehr und dem Kampf um seine rechtmäßige Herrschaft im Königreich Neema. Armins Notizen dazu sind eher spärlich, aber ich weiß immerhin, dass Eli scheinbar im allerletzten Moment zu den Kämpfenden stoßen und das Ruder herumreißen soll.

Aber noch ist es nicht so weit. Noch befindet Eli sich im Exil und Esmé muss allein mit der sich zuspitzenden Situation in Neema zurechtkommen. Auf der Suche nach weiteren Hinweisen zu Szenen, die vor dem großen Showdown untergebracht werden müssen, klicke ich mich durch die Ordner auf Armins Computer.

Die Dokumente im Unterordner *Neema – Die Heimkehr des Bräutigams* kenne ich alle, auch diejenigen auf dem Desktop, doch offenbar in aller Eile gespeichert und nie richtig einsortiert liegt ein Dokument mit dem Titel *Brief von Esmé* neben allerhand anderem Kram mitten unter dem Eigene-Dateien-Pfad. Neugierig klicke ich darauf und bekomme Herzklopfen, als das Programm sich öffnet und einen ganzen Absatz Text präsentiert. Keine Spiegelstriche und Notizen, sondern richtigen, ausformulierten Text. Es ist tatsächlich ein Brief von Esmé, geschrieben an ihren Bräutigam Eli im Exil.

Der Brief ist wunderschön. Eigentlich steht gar nichts Besonderes darin. Keine hochtrabenden Liebesschwüre oder Versprechungen. Esmé teilt einfach ihre Gedanken und Sorgen mit Eli. Sie erzählt ihm von ihrem Alltag und von den Menschen um sich herum. Sie beschreibt ihm, wie sie oben bei der alten Ruine saß und eine weiße Taube ganz dicht bei ihr landete und ihr gurrend eine Weile Gesellschaft leistete.

Und ich frage mich, ob Du sie geschickt hast, Eli. Vielleicht hast Du weder Feder noch Papier, um meine Briefe zu beantworten, und hast beschlossen, mir auf diesem Weg ein Lebenszeichen zukommen zu lassen. Ich kann es nicht erwarten, Dich eines Tages danach zu fragen. Und selbst wenn Deine Antwort Nein lauten sollte, so war die Begegnung mit der Taube mir heute doch ein unverhoffter Trost wie ein Gruß von Dir aus der Ferne.

Ich wische mir über die Augen und starre aus dem kleinen Fenster. Unsere Taube auf dem Dach scheint ausgeflogen zu sein, jedenfalls höre ich heute kein Gurren und Schuhuen. Ich frage mich, ob Armin beim Schreiben dieser Zeilen auch an den Vogel gedacht hat, der ihn so genervt hat.

Ich markiere Armins Text und kopiere ihn in das Romandokument. Dann denke ich mir eine Szene darum herum aus und beschließe, dass Esmé Eli ganz dringend weitere Briefe schreiben muss. Sie deutet in diesem ja sogar an, dass sie ihm schon oft geschrieben hat, und ich finde, es passt zu ihr. Auch wenn Eli ihr nicht antwortet, hält sie an ihrer Hoffnung fest, dass ihre Briefe ihn erreichen. Ja, dass er ihr sogar auf einem anderen Weg kleine Lebenszeichen zukommen lässt.

Der Gedanke gefällt mir. Vielleicht sollte ich auch versuchen, Armin Briefe zu schreiben. Vielleicht bekomme auch ich eine Taube zur Antwort – nur bitte nicht das unsäglich laute Wesen auf unserem Dach.

Doch während ich noch überlege, wo in seinem Schreibtisch Armin Papier und Stift aufbewahrt, wird mir klar, dass Esmés Briefe an Eli etwas anderes sind. Eli lebt. Er ist in einem fremden Land, weit entfernt von Esmé und seiner Heimat. Aber er wird zurückkehren. Das weiß Esmé nicht mit Gewissheit, doch sie hofft darauf, weil er es ja versprochen hat. So wie eben auch die Christen schon seit langer Zeit auf die Rückkehr Jesu hoffen.

»Die Briefe ...«, murmle ich, eine Hand immer noch am Griff der obersten Schreibtischschublade. »Die sind auch Allegorien, nicht wahr?«

»Nicht schlecht.« Ich höre das Schmunzeln in Armins Stimme. »Ich glaube, die wenigsten meiner Leser werden das bemerken.«

»Die Gemeinde«, fasse ich zusammen, »schreibt an Jesus. Nein, sie teilt sich Jesus mit. Es sind Gebete, nicht wahr?«

»Ich wusste, dass du es durchschauen würdest. Und ein bisschen habe ich es auch gehofft.«

Ich überfliege mit den Augen noch einmal Esmés Brief. »Armin?« Ich schlucke. »Hast du so gebetet?«

»Wie denn?«

Ich ringe nach Worten, weil es mir schwerfällt zuzugeben, wie wenig ich in diesem Punkt über meinen Mann weiß. Jahrelang saß ich an seiner Seite in der Kirchenbank, habe gesehen, wie er in Zeiten der Stille lautlos seine Lippen bewegt und gebetet hat. Täglich habe ich ihn ein Tischgebet sprechen hören und ihm am Abend mit einer Mischung aus Faszination und Befremden zugesehen, wie er sich neben das Bett gekniet und gebetet hat. Aber nie habe ich seine Worte als etwas so Persönliches gesehen, als Briefe an ein Gegenüber.

»Hast du ihm auch einfach ... Dinge erzählt? Wie Esmé Eli?«

»Ja.«

»Was du erlebt hast und worüber du dir Gedanken gemacht hast? Deine ...«

»... Freuden und Sorgen und alles, was mir sonst noch durch den Kopf ging. Ja.«

»Aber ... wenn Gott alles sieht, dann wusste er das alles doch schon, bevor du es ihm erzählt hast.«

»Mhm«, macht Armin leise, denkt kurz nach und sagt dann: »Stell dir vor, Eli hätte einen Boten, der täglich nach Neema kommt und ihm am Abend Bericht erstattet, was dort vor sich geht. Er erzählt ihm alle Details, auch darüber, was Esmé tut. Glaubst du nicht, er würde sich trotzdem von Herzen über jeden Brief von ihr freuen? Würde jedes ihrer Worte gerne lesen, obwohl er all das, was sie ihm schreibt, schon weiß? Einfach nur deshalb, weil er sie liebt?«

Das klingt so einleuchtend, dass mir kein Widerspruch einfällt. Ich öffne ein leeres Dokument und mache mich daran, Briefe von Esmé an Eli zu tippen. Ein paar davon werde ich bestimmt irgendwo ins Manuskript einbauen können, wenn auch niemals so viele, wie ich in meiner Begeisterung schreibe. Die Briefe gehen mir leicht von der Hand. Esmé, die Eli schreibt, wie sehr er ihr fehlt, wie gerne sie ihn bei sich hätte. Die ihm von ihrem Alltag erzählt und sich wünscht, er könnte wieder daran teilhaben.

Nach einem halben Dutzend unterschiedlich langer Briefe halte ich inne. Esmés Briefe sind Gebete. Was, wenn ich ...?

Zaghaft lege ich meine Finger auf die Tasten zurück. *Lieber Gott*, tippe ich und lösche die Worte gleich wieder. *Hallo Gott.* Nein, auch nicht. *Vater unser im Himmel.* Auch das lösche ich wieder. Mich erinnernd, wie Armin sein Tischgebet manchmal eröffnet hat, versuche ich es mit *Lieber Vater im Himmel.*

Ich drücke die Entertaste und starre die neue, leere Zeile an. *... ich schreibe Dir, weil Du anscheinend ein guter Freund meines Mannes warst.* Das letzte Wort lösche ich und tippe stattdessen: *bist.* Dann trommle ich eine Weile mit den Fingern auf die Tasten, ohne eine von ihnen zu drücken. Das hier ist schwierig und irgendwie ziemlich komisch. *Wir hatten bisher nicht viel miteinander zu tun, aber weil Du Armin so wichtig warst, wollte ich mich einfach mal bei Dir melden. Vielleicht kannst Du ...* Ich schlucke und trommle wieder eine Weile auf die Tastatur. *... ihm Grüße von mir ausrichten und dass ich ihn liebe. Und sag ihm, dass ich es mit dem Beten versuche. Ich glaube, darüber würde er sich freuen. Alles Liebe Michelle*

Ich schüttle den Kopf über mich und überlege, ob ich diesen letzten Brief schnell wieder löschen soll. Doch dann klicke ich hastig auf Speichern und klappe das Notebook zu.

»... zu hoffen, dass Michelle Prinz darin nicht nur Trost nach dem Tod ihres geliebten Mannes findet, sondern auch eine neue Zuversicht in Gottes Wirken. Das jedenfalls wünschen wir ihr von Herzen.«

Während der letzten paar Sätze ist meine Stimme immer dünner geworden und auch Beatrice am anderen Ende der Leitung muss sich räuspern, ehe sie haucht: »Das ist wirklich sehr schön.«

»Ja.« Ich kämpfe immer noch mit dem Kloß in meinem Hals, obwohl ich den Artikel vor Beatrice' Anruf schon mindestens dreimal gelesen habe. »Elenor lässt mich wirklich in einem guten Licht erscheinen. Von wegen Sinnsuche nach schwerem Verlust und Mut durch diese neue Aufgabe und so weiter. Es klingt gar nicht so, als wäre ich verrückt und alkoholabhängig.«

»Das bist du ja auch nicht. Dieser Artikel beschreibt dich viel besser als der von Helga Hinterhältig. Wenn ich das Buch nicht sowieso lesen wollte, dann würde ich es mir spätestens jetzt überlegen.«

»Tja, hoffen wir, dass es Armins Lesern auch so geht. Und hoffen wir, dass ich das Manuskript rechtzeitig fertig bekomme. Der Abgabetermin rückt immer näher.«

»Wie weit bist du?«, fragt Beatrice sofort.

»Fast bei der alles entscheidenden Schlacht.«

»Dann kommt Eli bald zurück?« Ihre Stimme wird vor Aufregung ein bisschen höher. Typisch Beatrice – sie kann sich ebenso gut für Romanfiguren und ihr Handeln begeistern wie für echte Menschen.

»Jaah. Und das wird die erste Szene mit ihm, die *ich* schreibe. Ich hoffe wirklich, dass ich sie nicht komplett in den Sand setze.«

»Das wirst du bestimmt nicht! Michelle, Armin wäre so stolz auf dich! Er ... Stimmt es, was in dem Artikel steht? Dass du dir beim Schreiben vorstellst, was er dazu sagen würde?«

Ich frage mich schon die ganze Zeit über, ob es ein Fehler war, Elenor davon zu erzählen. Jetzt denken meine kleine Schwester und der Rest der Welt, ich wäre übergeschnappt. »Ach, du weißt doch«, winde ich mich um eine direkte Antwort herum. »Dichterische Freiheit. Also in diesem Fall journalistische ... Ehrlich gesagt stimmt es wirklich. Es tut gut, mir vorzustellen, was er sagen würde. Und ich weiß so genau, welche Worte er wählen würde, dass es wie von selbst passiert.«

»Und … sagst du auch etwas zu ihm?«

Ich beiße mir auf die Unterlippe und ziehe eine Lüge ernsthaft in Betracht. »Ja«, sage ich dann aber mit so fester Stimme, wie ich kann. »Bitte mach dir jetzt keine …«

»Ich kann das verstehen«, murmelt Beatrice und vor lauter Erklärungsnot hätte ich ihre Worte beinahe überhört.

»Kannst du wirklich?«

»Ja«, wispert sie. »Ich glaube, es hilft manchmal, all die Dinge zu sagen, zu denen man keine Gelegenheit mehr hatte. Weißt du … weißt du noch, was das Letzte war, was du zu Armin gesagt hast, bevor er … du weißt schon?« Beatrice spricht jetzt so leise, dass ich Mühe habe, sie zu verstehen. »Ich meine … Du musst das nicht beantworten, wenn es dir zu persönlich ist. Und ich will damit auch nicht …«

»Ich weiß es nicht ganz sicher«, gebe ich zu und muss schlucken. »Ich … na ja, ich wusste ja nicht, dass er … dass es das Letzte war, was ich zu ihm sagen würde. Es war früh am Morgen und ich noch im Halbschlaf. Vermutlich war es etwas wie … ›Tschüss‹. Vielleicht auch ›Fahr vorsichtig‹ oder ›Ich dich auch‹.«

Ich hoffe, dass es Letzteres war. Armin hat jedenfalls ganz bestimmt noch ein »Ich liebe dich« Richtung Bett gerufen, ehe er das Schlafzimmer verlassen hat, und ich hoffe inständig, dass er von mir nicht nur ein Brummen als Antwort erhalten hat.

»Und zu Papa?«

»Zu … Ich weiß nicht mehr.« Ich versuche, mir die letzte Begegnung mit meinem Vater ins Gedächtnis zu rufen, aber es fällt mir schwer. »Ich glaube … Vielleicht haben wir über das Buch geredet, das er gerade gelesen hat. Oder die Nachrichten? Ich hab es mir nicht gemerkt … Ich wusste ja auch da nicht, dass …«

»Das ist das Problem, oder?«, fragt Beatrice leise. »Dass man meistens nicht weiß, dass es das Letzte sein wird, was man sagt.« Sie schnieft und ich werde den Verdacht nicht los, dass sie weint. Ich ringe noch mit mir, ob ich nachhaken soll oder nicht, da platzt sie heraus: »Ich hab mich furchtbar verhalten … an dem Abend.

Ich hab ihm vorgejammert, dass ich keine große Geburtstagsparty machen konnte. Weil er sich doch ausruhen musste nach dem Schlaganfall und weil Mama deshalb auch keinen Kopf dafür hatte, mit mir nach einem anderen Ort für die Feier zu suchen. Und ich ... Michelle, das war so gemein von mir!«

»Das ...« Ich schlucke hart. »Das wusste ich nicht. Warum hast du denn damals nichts gesagt, nachdem ... Du hättest das doch nicht all die Jahre alleine mit dir herumschleppen müssen!«

»Ich hab mich so geschämt. Papa war krank und ich war so egoistisch. Und dann ... dann ist er gestorben und ich konnte nie ... ich konnte ihm nie sagen, wie leid es mir tut. Und dass er mir doch viel wichtiger war als die blöde Geburtstagsfeier.«

Am liebsten würde ich auflegen und auf der Stelle zu Beatrice fahren, um sie in den Arm zu nehmen. Aber mal abgesehen davon, dass ich kein Auto habe, würde ich mich in diesem aufgewühlten Zustand auch bestimmt nicht zum ersten Mal wieder hinters Steuer setzen. »Trice ... das wusste er aber doch.«

Beatrice schluchzt und ich spüre, dass meine Worte gar nicht bei ihr ankommen. Aber ich habe nur Worte, weil sie das Einzige sind, was durch die Telefonleitung zu meiner aufgelösten Schwester reisen kann. Keine Umarmung, kein tröstender Blick, keine Schulter zum Anlehnen. Nur Worte.

»Du warst fünfzehn – da sagt man manchmal dumme Sachen. Das wusste er doch auch. Und er hat sicher nicht gedacht, die Party wäre dir wichtiger gewesen als er. Er ... Irgendwann wird er es dir selbst sagen.«

»Bitte?«, schnieft Beatrice, nun offenbar doch in Sorge um meinen Verstand.

»Wenn ihr euch wiederseht im ... Armin könnte das viel besser erklären als ich. Er hat geglaubt, dass es nach dem Tod ... na ja, weitergeht. Und mir gefällt der Gedanke, Armin eines Tages wiederzusehen. Und Papa. Du glaubst das doch auch, oder?«

»Ja ... schon.« Beatrice schluckt hörbar. »Du hast recht, eigentlich glaube ich das auch.«

Etwas hängt unausgesprochen zwischen uns in der Luft. Die Tatsache, dass es eben eigentlich Beatrice ist, die an Gott und den Himmel und all das glaubt. Und nicht ich. Ich frage mich, ob ich das nur gesagt habe, um Beatrice zu trösten. Oder weil ich selbst Armin und natürlich auch meinen Vater so gerne wiedersehen möchte.

»Das ist doch nicht nur Wunschdenken, oder?«, frage ich leise. »Nicht nur eine schöne Idee für die, die zurückbleiben, oder? Ich meine ... es kann ja keiner sicher wissen, was nach dem Tod kommt.«

»Nein, wissen kann es keiner«, flüstert Beatrice. »Aber ... Stell dir mal vor, du hättest noch nie einen Frühling erlebt. Nur den Winter. Dann könntest du dir auch nicht vorstellen, wie anders die ganze Welt sein wird. Wie grün und bunt und warm. Vielleicht ist es mit dem Himmel auch ein bisschen so.«

»Als würde nach einem langen Winter Frühling werden?« Der Gedanke gefällt mir.

»Mir auch«, sagt Armins Stimme hinter mir. »Und ich bin dafür, dass du ihn sofort irgendwo in unserem Manuskript unterbringst!«

Auch Chrys freut sich mit mir über den gelungenen Artikel, der meinen und Armins Ruf auf so elegante Weise rettet. Sie kommt noch am selben Abend mit zwei Pappboxen voller chinesischem Essen vorbei.

»Das Zeug muss allerdings in die Mikrowelle. Es sei denn, du magst lauwarme Frühlingsrollen und eiskaltes Chopsuey.«

Wir essen wegen des milden Wetters auf den Stufen vor meiner Haustür, mit Blick auf die Beete im Vorgarten, und ich erzähle Chrys von unserem Stäbchenexperiment an Eriks Geburtstag und dass ich mich mindestens genauso ungeschickt angestellt habe wie Caroline.

»Morgen übernachtet sie bei mir. Als Probe für die Vorschulübernachtung«, schließe ich, die Mischung aus Stolz und Nervosität in meiner Stimme vermutlich unüberhörbar.

»Oh, dann müsst ihr euch unbedingt ein Fort im Wohnzimmer bauen!« Chrys wirft ihre Plastikgabel in die Pappbox und reibt sich notdürftig die Hände sauber.

»Ein was?«

»Ein Fort! Für jede gute Pyjamaparty braucht man doch ein Fort. Du weißt schon, aus Decken und einem großen Moskitonetz und massenhaft Kissen.« Sie entreißt mir die fast leere Box und zieht mich auf die Beine. »Los geht's, ich helfe dir. Nicht dass Caroline morgen hier ankommt und du hast tatsächlich kein Fort für sie gebaut.«

Ich räume Pappschachteln und Besteck in die Küche und finde Chrys anschließend in meinem Wohnzimmer vor, wo sie gerade eine Wolldecke zwischen Sofa und Sessel auf dem Boden ausbreitet. Dort, wo eben noch mein Sofatisch gestanden hat.

»Wir brauchen Paketschnur, Sicherheitsnadeln und ein Moskitonetz«, ordert sie und schiebt den Sessel noch ein wenig weiter weg. »Und Schokolade.«

»Schokolade?«

»Na hör mal, so ein Fort zu bauen, ist anstrengend und ich hatte noch keinen Nachtisch!«

Ich besorge alles, was Chrys bestellt hat, inklusive eines mottenzerfressenen Moskitonetzes in verwaschenem Blau, das genauso riecht wie sein bisheriger Aufenthaltsort: eine feuchte Pappschachtel in einem Kellerregal.

Chrys schnuppert daran, bestellt Parfum bei mir und macht sich nichtsdestotrotz ans Aufhängen. Als ich mit einem Flakon *Hugo Boss* zurückkomme, baumelt das Netz bereits an einer kreuz und quer gespannten Paketschnur über der ausgebreiteten Decke mitten in meinem Wohnzimmer.

»Sieht gut aus!«, findet Chrys selbst und ich enthalte mich jedes Kommentars, weil ich mir nicht sicher bin, ob ich dieses

Chaos nicht dringend wieder wegräumen sollte – und zwar ehe morgen Lara und Caroline hier eintreffen.

Doch Chrys lässt sich von meinem Schweigen nicht beirren. Sie versprüht großzügig mein teures Parfum, breitet das nun duftende Netz über Sofa und Sessel aus, drapiert Decken darüber, räumt alle Kissen, die sie finden kann, in das Innere ihres Forts und wickelt zu guter Letzt eine Weihnachtslichterkette, die ich ihr ebenfalls aus dem Keller bringe, um ihr Meisterwerk.

»So, jetzt komm rein!«, verkündet sie schließlich und streicht sich einige verirrte Strähnen aus dem Gesicht.

Ich krabble gerade in das nach Parfum riechende, dunkle Zelt, da schaltet Chrys die Lichterkette ein.

»Wow!« Ich lasse mich im überraschend geräumigen Inneren von Chrys' Fort auf den gut gepolsterten Boden plumpsen und schaue nach oben. Über mir scheint sich ein sternenübersäter Nachthimmel zu spannen. Ein Nachthimmel, der zufällig nach meinem Lieblingsparfum duftet. »Das ist ja wunderschön!«

»Ich weiß nicht, warum du so überrascht klingst!« Chrys kriecht ebenfalls in das Fort und legt sich neben mich auf den Rücken. »Natürlich ist es schön. Genau wie damals an meinem vierzehnten Geburtstag, weißt du noch? Wir haben darin Popcorn gegessen und Disneyfilme geschaut!«

»Ich glaube nicht, dass Lara es gut findet, wenn ihre Tochter bei mir Filme schaut.«

»Egal, du kannst ihr ja stattdessen etwas vorlesen. Hauptsache, du hast ein Fort.« Chrys seufzt wohlig. »Apropos vorlesen ... Bekomme ich das nächste Stück vom Manuskript?«

Ich schnappe mir ein Kissen und umschlinge es mit den Armen. »Ich weiß nicht. Es ist noch ziemlich unausgereift.«

Chrys winkt ab. »Das macht mir nichts. Komm schon, Michelle! Ich will wissen, was als Nächstes passiert! Ob Eli endlich zurückkommt. Und wie es mit Rose weitergeht!« Chrys wälzt sich auf den Bauch, stützt sich auf die Unterarme und betrachtet mich im warmen Schein der Lichterkette. Ihre Augen funkeln vor Begeisterung. »Entkommt sie den Soldaten? Oh, ich weiß: Eli rettet sie, oder?«

»Nein.« Ich knete das Kissen und meide Chrys' Blick. »Nicht Eli. Ihr Vater rettet sie.«

»Ihr ...« Ein kurzer Blick verrät mir, dass Chrys die Augenbrauen hochzieht. »Ausgerechnet! Dabei hat sie doch gar keinen Kontakt zu ihm. Nach allem, was war. Und dann? Wie geht es mit den beiden weiter?«

»Sag du es mir.«

»Ich?« Chrys setzt sich auf. Der Baldachin über uns hängt an den Rändern so tief, dass ihr Kopf das Netz berührt und die Lichterkette eine Art Heiligenschein um ihr blondes Haar zaubert. »Warum ich?«

»Weil ...« Ich setze mich ebenfalls auf, klammere mich aber immer noch an das Kissen. »Wie würde es bei dir weitergehen, wenn ausgerechnet deine Mutter dir in so einer Situation zu Hilfe käme?«

»Meine Mutter? Was hat denn bitte meine Mutter ...?« Chrys' Miene versteinert. Ich kann sehen, wie sich die Puzzlestücke hinter ihrer Stirn zusammenfügen. »Rose«, sagt sie leise und wie zu sich selbst. »Ein Blumenname. Du hast ihr einen Blumennamen gegeben!«

»Nein, das war Armin«, verteidige ich mich sofort. »Ich hab nur ...«

»... beschlossen, eine Prise von meinem Familiendrama mit in deinen Roman zu mixen. Und ich dumme Kuh erzähle dir noch, dass mir Rose fast wie eine Schwester vorkommt!« Sie lacht freudlos auf. »Und du hast noch so überrascht reagiert! *Ach wirklich, wie eine Schwester?* Dabei hast du die ganze Zeit ... du hast ... Wie kannst du nur?«

»Ich ... ich hab doch nur ... ich wollte nie ... Es war doch Armins Idee. Er dachte, vielleicht würdest du so ... Er hat immer gehofft, du würdest seine Bücher irgendwann lesen!«

»Und mich selbst darin entdecken, ja?« Chrys macht Anstalten, aus dem Fort hinauszukrabbeln, verfängt sich aber in einer der Decken. »Das habt ihr euch ja schön ausgedacht! Und darf ich fragen, warum ausgerechnet ich ... warum ausgerechnet diese beschissene Geschichte mit meiner Mutter? Als würde ich darüber auch noch ein Buch lesen wollen!« Endlich schafft sie es, die Decke abzuschütteln und schlüpft nach draußen.

Ich sitze noch einen Moment wie vom Donner gerührt in Chrys' sternenerleuchtetem Fort, dann krabble ich hinterher. Bis ich draußen bin, ist Chrys bereits in der Garderobe und dabei, in ihre Motorradkluft zu schlüpfen.

»Chrys, bitte, warte doch mal! Du ... Es war doch nicht böse gemeint. Sondern gut! Armin dachte, vielleicht kann er dir so helfen. Er sagte, so könnten vielleicht deine Wunden heil...«

»Und wie fändest du es, wenn ich ein Buch schreiben würde?« Chrys rammt ihren Arm durch den Ärmel ihrer Jacke und angelt nach dem zweiten. »Über eine Frau, deren Mann gerade gestorben ist? Vielleicht würde dir das auch irgendwie helfen?«

Ich habe die Hand ausgestreckt, um ihr mit der störrischen Lederjacke zu helfen, ziehe sie aber zurück, als ihre Worte mit der Wucht eines Vorschlaghammers bei mir ankommen.

»Fändest du das nicht auch irre hilfreich? Ich meine, wer will nicht über etwas, das ihm wirklich zu schaffen macht, einen Roman lesen?« Endlich bekommt sie den zweiten Ärmel zu fassen, fährt hinein und zerrt mit einem Ruck den Reißverschluss der Jacke zu. »Viel Spaß bei der Pyjamaparty mit Caroline«, sagt sie frostig, während sie schon nach der Türklinke greift.

»Chrys, bitte geh nicht. Bitte lass uns reden!«

»Worüber? Soll ich dir noch ein paar Details aus meinem verkorksten Familienleben erzählen, damit du mehr Stoff für dein Buch hast?« Sie reißt die Tür auf. »Nein danke, mein Redebedarf ist erst mal gestillt.«

Meiner nicht, aber ich finde keine Worte, die Chrys zum Bleiben bewegen können, obwohl ich es wirklich versuche und alle möglichen Erklärungen und Entschuldigungen vorbringe. Chrys ignoriert sie alle und die letzten hört sie vermutlich über das Dröhnen ihres Motorrads wirklich nicht.

Ich stehe am Straßenrand und sehe zu, wie meine beste Freundin über das holprige Kopfsteinpflaster davonrast, Geschwindigkeitsbegrenzung in der Innenstadt hin oder her.

»Kann ich Ihnen helfen, Liebes?«, ruft Frau Walther von ihrer Türschwelle aus.

Ich wirble zu ihr herum, wische mir sinnlos über die Augen und schüttle den Kopf. »Schon in Ordnung«, krächze ich. »Das war nur ...« Aber ich weiß selbst nicht, was genau das gerade eigentlich war. Eine gewaltige Flutwelle an widersprüchlichen Gefühlen droht aus mir herauszubrechen. Wut über mich selbst und über Chrys' überstürzten Abgang und irgendwie auch auf Armin, der an allem schuld ist. Verzweiflung und eine gestaltlose Panik, die ich mir gar nicht genauer ansehen will. Und das Gefühl, etwas zerbrochen zu haben. Etwas, was bisher trotz des Scherbenhaufens um mich herum noch intakt war, vielleicht als einziges Stück inmitten des scharfkantigen Durcheinanders.

»Kann ich ... Kann ich mir Ihr Auto ausleihen?« Die Worte sind schneller über meine Lippen gepurzelt, als ich sie überdenken kann.

»Mein Auto?«

Ich nicke mechanisch, immer noch zu beschäftigt damit, die Flutwelle in mir unter Kontrolle zu halten. Ich weiß nämlich nicht, was ich sonst tue. Weinen oder schreien vielleicht. »Ich muss ... meiner Freundin etwas Wichtiges sagen«, erkläre ich erstickt. »Sie wohnt in Ansbach. In zwei Stunden haben Sie Ihr Auto wieder, versprochen.«

»Norbert fährt selten Überlandstrecken.« Frau Walther reibt nachdenklich ihr Kinn. »So heißt er, wissen Sie? Mein alter Golf. Meine Enkelin hat ihn Norbert getauft. Ich fahre ja nur noch bis zum Supermarkt. Weil ich die Milchpackungen nicht so weit tragen kann und die Kartoffeln. Aber ... Nun, bis Ansbach wird der alte Junge es schon noch schaffen.«

»Vielen Dank, Frau Walther.« Die Frage ist weniger, ob das alte Auto es bis nach Ansbach schafft, sondern vielmehr, ob *ich* auch so erfolgreich sein werde. Durch die Wolframs-Eschenbacher Innenstadt – das traue ich mir noch zu. Ich kann mit den vorgeschriebenen zwanzig Stundenkilometern dahintuckern und vor jeder Einmündung stehen bleiben. Aber ob ich es über die Hauptstraße zum Ortsschild und dann auf die B13 schaffe? Und über die B13, hinein in den abendlichen Verkehr von Ansbach und einmal quer durch die ganze Stadt ...

Doch Frau Walther nickt mir schon zu und wuselt ins Haus, um ihren Autoschlüssel zu holen. Ich stehe am Straßenrand und zittere mit einem Mal so heftig, dass ich mich an meinem Gartenzaun festhalten muss. Das Wetter kommt mir plötzlich überhaupt nicht mehr mild vor und der Abendhimmel scheint sich auch schon zu verdunkeln. Zu dieser Jahreszeit geht das noch schnell. In zwei Stunden könnte es schon stockfinstere Nacht sein. Ob Norberts Lichter noch gehen? Frau Walther fährt doch bestimmt nur tagsüber und hätte es gar nicht bemerkt, wenn eine Birne ausgefallen wäre.

Meine Nachbarin kommt mit klirrendem Schlüsselbund zurück und ich versuche, tief einzuatmen und mich wieder aufrecht hinzustellen. Meine Knie zittern wie Espenlaub, während ich Frau Walther zur Garage folge, in der ihr alter blauer Golf steht.

»Sie müssen die Handbremse fest anziehen, wenn Sie ihn parken. Sie löst sich manchmal. Aber nicht zu fest, sonst klemmt sie und Sie können nicht mehr losfahren. Das wäre eine schöne Bescherung! Und behalten Sie die Tankanzeige im Auge. Ich weiß nicht, wann ich zuletzt getankt habe.«

Ich nicke zu allem und steige ein, als Frau Walther die Fahrertür öffnet und mir den Schlüssel in die Hand drückt.

»Eines noch, Liebes.« Sie beugt sich zu mir hinunter und scheint gar nicht zu bemerken, dass ich noch nicht einmal versucht habe, den Schlüssel ins Zündschloss zu stecken und den

Motor anzulassen. Ich weiß gar nicht, ob ich den Griff um den Schlüssel ausreichend lockern kann, um das zu tun.

»Ich gehe früh zu Bett, wissen Sie? Also eigentlich in spätestens einer Stunde. Bringen Sie mir den Schlüssel doch morgen zurück, ja?«

»Das mache ich, Frau Walther.« Bis morgen bin ich immerhin auch dann wieder hier, wenn ich mit fünfzig nach Ansbach und zurück gurke. Das ist vielleicht das Beste. Wer weiß, wann der gute, alte Norbert zuletzt schneller als dreißig Stundenkilometer gefahren ist. Ich werde die Bremsen testen müssen. Ob sie noch voll funktionsfähig sind? Und wenn sie versagen, wenn ich gerade auf die B13 auffahren will ... oder an einer Einmündung, aus der ein anderes Fahrzeug kommt?

Frau Walther tritt einen Schritt zurück und schlägt die Fahrertür zu, damit ich losfahren kann. Eigentlich müsste ich erst Sitz und Spiegel einstellen, aber schon beim Anschnallen wird mir klar, dass meine Hände dafür viel zu sehr zittern. Nur mit Mühe bekomme ich den Schlüssel ins Zündschloss und drehe ihn bis zum Anschlag. Der Motor des alten Autos erwacht mit einem Röhren zum Leben.

Jetzt nur keine Panik. Rückwärtsgang, Schleifpunkt suchen. »Du kannst das«, sage ich mir, und zwar tatsächlich laut, obwohl ich mir dabei albern vorkomme. »Du warst immer eine vorsichtige, sichere Fahrerin. Du kannst es.«

Aber auch Armin war alles andere als ein Raser. Er hat sich an Geschwindigkeitsbegrenzungen gehalten, auch dann, wenn sie lästig waren so wie die in den Straßen rund um unser Haus. In der Dämmerung oder auf unmarkierten Straßen ist er oft sogar langsamer gefahren, als erlaubt gewesen wäre. Und trotzdem ... und trotzdem ...

Ich steige auf die Bremse und würge prompt den Motor ab. Hastig sehe ich mich nach Frau Walther um, die vermutlich die Hände über dem Kopf zusammenschlägt, wenn sie sieht, wie ich mit ihrem armen, alten Norbert umgehe. Aber sie ist offenbar schon wieder ins Haus gegangen.

Ich greife nach dem Schlüssel im Zündschloss und ringe mit mir selbst. Ich will Chrys hinterherfahren. Ja, ich *muss*, wenn ich unsere jahrelange Freundschaft noch irgendwie retten will. Aber die Angst lähmt mich. Szenen von Armins Unfall, die mein Gehirn sich ausgedacht und in allen Details ausgestaltet hat, laufen wie auf eine Leinwand projiziert in meinem Kopf ab und machen es mir unmöglich, den Motor wieder zu starten.

»Ich werde Chrys anrufen«, sage ich mir, während ich den Schlüssel abziehe und fluchtartig aus dem kleinen Golf klettere. Ich werde sie anrufen und alles erklären. Auch wenn ich im Augenblick noch nicht weiß, wie.

Kapitel 32 – Michelle

»Den Lesern gefällt es nicht, wenn am Ende alles zartrosa und perfekt ist.«

Am Freitagmorgen stellt Andy nach vier Tagen frühmorgendlicher Arbeit mein Dach fertig. Mein Trinkgeld verweigert er und die Rechnung will er mir auch nicht aushändigen, weil er Erik versprochen hat, sie direkt ihm zu geben. Dafür trinken wir noch einen Kaffee miteinander. Eigentlich unterhalten wir uns dabei richtig nett, aber jedes Mal, wenn mein Blick über seine Schulter auf das Fort in meinem Wohnzimmer fällt, könnte ich in Tränen ausbrechen.

Am Vorabend und gleich nach dem Aufstehen an diesem Morgen habe ich versucht, Chrys anzurufen. Abwechselnd auf dem Festnetz und dem Handy. Beides ohne Erfolg. Am liebsten würde ich mich mit Armins Stimme darüber streiten, denn immerhin ist er es, der Schuld an der ganzen Misere hat. Aber ich habe zu große Angst, dass er dann endgültig verschwindet. Ich habe ohnehin das Gefühl, unsere Gespräche werden seltener.

»Äh ... Entschuldigung, ich glaube, jetzt habe ich dir gar nicht mehr zugehört.«

Andy lacht. »Ach, macht nichts. Ich hab nur gefragt, was das Zirkuszelt in deinem Wohnzimmer zu bedeuten hat.«

»Das ist kein Zirkuszelt.« Meine Kehle schnürt sich zu. »Sondern ein Fort. Meine ... meine Nichte übernachtet heute bei mir und kleine Mädchen stehen auf so was.«

»Das glaube ich aufs Wort! Meine Tochter würde es lieben! Darf ich ein Foto davon machen? Vielleicht kann ich es zu Hause nachbauen.«

Ich bejahe und Andy fotografiert Chrys' Fort aus so vielen Perspektiven, dass ich in aller Ruhe meine Tränen wegwischen kann, ehe ich ihn anschließend zur Tür bringe und mich noch tausendmal für die Reparatur bedanke. Armins Arbeitszimmer ist gerettet und wasserdicht und nun muss ich nur noch zusehen, dass ich Erik und Beatrice das Geld bald zurückzahlen kann.

Wild entschlossen – nicht zuletzt, weil die Beschäftigung mich vom Nachdenken abhält – setze ich mich sofort wieder vor den Computer und schreibe mit einigen Unterbrechungen, um jeweils zwei oder drei Versuche zu starten, Chrys zu erreichen, bis Lara und Caroline vor der Tür stehen.

Caroline trägt einen kleinen Rucksack auf dem Rücken und den Teddybären von Beatrice im Arm. Lara muss sie über die Türschwelle schieben.

»Da drinnen ist alles Wichtige: zwei Barbies, ein Pferd und drei Bilderbücher.« Lara deutet auf Carolines Rucksack. »Aber auch zwei Schlafanzüge, Wechselkleidung und eine Zahnbürste. Es sei denn, Caroline hat das alles wieder ausgepackt, um stattdessen doch noch den Plüschdelfin mitzunehmen.«

»Hab ich nicht«, murmelt Caroline und klammert sich an die Hand ihrer Mutter. Lara schlüpft aus ihren Schuhen und zieht ihre zögernde Tochter in mein Wohnzimmer. »Nun komm schon, Caroline. Es wird bestimmt lustig mit Tante Michelle.«

»Holst du mich ab, wenn ich Heimweh bekomme?«

»Du bekommst kein Heimweh. Du wirst schon sehen, ihr werdet jede Menge Spaß haben.«

»Und wenn doch?«

Lara seufzt. »Dann hole ich dich natürlich ab, Mäuschen. Aber ihr werdet bestimmt ...«

»Was ist das?« Carolines Blick ist auf das Fort in meinem Wohnzimmer gefallen und ihre Augen werden ganz groß.

»Ähm ... ein Fort. So eine Art Festung. Ich dachte ... Chrys hat es gebaut, damit wir da drinnen Bücher lesen oder spielen können.« Meine Stimme schwankt ein bisschen, aber niemand scheint es zu bemerken.

»Kann ich in der Festung schlafen?« Wie magisch angezogen nähert Caroline sich dem Fort. »Und du auch, Tante Michelle? Oh bitte, bitte, können wir?«

»Ähm ... na klar, das wird vermutlich ein bisschen eng, aber ... warum nicht?« Ich schaue Lara fragend an, doch die zuckt mit den Schultern. Die Idee ist vielleicht gar nicht so schlecht; wenn im Fort doch ein Unglück passiert, kann ich die zahlreichen Decken, mit denen Chrys es gepolstert hat, einfach in die Waschmaschine stecken. Mit meinem Sofa geht das nicht.

»Und guck mal, es hat sogar einen integrierten Sternenhimmel.« Ich knipse die Weihnachtslichterkette an und mit einem verzückten Aufschrei krabbelt Caroline samt Rucksack durch den Eingang ins Innere des Forts.

»Das sind eine Million Sterne!«, ruft sie von drinnen, während Lara mich beiseitenimmt. »Vielleicht beziehst du eine zweite Decke, nur falls ...«

»Ich hab schon für alles gesorgt«, versichere ich ihr. »Und ich glaube immer noch, dass es gut gehen wird und wir keine ... Überschwemmung bekommen.«

Laras Blick sagt nur zu deutlich, dass auch sie das inständig hofft, doch sie nickt nur und geht dann vor dem Forteingang in die Hocke, um sich von Caroline zu verabschieden. Ich verschwinde in der Küche, um heißen Kakao mit Minimarshmallows zu machen und den beiden ein paar Minuten Zeit zu geben. Die brauchen sie auch und am Ende ist es nur mein Kakao, der Caroline dazu bringt, sich von ihrer Mutter zu lösen.

Nachdem Lara gegangen ist, schaut sie noch eine Weile mit feuchten Augen in ihre Tasse, aber letzten Endes erweist sich Armins Theorie mal wieder als richtig: Heiße Schokolade hilft beinahe gegen jede Art von Kummer. Schon bald holt Caroline ihren Rucksack und führt mir ihre neue Barbie vor. »Die hat Mami mir gekauft, damit Prinzessin Beatrice eine Freundin zum Spielen hat. Und sie heißt Michelle. Schau, sie hat sogar genauso schöne dunkle Haare wie du!«

Vor Rührung steigen mir Tränen in die Augen und ich nehme selbst schnell einen Schluck Kakao.

Zum Abendessen gibt es Chicken-Nuggets und Pommes aus dem Ofen. Und, um mein Gewissen gegenüber Lara und Louis zu beruhigen, Karottensticks. Auf Carolines Bitte hin essen wir im Fort und verlieren im Halbdunkel die ein oder andere Pommes zwischen den Kissenbergen. Anschließend schauen wir letzten Endes doch einen Film auf Armins Notebook, das ich zu uns ins Fort hole.

Nach der Hälfte muss ich Caroline zum Zähneputzen und Umziehen schicken, weil sie einzuschlafen droht, und tatsächlich ist kaum die letzte Szene vorbei, da sehe ich, dass ihr die Augen zugefallen sind. Ich lasse den kompletten Abspann ablaufen – quasi als Gutenachtlied, damit Caroline nicht gleich wieder aufwacht, dann decke ich sie zu und versuche, es mir neben ihr so gemütlich wie möglich zu machen. Ein Blick auf Armins Notebook verrät mir, dass es erst neun Uhr ist. Kein bisschen müde öffne ich das Manuskript. Hoffentlich weckt das Klappern der Tastatur Caroline nicht auf.

Ich schreibe, bis meine Augen vom Starren auf den in der Dunkelheit blendenden Bildschirm brennen. Caroline neben mir hat begonnen, ganz leise und gleichmäßig zu schnarchen. Vorsichtig versuche ich, meine Beine ein wenig zu strecken. Das linke kribbelt schon und ich ziehe scharf die Luft ein, als ich es bewegen will. Es hat keinen Sinn, ich muss hier raus und meine Gliedmaßen, die für so ein Fort einfach zu lang sind, auseinanderfalten. Meine Wirbelsäule aufrichten, ein paar Schritte laufen und vielleicht einen Schluck trinken.

Ungeschickt stelle ich das Notebook zur Seite und zerre mich und mein kribbelndes Bein durch den schmalen Eingang. Es dauert fünf geschlagene Minuten, bis ich es durch humpelndes

Auf- und Abgehen dazu überreden kann, die Durchblutung wieder aufzunehmen und das Kribbeln einzustellen.

Ich spiele mit dem Gedanken, mir einen Kaffee zu machen, entscheide mich dann aber für ein Glas Wasser, das ich an die Anrichte in der Küche gelehnt trinke. Die kühle Flüssigkeit hat einen ähnlich belebenden Effekt. Ich strecke mich und lausche in die Stille meines Hauses. Es ist eine andere Stille als sonst. Nicht die einsame Stille eines verlassenen Gebäudes, in dem ich ganz allein durch die dunklen, menschenleeren Räume wandere, sondern eine friedliche Ruhe, die nicht gebrochen werden darf, weil im Nebenraum ein Kind schläft und durch süße Träume fliegt.

Morgen früh werden wir wissen, ob das Übernachtungsexperiment geglückt ist. Und ganz gleich, ob Decken und Schlafanzug nass sind oder nicht, gibt es – entweder als Belohnung oder zum Trost – Pfannkuchen zum Frühstück. Ich überprüfe kurz, ob ich alles im Haus habe. Mehl, Eier, Milch, Blaubeeren und Sahne. Dazu werde ich KiBa mixen – Kirschsaft und Bananennektar stehen schon bereit. Ich werde das Getränk in die hohen, schlanken Gläser füllen, die so selten zum Einsatz kommen, und Strohhalme hineinstecken. Für jeden mindestens drei. Und Schirmchen! Armin hat mich an unserem letzten Hochzeitstag mit selbst gemachten Piña Coladas mit bunten Zuckerrändern, Cocktailkirschen und Papierschirmchen überrascht. Irgendwo müssen die restlichen Schirme noch sein.

Nacheinander wühle ich mich durch alle Fächer und Schränke meiner Küche, doch mit jedem Türchen und jeder Schublade, die ich wieder schließe, erhärtet sich mein Verdacht über das Versteck der verbliebenen Schirmchen.

Ich stelle mein leeres Glas in die Spüle und stürze aus der Küche. Gerade noch rechtzeitig besinne ich mich des schlafenden Kindes in meinem Wohnzimmer und setze meinen Weg langsamer und vor allem leiser fort, was auf der knarzenden Treppe eine echte Meisterleistung ist.

Die Tür zum begehbaren Kleiderschrank steht offen. Ich taste nach dem Lichtschalter und schon offenbart die warm weiß leuchtende Glühbirne an der Decke das ganze Chaos dieses kleinen Raums. Verschiedene Kleidungsstücke auf einem kleinen Hocker mitten im Weg, eine Sammlung einzelner Socken auf dem Sims vor dem winzigen Sprossenfenster, reihenweise Schuhe unter der Schräge, darunter auch einige Exemplare, die ich höchstens einmal getragen habe, weil die Absätze im Schuhgeschäft zwar elegant aussahen, aber schlichtweg lebensgefährlich sind, wenn ich darauf zu laufen versuche. Rechts hinter der Tür spannt sich eine Stange durch die ganze Breite des Raums und beherbergt alle meine Kleider, Röcke und Hosen. Auf einem Regalbrett darüber liegen Pullover, Shirts und Tops in allen Farben. Armins Kleidung sucht man hier vergebens. Sie liegt in einem höchst eigenen System von Ordnung in den Schubladen einer Kommode auf der gegenüberliegenden Raumseite. Abgesehen von seinen beiden Anzügen. Die hängen an einem altmodischen Kleiderständer gleich daneben unter der Schräge. Wir mussten die Spitze absägen, um ihn dorthin zu zwängen.

Ich gehe vor der Kommode in die Hocke und ziehe die unterste Schublade auf. Eine bunte Sammlung gefalteter Hemden befindet sich darin, außerdem zwei Krawatten mit vorgebundenem Knoten und ein Paar Birkenstockschuhe. Ganz zuoberst liegt das grauenhafteste von Armins fast ausschließlich grauenhaften Lieblingshemden in knallroter Holzfälleroptik, dessen Anblick mir die Tränen in die Augen treibt. Schnell schiebe ich die Schublade wieder zu und öffne die nächste.

Jeans, Socken, ein paar Manschettenknöpfe, die er nie getragen hat, Schlafanzüge und ein Bademantel. Nur keine Papierschirmchen. Die dritte Schublade enthält Unterwäsche, T-Shirts und einen Bund Bleistifte, die von einem Gummiband zusammengehalten werden. Darunter liegt ein kleines Büchlein mit einem Ginkgoblatt auf dem Cover und einer abgerissenen Schlaufe an der Seite. Der winzige Kugelschreiber, den sie einmal gehalten hat, fehlt, aber ich erkenne das Buch trotzdem sofort. Armins erstes Notizbuch. Das Exemplar, das ich ihm nach der Hochzeit meiner Cousine geschenkt habe.

Die Zeit scheint langsamer zu laufen, während ich die Hände ausstrecke und das Buch herausziehe. Der Umschlag ist abgegriffen und hat blaue Verfärbungen von Armins Jeans, in deren Tasche das Notizbuch einen Großteil seines Daseins verbracht hat. Ich halte es vor mein Gesicht und schnuppere daran. Es riecht nach Weichspüler, vermutlich weil es schon seit Monaten eine Schublade mit frischer Wäsche teilt, aber ich bilde mir auch ein, einen Hauch von Armins Rasierwasser zu erschnüffeln. Eigentlich kann es nicht sein, so selten wie er sich rasiert hat, aber es beruhigt mich, dass mein Unterbewusstsein sich offenbar noch so genau an den Duft erinnert.

Behutsam klappe ich das Büchlein auf und betrachte eine ganze Weile lang einfach nur Armins Handschrift, ohne auch nur ein Wort dessen wahrzunehmen, was da steht. Auf manchen Seiten hat er ordentlich in die Zeilen geschrieben, hat Spiegelstriche benutzt und Satzzeichen. Andere Notizen sind so hastig hingeschmiert, dass Armins filigrane Schrift beinahe auf die doppelte Größe angeschwollen ist und die Buchstaben kaum zu identifizieren sind.

Ich berühre das Papier, dort wo seine Hand es ebenfalls berührt haben muss, und widerstehe dem Wunsch, es zu küssen. Warum nur meldet sich Armins Stimme jetzt nicht, um diesem Moment, in dem mir sein Fehlen so schmerzlich bewusst wird, die Stacheln zu nehmen?

Die Schirmchen spielen keine Rolle mehr. KiBa schmeckt auch ohne Dekoration und aus ganz normalen Saftgläsern. Ich schiebe die Schublade zu, mache es mir auf dem Fußboden so bequem wie möglich und lehne mich gegen die Kommode. Dann blättere ich zum Anfang des Notizbuchs.

Auf den ersten Seiten skizziert Armin die Grundidee von *Neema*, doch schon bald werden seine Aufzeichnungen lückenhafter, springen mal zum geplanten Ende von Band 1, dann mitten in den zweiten Teil und wieder zurück. Manchmal sind es nur Gedanken zu den Hintergründen, ein anderes Mal fertige Formulierungen oder Dialoge im Stil eines Theaterskripts.

Esmé: Und wenn er seine Fehler bereut?

Rose: Dann wird er bald feststellen, dass Reue die Uhren nicht zurückstellen kann.

Esmé: Rose … ach, Rose, wenn ich durch Elis Fehlen eines gelernt habe, dann dass nichts auf der Welt die Uhren zurückdrehen kann. Aber es ist nie zu spät für die Zukunft, für einen Neuanfang.

Ich kann mir vorstellen, dass es bei diesem Gespräch um Rose' Vater geht. Zumindest innerhalb der Welt des Buchs. Indirekt geht es um Chrys und ihre Mutter oder um Chrys und Gott, das ist mir klar. Nur kann Armin unmöglich geahnt haben, dass dieser Satz eines Tages auch auf Chrys und mich zutreffen würde. Jetzt bin ich es, die sich wünscht, ich könnte die Uhren zurückdrehen und zurücknehmen, was ich ihr gesagt habe. Oder sogar noch weiter zurückgehen und Armin ausreden, jemals eine Romanfigur aus meiner besten Freundin zu machen. Was hat er sich nur dabei gedacht? Und was hat mich geritten, diesen Plan weiter auszuführen?

Ich starre eine Weile auf die Notizbuchseite und muss aus irgendeinem Grund an das Abendessen denken, bei dem Chrys mich vor einem Totalzusammenbruch bewahrt hat, indem sie Armins leeren Platz mit ihrer Anwesenheit und die Stille mit ihren Erinnerungen an ihn gefüllt hat. Ich weiß nicht, was ich ohne Chrys machen soll, wen ich anrufen soll, wenn mir die Decke auf den Kopf zu fallen droht. Und ich frage mich, wen sie anruft, wenn ihre Mutter ihr wieder einmal eine Einladung oder einen Zeitungsartikel über Sylvester und Dahlia schickt. Mich ganz bestimmt nicht mehr, wenn sie befürchten muss, dass ich diese unterhaltsame Anekdote gleich in einen Roman verpacke.

Ich knicke die obere Ecke der Notizbuchseite um und hoffe, Armin wird mir diese Behandlung seines Buches nachsehen. Ich weiß nicht, ob ich den Dialog für das Manuskript verwenden will oder ob er irgendetwas dazu beitragen kann, die Dinge mit Chrys wieder in Ordnung zu bringen. Es ist einfach zu spät in der Nacht, um jetzt darüber nachzudenken, und ich bin viel zu gefangen genommen von Armins wunderbarem Büchlein voller mir unbekannter Gedanken, mit denen ich den Rest der Nacht zu verbringen gedenke. Es ist wie ein wiedergefundenes Stück von ihm. Warum habe ich nicht längst nach seinen alten Notizbüchern gesucht?

Ich blättere weiter und erfahre von einem neuerlichen Himmelfahrtskommando, das Alan im dritten Band starten soll. Ein Versuch, die Grenze zu überqueren und Eli zu suchen. Das passt zu ihm wie die Faust aufs Auge. Während Esmé unermüdlich darauf wartet, dass Eli sein Versprechen einlöst und wiederkommt, geht mit Alan die Ungeduld durch und er nimmt die Dinge selbst in die Hand. Natürlich kommt es laut Armins Notiz, wie es kommen muss, und er schafft es gerade noch so, seinen Hals aus der Schlinge zu ziehen. Nicht ohne beinahe im Grenzfluss zu ertrinken und einzusehen, dass er wieder einmal zu impulsiv war, versteht sich. Diese Szene muss ich dringend noch irgendwo einbauen.

Leise vor mich hin kichernd blättere ich weiter. Die nächsten Gedanken betreffen allesamt den zweiten Band, den Armin ja längst geschrieben hat. Vieles hat Platz darin gefunden, manches scheint er nicht weiterverfolgt zu haben. Gegen Mitte des Büchleins stoße ich wieder auf eine Notiz, die das unfertige Manuskript betrifft. Es steht sogar sehr deutlich und ordentlich darüber: *3. Band, während der entscheidenden Schlacht, kurz nach Alans Tod.*

Ich lese den letzten Teilsatz noch einmal, fest überzeugt, mich geirrt zu haben. *Kurz nach Alans Tod.*

Etwas Bleischweres sinkt in meinen Magen, während ich auf die Worte starre. Alans Tod? »Du willst Alan sterben lassen? Alan, Esmés Fels in der Brandung? Den Liebling deiner Leser! Das kann nicht dein Ernst sein!«

»Leider doch.« In Armins Stimme schwingt echtes Bedauern. Ich weiß, dass es ihm nie leichtgefallen ist, eine seiner Figuren sterben zu lassen. Einmal bin ich in sein Arbeitszimmer geplatzt und habe ihn tränenüberströmt vor dem Notebook vorgefunden.

»Ist etwas passiert?«, habe ich alarmiert gefragt und Armin hat sich peinlich berührt die Tränen in den Bart gewischt und gesagt. »Jaron ist tot.«

»Jaron?« Meine Gedanken überschlugen sich. Kein Familienmitglied, so viel stand fest. Ein alter Schulfreund vielleicht?

»Er ist eben im Kampf gefallen.«

»Im Kampf ge... Du meinst in deinem Buch?« Ich stieß fassungslos über den Schreck, den er mir eingejagt hatte, die Luft aus.

»Du brauchst gar nicht so erleichtert auszusehen«, meinte Armin jedoch leicht verstimmt. »Er war zwar nur eine Nebenfigur, aber ich hatte ihn wirklich gern.«

»Aber Alan!«, kehre ich schlagartig ins Hier und Jetzt zurück. »Doch nicht Alan! Das könntest du doch nie ... Oh, wie hinterhältig von dir! Du musst es ja auch gar nicht mehr schreiben! Und jetzt soll *ich* Alan umbringen, ja? Aber das kannst du vergessen! Ich mag Alan und werde ihm kein Haar krümmen!«

»Ich mag ihn doch auch, Michelle«, seufzt Armin. »Darum geht es doch nicht. Aber es ist die alles entscheidende Schlacht und der Sieg des Guten muss seinen Preis haben. Den Lesern gefällt es nicht, wenn am Ende alles zartrosa und perfekt ist.«

»Mir schon.«

Armin lacht auf eine zärtliche Art, die mich normalerweise versöhnlich stimmen würde. Aber nicht heute, nicht jetzt. Nicht in diesem Fall.

»Lass doch Farid sterben oder Leandra oder sonst irgendjemanden! Aber doch nicht Alan! Er ist viel zu wichtig!«

»Eben, *weil* er wichtig ist, Michelle«, seufzt Armin. »Der Friede am Ende muss teuer erkauft sein. Das ist nur realistisch. Schau, wie hoch der Preis war, den Jesus bezahlt hat, um uns mit

Gott zu versöhnen. Oder schau in der jüngeren Geschichte, wie teuer ...«

»Aber das ist ein Roman! Du bist der Autor und du entscheidest. Wenn *du* sagst, der Friede ... passiert eben einfach so, dann ist das so!«

»Ich kann nicht drei Bände lang mit Gefahr für Leib und Leben meiner Figuren drohen und ihnen am Ende alles in den Schoß fallen lassen. Dann nehmen die Leser meine Drohungen beim nächsten Mal nicht mehr ernst und die ganze Spannung geht den Bach runter.«

»Also opferst du Alan für deine Glaubwürdigkeit? Das ist ... Mir fällt überhaupt gar kein Wort ein, das schlimm genug ist!«

»Michelle ... Alans Tod ist notwendig, um ...«

»Und dein Tod?« Es ist das erste Mal, dass ich Armin gegenüber so offen über das Geschehene spreche, aber die Wut in mir lässt keinen Raum für die Angst davor, dass meine Offenheit seine Stimme zum Verstummen bringen könnte. »Wofür war der notwendig? Hatte Gott etwa auch so noble, vernünftige Gründe, *dich* sterben zu lassen? Um glaubwürdig zu bleiben oder weil alles Gute eben seinen Preis hat?«

»Michelle, so ist das nicht.« Das Echo von Armins Stimme ist noch da, doch ich lasse ihn gar nicht zu Wort kommen.

»Ach nein, so ist es nicht? Du hast gesagt, er ist auch wie ein Autor! Der Verfasser unserer Lebensgeschichte. Er hat uns zusammengeführt, unsere Liebesgeschichte geschrieben. Das hast du gesagt, an unserer Hochzeit, in deiner Rede, ich weiß es noch genau! Und jetzt? Hat er beschlossen, dass eine Liebesgeschichte zu langweilig ist? Wollte er es einfach ein bisschen dramatischer haben?« Ich hebe die Hand, als könnte ich damit die Vorstellung von Armins Stimme daran hindern, das Gegenteil zu behaupten. »Wofür soll *dein* Tod der Preis gewesen sein?« Ich presse die Augen zu und meinen ganzen Körper gegen das harte Holz der Kommode hinter mir, als könne ich so die Haftung zur Realität bewahren, die mir mit jeder Sekunde mehr zu entgleiten droht.

»Wofür? Für die glücklichen Jahre, die wir hatten?« Ich mache mir keine Mühe, das Schluchzen zu unterdrücken, das meine Worte fast zur Unkenntlichkeit verzerrt. »Oder irgendetwas Gutes, das noch kommen wird? Denn was es auch ist, es ist diesen Preis nicht wert.« Die Kommode hinter mir zittert. Oder ich. Ich weiß es nicht mehr. Ich schlinge die Arme um meinen eigenen Körper, während die Tränen unter den geschlossenen Lidern hindurchquellen. »Der Preis ist zu hoch, Armin, zu hoch!«

Kapitel 33 – Michelle

»Pass auf, sonst bricht das Fort über uns zusammen.«

Caroline schläft noch. Ihr kleiner Körper ist unter der Decke zusammengerollt wie der einer Katze. Das blonde Haar fällt ihr zerzaust über das Gesicht. Durch die Strähnen hindurch kann ich ihre geschlossenen Augen und den dafür leicht geöffneten Mund erkennen.

Ich weiß nicht einmal, wie genau ich vom begehbaren Kleiderschrank zurück in das Fort in meinem Wohnzimmer gekommen bin. Alles, was ich wahrnehme, ist das schlafende Kind zu meiner Linken, der leise surrende Laptop zu meiner Rechten und mein eigener zitternder Körper in der Mitte. Ich schiebe das Notebook zur Seite und ziehe die zweite Decke bis zu meinem Hals nach oben. Ich spüre die Wärme, aber das Zittern will nicht nachlassen.

Vorsichtig lege ich eine Hand an Carolines Wange, um nachzusehen, ob sie vielleicht auch friert, doch ihre Haut ist ganz warm. Warm und weich und eine deutliche Nuance heller als meine. Ein bisschen wie Porzellan. Das hat sie nicht von meinem Bruder, sondern von Lara. Armins und meine Kinder wären bestimmt nicht so blass und höchstwahrscheinlich auch nicht blond. Wie ich hatte er dunkles Haar und einen eher olivfarbenen Teint. Meine Augen sind dunkelblau, zugegeben, aber die von Armin waren schokoladenbraun. Ich habe immer gehofft, dass sich dieser Farbton gegen mein Blau durchsetzen würde. Aber ich werde es nie erfahren. Ich kann nicht umhin, mich zu fragen, ob es tröstlich gewesen wäre zu wissen, dass ein Teil von Armin in seinem Sohn oder seiner Tochter weiterexistiert, oder ob alles noch viel schlimmer gewesen wäre, wenn nicht nur ich ohne meinen Mann zurückgeblieben wäre, sondern auch ein Kind ohne seinen Vater.

Durch den Schleier meiner Tränen betrachte ich das schlafende Mädchen an meiner Seite. Mein Bruder hat weiß Gott seine Fehler. Er ist übervorsichtig, ein Kontrollfreak und sein Ehrgeiz geht auf keine Kuhhaut. Aber Caroline hat einen Vater. Einen Vater, der sie liebt und der einfach alles für sie tun würde. Und vielleicht tue ich Louis mit meinem Urteil unrecht, denn ich weiß nicht, wie es ist, für so einen kleinen, hilflosen Menschen verantwortlich zu sein. Wahrscheinlich tut man da manchmal verrückte Dinge. Ich meine ... Ich habe ein Fort mitten in meinem Wohnzimmer, das sagt doch schon alles!

Mein Gehirn, vielleicht übermüdet, vielleicht vom Schreiben an Armins Manuskript einfach daran gewöhnt, entwirft hastig eine Szene, die wie ein Film an mir vorbeizieht: Armin und ich mit zwei dunkelhaarigen, schokoäugigen Kindern in einem lichterkettenbeleuchteten Fort in unserem Wohnzimmer, wie wir eine Kissenschlacht machen und die Federn nur so fliegen, wie sie es in Filmen eben tun, und wie wir anschließend lachend und atemlos unter dem beleuchteten Baldachin liegen und heiße Schokolade mit Minimarshmallows trinken, bevor Armin ein Bilderbuch vorliest und seinen beiden Kindern jeweils einen bärtig-kratzigen Gutennachtkuss gibt.

Plötzlich kann ich Carolines Anblick nicht mehr ertragen. Ich wende mich ab und greife nach dem Notebook. Wie ferngesteuert navigiere ich mich zu Armins Manuskript durch, öffne es und scrolle zum Ende. Die letzte Schlacht, der große, alles entscheidende Kampf. Ich habe meine Figuren längst mitten ins Geschehen gestürzt, unwissend, dass eine von ihnen nicht mehr dabei sein wird, wenn der Staub über dem Schlachtfeld sich schließlich legt und eine neue Ära des Friedens anbricht.

Alan kämpft gerade mit zwei gegnerischen Soldaten, dort habe ich ihn beim letzten Mal zurückgelassen. Wird es so passieren? Wird die feindliche Übermacht ihn überwältigen, hat er wieder einmal den Mund zu voll genommen, sich zu viel zugetraut? Ist es das, was Armin im Sinn hatte?

Ich tippe zwei Sätze. Alan wendet sich geschickt, doch einer seiner Gegner schlägt ihm das Schwert aus den Händen. Für einen Moment entgleisen Alan die Gesichtszüge, das hat er nicht kommen sehen, er ...

Nein, er zieht ein Messer. Alan ist vorbereitet. Vielleicht ist er impulsiv, aber doch kein Narr! So einfach werden seine Feinde ihn nicht besiegen. Und vor allem nicht so ungesehen, so unbemerkt von seinen Freunden, die um ihn herum viel zu beschäftigt sind, ihrerseits zu kämpfen. Was für ein schrecklicher, einsamer Tod wäre das? Und Elis Rückkehr würde Alan auch nicht mehr erleben.

»Das kannst du nicht wirklich wollen«, flüstere ich, doch Armin gibt keine Antwort. Natürlich nicht. Ist er nicht selbst genauso einsam und ungesehen gestorben? Ich war nicht da, saß nicht mit ihm im Auto, um vielleicht lebensrettende Erste Hilfe zu leisten. Oder um wenigstens in seinen letzten wachen, ansprechbaren Minuten da zu sein. Das Letzte zu sein, was er sieht. Ich statt eines heranrasenden Fahrzeugs. Im Krankenwagen seine Hand zu halten. Hätten sie mich das tun lassen? Ich weiß, dass sie ihn im Krankenhaus reanimiert haben, da hätten sie mich sicher weggeschickt. Aber ich war nicht da. Bis ich im Krankenhaus eintraf, war es längst zu spät und Armin nicht mehr am Leben.

Aber Alan … Das kann Armin vergessen! Ich werde ganz bestimmt keine derartige Szene schreiben. Seine Glaubwürdigkeit als Autor – pah! Ein bisschen Gott spielen. Du darfst leben, du musst sterben. Wie ein Kind, das mit einem Ast im Ameisenhaufen herumstochert, hier ein Leben auslöscht, dort eines unangerührt lässt. Ja, dieses Bild von Gott passt viel besser als das des bärtigen, alten Mannes mit dem gütigen Blick.

Ich merke erst, dass mir die Tränen über die Wangen laufen, als sie auf die Tastatur tropfen, auf der immer noch tatenlos meine Hände liegen. Jede Lust, Armins Manuskript zu Ende zu bringen, jede Freude darüber, schon so weit damit gekommen zu sein, das Ziel beinahe erreicht zu haben, ist ausgelöscht. Ich wünschte, ich hätte nie mit dem Schreiben begonnen.

»Ich tu es nicht«, teile ich Armin mit und tippe hastig ein paar halbherzige Zeilen, in denen Alan seine beiden Gegner überwältigt. Ich weiß schon beim Schreiben, dass diese Wendung armselig und an den Haaren herbeigezogen ist, aber das ist mir egal. Ich klappe das Notebook so heftig zu, dass Caroline neben mir im Schlaf zusammenzuckt. Doch sie wacht nicht auf. Was würde ich nicht darum geben, auch so friedlich und unbekümmert schlafen zu können! Wieder ein kleines Mädchen zu sein, geborgen durch die Erwachsenen um mich herum und den lieben Gott irgendwo über mir im Himmel. Sorglos. Sicher. Wie damals, lange bevor der Tod mein Leben zum ersten Mal gestreift und Gott mir gezeigt hat, dass die Menschen um mich herum nur Leihgaben sind, die er jederzeit zurückfordern kann. Erst meinen Vater und jetzt Armin.

Ich stopfe das Notebook unter den Rändern des Forts hindurch, damit ich seinen Anblick nicht länger ertragen muss, und rolle mich, so gut es geht, neben Caroline zusammen. Wie ich mit all den surrenden Überlegungen über Chrys und Alan, über Armin und die Kinder, die wir nie haben werden, jemals einschlafen soll, ist mir ein Rätsel. Doch wider Erwarten gehen meine zornigen Gedanken schon bald nahtlos in Träume von einem griesgrämigen Greis mit Gehstock über. Er studiert die Todesanzeigen in der Zeitung und bittet mich, eine für Alan zu verfassen.

»Das kann ich nicht«, wehre ich ab, doch meine Hände bewegen sich wie von selbst über eine große, blutrote Tastatur und tippen die Worte, die ich nicht einmal denken will, während der weißbärtige Mann hämisch lacht.

»Tante Michelle? Bist du wach? Tante Michelle?«

Ich knurre zur Antwort. Ich bin alles andere als wach. Um genau zu sein, habe ich weder eine Ahnung, wo ich mich befinde, noch wem die piepsige Stimme dicht an meinem Ohr gehört. Ich weiß nur, dass meine Wirbelsäule sich anfühlt wie einer dieser zur Spirale gedrehten Strohhalme. In meinem Kopf dröhnt das Läuten der Kirchenglocken, das aus der Ferne zu hören ist.

»Tante Michelle, das Bett ist trocken. Ich hab nicht ... es ist nichts passiert.«

Bett? Das hier ist nicht mein Bett. Ich versuche, mich zu strecken, stoße aber an einen weichen, elastischen Widerstand.

»Pass auf, sonst bricht das Fort über uns zusammen.«

Das Fort. Ich öffne die Augen und muss blinzeln, obwohl das Sonnenlicht nur gedämpft hier hereindringt. Mein Körper liegt, entlang der Kontur des Forts, auf dem Fußboden – kein Wunder, dass er sich sogar schlimmer anfühlt als nach meinem ersten und einzigen Besuch im Fitnessstudio. Neben mir, in einem wüsten Berg aus Decken, sitzt Caroline und grinst mich an.

»Das ... äh ... ist großartig.« Das Wort schmeckt schal auf meiner Zunge. Nichts ist großartig. Um genau zu sein, ist alles, was in mir noch nur halbwegs intakt war, vergangene Nacht zu Bruch gegangen.

»Ähm ... magst du was frühstücken?« Beim Gedanken an Pfannkuchen mit Sahne und Blaubeeren möchte ich am liebsten weinen. »Ich ... glaube, ich hab eine Schachtel Schokomüsli im Schrank.«

Caroline strahlt. »Mit echter Schokolade drin?«

»Ich schätze schon.« Und ich hoffe, es hat sein Verfallsdatum noch nicht überschritten.

Ich krabble hinter Caroline aus dem Fort und verheddere mich mit meinen steifen Gliedern im Moskitonetz, das prompt auf mich herunterfällt. Caroline hilft mir, mich davon zu befreien, und meint, als sie die Tränen in meinen Augen sieht, gutmütig: »Nicht so schlimm, dann essen wir eben am Tisch.«

Ich nicke und wische mir ärgerlich über die Wangen, ehe ich mich hastig daranmache, ein improvisiertes Frühstück herzurichten. Müsli, Milch und Blaubeeren. Caroline löffelt mit Begeisterung und erzählt dabei von der anstehenden Vorschulübernachtung. »Und im Hof wird abends ein Feuer gemacht. Ein echtes! Und wir machen eine Nachtwanderung mit Taschenlampen.«

Ich nicke zu allem, während ich in meine eigene volle Müslischale starre und die Gedanken hinter meiner Stirn rotieren. Alans Tod ist unnötig – so wie eigentlich jeder Tod. Armin hat vielleicht geglaubt, dass diese Wendung gut für seinen Roman ist, aber auch ein erfahrener Autor kann sich täuschen. Und ich muss mich ja wohl nicht vor ihm rechtfertigen, wenn ich ein anderes Ende schreibe. Schon gar nicht vor dem Echo seiner selbst, das immerhin nur in meiner Vorstellung existiert!

Nein, die Sache ist beschlossen: Ich werde Alan ganz bestimmt nicht umbringen. Es gibt tausend Möglichkeiten, die Geschichte anders enden zu lassen. Gut, mein erster Versuch gestern ist ein wenig kläglich ausgefallen, das gebe ich zu. Alan kommt zu leicht davon. Armin wäre enttäuscht von dieser schwachen Szene und seine Leser würden auch nicht begeistert sein. Aber, denke ich trotzig, nur, weil sie nicht wissen, wovor ich sie bewahre, indem ich ihnen diesen Teil von Armins geplantem Ende vorenthalte. Alan ist einer der größten Sympathieträger von *Neema*. Die Leser lieben ihn. Sie wären am Boden zerstört, wenn sie wüssten, dass er den finalen Band nicht überlebt. Und genau deshalb werde ich es nicht so weit kommen lassen.

Aber was ist mit dem Rest? Das Manuskript kann ich einfach so zu Ende bringen, wie ich es will. Nur vor meinem eigenen Leben und der Frage, ob Armins Tod auch aus der Feder eines perfiden Autors stammt, der damit irgendwelche höheren Ziele verfolgt – davor kann ich nicht davonlaufen. Na gut, ich könnte aus der Kirche austreten, sozusagen als klares Statement, was ich von so einem Gott halte. Dann bekäme meine Mutter vermutlich einen Herzinfarkt und wie ein Verrat an Armin würde es sich auch anfühlen, wo ihm sein Glaube doch so viel bedeutet hat.

Ich öffne den Mund, um ihn zu fragen, wie er mit solch einem Gott gemeinsame Sache machen konnte, doch gerade noch rechtzeitig fällt mir ein, dass Caroline mir gegenübersitzt und munter vor sich hin plappert.

»Das klingt alles toll«, sage ich stattdessen und zwinge mich zu einem Lächeln, das sich eher wie eine Grimasse anfühlt.

Zum Glück klingelt es in diesem Moment an der Tür. Ich flüchte regelrecht vom Esstisch, erleichtert, der gut gelaunten Sechsjährigen zu entkommen, allerdings nur, bis ich mich stattdessen Lara gegenübersehe.

»Hat es ... funktioniert?«, fragt sie, noch auf meiner Türschwelle stehend, im Flüsterton.

Idiotischerweise denke ich für einen Moment nur an das Manuskript und meinen ersten kläglichen Versuch, die Szene anders zu schreiben als von Armin vorgesehen, und ich schüttle den Kopf. Erst als Laras Gesichtszüge in sich zusammenfallen, besinne ich mich und sage schnell: »Doch! Doch, es hat wunderbar geklappt. Caroline hat geschlafen wie ein Murmeltier und trotzdem war alles trocken.«

Eine unsichtbare Last fällt so sichtbar von Laras Schultern, dass es sich ebenso gut um Backsteine hätte handeln können. Mit einem Mal spüre ich das leise Stechen eines schlechten Gewissens in der Magengegend. Andere Leute haben auch Probleme. Nicht nur die arme, bedauernswerte Michelle, die verwitwet ist und das Unmögliche schaffen will, indem sie das Manuskript ihres Mannes beendet. Nein, auch die perfekte Lara hat Sorgen. Sorgen um ihre Tochter und deren Zukunft. Und Chrys, die immer so fürsorglich und großherzig ist, kämpft mit den Spannungen in ihrer Familie und ihrem Zorn auf die Mutter, die sie so feige verlassen hat. Und hat dann auch noch eine Freundin, die nichts Besseres zu tun hat, als daraus eine Romanfigur zu basteln.

»Aber *du* siehst überhaupt nicht gut aus«, stellt Lara fest. »Ist etwas passiert?«

»Ich hab nicht so gut geschlafen.« Ich seufze. »Nicht wegen Caroline«, füge ich dann hastig hinzu. »Komm ... komm doch rein. Caroline frühstückt noch. Wenn du magst ...« Ich schlucke. »Ich mische uns einen KiBa, ja? Der sieht besonders toll in hohen Gläsern aus.«

Kapitel 34 ~ Lara

»Wir genießen einfach nur den Frühling.«

Ich brauche fünf Versuche, um mein Auto aufzuschließen, weil ich zu tief in Gedanken bin, um zu bemerken, dass ich den Verriegelungsknopf an meinem Schlüssel drücke. Caroline hopst derweil neben mir auf und ab und erzählt irgendetwas von Pommes und Disneyprinzessinnen, aber ich kann nicht ganz folgen.

Michelles versteinerte Miene geht mir nicht aus dem Kopf. Ob die Nacht mit Caroline ihr doch zu viel gewesen ist? Ich schiebe den Gedanken beiseite. Sie haben beim Safttrinken alle beide so geklungen, als hätten sie Spaß gehabt, und Michelle sagt, es habe keine Probleme gegeben. Ich glaube ihr, weil Michelle nicht der Typ ist, der einem einfach das erzählt, was man hören will, auch wenn es meilenweit von der Wahrheit entfernt ist.

Dann also Armin. Vielleicht hat sie von ihm geträumt, vielleicht einfach an ihn gedacht. Ich würde jedenfalls immerzu an Louis denken, wenn er nicht mehr da wäre. Die bloße Vorstellung verursacht mir einen Kloß im Hals.

»Steigen wir nicht ein, Mami?«

Ich zucke zusammen und habe Mühe, meinen Blick auf Caroline zu fokussieren. »Ich weiß nicht. Ich mache mir ein bisschen Sorgen um Tante Michelle.«

»Sie war traurig heute früh«, pflichtet Caroline mir bei. »Gestern Abend nicht. Da war sie richtig lustig. Wir haben Pommesschatzsuche unter den Kissen gespielt und Karottensticks in Ketchup getunkt.«

»Wie schön«, kommentiere ich abgelenkt. Soll ich noch einmal hineingehen? Aber unter welchem Vorwand? Vielleicht wäre es das Beste, wir bleiben wenigstens in der Nähe und ich sehe später noch einmal nach ihr. Nur für den Fall. »Lass uns doch einen kleinen Spaziergang machen, ja?«

»Oh ja!«, jubelt Caroline und will schon loshopsen.

Ich ergreife schnell ihre Hand. »Auf dem Gehsteig«, sage ich mit Nachdruck. »Oder noch besser: Wir gehen in den Stadtgraben.« Dort fahren nämlich keine Autos und es ist nicht so schlimm, wenn ich mit meinen Gedanken ganz woanders bin.

Gesagt, getan. Im Stadtgraben kann Caroline voranrennen, einen Schwarm Tauben aufscheuchen und ein paar Gänseblümchen pflücken, während ich überlege, wie ich Michelle helfen kann. Sollte ich Louis Bescheid sagen, damit er nach Michelle sieht? Aber das Verhältnis der beiden ist immer noch so angespannt, dass ich nicht weiß, ob ich Michelle damit wirklich einen Gefallen tun würde. Sie würde sich ihm ohnehin nicht anvertrauen. Dann Beatrice. Sie hätte das nötige Feingefühl und steht Michelle viel näher als ich. Vielleicht sollte ich ...

»Mami!« Caroline bleibt wie angewurzelt stehen. »Schau, ein Spielplatz! Mit Türmen! Und Wasser!« Ihre Stimme überschlägt sich beinahe vor Begeisterung. »Können wir hingehen? Ach bitte, bitte, bitte, liebe Mama!«

Bei dieser Anrede muss ich trotz allem ein wenig schmunzeln. »Wenn du darauf bestehst, liebe, liebe Caroline.«

Caroline quietscht vor Begeisterung und rennt sofort los. Ich habe Mühe, ihr hinterherzukommen, und ermahne mich innerlich, meine Gedanken vorerst von Michelle loszureißen, ehe Caroline mir hier noch verloren geht.

Trotz der frühen Uhrzeit sind schon einige Leute unterwegs und auch eine gute Handvoll Kinder auf dem Spielplatz, der, nebenbei bemerkt, wirklich sehenswert ist: jede Menge naturbelassenes Holz und obendrauf niedliche rote Dächer, die an eine Ritterburg erinnern. Das alles erstreckt sich malerisch zwischen zahlreichen Bäumen und entlang eines kleinen Gewässers, das zum Plantschen und Spielen einlädt.

Caroline rennt schnurstracks zu einer Wippe aus Holz und verlangt, dass ich mich auf die andere Seite setze.

»Ich bin viel schwerer als du!«, protestiere ich halbherzig, gebe dann aber doch nach. Gerade der Gewichtsunterschied ist es, der das Wippen letzten Endes zu einer so lustigen Angelegenheit macht. Ich stemme mich mit den Beinen nach oben, sodass Carolines Seite der Wippe absinkt, und setze mich dann wieder, woraufhin sie jedes Mal mit einem Jauchzen nach oben rauscht. Nach einem guten Dutzend Durchgängen protestieren die Muskeln in meinen Beinen und der Bauch tut mir vom Lachen ebenfalls weh.

»Mama?« Caroline hat auch bereits Lachtränen im Gesicht, wirkt aber mit einem Mal sehr nachdenklich. »Kann man auch über eine Wippe balancieren?«

»Ähm ... ja, an sich schon.« Ich stehe behutsam auf, sodass sie nach unten sinkt, und steige ab. »Aber das ist ziemlich schwierig, weil sie sich ja bewegt.« Anders als eine Langbank, doch darauf will ich jetzt nicht auch noch herumreiten.

»Kann ich es probieren?«

Ich mustere meine Tochter, die bereits von der Wippe steigt und probehalber einen Fuß daraufstellt. »Darf ich dir meine Hand geben, damit du dich festhalten kannst, wenn es dir zu wackelig wird?«

Caroline strahlt, ergreift bereitwillig meine Hand und hievt sich auf die Wippe. Sie braucht drei Versuche, ehe sie stabil genug steht, aber dann setzt sie sich in Bewegung. Ohne Luftballon und mit meiner Hand als Notfallstütze klappt es wunderbar. Nur als wir die Mitte erreichen und die Wippe ihren Schwerpunkt wechselt, überlege ich kurz, ob ich Caroline hastig herunterheben soll. Doch sie klemmt die Unterlippe zwischen die Zähne, streckt ihren freien Arm aus und fängt sich wieder.

»Wow!«, rufe ich. »Das machst du toll!« Und das finde ich wirklich. Caroline strengt sich so an, gibt nicht auf und springt letzten Endes mit einem Strahlen wie eine kleine Eroberin vom Ende der Wippe.

»Du bist der Wahnsinn!«, juble ich, nehme spontan ihre Hände in meine und drehe mich mit ihr im Kreis, bis ihre Füße vom Boden abheben. »Da würden Nina und die Turn-Mamis aber Augen machen!«

Ein Schatten huscht über Carolines Gesicht, als ich sie abstelle, und ich würde mir am liebsten auf die Zunge beißen. So ein unnötiger, dummer Kommentar!

»Nur dass sie großes Pech haben«, füge ich schnell hinzu, »weil sie es nämlich nie sehen werden. Wir balancieren einfach nur noch auf dem Spielplatz und nicht mehr in muffigen Sporthallen. Es sei denn ... Vielleicht willst du ja irgendwann eine andere Sportart ausprobieren. Ballett vielleicht oder Tischtennis. Es muss auch nichts Sportliches sein; du könntest es mit einer Kindertheatergruppe versuchen. Immerhin bist du sprachlich so ...«

»Kann ich auch Gitarre lernen?«

»Gitarre?«, frage ich verdutzt. »Also ... ja, du kannst natürlich auch ein Instrument lernen. Wie wäre es erst mal mit Blockflöte? Das ist für Kinder das ...«

»Ich will aber lieber Gitarre lernen.«

Ich mustere meine Tochter, die vor mir steht und das mit so fester Stimme verkündet, dass ihr der Gedanke nicht gerade eben erst gekommen sein kann. Nein, dieser Wunsch ist bereits gereift und sie hat vielleicht einfach noch nicht gewagt, danach zu fragen.

Mein Blick wandert wie von selbst zu ihren Händen. Kleine, ungeschickte Hände, denen es schwerfällt, auch nur einen Stift oder eine Schere zu führen. Wie sollen sie präzise die Akkorde auf hauchdünnen Saiten greifen und anschlagen? Wäre der Versuch, Gitarre zu lernen, nicht unausweichlich eine große Enttäuschung für sie?

»Ich ... ich kann mich ja mal erkundigen, wo es einen Gitarrenlehrer für Kinder gibt.«

Carolines Lächeln verblasst. Sie hat mich durchschaut, hat mir die Zweifel am Gesicht abgelesen und meine Antwort als die

Ausrede erkannt, die sie ist. Und da stoße ich heftig die Luft aus und verkünde: »Bestimmt gibt es da jemanden in Ansbach. Und im Musikgeschäft ganz sicher auch kleine Gitarren. Wenn du das gerne versuchen möchtest, dann können wir das machen. Aber jetzt klettern wir erst mal auf den Turm da drüben, einverstanden?«

Das Leuchten in ihren Augen ist zurück. Allerdings erhasche ich nur noch einen kurzen Blick darauf, ehe sie losrennt und ich mal wieder Mühe habe, meinen kleinen Wirbelwind einzuholen.

Fast eine Stunde lang bleiben wir auf dem Ritterspielplatz. Zuerst spiele ich mit Caroline und staune, wie lustig es sein kann, als Burgfräulein um die Rettung durch meinen holden Ritter Caroline zu flehen – und das, obwohl zwei andere Mütter mein Wehklagen offenbar hören können und grinsend in unsere Richtung schauen. Caroline allerdings ist hin und weg von meiner Darbietung und kämpft inbrünstig mit einem unsichtbaren Drachen, der mich gefangen hält.

Als Caroline anschließend darum bittet, ein wenig am Wasser plantschen zu dürfen, ziehe ich ebenfalls meine Schuhe aus, lasse die Zehen im Wasser kreisen und sehe ihr dabei zu, wie sie die Hose hochkrempelt und bis zu den Knien hineinwatet, während ich am Rand sitze und sie einfach nur beobachte.

Meine Gedanken wandern wieder zu Michelle und ich glaube, ich weiß, was ich tun werde. Wir werden noch einmal bei ihr klingeln, um ihre Toilette zu benutzen. So kann ich selbst sehen, ob es ihr schon besser geht oder ob wirklich etwas nicht stimmt. Vielleicht lasse ich bei dieser Gelegenheit mein Deo oder meinen Labello in ihrem Badezimmer liegen, dann kann ich am Abend oder morgen früh bei ihr anrufen. Und wenn sie mir dann immer noch deprimiert vorkommt, dann alarmiere ich definitiv Beatrice. Oder Chrys. Wenn ich es mir recht überlege, ist sie die beste

Wahl in dieser Angelegenheit. Sie wird sich um Michelle kümmern und nach ihr sehen, da bin ich mir ganz sicher. Vielleicht weiß sie sogar, was los ist.

Nachdem unsere Füße in der immer höher steigenden Sonne getrocknet sind, schlüpfen Caroline und ich wieder in unsere Socken und Schuhe. »Wir könnten auf dem Rückweg noch durch die Innenstadt bummeln.«

Caroline ist Feuer und Flamme und hüpft mehr neben mir her, als zu gehen. Offenbar hat sie auch nach einer ganzen Stunde auf dem Spielplatz noch Energie übrig. Im Gegensatz zu mir. Ich fühle mich angenehm schläfrig und vor allem ziemlich durstig.

»Wollen wir uns ein Eis kaufen?«, platze ich heraus, als wir an einer Eisdiele vorbeikommen.

Caroline bleibt stehen und mustert mich fragend. »Aber Eis ist doch schrecklich ungesund. Oder, Mami?«

»Ähm ... na ja, es hat natürlich eine Menge Zucker«, lenke ich ein. »Aber ab und zu ist das schon okay. Immerhin ist Frühling und wir haben uns eine Erfrischung wirklich verdient, oder was meinst du?«

»Ja!«, ruft Caroline. »Kann ich Erdbeere haben? Oder lieber Himbeere. Nein, Vanille! Oder Zitrone ...«

Ich muss lachen. »Such dir doch zwei davon aus und ich nehme die anderen beiden. Dann kannst du auch mal probieren.«

So machen wir es und sitzen schließlich, gemütlich an unserem Eis schleckend, auf einer Bank.

»Ja hoppla!« Ich sehe auf, als mich eine vage vertraute Stimme so sonderbar anspricht. »Lara, Caroline, was bringt euch denn zu uns nach Wolframs-Eschenbach?«

Ich schaue über mein Eis hinweg hinauf zu Christine – einer Turngruppen-Mami samt ihren beiden Kindern. Simon steht neben ihr, die kleine Schwester sitzt in ihrem Kinderwagen und knabbert an etwas, das verdächtig nach selbst gebackenen Dinkelkeksen aussieht.

»Wir haben meine Schwägerin besucht«, antworte ich reichlich verspätet. »Und dann waren wir auf dem Spielplatz. Ihr habt ja einen richtig schönen hier.«

»Ja, da wollen wir auch gerade hin. Aber nur kurz, ich habe danach noch einen Termin.«

»Viel Spaß.« Ich halte das Gespräch damit für beendet, doch Christine macht keine Anstalten, sich in Bewegung zu setzen. »Heute musste es mit dem Snack wohl schnell gehen«, meint sie mit einem Blick auf unsere Eiswaffeln.

Ertappt schaue ich ebenfalls auf das Eis hinunter. Die Kugeln kommen mir plötzlich riesengroß vor. Gigantische Bälle aus purem Zucker, die ich meine Tochter da essen lasse. »Nein«, sage ich dann jedoch mit Nachdruck und dränge das schlechte Gewissen zurück. Vor dieser Frau werde ich mich nicht rechtfertigen. Sie hat kein Recht, über uns zu urteilen. Schon gar nicht wegen einer Portion Eis. »Wir genießen einfach nur den Frühling. Holt euch doch auch eine Kugel und setzt euch zu uns.«

»Au ja!«, ruft Simon sogleich, doch Christine schüttelt den Kopf. »Wir haben unsere zuckerfreien Kekse, vielen Dank. Na ja, euch jedenfalls noch einen schönen Tag.« Damit schiebt sie den Kinderwagen weiter und Simon hat keine andere Wahl, als seiner Mutter zu folgen.

Als die drei an der Eisdiele vorbeigehen, höre ich, wie Simon – vermutlich dank meines Vorschlags – sein Glück noch einmal versucht und um ein Eis bettelt. Sie sind schon ziemlich weit weg, aber ich glaube, dass er anfängt zu weinen, als es bei einem Nein bleibt.

»Weißt du, was?« Caroline sieht ihnen mit ihrem Eis in der Hand hinterher und macht ein sehr nachdenkliches Gesicht. »Ich bin echt froh, dass du meine Mama bist.«

Trotz der kalten Eiscreme in meinem Mund wird mir bei Carolines Worten innerlich ganz warm. So warm, dass ich mein Handy aus der Tasche ziehe und ein Foto von ihr mache, um den Moment für immer festzuhalten. Sie strahlt in die Kamera und auf ihrer Nase prangt ein Himbeereisfleck.

Ich überlege gerade, ob ich das Bild als Hintergrund einstellen soll, da sehe ich, dass ich eine Nachricht von Louis habe. Ich tippe sofort darauf, denn wenn er auf der Arbeit ist, schreibt er normalerweise nie. Ob etwas passiert ist?

Mache heute früher Schluss und bringe Mittagessen mit. Hat bei Caroline alles geklappt?

Ich starre eine Weile auf Louis' Nachricht und fühle mich ein ganz kleines bisschen wie vor meiner ersten Verabredung mit ihm: aufgeregt, vorfreudig und hin und weg. Wann hat Louis zuletzt einen Nachmittag freigenommen? Ich kann mich nicht erinnern.

»Was ist los?«, reißt Caroline mich aus den Gedanken. Sie betrachtet mich aufmerksam, als wolle sie abschätzen, ob es etwas Gutes oder etwas Schlechtes ist, das mich so abgelenkt hat.

Ich lächle sie an. »Hast du Lust, heute Nachmittag etwas mit Papa und mir zu unternehmen? Wir könnten ...«

»Können wir mit ihm noch mal zum Ritterspielplatz fahren?« Ihre Augen leuchten. »Bitte, Mama, können wir? Ich will Papa den Turm zeigen und wie ich über die Wippe balancieren kann!«

Eigentlich hatte ich eher an einen gemütlichen Spielenachmittag gedacht oder an einen Stadtbummel in Ansbach. Aber Caroline scheint vor Begeisterung gleich zu platzen und so tippe ich auf Louis' Nummer und meine: »Fragen wir ihn doch einfach.«

»Alles in Ordnung?«, meldet er sich schon nach ein paar Sekunden. »Hat Caroline ...?«

»Wir wollen dich gar nicht lange vom Arbeiten abhalten.« Ich zwinkere Caroline zu. »Bei uns ist alles okay. Wir wollten nur fragen, ob wir für heute Nachmittag einen Ausflug planen können.«

»Ähm ... ja, warum nicht? Wo wollt ihr denn hin?«

»Caroline wünscht sich, dass wir zum Ritterspielplatz nach Wolframs-Eschenbach fahren.« Da kommt mir noch ein Gedanke, den ich schnell ausspreche: »Und ich wünsche mir«, fahre ich hastig fort, ehe ich es mir anders überlegen kann, »dass wir anschließend alle drei einen Schokoladenkuchen miteinander backen.«

»Einen …« Louis verstummt und ich kann sprichwörtlich hören, wie der Groschen fällt. »Unser erstes Backdate! Das klingt gut. Gibt es … gibt es denn etwas Bestimmtes zu feiern … mit dem Schokoladenkuchen?«

Ich ahne, worauf er hinauswill. »Ja«, erwidere ich und bedenke Caroline mit einem stolzen Blick. »Eine erfolgreiche Probeübernachtung bei Michelle … und deinen freien Nachmittag.«

Kapitel 35 – Chrys

»Ich hab eine Idee, Stefan.«

Samstag und Sonntag sind meine Lieblingsarbeitstage. Am Wochenende sind die Straßen frei und ich muss keine Viertelstunde als Puffer für meinen Weg nach Bechhofen einplanen. Am Wochenende haben viele der Senioren Besuch, werden zu Spaziergängen abgeholt oder spielen mit ihren Urenkeln *Mensch ärgere dich nicht!* Und am Wochenende hat meine Lieblingskollegin Jenny frei, weil sie zwei kleine Kinder hat und alleinerziehend ist. Vermutlich ist Letzteres der größte Entspannungsfaktor.

Wochenenden, denen ein freier Tag folgt, mag ich am allerliebsten. Ich genieße es, mitten am Sonntagnachmittag nach Hause zu fahren und den Feierabend mit einer heißen Dusche einzuläuten, während die meisten anderen Leute sich zähneknirschend mit dem Gedanken anzufreunden versuchen, dass das Wochenende sich dem Ende neigt. Besser als ein freier Tag nach dem Sonntag ist nur eins: die Aussicht auf gleich zwei freie Tage, den Sonntag und den Montag, so wie heute. Und das völlig unverhofft, weil eine Kollegin mich gebeten hat, den Dienst mit ihr zu tauschen.

Während ich meine Ducati parke, überlege ich bereits, was ich mit der freien Zeit anstellen soll. Eine spontane Motorradtour? Zwei faule Tage zu Hause, mit einer Menge Tiefkühlpizza und Netflix? Ein Besuch bei ... ach ja, natürlich kein Besuch bei Michelle. Unnötig hart trete ich den Seitenständer meines Motorrads in Position. Michelle und Armin haben mich als Vorlage für ihren Roman benutzt. Sie haben sich wie die Geier an meinem Scherbenhaufen von einem Leben bedient und ich habe es nicht einmal bemerkt. Habe mich, im Gegenteil, sogar noch darüber gefreut, wie verbunden ich mich Rose gefühlt habe. Rose – ausgerechnet. Ein bescheuerter Blumenname und nicht einmal das habe ich kapiert!

Ich nehme meinen Helm ab und krame mein Handy aus dem Rucksack. Ein kurzer Blick auf das Display verrät mir, dass ich nicht nur zwei Anrufe von Michelle, sondern auch einen von einer fremden Nummer verpasst habe. Ich tippe darauf, ohne nachzudenken, was sich ziemlich schnell als ziemlich großer Fehler herausstellt.

»Ich freu mich, dass du zurückrufst!«

»Stefan!« Ich könnte mich selbst ohrfeigen, dass ich seine Nummer gelöscht und jetzt nicht einmal einen Gedanken daran verschwendet habe, dass er es sein könnte, der versucht hat, mich zu erreichen. Dafür hatte er immerhin schon mehrere Wochen lang Zeit und hat es bisher auch nicht getan.

»Hast du einen Moment Zeit für mich? Ich würde gerne mit dir sprechen. Jetzt, wo die Lage sich ein wenig beruhigt hat.«

»*Beruhigt!*«, echoe ich in einer Tonlage, die ihm hoffentlich klarmacht, dass er falschliegt. »Beruhigt? Ich hab nicht vor, mich in nächster Zeit zu beruhigen, Stefan.« Ich lege die ganze Wut auf ihn, auf Michelle und mein ganzes Leben in seinen Namen. Offenbar erfolgreich, denn Stefan wagt es nicht zu sprechen. Also fahre ich fort: »Du willst reden? Dann rede verdammt noch mal mit deiner Frau!«

»Fast-Ex-Frau«, traut er sich nun doch zu widersprechen. »Ich ... Wir ... Wollen wir uns einfach noch mal im Zoo treffen? In Ruhe reden und ...«

»Ich hab eine Idee, Stefan.« Noch mehr Wut und Verachtung. »Geh doch am besten lieber mit deiner Tochter in den Zoo. Oder ins Kino oder Eis essen oder wandern oder weiß der Geier was. Kümmer dich um dein Kind, bevor es zu spät ist und es dich so hasst, dass es nicht einmal zu deinem 60. Geburtstag kommen würde, wenn du ihm eine Einladung mit einer bescheuerten Blume drauf schickst!«

»Äh, was?«

Offenbar hat mein farbenfroh illustriertes Negativbeispiel ihn irritiert, aber ich sehe es gar nicht ein, mich zu erklären. »Und jetzt wünsche ich dir noch ein schönes Leben, Stefan.« Damit lege ich auf.

Schwer atmend stehe ich eine Weile vor meinem Motorrad und starre auf das Handy in meiner Hand. Ich habe recht und Stefan hat unrecht. Es stimmt, was ich gesagt habe, er darf es nicht so weit kommen lassen. Denn sonst ist es irgendwann zu spät. Oder etwa nicht?

Ich schiebe meinen Rucksack zurück auf den Rücken, stülpe mir den Helm über den Kopf und schwinge mich zurück auf meine Ducati. Vielleicht ist es noch nicht ganz zu spät. Nur fast.

Die Zweifel kommen mir schon auf der Autobahn, aber ich fahre weiter, ohne auch nur eine Pause einzulegen. Wenn ich erst mal stehe, kommt mein Gehirn ins Denken und dann kann ich für nichts garantieren.

Es dämmert schon, als ich endlich die Ausfahrt nehme, und ich habe einen leichten Krampf im Oberschenkel. Der Landschaft sieht man an, wie weit ich gefahren bin: Ein Bergpanorama säumt den Horizont und die meisten Häuser entsprechen meiner Klischeevorstellung von Oberbayern – nur leicht geschrägtes Dach, hölzerne Balkone, altmodische Pumpbrunnen und Kästen voller üppiger Geranien in allen Farben.

Google Maps führt mich durch drei ganze Ortschaften voller solcher Bauten und in der vierten geradewegs zu einem ebensolchen. Es ist von einem Bauerngarten mit Blühstauden und Natursteinen umgeben und in einem alten Apfelbaum hängt ein Windspiel aus einer rosafarbenen Kaffeekanne mit geschwungener Tülle und einer Menge im Wind klimperndem Besteck.

Die Idylle hier wäre schwer zu ertragen, wenn ich von der langen Fahrt nicht so erschlagen wäre und wenn meine Beine nicht so sehr nach einem bequemen Sofa verlangen würden.

Ich parke mein Motorrad am Straßenrand. Ich bin tatsächlich ziemlich wackelig auf den Beinen und meine Knie zittern. Sicher kommt das nur von der Fahrt und nicht von der Aussicht, gleich an der Tür zu klingeln.

Das Gartentor ist offen. Ich folge dem verschlungenen Weg zur Haustür. In einem der angrenzenden Gärten gießt ein Nachbar mit Strohhut die Blumen. Er hebt die Hand zu einem wortlosen Gruß, als er mich sieht, und ich nicke höflich zurück.

Ich bin mir ziemlich sicher, dass mir sein Blick neugierig bis zur Haustür folgt, doch meine Gedanken drehen sich ausschließlich um die Frage, was ich gleich sagen soll. Wie ich mein unangekündigtes Auftauchen erklären soll.

Noch ehe ich zu einem Schluss gekommen bin, erreiche ich die Haustür, und weil ich mir der Aufmerksamkeit des Nachbarn sehr bewusst bin, zögere ich nicht zu klingeln. Der fremde Name am Klingelschild irritiert mich nur für einen kurzen Moment. Mehr Zeit bleibt mir auch nicht, denn die Tür wird beinahe sofort geöffnet und ich blicke in das Gesicht eines Jungen im Teenageralter. Er hat seine Augen mit Kajal umrandet und trägt ein Outfit, das bestimmt irgendeiner Jugendsubkultur angehört, die ich nicht kenne. Ich fühle mich immens alt.

»Ähm ... hi ... Sylvester, nicht wahr?«

Er legt die Stirn in Falten und mustert mich, als würde er überlegen, woher ich ihn kennen sollte und ob er meinen Namen ebenfalls wissen könnte.

»Ich bin ...«, setze ich an, doch eine andere Stimme übertönt mich: »Chrysantha!«

Mein Blick fällt auf die Frau, die hinter dem Teenie-Jungen in den Hausflur getreten ist. Sie trägt eine quietschbunte Schürze, einen Messy Bun auf dem Kopf und hat Zuckerguss und einen Ausdruck schierer Fassungslosigkeit im Gesicht.

»Genau«, sage ich lahm. Weil ich ein ebenso be- oder entgeistertes »Mama!«, nicht über die Lippen bringe.

Immerhin Sylvesters Gesicht hellt sich auf. »Ach die«, meint er wissend und tritt zur Seite, damit ich hereinkommen kann.

Ich überlege kurz, ob es angebracht wäre, meine Mutter zu umarmen. Ich habe ein bisschen Angst, dass sie mir um den Hals fällt. Aber sie steht nur wie versteinert im Türrahmen zu dem Raum, der vermutlich die Küche beherbergt, und starrt mich an. »Mein Gott, ich hab nicht mit dir gerechnet. Ich ... ich weiß gar nicht, was ich sagen soll.«

»Ja, ich ... Es tut mir leid, ich hätte mich wirklich ankündigen sollen.« Ich schlucke. »Es war so eine spontane Idee, aber ich bringe alles durcheinander. Das war nicht mein ...«

»Ach, so ein Unsinn, du bringst doch nichts durcheinander! Ich freue mich, dass du da bist. Ich ... Herrje, wie sehe ich aus! Als wäre der Spritzbeutel explodiert, oder?«

»Nur ein bisschen.«

»Ich backe gerade den Kuchen für morgen. Also ... *die* Kuchen. Es sind drei.«

»Du erwartest ganz schön viele Gäste, oder?«

»Ja. Aber ... am meisten hab ich darauf gehofft, dass du kommst.«

Ich sehe betreten zu Boden und weiß nicht, was ich sagen soll. Für solche Bekundungen bin ich noch nicht bereit. Ich bin mir ja nicht einmal sicher, ob ich bereit bin, hier zu sein. Nur bin ich es jetzt nun einmal. Und daran ist nur Stefan schuld.

»Ist das ein Motorradhelm?«, fragt Sylvester neugierig. »Oder fährst du Roller?« Sein Blick lässt vermuten, was er von Letzterem halten würde.

»Äh ... nein, mit dem Roller wäre es ein bisschen weit gewesen. Ich fahre eine Ducati. Sie steht draußen.«

»Hammer!«, ruft Sylvester. »Kann ich sie sehen? Kann ich sie fahren?«

»Ähm ... Du hast einen Motorradschein?«

»Nein!«

»Dann ... kannst du mitfahren. Also, wenn deine ... wenn unsere Mutter es erlaubt.«

Sie zuckt zusammen, als ich sie so indirekt anspreche. »Ich ... na ja, wenn du vorsichtig fährst, vielleicht. Aber morgen, Sylvester, morgen. Du bleibst doch bis zur Feier morgen?« Sie klingt hoffnungsvoll.

»Jaah ... also die Sache ist die ... Ich hab gar nichts dabei. Keine Wechselkleidung, keinen Schlafanzug, keine Zahnbürste ... kein Geburtstagsgeschenk.«

»Aber das ist doch schon angekommen! Ich habe schon mit dem Lesen angefangen. Die Geschichte ist wunderschön!«

Ach ja, die Bücher. Ich ringe mir ein Lächeln ab. Wenigstens stehe ich also nicht mit komplett leeren Händen da.

»Und alles andere findet sich bestimmt auch. Wir haben einen Jahresvorrat an Zahnbürsten. Sebastian kauft immer Unmengen von allem, wenn man ihn in einen Supermarkt lässt. Und etwas zum Anziehen finden wir auch. Ich habe auch ... äh ... dezentere Dinge im Schrank als diese Schürze.«

»Ich hab gar nichts gegen bunt«, meine ich – nicht direkt, um freundlich zu sein, sondern weil es wahr ist.

Meine Mutter strahlt mich trotzdem an, als hätte ich ihr ein großes Kompliment gemacht. »Ich weiß. Das hast du von mir, glaube ich.«

Kapitel 36 – Chrys

»Na, eine kleine nächtliche Gassirunde
mit der Bestie?«

Ich habe mich noch nie in meinem ganzen Leben so schrecklich deplatziert gefühlt. Noch nicht einmal als einziger Single in einer Kinovorstellung zwischen lauter Pärchen. Das Abendessen mit der neuen Familie meiner Mutter toppt selbst das.

Ich bin ein Eindringling mitten in einem eingespielten Team. Meine Mutter versucht mit Feuereifer, mich in die Gespräche zu integrieren, und kommentiert alles, was ihr neuer Mann Sebastian und ihre beiden Kinder von sich geben, mit kurzen Erklärungen für mich. Meine Halbschwester Dahlia scheint das so zu nerven, dass sie lieber gar nichts mehr sagt. Stattdessen beginnt Sebastian, über seinen Arbeitstag in der Firma zu sprechen, was offenbar alle langweilt, und meine Mutter beschließt, mich über die gesamten letzten Jahre meines Lebens auszufragen, was für die anderen vermutlich auch nicht gerade spannend ist.

Einzig Sylvester ist meine Rettung, weil er das Gespräch immer wieder auf meine Ducati und Motorräder im Allgemeinen lenkt und mehrmals versucht, seine Eltern davon zu überzeugen, ihm den Motorradführerschein machen zu lassen, wenn er alt genug ist.

»Aber Motorradfahren ist doch schrecklich gefährlich.« Meine Mutter betrachtet ihn mit gerunzelter Stirn. »Du bist sicher eine sehr umsichtige Fahrerin«, fügt sie an mich gewandt hastig hinzu. »Aber Sylvester war schon immer ein kleiner Wirbelwind.«

Der so Betitelte verzieht das Gesicht, kehrt aber sogleich zum eigentlichen Thema zurück: »Wie alt ist dein Bike?« Er greift über Dahlias Teller hinweg nach dem Aufschnitt und erntet dafür einen finsteren Blick von ihr.

»Fast so alt wie ich«, gestehe ich. »Neue Motorräder sind echt teuer. Aber sie ist in einem ganz guten ...«

»Also ein Oldtimer«, meint Dahlia so trocken, dass jedem klar sein müsste, dass sie nicht nur mein Motorrad meint.

»Ähm … noch eine Scheibe Brot, Chrysantha?«, fragt meine Mutter laut und hält mir den Brotkorb entgegen.

Ich lehne dankend ab und betrachte Dahlia über den Tisch hinweg. Sie hat ihren Teller von sich geschoben, obwohl sie nur ein paar Scheiben Gurke geknabbert hat. Ihre Arme sind verschränkt und sie erwidert meinen Blick ohne jede Gefühlsregung in ihrer Miene. Ich bin miserabel in diesem Spiel und sehe schnell weg.

Wenn ich ihr nur sagen könnte, dass sie keine Angst haben muss, ich könnte mich in ihrer aller Leben drängen! Es könnte nicht offensichtlicher sein, dass sie mich nicht hier haben will. Und ich habe ja auch nicht vor, von jetzt an regelmäßig vorbeizuschauen. Von mir aus können die Dinge nach meinem Besuch beinahe so weitergehen wie zuvor. Nur dass ich meiner Mutter vielleicht ab und zu schreiben oder sie sogar mal anrufen werde – zum Geburtstag oder vielleicht auch am Muttertag.

»Also … äh … Chrysantha«, setzt Sebastian an, um das ungemütliche Schweigen zu füllen. »Gehst du noch zur Schule oder … äh, studierst du?«

Wahrscheinlich hat er vergessen, wie alt ich bin, und traut sich nicht nachzufragen. »Ich bin Altenpflegerin. Und du kannst mich einfach Chrys nennen.«

»Ah!« Sein Gesicht hellt sich auf. »Siehst du, Dahlia, da kannst du Chrys vielleicht ein paar Fragen stellen!« An mich gewandt erklärt er: »Dahlia muss im nächsten Schuljahr ein soziales Praktikum machen und kann sich weder mit dem Kindergarten noch mit einem Krankenhaus anfreunden. Aber vielleicht wäre ein Altenheim ...«

»Ich hab keine Lust, alten Knackern den Hintern abzuwischen.«

»Dahlia!«, ruft Sebastian vorwurfsvoll und meine Mutter

meint schnell: »Ich bin mir sicher, die Arbeit einer Altenpflegerin besteht nicht nur aus … Vielleicht ist es wirklich eine gute Idee, wenn du dich mal ein wenig mit Chrysantha darüber unterhältst. Ihr habt morgen ja noch jede Menge Zeit dafür.«

»Kann's nicht erwarten.« Dahlia zuckt nicht mit der Wimper.

»Wie schnell fährt deine Ducati denn?« Keine Ahnung, ob Sylvester gedanklich einfach immer noch bei meinem Motorrad ist oder ob er bewusst das Thema wechselt – ich bin ihm jedenfalls wirklich dankbar.

Nach dem Abendessen zerstreut sich die Familie zum Glück zügig. Sylvester und Dahlia ziehen sich in ihre Zimmer zurück und einzig Sebastian und ich helfen meiner Mutter, die wie selbstverständlich allein beginnt, den Tisch abzuräumen.

»Ihr braucht das wirklich nicht zu machen«, wehrt sie jedoch ab. »Du bist hier zu Gast, Chrysantha. Und dass du die Nachrichten nicht verpassen willst, weiß ich auch, Sebastian. Vielleicht können wir im Anschluss miteinander einen Film ansehen. Sylvester und Dahlia …« Sie verstummt. Wahrscheinlich ist ihr selbst klar geworden, dass sie bei den beiden auf Granit beißen wird, wenn sie einen gemütlichen Familienfilmabend vorschlägt. »Oder wir setzen uns noch ein wenig auf die Terrasse und plaudern.«

»Ehrlich gesagt bin ich ziemlich erledigt nach der langen Fahrt«, sage ich schnell. »Ich denke, ich sollte früh schlafen.«

»Natürlich, wie gedankenlos von mir!« Schnell stellt sie den letzten Teller in die Spülmaschine, schaltet diese an und wäscht sich die Hände. »Ich zeige dir das Gästezimmer.«

Der Raum, in den sie mich führt, erinnert mich an meine eigene Wohnung. Nicht dass er heruntergekommen wäre. Nein, er ist eigentlich richtig stilvoll und offenbar nicht allzu oft in Verwendung. Aber er befindet sich unter dem Dach, ist winzig und dafür bemerkenswert vollgestopft mit Zimmerpflanzen.

Ein gewaltiger Benjamini macht es beinahe unmöglich, sich irgendwo anders aufzuhalten als auf dem Bett. Dort setze ich mich hin, um durchzuatmen, als ich endlich allein bin, und beschließe, eine Nachricht an Michelle zu schreiben. Das ist besser, als einen ihrer unzähligen Anrufe entgegenzunehmen. Immer wieder schreibe ich den Text um und werde nur immer unzufriedener mit meinen Worten. Ich will mich entschuldigen – beziehungsweise ich habe das Gefühl, ich *sollte* mich entschuldigen. Aber die Empörung schleicht sich immer wieder zwischen die Zeilen und ruiniert jede Bitte um Vergebung. Sie schmälert sogar meine Freude darüber, dass meine Mutter *Neema* zu mögen scheint. Was, wenn sie im Gegensatz zu mir die Parallelen zwischen Rose und mir gleich bemerkt?

Ich lösche die angefangene Nachricht komplett und werfe das Handy auf das geblümte Kopfkissen. In Wahrheit bin ich überhaupt nicht müde, sondern ziemlich rastlos. Aber ein ganzer Abend mit meiner Mutter und ihrer neuen Familie ist wirklich zu viel verlangt.

Doch es hat keinen Zweck; hier drinnen fällt mir die Decke auf den Kopf.

Ich nehme bewusst nichts mit. Kein Handy, keinen Motorradschlüssel. Ich will nicht in Versuchung geraten, spontan zu flüchten.

Die hölzernen Treppenstufen knarren bei jedem Schritt. Ich bleibe auf halber Höhe stehen, aber aus Wohnzimmer und Küche dringen keine Geräusche mehr. Offenbar sind mittlerweile auch alle anderen ins Bett gegangen.

Ich öffne die Haustür und untersuche sie. Sehr gut, sie hat einen dieser kleinen Metallhebel, um sie unverschlossen zu halten. So laufe ich nicht Gefahr, mich selbst auszusperren und klingeln zu müssen. Gerade ziehe ich sie probeweise zu, als eine Stimme direkt hinter mir ertönt: »So kommen wir beide nicht mehr rein.«

Erschrocken mache ich einen kleinen Satz. Die Tür fällt beinahe ins Schloss, aber eine Hand mit buntlackierten Nägeln fängt sie auf.

»Du hast den Schnapper raus- statt reingemacht.« Dahlia rollt die Augen. »Das merkt man doch.«

»Äh ... sorry, ich schleiche mich nicht so oft nachts raus.«

Ihr Blick ist eindeutig mitleidig und ich habe nicht übel Lust, ihr bockig entgegenzuschleudern, dass ich dazu kaum die Gelegenheit hatte, weil ich ja mein halbes Leben lang keine Mutter gehabt habe. Dank ihres fabelhaften Vaters, der meine gestohlen hat. Gerade noch rechtzeitig beiße ich mir auf die Lippe und halte die Worte zurück. Was kann denn das pubertierende Mädchen dafür? Sie ist die Letzte, an der ich meine Wut auslassen sollte.

»Wissen deine Eltern, dass du rauchst?«, frage ich stattdessen mit einem Nicken zu der Zigarette in ihrer Hand.

»Was denkst du?«, fragt Dahlia zurück.

Na gut, ich hatte schon beim Abendessen das Gefühl, dass sie mich ziemlich doof findet. Aber im Vergleich zu jetzt war sie da richtig nett.

»Wie auch immer … Ich sage nichts. Wäre nett, wenn du im Gegenzug die Tür offen lassen könntest, wenn du reingehst. Ich mach sie dann zu, wenn ich zurückkomme.«

»Auch heimlich Zigaretten kaufen?«

Ha, das hätte sie wohl gerne, damit sie dann etwas gegen mich in der Hand hätte.

»Und selbst wenn: Ich bin volljährig und kann das selbst entscheiden. Aber nein. Frische Luft schnappen.«

»Viel Erfolg. Geh nach rechts, sonst wird nichts daraus. Da drüben kommt ein Kuhstall.«

Ich bin mir nicht sicher, ob der Rat ernst gemeint ist, aber ich bedanke mich zur Sicherheit und gehe nach rechts.

Die Nacht ist frühsommerlich mild, aber ohne meine Jacke fröstle ich dennoch ein bisschen, während ich die Straße hinabgehe und dabei die Vorgärten der Nachbarhäuser im Licht der

Laternen betrachte. Die Idylle hier ist wirklich noch schlimmer als in all meinen Albträumen: Rosenbeete, Regentonnen, Sandkästen und Hollywoodschaukeln. Und wirklich jede Menge Balkone mit Geranien. Und diese Stille.

Ich zucke zusammen, als mit einem Mal ein lautes Bellen ebendiese zerreißt. Ein Hund hechtet um die nächste Straßenecke und rennt direkt auf mich zu. Er ist ziemlich groß.

»Nicht!«

Zu spät, der Hund springt bereits an mir hoch und stößt mich mit seinen enormen Pranken gegen die Brust, sodass ich ins Straucheln gerate.

»Aus, Toni! Mach Platz!«, brüllt eine männliche Stimme von irgendwoher und zu meiner immensen Erleichterung tut der Hund, wie ihm geheißen.

Ich schnappe nach Luft und fahre mit den Händen über meinen Oberkörper. Abgesehen von zwei unübersehbaren Flecken auf meinem Shirt ist zum Glück nichts passiert.

Der Hund sitzt hechelnd vor mir und sieht mich erwartungsvoll an. Wenn mich nicht alles täuscht, handelt es sich um einen Bernhardiner. Ein Riesenvieh mit dem Übermut eines Welpen. Und ohne Leine, offensichtlich.

»Braver Junge«, murmle ich und tätschle ihm zögerlich den Kopf, ehe er wieder auf dumme Ideen kommt.

»Alles in Ordnung bei Ihnen?« Der Mann, der auf mich zujoggt, ist ziemlich sicher der Nachbar meiner Mutter. Ohne Strohhut sieht er wesentlich jünger aus – gar nicht unbedingt älter als ich, würde ich schätzen. Er bleibt mit großem Abstand zu mir und dem Bernhardiner stehen und macht keine Anstalten, das Tier an die Leine zu nehmen.

»Na, eine kleine nächtliche Gassirunde mit der Bestie?«, frage ich spitz.

Die Bestie drückt den Kopf in meine Handfläche und sabbert begeistert. »Und Leine und Maulkorb zu Hause vergessen, ja?«

»Toni will nur freundlich sein. Keine Angst, er tut nichts.«

»Großartig!«, fauche ich.

»Im Übrigen gehört er nicht mir, sondern den Müllers.« Er nickt vage die Straße hinunter. »Aber ich weiß mittlerweile, wie man mit ihm reden muss, damit er auf dem Boden bleibt. Und mir vom Leib.« Er wirft Toni einen Blick zu. »Ich hab nämlich eine Hundehaarallergie.«

»Ah ... ich ...« Hallo, Fettnäpfchen. Ich bin noch keine vierundzwanzig Stunden hier und habe es mir schon mit dem direkten Nachbarn meiner Mutter verscherzt. Na wunderbar.

»Er springt über den Zaun, das ist das Problem«, erklärt er freundlich. »Du weißt schon: niedriger, süßer Jägerzaun – großer, ungestümer Hund.«

»Es tut mir leid. Ich dachte ... Ich wollte nicht unhöflich sein.«

Er winkt großzügig ab. »Das war der Schreck, ich kann das nachfühlen. Mir bleibt jedes Mal fast das Herz stehen, wenn Toni angerannt kommt. Auf geht's, Junge, heim mit dir!«

Der Hund – oh Wunder – wirft mir einen letzten Blick zu und trottet tatsächlich davon. Allerdings nicht nach Hause, sondern gerade bis zum Gehweg, wo er sich hinsetzt und uns von dort aus hechelnd betrachtet.

»Hm ja, besser als nichts.« Ein hilfloses Schulterzucken. »Ich bin übrigens Amandus.«

»Chrys.«

»Mit Ypsilon?«

»Wie bitte?«, frage ich irritiert.

Amandus fasst sich an den Kopf. »Oh Gott, das war jetzt dämlich, oder? Ich bin ein genauso großer Trampel wie Toni.« Er nickt zu dem Hund, der beim Klang seines Namens einmal kurz bellt und mich damit zum Zusammenzucken bringt.

»Woher weißt du ...?«

»Du bist Bettinas Tochter, oder? Chrysantha. Chrys mit y. Sie hat von dir ... Sie hat dich erwähnt. Ein paarmal.«

»Oh Gott, sie hat peinliche Geschichten aus meiner Kindheit erzählt, stimmt's?« Was auch sonst, abgesehen von meiner Kindheit hat meine Mutter von meinem Leben ja nicht viel mitbekommen. Am liebsten würde ich im Erdboden versinken.

»Nein!« Amandus schüttelt heftig den Kopf. »Ich schwöre bei Tonis Riesenpranken, dass sie absolut nichts Peinliches erzählt hat. Wirklich nicht. Ich hätte gar nichts sagen sollen, das war bescheuert. Ich denke manchmal nicht nach, wenn ich rede.« Er kratzt sich am Kopf und macht ein betretenes Gesicht.

»Das kenne ich«, meine ich beschwichtigend. »Von mir. Ich sage nur Hund.«

Wir müssen beide lachen und Toni stimmt sogleich mit lautem Gekläffe mit ein.

»Tja, bevor die ganze Nachbarschaft wach wird, gehe ich wohl mal nach Hause. Aber es war nett, dich kennenzulernen, Chrys.«

»Ja, ähm ... danke für die Rettung vor ... der Bestie.«

»Immer gerne!« Er geht bereits zu seinem Gartentor, hebt aber noch grüßend die Hand.

Ich merke erst, dass Toni wieder zu meinen Füßen sitzt, als die Tür des Nachbarhauses ins Schloss gefallen ist.

»Na?« Ich kraule dem Bernhardiner die Ohren. »Das war ein verrückter Spaziergang, was?«

Zur Antwort bellt er.

Kapitel 37 – Chrys

»Bist du Pfarrer oder was?«

Am nächsten Morgen habe ich wegen Tonis Prankenabdrücken keine andere Wahl, als das gepunktete Sommerkleid anzuziehen, das meine Mutter mir am Abend gegeben hat. Es ist nicht ganz mein Stil und auch nicht meine Größe, aber ich fühle mich hier ohnehin so fehl am Platz, dass eine gewisse Verkleidung auch nichts mehr ausmacht. Im Gegenteil, sie hilft dabei, einfach so zu tun, als wäre ich jemand anderes. Jemand, für den es nicht völlig absurd ist, hier zu sein.

So geselle ich mich zu meiner Mutter und ihrer Familie; alle sitzen bereits am Frühstückstisch. Ich gratuliere meiner Mutter mit einem Händedruck zum Geburtstag und nehme den freien Platz neben Dahlia ein, die nach Pfefferminzbonbons riecht. Ha, kein schlechter Trick!

»Was ist mit der Spritztour?«, fragt Sylvester mit vollem Mund.

»Nicht jetzt. Lass sie doch erst mal in Ruhe frühstücken. Und ich hatte eigentlich gehofft, du würdest mir heute Vormittag dabei helfen, die Tische im Wohnzimmer zu stellen und zu decken.«

»Ich hab noch Hausaufgaben zu machen.«

»Die kannst du erledigen, nachdem du deiner Mutter geholfen hast«, versucht Sebastian es auf die strenge Tour, doch unsere Mutter winkt sofort ab. »Vielleicht kann auch Dahlia mir helfen. Die Schule geht vor.«

Dahlia verzieht das Gesicht und klappt den Mund zu einem Widerspruch auf. Irgendwie überkommt es mich, spontan zu sagen: »Das kann doch ich machen! Dann bin ich nicht nur im Weg!« Da, genau wie ich es Amandus gesagt habe: Ich rede ebenfalls schneller, als ich nachdenken kann.

Jedenfalls verschwinden Sylvester und Dahlia nach dem Frühstück in ihre Zimmer, Sebastian fährt los, um die bestellten Blumen beim Floristen abzuholen, und ich finde mich allein mit meiner Mutter beim Tischerücken und Serviettenfalten wieder.

Wir sprechen nicht besonders viel. Ich wüsste auch nicht, worüber. Aber meine Mutter wirft mir über ihre Arbeit immer wieder einen Blick oder ein Lächeln zu und versucht sich zwischendurch an höflichem Small Talk über die oberbayerische Landschaft oder meinen Job.

Anschließend helfe ich ihr, Klöße zu formen, Gemüse zu schneiden und alles für den Braten fürs Abendessen vorzubereiten. Nebenbei bereitet sie noch Wiener und Kartoffelsalat für ein schnelles Mittagessen vor, zu dem sich dann auch Sylvester und Dahlia wieder blicken lassen. Anschließend gibt es für die beiden dann auch kein Entkommen mehr, weil Sebastian sie dazu verdonnert, die Blumen zu arrangieren, die sich zu meinem Schrecken als Dahlien und Chrysanthemen herausstellen. Es ist die eigenwilligste Tischdeko, die ich je gesehen habe, und es bleibt nur zu hoffen, dass keiner der Gäste die symbolische Bedeutung – Dahlia und ich, schwesterlich Seite an Seite – erfasst.

Die ersten Leute trudeln auch schon bald nach dem Mittagessen ein und bekommen augenblicklich Kaffee und Kuchen gereicht. Ich stelle fest, dass meine Mutter vorhat, ihren Geburtstag größtenteils in der Küche zu verbringen, und gehe ihr wenigstens dort zur Hand, damit sie zwischendurch auch mal ein paar Sätze mit ihren Gästen wechseln kann.

Leider stelle ich ziemlich schnell fest, dass ich ihr damit die Gelegenheit gebe, mich allen Leuten, die ihr gratulieren, vorzustellen. Vermutlich eher deshalb als wegen des Geschirrspülens oder Kaffeekochens flüchte ich nach knapp zwei Stunden für eine kurze Pause in den Garten hinter dem Haus.

Hier steht nur ein kleines Grüppchen auf der Terrasse und unterhält sich, Kaffee nippend, über die wunderschönen Blumenbeete meiner Mutter. Zugegeben, der Garten ist tatsächlich sehenswert. Offenbar hat sie wirklich ein Händchen für Pflanzen. Und natürlich finden sich auch Dahlien und Chrysanthemen in diesem bunten Blütenmeer. Erstere stehen bereits kurz vor der Blüte, Letztere erkenne ich nur an den Blättern und auch nur, weil ich in meinem Leben bereits oft genug Postkarten, Sticker und Sträuße mit Chrysanthemen bekommen habe. Sollte ich je heiraten, werde ich in einem Ehevertrag festhalten, dass ich niemals Chrysanthemen zum Hochzeitstag bekommen will. Oder zum Valentinstag. Oder irgendeiner anderen Gelegenheit.

Ich nicke den Gästen auf der Terrasse freundlich zu und folge einem mit Natursteinen gesäumten Kiesweg zu einem kleinen Pavillon am anderen Ende des Gartens. Einige Thujen schirmen dieses gemütliche Eck zur Straße hin ab, zum Nachbargrundstück reichen offenbar vereinzelte Blühsträucher und Stauden in einem geschwungen angelegten Beet. Auf der Vielzahl unterschiedlicher Blüten tummeln sich Hummeln und Bienen. Ich erkenne die violett blühenden Kugeln des Alliums, eine prächtige Pfingstrose voller kugelrunder Knospen und eine bereits verblühte Magnolie.

»Die Chrysanthemen sind in den Beeten weiter oben.«

Mein Herz macht einen Satz und beinahe entwischt mir ein erschrockener Aufschrei. Ich habe Amandus hinter dem Magnolienbaum überhaupt nicht bemerkt.

Er kniet auf seiner Seite des Zauns und rupft Löwenzahn aus einem etwas chaotischer bepflanzten Beet. Lächelnd erhebt er sich und wischt sich die erdigen Hände an seiner Jeans ab. »Ich versuche, das Unkraut an der Grundstücksgrenze im Zaum zu halten«, meint er und deutet mit dem Kopf nach unten. »Damit es brav in meinem Garten bleibt, wo es hingehört. Überall sonst lasse ich alles stehen, was blüht.«

»So würde ich es auch machen, wenn ich einen Garten hätte. Schade um die schönen Löwenzähne.«

Amandus senkt mit einem flüchtigen Blick zum Haus meiner Mutter verschwörerisch die Stimme: »Die mag ich auch besonders gerne. Aber deine Mutter bekommt einen Nervenzusammenbruch, sobald Pusteblumen daraus werden. Der Wind macht nämlich am Gartenzaun nicht halt.«

»Was du nicht sagst! Wie dreist von ihm!«

»Aber ich will mich nicht beschweren«, fügt Amandus schnell hinzu. »In allen anderen Dingen ist deine Mutter eine sehr angenehme Nachbarin. Und hat immer Zeit für Tratsch und Klatsch am Zaun. Wenn man alleine lebt, ist man dankbar für solche Nachbarn. Ich zumindest. Ich bin nicht so der Typ ›einsamer Wolf‹.«

»Du wohnst alleine in dem Riesending?« Das schreit doch nach einer Lüge – dieses Mal falle ich nicht darauf herein. Die Geschichte von der Fast-Ex-Frau oder Nochehefrau glaube ich nie wieder.

Amandus zuckt mit den Schultern. »Ich hab es von meinen Eltern geerbt und bringe es nicht übers Herz, es zu verkaufen. An diesem Haus hängen viele Erinnerungen. Und die Gegend hier ist echt schön, auch wenn ich mir nie vorgestellt habe, jemals wieder so ländlich zu leben.«

Irgendetwas rührt mich an seinen Worten. Vielleicht die unverkennbare Liebe zu seinen Eltern, die zwischen den Zeilen mitschwingt. Ich denke an meinen Vater, der sich all die Jahre so bemüht hat, das Fehlen meiner Mutter zu kompensieren, obwohl er manchmal merklich überfordert war. Und es heute noch oft genug ist. Und an meine Mutter, die mich damals so im Stich gelassen hat und die sich jetzt doch so sehr über meine Anwesenheit freut.

»Dann hattest du ein echt gutes Verhältnis zu deinen Eltern, was?«

Über Amandus' Gesicht huscht ein Schatten und ich könnte mir augenblicklich auf die Zunge beißen.

»Tut mir leid, ich wollte nicht neugierig sein! Du weißt schon, ich rede auch manchmal schneller, als ich denken kann. Ich hab mich nur gefragt, wie das ist, weil ... na ja, ich weiß nicht, wie viel du mitbekommen hast, aber unsere Familiensituation ist ein bisschen verkorkst. Deswegen war ich bisher auch noch nie hier, weißt du?«

Amandus nickt. »Ja, ich ... ich hab mir schon so was gedacht. Ihr habt euch ganz schön lange nicht mehr gesehen, oder?«

Ich schüttle den Kopf. »Hat sie ... hat meine Mutter das erzählt, ja?«

Amandus betrachtet die Blumen in den Beeten zwischen uns. »Na ja, sie hat manchmal erzählt, dass sie dir geschrieben hat. Und hat dann tagelang den Postboten abgefangen, um deine Antwort nicht zu verpassen.«

»Was?« In meinem Magen bildet sich ein Knoten. Eine Antwort von mir kam auf keinen ihrer Briefe – was hätte ich denn schreiben sollen?

»Sie hat immer unter dem Vorwand, die Blumen zu versorgen, im Vorgarten gewartet und ihn dann gefragt, ob er heute einen Brief für sie hat.« Er wird ein bisschen rot und fügt schnell hinzu: »Ich bin oft um die Zeit auf dem Weg zur Arbeit ... Oh Gott, du musst mich für einen furchtbar neugierigen Kerl halten!«

»Schon okay.« Ich starre die Pfingstrose an. »Ich wusste nur einfach nicht ... Das ist irgendwie traurig. Ich hab ihr nämlich nie geantwortet.«

»Ah ... okay, das ... also das erklärt einiges.«

»Ich weiß, was du jetzt denkst!«, platze ich heraus, lasse die Pfingstrose Pfingstrose sein und sehe Amandus direkt an. »Wie kann sie nur? Wie kann sie ihre Mutter nur so hängen lassen? Komm du mir nicht auch noch mit dem verlorenen Sohn. Das hat Michelle schon übernommen und ich kann es echt nicht noch mal hören!«

Amandus klappt den Mund auf, sagt aber nichts. Ich gebe ihm auch nicht besonders lange die Gelegenheit dazu.

»Und dann noch Lara mit ihrem Gerede, von wegen Gott wäre nicht nur wie ein Vater, sondern auch wie eine Mutter. Weißt du, darauf kann ich echt verzichten! Ich bin hier nämlich nicht alleine die Böse. Meine Mutter hat mich zuerst hängen lassen, und zwar als ich noch ein Kind war, und ich lasse mir den Schuh der bösen Tochter, die sich nie gemeldet hat, nicht anziehen und Punkt.«

»Ich hab doch gar nichts dergleichen gesagt!«, protestiert Amandus.

Wenn ich nicht so aufgebracht wäre, würde ich vielleicht bewundern, dass er nach meinem Ausbruch überhaupt noch ein Wort sagt und die irre Tochter der Nachbarin nicht einfach am Zaun stehen lässt.

»Aber gedacht!«

Er zieht die Augenbrauen hoch. »Ach, Gedanken lesen kannst du auch?« Dieses Mal lässt er mich nicht zu Wort kommen. »Ich hab zwar nur die Hälfte verstanden, aber eins will ich klarstellen: Ich werfe dir in keiner Weise vor, dass du dich nicht bei deiner Mutter gemeldet hast. Erstens geht es mich überhaupt nichts an und zweitens ...« Er holt tief Luft. »Du hast gefragt, ob ich ein gutes Verhältnis zu meinen Eltern hatte. Hatte ich. Zu meinen Pflegeeltern.« Er nickt zu seinem Haus. »Sie haben mir ein großartiges Zuhause gegeben und ich vermisse sie jeden Tag, weil sie wirklich wunderbare Menschen waren. Meine leiblichen Eltern leben noch. Allerdings habe ich die seit mehr als zwei Jahrzehnten nicht mehr gesehen. Ich bin also der Letzte, der irgendjemandem einen Strick daraus dreht, wenn seine Familienverhältnisse ein bisschen kompliziert sind.«

Wie vom Donner gerührt stehe ich da und weiß nach diesem Geständnis überhaupt nichts mehr zu erwidern. Und das will bei mir wirklich etwas heißen.

»Okay, eins noch«, fährt Amandus aber auch schon fort. »Wer auch immer Michelle und Lara sind – die Geschichte vom verlorenen Sohn haben sie dir offenbar komplett falsch erzählt. Oder du hast sie nicht verstanden.«

»Ach ja?« Es soll schnippisch klingen, aber ich kann mein Erstaunen nicht ganz verbergen. Er hat offenbar nicht nur kapiert, dass es um das biblische Gleichnis ging, sondern weiß sogar, etwas damit anzufangen.

»Ja. Gott ist nämlich nicht wie *irgendein* Vater und zum Beispiel ganz bestimmt nicht so wie mein leiblicher. Er ist ein *guter* Vater. Das ist sauschwer zu verstehen, wenn man selbst nie erlebt hat, wie sich ein guter Vater verhält, aber dank meinem Pflegevater habe ich heute eine Vorstellung davon, was das heißt.«

»Mein Vater ist total okay«, sträube ich mich.

Amandus ignoriert diesen Einwand. »Und Gott ist auch nicht wie *irgendeine* Mutter. Ziemlich sicher auch nicht wie deine, die dich als Kind verlassen hat. Er ist wie eine *tröstende* Mutter, eine, die da ist. Jedes andere Bild wird ihm nicht gerecht und für Leute wie dich und mich, die selbst schlechte Erfahrungen gemacht haben, ist es wahrscheinlich eine Lebensaufgabe, das zu kapieren.«

»Du kennst dich ja ganz schön gut damit aus«, meine ich, immer noch ein wenig unterkühlt, obwohl seine Worte tatsächlich etwas in mir berührt haben. »Bist du Pfarrer oder was?«

»Nein«, schnaubt Amandus. »Ich hab mir lediglich ziemlich viele Gedanken darüber gemacht.« Er räuspert sich, offenbar selbst nun etwas peinlich berührt von seinem impulsiven Vortrag. »Mein Pflegevater war Pfarrer, um genau zu sein. Ich bin Altenpfleger.«

»Echt jetzt?« Ich sehe auf und begegne seinem Blick. Seine Augen sind dunkelbraun und irgendwie warm. »Das ist cool. Bin ich nämlich auch.«

Amandus nickt, offenbar dankbar für die Steilvorlage zum Themenwechsel. »Und, bist du es gerne?«

»Meistens«, meine ich ausweichend. »Oder zumindest manchmal.«

»Der Zeitdruck?«

Ich zucke die Schultern. »Na ja, du weißt ja, wie das ist. Ich hätte einfach gerne mehr Zeit für die Leute. Ich meine ... Das sind ja Menschen und keine Gegenstände. Und ich hasse es, den ganzen Tag nur an ihnen vorbeizuhetzen.«

»Das kenne ich«, meint Amandus. »Ich weiß ja nicht, ob du Kinder und einen Mann hast und nach der Arbeit schnell nach

Hause musst ... aber wenn nicht: Ich hab angefangen, einmal die Woche nach Feierabend mit einem der Bewohner einen Spaziergang zu machen. Oder ein Brettspiel. Das kostet mich eine halbe Stunde und ist echt gut investierte Zeit, weil ich dafür im Alltag gelassen bleibe, wenn mal wieder alles drunter und drüber geht.«

Okay, nicht schmelzen, Chrys, ermahne ich mich selbst. Ja, er spielt nach Dienstschluss mit alten Leuten *Mensch ärgere dich nicht!*, aber ich kenne ihn ansonsten überhaupt nicht und werde ihn nicht ansehen wie einen Superhelden. Oh nein, das werde ich nicht.

»Du musst das natürlich nicht so machen«, meint Amandus, als ich nichts erwidere, sondern nur starre. »Es war nur als Tipp gemeint. Für mich funktioniert das gut.«

»Nein, nein, es ist ein guter Tipp!«, antworte ich schnell. »Ein sehr guter! Und ... ich hab weder Mann noch Kinder zu Hause.« Das ist mir so herausgerutscht und ich kann das Zucken seiner Mundwinkel durchaus sehen. Leider habe ich meine Schlagfertigkeit offenbar irgendwo zwischen Pfingstrose und Magnolie verloren und weiß nichts hinzuzufügen, was meine Bemerkung noch retten könnte.

»Ah, also auch ein armer, einsamer Single wie ich, der in seiner Freizeit nichts Besseres zu tun weiß, als auf der Arbeit herumzuhängen.«

»Na ja, so ähnlich.« Ich zucke mit den Schultern und überlege, was in aller Welt ich sagen kann. Etwas Lustiges, Sympathisches, was unser Gespräch wieder ins Rollen bringt.

Doch das ist nicht nötig, weil in diesem Moment jemand meinen Namen ruft: »Chrysantha, wo ... ach, Gott sei Dank, ich dachte schon, du wärst ... oh.« Meine Mutter hat Amandus entdeckt und bleibt mit einem guten Meter Abstand auf dem Kiesweg stehen.

»Tut mir leid, ich wollte eigentlich nur kurz durchatmen und ... irgendwie haben wir uns verquatscht.«

Meine Mutter steht immer noch mitten auf dem Kiesweg und wagt sich nicht näher. »Ich wollte euch auch gar nicht stören.«

Ich weiß nicht, ob es an ihrer entschuldigenden Miene liegt oder an dem, was Amandus mir über sie und den Postboten erzählt hat, aber mich überkommt so etwas wie Zuneigung und ich sage schnell: »Tust du gar nicht! Komm doch her und ... äh ... Amandus, meine Mutter ... meine Mutter, Amandus.«

»Wir sind Nachbarn«, erinnert Amandus mich.

Ach ja, richtig. Meine Güte, ich führe mich auf, als hätte ich den Verstand verloren.

»Herzlichen Glückwunsch zum Geburtstag übrigens«, wendet Amandus sich an meine Mutter.

»Danke!« Sie strahlt ihn an. »Kommst du dann auch auf eine Tasse Kaffee rüber? Chrysantha, und du hast auch noch gar keinen Kuchen probiert. Soll ich euch ...?«

»Das mache ich schon!«, unterbreche ich sie schnell. »Magst du Zitronenkuchen, Amandus? Ich kann uns zwei Stückchen organisieren, während du rüberkommst.«

»Klingt großartig.«

Das finde ich auch, aber statt das zu sagen, eile ich ins Haus und grinse dabei dämlich vor mich hin.

Kapitel 38 – Michelle

»Wer ist jetzt verrückt geworden, hm?«

»Das ist nicht besonders realistisch.«

Zum ersten Mal ignoriere ich Armins Stimme komplett. Ich höre sie immer noch, ich kann mir auch ganz genau vorstellen, wie seine Miene dabei aussieht, aber ich gebe mir alle Mühe, nicht die kleinste Reaktion darauf zu zeigen, während ich an seinem Schreibtisch sitze und wie eine Besessene tippe. Na gut, das klingt produktiver, als es wirklich ist. In Wahrheit tippe ich in einer Minute etwa genau so viel Text, wie ich in der nächsten wieder lösche.

»Schau mal, Michelle, aus so einer Schlacht können doch unmöglich alle Figuren unversehrt hervorgehen.«

Beinahe vergesse ich, Armin zu ignorieren, und sage: »Von wegen. Da drüben ist gerade eben erst ein Soldat gefallen.« Doch ich beiße mir im letzten Moment auf die Unterlippe und schweige.

»Und wenn du an den namenlosen Soldaten denkst, der eben seinen letzten Atemzug getan hat«, fährt Armin fort. »Der zählt nicht. Tote Statisten beweisen gar nichts.«

»Ich muss niemandem etwas beweisen.« Verärgert stoße ich die Luft aus, aber nun ist es zu spät und ich kann ebenso gut weiterreden. »Weder du noch ich werden je wieder ein Buch schreiben. Wir haben also nichts zu verlieren.«

»Außer unserer Glaubwürdigkeit.«

»Die kann mich ...«

»Du kannst Alan nicht überleben lassen. Das ganze Ende funktioniert nicht, wenn er nicht stirbt. Sein Tod dient ...«

»Oh, bitte keinem höheren Zweck!« Meine Stimme klingt ungewohnt höhnisch. »Dann heiligt der Zweck beim Schreiben die Mittel, ja? Beim Schreiben ist das ein *Plot*. Im wahren Leben nennt man es Mord. Übrigens auch das, was Gott gemacht hat, als er dich wie eine Schachfigur in diesen Unfall hineingeschoben hat. Verrätst du mir jetzt, welchem höheren Zweck *das* gedient haben soll?«

»Das weiß ich nicht, Michelle. Ich bin nicht Gott. Vielleicht gab es auch keinen höheren Zweck.«

»Ach, Überraschung! Dann war dein Tod also zu überhaupt nichts gut? Wer hätte das gedacht!«

Armin seufzt. »Das habe ich nicht gesagt. Ich bin ganz sicher, dass Gott auch daraus etwas Gutes entstehen lassen kann. Zum Beispiel hast du dich nie zuvor so mit meinem Glauben auseinandergesetzt und ...«

»Wenn das sein ... sein Plot war, sein Plan, dann ...« Ich klappe das Notebook zu, weil ich ohnehin nicht weiß, wie ich nach diesem Gespräch weiterschreiben soll. »... dann finde ich ihn schrecklich! Den Plan *und* Gott. Mir dich wegzunehmen, damit ich mich mit ihm auseinandersetze ... das wäre ...«

Ich komme nicht dazu zu sagen, wie schrecklich ich diesen Gedanken finde, denn in diesem Augenblick klingelt zwei Stockwerke unter mir das Telefon. Ich überlege aufzustehen, einfach nur, um diesem Gespräch zu entkommen, obwohl ich weiß, dass ich es auf keinen Fall nach unten schaffen werde, ehe der Anrufbeantworter anspringt. Aber ich rühre mich nicht vom Fleck. Mein ganzer Körper fühlt sich erschöpft an. Erschöpft und irgendwie leer. Ich lasse meine Stirn in die Handfläche sinken und schließe die Augen.

Das Klingeln im Erdgeschoss verstummt, der Anrufbeantworter hat übernommen.

»Vergiss es«, sage ich unterkühlt, ich weiß selbst nicht, ob zu Armin, zu unserem Telefon oder zu dem zusammengeklappten Notebook auf dem Schreibtisch. Nichts davon spielt mehr eine Rolle. Alles, was die zerbrochenen Stücke dessen, was ich früher einmal gewesen bin, nach Armins Tod noch irgendwie provisorisch zusammengehalten hat, ist weg. Das Manuskript, in das ich mich geflüchtet, in dem ich eine Aufgabe gefunden habe, werde ich nie beenden können. Und meine beste Freundin ignoriert mich und wird mir vielleicht nie verzeihen, was ich getan habe. Und nicht einmal Armin, der Rose immerhin erfunden hat, kann ich die Schuld dafür in die Schuhe schieben. Er hat nie gesagt, dass es sich bei Rose um eine Art Romanversion von Chrys handelt. Nein, ich selbst war es, die ihm diese Worte in einem unserer ausgedachten Gespräche in den Mund gelegt hat. Und ich selbst war es auch, die Chrys auf so unsensible Weise darauf angesprochen hat. Ausgerechnet sie – wo sie doch eine der wenigen Personen in meinem Leben war, die mich seit Armins Tod über Wasser gehalten haben, davor bewahrt haben, den Verstand zu verlieren. Sie, Beatrice und, so verrückt es klingt, Lara.

Und da weiß ich plötzlich, dass ich nicht einfach hier sitzen und darauf warten kann, dass mein Leben sich von allein wieder zu einem vollständigen Bild zusammensetzt. Ich bin es, die beginnen muss, die Scherben aufzusammeln, und sich an die mühsame Arbeit des Zusammenklebens machen muss. Und ich werde mit den Bruchstücken anfangen, die ich selbst angerichtet habe, weil das noch das Einfachste ist.

Mir dreht sich der Magen um, wenn ich daran denke, was diese vergleichsweise simple Aufgabe beinhaltet, und während ich vor Frau Walthers Tür stehe, hoffe ich inständig, dass ich nicht so grün im Gesicht bin, wie ich befürchte.

Bereitwillig händigt sie mir abermals den Autoschlüssel aus und öffnet mir die Tür zu Norberts Innenraum.

Ich stecke den Schlüssel ins Zündschloss und erwecke den alten Motor zum Leben. Und dann tue ich so, als wäre das hier meine erste Fahrstunde. Zuerst überlege ich, mir Armin als so eine Art Fahrlehrerersatz neben mir vorzustellen. Aber Armin will ich auf keinen Fall in einem Auto haben, schon gar nicht in einem, das ich mit meinen zitternden Händen fahre. So denke ich mir stattdessen eine völlig fiktive Figur aus, eine dauerwellentragende Fahrlehrerin mit rotem Lippenstift. Sie navigiert mich aus der Innenstadt hinaus und hält mich dazu an, in den vierten Gang zu schalten. Auf der B13 besteht sie darauf, dass ich wenigstens achtzig fahre, und in Ansbach lotst sie mich bis vor Chrys' Haustür.

Beim Aussteigen bin ich derart erleichtert, dass ich mir selbst sage, ich sollte vielleicht doch noch weitere Bücher nach *Neema* schreiben. Die Fantasie dafür scheine ich jedenfalls zu haben und meiner dauergewellten Fahrlehrerin könnte ich einen Gastauftritt in einem meiner zukünftigen Romane zugestehen.

Aber dann fällt mir ein, dass ich nicht einmal *Neema* zu Ende schreiben werde, und das holt mich auf den Boden der Tatsachen zurück.

Chrys' Wohnung befindet sich im dritten Stock eines Altbaus mit Sprossenfenstern und bröckeliger Fassade. Auch die weiße Eingangstür hätte dringend mal einen neuen Anstrich nötig. Ich drücke wiederholt den Klingelknopf, aber niemand meldet sich an der Sprechanlage oder lässt das erlösende Summen des Türöffners ertönen.

Irgendwie war ich darauf nicht gefasst. Dass Chrys meine Nummer auf dem Display sieht und meine Anrufe ignoriert, kann ich nachvollziehen. Aber ich bin wirklich fest davon ausgegangen, sie würde mir vorbehaltlos die Tür öffnen, wenn ich irgendwie nach Ansbach käme. Sie kann doch unmöglich damit gerechnet haben, dass ich hierherfahre. Schnell trete ich aus dem Hauseingang heraus und schaue an der Fassade nach oben. Ob sie mich durch das Wohnzimmerfenster gesehen hat und deshalb nicht öffnet? Aber die Vorhänge sind zugezogen und bewegungslos.

Ich starre noch einen Moment nach oben und schaue dann die Straße hinab. Norbert parkt keine zehn Meter weiter am Rand. Aber wenn ich es mir recht überlege, habe ich nirgendwo ein Motorrad gesehen.

Ich drehe mich um und suche die andere Straßenseite ab. Chrys' Ducati ist nicht da. Etwas Unnachgiebiges wickelt sich um meinen Brustkorb und schnürt mir die Luft ab. Seitdem Chrys am Donnerstagabend aus meinem Haus gestürmt und auf ihrem Motorrad davongerast ist, habe ich nichts mehr von ihr gehört. Kein einziges Lebenszeichen. Was, wenn ... oh Gott. Was, wenn sie meine Anrufe gar nicht ignoriert, sondern ihr etwas zugestoßen ist? So aufgebracht, wie sie war, braucht es doch nicht viel, um ein Straßenschild zu übersehen oder die Geschwindigkeit eines herannahenden Autos zu unterschätzen.

Mühsam dränge ich die aufkochende Panik in mir zurück. Sie geht nur auf meine schreckliche Erfahrung zurück. Abgesehen vom Fehlen ihres Motorrads und ihr selbst spricht überhaupt nichts dafür, dass Chrys etwas passiert sein könnte. Sie könnte ebenso gut auf der Arbeit sein. Es ist Sonntag, aber im Seniorenheim spielt das keine Rolle und Chrys bekommt als unverheiratete, kinderlose Frau besonders häufig die Schichten an den Wochenenden und Feiertagen ab.

Ich werde ihr einen Brief hierlassen. Wenn sie nach der Arbeit zurückkommt – und sie wird zurückkommen! –, wird sie ihn finden und lesen und sich bei mir melden. Denn egal, wie wütend Chrys auf mich ist, sie will sicher nicht, dass ich mir Sorgen mache.

Ich greife nach dem Notizbüchlein in meiner hinteren Hosentasche. Es ist da, wo es hingehört. Doch noch ehe ich es herausziehen kann, meldet sich mein Handy in der vorderen Tasche mit lautem Summen.

Ich weiß, dass es weder Heppenheimer noch der Verlag sein können, denn die haben nur meine Festnetznummer. Beim Blick auf das Display setzt mein Herz einen Schlag aus. Es ist Chrys. Sofort hebe ich ab.

»Chrys?« Eine Mischung aus Erleichterung, Wut, schlechtem Gewissen und dem Drang, sofort loszuheulen, durchströmt mich wie eine Flutwelle. Ich weiß gar nicht, was ich als Erstes sagen will, also probiere ich es mit allem auf einmal: »Ich bin so froh, dass du dich meldest! Dein Motorrad ist nicht da und ich dachte, dir ist vielleicht etwas passiert. Und es tut mir so leid. Alles. Das mit Rose und was ich gesagt habe. Du fehlst mir so und es ist alles so schrecklich und ich weiß nicht, wie ich das Manuskript beenden soll. Aber ich hätte dich niemals …« Meine Stimme quittiert ihren Dienst und ich muss husten, weil mein Hals mit einem Mal so eng geworden ist.

»Ja, ich bekomme eine Vorstellung davon, was Lara gemeint hat.« Im Gegensatz zu meinem Krächzen klingt Chrys' Stimme mal wieder wie das helle Klingeln von Weihnachtsglocken.

»Lara?«, krächze ich.

Chrys seufzt. »Sie hat mich gerade angerufen. Hat gemeint, dass du gestern irgendwie in einer ziemlich komischen Stimmung warst, sie dich zu Hause nicht erreicht und dass sie sich Sorgen macht.«

»Lara macht sich Sorgen … um mich?« Ich kann nicht mehr. Chrys' Stimme und die Tatsache, dass sie es ist, die mich angerufen hat, sind zu viel. Zittrig lasse ich mich auf die Steinstufen vor der weiß lackierten Eingangstür sinken und lehne mich an die Fassade.

»Mhm«, macht Chrys. »Michelle, ich … Es tut mir leid, dass ich einfach davongestürmt bin und dass ich deine Anrufe ignoriert hab. Ich war einfach …«

»… aufgebracht«, ergänze ich, weil Chrys nach Worten ringt. »Entrüstet, verärgert, empört …«

»Hast du das Synonymwörterbuch auswendig gelernt?« Sie kichert kurz, verstummt aber gleich wieder.

»Chrys, du hattest allen Grund dazu, wütend zu sein. Ich hätte dich nie …«

»… *bescheuert* wollte ich eigentlich sagen.« Sie schluckt hörbar. »Ich hab da etwas in den falschen Hals bekommen und na ja, ich schätze … Ich versuche einfach, mich geehrt zu fühlen, dass Armin mir eine Romanfigur gewidmet hat. Auch wenn es gewöhnungsbedürftig ist. Aber …« Wieder unterbricht sie sich und ich kann förmlich sehen, wie sie sich umschaut, als würden die richtigen Worte irgendwo über ihr herumfliegen. »... na ja, weißt du ... ich bin hingefahren.«

»Wohin?«, frage ich perplex.

»Zur Feier meiner Mutter. Du weißt schon, die lächerlich große Geburtstagsfeier, zu der sie mich eingeladen hat.« Chrys' Stimme klingt fest. Zu fest. Ich weiß, dass sie sich alle Mühe gibt, gefasst zu klingen. Als wäre all das keine große Sache. »Ich ... ich will mir doch nicht für den Rest meines Lebens vorwerfen lassen, dass ich nicht dort war. Oder es mir selbst vorwerfen. Na ja, jedenfalls ...«

»Das heißt, ihr habt euch jetzt doch noch versöhnt?«, frage ich dazwischen.

»Versöhnt? Hm, jedenfalls bin ich versöhnlich genug gestimmt, ihr nicht direkt an den Kopf zu werfen, dass Dahlia und Sylvester die beiden verzogensten Gören sind, die mir je untergekommen sind.« Sie lacht. »Wir haben ehrlich gesagt nicht über das gesprochen, was damals war. Ich kann nicht ... Wahrscheinlich ist es einfach noch zu früh. Aber vielleicht können wir irgendwie an dieser Stelle hier anknüpfen und ... weitermachen, verstehst du?«

Ich nicke, bis mir klar wird, dass Chrys die Bewegung durch das Telefon natürlich gar nicht sehen kann. »Das klingt gut«, sage ich schnell und dann schwappt die ganze Erleichterung darüber, dass Chrys mir nicht mehr böse ist, dass ich ihre Freundschaft doch nicht für immer verloren habe, aus mir heraus: »Bist du fertig mit der Arbeit? Ich stehe nämlich vor deiner Haustür und wir können uns in ein Café setzen und ... einfach quatschen.«

Chrys schweigt einen Moment und ich bin schon drauf und dran, mich für diesen Vorschlag zu entschuldigen. Offenbar geht so viel Freundschaftlichkeit und Unbekümmertheit dann für den Moment doch zu weit.

»Geht nicht«, murmelt Chrys schließlich. »Ich ... ich bin noch in Oberbayern.«

»Immer noch bei deiner Mutter? Aber es ist schon Abend und ... ist die Feier nicht längst vorbei?« Obwohl ich mich zusammenzureißen versuche, klingt meine Stimme selbst in meinen Ohren ziemlich fassungslos.

»Sie hat gefragt, ob ich nicht noch ein paar Tage bleiben will.« Ihre Stimme klingt beiläufig, aber weil ich Chrys einfach zu gut kenne, verrät sie sich durch das zunehmende Sprechtempo. Sie verschluckt einzelne Silben, so schnell fährt sie fort: »Die Gegend hier ist wahnsinnig schön. Ich hab richtig Urlaubsfeeling. Ich ... weißt du ... kann sein, dass ich in Zukunft öfter herkommen werde.«

»Ach ja?« Ich gebe es auf, höflich interessiert, statt komplett entgeistert klingen zu wollen. »Habt ihr so viel Nachholbedarf?«

Chrys lässt so etwas wie ein Schnauben vernehmen. Dann rückt sie in immer noch atemberaubendem Tempo heraus: »Meine Mutter hat einen Nachbarn. Einen sehr netten Nachbarn. Du würdest ihn mögen, Michelle! Amandus ist großartig. Er ist auch Altenpfleger. Und er fährt Motorrad, und zwar eine nagelneue Kawasaki Ninja, nicht so einen alten Gaul wie ich. Und vor allem ist er unverheiratet. Ach ja, und was fast noch besser ist: Er hat eine Tierhaarallergie. Flamingos haben zwar keine Haare, aber ... Na, jedenfalls hat er kein Haustier, vor allem keine zwanzig Katzen, und wir verstehen uns sehr gut.«

Während ihres gesamten Vortrags habe ich geschwiegen, doch nun platzt das Lachen über ihre Begeisterung förmlich aus mir heraus. »Ein Mann! Das hätte ich mir denken können, dass ein Mann dahintersteckt! Aber warte mal ... Hast du gesagt, er heißt *Amadeus*?«

»Amandus, nicht Amadeus! Ist das nicht ein *toller* Name?«, haucht Chrys. »So romantisch!«

»Oje, dich hat es ja schlimm erwischt!«

»Ich glaube schon«, flüstert Chrys und erinnert mich an ihr vierzehnjähriges Selbst, das zum allerersten Mal so richtig verliebt war. »Es wäre so schön, wenn du ihn kennenlernen könntest, Michelle. Wir könnten ... nicht unbedingt in den Zoo ... aber vielleicht irgendeinen anderen Ausflug machen. Damit du mir sagen kannst, ob ich spinne oder ob er wirklich so toll ist, wie ich glaube.«

»Das können wir machen.« Obwohl ich mich eben noch so elend gefühlt habe, muss ich schon wieder lachen. Chrys' übersprudelnder Enthusiasmus ist Balsam für mein aufgewühltes Herz.

Ihr selbst scheint ihr Begeisterungsausbruch allerdings langsam ein wenig peinlich zu sein, denn sie wechselt hastig das Thema: »Hast du vorhin gesagt, du stehst vor meiner Haustür?«

»Ähm ... ja. Ich fürchte, das tue ich.« Ich verdrehe meinen Hals und schaue an der Tür nach oben. »Um genau zu sein, sitze ich mittlerweile.«

Chrys zögert. »Wie bist du denn da hingekommen?«

»Mit Norbert.«

»Mit bitte wem?«

»Frau Walthers altem Golf«, erkläre ich. »Er heißt Norbert.«

Chrys schnaubt belustigt, fragt aber im nächsten Atemzug: »Ich dachte, deine Nachbarin fährt keine so weiten Strecken mehr?«

»Das tut sie auch nicht. Ich bin gefahren. Frau Walther hat mir Norbert geliehen.«

Am anderen Ende herrscht einige Sekunden lang Schweigen. »Du bist nach Ansbach gefahren«, stellt Chrys dann überflüssigerweise fest.

»Ja, das habe ich doch gerade gesagt.«

»Du bist meinetwegen nach Ansbach gefahren, obwohl du seit ... seit Monaten nicht mehr ... Oh Michelle, ich hab dich sehr lieb, weißt du das?«

»Ich ...« Ein Kloß bildet sich in meiner ohnehin engen Kehle. »Ich hab dich auch lieb, du verrücktes Huhn.«

Chrys macht ein Geräusch, das wie eine Mischung aus Lachen und Weinen klingt, und wechselt dann abermals das Thema, um von ihrer Verlegenheit abzulenken: »Also ... wenn du die Szene mit Rose und ihrem Vater schreibst ... Ich bin dafür, dass sie sich versöhnen.« Kurz denkt sie nach. »Jedenfalls so gut das eben nach allem, was war, geht. Bloß bitte nicht so rührselig von wegen ›Mir tut es leid‹ – ›Nein, mir tut es viel mehr leid, es war alles meine Schuld‹.« Chrys macht ein würgendes Geräusch, das mich zum Kichern bringt. »Und am Ende darf trotzdem nicht alles Friede, Freude, Eierkuchen sein. Gibt es in Neema überhaupt Eierkuchen?«

Damit ist mir das Lachen auch schon wieder vergangen. »Ich weiß nicht ... wahrscheinlich nicht.«

»Na, es darf jedenfalls nicht zu kitschig werden. Bei diesen rosaroten Happy Ends wird mir schlecht.«

Ich schlucke, weil mit einem Mal die ganze Traurigkeit und Wut wieder in mir hochsteigen. »Es wird ganz sicher nicht rosarot.«

»Ausgezeichnet«, sagt Chrys zufrieden und da kann ich nicht mehr an mich halten: »Alan stirbt.«

»Wie bitte?«

»Alan stirbt«, wiederhole ich. Meine Stimme klingt, als hätte jemand meine Stimmbänder zwischen zwei schwere Metallplatten gepresst. Ich weiß, dass Alan nur eine Romanfigur ist, doch er verkörpert die ganze Ungerechtigkeit, die Ohnmacht – alles, was mir seit Armins Tod schlaflose Nächte bereitet. Und ein kleiner Teil von mir glaubt, dass ich das, was geschehen ist, rückgängig machen kann, wenn ich Alan rette. Natürlich ist das lächerlich und das weiß ich selbst. Doch als Armin gestorben ist, konnte ich nicht diskutieren und feilschen und versuchen, den Lauf der Dinge zu ändern, das Unheil abzuwenden. Aber bei Alan kann ich das.

»Also, so habe ich das jetzt auch wieder nicht gemeint!«, murmelt Chrys betroffen. »Das ... Du willst doch nicht wirklich ...«

»Ich nicht.« Ich schlucke die Tränen hinunter. »Armin.«

»Sagt ... sagt er das?«

Ich bin ihr so dankbar, dass sie mich bisher trotz meines Eingeständnisses, mich mit Armin zu unterhalten, nicht für verrückt erklärt hat.

Wahrheitsgemäß antworte ich: »Es steht in seinem Notizbuch.« Ich umklammere das Handy an meinem Ohr fester und lasse meinen Kopf an die kühle Haustür hinter mir sinken.

Eine ganze Weile lang bleibt es still in der Leitung, nur um mich herum ist alles von den Geräuschen der Stadt erfüllt: fahrende Autos, die ich nicht sehen, sondern nur hören kann, irgendwo Hupen und einfach eine generelle Unruhe, die ich von Wolframs-Eschenbach nicht kenne. Dann plötzlich flüstert Chrys: »Irgendwie ergibt das Sinn.«

Mit allem habe ich gerechnet, aber nicht damit. »Sinn?«, echoe ich fassungslos. Von Chrys hätte ich eher so etwas wie »Spinnst du?« erwartet. Und genau das möchte ich jetzt am liebsten ihr an den Kopf werfen.

»Weißt du«, setzt sie zögerlich an, »ich glaube, Alan ist anders in diesen Kampf verwickelt als die anderen. Die meisten davon sind nur bezahlte Soldaten. Pflichtbewusst, klar, aber ... Alan ist mit ganzem Herzen dabei. Vielleicht weil er es sich selbst immer noch vorwirft, dass er Eli verleugnet hat.«

»Aber das hat Eli ihm doch längst verziehen!«, protestiere ich.

»Eli schon. Aber er sich selbst nicht«, erklärt Chrys weise. »Ich könnte mir vorstellen, dass er Eli oder sich selbst oder einfach allen beweisen will, dass er wirklich hinter Eli steht. Dass er alles gibt für ihn und sein Königreich. Eben auch sein Leben.«

»Das klingt ...« Eigentlich will ich »grauenhaft« sagen, aber in meinen Gedanken sehe ich Alan kämpfen. Mit zwei Feinden auf einmal. Die dunklen Locken sind schweißgetränkt, sein Gesicht verbissen. Eli ist eben erst zurückgekehrt und kämpft an seiner Seite. Alan wirft ihm einen Blick zu. Ihm, seinem Freund, dem Prinzen, seinem zukünftigen König. Und in seinen Augen sehe ich keine Angst, sondern Stolz. Alan ist stolz, an Elis Seite zu kämpfen, für seine Sache sein Leben zu riskieren. Ein blutbeschmierter Krieger auf einem Pferd bahnt sich im wilden Galopp einen Weg zu Eli durch. Keinen Moment lang wendet er den Blick von ihm ab. In seiner Hand schwingt er ein Schwert. Eli sieht es nicht. Er ist zu beschäftigt damit, die Schwerthiebe seines Gegners zu parieren. Aber Alan sieht es. Sein Gesicht verzieht sich vor wilder Entschlossenheit und ...

Die Szene spielt sich vor meinen Augen ab wie ein Film. Aber ich will sie nicht sehen. Hastig richte ich mich auf und zwinge mich, die imaginäre Stopptaste zu drücken. Ich will nicht darüber nachdenken, wie logisch diese Wendung ist, wie naheliegend. »Lass uns lieber wieder über Rose reden«, sage ich schnell.

»Sie wird sehr traurig sein, dass Alan tot ist.« Chrys' Stimme klingt ebenfalls sehr traurig. »Gut, dass sie sich vorher wenigstens mit ihrem Vater versöhnt.«

»Ich hab mir überlegt ... Ein anderer Soldat draußen an der Grenze könnte ihr erzählen, dass ihr Vater sie gar nicht rein zufällig gefunden hat.« Ich rede schnell und schiebe dabei den Gedanken an Alan und seinen Kampf an Elis Seite so weit von mir weg wie nur irgendwie möglich. »Er hat jeden Abend seine Runde zum Ausguck gemacht, um nach ihr Ausschau zu halten. Weil er immer gehofft hat, sie würde irgendwann kommen, um sich mit ihm auszusprechen.«

Am anderen Ende der Leitung herrscht bleierne Stille.

»Chrys? Bist du noch da?«

»Ja.« Ihre Stimme klingt erstickt. »Ich ... Amandus hat gesagt, jedes Mal, wenn meine Mutter mir geschrieben hatte, hat sie danach tagelang den Postboten abgefangen, weil sie auf eine Antwort von mir gehofft hat. Er hat sie jeden Morgen gesehen, wenn er auf dem Weg zur Arbeit war.«

»Oh Chrys, das ist ...«

Chrys atmet zittrig ein und aus. »Mach mir bloß kein schlechtes Gewissen«, schnieft sie. »Das hab ich schon. Ich hatte keine Ahnung, dass ihr das so wichtig war. Dass *ich* ihr trotz allem noch so wichtig war.«

Heftig stoße ich die für einen Moment angehaltene Luft aus. »Das ist die Allegorie.«

»Wie bitte?«

»Das ist sie. Du wolltest doch wissen, wofür Rose steht, weißt du noch? Sie ist der verlorene Sohn. Oder vielmehr die verlorene Tochter.« Ich weiß, Armin könnte es besser sagen, aber ich versuche es trotzdem: »Gott wartet sehnsüchtig auf jedes seiner Kinder, das zu ihm zurückkommt. So wie der Vater im Gleichnis, der auf der Türschwelle steht. Oder wie Rose' Vater, der nach ihr Ausschau hält. Oder deine Mutter, die den Postboten belagert. Das ... das ist doch irgendwie ein schöner Gedanke. Dass Gott auch so viel an uns liegt. Chrys ... Ich glaube, ich muss jetzt Schluss machen.«

»Jetzt schon?«, fragt Chrys wie vor den Kopf gestoßen. »Oh, bitte sei mir nicht mehr böse, dass ich ...«

»Quatsch.« Meine Knie sind immer noch ganz weich, aber als ich mich auf den Weg zu Norbert mache, stelle ich zufrieden fest, dass sie mich tragen. »Ich bin dir nicht böse. Aber ich muss sofort nach Hause und diese Szene zu Papier bringen. Rose spricht mit mir.«

»Du wirst jetzt aber nicht verrückt, oder?«

»Nicht verrückter als Armin.«

Chrys lacht schnaubend. »Wie beruhigend.«

Wenn sie hier wäre, würde ich sie jetzt in die Seite knuffen. Oder ihr wie ein Kleinkind die Zunge herausstrecken. »Du schreibst mir, wie es mit Amandus weitergeht, ja? Und ich schreibe jetzt diese Szene.«

»Alles klar. Fahr vorsichtig. Und grüß Rose von mir, ja? Ich mag sie immer noch am liebsten, auch wenn ... Grüß sie jedenfalls von mir.«

Ich grinse und suche mit der freien Hand nach dem Autoschlüssel. »Wer ist jetzt verrückt geworden, hm?«

Noch nie habe ich so geschrieben. Meine Hände fliegen regelrecht über die Tastatur und zum ersten Mal bekomme ich eine

Vorstellung davon, was es mit diesem Gefühl auf sich hat, das Armin *Flow* nannte. Ich kann gar nicht so schnell tippen, wie die Sätze sich in meinem Kopf bilden. Nur gelegentlich unterbreche ich mich, um mir mit dem Handrücken über die Augen zu wischen.

Rose irrt nahe der Landesgrenze umher und wird von einigen jungen Soldaten aufgegriffen. Zuerst ist sie ihnen dankbar, doch schon bald stellt sich heraus, dass die drei jungen Männer eine Gegenleistung für ihre Hilfe fordern. Einer von ihnen wird besonders zudringlich. Als Rose ihn abblitzen lässt, packen die anderen beiden sie grob. Eine junge Frau, erklärt einer von ihnen unter dem höhnischen Gelächter seiner Kumpane, wolle es doch nicht anders, wenn sie sich alleine hier draußen herumtreibe. Rose will sich losreißen, aber natürlich ist jeder einzelne der Männer stärker als sie. Gegen drei von ihnen hat sie keine Chance. Sie fällt auf den staubigen Wüstenboden. Über ihr Flehen lachen die drei Männer nur. Doch in diesem Augenblick taucht ein älterer Soldat auf. Er hat von Weitem gesehen, was vor sich geht, und ist gekommen, so schnell er konnte. Gerade noch rechtzeitig weist er die jungen Männer in ihre Schranken und hilft Rose auf die Beine.

Eine Weile stehen die beiden sich sprachlos gegenüber. Dann sagt er: »Ich wusste, dass du eines Tages kommen würdest.« Und er umarmt seine verloren geglaubte Tochter. Er nimmt sie mit ins Lager und sie sprechen bei einer Tasse über dem offenen Feuer zubereitetem Tee über vieles. Ganz sicher nicht über alles, aber über die Dinge, die in diesem Moment von Bedeutung sind. Rose offenbart ihrem Vater, dass sie keine Ahnung hatte, dass er genau hier stationiert wurde, dass sie aus einem ganz anderen Grund hier ist. Sie erfährt, dass er jeden Tag nach ihr Ausschau gehalten hat. Dass seine Hoffnung, sie würde eines Tages zu ihm kommen, ihr nun vielleicht das Leben gerettet hat.

»Du hast es gewusst, oder?« Ich schniefe und wische mir abermals die Tränen aus dem Gesicht.

»Dass Chrys sich mit ihrer Mutter aussprechen würde?«, fragt

Armins Stimme. »Nein, das wusste ich nicht. Aber ich habe gehofft, dass sie es vielleicht schafft, ihr zu vergeben.«

»Und dann lernt sie als Sahnehäubchen auch noch einen Mann kennen.« Trotz meiner Tränen muss ich lachen. »Ich hoffe nur, dass es dieses Mal wirklich ein anständiger Kerl ist.«

»Nicht einmal Chrys kann immer nur Pech mit den Männern haben«, meint Armin zuversichtlich. »Ich glaube, es ist ein gutes Zeichen, dass sie ihn dir vorstellen will.«

Ich nicke. Eine Weile schweige ich, aber dann beschließe ich, meine zwiespältigen Gedanken einfach in Worte zu fassen, weil ich Armin eigentlich schon immer alles sagen konnte. »Ich weiß trotzdem nicht, ob es richtig war, so viel von Chrys' Leben in dein Buch zu packen. Du hättest sie wenigstens um Erlaubnis fragen können.«

Ich erwarte, dass Armin sich verteidigt, aber das tut er nicht. Im Gegenteil: »Wahrscheinlich hätte ich das machen sollen, ja. Ich habe nicht gewollt, dass ihr deshalb streitet.«

»Was, wenn du in Bezug auf deinen Plan für Alan auch einen Fehler gemacht hast?«

Armin antwortet nicht sofort. Er atmet geräuschvoll ein und aus, als falle ihm das, was er gleich sagen wird, selbst nicht leicht. »Das tue ich nicht. Und du weißt es selbst. Du hast die richtige Szene schon im Kopf und ich weiß, dass du sie wunderbar schreiben wirst.«

»Aber ich habe Angst.«

»Angst vor einer Geschichte? Du weißt, dass nichts davon echt ist, oder?«

Armin versucht, mich zu necken, doch mir ist nicht danach zumute. »Angst, was diese Szene in mir auslösen wird! Ich ... Armin, ich bin noch nicht bereit, über den Tod zu schreiben. Ich will noch nicht einmal darüber nachdenken.«

»Aber genau deshalb kannst du es«, sagt er sanft. »Du kannst es viel besser, als ich es hätte schreiben können. Weil du weißt, wovon du sprichst.«

Ich presse die Lippen zusammen und schüttle den Kopf, aber Armin fährt fort: »Vertrau mir, Michelle. Das Ende der Geschichte wird perfekt sein. Nicht auf eine ... Wie hat Chrys es genannt? Nicht auf eine rosarote Art, sondern auf eine menschliche, eine wirkliche Weise. Du wirst schon sehen.«

»Armin?« Ich schlucke. »Darf ich dich was fragen?«

»Natürlich.«

»Ohne dass du dich in Luft auflöst?«

»Ich bleibe, solange du mich brauchst«, versichert er. »Keine Frage der Welt kann das ändern.«

Ich nicke, bin aber nicht wirklich beruhigt, weil ich weiß, dass ich mich mit dieser speziellen in den Bereich begebe, der eigentlich tabu ist, weil ich die Antwort darauf schlicht und einfach nicht kenne und mein Unterbewusstsein Armin deshalb nur das sagen lassen kann, was es sich selbst zusammenreimt.

»Hat Gott so auf dich gewartet wie der Vater im Gleichnis ... da, wo du jetzt bist?«

»Ja und nein.«

Ich schnaube unwillig. »Was ist das denn bitte für eine Antwort?«

»Du hast die Allegorie falsch verstanden.«

»Ach ja? Jetzt wo ich endlich dachte, es kapiert zu haben, sagst du mir das?« Ich versuche zu lachen, aber es frustriert mich tatsächlich. Ich wünschte, Armin wäre wirklich und wahrhaftig hier und könnte es mir erklären. Der echte Armin, nicht sein Abbild.

»Du hast die Zusammenhänge erkannt. Chrys und ihre Mutter. Rose und ihr Vater. Der verlorene Sohn und der barmherzige Vater«, fasst Armin zusammen. »Und dass diese Beispiele uns einen winzigen Blick darauf gewähren, wie Gott ist. Wie ein liebender Vater, der uns mit offenen Armen empfängt.«

Ich nicke ungeduldig.

»Aber was das Heimkommen betrifft, bist du auf dem Holzweg«, fährt Armin fort. »Damit ist nicht der Tod gemeint.«

»Sondern?«

»Denk nach«, fordert Armin und zum ersten Mal denke ich, dass der echte Armin das nicht sagen würde. Er würde mir einfach die Antworten geben, die ich so dringend haben will. Er wäre froh, dass ich mich endlich für seinen Glauben und Gott interessiere, und würde sich nicht mit Rätselraten aufhalten.

»Also nicht sterben«, tue ich ihm jedoch den Gefallen und denke laut nach. »Sondern ... zu ihm gehen. Ist das diese Umkehrgeschichte? Wie beim verlorenen Schaf?«

Armin sagt nichts, aber ich kann mir vorstellen, wie er nickt und ermutigend lächelt, damit ich weiterspreche.

Ich seufze. »Wir sind die Schafe ... nein, die Kinder. Wir sind verloren und kommen nach Hause. Aber du meinst nicht den Tod, sondern ... wenn wir einfach so zu Gott kommen?«

»*Du* bist die verlorene Tochter. Wie Chrys. Wie Rose. Du lebst dein Leben mit allen Höhen und Tiefen und die ganze Zeit wartet Gott darauf, dass du zu ihm kommst. Er steht vor der Tür und hält Ausschau nach dir. Alles, was du tun musst, ist hinzugehen. Er wird dich mit offenen Armen empfangen.«

»Und wie geht man zu Gott hin ... ohne zu sterben?«

»So wie ich es gemacht habe. Jeden Tag.«

Ich blase die Luft aus den Backen und stelle mir Armin vor. Armin, wenn wir gemeinsam in den Gottesdienst gegangen sind. Wenn er neben mir in der Kirchenbank saß, schien er manchmal weit weg. Während ich Gebete aufsagte wie Gedichte, wirkte er vertieft. Bei der Predigt, wenn ich mich um eine fromme Miene und gelegentliches Nicken bemühte, huschten Anflüge der unterschiedlichsten Emotionen über sein Gesicht. Und bei den Liedern, die ich mitzusingen versuchte, ob ich sie nun kannte oder nicht und ob sie nun eine Oktave zu hoch für mich waren oder nicht, sang er das eine Mal im brummigsten Bass und tiefster Inbrunst mit, während er beim nächsten Mal ganz versunken dasaß und höchstens ein wenig mitmurmelte.

Nach dem Gottesdienst, wenn meine Gedanken sich längst um das Mittagessen drehten, umgab Armin stets ein tiefer Friede. Eine Feierlichkeit, die nicht gespielt sein konnte. Und ich habe mich oft gefragt, woher er die genommen hat.

»Es war echt«, fasse ich meine Gedanken ziemlich armselig zusammen. »Für dich war Gott ein echtes Gegenüber. Mit dem du reden konntest. Nicht wie mit deinen Romanfiguren, sondern eher so ... wie mit mir.«

Armins Stimme höre ich das Lächeln an: »Das ist er. Und du kannst es auch. Mit ihm sprechen. Nach Hause kommen. Er wartet jeden Tag auf dich.«

Ich nicke, aber durch meine geschlossenen Lider tropfen die ersten Tränen. »Und du?«, frage ich leise.

»Ich warte auch auf dich. Am Ende, wenn du ganz nach Hause kommst. In hoffentlich einer ganzen Menge von Jahren.«

Kapitel 39 – Michelle

»Ich werde dich vermissen.«

In dieser Nacht träume ich, ich wäre nicht zu spät gekommen. In meinem Traum erreiche ich das Krankenhaus und werde zu Armin gebracht, der am Leben ist und wunderbar unverletzt in einem Klinikbett liegt.

»Da bist du«, begrüßt er mich und ich stürze an seine Seite, vergrabe das Gesicht an seiner Brust und weine in sein grauenhaftes Lieblingshemd in Holzfälleroptik, das er in Wahrheit auf meine Bitten hin nur zu Hause und niemals in der Öffentlichkeit getragen hat. Deshalb weiß ich auch, dass ich träume, obwohl Armins Wärme, das vertraute Heben und Senken seines Brustkorbs unter meiner Wange und das Kratzen seines Barts, als er sich vorlehnt und mir einen Kuss auf die Stirn gibt, sich so echt anfühlen.

»Ich bin froh, dass du da bist«, flüstert er in mein Haar. »Es gibt so vieles, was ich dir noch sagen muss.«

»Es ist okay. Wir haben alle Zeit der Welt. Du lebst, du bist in Ordnung.« Ich hebe den Kopf und sehe in sein bärtiges Gesicht, in dem ich jede einzelne Lachfalte kenne. Doch Armin lächelt nicht. In seinen Augen liegt tiefes Bedauern.

»Wir haben nur diesen Moment.«

Ich will ihm widersprechen, doch Armin schüttelt den Kopf und umfasst mein Gesicht mit beiden Händen.

»Michelle, ich weiß, dass du stark bist. Und du wirst es sein müssen. Aber ich weiß, dass du es kannst. Du kannst mein Manuskript zu Ende schreiben mit allem, was zu diesem Ende gehört. Und anschließend kannst du dein Leben weiterleben. Zuerst wird es schwer sein, aber mit jedem Tag wird es leichter werden. Bis es eines Tages normal ist, dass du es ohne mich lebst.«

»Aber das will ich nicht!« Ich befreie mich aus seinem liebevollen Griff und vergrabe das Gesicht wieder in seinem grässlichen Lieblingshemd. »Ich will nicht ohne dich leben. Sag das alles nicht! Du bist hier, es geht dir gut!«

Aber als ich den Kopf hebe, um Armin anzusehen, weiß ich, dass es nicht stimmt. Ein Verband umschlingt seine Stirn, an seiner Schläfe hat sich bereits ein dunkler Blutfleck gebildet. In seinen Augen schwimmen Tränen.

»Ich liebe dich, Michelle. Ich habe dich geliebt, seit du damals in diese Buchhandlung geschneit bist und dachtest, ich wäre der Verkäufer.«

Ich würde lachen, wenn Armins trauriger Blick und der wachsende Blutfleck mir nicht solche Angst machen würden. »Ich hab dich gefragt, was das für eine Lesung ist, für die draußen die Plakate hängen. Und ob der Autor so schlecht ist, weil fast alle Plätze noch leer waren.«

Armin lächelt und streicht mir eine Haarsträhne aus dem Gesicht. Seine Hand ist warm und am liebsten würde ich sie festhalten und an meine Wange pressen. »Ich habe dir geraten, dir einfach selbst ein Bild zu machen. Also hast du dich in die erste Reihe gesetzt, um dir die Lesung anzuhören. Ich glaube, du hast deine Platzwahl sehr bereut, als ich ans Mikrofon getreten bin und mich vorgestellt habe.«

Ich lache zittrig und will mich vorlehnen, um Armin zu küssen, doch er hält mich fest. »An diesem Tag habe ich mich in dich verliebt«, flüstert er rau. »Deshalb habe ich beim Signieren meine Nummer in dein Buch geschrieben. Und ich hoffe ... Ich hoffe, du bereust nicht, sie gewählt zu haben, jetzt wo du weißt, wie unsere Geschichte geendet hat.«

Ich schüttle den Kopf und zwinge die Tränen zurück, damit sie mir nicht den Blick auf Armin verschleiern. Trotz des Verbands, trotz des Blutflecks ist sein Anblick so vertraut und wundervoll, dass ich nicht einmal blinzeln will aus Angst, auch nur eine Sekunde zu verpassen. »Ich werde es nie bereuen. Und die

Geschichte ist noch nicht zu Ende«, wispere ich und endlich zieht Armin mich zu sich, damit ich ihn küssen kann. Seine Lippen sind warm und weich, sein Bart kitzelt, so wie er es immer getan hat, weil er ihn nicht einmal mir zuliebe abrasieren wollte. Wir küssen uns, als ob es kein Morgen gäbe, und dann vergrabe ich mein Gesicht wieder in Armins Hemd, atme seinen Duft ein und spüre seinen gleichmäßigen Atem, bis er langsamer wird, weniger wird und versiegt.

Dann wache ich auf.

Armins vertrauter Geruch scheint noch in der Luft zu liegen und der bedauernde Ausdruck in seinen schokoladenbraunen Augen hat sich in meine Netzhaut gebrannt.

Meine Brust fühlt sich eng an, wie zugeschnürt. Ich räuspere mich und öffne den Mund, um Armin anzusprechen, nur um zu sehen, ob er noch antwortet, ob das lieb gewonnene Echo seiner Stimme noch da ist. Er hat versprochen zu bleiben, solange ich ihn brauche. Aber was, wenn er der Meinung ist, dass ich nun allein zurechtkomme? Was eigentlich bedeutet, dass ich dieser Meinung sein müsste. Und das bin ich ganz und gar nicht. Ich bin nicht bereit, Armin gehen zu lassen. Nicht so, nicht jetzt, nachdem ich seine schreckliche Notiz gefunden habe und immer noch mit mir selbst ringe, wie ich sein Buch zu Ende bringen soll.

»Bist du …?«, setze ich an, verstumme jedoch schnell wieder. Auch für das Gefühl der Bodenlosigkeit, das mich überkommen wird, sollte ich Armins Antwort nicht erahnen können, bin ich noch nicht bereit. Also schweige ich lieber und zwinge mich, aus dem Bett zu klettern. Allein der Gedanke, meine Zähne zu putzen, mich zu waschen und anzuziehen, treibt mich beinahe wieder in die schützenden Kissen zurück. Ich weiß nach diesem Traum nicht, woher ich die Kraft dafür nehmen soll. Doch dann zieht mich etwas wie eine magnetische Kraft hinüber in meinen begehbaren Kleiderschrank.

Im Schlafanzug bahne ich mir einen Weg an herumliegenden Schuhen und anderem Kram vorbei zu Armins Kommode. Es ist die unterste Schublade. Ich ziehe sie auf und da liegt es, so grässlich wie eh und je. Armins Lieblingshemd in knallroter, nein, fast pinkfarbener Holzfälleroptik. Ein Knopf fehlt, weil ich mir nie die Zeit genommen habe, ihn anzunähen in der Hoffnung, dass Armin das schreckliche Ding endlich entsorgen würde.

Natürlich hätte er es niemals zu einem Termin mit einem Bibelforscher angezogen, schon allein, weil er wusste, wie fürchterlich ich es fand. Aber vielleicht hätte er es anschließend zu Hause angezogen, hätte sein unbequemes Slim-Fit-Hemd gegen das ausgeleierte Holzfällerhemd eingetauscht und ich hätte es wie immer gehasst.

Und mit einem Mal finde ich den Gedanken, dass er es nie wieder tragen wird, entsetzlich traurig.

»Du armes Ding.« Ich strecke die Hand nach dem Hemd aus und berühre den karierten Stoff. Er ist weich und elastisch. Bestimmt ist das hässliche Teil unheimlich bequem. Aus irgendeinem Grund hat Armin es immerhin geliebt. »Du musst nicht in der Schublade vergammeln«, versichere ich dem schrecklichen Hemd, falte es auseinander und ziehe es mir kurzerhand über den Kopf. Es ist viel zu groß und beißt sich entsetzlich mit meiner lilafarbenen Schlafanzughose. Aber es ist wirklich gemütlich und noch dazu angenehm warm.

In diesem Aufzug gehe ich hinunter in die Küche und bin gerade dabei, mir einen Kaffee zu machen, als es an der Tür klingelt. Ich erwarte niemanden und habe auch nichts bestellt, was der Postbote zur Tür bringen müsste. Aber vielleicht ist es Frau Walther, die fragen will, ob ich sie noch einmal ins Brückencenter nach Ansbach begleite, oder mich daran erinnern möchte, dass die schwarze Tonne heute rausgestellt werden muss.

Mit meiner Kaffeetasse in der Hand gehe ich zur Tür, vor der nicht Frau Walther, sondern meine Mutter steht. Sie fasst sich ans Herz, als sie mich sieht.

»Himmel, Michelle, wie siehst du denn aus?« Hastig schiebt sie mich ins Haus zurück und zieht hinter uns die Tür zu. »Du hast aber nicht vor, dich so in der Öffentlichkeit zu zeigen, oder?«

»Das ist mein Schlafanzug. Mit dem gehe ich normalerweise eigentlich nicht aus dem Haus.«

»Dem Himmel sei Dank.« Sie mustert das Holzfällerhemd. »Diese Farbe ... Ich habe noch nie etwas so Geschmackloses gesehen, vor allem nicht an einer frisch verwitweten Frau. Wenn deine Nachbarn das sehen, werden sie denken, du trauerst gar nicht um deinen Mann.«

Ich schlinge meinen freien Arm um meinen Oberkörper, als müsste ich das Hemd vor ihren Blicken schützen. Die Kaffeetasse in meiner anderen Hand zittert gefährlich. Aber ich bringe es nicht über mich, meiner Mutter zu erklären, dass es Armins Hemd ist und dass ich es trage, *weil* ich um ihn trauere. Weil ich von ihm geträumt habe und seinen Anblick in diesem schrecklichen Hemd so vermisse. Wenn ich all das in Worte zu fassen versuche, fließen nur wieder die Tränen. Und meine Mutter ist nicht der Typ, der mir dann eine Tasse heiße Schokolade mit Minimarshmallows macht und es damit gut sein lässt. Sie würde ein unglaubliches Theater machen und mich aufs Sofa verfrachten, von dem ich dann den restlichen Tag nicht mehr aufstehen dürfte, weil ich mich und mein angeschlagenes Gemüt ja schonen muss.

»Was willst du hier?«, frage ich, und weil mir im nächsten Moment klar wird, wie unfreundlich das klingt, füge ich schnell noch hinzu: »Ich wusste nicht, dass du kommst. Wenn du magst, können wir miteinander frühstücken. Ich kann frische Semmeln beim Bäcker holen. Natürlich würde ich mir vorher etwas anderes anziehen.«

Sofort versöhnt tätschelt meine Mutter mir den Arm. »Aber nicht doch. Ich bin doch nicht gekommen, um dir Arbeit zu machen, sondern um dir welche abzunehmen! Trink du deinen Kaffee und ich putze in der Zwischenzeit.«

»Ich habe erst am Freitag geputzt«, protestiere ich. Ich habe sogar um sechs Uhr morgens die Böden gewischt, während Andy das Dach fertiggestellt hat, weil ich wollte, dass alles sauber und ordentlich ist, wenn Caroline bei mir übernachtet.

»Natürlich hast du das, Liebes.« Damit schiebt sie sich an mir vorbei und beginnt, meine Putzsachen aus dem Schrank zu räumen.

Nur weil ich weiß, dass es keinen Sinn hat, mit ihr zu streiten, versuche ich gar nicht erst, sie aufzuhalten, sondern umklammere meine Kaffeetasse und gehe nach oben in Armins Arbeitszimmer unter dem Dach. Da bin ich wenigstens aus dem Weg und laufe nicht Gefahr, irgendetwas Unfreundliches zu sagen, was ich später bereue.

Soll sie doch den sauberen Boden wischen. Ich beschließe, die Zeit wenigstens sinnvoll zu nutzen, fahre das Notebook hoch und öffne *Neema – Die Heimkehr des Bräutigams*. Besonders viel Sinnvolles kann ich mit dem Manuskript aber nicht anfangen. Ich korrigiere ein paar Tippfehler in der neuen Szene über die Versöhnung von Rose und ihrem Vater. Dann trommle ich unschlüssig auf dem Mauspad herum. Es gibt nur noch zwei Szenen, die ich schreiben muss: das Ende der alles entscheidenden Schlacht, inmitten derer Eli zurückkehrt und die Alan nicht überleben wird, und den bittersüßen Epilog, wenn Eli sein Königreich und seine Braut wiederhat, seinen besten Freund aber nicht mehr an seiner Seite.

Ich weiß, dass ich es nicht ewig aufschieben kann. Der vereinbarte Abgabetermin rückt näher und ich muss das komplette Manuskript vorher noch überarbeiten – ganz besonders die ersten Szenen, die ich selbst geschrieben habe. Aber nach dem Traum von Armin bin ich viel zu aufgewühlt, um mich dieser Herausforderung jetzt zu stellen.

So klappe ich das Notebook schließlich wieder zu und steige die halsbrecherische Stiege hinunter, um zu sehen, ob meine Mutter ihre Putzorgie schon beendet hat. Immerhin scheint sie mittlerweile ins Obergeschoss vorgedrungen zu sein, denn ich höre sie im Badezimmer werkeln.

Tief atme ich ein und aus, dann öffne ich die Tür, um sie zu fragen, ob ich ihr wenigstens helfen darf, damit diese Aktion schneller zu Ende ist. Gerade reinigt sie die Fugen zwischen den Fliesen mit einer Flaschenbürste – etwas, was ich in meinem ganzen Leben noch nicht getan habe. Muss man das etwa? Werden solche Fugen dreckig? Setzt sich Staub darin ab? Ich schüttle innerlich den Kopf über diese Überlegungen.

»Mit Scheuermilch würde das viel leichter gehen«, eröffnet meine Mutter mir, als ich hereinkomme. Sie blickt dabei nicht von ihrer Arbeit auf. »Und Spiritus hast du auch immer noch nicht im Haus. Nächstes Mal bringe ich welchen mit und nehme mir deine Fenster vor. Diesen entsetzlichen schwarzen Fleck auf deinem Spiegel habe ich kaum wegbekommen.«

»Schwarzen Fleck«, echoe ich und spüre gleichzeitig Panik in mir aufsteigen.

»Ein schwarzer Film, den offenbar irgendjemand notdürftig verwischt hat. Es sah aus wie Wimperntusche.«

»Ja, ich bin mit der Mascarabürste abgerutscht«, sage ich. Noch immer kann ich mir nicht erklären, warum sich das dumpfe Gefühl von Übelkeit in mir ausbreitet. Mein Blick fällt auf den glänzend sauberen Spiegel und ich ziehe mit einem erstickten Laut die Luft ein. »Du hast den Spiegel geputzt.«

»Natürlich habe ich den Spiegel geputzt! Er sah schrecklich aus.«

»Du hast den Spiegel geputzt!« Ich brülle die Worte dieses Mal so laut, dass meine Mutter endlich ihre Tätigkeit unterbricht und mich entsetzt ansieht. »Du hast Armins Nachricht weggewischt! Du hast sie weggewischt! Seine letzten Worte an mich ... seine Handschrift ... sein Andenken ...« Obwohl ich mir die Hand auf den Mund presse, brechen unkontrollierte Schluchzer aus mir heraus. Armins Nachricht ist weg. Sie ist so unwiderruflich ausgelöscht wie er selbst und nichts auf der Welt wird sie mir jemals in meinem ganzen Leben wieder zurückbringen. Das ist kein Buch, bei dem man zurückblättern, kein Computerspiel, das man resetten und auch kein Film, den man zurückspulen könnte. Es gibt keinen Weg zurück, nichts, was Armins Nachricht wieder an den Spiegel bringen könnte, denn er ist nicht mehr da, um sie von Neuem zu schreiben. Und auch das wird sich niemals mehr ändern. Die Worte »für immer« haben eine völlig neue und zerstörerische Bedeutung bekommen.

»Michelle, Liebes, ich hatte doch keine Ahnung.« Meine Mutter kniet neben mir auf dem Badezimmerboden, auf dem ich mich zusammenkauere, um das Schluchzen unter Kontrolle zu bekommen. Offenbar hat sie meinen zwischen Schluchzern herausgepressten Worten genug Sinn entnommen, um zu begreifen, was sie da samt der Mascaraspur weggeschrubbt hat. »Es tut mir schrecklich leid, Michelle. Ich wusste doch wirklich nicht ... Es ist schon in Ordnung.« Sie zieht mich in ihre Arme, wie sie es nicht mehr getan hat, seit ich ein kleines Mädchen war, und ich weine und schluchze, während mir der Geruch verschiedener Reinigungsmittel in der Nase brennt und der Fliesenboden unter mir langsam seine Kälte an meinen Körper abgibt und ihn zum Zittern bringt.

Das scheint auch meine Mutter zu bemerken, denn sie hievt mich irgendwann in eine stehende Position und sagt: »Lass uns nach unten gehen, Liebes. Einen heißen Tee trinken und uns ins Wohnzimmer setzen. Dann können wir reden.«

»Ich will nicht reden.«

»Dann reden wir nicht, sondern setzen uns einfach ...«

»Ich will zum Friedhof gehen.« Ich wische mir mit dem Ärmel von Armins Holzfällerhemd über die tränennassen Wangen. Ich muss schrecklich verquollen und zerzaust aussehen. Beinahe erwarte ich, dass meine Mutter sagt, ich solle mich zuerst beruhigen, ehe ich aus dem Haus gehe. Vielleicht ein Bad nehmen oder etwas Make-up auflegen. Doch sie nickt nur verstehend. Wahrscheinlich ist es das, was mich dazu bringt weiterzusprechen. »Ich will zu Armins Grab gehen und ... und Blumen pflanzen. Es ist ... es ist schrecklich kahl. Ich will, dass es ... schön ist. Für ihn.«

Wieder nickt meine Mutter nur.

»Würdest du ... würdest du mir dabei helfen?«

Eine Mischung ungewohnt heftiger Emotionen huscht über ihr Gesicht. Rührung über meine Bitte, Mitgefühl und ein Hauch Erleichterung, weil diese Aufgabe etwas ist, womit sie umgehen kann. Viel besser als mit meiner in ihren Augen so verrückten Idee, Armins Manuskript zu Ende zu schreiben. Oder mein Haus selbst zu putzen.

»Fahren wir zur Gärtnerei.« Sie nickt. »Wir können ein paar Gottesaugen kaufen. Die pflanze ich auch immer auf das Grab deines Vaters. Oder hättest du lieber Petunien? Wir werden auf jeden Fall etwas Hübsches finden.«

Ich nicke und wische mir noch einmal übers Gesicht. »Ich ziehe mich nur schnell um.« Damit flüchte ich regelrecht in meinen begehbaren Kleiderschrank. Ich bringe es nicht übers Herz, Armins Hemd auszuziehen, aber wenigstens meine violette Schlafanzughose tausche ich gegen eine schwarze Stoffhose.

Meine Mutter kommentiert mein Outfit mit keinem Wort. Sie eskortiert mich zu ihrem Auto und wir fahren in die Gärtnerei, wo wir weißes Heidekraut, ein Thujabäumchen und einige wirklich hübsche kleine Stöckchen Männertreu mit ihren winzigen blauen Blüten kaufen. Meine Mutter bezahlt alles und drängt mich, auch eines der weißen Steinherzen auszusuchen, um es zwischen den Blumen auf Armins Grab zu legen.

Bepackt mit zwei Pappkisten voller Pflanzen, einer Plastikvase zum In-die-Erde-Stecken, nagelneuen Gartenhandschuhen und einer kleinen Harke kommen wir schließlich am Friedhof an.

»Ich habe mich schon gefragt, wann du das Grab in Ordnung bringen würdest«, sagt meine Mutter, während wir durch den alten, ummauerten Teil des Friedhofs laufen. »Mit jedem Mal, das ich hier war, sah es schlimmer aus.«

Ich ignoriere den Vorwurf. »Du warst hier? An Armins Grab?«

»Selbstverständlich war ich das«, sagt meine Mutter mit aller Würde, die sie aufbringen kann. »Er war mein Schwiegersohn.«

Die weißen Blüten des Heidekrauts, das ich vor mir herbalanciere, verschwimmen vor meinen Augen. »Ich dachte immer, du mochtest ihn nicht besonders.«

»Es wundert mich überhaupt nicht, dass du dich jetzt an der Schriftstellerei versuchst. Bei dieser Fantasie.«

Ich muss lächeln und wische mir hastig die dummen Tränen aus den Augen. Dann presse ich an dem Kloß in meinem Hals vorbei hervor: »Es ist schön, dass du hier warst. Wirklich. Das bedeutet mir ... eine Menge.«

Wir erreichen Armins Grab, stellen unsere Last ab und halten in stillem Einvernehmen einen Moment vor dem hölzernen Kreuz inne. Dann kann meine Mutter nicht mehr an sich halten und beginnt damit, vertrocknetes Grün und Unkraut wegzuzupfen. Sie tut das mit einer solchen Effizienz, dass ich mich fühle, als wäre ich nur im Weg. Aber schließlich drückt sie mir die Harke in die Hand und befiehlt mir, dort, wo sie schon fertig ist, die Erde damit aufzulockern.

Dankbar, dass meine Hände etwas zu tun haben, ergreife ich noch einmal das Wort: »Ich hatte nie vor, Schriftstellerin zu werden. Das weißt du, oder? Das war Armins Leidenschaft, nicht meine.«

Nur kurz sieht meine Mutter von ihrer Arbeit auf. »Dann verstehe ich nicht, warum du dir diese Tortur zumuten musst. Du hast weiß Gott genug Dinge, die dir das Leben schwer machen, auch ohne dich mit dem unfertigen Buch deines verstorbenen Mannes zu quälen. Himmel, Michelle, du bist in Trauer ...«

»Eben.« Ich harke wie besessen, um nicht aufsehen zu müssen. »Das ist meine Art, mit der Trauer fertigzuwerden. Es würde mich verrückt machen, untätig herumzusitzen. Ich würde nichts mehr auf die Reihe bekommen. Mein Haus würde im Chaos versinken und ich vermutlich anfangen zu schimmeln, weil ich tagein, tagaus ungeduscht auf dem Sofa zubringen würde. Es tut mir gut, eine Aufgabe zu haben. Es hält mich am Laufen, verstehst du?«

»Nicht wirklich.«

»Du hattest drei Kinder, als Papa gestorben ist. Du hattest beide Hände voll zu tun.«

»Und du glaubst, das war einfach? Es hat mich alle Kraft gekostet, die ich hatte, für euch weiterzumachen, zu funktionieren!«

»Nein, das war bestimmt nicht einfach«, räume ich ein.

»Das war es allerdings nicht! Ich wusste selbst nicht, wie es weitergehen soll, aber ich konnte euch doch nicht ins Bodenlose fallen lassen. Um euretwillen mussten die Dinge weiterlaufen wie bisher. Mit warmem Essen auf dem Tisch und gemachten Betten, mit gewaschener Wäsche und Fahrten zu Klavierstunden und Ballett.«

Ich schlucke, weil mir zum ersten Mal bewusst wird, wie stark meine Mutter damals uns zuliebe gewesen sein muss. Sie hätte zusammenbrechen und alles den Bach hinuntergehen lassen können und niemand hätte es ihr vorgeworfen. Aber das hat sie nicht. Für Louis, Beatrice und mich hat sie Kräfte mobilisiert, von denen nicht einmal sie selbst etwas geahnt hat.

»Das ist doch genau das, was ich sagen will, Mutti.« Nun lasse ich die Harke doch sinken und sehe meine Mutter über das schon zur Hälfte unkrautfreie Grab hinweg an. »Du hattest uns und damit einen Grund, dich nicht einfach aufzugeben. Aber ich habe ... ich habe nur ein Haus, das eine Menge Kosten verursacht, die ich nicht bezahlen kann, und eine Arbeit, der ich mich noch nicht wieder gewachsen fühle. Und euch ... Aber ihr habt alle euer eigenes Leben. Genau wie Chrys. Ich kann mich nicht ewig auf euch stützen. Ich muss selbst sehen, dass ich mein Leben wieder auf die Reihe bekomme. Und Armins Manuskript ...« Ich fahre mir mit dem Handrücken über die Augen und meine Mutter reicht mir ohne Umschweife ein Taschentuch. »Armins Manuskript hilft mir dabei. Es gibt mir einen Grund, am Morgen aufzustehen, wenn ich von ihm geträumt habe und am liebsten einfach den ganzen Tag im Bett bleiben möchte, um vielleicht noch einmal einzuschlafen und zu ihm zurückzukehren. Es gibt mir einen Grund weiterzumachen. Und ich fühle mich Armin nahe, wenn ich an seinem Buch arbeite. Es fühlt sich richtig an.«

Meine Mutter hat ihre Arbeit ebenfalls unterbrochen. Sie verharrt einfach in der Hocke, beide Hände voller Unkraut und zu meinem Schrecken mit Tränen in den Augen. »Das wusste ich nicht.« Sie legt das Unkraut neben dem Grab ins Gras und reibt ihre Hände aneinander notdürftig sauber. »Ich wusste nicht, dass es dir so viel bedeutet. Und dass du finanzielle Sorgen hast ...«

»Darum haben Beatrice und Erik sich schon gekümmert. Ich weiß nicht, wie ich ihnen das jemals danken soll.«

»Dafür ist Familie doch da.« Sie erhebt sich und ich tue es ihr gleich. Und im nächsten Augenblick liegen wir uns in den Armen. Irgendwie überbrücken wir die schier endlos scheinende Distanz und umarmen uns.

»Du bist so tapfer, Michelle«, flüstert meine Mutter.

Niemals hätte ich gedacht, dass diese Worte mir so viel bedeuten würden. Wenn ich nicht ohnehin schon tränenüberströmt wäre, würde ich spätestens jetzt anfangen zu weinen. Ich drücke meine Mutter noch ein kleines bisschen fester an mich.

»Deshalb weiß ich auch, dass du es schaffen wirst. Dieses irrsinnige Buch zu Ende zu schreiben und deinen Weg zu gehen, obwohl alles anders gekommen ist, als du es dir erträumt hast. Das wirst du schaffen.«

»Das werde ich«, schniefe ich an ihrer Schulter. »Das würde Armin auch so wollen.«

»Das würde er bestimmt. Er wollte immer nur das Beste für dich. Das konnte jeder sehen.«

Wir halten uns einen langen Moment lang fest und irgendwann versiegen sogar meine Tränen.

Dann lässt meine Mutter mich los, zupft ihre Bluse zurecht und sagt so sortiert wie nur möglich: »Lass uns die Männertreu hier vorne pflanzen und das Herz direkt dazwischenlegen. Das wäre doch sehr hübsch, oder was meinst du?«

»Ja«, sage ich und wische mir die letzten Tränen aus dem Gesicht. »Ich glaube, das wäre wirklich hübsch.«

Meine Mutter behält recht: Als wir uns nach einer Stunde schließlich die Hände am Brunnen waschen und zwei große Gießkannen mit Wasser füllen, um die frisch gepflanzten Blumen zu gießen, sieht Armins Grab wirklich hübsch und ordentlich aus. Ich hätte nie gedacht, dass der Anblick des bepflanzten Grabes so tröstlich sein würde. So, als hätte ich dadurch etwas für Armin getan, ihm ein Geschenk gemacht. Ich kann es schlecht beschreiben, aber es fühlt sich gut an. Vermutlich ist das der Grund, aus dem meine Mutter regelmäßig so viel Zeit damit verbringt, das Grab meines Vaters ordentlich zu halten. Nicht weil es sich so gehört und die Leute sonst reden – na gut, jedenfalls nicht nur.

Sie begleitet mich nach Hause, lehnt mein Angebot, noch einmal mit hineinzukommen, aber ab. Ich stehe in der Haustür und sehe ihrem Auto nach, doch als es um die Ecke gebogen und verschwunden ist, hält mich nichts mehr hier unten. Ich eile die Treppe und dann die Stiege zur Dachkammer hinauf und setze mich an Armins Schreibtisch.

Kurz zögere ich, bevor ich das Manuskript per Doppelklick öffne. Ich weiß genau, welche Szene nun an der Reihe ist. Aber Armins Stimme sagt zuversichtlich: »Deine Mutter hat recht: Du wirst das schaffen.«

Vor Erleichterung, dass er immer noch da ist, dass die Erinnerung an seine Stimme doch nicht verblasst und verstummt ist, könnte ich weinen. Aber weil ich weiß, was Armin sich wünschen würde, fange ich stattdessen an zu tippen.

Die Worte finden sich plötzlich wie von selbst. Esmé ist in den schrecklichen Kampf hineingeraten, der vor dem Schloss tobt. Ein Soldat mit blutiger Schwertklinge baut sich vor ihr auf und holt aus. Doch in diesem Moment hält alles inne, scheint die Welt mit einem Mal stillzustehen. Eli ist da. Er ist zurückgekehrt. Ein erschrockenes Raunen geht durch die Reihen seiner Feinde, seine Freunde atmen erleichtert auf. Esmé verliert ihren schwertschwingenden Gegner für einen Moment aus den Augen, weil sie nur noch Eli ansehen kann. Doch der Soldat kommt nicht dazu, sein Schwert herabsausen zu lassen, weil Eli ihn ohne viel Federlesens aus dem Weg räumt und Esmé aufhilft. Mitten im Kampfgeschehen hebt er sie in seine Arme und trägt sie in Sicherheit.

Ich muss daran denken, wie Armin mich auf den Treppen im Würzburger Standesamt aufgefangen und getragen hat. Wie er dabei die Idee zu eben dieser Geschichte hatte. Ich versuche zu beschreiben, wie es sich angefühlt hat, so getragen zu werden, und wie gut Esmé aus dieser Perspektive Elis Gesicht studieren kann. Das geliebte Gesicht, das sie so lange nicht gesehen hat.

Sie wechseln nicht viele Worte; dazu ist keine Zeit. Eli muss in den Kampf zurückkehren. Er stürzt sich mitten hinein und kämpft an der Seite seiner Freunde. Alan neben ihm hat es mit zwei Gegnern zugleich aufgenommen. Er ist ihnen gerade noch gewachsen, Eli muss nicht eingreifen. Alan ist stark und geschickt mit dem Schwert. Doch auf ihn, Eli, haben es ihre Feinde ganz besonders abgesehen. Sie stellen ihm eine Falle, greifen ihn hinterrücks an statt von Angesicht zu Angesicht.

Und da passiert es. Alan sieht den Angreifer auf Elis Rücken zustürmen und reagiert intuitiv. Reagiert aus dem Gefühl echter Verbundenheit mit Eli. Er wirft sich zwischen die tödliche Waffe und seinen Freund. Und stirbt in dessen Armen.

Ich kann Armin jetzt viel besser verstehen als damals an dem Tag, an dem ich in sein Arbeitszimmer gestürmt bin, kurz nachdem er die Szene von Jarons Tod geschrieben hatte. Mir laufen die Tränen über die Wangen. Aber ich höre nicht auf zu schreiben. Ich erzähle, wie der Kampf endet und die Verwundeten versorgt werden. Wie Eli und seine Freunde die Toten vom Schlachtfeld tragen. Auch Alan. Alan, der immer so lebhaft war. So temperamentvoll. Der eine Frau hatte, die ihn geliebt hat, und Freunde, in deren Reihen er für immer eine Lücke hinterlassen wird.

Ich beschreibe, wie sie um ihn trauern. Um ihn und all die anderen, die den Anbruch von Elis Friedensherrschaft nicht mehr erleben. Wie Eli begreift, dass er selbst nicht überlebt hätte, wenn Alan nicht gewesen wäre. Und was das für sein Land, für sein Volk bedeutet hätte.

Im Epilog stehen er und Esmé auf dem Hügel, auf dem Esmé einst die Briefe an ihn geschrieben hat. Er hat sie wirklich erhalten. Und jetzt stehen sie dort und schauen auf die Stadt hinunter, die friedlich in der Morgendämmerung liegt und langsam erwacht. Und sie wissen, dass nun endlich alles gut werden wird und dass der Frieden währen wird, solange Eli König ist. Und dass dieser Frieden die Jahre des Wartens und der Angst wert war.

Mitten im letzten Absatz halte ich inne. »Glaubst du wirklich, so hat Gott es auch gemacht?« Ich kann die Frage einfach nicht länger zurückhalten. Ich stelle mir vor, wie Armin in dem gepolsterten Stuhl hinter mir sitzt und mir beim Schreiben zusieht. Und ich muss es einfach wissen. »Dich sterben lassen, um irgendetwas Gutes zu bewirken?«

»Nein, das glaube ich nicht«, erwidert er sehr ernst.

»Aber du hast selbst gesagt …« Ich schnappe nach Luft, weil die Emotionen mit so einer Gewalt in mir hochkochen, dass ich gar nicht weiß, wohin mit ihnen. »Und nicht nur du! Immer dieses blöde Gerede von wegen Gottes Wege sind unergründlich und wer weiß, wozu etwas gut sein wird.« Ich klappe das Notebook zu und balle meine Hände zu Fäusten. »Ganz ehrlich? Das macht mich krank. Wenn Gott so ist, dann will ich nichts mit ihm zu tun haben, überhaupt nichts. Egal, ob er jeden Tag auf mich wartet oder nicht.«

»Aber so ist er gar nicht.« Armins Hand auf meiner bebenden Schulter; ich kann sie fühlen, obwohl ich genau weiß, dass sie nicht da sein kann. »Ich glaube nicht, dass Gott jemals das Böse, das Schlechte in unserem Leben haben wollte. Krankheit und Tod, Verlust und Schmerz. Vielleicht sehen manche Leute das anders, aber ich kann mir auch nicht vorstellen, dass Gott diese Dinge bewusst einsetzt, um etwas Gutes damit zu bewirken.«

»Du meinst, so wie du mit Alan?« Ich schniefe. »Sein Tod bewahrt Eli. Und damit das ganze Land, weil Eli ihnen Frieden bringt. Es ist ein schrecklicher Preis, aber Alan bezahlt ihn. Er opfert sich für das Gute. Das heißt ... Du opferst ihn für das Gute.«

»Ja. Nur dass Alan eben nur eine Romanfigur ist.«

»Er ist meine Lieblingsfigur!«

»Meine auch«, sagt Armin zärtlich. »Trotzdem ist er nicht echt. Aber wir sind es. Und uns für einen höheren Zweck zu opfern wie eine Romanfigur ... Das passt nicht zu dem Gott, den ich kennengelernt habe.«

»Du hast aber doch selbst gesagt, dass dein Tod vielleicht dazu gut war, mich dazu zu bringen, mich mit deinem Glauben auseinanderzusetzen! Das *hast* du gesagt!«

»Aber ich glaube nicht, dass das der Grund war!«, widerspricht Armin mit ungewohnter Heftigkeit. »Es gibt keinen guten Grund, warum ich dich verlassen musste.« Seine Hand auf meiner Schulter zittert und ich frage mich, ob er genau wie ich weint. Aber ich erlaube mir nicht, mich zu ihm umzudrehen. Ich darf nicht, denn dann werde ich den leeren Raum hinter meinem Rücken sehen. »Keinen besseren als den, dass Menschen nun einmal sterben. Aber ich hoffe, dass auch aus so etwas Furchtbarem etwas Gutes entstehen kann. Zum Beispiel, dass du beginnst, nach Gott zu fragen. Oder dass du mein Manuskript zu Ende geschrieben hast und das viel besser, als ich es je gekonnt hätte.«

»Unsinn.«

Armin ignoriert meinen Widerspruch. »Ich glaube nicht, dass Gott schlechte Dinge ...« – er ringt nach Worten – »... heraufbeschwört. Aber ich glaube ... nein, ich weiß ganz sicher, dass Gott selbst aus den schlechten Dingen, die nun einmal geschehen, Wunderbares wachsen lassen kann.«

Ich verschränke die Arme auf Armins Notebook und vergrabe mein Gesicht darin, weil ich dem Drang, mich zu ihm umzudrehen, sonst nicht mehr standhalten kann. »Aber was, wenn dieses Gute das Schlechte nicht aufwiegen kann? Du bist trotzdem nicht mehr hier!«

»Ich weiß«, sagt Armin leise. »Und ich habe dich nie alleine zurücklassen wollen. Nie.« Ich kann seiner Stimme jetzt anhören, dass tatsächlich auch er weint. Sie versagt ihm beim Sprechen beinahe den Dienst. »Aber trotzdem bin ich gespannt zu sehen, wohin Gott dich in alldem noch führen wird.«

Ich atme zittrig ein. Armins Worte klingen zu sehr nach Abschied und die Panik droht mich zu packen. »Wirst du mich verlassen?«

Ich hoffe, dass er lacht und sagt, das werde er natürlich niemals. Doch Armin schweigt lange. Dann sagt er leise: »Ja. Ich werde immer ein Teil von dir sein. Aber jetzt musst du loslassen.«

Ich schüttle den Kopf, der immer noch auf meinen Armen liegt. »Ich weiß nicht, wie«, presse ich hervor. »Ich ... ich werde die Gespräche mit dir so vermissen.«

Armin drückt meine Schulter ganz sanft. »Du kannst ja mit Gott sprechen. Er ist ein guter Zuhörer. Ein viel besserer als ich.«

»Aber ich kann ihn nicht sehen.«

Armin lacht und das Geräusch ist in meiner Trauer und Angst so unpassend und gleichzeitig so befreiend.

»Was gibt es denn da zu lachen?«, frage ich vorwurfsvoll und hebe den Kopf wieder.

»Na, hör mal, die Gespräche mit mir fanden nur in deiner Fantasie statt. Gott dagegen ist wirklich hier, auch wenn du ihn – zugegeben – nicht sehen kannst.«

»Für dich war er so real«, flüstere ich. »Du hast mit ihm gesprochen. Wie Esmé in ihren Briefen mit Eli. Ich wüsste gar nicht ... Was sollte ich ihm denn sagen? Wie soll ich mit ihm reden, wenn ich ihn nicht sehe?«

»Wie gesagt: so wie mit mir gerade. Nur besser, weil er wirklich da ist.«

Mir gefällt gar nicht, dass Armin ausspricht, dass er nicht mehr als eine Erinnerung ist und damit viel weniger als der unsichtbare Gott, der mir immer so fern erschienen ist.

»Erzähle ihm von dir«, sagt er leise. »Von dem, was du erlebst und was um dich herum geschieht. Von den Menschen, die Teil deines Lebens sind. Was dich freut und was dir Sorgen bereitet. Nichts, was dich betrifft, ist belanglos für ihn. Du kannst ihm auch schreiben, wenn dir das leichter fällt. So wie neulich. Das war ein sehr schönes Gebet, finde ich.«

Peinlich berührt beiße ich mir auf die Unterlippe. »Und wird er mir auch Antworten schicken? Wie die Taube für Esmé?«

»Vielleicht keine Taube«, lacht Armin. »Aber wenn du die Augen offen hältst, wirst du seine Handschrift hier und da entdecken. Ich kann sie deutlich sehen, Michelle. In dem, was du in den vergangenen Wochen geschafft hast. In dem Frieden, der am Ende in Neema herrscht. Spürst du ihn nicht auch?«

»Vielleicht ein bisschen«, flüstere ich.

»Dann tu es. Schreib die letzten Worte. Du hast es gleich geschafft.« Die Wärme seiner Hand verschwindet von meiner Schulter und ich greife erschrocken danach, bekomme aber nur kalte Luft zu fassen. »Geh nicht! Ich kann es nicht ohne dich!«

»Ich bin da«, sagt Armins Stimme. »Ich sitze gleich hier drüben und sehe dir zu, wie du das Ende schreibst. Das ist eine nette Abwechslung.«

Meine Hände zittern so sehr, dass ich zwei Anläufe brauche, um das Notebook zu öffnen. Ich tippe einen Satz, dann einen zweiten. Und dann den letzten. Eine enorme Last fällt von meinen Schultern, als ich den letzten Schlusspunkt setze.

»Herzlichen Glückwunsch«, sagt Armin von seinem Platz neben der Tür aus.

»Ohne dich hätte ich es nicht geschafft.« Ich atme ein paarmal tief ein und aus, starre auf die letzte Seite von *Neema* und kneife schließlich meine Augen fest zusammen. »Ich werde dich vermissen.«

»Ich dich auch, Michelle.« Armins Stimme klingt fern. Viel weiter weg als der Polsterstuhl am anderen Ende der winzigen Dachkammer.

Ich nehme die Hände von der Tastatur, dann öffne ich die Augen und drehe mich um, damit ich den Platz neben der Tür sehen kann. Er ist leer.

»Danke«, flüstere ich und begreife erst, als ich es sage, dass ich in diesem Moment nicht mehr mit Armin spreche. Jedenfalls nicht nur.